골드퀸

Gold Queen

골드퀸 Gold Queen 3

정인 장편소설

초판 1쇄 찍은 날 | 2017년 5월 22일
초판 1쇄 펴낸 날 | 2017년 5월 29일

지은이 | 정인
펴낸이 | 권태완 우천제

편집책임 | 박은정
편집 | 김효주
편집 디자인 | 이즈플러스

펴낸곳 | (주)케이더블유북스
등록번호 | 제25100-2015-43호
등록일자 | 2015. 5. 4
WFN | 제3-016호

주소 | 구로구 디지털로31길 41 이앤씨벤처드림타워 6차 1108호
전화 | 02-867-4626 팩스 | 02-866-4627
E-mail | cl_production@naver.com

ISBN 979-11-5983-997-9
979-11-5983-995-5 (set)

※ 이 도서의 국립중앙도서관 출판시도서목록(CIP)은 서지정보유통지원시스템 홈페이지(http://seoji.nl.go.kr)와 국가자료공동목록시스템(http://www.nl.go.kr/kolisnet)에서 이용하실 수 있습니다.

골드퀸

Gold Queen

정인 장편소설

3

위치북

Contents

제1장 잠입

–뭐라고!

여전히 사람들의 눈을 피하기 위해 다람쥐로 변해 있는 엘라임이 헬리아의 정수리에 앉아 머리끄덩이를 잡아당겼다.

"아파."

–지금 아픈 게 문제야!

엘라임은 작은 손으로 헬리아의 이마를 툭툭 쳤다. 헬리아의 미간의 골이 점점 패여 갔다.

–남녀가 한 방을 쓴다는데 지금 내가 걱정이 안 되게 생겼어!

"걱정 마. 이안이라면…… 아얏!"

엘라임이 헬리아의 머리를 다시 잡아당겼다. 그는 이를 질근질근 갈았다.

'고양이한테 생선 맡길 일 있나.'

엘라임은 볼을 빵빵하게 부풀렸다. 헬리아랑 이안이 한 방이라니! 한 방이라니! 엘라임이 발광하자 헬리아는 그를 머리에서 잡아 끌어내렸다.
“시끄러워.”
—어떻게 이럴 수가…….
“그냥 잠만 자는 건데.”
—난 널 그렇게 키우지 않았어!
엘라임이 헬리아에게 매달렸다. 헬리아는 엘라임이 자꾸만 쫑알거리자 귀를 틀어막았다. 아무래도 밤에는 이 녀석을 못 나오게 해야 할 것 같았다. 그렇지 않다간 밤에 잠도 제대로 못 잘 것 같았다.
“좀 조용히 해. 머리 울리잖아.”
엘라임이 하는 말은 일반 사람에겐 다람쥐가 우는 소리로밖에 들리지 않는다. 그 탓에 더더욱 머리가 아팠다. 헬리아가 그를 주머니 속에 꾹꾹 눌러 넣었다.
“계속 그렇게 시끄럽게 하면 콱 정령계로 보내 버리는 수가 있어.”
—…….
그제야 엘라임이 조용해졌다. 그는 조심스럽게 헬리아의 주머니에 얼굴을 내밀고 축 늘어졌다.
‘하아, 대체 난 이게 뭐 하는 짓이란 말인가…….’
다른 정령왕이 봤다면 자신을 놀렸을 것이다. 아마 평생 놀림감이 되지 않을까? 그는 헬리아를 가만히 보다 씁쓸한 표정을 지었다. 겨울이 돼서 그런가. 정말 헬리아의 표현대로 물이라 머리가 얼어버린 걸까. 요즘 들어 자꾸만 그녀를 볼 때마다 가슴이 콕콕 아파왔다.
—하아…….
“좀 참아. 나중에 먹을 거 줄게.”
‘내가 무슨 먹보인 줄 아나.’
—꼭 줘.
엘라임의 말에 헬리아는 피식 웃었다.

—그런데 이제 어떻게 할 거야?

"우선 상황을 지켜보고 벨리앙 백작을 만나야지."

헬리아가 주변을 둘러보며 눈을 가늘게 떴다. 어느 정도 예상을 하긴 했지만, 막상 들어와 보니 백작에게 무슨 일이 생겼음을 확신할 수 있었다. 겉으로 보기에 백작가는 아무렇지 않게 돌아가고 있지만 미묘한 위화감이 존재했다. 벨리앙 백작이 있는 본관 건물엔 기사들이 쫙 깔려 있었다. 그것뿐이라면 그럴 수도 있다 넘어가겠지만, 문제는 그들이 본관 안으로 들어가는 자들을 일일이 확인한다는 점이다.

"아무래도 백작에게 무슨 일이 생긴 게 분명해. 그리고……."

헬리아는 백작가 내에 느껴지는 불길한 기운에 눈을 좁혔다. 확실히 어디에서 나오는지는 제대로 확인할 수 없으나 백작가 내부에 음울한 기운이 가득했다.

"흑마법사도 찾아야 해."

그들은 노예를 잡아갔다. 그리고 노예들의 마나를 검사했다. 그렇다면 필시 무엇에 필요하기 때문일 터. 과연 그들이 노예로 무엇을 하는지 그것이 중요하다 판단되었다.

"그러다 보면 머리를 발견할 수 있을 거야."

헬리아가 흑마법사에 대해 생각할 때였다.

"음?"

멀지 않은 곳에 이안이 있었다. 한데 그는 혼자가 아니었다. 이안의 주위로 대여섯 명의 하녀가 모여 있는 게 아닌가. 헬리아는 순간 자신도 모르게 근처 수풀에 몸을 숨기고 그 광경을 지켜보았다.

'도대체 뭐 하는 거야?'

헬리아는 눈을 찌푸리곤 이안과 여자들을 바라보았다. 여자들은 연신 이안을 향해 꺅꺅거리느라 바빴다. 잘생겼다느니, 애인은 있냐 등등.

'완전 인기 스타 나셨군.'

헬리아는 마음에 들지 않는 듯 삐딱한 시선으로 바라보았다. 게다가 왜 가만히 있느냔 말이다. 이안은 여자들의 반응에 그저 무뚝뚝하게 반응할 뿐이었지만 헬리아의 눈에는 꼭 거절하지 않는 것처럼 보였다.

'한데 왜 저리 인기가 있는 거야?'

헬리아는 제대로 인지하지 못하고 있지만 아르센 왕국에서도 이안은 귀족 영애들 사이에서 인기가 많았다. 실력이 출중하고 배경도 공작가인 데다가 나이도 어리고 잘생겨 뭇 여자의 인기를 받는 것은 당연한 일이었다.

"잘생기긴 했어도 성격이 나쁘잖아."

헬리아는 눈을 좁히고 이안을 훑었다. 그녀도 그의 얼굴에 관해선 이견은 없지만 사람에게 중요한 건 성격이다.

"음?"

그때 한 여인이 일부러 이안의 팔에 자신의 큰 가슴을 들이밀었다. 이안의 표정이 살짝 굳어졌다. 여자는 그저 입꼬리를 말아 올리고 이안에게 더 달라붙었다.

'아주 구미호 납셨군!'

헬리아는 그 모습에 혀를 쯧쯧 찼다. 그 여자의 뒤에 꼬리 아홉 개가 보이는 듯했다. 이안은 최대한 정중하게 그녀를 떼어냈다.

헬리아는 그 모습을 가만히 지켜보다 이내 자리에서 일어섰다. 이렇게 숨어서 지켜보는 건 아무래도 성미에 맞지 않았다.

-저러다 눈 맞는 거 아니야?

"죽을래?"

엘라임이 그새 기가 살았는지 꼬리를 살랑살랑 흔들며 키득거렸다. 그가 또다시 헬리아의 머리에 올라앉아 이안과 여자들을 보며 휘파람을 불었다. 근래에 가장 환한 웃음이었다. 비록 다람쥐의 모습이었지만. 헬리아가 몸을 돌리자 엘라임이 아쉽다는 듯 말했다.

–뭐야, 더 구경 안 해?

"너나 실컷 봐."

헬리아가 몸을 돌리려는 찰나, 순간 이안과 눈이 딱 마주치고 말았다. 그 탓에 헬리아는 놀라 다리를 헛디뎠다. 마침 재수 없게도 발밑에 돌부리가 있어 그만 풀썩 넘어지고 말았다.

"윽."

"아야야, 잘 좀 보고 다니라고. 눈을 어따 뒀는지……."

헬리아가 넘어진 순간 엘라임이 인간의 모습으로 돌아와 헬리아를 감싸 안았다.

"윽."

한데 그 돌부리에 정확히 허리를 찍혔는지 엘라임의 미간이 와락 구겨졌다.

"괜찮아?"

"괜찮겠어? 아주 허리가 쪼개지겠어."

엘라임이 툴툴거리며 몸을 일으키려 했다. 한데 헬리아의 얼굴이 정면에 떡하니 있는 게 아닌가. 엘라임은 순간 놀라 얼굴이 벌게졌다.

"어, 얼른 비켜. 무거워."

"내가 무거우면 얼마나 무겁다고. 정령왕 주제에 부실하기는."

헬리아는 혀를 차고 자리에서 일어섰다. 그러자 엘라임이 고개를 들지 못하고 주섬주섬 일어났다. 그 미적거리는 모습이 마음에 들지 않아 헬리아가 그에게 손을 내밀었다.

"잡아."

엘라임은 헬리아가 내민 손에 피식 웃으며 그녀의 손을 잡고 몸을 일으켰다. 이렇게 손을 잡는 것도 오랜만이었다.

엘라임은 입가에 웃음을 띠다 강렬히 느껴지는 시선에 고개를 돌렸다. 헬리아의 뒤편에서 이안이 그를 응시하고 있었던 것이다. 엘라임은 가만히 그를 응시하다가 헬리아를 내려다보았다. 그녀의 작은 정수리가 보였다. 엘라임의 입가가 묘하게 올라갔다.

"얼른 다른 사람 보기 전에 모습이나 바꿔."

"……."

엘라임은 다람쥐로 변하는 대신 헬리아의 몸을 와락 안아버렸다. 그러자 이안의 눈이 더욱 싸늘해졌다. 헬리아는 엘라임이 자신을 껴안자 그의 머리를 잡아당겼다.

"뭐 하는 거야. 숨 막혀."

"이러면 아무도 못 알아볼 거야."

엘라임이 헬리아의 얼굴을 푹 싸맸다. 헬리아는 미간을 좁히더니 그의 정강이를 차버렸다.

"아얏!"

"못 알아보긴 뭘 못 알아봐."

"아프잖아!"

"아프라고 때린 거다. 이 멍청아."

결국 헬리아를 놓아준 엘라임이었지만, 입가에 웃음은 지워지지 않았다. 엘라임과 이안의 시선이 서로 마주쳤다.

하녀들은 모두 새로 온 안이라는 시종에게서 시선을 떼지 못했다. 훤칠한 키에 수려한 이목구비, 거기다 무뚝뚝한 성격까지 설레지 않는 부분이 없었다.

"저기 혹시, 모르시는 게 있으시면 언제든지 물어보세요."

"알겠습니다."

이안이 낮게 말하자 하녀들은 모두 속으로 비명을 질렀다.

'어쩜 저렇게 목소리도 멋있을까.'

'너무 멋있어.'

"혹시 같이 온 여자는 여동생인가요?"

하녀 중 한 명이 묻자 다른 하녀들이 이안을 향해 눈을 반짝였다. 아직 이안에 대한 정보를 모르는 하녀들이었다. 한데 이안의 시선이 일순 어디론가 향하다 그의 얼굴이 싸늘하게 변했다.

'무, 무슨 눈이…….'

이안에게 모여들었던 여인들은 갑자기 몸이 으슬으슬해지자 이상함을 느꼈다. 그러다 보니 절로 이안에게서 떨어져 나갔다.

"여동생이 아닙니다."

이안의 검은 눈동자가 더욱 짙어졌다. 그러자 여자들은 저도 모르게 도망치고 싶다는 생각이 들었다. 거기까지 생각이 미치자 몸이 먼저 움직였다.

"아, 저기 전 이만."

"그, 그러고 보니 저도 일이……."

그 알 수 없는 기운에 여자들은 불안감을 떨치지 못하고 이안에게서 멀어졌다. 어느새 이안의 주변엔 아무도 없었다. 그는 여전히 한곳을 주시하고 있었다. 이안은 한쪽 입꼬리를 올렸다.

"도발하는 건가?"

낮게 읊은 혼잣말이었다. 그러나 그라면 그의 목소리를 들었을 것이다. 이안은 헬리아를 안고 있는 엘라임을 노려보았다. 예전부터 거슬렸다. 그가 정령왕이라는 사실을 알고부터는 상관하지 않으려 했으나 마음에 들지 않았다. 그가 자신을 마음에 들지 않아 하는 것과 같은 이유로.

이안은 천천히 엘라임과 이안에게 다가갔다.

따악!

"아얏!"

헬리아가 엘라임의 머리를 손날로 내려치자 엘라임이 머리를 부여잡았다. 헬리아가 미간을 구기고 다시 손날을 들어 올리자 엘라임이 몸을 움찔거렸다.

"왜 때려!"

"뭘 실실 쪼개고 있어!"

"내가 언제……."

엘라임이 입을 삐쭉 내밀자 헬리아가 그의 입술을 잡아당겼다.

"아주 막 나가는 거지?"

"아우우우."

헬리아가 그제야 손을 놓자 엘라임은 자신의 부은 입술을 매만졌다. 정말 헬리아의 손은 매섭고 가차 없었다. 엘라임은 어째 여자애가 저런 성격인가 싶었다. 그녀는 일반 여자들과는 정말 많이 달랐다. 가끔은 평범한 여자아이였으면 싶다가도 헬리아는 헬리아라는 생각이 들었다.

"나는 잘못한 거 없어."

엘라임이 헬리아의 등 너머를 바라보다 입꼬리를 올리고 요령 좋게 다람쥐로 변해 버렸다. 그러더니 이내 쪼르르 헬리아의 머리 위에 올라앉는 게 아닌가.

"아주 머리 꼭대기에 오르고 있어."

―이야, 공기 좋다.

헬리아가 태평한 엘라임의 태도에 눈을 찌푸리다 등 뒤에서 강하게 느껴지는 기척에 뒤를 돌았다.

"이안?"

언제 등 뒤에 다가왔는지 이안이 서 있었다. 한데 표정이 영 심상치 않은 게 분위기가 이상했다. 헬리아는 갑자기 그가 하녀들에게 둘러싸였던 것이 떠올랐다.

"아깐 아주 바빠 보이던데 이렇게 한가할 때가 아니지 않아?"

괜히 이죽거리자 이안이 더욱 다가왔다. 헬리아는 순간 자신이 좀 너무했나 싶었다.

"자, 잠깐 그냥 이건 좀 농담……."

–켁!

이안의 손이 재빨리 헬리아의 머리 위에 앉아 있는 엘라임을 단숨에 채갔다.

–케엑, 이건 동물 학대야!

엘라임이 버둥거렸지만 이안이 손에 힘을 준 탓에 이러지도 저러지도 못 했다. 이안의 검은 눈동자가 스산하게 빛나며 엘라임을 노려보았다.

"죽고 싶나?"

–자, 잠깐. 이성 좀 챙기고…….

'헛, 너무 도발했나?'

엘라임은 이안의 눈을 보고 침을 꼴딱 삼켰다. 하지만 이안이 이만큼 화를 내는 모습이 오히려 기분이 좋았다.

'뭐, 난 잘못한 거 없다구.'

엘라임은 피식 비웃어주었다. 그러자 이안의 미간이 살짝 추켜올라갔다. 엘라임은 그 틈을 타 얼른 그의 손에서 빠져나와 정령계로 돌아가 버렸다.

"……."

"……."

엘라임이 그렇게 홀라당 가버리자 헬리아와 이안 사이엔 어색한 공기가 흘렀다. 헬리아는 갑자기 이안이 왜 이러나 싶었다. 그러다가 엘라임의 태도를 보고 그가 뭔 짓을 했겠구나 하는 생각이 들었다.

'한데 나한테까지 왜 그러는 거야!'

그렇게 쏘아붙이려다 헬리아는 이안의 눈동자를 보고 그 말이 쏙 들어갔다. 예전부터 헬리아는 그의 검은 눈동자에 약했다. 특히나 저렇게 뭔가 화난 듯 기묘하게 일렁일 때는 말이다.

"……저기."

"……."

이안이 스윽 헬리아를 바라보았다. 헬리아는 저도 모르게 시선을 돌려 버렸다. 이안의 눈은 사람의 내면을 들여다보는 듯한 느낌을 주었다.

"……!"

이안의 손이 순간 헬리아의 얼굴로 향하다 이내 어깨를 잡은 채 품 안으로 끌어당겼다.

"자, 잠깐 이안!"

이안의 품 안에 갇혀 버린 헬리아는 갑작스런 이안의 행동에 당황했다. 이안은 그럼에도 그녀를 놓아주지 않았다.

"신혼부부 아닙니까?"

헬리아는 뭘 잘못 먹었나 싶었다. 이제까지 별말 안 하다가 갑자기 왜 이러는 거야?

"아무래도 오래 참긴 힘들 것 같습니다."

이안은 옅게 한숨을 내쉬었다. 좀 전에 보았던 장면이 머릿속에서 떠나가지 않았다. 자신이 어떻게 할 수 있는 게 아무것도 없다는 것이 그를 무력하게 만들었다. 정령에게 질투를 하다니, 참으로 꼴사납지 않은가.

이안은 얼굴을 들어 헬리아를 바라보았다. 동그랗고 맑은 금빛 눈동자가 놀란 듯 눈을 크게 뜨고 자신을 응시하고 있었다. 그에 헬리아는 미간을 찡그렸다.

"뭐야, 화장실 가고 싶어?"

이안은 그 말에 낮게 한숨을 쉬고는 몸을 돌렸다.

"그럼."
헬리아는 성큼성큼 멀어져 가는 이안의 뒷모습을 가만히 살펴보았다.
"……."
헬리아의 눈빛엔 복잡한 빛이 일렁거렸다.

"제롬 님?"
제롬이라 불린 사내의 시선이 어딘가를 향해 있었다. 그의 선홍빛 눈동자가 빛을 발하다 이내 사라졌다. 검은 로브를 뒤집어쓴 제롬은 시선을 돌리고 다시 발걸음을 움직였다.
"혹시 무슨 일이라도……?"
제롬의 옆에 그보다 키가 작은 남자가 제롬이 시선을 둔 방향으로 고개를 돌리다 이내 그를 따라 걸었다.
"아무것도 아니다."
제롬은 조금 전 보았던 한 하녀를 떠올렸다. 갈색 머리에 금안을 지닌 여자.
'착각인가?'
어디선가 보았던 것 같은 느낌이 들었다. 하지만 곧 생각을 지우고 말했다.
"적합자가 부족하다."
"하면?"
"더 많은 노예를 데려오도록."
제롬의 말에 남자는 난감한 표정을 지었다. 지금도 무리하게 노예들을 사들이고 있었다. 만약 지금보다 더 노예들을 사면 남들의 이목을 끌 수 있었다. 그의 대답이 늦어지자 제롬의 선홍빛 눈동자가 날카롭게 남자의 몸을 옭아맸다.

"커, 커억."

남자는 숨을 몰아쉬었다. 사지가 옴짝달싹할 수 없었다.

"죄, 죄송……."

"데려오도록."

"아, 알겠습……."

그제야 제롬이 그를 놓아주었다. 남자는 숨을 거칠게 내쉬었다. 그 사이 제롬은 먼저 걸어가고 있었다. 남자는 그런 제롬의 뒷모습을 보다 미간을 구겼다.

"젠장, 목숨이 남아나지 않겠군."

그러나 그가 할 수 있는 일은 하나밖에 없었다. 남자는 제롬에게 시선을 떼고 몸을 돌렸다.

"형님을 뵈어야겠군."

남자는 벨리앙 백작의 처소가 있는 본관으로 걸음을 옮겼다.

❊

한 남자가 창가에 서서 우울한 눈빛으로 밖을 내다보고 있었다. 열린 창문으로 매서운 겨울바람이 불건만, 남자는 아랑곳하지 않고 그저 먼 곳을 응시했다. 그가 바로 벨리앙 백작이었다. 벨리앙 백작의 얼굴은 예전보다 훨씬 수척해져 있었다. 살이 빠져 광대가 튀어나왔고, 눈가가 움푹 파였다. 창턱에 내려놓은 손은 뼈마디가 보일 정도였다.

"이벨린……."

벨리앙 백작의 입에서 낮게 딸의 이름이 흘러나왔다. 그의 눈이 더욱 애잔하게 변했다. 그리고 이윽고 그 애잔함은 그리움을 넘어 종래엔 분노로 변했다. 하지만 그 분노는 다시 그의 가슴속 깊이 가라앉았다.

똑똑-

"백작님, 리베앙 남작께서 찾아오셨습니다."

순간 벨리앙 백작의 눈이 살기로 번뜩였다. 하지만 그가 뒤를 돌았을 때는 음울한 눈으로 돌아와 있었다.

"들라 하라."

백작은 한숨을 내쉬고 소파에 몸을 뉘였다.

"건강은 좀 어떠십니까?"

한 남자가 비릿한 웃음을 지으며 백작에게 다가왔다.

"여긴 왜 왔는가?"

"후후, 형님의 문후를 여쭙기 위해 왔지요. 잘 드시지 못한다는 이야길 들었습니다."

리베앙 남작은 웃으며 그의 맞은편에 앉았다. 그러자 하녀가 그들 앞에 따뜻한 차를 내왔다.

"원하는 게 무엇이냐?"

백작이 낮은 목소리로 말했다. 그는 피곤해 보였다. 리베앙 남작은 그런 형님의 모습에 고개를 설레설레 저었다. 하지만 그건 연민도 동정도 아니었다.

"노예들을 더 들였으면 좋겠습니다."

백작의 눈초리가 날카로워졌다. 리베앙 남작은 그런 백작의 모습에 혀를 찼다.

'여전하군.'

한풀 꺾이긴 했으나 벨리앙 백작은 쉬이 볼 상대가 아니었다. 하지만 칼자루는 자신이 쥐고 있었다.

"지금도 몇 명이나 되는 노예를 사들이고 있는지 아는가?"

"알지요. 하지만 어쩌겠습니까? 그가 원하고, 형님 또한 할 수밖에 없는 일이지요."

"……."

백작은 입을 다물었다. 리베앙 남작이 그를 달랬다.

"아시지 않습니까? 그의 말을 거역했다간……."

"……그 아이에게 손 하나라도 댄다면 결코 용서치 않을 거네."

백작이 한 단어 한 단어 힘주어 말했다. 그의 전신에선 짙은 살기가 느껴졌다. 평생 칼 한 자루 들지 않고 산 그였지만, 그간의 연륜은 호락호락하지 않았다. 남작은 일순 움찔했지만, 결국 그는 들어줄 수밖에 없을 것이다.

"전 이미 말을 했습니다."

백작은 입술을 깨물었다. 그는 눈을 감고 최대한 분노를 억눌렀다.

"더 이상 노예들은……."

"노예 상인을 조금만 지원해 주면 알아서 노예들을 더 공급할 겁니다."

백작은 그 말이 무엇을 뜻하는지 잘 알고 있었다. 그리고 최근 그 탓에 납치되는 이들이 있음도 그는 알고 있었다.

'이벨린…….'

남작은 백작이 흔들리는 것을 보았다.

"그 아이는 무사할 겁니다. 밥도 잘 먹고 있으니 염려 놓으시지요. 아무렴 제가 제 조카를 다치게 하겠습니까?"

"……."

백작은 입술을 질끈 깨물곤 이내 힘을 풀어버렸다.

"……노예 상인들을 지원하라 그리 이르겠네."

"후후, 잘하신 선택입니다."

리베앙 남작이 자리에서 일어났다. 이미 백작에게 볼일은 다 끝났다. 그가 나가려 하자 백작이 그를 붙들었다.

"그 아이는……."

"그럼 이만."

리베앙 남작이 그렇게 가버리자 홀로 남게 된 백작은 두 손에 얼굴을 파묻었다.

"이벨린……."

딸의 이름을 그저 되뇔 뿐이었다.

❊

"하아, 배고프다."

휴가 테이블에 엎어지며 늘어졌다. 그 옆에서 렌스는 책을 읽으며 시간을 때웠다. 그러나 숀은 미간을 구기고 잔뜩 불만 어린 표정을 지었다. 렌스가 그런 숀을 바라보며 고개를 저었다.

"뭐가 그렇게 불만인데?"

"그럼 불만이 없겠냐?"

숀은 좀이 쑤시는지 좀처럼 가만히 있질 못했다. 옆에서 알런이 그런 숀을 바라보았다.

"완전 짐짝 취급이잖아."

숀은 자신들을 여관에 둔 채 간 헬리아 공주와 대장을 떠올리며 입을 삐쭉 내밀었다. 아무리 그래도 명색이 자신들은 기사인데, 이건 짐도 이런 짐이 없다. 하지만 그런 말을 알런 앞에서 내뱉을 순 없었다. 그런 숀을 보고 렌스는 혀를 찼다.

"진상 떨지 말고 이참에 알런이랑 밖에나 나갔다 와."

"알런이랑? 밖은 왜?"

숀이 렌스의 말에 알런을 보았다. 알런은 머리를 긁적이며 말했다.

"그게, 아무래도 형한테 편지를 보내야 할 것 같거든요."

"형이라면…… 그 세인이라는?"

숀은 묘한 느낌에 눈을 좁혔다. 알런은 고개를 끄덕였다.

"형이 걱정할 것 같아서요. 그래도 이렇게까지 늦은 적은 없었거든요."

자주 이런 일이 있었나 보군. 숀은 고개를 절레절레 저었다. 어떻게 살아왔는지 그냥 눈에 훤했다.

'그 형이라는 자도 고생이구나.'

이런 동생이 있다면 제법 골머리를 썩었을 것이다.

"뭐, 할 수 없지. 할 것도 없고."

숀이 일어나자 알런이 웃으며 따라 일어섰다. 둘은 여관을 빠져나가 터벅터벅 편지를 부치기 위해 정보길드로 갔다. 길을 걷다 숀은 문득 알런의 형에 대해 궁금증이 일었다. 아무래도 그의 이름이 '세인'인 탓이다.

"형이 서점에서 일한다고?"

"아, 형이요? 네. 원체 책을 좋아했거든요."

"그, 형은 어떻게 생겼어?"

알런의 눈이 좁아졌지만 대답을 해주었다.

"뭐, 저랑 닮은 편이지만, 키도 크고 체격도 있어서 분위기가 좀 달라요."

"흐음."

숀은 알런의 설명대로 알런의 형을 이미지로 떠올려 보았다.

'큭.'

그러자 단번에 세인의 얼굴이 떠올랐다.

'젠장, 왜 그놈 얼굴이.'

숀은 눈을 찌푸렸다. 생각하지 않으려 해도 아무래도 그날의 기억이 머릿속에 각인되었나 보다.

"한데……."

알런이 잠자코 있다 눈을 가늘게 뜨고 숀을 바라보았다. 조금 멀찍이 떨어진 걸 보니 아무래도 뭔가 꺼림칙한 모양이다.

"뭐야, 내가 무슨 벌레도 아니고."

"아까도 그렇지만, 설마 형을……."

"야!"

숀이 버럭 소리를 질렀다.

"얼굴도 안 봤는데 뭔 소리야!"

"아, 그럼 얼굴을 보면……."

"너 이리 와. 죽을래?"

숀이 알런의 머리통을 팔에 끼더니 힘을 주었다. 그러자 알런이 팔을 파닥거리며 항복했다.

"아, 아파요!"

"너 자꾸 그럴래?"

"아, 농담이라구요."

그제야 숀은 알런을 놓아주었다. 하지만 알런의 미심쩍은 눈은 여전했다.

"그렇게 그 '세인'이라는 이름이 걸려요?"

"……."

숀은 잠시 침묵하다가 이내 입을 열었다.

"친구, 아니, 나쁜 놈이거든."

"나쁜 놈이요?"

알런이 미간을 구겼다. 아무래도 형의 이름과 같은 사람이 나쁜 놈이라니 영 기분이 좋지 못했다.

"나쁜 놈이고말고, 아주 바람둥이에, 얼굴은 또 얼마나 재수가 없는지, 거기다가……."

'날 배신했고. 정말 친구라고 여겼는데.'

숀의 얼굴이 우울해졌다. 그에 알런이 그의 얼굴을 보고 물었다.

"친했나요?"

"친하긴 개뿔."
자신만 친한 줄 알았던 것이다. 그것이 더 기분이 나빴다.
"몰라. 이 이야긴 그만해."
숀이 고개를 저었다.
"저긴가?"
이야기하는 사이 영지에 있는 정보길드에 도착할 수 있었다. 가게 안으로 들어가자 사람이 많았다. 숀과 알런은 줄을 서고 몇 분을 기다려서야 차례가 돌아왔다.
"무엇을 도와드릴까요?"
점원의 말에 알런은 이미 써놓은 편지를 내밀었다.
"수도까지 보내는 편지군요?"
"최대한 빨리 보내주세요."
"알겠습니다. 가격은 1실버입니다."
제법 비쌌지만 어쩔 수 없었다. 그런데 알런이 돈을 내는 대신 스승 숀을 바라보았다. 숀은 알런이 자신을 바라보자 주변을 둘러보다 이내 손가락으로 자신을 가리켰다.
"나는 왜?"
알런은 대답 대신 씨익 웃으며 점원을 바라보았다. 그제야 숀은 알런의 의도를 알아챘다.
"야, 너 날 감히 지갑으로 데려와?"
"그게…… 아시잖아요? 제가 돈도 뺏기고 길도 잃고……."
알런이 자신의 구구절절한 사연을 풀자 숀은 이를 으득 갈았지만 어쩔 수 없었다.
"젠장, 이 짐 덩어리."
결국 숀은 그의 주머니에서 1실버를 꺼내야만 했다.
"나중에 청구하면 안 받아주려나?"

헬리아 공주의 얼굴을 떠올리곤 숀은 씁쓸한 표정을 지어야 했다.

⁂

퍽퍽퍽—

“내가 꼭 받아내고 만다.”

헬리아는 방망이로 빨래를 내려쳤다. 그럴 때마다 물이 튀었다. 그녀의 옆에는 바구니 한가득 빨랫감이 잔뜩 쌓여 있었다.

“하아…….”

하녀로 잠입한 것은 좋은데 문제는 하녀의 일을 해야 한다는 것이다. 틈틈이 주변을 탐색하긴 했으나 그래도 수상하게 여기지 않으려면 일하는 모습을 보일 수밖에 없었다. 해서 이렇듯 빨래를 하고 있는 것이다. 그것도 겨울에. 아주 찬물로.

퍽퍽퍽—

잠입을 했더라도 일한 만큼의 값은 꼭 받고 가겠노라 헬리아는 다짐했다. 열심히 빨래하는 헬리아 주위에는 다른 하녀들도 함께 빨래를 하고 있었다. 그녀들은 헬리아의 모습을 보며 입을 다물지 못했다.

‘대, 대단하다. 신의 경지야!’

‘빨래의 신이야!’

하녀들은 헬리아의 능숙한 손놀림에 모두 놀라 눈이 커졌다. 속도도 눈부시게 빨랐지만 이 차가운 물에도 아무렇지 않아 보이는 것이 더 대단했다.

“그럼 저 먼저 가볼게요.”

어느새 자신의 할당량을 다한 헬리아가 일어섰다. 애초에 자신의 몫을 다하고, 거기다 추가로 다른 이의 것도 해주었다. 그 바람에 하녀들은 헬리아를 좋게 보았다.

"먼저 들어가. 날도 이제 어두워졌는데."
"맞아. 신혼이랬지?"
"호호호."
나이 든 하녀들은 헬리아를 보며 음흉하게 웃었다. 헬리아는 어색하게 웃을 수밖에 없었다.
'젠장, 그러고 보니 방이 하나잖아.'
잊고 있던 사실이 다시금 떠올랐다. 빨래를 널어놓고 방으로 가는 길이 멀기만 했다.
'먼저 와 있으려나?'
문 앞에 선 헬리아는 잠시 머뭇거리다 이내 안으로 들어갔다. 그런데 방 안에 이안은 없었다.
"후우, 먼저 씻기나 해야겠군."
하루 종일 일을 한 탓에 몸에 먼지가 가득했다. 헬리아는 앞치마를 벗고는 씻으러 욕실로 들어갔다.

달칵-
씻고 나온 헬리아는 머리를 말리다 이내 깜짝 놀랐다.
"와, 왔으면 인기척이라도 해야지."
흐릿한 램프의 불빛 사이로 이안의 모습이 보였다. 이안은 물끄러미 그녀를 바라보고 있었다. 그 눈빛이 묘해 헬리아는 저도 모르게 시선을 돌렸다. 램프의 불빛이 비쳐 이안의 검은 눈동자에 불빛이 일렁이는 것처럼 보였다.
"씨, 씻어."
헬리아는 분위기가 이상해지자 얼른 그에게 다가가 수건을 내밀었다. 그러자 이안은 손을 내밀어 수건을 받아 들곤 눈을 좁혔다.
"물이……."

이안의 목소리에 헬리아는 자신의 머리에서 물기가 줄줄 흘러내리는 것을 깨달았다. 제대로 머리를 닦지 않아 그 물이 옷을 적셨다. 이안은 낮게 한숨을 쉬며 손을 들어 물기가 흐르는 그녀의 머리를 닦기 시작했다.

"이, 이건 내가……."

"물바다로 만들 생각입니까?"

그 말에 헬리아는 바닥에 흥건한 물을 보고 찔끔했다. 원래 보통 때는 엘라임이 머리를 말려주곤 했었다. 헬리아는 가만히 이안의 손에 머리를 맡겼다. 투박할 줄 알았는데 제법 손길이 부드러워 헬리아는 저도 모르게 긴장이 풀렸다.

"다 됐습니다."

이안의 목소리에 헬리아는 그제야 퍼뜩 눈을 떴다.

"그럼 주무십시오."

이안이 몸을 돌려 밖으로 나가려 하자 헬리아가 그를 붙잡았다.

"어디 가?"

"밖에 나가 있겠습니다."

"어차피 야영할 땐 바로 옆에서 잤으면서."

"……."

"그냥 여기서 자."

이안은 그 말에 헬리아를 잠시 쳐다보더니 또 한숨을 푹 내쉬었다. 그는 근처 의자에 앉았다.

"설마 앉아서 잘 건 아니지?"

"여기면 됩니다."

이안은 팔짱을 끼고 딱딱한 의자에 몸을 기울였다. 헬리아의 눈이 좁아졌다. 차라리 바닥에 누워 잤으면 딱딱한 바닥이지만 그러려니 했을 거다. 한데 앉아서라니.

헬리아는 얼굴을 일그러뜨렸다.

"하아……."

그녀는 머리를 흩뜨렸다. 도대체 그 오카마 요정 자식 때문에 이게 무슨 일이란 말인가.

'내가 다시는 요정 말을 곧이곧대로 믿나 봐라.'

헬리아는 유니를 만나면 그 얼굴을 한 방 때려 주리라 결심했다.

"이리로 와."

"괜찮습니다."

"덮치지 않을 테니까, 침대에서 자."

어둠 속에서 이안의 얼굴이 미미하게 구겨지는 것이 보였다.

"안 오면 내가 나갈 거야."

헬리아가 일어나려 하자 이안이 할 수 없다는 듯 침대로 다갔다.

"그냥 잠만 자는 거야. 야영하는 거랑 똑같아."

"……."

이안이 한숨을 짓는 것이 느껴졌지만, 그가 침대에 올라왔으니 헬리아는 더는 신경 쓰지 않고 침대에 누웠다.

"그럼."

헬리아는 그대로 잠에 빠져들었다. 워낙 쇠심줄 같은 성격의 소유자 아니겠는가. 헬리아가 잠에 빠져들자 이안은 그런 그녀를 응시하다 결국 몸을 뉘였다.

캄캄한 밤.

멀리 부엉이의 울음소리가 울려 퍼졌다. 어둠 속에서 이안이 몸을 일으켰다. 그는 상반신만 일으킨 채로 고개를 돌리고 달빛에 비친 헬리아의 얼굴을 내려다보았다. 이안의 손이 헬리아의 얼굴에 다가가 이내 머리카락을 스쳤다. 그의 손가락에서 머리카락이 부드럽게 흘러내렸다.

"후우……."

그는 한숨을 내쉬고 하늘에 뜬 달을 하염없이 바라보았다.

❊

짹짹짹―

아침을 울리는 새소리가 울려 퍼졌다. 헬리아는 햇볕이 눈가에 내리쬐자 인상을 찡그리다 이내 눈꺼풀을 들어 올렸다.

"……."

주변을 둘러보니 방 안엔 그녀 혼자뿐이었다. 헬리아는 빈 침대를 내려 보다 자리에서 일어섰다.

"하아암~"

혼자 터벅터벅 빨래터로 가는 헬리아가 하품을 내뱉었다. 아무래도 눈꺼풀이 처지는 게 잠이 부족해 보였다.

"헬리아!"

그 순간 엘라임이 나타나 득달같이 헬리아를 불렀다.

"왜?"

헬리아는 주변을 살피다 아무도 없는 것을 확인하고서야 엘라임을 보았다. 엘라임은 헬리아를 쭈욱 살피더니 그녀의 얼굴에 자신의 얼굴을 가까이 대었다.

"……."

"뭔데?"

그냥 자신을 바라보기만 하자 헬리아가 물었다. 엘라임은 그저 입을 다물고 있었다.

"하암~"

그때 헬리아가 하품을 하자 엘라임의 눈이 더 가늘어졌다.

"뭐 했어?"

"자고 왔지. 내가 뭘 해?"

엘라임은 미심쩍은 눈을 하다 이내 푹 한숨을 내쉬었다.

'하기야 헬리아가 누군데…….'

그는 고개를 젓고는 헬리아의 머리를 헝클어뜨렸다.

"뭐 하는 거야?"

"됐어. 배고파."

"배 속에 거지가 들었냐?"

헬리아는 고개를 저었다.

"그보다 이제 어쩔 거야? 계속 이렇게 할 거야?"

계속 헬리아가 이안과 한 방을 쓰는 게 싫은 엘라임은 얼른 일을 마무리 짓고 싶었다. 헬리아는 턱을 쓰다듬고 말했다.

"이제 움직여야지."

그녀의 눈이 반짝거렸다.

❊

"멈춰라."

벨리앙 백작의 본관을 지키는 병사가 하녀의 앞을 가로막았다.

"무슨 일이냐?"

병사의 말에 하녀는 바구니를 들어 보이며 말했다.

"빨랫감을 가지러 왔습니다."

"못 보던 하녀인데?"

병사가 눈을 가늘게 뜨고 하녀를 훑었다. 그러자 하녀는 공손히 대답했다.

"새로 들어온 리아라고 합니다."

"흐음, 그러고 보니 새로 하녀가 들어왔다는 이야길 들었긴 한데……."

병사는 미간을 좁히다 창을 거두었다.

"들어가 봐라."

"그럼 수고하세요."

하녀는 웃으며 안으로 들어갔다.

'좋았어.'

하녀, 헬리아는 바구니를 든 채 주변을 살폈다. 본관을 담당하던 하녀와 일을 바꾸었다. 하녀는 흉흉한 기사들이 있는 곳에 들어가는 것이 언제나 고역이었던지 쉽게 헬리아에게 일을 넘겨주었다. 안으로 들어가자 병사 이외에도 곳곳에 기사들이 포진되어 있었다. 헬리아의 눈이 매처럼 날카로워졌다.

'역시 감시당하고 있는 거야.'

아무리 생각해도 이건 보호가 아닌 감시였다. 헬리아는 조용히 걸음을 옮겼다.

똑똑-

"백작님, 빨랫감을 가지러 왔습니다."

마지막으로 백작의 방문 앞을 지키는 기사에게 검사를 받은 이후 헬리아는 드디어 백작의 방 안으로 들어갈 수 있었다.

"들어와라."

백작의 목소리는 예전에 들었던 것과 달리 매우 낮고 음울했다. 헬리아는 조용히 문을 열고 방 안으로 들어갔다. 헬리아는 부드러운 카펫을 밟으며 안으로 들어갔다. 그리고 백작을 볼 수 있었다.

그는 창가에 서서 하늘을 하염없이 바라보고 있었다. 그에게선 과거 그 당당한 기백은 전혀 느껴지지 않았다. 백작은 헬리아의 기척을 느끼지 못했는지, 아니면 신경 쓰지 않는 건지 몸을 돌리지 않았다.

헬리아는 우선 주변을 살폈다. 문밖에서 보초를 서는 두 명의 기사를 제외하곤 다행히 어떠한 기척도 느껴지지 않았다. 헬리아는 천천히 백작에게 다가갔다. 백작은 그제야 조금 이상함을 느끼고 뒤를 돌아보았다.

"무슨 일이냐?"

하녀가 가만히 자신을 보고 있자 백작은 의아했다. 게다가 상대는 처음 보는 이였다. 백작가의 하녀를 모두 알진 못하지만 자신의 방을 드나드는 하녀의 얼굴을 모를 순 없었다. 백작이 눈을 좁히곤 물었다.

"너는 누구냐?"

그가 낮게 말했다. 하녀의 입가가 씨익 올라갔다.

"그간 안녕하지 못하셨나 봅니다."

백작의 미간이 치켜 올라갔다.

"이렇게 새장 속 새가 되시다니……."

"무슨 말을 하려는 게냐?"

백작은 그녀가 평범한 하녀가 아님을 눈치챘다. 백작의 눈이 날카롭게 벼려졌다.

"절 잊어버리셨다니 이거 섭섭하네요. 도움도 드렸는데."

"도움이라니……!"

백작의 눈동자가 흔들렸다. 백작은 순간 기억 속에서 누군가를 떠올렸다. 그의 시선이 헬리아의 얼굴에서 떠나가지 못했다. 머리색은 갈색이나 하녀의 눈동자는 금색이었다.

'금안이라, 금안?'

무언가를 떠올린 듯 백작의 눈이 동그래졌다.

"너, 아니, 다, 당신은……."

"쉿. 너무 목소리가 큽니다, 백작."

백작은 어째서 그녀가 자신 앞에 있는지 상상도 하지 못했다.

'어떻게 헬리아 공주가?'

백작은 너무 놀라 심장이 두근거릴 정도였다. 그러다 그의 머리가 빠르게 돌아갔다.

'도대체 이곳엔 왜?'

백작이 아르센 왕국에 있는 그 짧은 시간 동안 헬리아 공주에 대해 딱 하나 정확히 파악한 게 있다면, 바로 그것은 결코 공주가 쓸데없는 일에는 움직이지 않는다는 것이었다.

"어째서 감시를 당하시는 겁니까?"

헬리아의 물음에 백작은 깊게 한숨을 내쉬었다. 그의 얼굴이 한층 더 우울해졌다.

"아십니까? 제게 딸이 하나 있다는 것을."

백작은 손으로 마른세수를 하고 다시 고개를 들었다.

"인질인 겁니까?"

"역시 공주님이십니다."

백작은 단번에 알아차린 헬리아 공주에게 그리 놀라지 않았다.

"공주님이 주신 포션을 가지고 본국으로 돌아온 이후 제 동생이 찾아왔습니다. 그는 한 남자와 함께였습니다. 그때 알아차려야 했습니다."

백작은 소태를 씹은 것처럼 얼굴이 일그러졌다.

"그들은 저를 억압하고 제 딸아이를 인질로 삼았습니다."

"그자들이 노예들을 사들이고 있는 건가요?"

"예."

백작은 고개를 끄덕였다.

"저항은 할 수 없었습니다. 이벨린을, 그 아이를 죽게 놔둘 수 없었습니다."

헬리아는 그제야 백작의 사정을 모두 알게 되었다. 리베앙 남작과 함께 찾아온 흑마법사. 그들은 벨리앙 백작령을 거점으로 노예들을 사들였고, 헬리아는 그들이 그 노예들로 무슨 짓을 벌이고 있음을 알아차렸다. 하지만 아직 그녀들을 데리고 무엇을 하는지는 알아채지 못했다.

백작이 헬리아를 바라보았다. 그의 눈빛은 활활 타오르고 있었다.

"부탁드립니다. 제발 제 딸아이를 구해 주십시오."

"알고 계십니까?"

헬리아가 벨리앙 백작을 응시했다.

"나는 제국의 사람도 아닐뿐더러, 아르센 왕국의 공주입니다. 제가 왜 백작을 위해 그녀를 구해야 하죠? 저번 일은 거래였습니다. 아시다시피 저는 자선사업가가 아닙니다."

"……."

백작은 헬리아의 말에 입술을 깨물었다. 하지만 자신이 할 수 있는 건 아무것도 없었다. 백작은 질끈 이를 물다 이내 헬리아를 직시했다.

"이곳에 있다 하나 귀가 없는 건 아닙니다. 듣기로는 황제 폐하의 탄신일에 사신으로 각국의 왕자와 공주들이 초대되었다 합니다. 그곳에 공주님도 참석하겠지요?"

백작은 헬리아를 보며 입가에 미소를 띠웠다. 헬리아는 더 해보라는 식으로 그를 보았다.

"한데 마차를 타고 편히 수도로 올라갈 공주께서 이런 곳에 그런 차림으로 계십니다. 그렇다면 필시 그래야 할 이유가 있다는 것. 그렇지 않습니까?"

"……여전하시네요."

"별로 추리라고 할 것도 없습니다. 그저 공주께서 이 자리에 있는 것이 이상하여 생각한 것뿐입니다. 제게 원하시는 바가 있겠지요?"

헬리아는 피식 웃음을 지었다. 역시 국왕 빈센트의 앞에서도 기죽지 않던 그 기백이 어디 가지 않았다. 하지만 그대로 끌려갈 헬리아가 아니었다.

"맞습니다. 하지만 이미 원하는 것을 얻었고, 굳이 백작이 도와주지 않아도 되는 일입니다. 단지 상황을 알고자 백작을 찾아왔을 뿐이죠."

"……."

백작은 헬리아의 말에 일순 할 말을 잃었다. 그러곤 이 대화의 방법이 틀렸다는 것을 깨달았다.

"부탁드립니다. 딸을 구해 주신다면 제가 할 수 있는 일이라면 뭐든 도와드리겠습니다."

그가 할 수 있는 일이란 진심으로 그녀에게 도움을 요청하는 것. 그것이었다. 헬리아는 싱긋 미소를 지었다.

"도와드리겠습니다."

❊

"충!"

"이상 없나?"

"옛!"

벨리앙 백작의 딸 이벨린이 있는 건물엔 병사들이 삼엄하게 경비를 서고 있었다. 근처에 몸을 숨기고 그들을 주시하던 헬리아는 미간을 좁혔다. 벨리앙 백작의 처소보다 훨씬 더 감시가 심했다. 알아본 바로는 청소와 빨래 등 잡다한 일은 내부에서 모두 처리한다고 한다. 벨리앙 백작 때처럼 안으로 들어갈 수도 없었다.

"아무래도 몰래 들어갈 수밖에 없겠는데."

헬리아는 건물을 살피며 주변을 오가는 경비병들을 주시했다. 그들은 쉬지 않고 정문과 그 주변을 돌아다니며 감시했다.

"엘라임, 네가 주의를 끌어줘."

–알았어.

다람쥐로 변한 엘라임이 쪼르르 달려 나갔다.

부스럭.

엘라임이 움직이는 소리가 경비병에게 포착되었다. 두 명의 경비병은 갑자기 난 소리에 주변을 둘러보았다.

"뭐야?"

"무슨 소리가 들렸어."

경비병 한 명이 소리가 들린 방향으로 움직였다. 그가 다가갈수록 수풀의 움직임은 더욱 커졌다. 경비병은 창을 앞으로 내밀고 천천히 다가갔다.

"뭐야……."

"무슨 일인데?"

"아무것도 아니야. 그냥 다람쥐야!"

경비병은 낮게 한숨을 내쉬고 수풀 사이로 빼꼼히 얼굴을 내밀고 있는 다람쥐를 바라보았다.

"괜히 쫄았네."

경비병은 괜히 다람쥐를 향해 창을 휘이 저었다. 다람쥐는 잔뜩 털을 세우곤 후다닥 도망을 갔다. 그리고 그와 다른 경비병이 한눈을 파는 사이 검은 그림자가 휘익 창문 사이로 파고들었다. 하지만 경비병들은 알아차리지 못했다.

타악.

건물 앞을 지키고 있던 경비병의 눈을 피해 헬리아는 벽을 타고 올라가 열린 창문으로 건물 안으로 잠입했다. 다행히 운이 좋았는지 그곳을 지키는 경비병은 보이지 않았다. 헬리아는 최대한 인기척을 죽이며 조심스럽게 주변을 살폈다.

움찔.

"……."

-무슨 일이야?

그새 헬리아의 어깨에 앉은 엘라임이 갑자기 멈춘 헬리아를 의아하게 바라보았다. 헬리아는 낭패라는 듯 미간을 구겼다.

"……방이 어디지?"

주변을 살피던 헬리아는 아차 싶었다. 생각해 보니 이벨린이 잡혀 있는 방이 어딘지 모르고 있었다. 헬리아는 한숨을 내쉬곤 어쩔 수 없이 그녀가 있을 만한 방을 찾기 시작했다.

그렇게 둘러보길 한참. 헬리아는 다행히 어렵지 않게 이벨린의 방을 찾을 수 있었다. 멀리서 이벨린의 방문 앞을 지키고 서 있는 기사 두 명을 훑어보았다.

'제압할 수밖에 없겠어.'

헬리아가 기사들을 제압하기 위해 몸을 움직이려는 찰나, 이벨린의 방에서 누군가가 나오기 시작했다.

'저자는!'

헬리아는 얼른 몸을 숨겼다. 노예 시장에서 보았던 그 검은 망토를 입은 남자, 그 흑마법사였다. 그의 뒤로 한 하녀가 사색이 된 얼굴로 따라가고 있었다.

탁.

걸어가던 흑마법사가 일순 자리에서 멈춰 섰다.

두근두근.

헬리아는 갑작스런 흑마법사의 행동에 온 신경을 집중했다.

'설마 들킨 건가?'

"무슨 일이십니까?"

제롬은 기사의 말에 대답 대신 걸음을 옮겼다.

'젠장, 왜 이쪽으로 오는 거야?'

헬리아는 얼른 주변을 살폈다. 한데 하필이면 자신의 뒤쪽으로 누군가의 발걸음 소리가 들린 것이다. 헬리아의 얼굴에 낭패감이 어렸다.

'어쩔 수 없나?'

헬리아가 마나를 끌어올리려 할 때 누군가 그녀를 잡아채 끌어당겼다. 제롬이 헬리아가 있던 장소에 서더니 멈춰 섰다.

"제롬 님?"

"아니다. 돌아간다."

제롬은 주변을 한번 살피곤 몸을 돌렸다.

"후우……."

헬리아는 낮게 안도의 한숨을 내쉬었다.

"지금 제정신입니까?"

역시나. 헬리아는 자신을 잡아당긴 사람을 바라보았다. 이안이었다.

"여긴 어떻게?"

"하아."

이안은 깊게 한숨을 내쉬었다.

"제발 혼자서 무모하게 움직이지 마십시오."

헬리아는 이안의 말에 시선을 돌렸다.

"암튼 여긴 어떻게 있는 거야?"

"이쪽으로 가는 걸 봤습니다."

설마 다짜고짜 건물 안으로 들어갈 줄 몰랐던 이안은 그녀가 안으로 들어가자 곧장 따라 들어왔다.

"아깐 그자입니까?"

헬리아가 고개를 끄덕였다.

-그놈 강해.

엘라임은 헬리아가 이안과 붙어 있는 게 못마땅한 듯 이안의 머리를 작은 발로 짓밟으며 말했다.

—조심해.

헬리아는 엘라임의 말에 흑마법사의 기운을 떠올리곤 고개를 끄덕였다.

"한데 왜 이곳에……."

—다시 올지 모르니까 얼른 움직여.

엘라임의 말에 헬리아는 생각을 접고 엘라임에게 말했다.

"주변 이목을 끌어줘."

—알았어.

엘라임이 쪼르르 기사들이 지키고 서 있는 방문 앞으로 달려갔다. 그러자 기사들의 시선이 일순 엘라임에게 향했다. 헬리아는 그 순간을 놓치지 않고 마법을 시전했다.

'슬립! 홀드!'

그러자 잠에 빠진 기사들은 그대로 몸이 굳은 채 서 있게 되었다. 꼭 경비를 서고 있는 것 같은 모습이었다. 헬리아와 이안은 두 기사를 지나쳐 방문을 열었다.

끼이익—

문을 열고 안으로 들어가자 한 여자를 발견할 수 있었다.

'저 여자가 이벨린인가?'

헬리아는 이벨린을 바라보았다. 그녀는 갑작스레 들어온 헬리아와 이안을 보고 크게 놀란 듯했다.

"누, 누구세요?"

그녀는 겁에 질린 표정이었다.

"당신이 이벨린인가요?"

"네, 네."

헬리아는 이벨린에게 다가갔다. 그녀는 연신 주변을 두리번거리며 안절부절못했다.

"걱정 마세요. 구해드리러 왔습니다."

"하, 하지만……."

"더는 갇혀 있지 않아도 돼요."

이벨린은 헬리아를 믿지 못하는 건지 움직이지 않았다. 하기야 갑자기 나타나 구해 준다는 말을 선뜻 믿기는 힘들 것이다.

"백작께서 보냈습니다. 그러니 걱정 마세요."

"배, 백작님이……."

이벨린은 이내 눈물을 흘러내렸다. 그러나 그녀는 고개를 저었다.

"모, 못 가요. 저, 전 못 가요."

헬리아는 이벨린의 말에 미간을 좁혔다. 이안이 그녀에게 신호를 주었다. 멀리서 발걸음 소리가 들린 것이다. 헬리아는 그녀의 손을 붙잡았다. 이벨린의 의사와는 상관없이 헬리아는 그녀를 이곳에서 빼낼 필요가 있었다.

"……!"

이벨린의 손을 잡은 헬리아는 돌연 손을 잡아당겼다.

"당신 누구지?"

"그, 그게……."

헬리아는 맞잡은 손에서 느껴지는 딱딱한 굳은살에 이벨린을, 아니, 그녀로 변장한 여자를 응시했다. 백작가 외동딸의 손에 굳은살이 생길 일이 없지 않겠는가. 여자의 손은 거칠었고, 투박했다. 마치 하녀의 손처럼. 헬리아는 여자를 다그쳤다. 일이 잘못 돌아가고 있었다.

"이벨린은 어디에 있지?"

"아, 아, 구, 구해 주세요!"

여자는 헬리아를 향해 무릎을 꿇고 눈물을 흘렸다. 헬리아는 입술을 깨물었다.

"아, 아가씨는 그자에게 끌려갔어요. 그, 그자는 아가씨를 죽일 거예요. 아, 아가씨를 구해 주세요."

여자는 이벨린의 하녀였다. 그녀는 울면서 헬리아에게 애원했다.

"이벨린은 그럼……!"

헬리아는 그제야 이 방에서 나온 흑마법사와 함께 갔던 하녀를 떠올렸다.

"어째서 그녀를 데려간 거야?"

"시, 실험을 한다고 했어요. 아, 아가씨의 마, 마나 친화력이 높아서…… 주, 죽을 수도 있다고 했어요. 제, 제발 아가씨를……."

"젠장!"

헬리아는 입술을 깨물고 몸을 돌렸다.

"어서 이벨린을 찾아야 해!"

"어디로 데려간 거지?"

그날 그자가 데려갔던 여인의 수만 해도 수십 명이었다. 하녀의 말처럼 실험을 한다 했을 때 그 인원을 수용할 만한 공간이 필요할 것이다.

헬리아는 벨리앙 백작의 본관과 고용인들이 사용하는 건물, 그리고 이벨린의 처소를 조사해 보았지만 아무것도 나오지 않았다. 그렇다면 그 외의 장소라는 것. 벨리앙 백작가에서 헬리아가 조사해 보지 못한 장소가 한 곳이 있었다. 그곳은 바로 서쪽에 위치한 별관이었다. 헬리아 일행은 곧장 별관으로 향했다.

서쪽에 위치한 별관으로 가자, 역시나 그 주변을 병사들이 지키고 있었다. 별관은 대개 손님방으로 사용하는데 이렇게까지 경계할 필요가 없었다. 그렇다는 건 무언가 있다는 것이다.

헬리아는 별관을 응시했다. 이곳에 그자가 있을 것이다.

"흑마법사……."

❊

까악까악-

창밖에서 새카만 까마귀의 울음소리가 을씨년스럽게 울려 퍼졌다. 까마귀는 하늘을 비행하며 울음을 토해냈다. 제롬은 하늘의 원을 그리는 까마귀를 바라보며 눈에 이채를 띠었다. 그의 입가에 묘한 미소가 번졌다.

"……도대체 뭘 하려는 거죠?"

차분한 음성, 그러나 그 안에는 숨길 수 없는 불안함이 묻어 있었다. 하녀 차림을 한 여자는 입술을 살짝 깨물고 제롬을 노려보았다. 그녀는 바로 진짜 이벨린이었다.

제롬은 하늘에서 시선을 떼고 그녀를 바라보았다. 그의 눈이 싸늘하게 빛났다. 그의 불길한 진홍빛 눈동자가 번뜩였다. 마차 재미있는 먹잇감을 발견한 듯한 그런 눈이었다.

"곧 알게 될 거다."

이벨린은 덜덜 떨려오는 몸을 진정시키기 위해 애를 써야 했다. 그들이 있는 곳은 어느 캄캄한 지하실. 벽에 붙은 촛대만이 음울하게 빛나고 있을 뿐이었다.

이벨린은 항거할 수 없는 제롬의 힘 앞에 무기력하게 그를 따를 수밖에 없었다.

'아버지…….'

사랑하는 아버지를 떠올리자 이벨린은 가슴이 찢어졌다. 아버지는 언제나 공명정대하고 그 누구보다 어진 영주셨다. 그런데 그런 아버지가 자신 때문에 죄 없는 사람들을 납치해 노예로 만들었고, 하물며 그들은 이곳에 끌려와 죽음을 맞이했다. 이벨린은 그 일이 모두 자신으로 인해 일어났음을 알고 있었다.

'나 때문에…….'

자신이 인질이 된 탓에 아버지는 이들의 말을 따를 수밖에 없었다. 차라리 자결을 할까도 생각했다. 하지만 가짜를 내세워 여전히 아버지를 압박한다면 무슨 소용이겠는가. 이벨린은 아무것도 할 수 없는 자신이 원망스러웠다.

'아버지…….'

지하실을 걷는 이벨린의 발걸음이 무거워졌다. 그가 자신에게 무슨 짓을 할지 두렵고 무서웠다. 실험을 할 거라 했다. 무슨 실험일까. 이벨린의 입술을 떨려왔다.

끼이익-

제롬이 문을 열었다.

"들어가라."

제롬의 미소가 더욱 번져 나갔다.

❊

뚜벅뚜벅.

별관 안으로 들어가자 스산한 분위기가 물씬 풍겼다. 되레 밖보다 안이 더 추웠다. 숨을 쉬자 나오는 입김에 헬리아는 의식적으로 몸을 움츠렸다.

-귀, 귀신 나올 것 같아.

엘라임이 헬리아의 뒤통수에 딱 달라붙어 바들바들 떨었다. 도대체 정령 주제에 비슷한 귀신이 뭐가 무섭다고. 정령이나 귀신이나 실체가 없긴 마찬가지 아닌가.

까악까악!
—귀, 귀신!
"까마귀야."
헬리아는 귀를 틀어막으며 눈을 찌푸렸다. 이걸 도로 정령계로 보내버려?
"느낌이 좋지 않습니다."
이안의 말에 헬리아도 공감한다는 듯 고개를 끄덕였다. 생각해 보니 이상한 점이 한둘이 아니었다.
"왜 아무도 없지?"
경비를 서야 할 자들은 물론, 아예 인기척이라곤 느껴지지 않았다. 그저 암울하고 음습한 기운만이 건물 안에 감돌았다. 헬리아가 이안을 보았다. 이안은 눈을 좁히며 고개를 저었다.
"아무런 기척도 느껴지지 않습니다."
혹시 잘못 찾아온 것일까? 헬리아가 깊게 생각하다가 문득 창밖을 바라보았다. 까마귀가 한 마리가 하늘에 원을 그리고 있었다.
—저 까마귀 이상하지 않아?
그때 엘라임이 까마귀를 보다 입을 열었다. 헬리아는 또 귀신 타령을 한다 생각해 귀담아 듣지 않았다.
"까마귀가 뭘."
—아니, 꼭 우릴 지켜보는 것 같아서.
헬리아는 순간 아차 싶었다.
"까마귀!"
바로 그 순간이었다.
쿠웅! 쿠웅!
사방에서 소리가 흘러나오더니 온몸에서 검은 기류를 흘리는 기사들이 검을 들고 헬리아와 이안을 향해 쇄도하기 시작했다.

"데스나이트라니!"
헬리아는 입술을 깨물었다. 상대의 실력이 생각보다 더 뛰어났다.
"제가 길을 뚫겠습니다."
이안이 검을 빼 들고 단숨에 기사들을 향해 검을 휘둘렀다.
"끄아아아!"
갑옷을 입은 기사들은 이안의 공격에 짚단처럼 쓸렸다.
"……그놈들."
헬리아는 데스나이트들의 벗겨진 투구 안을 보곤 이를 갈았다. 긴 머리카락, 앳된 얼굴. 여자아이였다.
헬리아의 눈에 짙은 살기가 감돌았다. 그녀의 머리는 더욱 차분해졌다. 이안도 순간 주춤했다. 하지만 곧 검을 고쳐 잡았다.
"이안, 빠져나간다."
헬리아는 이를 악물었다. 이제 이들은 인간이 아니다. 살아도 산 존재가 아닌 자들.
"차라리 죽는 게 낫겠지."
헬리아와 이안의 공격에 데스나이트들은 모두 무너져 내렸다.
"이안, 흩어져서 찾아야 되겠어."
"위험합니다."
"이대론 찾을 수가 없어. 나는 엘라임이 있으니까 부탁해."
헬리아가 이안을 바라보았다. 이안은 어쩔 수 없이 고개를 끄덕였다.
"부디…… 조심하십시오."
"응."
헬리아와 이안이 갈라졌다. 이안은 위층으로, 헬리아는 아래층으로 내려갔다. 아까보다 묘한 느낌이 들었다. 데스나이트들을 처리하고 헬리아는 지하로 내려갔다. 더욱 음산한 기운이 풍겨 나왔다.
"이 냄새는……."

-피 냄새야.

옅게 말아지는 피 냄새에 헬리아는 더욱 경계하며 주변을 살폈다. 지하실 계단을 내려오자 안은 횃불 하나 없이 깜깜했다. 그러나 헬리아는 어렴풋이 주변을 둘러볼 수 있었다. 긴 복도가 눈에 띄었다.

"여긴 어디지?"

헬리아는 조심스럽게 걸음을 옮겼다. 등줄기에서부터 시작된 오싹함이 헬리아의 미간을 찌푸리게 만들었다.

뚝뚝.

물기가 천장에서 바닥으로 떨어졌다. 그녀는 계속 복도를 걸었다.

그렇게 얼마를 걸었을까.

"막혔어."

벽을 만져 보았지만 문이 없었다. 헬리아는 혹여 장치라도 있을까 이곳저곳을 두드렸다. 엘라임도 헬리아의 어깨에서 내려와 작은 발바닥을 두들겼다.

달칵.

-어?

엘라임은 달칵거리는 소리에 발을 슬쩍 들어 올렸다.

두드드드드.

그러자 바닥의 한 부분이 내려앉더니 이내 기괴한 소리가 들려왔다.

"뭐 한 거야?"

-그, 글쎄?

두드드드드.

소리와 함께 천천히 벽이 움직이기 시작했다. 그리고 헬리아와 엘라임 앞에 캄캄한 복도가 드러났다.

❊

달칵.

어느 방 안으로 들어간 이안은 느껴지는 인기척에 검을 겨누며 걸음을 옮겼다. 헬리아가 걱정되어 자꾸만 신경이 분산되었다. 하루 종일 잠을 자지 못한 탓도 있었다. 그가 아무리 무뚝뚝하고 표현이 없다 하나 옆에 헬리아가 자고 있는데 맘 편히 잘 수는 없었다.

'누구지?'

상대도 그제야 이안을 눈치챘는지 목소리가 들려왔다.

"누, 누구세요?"

여자의 목소리가 떨리고 있었다. 이안은 가까이 다가갔다.

"당신이 이벨린인가?"

이벨린은 눈이 커다래졌다. 그녀가 뒷걸음질 쳤다.

"백작으로부터 부탁을 받았다."

"아, 아버지가……."

이벨린은 눈물을 흘렸다.

"도대체 무슨 일이 있었던 거지?"

이안은 이벨린이 왜 그곳에서 이곳으로 오게 되었는지 알 수 없었다.

"시, 실험을 한다고 했어요."

"실험?"

실험이란 말에 이안은 눈을 좁혔다. 헬리아에게 흑마법사가 여자들을 데려갔다는 이야길 들었지만 실험에 대해선 자세히 듣지 못했다.

"무엇을 실험하는 거지?"

"잘 모르겠어요. 단지 마나 친화력이 높은 자들을 데려갔어요."

이벨린이 이곳에 온 이유는 우연히 그녀의 몸이 마나를 받아들이기 쉬운 몸이라는 것을 제롬이 알아차렸기 때문이다. 노예들로는 부족했던 제롬은 이벨린에게 검사를 해보았고, 그녀에게서 높은 마나 친화력을 발견할 수 있었다.

"도대체 그렇게 실험을 해서 무엇을 하려는 거지?"

"그건……."

이벨린은 고개를 저었다. 이안은 미간을 좁히다 물었다.

"그자는 어디에 있나?"

"실험실에."

이안은 불안감에 얼른 되물었다.

"실험실은?"

"지, 지하에 있어요."

이안은 입술을 깨물었다.

'헬리아!'

❊

빛조차 들지 않은 캄캄한 복도를 헬리아와 엘라임이 걷고 있었다.

"뭐가 보여?"

—아무것도.

엘라임은 헬리아의 머리에 올라가 주변을 살폈다. 어둠이었지만 정령인 그에게 그건 아무런 장애가 되지 않았다.

—음?

"왜?"

—무슨 소리가 들리는데?

얼마 가지 않아 헬리아와 엘라임은 막다른 곳에 도착했다. 소리는 그곳에서 흘러나오고 있었다. 다행히 문은 잠겨 있지 않았다. 헬리아는 소리가 나지 않게 조심스럽게 문을 열었다.

"사, 살려 주세요."

"까아아악!"

여자들의 비명이 실험실 안을 가득 메웠다. 피 냄새와 비명. 헬리아는 그 광경을 보고 입을 열 수 없었다.

'이게 대체!'

여자들은 실험대에 묶여 마나를 강제로 주입당하고 있었다.

"커어어억!"

한 여자가 발작을 일으키며 입에 거품을 물었다. 마나를 이기지 못하고 그대로 죽어버린 것이다. 그중 마나를 이겨낸 여인들이 있었다. 한 남자가 그런 여자들을 체크하곤 다른 곳으로 보내었다. 그러면 또 다시 그 자리에 다른 여자들을 올려놓았다.

헬리아는 이 괴상한 실험의 정체를 알 수 없었다.

'무엇 때문에 이런 실험을 하는 거지?'

어쩌면 이것이야말로 가장 중요한 문제일 것이다. 흑마법사가 원하는 것이 무엇이란 말인가. 실험실 안에는 흑마법사로 보이는 남자 셋이 있었다. 그들은 모두 헬리아가 보았던 흑마법사보다 훨씬 실력이 낮아 보였다. 그리고 나머지 세 명은 그를 보좌하기 위한 자들인 것 같았다.

헬리아는 바로 마법을 일으켰다. 우선적으로 가장 가까이에 있는 흑마법사에게 홀드와 슬립 마법을 걸었다. 헬리아의 실력이 더 상위였기에 그자는 순간 눈을 부릅뜬 채 이내 잠에 빠져들었다.

"다음 여자를…… 음? 어디에 간 거지?"

다른 흑마법사가 잠에 빠진 흑마법사를 찾아 주변을 두리번거렸다.

"커억!"

헬리아가 그 기회를 틈타 그의 뒤를 점해 기절시켰다. 기절한 놈들을 묶는 것도 잊지 않았다. 후에 어떻게 될지 모르기에 우선 살려둘 필요가 있었다. 그렇게 소리 없이 헬리아는 방 안에 있는 흑마법사를 모두 제압했다. 하지만 이대로 방심할 수는 없었다. 이들의 수가 이것뿐이라고 장담할 수 없는데다가 아직 그자가 보이지 않았다.

헬리아는 우선 이벨린을 찾기 위해 몸을 움직였다. 벨리앙 백작이 자유롭게 움직이기 위해선 그녀가 필요했다. 헬리아는 실험실 구석에 마련된 철제 감옥으로 다가갔다.

"흑흑흑."

"엄마……."

열댓 명의 여자가 작은 감옥 안에서 웅크린 채 떨고 있었다. 감옥 안에선 울음소리가 새어 나왔다. 헬리아가 다가가자 그녀들은 극도의 긴장 상태를 보였다.

"히익!"

"오, 오지 마!"

"주, 죽고 싶지 않아!"

바로 곁에서 계속 여자들이 죽어나가는 소리를 들었다. 그 공포와 두려움이 이미 뼛속까지 파고든 상태였다. 여자들이 두려움에 떨자 헬리아는 그녀들을 진정시켰다.

"쉿! 조용히 하세요."

다행히 여자들은 헬리아가 흑마법사들과 다른 것을 본능적으로 느꼈는지 흐느낌을 멈췄다. 하지만 경계를 늦추진 않았다.

"여러분을 구하기 위해 왔어요. 그러니 안심해요."

헬리아는 우선 이들을 안심시켰다. 그러면서 빠르게 여자들을 살폈다.

'이곳엔 없나.'

이벨린의 모습은 보이지 않았다. 다행히 아직 이곳까지 오진 않은 모양이다. 그러다 눈에 익은 여자아이를 발견했다.

"흑흑, 할아버지."

'제이니?'

그림으로 본 촌장의 손녀 제이니와 똑 닮아 있었다. 헬리아는 어린 여자아이까지 온몸이 상처로 뒤덮여 있자 분노가 치밀어 올랐다. 그녀의 머릿속에 아까 보았던 데스나이트들이 떠올랐다. 아직 꽃피지 못한 어린 여자아이들이었다.

'흑마법사!'

헬리아는 입술을 깨물곤 감옥을 부수기 위해 마법을 시전했다. 그러나 감옥은 그대로였다. 특수 처리가 된 감옥임이 분명했다.

'젠장.'

감옥을 열기 위해 더 강한 마법을 사용하다간 안에 있는 여자들이 위험해질 것이다. 헬리아는 아까 기절시켜 놓은 흑마법사를 향해 움직였다. 분명 열쇠가 있을 것이다.

"……!"

그런데 있어야 할 흑마법사들이 어디에도 보이지 않았다. 순간 등줄기에서 식은땀이 흘러내렸다.

"도대체 어디……."

순간, 그녀의 뒤로 검은 그림자가 드리워졌다.

"너로군."

"……!"

헬리아는 갑작스레 들려온 낯익은 목소리에 고개를 돌렸다. 타는 듯한 붉은 머리카락과 진홍색 눈동자를 지닌 남자. 바로 제롬이었다.

'언제……!'

그가 다가올 때까지 헬리아는 기척을 느끼지 못했다. 제롬은 팔짱을 낀 채 흥미로운 눈으로 헬리아를 훑었다. 마치 재미있는 장난감을 발견한 눈빛이었다.

"감옥에서 본 그 여자군."

"……."

"그때 변장을 한 건가? 아니면 지금이 변장한 모습인가?"
제롬의 물음에 헬리아는 대답하지 않았다.
"하긴 중요한 건 그게 아니지."
제롬은 천천히 헬리아를 향해 걸어왔다. 헬리아는 그가 다가온 만큼 뒤로 물러섰다. 제롬은 이내 걸음을 멈추고 헬리아를 바라보았다.
"한데 궁금하군."
제롬의 눈이 날카롭게 그녀를 훑었다.
"분명 그때는 빛이 나지 않았는데, 어떻게 그들을 제압했지?"
부서져 바닥에 널브러져 있는 데스나이트들을 보았다. 제롬은 주변을 살폈지만 그녀 이외의 사람은 보이지 않았다. 그렇다는 건 곧 그녀가 직접 처리했다는 뜻.
'힘을 숨긴 건가?'
제롬의 눈이 가늘어졌다. 수십 기가 넘는 데스나이트를 처리했다면 만만히 볼 상대가 아니었다.
"목적이 뭐지?"
헬리아가 제롬을 응시했다. 그의 진홍색 눈동자와 헬리아의 금안이 부딪쳤다. 제롬은 자신의 기세에도 흔들림 없는 헬리아의 모습에 묘한 느낌이 들었다.
"목적이라, 그거야 오히려 내가 묻고 싶군."
제롬의 눈이 더욱 사이한 붉은빛을 띠었다.
"누구냐?"
"말해도 모를 텐데."
"훗."
헬리아의 당돌한 말에 제롬은 낮게 웃었다. 하지만 그뿐. 제롬의 눈은 어느새 싸늘하게 식어 있었다.
"그렇다면 강제로 입을 열게 해주지."

파앗!
"다크 스피어!"
제롬이 마법을 시전하자 허공에서 검은빛을 풍기는 화살이 생성되어 헬리아를 향해 쇄도했다.
"까아아악!"
거대한 폭음과 함께 먼지가 휘날렸다. 쇠창살에 갇혀 있던 여자들은 폭발 소리가 들려오자 두려움에 비명을 질렀다. 이윽고 서서히 먼지가 가시기 시작했다. 그동안 팔짱을 끼던 제롬이 어느새 팔을 풀고 늘어뜨렸다. 그의 눈이 가늘어졌다. 먼지가 사라지면서 흐릿하게 헬리아의 모습이 드러났다. 그녀의 몸엔 단 하나의 상처도 없었다.
"더욱 정체가 궁금해지는군."
웃으며 말하는 제롬이었지만 처음과 달리 경계의 눈빛을 띠었다. 푸른 머리의 남자가 헬리아의 앞에서 그녀를 보호하듯 지키고 서 있었다.
헬리아는 제롬을 바라보며 물었다.
"다시 한번 묻지. 다크니스는 여자들을 데리고 뭘 하려는 거지?"
제롬의 눈이 깊게 가라앉았다.
"네년, 정체가 뭐냐?"
이전까지 가볍게만 보이던 그의 태도가 단번에 진중해졌다.
다크니스. 그 단어 하나에 제롬의 눈매가 치켜 올라갔다. 결코 나와선 안 되는 단어가 그녀의 입을 통해 흘러나온 것이다.
"정말 다크니스였군."
혹여 그냥 흑마법사일 수도 있다는 일말의 가능성을 버리지 못하고 있었다. 하지만 지금 이 순간, 제롬의 반응 하나만으로 이 모든 사건이 다크니스의 소행임을 확신할 수 있었다.
"너무 굳진 말라고. 변명하려 해도 믿을 수 없잖아?"
"……."

"과거의 망령들이 여자들을 데리고 실험이라도 할 셈인가?"

"과거의 망령이라……."

제롬의 이성은 빠르게 차갑게 식어갔다. 자신들의 조직을 아는 자. 사로잡을 수 없다면 반드시 처치해야 한다.

'대업이 얼마 남지 않았다.'

제롬의 분위기가 날카로워졌다.

"입을 너무 함부로 놀리는군."

"원래 말하라고 있는 게 입이니까."

제롬의 몸에서 검은 기류가 흘러나왔다. 그 순간 헬리아의 금안도 빛이 났다.

"다시는 그 입을 놀리지 못하게 찢어주마."

"할 수 있다면."

제롬의 공격이 시작되었다. 수십 개의 검은 구체가 빠르게 헬리아와 엘라임을 향해 날아들었다. 하나하나에 거대한 기운을 품고 있는 구체! 스치기라도 하면 결코 상처 정도로는 끝나지 않을 것이다. 그러나 검은 구체는 엘라임이 만들어낸 수룡의 입에 먹혀 사라졌다. 그 순간 맞부딪친 힘의 파동으로 실험실이 산산조각 부서지기 시작했다.

"까아아악!"

잡혀 있던 여인들은 비명을 질렀다. 기파의 여파가 여인들에게까지 미친 것이다. 헬리아는 서둘러 마법으로 기파를 차단했다.

"제법이로군!"

제롬은 이들의 정체가 더욱 궁금해졌다. 다크니스를 알고, 자신의 공격을 간단히 막은 실력까지!

"다크 파이어!"

제롬의 공격이 연달아 헬리아와 엘라임을 향해 쏟아졌다. 엘라임은 그에 거대한 물줄기를 만들어 공격을 시도했다. 한 치의 양보도 없는 팽팽한 대결! 제롬은 엘라임을 상대로 밀리지 않았다. 오히려 입가에 진 웃음이 여유까지 있는 듯 보였다.

'카잔보다 강해!'

헬리아는 제롬의 실력에 눈을 찌푸렸다. 처음 봤을 때부터 강하다는 것을 느꼈지만, 직접 손속을 겨뤄본 제롬은 이제껏 그녀가 상대한 어떤 이보다 강했다. 물론 그녀가 그 힘을 쓰지 않았을 때의 일.

'힘을 써야 하나?'

헬리아가 나서려 할 때, 엘라임이 그녀의 팔을 붙잡았다. 어떻게든 헬리아가 그 힘을 쓰지 않게 만들려는 속셈이었다. 하지만 제롬과 상대할수록 엘라임의 미간에는 골이 깊게 패였다.

엘라임은 제롬의 공격을 막으며 이를 물었다.

'원래 힘만 사용할 수 있다면.'

자신은 헬리아의 정령. 아무리 정령계를 다스리는 사대 정령왕인 물의 정령왕이라 하나, 결국 그도 태초의 맹약에 따라 계약자인 헬리아의 힘을 끌어다 쓰는 계약관계에 있다. 태초부터 이어져 내려온 맹약. 그리고 그 제약은 지금 엘라임을 초조하게 만들었다. 결국 그가 제롬을 이기려면 헬리아가 그 힘을 쓸 수밖에 없는 것이다.

엘라임은 이제껏 외면하고 있었던 그 사실에 입술을 깨물었다. 자신이 그녀를 지켜줄 수 없다는 것이 엘라임의 가슴을 헤집어놓았다.

'젠장!'

쾨아앙!

공격의 여파로 실험실이 부서지자 헬리아는 눈을 좁혔다. 아직 이곳엔 창살에 갇힌 여자들이 있었다. 게다가 여긴 지하였다. 천장에서 파편이 떨어지기 시작했다. 이러다간 아예 지하에 생매장될 판이었다.

'이러다간…….'

문제는 공격을 하지 않을 수도 없다는 것. 제롬은 실험실이 무너지

든 말든 아랑곳하지 않는 듯 보였다. 그렇지 않고서야 그런 공격을 마구 퍼붓겠는가.

"자, 그럼 탐색은 이 정도로 하지."

제롬의 말이 끝나기가 무섭게 그의 기세가 순식간에 달라졌다. 그의 로브가 연신 날리며 붉은 머리카락이 바람에 나부꼈다. 이전보다 더욱 짙은 검은 기운이 그의 몸에서 스멀스멀 뿜어져 나왔다.

"엘라임!"

헬리아의 말에 엘라임이 고개를 끄덕이고 제롬이 움직이지 않는 틈을 타 공격을 가했다. 그러나 엘라임의 공격은 제롬에게 통하지 않았다. 제롬의 눈이 번뜩였다.

"겨우 그 정도인가!"

그의 몸에서 거대한 기류가 흘러나오더니 그의 손에 모였다.

파아앗!

제롬의 공격에 엘라임은 이를 앙다물었다. 그 순간 그의 공격과 제롬의 공격이 부딪쳤다.

콰아아아앙!

거대한 폭발과 함께 건물의 한쪽 벽이 완전히 산산조각 부서져 버렸다. 천장의 작은 균열이 이윽고 큰 균열이 되었고 그로 인해 천장이 무너져 내리기 시작했다.

"젠장! 여긴 지하실이라고!"

그사이 제롬의 공격이 연이어 이어졌다. 엘라임의 신경은 제롬에게 쏠려 있었다. 헬리아는 천장에서 잔해가 아래로 떨어지자 얼른 몸을 움직였다. 쇠창살이 막고 있지만 아예 무너진다면 그들이 살아남을 확률은 없었다. 거기다 최악인 상황이 벌어졌다.

쿠우우웅!

쇠창살 바로 위에서 거대한 바위가 떨어져 내리고 있는 것이다.

"실드!"

쾅!

헬리아가 조금만 늦게 실드를 펼쳤다면 여자들은 바위에 짓눌려 형체도 없이 죽음을 맞이했을 것이다. 그런데 여자들을 위기에서 구한 헬리아의 행동이 도리어 그녀를 위험에 빠뜨리고 말았다.

"마법사였군!"

그 광경을 보게 된 제롬의 눈이 더욱 짙게 변했다. 그녀 한 명이 지금까지 찾은 적합자 백 명에 준했다. 그만큼 헬리아의 힘은 막강했다. 제롬의 눈이 번뜩였다.

'저 여자만 있으면!'

제롬의 기세가 더욱 거칠어졌다. 그는 입꼬리를 올리며 헬리아를 바라보았다. 엘라임이 그런 그의 시선을 가로막았다.

"방해되는군."

제롬의 눈이 치켜 올라갔다. 그녀를 손에 넣기 위해선 저 방해물을 어떻게든 처치해야 했다.

"죽어라!"

빠르게 날아간 검은 기운은 엘라임을 옥죄기 시작했다.

"크읏!

"엘라임!"

엘라임은 벗어나려 했지만 쉽지 않았다. 게다가 자신이 힘을 많이 쓰면 쓸수록 헬리아의 몸에 부담이 되었다. 적정한 한도 내에서 움직이는 것은 여간 고역이 아니었다. 그렇다고 힘을 막 쓸 수도 없는 노릇.

"큭!"

엘라임의 신음에 헬리아가 파이어 마법을 시전했다. 검은 불덩이가 제롬을 향해 날아갔다.

"크윽!"

제롬은 엘라임에게 신경을 쓰다 헬리아의 공격을 받자 눈을 찌푸렸다. 자신의 생각보다 헬리아의 마법 실력이 더욱 뛰어났다. 그저 마법 몇 개 부릴 줄 알았는데 그게 아니었다. 제롬의 눈이 구겨졌다.

그 순간 잡힌 여자들 위로 천장이 또다시 부서져 내리자 헬리아는 이를 악물고 다시금 실드를 펼쳤다. 그 모습을 본 제롬의 입꼬리가 올라갔다.

"쓸데없는 인정은 피를 부르는 법이지."

그는 헬리아를 어떻게 요리할지 생각해 냈다. 그의 시선이 여자들을 향했다.

"크윽!"

"괜찮아?"

엘라임은 헬리아의 걱정 어린 말에 고개를 끄덕이며 가쁜 숨을 몰아쉬었다.

"난 괜찮아."

"좀 더 힘을 사용해야겠어."

"하지만……."

"명색이 정령왕이 흑마법사한테 질 수는 없잖아?"

헬리아의 말에 엘라임은 어쩔 수 없이 고개를 끄덕였다. 헬리아가 그렇게 마음먹은 이상 이대로 질 수 없었다.

"힘들면 말해."

"응."

헬리아가 제롬을 노려보았다.

제롬은 헬리아와 엘라임을 보면서 씨익 웃었다.

"이제 제대로 해보지."

그가 손을 뻗자 어디선가 다크나이트들이 나타나기 시작했다.

"끝내라!"

제롬의 명령에 다크나이트들은 일제히 헬리아와 엘라임을 향해 달려갔다.

"엘라임!"

"알았어!"

순간 엘라임의 몸에서 푸른빛이 발하기 시작했다. 그의 눈에서 빛이 흘러나왔다.

"크아악!"

"크어억!"

엘라임의 공격에 수십 명의 다크나이트가 한 방에 나가떨어졌다. 그 모습을 본 제롬은 눈을 찌푸렸다.

"숨겨둔 한 수가 있군. 하지만 어림없다!"

다시금 제롬이 지시하자 다크나이트들은 무작정 엘라임을 향해 달려갔다. 그러나 엘라임은 쉽게 그들을 처치했다. 하지만 제롬의 공격은 아직 끝나지 않았다. 그의 눈이 날카롭게 번뜩였다. 그러자 헬리아와 엘라임을 향해 달려가던 다크나이트들이 갑자기 진로를 바꾸어 여자들에게 가는 게 아닌가!

"젠장! 저놈이!"

"헬리아!"

헬리아가 여자들에게 달려가자 엘라임도 달려갔다. 하지만 제롬이 엘라임을 막아섰다.

"그렇게 안 되지."

제롬은 입꼬리를 올리고 엘라임을 향해 날카로운 공격을 쏟아부었다.

"크윽!"

갑자기 신경이 헬리아에게 간 탓에 엘라임은 제롬의 공격에 한쪽 무릎을 꿇고 말았다.

"쿠, 쿨럭!"

엘라임은 힘을 끌어올렸다. 그러나 상당한 부상으로 인해 쉽게 움직일 수 없었다.

'더는 힘을 썼다간.'

그랬다간 헬리아가 위험해질 수 있는 상황. 그리고 그것이 제롬이 바라는 일임을 모르지 않았다.

"자, 그럼."

제롬이 헬리아에게 몸을 돌리자 엘라임이 일어섰다. 하지만 다크나이트들이 그를 막아섰다. 엘라임은 입술을 깨물었다. 패배는 있을 수 없는 일. 그가 걱정하는 일은 그저 헬리아의 안위였다. 엘라임은 제롬을 노려보며 다크나이트를 상대했다.

'헬리아!'

"헉, 헉."

다크나이트로부터 여자들을 보호한 헬리아는 점점 힘이 빠져나가는 것을 느꼈다. 다크나이트들은 쉴 새 없이 쏟아져 나왔다.

"이놈들……."

다크나이트의 투구에 비친 것은 모두 여자. 실험으로 죽은 이를 다크나이트로 만들어버린 것이다. 헬리아는 흑마법사의 간악한 짓거리에 이를 갈았다.

"후후후."

천천히 제롬이 헬리아에게 다가갔다. 그의 주위로 다크나이트들이 흉흉한 눈을 빛내며 헬리아를 향해 검을 겨누고 있었다.

"이들을 전부 죽일 셈이야?"

"필요하다면."

"……."

헬리아는 제롬을 노려보았다. 제롬은 웃으며 헬리아를 가리켰다.

"하지만 네가 순순히 내 말을 따른다면 여자들을 살려 주겠다."

"……."

헬리아는 눈을 감았다 떴다. 그리고 제롬을 보았다. 그녀의 한쪽 입꼬리가 치켜 올라갔다.

"내가 제일 싫어하는 게 뭔지 알아?"

헬리아는 한 걸음 제롬에게 다가갔다.

"재수 없는 새끼가 나한테 이래라저래라 하는 거야."

또 한 걸음 다가갔다.

"바로 너 같은 놈이."

제롬의 눈이 와락 구겨졌다.

"그럼 죽어라!"

다크나이트가 움직였다. 헬리아는 자신을 향해 돌진하는 다크나이트 때문에 이마에서 땀방울이 흘러내렸다.

'정말 위험하다고.'

손이 떨려왔고, 호흡이 거칠어졌다. 엘라임이 힘을 쓰면 쓸수록, 그리고 자신이 힘을 쓸수록 그녀는 지쳐 갔다. 하지만 그렇다 하더라도 순순히 물러날 순 없었다.

"좋다! 그렇다면 원하는 대로 해주마!"

제롬이 자신의 온 힘을 쏟아부었다. 이제 실험체든 헬리아든 상관없었다. 그는 잔뜩 짜증이 난 상태였다. 어차피 실험체야 다시 구하면 그만! 제롬은 건물을 통째로 날려 버릴 요량으로 힘을 모았다.

"죽여주마!"

제롬의 눈에 핏발이 섰다. 거대한 검은 회오리가 헬리아를 향해 폭사하기 시작했다.

휘이이잉-

헬리아는 그 모습을 보면서 혀를 찼다.
“이거 정말 위험하다고.”
그녀는 그런 상황에도 차분히 눈을 감았다.

“절대 힘을 쓰셔선 안 됩니다.”

머릿속에 떠오르는 키안의 목소리. 헬리아는 피식 입꼬리를 올렸다. 키안의 충고가 아니더라도 그녀 스스로 자신의 몸 상태를 알았다. 자신의 능력을 넘어선 힘이 얼마나 몸에 부담이 되는지.
“그게 마음대로 돼야지.”
심장에서부터 뜨거운 피가 온몸으로 번져 나갔다.
스윽-
헬리아의 동공이 세로로 길어졌다. 금색의 눈동자는 더욱 짙게 빛났고, 그녀의 몸에서 눈부신 힘이 뿜어져 나왔다.
“헬리아!”
데스나이트를 상대하던 엘라임은 헬리아에게서 흘러나오는 힘의 기운에 그녀를 말렸다. 그러나 그의 목소리는 헬리아에게 도달하지 못했다.
휘이이잉-
폐허로 변한 실험실에 바람이 불기 시작했다. 뿌옇던 먼지가 공간을 휘감았고, 그 중심에 헬리아가 서 있었다.
“크윽, 이, 이건 대체…….”
제롬은 어마어마한 미증유의 힘이 자신을 억누르는 느낌을 받았다. 이제껏 단 한 번도 느껴보지 못한 거대한 힘이었다. 그의 손이 떨리고 있었다.
‘이 내가 떨고 있어……?’

제롬은 주먹을 꽉 쥐고 이를 물었다.

"젠장, 죽어라!"

제롬은 두려움을 떨치려는 듯 헬리아를 향해 더욱 강한 힘을 퍼부었다.

콰아아아앙!

검은 폭풍이 헬리아를 향해 돌진했다. 폭풍이 지나간 자리엔 아무것도 존재하지 않았다. 그와 함께 데스나이트들이 헬리아를 포위했다. 앞에선 검은 폭풍이, 좌우 사방에선 데스나이트의 검이 헬리아를 향했다.

"헬리아, 피해!"

엘라임이 몸을 움직였다. 그러나 헬리아에게 도달하기까지 시간이 부족했다. 엘라임의 이마에 땀방울이 흘렀다.

그때 헬리아가 옅은 미소를 지은 채 오연히 엘라임을 바라보았다. 헬리아는 순간 모든 시간이 멈춰 버린 듯한 착각을 느꼈다. 천천히 손을 뻗었다. 이미 온몸은 뜨거운 피와 끓어오르는 힘으로 가득 차 있었다.

콰아아앙!

"크아아악!"

"커억!"

그녀의 손길 한 번에 데스나이트들이 순식간에 사방으로 날아가 벽에 처박혔다.

"크윽, 이, 이럴수가!"

제롬은 순간 자신도 모르게 뒷걸음을 치고 말았다. 그의 시선 끝에 헬리아가 위에서 아래를 내려다보듯 그를 응시하고 있었다. 손가락 하나 움직일 수 없었다. 말을 잊고, 몸이 굳었다. 그저 느끼는 거라곤 두려움과 공포뿐.

까아아아아—

자신을 둘러싼 어둠이 그녀가 내뿜는 빛에 비명을 질러댔다. 헬리아의 눈매가 곱게 휘었다. 지상의 천사가 있다면 그녀와 같지 않을까. 하지만 제롬에게 헬리아는 저승의 사신이었다. 그녀의 날카로운 동공이 제롬의 신형을 훑었다.

"읍!"

제롬은 순간 숨이 막히는 것을 느꼈다. 상대는…… 인간이 아니다. 제롬은 그렇게 정의 내릴 수밖에 없었다.

'이건 인간의 힘이 아니야!'

마법도, 흑마법도, 신성력도 아니었다. 정체 모를 미증유의 힘.

'도대체…….'

한 번도 이런 자가 있다는 이야기를 들어본 적이 없었다. 이렇게 강력한 힘을 지닌 여자의 이야기는!

"어둠의 망령, 어둠으로 돌아가리라."

헬리아의 입에서 나직한 목소리가 흘러나왔다. 사람의 목소리가 아닌 듯한 목소리. 헬리아의 눈매는 즐거운 듯 휘어져 있었다. 제롬은 저런 눈을 많이 봐왔었다. 살인을 아무렇지 않게 생각하는 이들의 눈. 현재 그녀의 눈이 그러했다. 그리고 불행하게도 그 대상은 자신이었다.

'아, 알려야 해. 알려야!'

제롬이 천천히 뒷걸음질 치기 시작했다. 그러나 헬리아가 그를 막았다.

"쿨럭!"

갑자기 수십 톤의 무게가 온몸을 짓누르는 것 같았다. 제롬은 피를 토하며 무릎을 꿇었다.

뚜벅뚜벅.

고요한 실험실 안에 헬리아의 발걸음 소리가 들려왔다. 제롬은 그 소리가 마치 죽음의 카운트다운처럼 느껴졌다.

'데, 데스나이트.'

그러나 데스나이트는 전부 바닥에 축 처져 있을 뿐, 그를 도와줄 이는 아무도 없었다. 헬리아는 발치에 굴러다니는 데스나이트 한 기를 집어 올렸다. 단단한 갑옷 안에는 눈도 감지 못한 어린 여자아이가 싸늘하게 식은 채 죽어 있었다. 죽어서도 안식을 찾지 못한 듯 눈동자는 공허하기만 했다. 헬리아는 그런 여자아이의 눈을 감겨주었다. 그러자 여자의 시체는 모래처럼 산산이 부서져 내렸다.

"얼마나 대단한 목적이기에 아직 채 꽃피지 않은 아이들을 죽이는 거지?"

헬리아는 손 안에서 가루가 된 데스나이트의 잔해를 흩날리며 제롬을 보았다.

"그걸 내가 말해줄 것 같으냐?"

제롬은 최대한 힘을 모아 헬리아를 공격했다.

"죽어라!"

그러나 부질없는 짓. 헬리아의 미소가 더욱 싸늘해졌다. 힘을 이끌어내면 평소와 달리 심장이 차가워진다. 온몸은 피로 끓어오르는데 오직 심장만은 마치 얼음처럼 변해 버린다. 그녀의 눈에 제롬은 그저 자신보다 하등한 종일 뿐.

"말하지 않는다면."

헬리아의 손이 움직였다. 그러자 제롬의 왼쪽 뺨에 길게 상처가 생겨났다.

"크크크."

헬리아는 웃으며 제롬을 공격했다. 그의 온몸에 깊고 얕은 상처가 생겨났다.

"커억!"

제롬은 희미해져 가는 정신을 다잡았다. 어떻게든 도망가야 했다.

'젠장!'

도대체 상대의 정체가 짐작가지 않았다. 제롬은 이들이 이곳에 있는 것이 결코 우연히 아님을 인지했다.

'반드시 알려야 해. 반드시…….'

"쿨럭!"

그러나 헬리아의 공격은 끊이질 않았다.

"이제 마지……."

제롬은 더 이상 공격이 없자 이상함을 느꼈다. 천천히 헬리아를 보자 그녀는 그저 멍하니 서 있었다.

'무슨 일이지?'

제롬은 숨을 헉헉 내쉬며 상황을 살폈다. 혹여 다른 술수가 있는 게 아닐까? 그러나 헬리아는 미동조차 없었다.

'이때다!'

제롬의 몸이 빠르게 움직였다.

심장이 터질 것 같았다. 누군가 자신의 심장을 쥐어뜯는 기분이었다. 깨질 듯한 통증에 헬리아의 허리가 꺾였다.

"하아, 하아……."

"결코 그 힘을 쓰셔선 안 됩니다."

"어째서?"

키안은 고개를 저었다.

"공주님도 아실 겁니다. 그 힘이 얼마나 공주님의 몸에 무리를 주는지."

"그건……."

헬리아는 대답하지 못했다. 키안은 옅게 한숨을 내쉬었다.

"솔직히 말씀드리면 그 힘, 아무래도 이상한 점이 많습니다."

"이상하다니?"

헬리아는 키안의 말에 눈매를 좁혔다. 자신의 몸에는 드래곤의 피가 반이 흐른다. 헬리아는 그 힘에 대해서 그저 자신이 반은 드래곤이기 때문에

얻은 거라 생각했다.

한데 키안은 고개를 저었다.

"그게 이상하다는 겁니다. 아무리 드래고니안이라도 반은 인간. 그런데 공주님의 그 힘은 드래고니안의 힘을 뛰어넘습니다."

"……."

"이제까지 드래고니안이 그런 힘을 가지고 있다는 것은 들어본 적이 없습니다. 하니 그 힘, 쓰시지 않는 게 좋습니다."

"……."

헬리아는 키안의 말에 한 가지 궁금증이 떠나가질 않았다. 어째서 이런 힘을 갖고 있는 것인가. 키안은 굳어진 헬리아의 표정에 웃으며 답했다.

"하지만 직접 본 드래고니안은 공주님이 처음이니 사실과 다를 수도 있습니다. 너무 걱정하지 마세요. 지금은 몸에 부담이 되니 쓰지 않는 편이 좋겠습니다."

"젠장."

다시금 키안과의 대화를 떠올렸다. 드래곤의 힘을 쓰면 안 된다는 말. 헬리아의 몸은 인간의 나이로 치면 성인이지만 드래고니안의 긴 수명으로 봤을 땐 겨우 걸음마를 뗀 어린아이에 불과했다. 그 탓인지 그 힘을 받아들이지 못한 것이다.

하지만 헬리아는 이를 악물었다. 이미 일은 벌어진 뒤. 게다가 그렇지 않으면 죽을 판인데 더운밥 찬밥을 가리겠는가. 헬리아는 찢어질 듯한 가슴을 부여잡았다.

"크크큭."

제롬의 웃음소리가 들려왔다. 헬리아는 제롬이 도망치려 한다는 것을 알았다.

"크윽, 그냥 가게 놔둘 줄 알고."

헬리아는 그를 향해 손을 뻗었다.
두근!
하지만 다시 찾아온 심장의 고통에 헬리아는 이를 악물었다. 이미 입술은 터져 피가 새어 나오고 있었다.
"이 수모는 반드시 갚아주마!"
제롬은 헬리아가 힘을 못 쓰는 틈을 타 재빨리 달아나 버렸다.
"젠장!"
헬리아는 도망치는 제롬을 노려보았다. 그가 도망가게 내버려 둔다면 대체 지금까지 자신이 한 일은 뭐가 되느냔 말이다.
"엘라임!"
"……헬리아."
"어서 저자를……."
"헬리아!"
헬리아의 몸이 무너져 내렸다. 엘라임은 얼른 그녀의 몸을 받아 들었다. 온몸이 불덩이처럼 뜨거웠다. 헬리아를 이대로 놓고 갈 순 없었다. 그리고 그를 쫓다가 힘을 쓰게 되면 되레 헬리아를 더욱 위험에 빠뜨릴 수 있었다.
"하아……."
헬리아는 엘라임의 그런 생각을 읽고 한숨을 내쉬었다.
"힘쓰지 말라고 했잖아."
"안 쓸 수 없었잖아."
"……."
엘라임의 표정이 어두워졌다.
"미안."
헬리아는 엘라이의 굳어진 표정에 그의 얼굴을 쓰다듬었다.
"왜 네가 미안해?"

"정령왕 주제에…… 미안."
헬리아는 고개를 저었다. 그가 힘을 못 쓰는 건 순전히 자신 탓이다. 자신의 힘이 겨우 이 정도일 뿐.
콩!
"아프지도 않아."
"아프라고 때린 건데."
"……."
힘을 많이 쓴 탓에 헬리아는 기운이 없었다. 엘라임은 헬리아를 더욱 꼭 껴안았다.
헬리아는 피식 웃었다.
"널 기다리지 못하고 내가 멋대로 힘을 쓴 거니까 미안해할 필요 없어."
"……."
그러나 엘라임의 표정은 쉽게 풀리지 않았다. 헬리아는 깊게 한숨을 내쉬었다.
"마음 쓰지 마."
헬리아는 엘라임의 머리를 흩뜨렸다.
"공주님!"
그때 멀리서 이안의 목소리가 들렸다.
"늦었네."
헬리아는 달려오는 이안을 보고는 웃었다. 다가오는 이안을 바라보던 헬리아는 무거워진 눈꺼풀을 이기지 못하고 잠에 빠져들었다.
"공주님!"
이안은 상황을 파악하곤 얼른 다가왔다.
"무사한 건가?"
"어딜 갔다 이제 온 거야?"
엘라임의 타박에 이안은 눈을 좁혔지만 그녀와 떨어진 자신의 잘못이었다.

"몸은?"

"쉬면 될 거야."

엘라임은 그에게 빼앗기지 않으려고 헬리아를 더욱 꼭 껴안았다. 하지만 곧 몸이 옅어지기 시작하자 그는 이를 물었다. 엘라임은 홱 이안을 돌아보며 그를 노려보았다.

"말로만 지키지 말라고."

"……."

"다시는."

엘라임은 헬리아를 내려다보았다. 다행히 숨이 고른 걸 보니 곤히 잠든 모양이다. 엘라임은 잠이 든 헬리아에게서 시선을 떼고 이안을 보았다.

"다시는 넘겨주지 않을 테니까."

다시는. 엘라임은 마지막까지 주저하며 헬리아를 이안에게 넘겼다. 이안의 품에 안긴 헬리아를 보며 엘라임은 이를 악물었다. 그의 몸은 점차 희미해지고 있었다. 이제껏 자신이 정령이라는 것에 불만을 가지지 않았다. 그렇게 태어났고, 그렇게 존재했기 때문에 당연하게 여겼다. 한데 오늘 자신이 정령이라는 사실이 매우 사무쳤다. 그랬다면 그녀를 마지막까지 안아주는 건 자신이 될 테니까.

"헬리아를…… 부탁해."

엘라임의 모습이 어느덧 사라졌다. 이안은 그런 그의 모습을 물끄러미 지켜보다 잠든 헬리아를 보았다.

"나 또한."

이안의 검은 눈동자가 짙어졌다.

"더는 이렇게 잠들게 하지 않겠다."

다시금 하늘에서 흰 눈이 내리기 시작했다. 창가에 서 있던 벨리앙 백작의 시름도 깊어만 갔다.

'이벨린…….'

벨리앙 백작은 헬리아를 떠올렸다. 그녀의 확고한 눈빛은 그에게 안심을 주었다. 하지만 그래도 일말의 불안감을 느끼지 않는 건 아니었다. 어쩔 수 없는 혈육에 대한 걱정이었다. 벨리앙 백작은 두 손을 맞잡았다.

"데이슨."

"예, 백작님."

"잘되겠지?"

"물론입니다."

백작가의 기사단장 데이슨이 벨리앙 백작을 위로했다. 그리고 얼마 후, 백작가 내에서 거대한 폭발음이 들려왔다.

쨍그랑!

폭음 때문인지 아니면 거대한 힘의 파동 때문인지 창문이 와장창 깨졌다.

"백작님!"

"이, 이게 무슨!"

데이슨은 얼른 백작을 보호했다. 벨리앙 백작은 대체 이게 무슨 일인지 영문을 알 수 없었다. 혹여 일이 잘못된 것은 아닐까?

"안 되겠다. 가봐야겠다."

"위험합니다!"

"하지만 이대로 기다릴 순 없다."

"백작님!"

데이슨은 벨리앙 백작을 만류했다. 일이 어떻게 돌아가고 있는지 모르는 상황에서 움직이다간 지금까지 참아왔던 일이 모두 허사가 될 수도 있었다.

"이제까지 수모를 참으며 기다려 왔습니다. 섣불리 움직여 일을 그르칠 수 있습니다."

"……."

벨리앙 백작은 침음을 되삼켰다.

그런데 그 순간, 덜컥 방문이 열리는 게 아닌가!

"아버지!"

"……!"

벨리앙 백작의 눈이 커졌다. 그는 떨리는 손으로 이벨린의 얼굴을 만졌다.

"이, 이벨린……."

"네, 아버지."

이벨린의 두 눈에서 눈물이 흘렀다. 벨리앙 백작은 자신의 딸을 와락 끌어안았다.

"이벨린, 이벨린……."

"아버지."

벨리앙 백작은 이벨린이 혹여 어디 다치지는 않았나 살폈다. 다행히 어디 하나 다친 구석이 없어 그는 마음을 놓았다.

"미안하구나. 이 아비 때문에……."

"아니에요. 괜히 저 때문에 아버지가……."

"이벨린……."

벨리앙 백작은 다시 한번 이벨린은 안아주었다.

"한데 어찌 된 일이냐?"

"모르겠어요. 그자에게 끌려갔는데 한 남자가 저를 구해 주었어요."

"한 남자?"

"눈동자가 검은 사람이었어요."

"눈동자가……!"

벨리앙 백작은 헬리아 공주와 함께 있던 기사, 이안 플로렌스를 떠올렸다.

'그자인가! 그럼 역시 이 일은 공주께서!'

콰아아앙!

다시 한번 멀리서 폭음이 들려왔다. 백작의 얼굴에는 더 이상 망설임이 없었다. 그가 기사 데이슨에게 명령했다.

"데이슨! 지금 즉시 백작가 내의 모든 기사를 불러 모아라! 이제 때가 되었다!"

"명 받잡겠습니다!"

데이슨이 부복한 뒤 얼른 방을 나섰다. 벨리앙 백작의 눈은 마치 붉게 타오르는 듯했다.

"이제 결말을 지어야겠구나."

"아버지……."

"걱정 말거라. 계속 못난 아비의 모습을 보여줘서는 안 되지 않더냐?"

벨리앙 백작은 이벨린의 머리를 쓱쓱 쓰다듬었다. 그의 눈이 빛을 발했다.

"이날을 기다렸다. 그분이 만들어준 기회를 이대로 놓쳐선 안 된다."

벨리앙 백작은 창밖을 바라보았다.

❊

"후후후."

리베앙 남작은 자신의 방에서 금고를 열어보며 흐뭇한 표정을 지었다. 돈은 나날이 그의 금고로 들어왔고, 백작가를 움직이는 것은 그의 몫이었다. 제롬은 그저 실험체에 대해서 관심을 표할 뿐, 백작가 내부의 일에 대해선 건드리지 않았다. 리베앙 남작은 히죽 웃으며 황금을 바라보았다.

"요 예쁜 것들."

황금을 정성드레 닦은 리베앙 남작은 다시 금고에 넣고 골똘히 생각했다.

"백작가도 내가 다스리는데 아직까지 남작이라니. 이건 말이 안 되지."

점점 더 배가 부른 리베앙 남작은 킥킥거리며 백작이 될 자신을 떠올렸다.

"이번 일만 잘되면……."

리베앙 남작은 벨리앙 백작을 몰아내고 자신이 이 백작가의 주인이 될 꿈에 부풀어 있었다.

콰아앙!

그때 멀리서 폭발 소리가 들렸다. 행복한 꿈에 젖어 있던 남작은 퍼뜩 놀라 창문을 열었다.

"무, 무슨 일이야?"

거대한 폭발은 몇 번이고 연이어 이어졌다. 남작은 불안하게 눈동자를 돌리다 이내 폭발이 난 곳이 별관이라는 것을 깨닫고 신경을 껐다.

"무슨 실험을 하기에 이렇게 소란인지, 쯧."

겨우 간담을 쓸어내린 남작은 한숨을 내쉬었다.

"음?"

그때 방 밖에서 누군가의 발걸음 소리가 들려오기 시작했다. 한데 발걸음 소리는 한두 개가 아니었다. 게다가 점점 가까워질수록 철기가 부딪치는 소리가 챙챙 들려왔다.

"무슨 일이지?"

리베앙 남작은 미간을 찌푸렸다. 기사들의 모든 움직임은 자신이 관여한다. 누가 함부로 기사들을 움직였단 말인가.

"이놈들이 분수도 모르고, 따끔하게 한 소리 해야겠군."

리베앙 남작이 밖으로 나가기 위해 문을 열었다. 아니, 문에 손을 대기도 전에 먼저 문이 열렸다.

척척척!

수십의 기사가 리베앙 남작의 방으로 쳐들어오더니 그를 둘러싸기 시작했다.

"뭐, 뭐 하는 짓들이냐! 네놈들이 감히 여기가 어느 안전이라고!"

리베앙 남작은 기사들을 향해 삿대질을 했지만 날카로운 검끝이 자신을 향하자 식은땀을 흘렸다.

'도, 도대체 무슨 일이 벌어진 거지?'

불안감이 그를 뒤덮기 시작했다. 좀 전의 폭발도 어쩌면 실험에 의한 게 아닌지도 모른다.

'이, 일이 잘못되었다!'

리베앙 남작이 저도 모르게 뒷걸음질을 쳤다.

'제, 제롬, 그자에게 가야 한다!'

그가 살길이라고는 제롬에게 몸을 의탁하는 것 외엔 없었다. 실상 그가 백작가에서 권세를 누릴 수 있었던 이유도 제롬이 이벨린을 붙잡고 있었기 때문이다.

'그, 그래 이벨린!'

"이벨린이 어떻게 되어도 상관없느냐!"

"네 그 입에 다시 이벨린의 이름을 올린다면 입을 찢어버릴 것이다."

"혀, 형님!"

리베앙 남작은 너무 놀라 말을 잇지 못했다. 어째서 형님이 이곳에 와 있단 말인가?

"저 후안무치한 놈을 잡아라!"
"혀, 형님! 이러실 순 없습니다. 이벨린이……."
퍼억!
벨리앙 백작이 리베앙 남작의 얼굴을 세게 내려쳤다.
"크윽."
"이벨린이라면 내 곁에 있다! 네놈의 죄를 알렸다!"
"혀, 형님!"
리베앙 남작은 이제 자신을 보호할 수단이 어느 것 하나 없다는 것을 깨달았다. 그는 백작의 다리에 붙어 빌었다.
"사, 살려 주십시오. 저, 저는 단지 그들의 명령에 따랐을 뿐입니다."
"뚫린 입이라고 멋대로 지껄이는구나! 그동안 네놈이 한 짓을 내가 모를 것 같은가! 어서 끌고 가라!"
"혀, 형님!"
리베앙 남작은 기사들에 의해 밖으로 끌려 나갔다.
"아, 안 돼!"

❊

"으음."
따사로운 햇살이 헬리아의 얼굴을 비췄다. 헬리아는 눈을 찡그렸다. 누군가 자신의 이마를 간질이는 것 같은 느낌이 들었다. 눈꺼풀을 들어 올리려 했으나 쉽게 떠지지 않았다. 헬리아는 손으로 허공을 휘저었다. 무언가 손에 걸리는 게 있다.
파리인가? 한데 이 겨울에? 자꾸만 귓가에서 왱왱거리는 통에 헬리아의 미간이 점점 좁아졌다. 결국엔 그 무거운 눈꺼풀이 파르르 떨리며 열리기 시작했다.

"도대체 뭐……."
"일어났네?"
"……!"
헬리아는 눈앞에 작은 머리통을 보고 화들짝 놀라 벌떡 몸을 일으켰다.
"엑!"
그 날파리 같은 것은 데구르르 굴러 침대에서 떨어졌다.
"아고, 아프네."
"뭐…… 야?"
헬리아는 조그만 생명체를 보고 눈을 좁혔다. 자신의 팔뚝만 한 길이에 날개가 한 쌍 달려 있었고, 긴 은발에 은안을 지녔다.
'모습이 마치…….'
"요…… 정?"
"빙고!"
유니는 웃으며 헬리아의 눈앞에 팔랑팔랑 날아다녔다.
"다행히 몸은 건강하네."
"뭐야?"
헬리아는 자꾸만 왱왱거리는 통에 짜증 나 그것을 단숨에 잡았다.
"켁."
"너 뭐야? 왜 요정이 여기에 있지?"
요정은 이종족보다 더 보기 힘든 종족이었다. 물론 최근 요정이라 주장하는 괴생명체 여장 남자를 한 명 만났지만 이것이 그것과 같은 것임은 전혀 인지하지 못했다.
"이거 놓고……."
"공주님!"
헬리아의 소리를 들었는지 밖에서 이안과 하녀가 들어왔다. 하녀는 안으로 들어와 헬리아가 깨어 있는 걸 확인하고 몸을 돌려 나갔다. 아마 백작에게 소식을 전할 모양이다.

이안은 헬리아와 그녀의 손에 붙잡힌 요정을 보고 눈을 좁혔다.

"그건 뭡니까?"

"요정이래."

헬리아는 요정을 의심스럽게 바라보았다. 도대체 왜 요정이 여기에 있는 거지?

"자, 잠깐, 모르겠어?"

"뭘?"

"나라구, 나."

"나가 누군데."

"이것 참, 나 유니라고."

"……."

"……."

헬리아와 이안 모두 입을 다물었다. 뭐 누구라고?

"유…… 니?"

헬리아는 어처구니가 없다는 투로 말했다.

"그 오카마 놈이라고? 말도 안 돼. 어떻게 그게……."

"오카마가 뭔진 모르겠지만, 나라구. 내가 그랬잖아. 혼혈이라고. 혼혈은 인간과 요정을 오갈 수 있어."

"……."

홱!

헬리아는 얼른 요정을 놓아주었다. 근데 그 모습이 놓아주었다기보다 흡사 더러운 것을 떨쳐 내는 듯했다.

"에잉, 너무하네."

"……정말이야?"

"어쩔 수 없지."

헬리아의 의심을 거두기 위해 유니는 원래 인간의 모습으로 변신했다. 우람한 근육과 다리털, 거대한 체구의 남자로 말이다.

"……."

"짜짠, 어떠세요? 유니 맞지요? 호호호."

요정일 때와 인간일 때의 성격과 말투가 확연히 달라졌다. 헬리아는 얼른 유니에게서 시선을 돌렸다.

'젠장, 눈이 썩었어.'

"얼른 다시 변신하기나 해."

"호호호, 이게 더 좋지 않나요?"

"좋긴 개뿔. 얼른 눈 썩기 전에."

"호호호, 어쩔 수 없죠."

유니는 호호 웃으며 다시 요정으로 변신했다. 헬리아는 그제야 한숨을 쉬었다. 도대체 자신이 얼마나 더 남자의 거시기를 봐야 한단 말인가. 인간에서 요정으로 변할 때는 거적때기라도 걸친 주제에 왜 요정에서 인간으로 변하면 옷을 안 걸치냔 말이다!

헬리아는 푹 한숨을 쉬었다. 몇 년 폭싹 늙은 것 같았다.

"그러고 보니……."

요정이 유니라는 것을 깨닫자 그간 밀려왔던 분노가 다시금 되살아났다.

"누가 신혼부부라고?"

"왜? 그게 더 재밌잖아?"

'젠장, 그냥 인간일 때가 나았나?'

헬리아는 속이 부글부글 끓어올랐지만 요정과 말다툼을 하면 손해 보는 건 자신이라는 것을 인지했다.

"후우, 그래, 도대체 여긴 어떻게 온 거야? 아니, 애초에 올 수 있었으면 네가 왔으면 좋았잖아?"

"그게 안 된다니까. 벨리앙 백작 내에는 결계가 쳐져 있어서 못 들어왔어."

"그럼 지금은?"

"누가 결계를 깨준 덕분에."

헬리아는 유니의 말에 자신이 쓴 힘을 떠올렸다. 그 파동에 결계가 부서진 모양이다. 이걸 좋아해야 하나 말아야 하나.

"하지만 귀쟁이의 말대로 힘은 쓰지 않는 게 좋겠어."

"알고 있어. 그보다 여긴 왜 온 건지나 말해."

"확인할 게 있어서."

"확인?"

유니의 표정이 진지해졌다. 요정이 진지해지면 안 좋은 일이 생긴다고 하는데. 헬리아는 괜한 속설을 떠올리며 그를 주시했다.

"지하실에 다녀왔어."

"실험실에?"

"응, 그런데 아무래도 좀 걱정이 되는 게……."

유니는 이걸 말해야 하나, 하지 말아야 하나 고민하는 눈치였다. 확실치 않기 때문이었다.

"무슨 일인데?"

"아무래도 정말 최악의 상황을 가정해야 할 것 같아."

"최악의 상황이라니?"

유니가 말을 멈추고 이안을 보았다. 헬리아는 고개를 끄덕였다.

"말해도 돼."

"세르게니아 님과 엑시온의 이야긴 들어 알겠지?"

과거 헬리아의 어머니이자, 마지막 골드 드래곤인 세르게니아가 마룡 엑시온을 봉인한 이야기일 것이다.

"알다시피 엑시온은 봉인되었을 뿐, 완전히 소멸한 게 아니야."

헬리아의 표정이 굳어졌다.

"만약 그들이 엑시온이 봉인된 봉인구를 찾아냈다면……."

"이 모든 일이 엑시온의 봉인을 풀기 위한 일이다?"

유니는 고개를 끄덕였다. 헬리아의 표정이 일그러졌다.

마룡 엑시온. 드래곤인 세르게니아가 그 목숨을 바쳐야 겨우 봉인했던 존재. 그것이 다시 부활하려 하고 있다. 바로 흑마법사들의 손에 의해서.

헬리아는 머리가 지끈거리는 것을 느꼈다. 이는 단순히 흑마법사의 문제가 아니었다. 엑시온이 봉인을 풀고 나온다면, 그를 봉인한 세르게니아를 향해 분노를 퍼부을 것이다. 문제는 그녀가 이미 죽었다는 것이다. 그럼 그의 분노는 어디를 향하겠는가.

"봉인이 풀리기 전에 막아야 해."

"후우……."

헬리아는 낮게 한숨을 내쉬었다. 페르시아 제국과 흑마법사, 그리고 마룡 엑시온. 점점 일이 쉽지 않다는 것을 느꼈다.

"엑시온이라……."

헬리아의 눈이 깊게 가라앉았다.

❊

벨리앙 백작은 창가에 서서 밖을 바라보고 있었다. 창밖은 눈이 내려 한 치 앞도 보이지 않았다. 그의 눈빛이 진중하게 빛났다.

"백작님, 손님께서 오셨습니다."

"드디어 깨어나셨는가?"

시종의 말에 벨리앙 백작은 반색하며 들어오라 일렀다. 그러자 헬리아와 이안이 안으로 들어왔다. 백작은 헬리아를 보더니 깊게 고개를 숙였다.

"몸은 좀 괜찮으십니까?"

백작의 걱정 어린 말에 헬리아는 웃으며 말했다.

"괜찮습니다."

"후우, 다행입니다. 이쪽으로 앉으시지요."

백작은 헬리아와 이안을 소파로 안내했다. 하녀가 곧 그들 앞에 따뜻한 차를 내왔다.

"다시 한번 감사하다는 이야기를 드리고 싶습니다. 공주님이 아니었다면 이렇게 되지 못했을 겁니다."

헬리아는 벨리앙 백작의 말에 씨익 웃었다. 그리 말하는 백작치고 그간 준비해 온 것이 만만치 않았다. 아무리 그래도 이렇게 단시간에 리베앙 남작을 잡을 줄은 몰랐다. 헬리아는 차를 한 모금 마시고 말문을 뗐다.

"도대체 상황이 어떻게 되고 있는 겁니까?"

백작은 헬리아의 질문에 잠시 말을 골랐다. 아무리 상대가 자신의 은인이라고는 하나 헬리아는 아르센 왕국의 공주. 자신은 제국의 귀족이다. 그러나 백작의 침묵은 길지 않았다.

"현재 제국이 황제 폐하 측인 강경파와 황태자 전하 측인 온건파로 팽팽히 대립하고 있는 것을 아실 겁니다."

"그리 들었습니다."

"문제는 이 균형이 깨졌다는 겁니다."

벨리앙 백작의 눈빛이 깊게 가라앉았다.

"아시다시피 황제 폐하께서는 여전히 대륙 통일에 대한 야망을 갖고 계십니다. 지금까진 황태자 전하께서 그것을 막고 있었습니다. 한데 이제는……."

"……전쟁입니까?"

헬리아의 말에 백작은 눈을 감았다 천천히 떴다.

"수도로 가신다 들었습니다. 제가 드리고 싶은 말은 조심하시길 바란다는 말뿐일 것 같습니다. 가시겠지요?"

백작의 걱정 어린 말에 헬리아는 고개를 끄덕였다.

"후우, 어쩔 수 없군요."

백작은 헬리아를 바라보았다. 마음 같아서는 같이 수도로 올라가고 싶지만 그간 리베앙 남작이 벌여 놓은 일을 수습해야 할 필요가 있었다.

"제국의 귀족으로 이런 말씀 드리기 매우 송구하나, 부디 몸 조심히 다녀오시길 바랍니다. 이 은혜 결코 잊지 않겠습니다."

"훗, 말로만 그러는 건 아니겠죠?"

헬리아가 백작을 보며 눈매를 휘었다. 백작은 그런 헬리아를 보며 함께 웃었다.

"물론입니다. 그리고 그것이 제국을 등지는 일이라도 저는 옳은 일을 할 것입니다."

백작과 헬리아의 눈빛이 오랫동안 교차했다. 헬리아는 씨익 미소를 지었다.

"그 말 잊지 않겠습니다."

"조심하시길 바랍니다. 폐하를, 폐하를 조심하십시오."

백작의 마지막 말에 헬리아는 묘하게 그를 보았다. 백작은 일어서는 헬리아를 보며 함께 일어나 고개를 숙였다.

"부디 조심하시길 바랍니다."

헬리아는 거듭 조심하길 바란다는 백작의 말에서 이번 여정이 결코 쉽지 않음을 느꼈다.

"그럼 다시 또 기회가 된다면 뵙지요."

헬리아는 굳은 얼굴을 펴고 웃으며 벨리앙 백작가를 떠났다.

제2장 페르시아 제국

샤샤샥–

수풀 속에서 검은 그림자가 빠르고 은밀하게 움직였다. 마치 먹잇감을 모는 맹수의 몸짓과 흡사했다.

피융!

날카로운 파공음 소리가 숲속에서 울려 퍼졌다.

"전하!"

칼로 날아오는 화살을 막은 남자는 뒤따라오는 자신의 주군의 안위를 살폈다. 그의 주군은 숨을 가쁘게 몰아쉬고 있었다. 이미 온몸은 땀으로 흠뻑 젖어 있었다.

"헉, 헉."

"괜찮으십니까?"

"헉, 헉. 난 괜찮아. 하악, 하악."

"조금만 참으십시오. 서둘러 이곳을 빠져나가야 합니다!"

그는 주군의 상태가 악화되자 입술을 깨물었다. 하지만 지체할 시간이 없었다.

"이랴!"

그는 주변을 살피며 빠르게 말을 몰았다. 말은 온통 땀에 젖어 쉴 새 없이 달렸다.

쉬잉-

다시금 화살 세례가 이어졌다. 남자는 말의 고삐를 한 손으로 잡은 뒤 오른손에 쥔 검에 기운을 불어 넣었다. 그의 검에서 푸른빛이 뿜어져 나왔다. 오직 소드 마스터만이 내뿜는다는 오러 블레이드였다.

"하앗!"

남자의 기합과 함께 검에 어린 푸른빛이 화살을 향해 쏟아졌다. 그러자 화살들은 그 힘에 부서져 바닥으로 나뒹굴었다.

"크윽!"

"아스칼!"

그러나 워낙 많은 화살이었고, 그간 적들의 추격으로 지친 탓에 한 발의 화살을 허용하고 말았다.

"전 괜찮습니다."

왼쪽 다리에 화살을 맞은 아스칼은 손으로 화살을 뽑아냈다. 그러자 검붉은 피가 흘러내렸다.

'독이…….'

아스칼의 상처를 본 은발에 푸른 눈동자를 지닌 미남자의 얼굴이 일그러졌다. 그는 분노에 이를 악물었다.

"젠장, 라몬 공작!"

그의 이름은 케이시스. 페르시아 제국의 황태자였다. 한데 그가 이런 숲속을 내달리듯 도망치고 있었다.

케이시스의 표정을 본 아스칼은 그를 안심시키기 위해 미소를 지었다. 하지만 파래지는 얼굴로는 설득력이 약했다.

"전 괜찮습니다, 전하. 어서 이곳을!"

그때 날아온 비수가 케이시스가 탄 말의 눈에 적중했다.

히이이잉-

"으윽!"

"전하!"

말이 고통에 날뛰자 케이시스는 말고삐를 쥐며 말을 안정시키려 했지만 속수무책이었다. 말은 몸부림치며 케이시스를 결국 바닥에 내팽개치고 말았다.

"전하!"

케이시스가 바닥에 떨어지고 미동하지 않자 아스칼은 얼른 말에서 내려 달려갔다. 다리의 상처 따위는 느껴지지 않았다. 지금 중요한 것은 케이시스의 안위뿐이었다.

"죽여라!"

적들도 그제야 모습을 드러내며 검을 빼 들었다.

"전하!"

아스칼은 케이시스의 생사를 확인했다. 낙마한 탓에 갈비뼈가 부러져 폐를 누르고 있었다. 거기다가 언제 화살에 맞았는지 다리에서 피가 흐르고 있었다.

"젠장!"

"쳐라!"

"네 이놈들! 감히!"

아스칼은 케이시스를 등에 업고 검을 다잡았다. 그의 기세가 변하기 시작했다. 검에 어린 오러 블레이드!

"조심해라! 상대는 소드 마스터다!"

"하앗!"

아스칼은 기합과 함께 검을 휘두르기 시작했다.

"크아악!"

단 한 수에 대여섯 명이나 되는 살수가 나가떨어졌다. 그러자 살수들이 움찔했다.

"독, 독에 당했다. 쳐라!"

"네깟 놈들에게 당할쏘냐!"

아스칼의 눈에서 시퍼런 안광이 쏟아져 나오기 시작했다.

"크아아악!"

숲속에 살수들의 비명이 울려 퍼졌다.

❊

한 남자가 차가운 대리석 복도를 걸어갔다. 스산한 공기가 복도를 가득 메웠다. 단순히 겨울의 매서운 냉기 때문은 아닐 것이다. 남자는 화려하게 장식된 문 앞에 섰다.

"알리게."

"공작님, 세자크 남작께서 찾아오셨습니다."

"들라."

"드시지요."

안에서 허락이 떨어지자 두꺼운 문이 열리고 세자크라 불린 남자가 천천히 방 안으로 들어갔다. 방 안은 싸늘한 복도와 달리 열기가 느껴졌다. 세자크는 푹신한 카페트를 밟으며 방의 주인이 있는 곳을 향해 움직였다. 그러곤 한 중년인이 창가에 서 있는 것을 보았다.

세자크는 그를 향해 깊이 고개를 숙였다.

"찾으셨습니까?"

중년인은 천천히 뒤를 돌았다. 세자크는 그의 손이 온통 핏자국인 것을 보고 멈칫했다.

"공작 전하, 손이…… 얼른 씻을 물을 대령하지 않고 뭐 하느냐!"

"예, 예!"

시녀는 얼른 고개를 숙이고 움직였다. 세자크는 그에게 다가갔다.

"도대체 무슨 일이……."

창가엔 피를 흘리며 죽어 있는 비둘기 한 마리가 보였다. 그의 손에 묻은 피는 그의 것이 아니었다. 세자크는 안도의 한숨과 함께 바닥에 구겨진 종이 쪼가리를 발견했다. 그는 그것을 주워 읽고는 안색을 굳혔다.

"이건……."

"실패했다."

짙은 진홍색 눈동자를 지닌 중년인의 표정은 싸늘하게 변했다.

"분명 최고 정예들로 구성하여……."

"실패했다고 말했다."

"……송구합니다."

중년인이 천천히 세자크에게 다가왔다. 그는 피로 물든 손을 들어 세자크의 뺨을 훑어 내렸다. 세자크의 얼굴이 붉은 피로 물들었다.

"세자크, 내 말하지 않았느냐."

세자크는 몸을 움직일 수 없었다. 그의 몸이 덜덜 떨려왔다.

"쓸모없는 놈을 내가 어찌 처리하는지……."

"죄, 죄송합니다……."

"분명 말하였다."

콰악.

공작의 손이 세자크의 목을 쥐었다. 세자크는 숨이 가빠졌다.

"커, 커억."

"내 분명 그 애송이에게 소드 마스터가 함께 있으니 주의하라고 하지 않았던가."

"주, 죽을죄를 지었습니다."

공작은 이내 손을 풀었다. 그러자 세자크는 가쁜 숨을 몰아쉬었다.

"공작님, 씻을 물을 대령했습니다."

공작은 시녀가 가져온 물로 손을 씻고 물기를 닦았다. 그러자 피로 물든 손은 깨끗해졌다.

"아스칼……."

중년인은 미간을 꾸욱 눌렀다.

황태자의 호위 기사 아스칼. 그놈이 문제였다. 제국의 다섯 명의 소드 마스터 중 한 명인 아스칼은 황태자의 심복 중 심복이었다. 한 번은 그를 포섭하기 위해 수단과 방법을 가리지 않고 접근해 보았으나 일가친척 하나 없는 고아 출신이라 인질조차 잡을 자가 없었다. 거기다 황태자에 대한 충성심은 누구보다 깊었다.

중년인의 눈이 번뜩였다.

"다크소드로 간다. 채비하거라."

"모시겠습니다."

세자크는 깊숙이 고개를 숙였다. 중년인은 지팡이를 짚으며 몸을 돌렸다.

"목숨줄이 질기군, 황태자."

그의 입가에 잔인한 미소가 어렸다.

❊

페르시아 제국의 수도 아스타.

레칸 대륙의 드넓은 북부를 차지하고 있는 거대 제국의 수도에 드디어 헬리아 일행이 발을 디뎠다. 성문을 지나 수도 안으로 들어가자 벨리앙 백작의 영지와는 확연히 다른 모습이 펼쳐졌다. 길은 잘 다듬어진 돌로 탄탄히 깔려 있었고, 거리와 상점은 사람들로 북새통을 이루고 있었다. 3층 이상 되는 건물도 많이 눈에 띄었고, 특히나 상인으로 보이는 자가 많았다.

"우와! 사람이 정말 많아!"

"저것 좀 봐! 우와!"

숀과 휴가 들떠 입을 다물지 못했다. 제국엔 처음 와보는 그들로서는 제국의 문물이 낯설었던 것이다. 바닥은 전부 돌로 짜 맞추어져 있어 마차가 다니기 용의했고, 길거리엔 마석을 박은 가로등들이 세워져 있었다. 숀 일행이 놀라는 눈으로 주변을 둘러보는 것과 달리 헬리아는 미묘한 눈빛을 띠었다.

"여기가 제국인가……."

수도의 분위기는 며칠 있을 황제의 탄신일로 축제 분위기였다. 거리엔 악사들과 상인들이 가득했고, 탄신일에 초대된 타국의 인물도 여럿 눈에 띄었다.

헬리아는 주변을 훑다가 몸을 돌렸다. 그녀의 눈매가 가늘어졌다.

"어때요? 멋지지 않아요?"

"우와, 대단해. 마석으로 만든 전등은 처음 봤어."

알런이 자부심 어린 표정으로 의기양양 숀 일행에게 제국에 대해 이것저것 말해주었다.

헬리아는 미간을 좁혔다.

"하아……."

뭐라도 이득이 될까 싶어서 계약서를 받아두긴 했는데, 지금까지 알런의 가치라곤 그저 반반한 얼굴밖에 없다는 것을 깨달았다. 저 혼자 길도 못 찾는 길치에다 힘은 여자만큼이나 나약했고, 성격 또한 모질지 못했다. 한마디로 헬리아의 기준으로 보자면 어디 쓸래야 쓸 곳이 없는 놈이었다. 그나마 성격이 참 밝고 착한 게 장점인데, 그건 헬리아에게 별 득이 되는 것이 아니었다.

"내가 손해 보는 장사를 하다니……."

이제까지 손해 본 일이 한 손에 꼽을 정도인 헬리아는 알런에 대해 포기할 수밖에 없었다.

헬리아는 숀 일행과 시끌벅적 떠들썩한 알런을 보며 물었다.

"이제 어떻게 할 거야?"

"예?"

"수도에 왔잖아."

"아……."

알런은 헬리아 일행의 정체를 모른다. 그저 평범하지 않은 여행자 정도로 보고 있었다. 헬리아의 말에 알런은 급 우울해졌다. 이제까지 정이 든 탓에 헤어지기 어려운 것이다. 하지만 곧 형을 본다는 생각에 얼굴의 그늘을 지우고 웃으며 말했다. 수도에 있다면 시간이 나면 다시 보면 그만이니 말이다.

"지금까지 정말 감사드립니다. 이 은혜 꼭 잊지 않을게요."

"은혜는 무슨. 네 한 사람 몫이나 잘하라고."

"너무해요."

알런이 헬리아의 야박한 말에 울상을 지었지만 그게 그녀의 애정 표현(?)이라 생각했다.

"어디 길 잃어버리지 말고, 강도나 만나지 말고."

"예예."

알런이 웃으며 고개를 푹 숙였다.

"그럼 안녕히 가세요! 시간 되시면 한번 놀러 오세요. 제가 한 턱 쏠게요!"

헬리아는 손을 휘이휘이 저어주었다.

"잘 가."

"어디 다치지 말고."

"길도 잃어버리지 마."

숀 일행이 애정 어린 충고를 해주며 알런을 송별했다. 알런은 가슴이 찡해 오자 눈물을 훔치고 손을 세차게 흔들었다.

"그럼 다음에 봬요!"

알런은 웃으며 걸어갔다.

헬리아는 그 모습을 보며 푹 한숨을 쉬었다. 문득 그녀의 입가에 작은 미소가 어렸다.

"저거 어디 납치라도 되지 말아야지."

헬리아의 혀 차는 소리에 일행은 모두 공감했다. 그런데 그 말을 끝내기 무섭게 사고가 일어났다.

"어이, 예쁜 아가씨?"

"무슨 일이세요?"

"아니, 너무 예뻐서 밥이나 한 끼 먹자고."

"아, 저 아가씨 아니에요."

"에이, 빼지 말고."

남자 서너 명이 알런을 포위하더니 그를 끌고 가려는 게 아닌가! 알런은 식은땀을 줄줄 흘리며 손사래를 쳤지만 그들은 끈질겼다. 헬리아 일행은 멀찍이 그 모습을 보면서 한숨을 내쉬었다.

"하아, 숀, 렌스, 휴."

"네에."

숀 일행이 알았다는 듯 대답했다.

"저거 집까지 데려다줘."

헬리아는 고개를 설레설레 저었다. 암만 생각해도 저런 놈이 이제까지 숨 쉬고 살아왔다는 게 참으로 용했다. 어디 수호천사라도 떡하니 붙어 있었나?

헬리아는 한숨을 푹 내쉬었다.

"이제 어떻게 할 거야?"

숀 일행이 알런을 따라가자 엘라임이 모습을 드러냈다. 엘라임은 힐긋 이안을 한번 보더니 다시 헬리아를 보았다. 헬리아는 가볍게 어깨를 으쓱이며 말했다.

"방을 잡아야지."

하지만 헬리아는 매우 중요한 사실을 새카맣게 까먹고 있었다. 바로 성수기라는 것을.

⁂

"미안하게 되었수. 방이 이미 다 꽉 찼거든."

"죄송합니다. 이미 예약이 되어 있어……."

"황제 폐하의 탄신일이라 방이 없어서……."

"다른 곳을 알아보슈, 하지만 쉽게 구하긴 힘들 거유."

가는 여관과 가게마다 사람이 꽉 차 있었다. 어딜 가나 빈방은 찾을 수 없었다. 바로 황제의 탄신일로 각 영지와 타국에서 찾아온 사람들 때문이었다.

"내가 이걸 까먹고 있었다니……."

사람이 모이는 곳은 언제나 붐비게 마련. 물론 예약을 아예 안 한 것은 아니다. 다만 그건 아르센 왕국의 사신단 이름으로 예약한 방이기에 들어갈 수 없을 뿐이다. 게다가 그 예약한 방도 내일부터였다. 사신단 일행은 일정대로 아직 도착하지 않은 것이다.

"후우, 어쩔 수 없나……."

"제가 방을 마련해 보겠습니다."

이안의 말에 헬리아는 그를 보았다.

"무슨 수로?"

"돈을 더 주면 방을 바꿔줄 겁니다."

"이런 날엔 바꿔주지도 않을뿐더러, 그렇다 하더라도 돈을 많이 지불해야 할 거야. 그렇게 아까운 짓을 할 순 없지."

헬리아는 고개를 저었다. 무엇보다 신분을 숨기고 온 마당에 조금이라도 튀는 일은 삼가야 했다.

"어디 찾아보면 빈방이 있겠지? 설마 죽으라는 법 있겠어?"

"……."

"뭐, 죽진 않네."

"위험한 곳입니다. 언제 부서질지 모릅니다."

"정말 여길 들어갈 거야?"

그렇게 반나절을 돌아다니길 한참. 헬리아 일행은 수도 외곽에 위치해 있는 여관을 발견할 수 있었다.

툭- 바삭.

헬리아는 스윽 여관 기둥을 만져 보았다. 그 순간 우수수 나뭇조각들이 떨어져 나왔다. 과연 서 있는 게 기적이었다.

"……부서지기 일보 직전이군."

"정말 들어갈 거야?"

엘라임은 혀를 찼다. 헬리아 일행이 찾은 여관은 수도 외곽에 위치해 있는 곳으로, 매우 허름했다. 얼마나 허름한지 폐가 직전이라고 보면 된다. 물론 그 탓인지 가게 안은 텅텅 비어 있었다.

헬리아는 주변을 둘러보았다. 외곽에 위치해 있는 다른 여관들도 이미 사람들로 가득 차 있었다. 어딜 선택하고 말고 할 게 없었다.

'이걸 들어가 말아?'

"어이, 이보슈? 거기에 들어가려고?"

지나가던 한 남성이 헬리아 일행을 보고 손사래를 쳤다.
“거 큰일 나네. 가뜩이나 유령 나온다는 소문이 파다한데.”
“유…… 령?”
엘라임의 얼굴이 사색이 되었다. 헬리아는 골치가 아픈 듯 미간을 구겼다.
“암튼 험한 꼴 보기 싫으면 다른 곳으로 가게나.”
남성은 그렇게 말하곤 뒤꽁무니에 유령이라도 붙을 새라 얼른 도망갔다.
“…….”
“유, 유령이 있대!”
엘라임이 놀라 소리쳤다.
“무슨 정령이 유령을 무서워하냐?”
“그놈들은 실체가 없잖아!”
“너는 실체가 있고?”
“헬리아!”
헬리아는 엘라임의 말을 뒤로하고 어쩔 수 없이 문을 열었다.
끼이이익- 이이익-
거친 경칩 소리와 함께 문이 열렸다. 꼭 문 여는 소리가 귀신의 곡소리와 닮아 엘라임은 소스라치게 놀랐다.
“히익! 놀랐잖아! 말하고 열어야지!”
“꼴값 떨지 말고 얼른 들어와.”
헬리아의 말에 엘라임은 천천히 안으로 들어갔다.
삐그덕. 삐그덕.
바닥은 나무 소리로 기괴했고, 안은 어두컴컴했다. 분명 창문이 있고, 밝은 낮임에도 안은 스산했다.
“유령이 있는 게 틀림없어!”

"세상에 유령이 어딨냐?"

"왜 없어! 정령도 있는데."

"……."

그렇긴 하다만. 헬리아는 자꾸 붙는 엘라임을 억지로 떼어내고 안으로 더 걸어들어갔다.

끼익, 끼익-

"조심하십시오!"

갑자기 들려온 인기척에 이안이 검을 빼 들고 헬리아 앞을 가로막았다.

"무언가 있습니다."

그 소리는 점차 헬리아 일행과 가까워졌다.

끼익, 끼익-

"……."

"……."

"으악, 유, 유령이다!"

엘라임이 빽 소리를 질렀다.

퍽!

"누가 유령이야, 제대로 보기나 해."

헬리아가 엘라임의 머리를 때리자 엘라임이 천천히 눈을 뜨고 검은 그림자를 보았다.

"……유, 령인데?"

"할머니야."

"쿄쿄쿄쿄, 자주 듣는 말이니 상관없네."

기괴한 웃음소리를 흘리는 자는 나이를 알 수 없는 한 노파였다. 작달막한 키에 시커먼 옷을 두르고, 머리는 새하얗게 세어 있었다. 솔직히 말하자면 헬리아도 정말 유령이라고 착각할 뻔했다.

"쿄쿄쿄쿄!"

노파의 기괴한 웃음소리가 음산하게 가게에 울려 퍼졌다.

"저기, 방이 있나요?"

굳이 물어보지 않아도 남아도는 게 보였다. 이런 여관에 누가 오겠는가. 이건 허름한 게 문제가 아니었다.

"쿄쿄쿄쿄! 물론이네. 방은 많으니 마음껏 쓰게나. 하룻밤에 5골드이네."

"5골드라구요?"

"엄청 비싸잖아!"

헬리아의 한쪽 눈썹이 치켜 올라갔다. 그녀의 시선과 노파의 시선이 마주쳤다.

"너무 비싼 거 아니에요?"

"비싸다니? 그럼 어쩔 수 없지. 다른 데로 가보든지. 쿄쿄쿄쿄! 물론 방이 있다면!"

'요 할망구가.'

헬리아는 이를 으득 물었다. 빈방이 있었다면 애초에 이곳에 오지 않았을 것이다. 그리고 오래 산 노괴(?)도 그것을 알고 있었다. 이미 5골드라는 파렴치한 가격을 내뱉은 노파는 헬리아에게 노괴로 바뀌었다.

헬리아는 순간 얼굴 표정을 싹 바꾸었다.

'이런 노괴에게 당할 수야 없지.'

"그런가요?"

"으음?"

노파의 눈이 가늘어졌다. 헬리아의 행동이 자신의 예상과 다른 탓이다.

"그럼 어쩔 수 없죠. 다른 곳으로 가봐야죠."

"빈방이 없을 텐데?"

"뭐 찾아보면 여기보다 더 좋은 데가 없을려구요?"

"쿄쿄쿄쿄!"

'요 맹랑한 꼬마, 이 나를 상대로 튕겨 보겠다?'

'후후, 내가 순순히 돈을 줄 리 없지요.'

헬리아와 노파의 눈에서 불이 튀었다. 옆에 있던 엘라임과 이안은 그저 멀찍이 그 모습을 지켜볼 수밖에 없었다.

"암튼 그렇게 됐어요. 그럼 이만."

"흥, 노숙해야 할 거야."

헬리아가 몸을 돌리자 이안과 엘라임은 낮게 한숨을 내쉬고 그녀의 뒤를 따랐다.

멈칫.

앞서 가던 헬리아가 걸음을 멈추고 뒤를 돌았다. 노파의 주름진 얼굴 속에서 표정을 찾아보기 힘들었다. 하지만 헬리아는 알아챌 수 있었다.

"한데 이 여관 아무도 없는 것 같은데…… 자릿세는 낼 돈은 있으신가 모르겠네."

노파의 눈썹이 꿈틀거렸다.

"1골드면 생각해 보겠는데……."

"흥, 어림없는 소리!"

그러나 노파는 그들이 정말 가버릴까 초조한 모습이 역력했다. 헬리아는 주름진 표정에서 그것을 포착했다.

'물었군!'

"1골드라도 자릿세하고 남을 텐데……. 한데 1골드도 없으면 돈도 못 벌고, 자릿세도 못 내고…… 아휴, 안타까워라. 1골드도 참 큰돈인데."

"……."

노파의 눈이 파르르 떨렸다. 1골드와 무일푼을 생각하면 어쩔 수 없이 추가 기울기 시작했다.

'이 싸움은 누가 백기를 먼저 드느냐다!'

노파의 말처럼 이곳이 아니면 빈방이 없거나, 빈방을 구하려면 하루 종일 품을 팔아야 한다. 하지만 헬리아는 결코 초조해하는 낯빛을 보이지 않았다. 원하는 것을 얻기 위해선 뻥카도 필요한 법!

"쿄, 쿄쿄……! 이 요망한 꼬맹이!"

"1골드도 많잖아요?"

헬리아의 말에 결국 노파가 먼저 백기를 들었다.

"이리 들어와. 밥이나 줄 터이니 처먹고 배탈이나 나라고."

"후후후!"

헬리아는 씨익 웃으며 안으로 들어갔다.

"돈도 많으면서."

엘라임이 혀를 차며 고개를 도리도리 젓자 헬리아는 손가락을 들어 흔들었다.

"자고로 돈은 아낄수록 좋은 법이야."

"그러다 똥 된다."

"밥이나 처먹어."

순간 엘라임은 헬리아가 늙으면 노파 같은 노괴가 되는 건 아닐까 생각하다 등골이 서늘해졌다.

'무, 무섭다!'

상상은 상상으로만 끝나길 엘라임은 바랐다.

"나 보고 여길 들어가란 말이야?"

가게 밖에서 잔뜩 짜증이 난 음성이 들려왔다. 노파의 음식을 먹던 헬리아 일행은 자연히 소리가 난 방향으로 고개를 돌렸다.

"이렇게 후진 여관이라니, 이거 무너지는 거 아니야? 나는 이런 데서 못 잔다고!"

옅은 갈색 머리에 갈색 눈동자를 지닌 전형적인 도련님 같은 한 청년이 팔짱을 끼며 떠꺼운 눈으로 가게를 보고 있었다. 고운 얼굴과 화려한 옷차림으로 봐선 귀족인 듯싶었다.

"그러게 제가 말씀드리지 않았습니까? 탄신일이라 사람이 많아 방을 구하기 힘들 거라구요."

"예약을 했어야지!"

청년의 말에 시종으로 보이는 말쑥한 차림의 남자가 이마를 짚으며 고개를 저었다.

"예약이야 했죠. 누구 때문에 예약 날짜에 도착하지 못했을 뿐이죠."

"이씨! 에른, 그 누구가 나지? 나인 거지? 나 욕한 거지?"

에른은 싱글벙글 웃으며 청년을 달랬다.

"에이, 제가 왜 도련님을 욕하겠습니까? 그저 그 누구 씨만 아는 거지. 암요."

"그거 나잖아!"

"뭐, 알면 됐습니다."

에른은 귓가를 후벼파며 강짜를 부렸다. 청년은 씩씩거리며 고개를 돌렸다.

"나 여기서 못 자. 안 잘 거야."

에른은 피곤하다는 얼굴로 얼른 청년을 달래기 시작했다.

"이러다 여기도 못 잡으면 노숙을 해야 합니다. 도련님 노숙하고 싶으세요? 도련님 바닥에서 자는 거 싫어하시잖아요?"

"……노숙은 싫다고."

"자자, 그럼 들어가지요. 생각보다 좋을지 누가 압니까?"

"……가게도 허름해서 꼭 유령 나올 것 같은데…… 음식도 분명 맛없을 거야. 침실도 후질 테고."

"그 입 좀 닫고 이제 들어가죠."

에른이 청년을 끌고 가게 안으로 들어왔다. 가게 안으로 들어온 청년은 여지없이 와락 인상을 구겼다.

"야! 이것 좀 봐! 완전 후지잖아! 후져!"

"네네, 참 후지네요. 그렇지만 갈 곳이 없으니까 어쩔 수 없죠."

"이씨!"

청년은 씩씩거리며 철퍼덕 헬리아 일행과 조금 떨어진 테이블에 앉았다. 청년이 곱게 앉아 있자 에른은 희미한 웃음을 지으며 노파에게 다가갔다.

"하루 묵으려 하는데 방세는 어떻게 됩니까?"

노파는 헬리아를 한번 보더니 그 예의 웃음소리를 내며 웃었다.

"쿄쿄쿄쿄! 5골드네."

"5골드요? 너무 비싼데요?"

"흥! 그럼 가든지!"

노파는 곧장 고개를 돌려 버렸다. 이미 헬리아 일행으로부터 1골드를 받은 탓에 정말로 그들에게 돈을 받지 않아도 되었다. 물론 내심 그들이 5골드를 내주길 바라고 있었다.

"이거 너무 비싼데……."

"안 낼 거야? 그럼 가."

"조금만 깎아주실 수 없으신가요?"

"에른!"

그때 청년이 에른과 노파에게 다가왔다. 에른은 그런 청년을 보고 머리가 아픈지 이마를 붙잡았다.

"도련님은 왜 또 귀찮게 나서세요?"

"흥, 고작 5골드 갖고 깎는 네가 보기 흉해서 그렇다! 귀찮게 하지 말고 그냥 줘버려."

"네에? 하지만 비싼데……."

타악!

청년은 제 주머니에서 5골드를 꺼내 노파에게 던졌다. 노파는 신기에 가까운 솜씨로 그 돈을 흘리지 않고 제 주머니에 쏙 넣었다.

"쿄쿄쿄쿄! 고 도련님은 누구와 달리 아주 예의가 바르구먼."

"대신 제일 좋은 방으로 줘."

"좋은 방?"

노파의 눈이 가늘어지다 웃음을 지었다.

"쿄쿄쿄쿄! 한데 이걸 어쩌나? 이미 제. 일. 좋은 방은 누가 차지했는데."

"뭐라고?"

둘의 이야기를 듣던 헬리아는 미간을 좁혔다. 왠지 불안했다. 그리고 그 불안은 적중했다.

"저 맹랑한 아가씨가 제. 일. 좋은 방을 차지했다네. 도련님이 잘 방을 말일세."

청년의 시선이 헬리아에게 옮겨갔다. 헬리아는 노파를 향해 이를 갈았다. 노파는 씨익 웃으며 입 모양으로 무언가를 말했다.

'쿄쿄쿄쿄! 아까의 복수다. 요 맹랑한 꼬맹이!'

상대가 귀족으로 보이자 자신에게 시비를 걸게 만든 것이다. 헬리아는 지끈거리는 머리에 이를 갈았다. 설마가 사람을 잡는다고 청년이 뚜벅뚜벅 헬리아에게 다가왔다. 뒤에서 에른이 골치가 아픈 듯 한숨을 내쉬었다.

"이봐."

"무슨 일인데?"

헬리아의 반말에 청년의 눈썹이 치켜 올라갔다.

"흥! 감히 평민 주제에 감히 이 라…… 읍!"

"하하, 도련님. 이런 아름다운 레이디에겐 예의를 차리셔야죠."

"야!"

에른이 청년의 입을 콱 틀어막자 청년이 버둥거렸다. 에른의 키가 청년의 키보다 머리 하나가 더 큰 탓에 청년은 그의 손에서 벗어날 수 없었다. 그 모습을 본 헬리아는 한숨을 푹 내쉬었다.

'어디서 이런 개차반 도련님과 이상한 시종이라니…….'

"으읍, 야! 나 말할 거야!"

"도련님은 그 입이 문제입니다. 그 입 좀 닥치고 있어요."

"이씨! 너 자꾸 나랑 맞먹지?"

"에이, 우리 사이에 무슨."

"우리 사이 아무것도 아니거든?"

"하하하, 암튼 실례했습니다."

에른이 청년을 끌고 가려 하자 이번엔 청년이 에른의 팔을 내치고 헬리아 앞에 다시 섰다.

"방 바꿔."

"너 나 알아?"

순순히 물러날 줄 알았는데 되레 질문을 받자 청년은 살짝 당황했다.

"모, 몰라."

"그런데 왜 반말이야? 어린 게."

"어, 어리다니 난 열아홉이라고!"

"어리네."

"그럼 넌 몇 살인데?"

"내가 그걸 왜 말해야 하는데?"

헬리아가 이상한 애를 봤다는 듯한 눈빛으로 보자 청년은 입술을 깨물었다.

"암튼 방이나 바꿔."

"싫어."

"……싫어?"

"내가 다섯 셀 동안 네가 방을 바꿔야 하는 이유 다섯 가지 대면 바꿔주지.”
헬리아의 입꼬리가 씨익 올라갔다. 그 모습을 본 엘라임과 이안은 고개를 설레설레 저었다. 저러다 애 하나 잡지.
“좋아.”
꽤 쉽다고 생각했는지 청년은 의기양양했다. 하지만 그것도 곧 얼마 가지 못했다.
“하나.”
“우선 내가…….”
헬리아의 손가락이 빠르게 움직였다.
“둘, 셋, 넷, 다섯. 끝.”
말을 꺼내기도 전에 이미 헬리아가 숫자를 다 세 버렸다.
“아직 다섯 안 됐잖아!”
청년은 버럭 화를 냈다.
“난 그냥 다섯을 센다고 했지, 시간을 맞춰 센다곤 안 했어.”
“감히 날 우롱해!”
자신을 놀린다는 걸 깨달은 것이다. 청년은 이를 물고 에른의 손에서 돈주머니를 빼앗아 헬리아의 발치에 던졌다.
“돈 더 줄 테니 방 바꿔.”
헬리아는 바닥에 떨어진 돈을 보고 눈썹을 치켜 올렸다.
‘감히 내게 돈을 던져?’
헬리아의 한쪽 입꼬리가 비틀려 올라갔다. 옆에서 그 모습을 지켜보던 엘라임과 이안은 한숨을 쉬었다. 헬리아는 천천히 일어나며 팔짱을 끼었다. 그러자 청년과 눈높이가 맞았다. 청년은 갑자기 헬리아가 일어나자 저도 모르게 움찔했다.
“뭐, 뭐?”
“내가 그지 새끼냐?”

"그, 그지?"
"그리고 나 돈 많거든? 그래서 안 바꿔줄 거그든?"
"바, 방 바꿔!"
"내가 왜?"
자신의 말이 통하지 않자 청년은 얼굴이 시뻘게졌다. 헬리아는 그 모습을 보고 속으로 혀를 찼다. 딱 이런 족속이 있다. 제 뜻대로 되어야 하고 그렇지 않으면 화를 내는 놈들. 헬리아의 눈이 싸늘하게 변했다. 그러자 청년이 몸을 움츠렸다. 헬리아에게서 은연중 흘러나오는 드래곤의 기운에 몸을 떤 것이다.
"주워."
"주, 주우라고?"
"셋 셀 동안 줍는다. 하나."
"흐, 흥! 내가 그 말을 따를 줄 알아?"
"둘."
"나, 난 안 해!"
헬리아의 눈초리가 더욱 매서워졌다. 그러자 청년은 히끅 놀라더니 얼른 바닥에 있는 돈을 주웠다. 저도 모르게 줍자 청년의 얼굴이 또 빨개졌다.
"이, 이건 그냥 돈이 아까워서 그런 거야."
"방은 안 바꿔."
"흐흥! 됐어. 내가 안 바꿀 거야! 내가 안 할 거라고."
"알았으면 얼른 밥이나 처먹어."
"……."
청년은 헬리아의 기세에 고양이 앞에 생쥐처럼 쪼그라졌다. 옆에 있던 에른이 한숨을 쉬더니 청년을 잡아 이끌었다.
"에구, 도련님, 그러게 왜 나서서. 애초에 싸움도 못하시는 분이 그러다 맞으면 어쩔려구요?"

"야, 내가 그래도 여자한텐 안 진다."

그때 헬리아가 눈을 번뜩이자 청년이 얼른 에른의 뒤로 숨었다.

"도련님은 참 귀여우시다니까."

"너 나 무시하지!"

"자자, 레이디 말처럼 밥이나 처먹고 입 좀 다물어 보세요."

"이씨."

청년과 에른이 결국 다른 식탁으로 갔다. 한데 노파는 그들에게 헬리아 일행을 향해 손가락을 가리켰다.

"저기에 같이 앉아."

노파의 말에 청년은 버럭 화를 냈다.

"내가 왜!"

"쿄쿄쿄쿄! 나이를 먹었더니 허리가 아픈지 영 움직이기 힘들고, 나중에 청소도…… 아구구구, 허리야……."

"이씨!"

청년은 짜증 난다는 듯 화를 냈지만 씩씩거리며 헬리아 일행 사이에 앉았다. 헬리아는 자신을 향해 음흉하게 웃는 노파를 보며 자신을 또 엿 먹이려는 수작임을 알아챘다.

'늙으면 더 꽝해진다고 하더니…….'

제대로 똥 밟은 듯했다. 청년이 아무 말도 없이 그들 테이블에 앉자 그래도 염치가 있는 에른이 웃으며 말했다.

"죄송하지만 합석해도 되겠습니까?"

이미 청년은 합석해 있었지만 말이다. 헬리아가 흔쾌히 고개를 끄덕이자 그제야 에른도 자리에 앉았다. 그들까지 합류하자 둥근 테이블이 꽉 찼다.

청년은 헬리아와 엘라임, 이안을 살짝 훑어보다 노파가 가져온 스프와 통밀빵을 보더니 눈을 좁혔다.

"나 통밀빵은 소화가 안 돼서 싫은데……."

"그냥 처드세요."

에른이 얼른 스프에 빵을 찍어 그의 입에 쑤셔 넣었다.

"으읍!"

"아, 그러고 보니 소개가 늦었습니다. 저는 에른이라고 합니다. 그리고 이분은 제가 모시는 분으로 알베르 님이십니다."

"리아예요."

"야, 너 왜 나한테만 반말이야?"

소화를 다 시킨 알베르가 버럭 소리를 질렀지만 헬리아가 확 째려보자 시선을 피했다. 제대로 쫄은 모양이다.

"그리고 여긴 동행하고 있는 라임과 이안."

"아, 여행자이신가요?"

"뭐……."

헬리아는 어깨를 으쓱이는 걸로 대답했다. 상대방의 정체는 대략 짐작이 갔다. 고급스런 복장과 미세하게 느껴지는 여관 주위에 있는 기척들은 아마 호위 기사일 것이다. 그렇다면 불 보듯 뻔하다. 귀족이나 그 이상의 신분이라는 것.

물론 그렇다고 쫄 헬리아가 아니었다. 상대가 귀족이라고 해도 헬리아도 귀족, 아니, 왕족 아니겠는가.

"그보다 이렇게 만난 것도 인연인데 하루 동안 잘 부탁드립니다."

아마 알베르 때문일 것이다. 잘 좀 넘어가 달라는 말로 들렸다.

"스프도 밍밍해. 난 좀 더 짠 게 좋은데."

"그만 좀 투덜거리고 드시기나 하세요."

"너 본국으로 돌아가면 반드시 잘라 버릴 거야."

"네, 제발 좀 잘라주세요."

"흥."
알베르는 투덜거리면서도 잘도 스프와 통밀빵을 먹었다.
헬리아는 속으로 혀를 찼다.
'뭐, 오늘 보면 더 안 보겠지.'
헬리아는 고개를 설레설레 저었다. 하지만 항상 설마가 사람 잡는 법이다. 그렇게 질긴 인연일 줄 누가 알았겠나.
"배불러."
알베르가 포크를 내려놓고 입가를 닦았다. 그의 얼굴은 잔뜩 찌푸려져 있었다.
"맛도 없고."
"에이, 다 드셔 놓고선."
알베르가 쏘아보자 에른은 어깨를 으쓱였다. 그의 말대로 알베르는 자신의 몫뿐만 아니라 에른의 것도 빼앗아 먹은 것이다.
헬리아는 그 모습을 보고 고개를 저었다.
"투덜이가 따로 없군."
"누가 투덜이라는 거야!"
"그 누구 씨만 알겠지."
"이게!"
알베르가 씩씩거리자 헬리아는 씨익 웃으며 그를 보았다. 헬리아의 금안이 자신을 직시해 오자 알베르는 뱀 앞의 생쥐처럼 또 몸을 움츠렸다.
'아이 씨, 내가 왜 이러지?'
알베르는 괜히 아닌 척 자리에서 일어나더니 휘익 가버렸다.
"에구, 그럼 식사 맛있게 하세요."
에른은 헬리아 일행에게 인사를 한 뒤 얼른 알베르를 뒤쫓아 갔다. 그제야 가게 안이 조용해졌다.

"예의 바른 사람이네. 참 힘들겠어."

엘라임이 에른을 보며 동정을 표했다. 하지만 헬리아는 에른을 떠올리곤 고개를 갸웃했다.

'암만 봐도 즐기는 것 같은데…….'

제 주인을 대놓고 까는 놈도 정상은 아닌 것 같았다.

그때 누군가의 발걸음 소리가 가게 앞에서 멈춰 섰다.

"……!"

가게 안에 있던 이들의 시선이 단번에 문을 주시했다. 허름한 로브를 깊게 눌러쓴 남자가 가게 안으로 들어왔다.

뚜벅뚜벅.

남자는 천천히 노파를 향해 다가갔다.

"빈방 있습니까?"

나직한 목소리가 울렸다. 여관 주인인 노파는 오늘따라 찾는 손님이 많으니 주름진 눈이 활짝 피었다.

"쿄쿄쿄쿄! 빈방이야 많지!"

"방 하나 주시오."

"5골드네."

남자는 곧장 노파에게 돈이 든 주머니를 내던졌다. 주머니를 빠르게 낚아챈 노파는 내용물을 보더니 쿄쿄쿄쿄 하며 더할 나위 없는 환한 웃음을 지었다.

"자자, 식사는 하겠는가?"

"되었소. 아무도 방해하지 마시오."

"암, 그리하지. 쿄쿄쿄쿄!"

남자는 그렇게 말하곤 터벅터벅 무언가 큼지막한 것을 끌어안고 방으로 올라갔다.

헬리아는 그 모습을 보더니 눈을 찌푸렸다.

"도대체 누구지?"
"혹시 그 남자가 안고 있는 거……."
"사람이야."
"살인마인가? 혹시 시체를 유기하려고?"
요즘 엘라임이 무슨 추리소설이라도 보는 걸까. 헬리아는 머리가 지끈거리는 것을 느꼈다. 하지만 아예 틀린 추리는 아니었다. 남자에게서 진한 피 냄새가 느껴졌기 때문이다.
"정말 살인마인가……."
하지만 살인마치곤 느낌이 달랐다.
"……."
이안은 물끄러미 남자가 사라진 방향에서 시선을 떼지 않더니 이내 입을 열었다.
"아무래도 여관을 바꾸는 게 낫지 않겠습니까?"
이안의 말에 헬리아는 그를 보았다. 이안은 미간을 좁히며 헬리아를 보았다.
"그자 소드 마스터입니다."
헬리아의 눈이 좁아졌다.

❊

캄캄한 어둠이 수도 아스타에 내려앉았다. 하지만 아스타의 거리는 환한 불빛으로 가득 차 있었다. 길거리엔 축제를 즐기기 위한 사람들로 넘쳐 났다.
불빛이 스미지 않는 틈 사이로 누군가 어둠을 활보했다. 한 건물 지붕 위로 검은 그림자가 내려앉았다. 검은 야행복과 얼굴엔 복면을 쓰고 있어 정체를 알 수 없었다. 다만 복면 사이로 드러난 그의 에메랄드빛 눈동자만이 빛날 뿐이었다.

"여긴가?"

복면을 쓴 남자가 눈을 좁히며 건너편 여관을 살폈다. 여관은 다른 곳과 달리 매우 허름했고, 언제 부서져도 이상할 것이 없었다.

"운영하고 있는 게 용하군."

남자는 낮게 혀를 차며 그 낡은 여관을 샅샅이 살펴보았다. 그의 눈매가 살짝 좁아졌다.

"귀찮게 됐군."

여관 주위로 열 명 정도의 무장한 이가 포착되었다. 필시 여관 안에 있는 누군가의 호위 병력일 터. 손쉬울 거란 이번 의뢰가 처음부터 꼬이는 느낌이었다. 그러나 해야 할 일. 복면인은 낮게 혀를 차고 다시 주위를 살폈다. 무장한 자들의 무위는 그가 감당할 만한 것이었다. 문제는 다른 것이었다.

'음?'

이미 상대의 전력을 알고 있기 때문에 자신 이상의 기운이 느껴지는 것은 당연했다. 하지만 그것이 하나가 아니라면 문제가 있었다.

'소드 마스터가…… 둘?'

예상치 못한 변수였다. 정보원들이 소드 마스터의 기감에 걸리지 않게 멀리서 관찰했기에 정보가 누락된 것 같았다.

남자는 고민에 빠졌다. 하지만 이대로 물러날 수도 없었다.

"어떻게 하지?"

여관 안에 있는 두 명의 소드 마스터. 남자는 쉽게 결정을 내리지 못했다. 그러나 밤하늘에 뜬 달빛이 검은 구름에 가리는 순간, 그는 결정을 내렸다. 그의 눈동자가 어둠만큼 깊어졌다.

'그렇다면 방법을 바꾸는 수밖에.'

은밀하게 암살하려던 남자는 방법을 바꾸기로 했다. 남자는 얼굴을 가린 검은 복면을 벗었다. 그러자 그의 연보랏빛 머리카락이 바람에 휘날렸다.

다크소드의 특급 암살자.

세인.

바로 그였다

그는 긴장된 눈빛으로 여관을 내려다보았다.

❊

아스칼은 황태자 케이시스를 침대에 눕혔다. 미리 포션을 먹여둔 덕분에 겉으로 보기엔 상처가 보이지 않았지만 워낙 상처가 깊었던 탓에 쉽게 깨어나질 못했다.

"전하……."

아스칼은 제 상처는 돌보지도 못 하고 케이시스의 안위만을 염려했다.

"으, 으으……."

케이시스가 낮게 신음했다. 그의 체온이 빠르게 떨어지고 있었다. 아스칼은 황태자의 체온을 확인한 뒤 방에 있는 장작을 찾아 난로에 집어넣었다. 그러나 건물이 워낙 낡고 허름한 탓인지 외풍이 심했다. 아스칼은 눈을 찌푸렸다. 적들의 눈을 피해 최대한 눈에 띄지 않는 여관으로 온 것인데 이곳에서 황태자를 치료하는 것은 좋지 못했다. 아스칼은 입술을 깨물었다. 그의 눈에서 짙은 살기가 감돌았다.

"라몬 공작……."

이런 짓을 할 사람은 그밖에 없었다. 그러나 황태자가 몸을 떨며 신음을 흘리자 아스칼은 이불을 덮어 그의 몸을 따듯하게 했다. 하지만 방은 쉽게 따듯해지지 않았다.

"이 방은 너무 춥다."

아스칼이 주변을 살피다 그의 눈이 순간 가늘어졌다.

"……!"

그의 손이 자연히 허리춤에 있는 검집으로 갔다. 아스칼의 기감이 예민해졌다.

'누구지? 자객인가?'

아스칼은 최대한 숨을 죽인 채 주변을 살폈다. 그러나 순간 느껴졌던 기척은 이미 사라진 후였다.

"예민해진 건가……."

그러나 조금의 낌새라도 안심할 수 없는 노릇. 그들은 적들을 피해 몸을 숨기고 있었다. 아스칼은 검을 쥐었다.

"전하……."

그는 무언가 결심한 듯 몸을 일으켰다.

❊

"완전 냉골이네."

엘라임은 허연 입김에 혀를 찼다. 다 쓰러져 가는 여관임을 알고 있었지만 이렇게 난방이 안 될 줄은 몰랐다. 이거야 원, 밖이랑 안이랑 차이가 없으니. 하지만 셋 모두 추위에 아랑곳하지 않는지라 크게 불편함을 느끼지 못했다.

헬리아는 창문을 열고 아래를 내려다보았다. 도시는 축제 분위기에 들떠 있었다. 캄캄한 어둠조차 환한 불빛들에 주춤하는 듯 보였다. 지나다니던 사람들을 보던 헬리아는 문득 잊고 있던 이들이 떠올랐다.

"얘네들은 도대체 왜 아직도 안 오는 거야?"

알런을 바래다주러 갔던 숀 일행이 밤이 되도록 돌아오지 않은 것이다.

"혹시 위치를 모르는 거 아니야?"

엘라임의 말에 이안이 고개를 저었다.

"이곳에 도착한 뒤 위치를 일러두었습니다."

"혹시 어디서 노는 거 아니야?"

엘라임이 장난스런 숀 일행을 떠올리고 웃었다. 아마 구경을 하느라 목이 빠져 있을 것이다.

"다시 연락하겠습니다."

"아니, 내버려 둬."

이안이 통신구슬을 꺼내려 하자 헬리아는 손을 저었다. 어린아이도 아니고 때 되면 오겠지 싶었다. 무엇보다 그 알런과 함께 있으니 문제가 생기고도 남았을 것이다. 헬리아는 축제의 불이 켜진 길거리를 다시 내려다보았다. 제국의 추위는 아르센보다 더 매서웠지만 축제를 즐기는 이들의 마음은 그 추위마저 녹이고 있었다.

"아무 일도 없으면 좋을 텐데……."

헬리아는 이내 창문을 닫았다.

"그럼 이만 잠이나 자야지."

헬리아도 이렇게 긴 여행은 처음이어서 피로가 몰려왔다. 하품을 내뱉은 헬리아는 침대에 눕기 위해 몸을 움직였다.

"……뭐 해?"

헬리아는 머리를 짚었다. 자신이 그 개차반 도련님의 이상한 시종에 대해 품평할 입장이 아니었다.

"왜 안 가?"

"난 좀 있다가."

"넌 정령계로 가."

엘라임이 헬리아의 말에 슬그머니 시선을 외면했다. 헬리아는 눈을 좁히고 이안을 보았다. 문가에 서서 뭐 하는 짓이야.

"전 호위 기사입니다."

이안은 헬리아가 말하기 전에 미리 선수 쳤다. 헬리아는 두 남자를 노려보며 팔짱을 끼었다.

"그래서 밤새 나랑 같이 있겠다고?"

엘라임과 이안은 헬리아가 쏘아보자 절로 고개가 돌아갔다. 그러나 결코 자리를 뜨지 않았다.

"그래?"

헬리아는 눈을 가늘게 뜨고 그들을 바라보았다.

"나랑 같이 있겠단 말이지?"

부스럭.

시선을 돌리고 있던 엘라임과 이안의 귓가에 옷이 스치는 소리가 들렸다. 두 사람이 그 소리가 무엇인지 모를 리가 없었다. 하지만 섣불리 시선을 돌릴 수도 없었다.

'시선을 돌리면 너 죽는다.'

'죽고 싶지 않다면 움직이지 마라.'

서로가 견제하는 상황. 그러나 또 옷가지 하나가 스르륵 바닥에 떨어지자 굳게 고정되어 있던 고개가 끼기긱 돌아가려 했다.

"다 벗었어."

"뭐야!"

"……!"

엘라임과 이안의 고개가 순간 헬리아를 향했다. 그러나 헬리아는 팔짱을 끼고 그들을 묘한 눈길로 바라보았다. 그리고 바닥엔 있어야 할 그녀의 옷 대신 테이블보가 떨어져 있었다. 물론 그녀는 옷을 전부 잘 입고 있었고. 헬리아의 한쪽 입꼬리가 올라갔다.

엘라임과 이안은 겨울인데도 왠지 모르게 땀을 흘렸다.

"그, 그게 아니라……."

"왜 내가 벗었다고 하니까 보는데?"

“그, 그게…….”

“…….”

말이 없어진 두 사람. 헬리아는 당장 그들에게 선고했다.

“당장 나가!”

똑똑-

그때 문밖에서 소리가 들렸다.

헬리아 일행의 시선이 모두 문을 향했다.

‘그자입니다.’

이안의 눈짓에 헬리아는 살짝 눈을 좁혔다. 피 냄새를 흘리며 들어왔던 그자. 헬리아는 잠시 고민했다.

‘왜 찾아온 거지?’

고민할 찰나, 다행히 먼저 목소리가 들려왔다.

“실례하겠소.”

낮은 저음의 목소리. 그 목소리엔 살기가 없었다. 그럼에도 엘라임과 이안은 당장에라도 공격할 준비를 갖췄다.

“죄송하지만 방을 바꿔주실 수 있으시오?”

일부러인지 상대는 문을 열어주기도 전에 목적을 말해왔다. 해칠 의사가 없다는 표현일까. 헬리아는 천천히 문을 열었다. 문이 열리자 헬리아는 초췌한 남자의 얼굴을 볼 수 있었다. 짧은 갈색 머리에 큰 체구, 그리고 옅은 하늘색 눈동자를 지닌 남자였다. 티 없이 곧고 깨끗한, 헬리아는 그의 눈빛에서 그것을 보았다.

‘이런 자는 남을 함부로 해치지 않아.’

헬리아는 남자를 찬찬히 살펴보았다. 한데 묘하게 낯이 익었다.

‘어디서 봤지?’

헬리아는 살짝 미간을 좁혔다. 기억이 잘 안 났다. 요즘 까마귀 고기를 먹었다. 남자는 되레 그녀의 표정에 자세를 더 낮췄다.

"환자가 있소. 미안하지만, 그 방이 너무 추워서 그런데 방을 바꿔주실 수 있겠소?"

헬리아는 남자의 의중을 살피기 위해 그의 눈을 바라보았다. 일말의 거짓도 없는 눈이었다. 되레 그 눈에는 두려움과 초조함이 깃들어 있었다.

"환자라…… 환자는 당신인 것 같네요."

헬리아는 그러면서 남자의 허리춤에 있는 검과 그의 상처를 살폈다. 환자가 얼마나 심한지 모르지만 그도 부상이 심했다. 다리는 독에 당했는지 시커먼 피가 말라붙어 있었다.

헬리아의 눈에 이채가 살짝 깃들었다. 다친 소드 마스터와 환자라니, 관심이 아니 생길 수 없었다. 하지만 위험한 냄새가 났다. 헬리아는 고민했다.

남자는 품에서 헬리아에게 돈을 내밀었다.

"돈이라면 내겠소. 부탁드리오."

"흐음."

헬리아는 그가 내민 돈주머니를 보았다. 무직한 양이나 소리로 들어보건대 필시 제법 큰돈이 들어 있을 터. 헬리아는 고개를 끄덕였다.

"알겠어요."

"감사하오."

"대신 돈 말고 다른 걸로 받아도 될까요?"

남자의 눈이 일순 가늘어졌다 다시 원래대로 돌아왔다.

"무엇을 말이오?"

"아, 어려운 건 아니에요. 단지 나중에 제 부탁 하나만 들어주시면 돼요. 보아하니 검 좀 쓰시는 것 같은데……."

남자의 표정이 딱딱하게 굳어졌다.

"그건……."

"뭐 정 힘드시면 거절해도 돼요."

"……아니오. 후에 반드시 부탁을 들어드리겠소."

"아, 그리고 이건 환자한테 드리고, 이건 본인이 드시는 게 좋겠어요."

헬리아는 품에서 포션 두 개를 꺼내 그에게 넘겼다. 남자는 의심의 눈으로 헬리아를 보았다. 헬리아는 어깨를 으쓱였다.

"아르센에서 포션 장사를 해요."

"……아르센 왕국…… 상인이오?"

장사를 한다는 말보다 남자는 그녀가 타국에서 온 사람이라는 것에 더 안심한 듯 보였다.

"상인에겐 인연이 제일 중요하죠. 그냥 주는 건 아니니까 받아요."

남자는 머뭇거리다 이내 포션을 받았다. 무엇보다 환자의 상태가 염려가 되었고, 오히려 대놓고 그냥 주는 게 아니라는 말이 끌렸다.

"고맙소. 그럼."

남자는 별다른 말없이 다시 자신의 방으로 돌아갔다.

엘라임이 헬리아에게 물었다.

"왜 방을 바꿔준 거야?"

"옷깃만 스쳐도 인연이라고."

"괜히 귀찮은 일에 휘말릴 거야."

"만나지 않았더라면 몰라도 이미 만났어. 그렇다면 최대한 얻을 건 얻어야 하지 않겠어?"

"무슨 일이 생겨도 난 몰라."

엘라임은 고개를 휘이 내저었다.

다친 소드 마스터와 환자. 결코 평범하지 않은 자들이었다. 하지만 헬리아는 그저 눈매를 휘며 웃었다.

❊

"쿄쿄쿄쿄!"

노파는 주름에 가려진 눈동자를 빛내며 오늘 매상을 세어 보곤 나직이 웃었다. 제법 쏠쏠한 것이 올 겨울을 따뜻하게 보낼 것 같았다.

"어디 손님이 또 안 오나?"

때마침 하늘이 노파의 소원을 들은 것일까. 연보랏빛 머리카락의 한 사내가 여관에 들어오는 게 아닌가!

'어이구, 이게 웬 횡재냐!'

노파는 남자를 보곤 얼씨구나 싶었다. 그 연보랏빛 머리의 사내는 눈을 곱게 휘며 말했다.

"빈방 있습니까?"

"쿄쿄쿄쿄! 있고말고!"

"그럼 하루만 묵어가겠습니다."

"방값은 5골드네."

노파의 눈이 게슴츠레하게 남자를 살폈다. 그 노란 머리 계집처럼 떽떽거릴지 아니면 아무 소리도 않고 툭 하니 5골드를 내밀지 내심 기대가 되는 것이다.

"여기 있습니다."

주머니를 받아 든 노파의 눈이 커졌다 다시 원래대로 돌아왔다. 묵직한 느낌으로 봐선 5골드가 아니었다.

노파는 눈을 가늘게 뜨고 남자를 보았다. 그는 그저 웃으며 걸음을 옮겼다.

"그럼……."

홀로 남은 노파는 주머니를 열어보고는 눈을 좁혔다. 그 안에는 10골드가 들어 있었다.

끼익-

삐걱거리는 계단을 오른 세인은 언제 웃었냐는 듯 입가의 미소를 지우고 냉막한 표정을 지었다.

끼익끼익-

나무로 된 복도는 기괴한 소리를 흘렸다. 세인은 흔들리는 촛불 사이로 천천히 걸음을 옮겼다. 상대는 소드 마스터. 하지만 상처를 입은 상태였다. 그런 상대를 제거하는 건 그리 어려운 일이 아니다. 다만 이미 한 번의 습격으로 잔뜩 경계심이 오른 상태였기에 더욱 조심해야 한다.

'소드 마스터의 기운이 역시 둘이군.'

세인은 느껴지는 기운에 눈을 좁혔다. 역시나 정공법이 주요했다. 목표물이 어느 방에 있는지 제대로 모르는 상태에서 도박은 금물이었다. 그는 최대한 손님인 척 몸을 움직였다. 그의 손에는 언제 튀어나왔는지 모를 단검이 창가로 스며든 달빛에 미약한 빛을 내뿜었다. 세인의 표정이 점차 딱딱하게 굳었다.

황태자 케이시스의 암살!

다크소드로부터 의뢰가 들어왔을 때 얼마나 놀랐던가. 너무나 위험한 의뢰였다. 하지만 다크소드에선 이 일을 받아들였다.

세인은 그 점이 이상했다. 아무리 제국 최고의 암살 조직 다크소드라지만 제국에서, 제국의 황태자를 암살한다는 것이 얼마나 위험한지는 잘 알고 있을 터. 그런데도 의뢰를 받아들였다.

'우선 집중하자.'

하지만 곧 목표를 눈앞에 두자 상념을 떨쳐 버렸다. 이미 의뢰를 맡은 이상 완벽히 이행해야만 한다.

'단숨에 숨통을 끊어놓는다.'

세인은 황태자가 머무는 방문 앞으로 몸을 움직였다.

똑똑-

문을 두드렸다.

"무슨 일이오?"

아스칼은 방문을 열어 문을 두드린 사람을 보았다. 그의 눈의 시리게 변했다. 누군가의 방해를 받는 게 불쾌하다는 눈치였다. 하지만 문을 두드린 알베르는 팔짱을 낀 채 짜증스럽게 그를 바라봤다.

"뭐야? 그 여자 방 아니었어?"

알베르는 다시 방을 확인했다. 분명 그 금발 여자의 방이었다.

"방을 바꿨소."

"그 여자! 내가 바꿔달라고 할 때는 콧등으로 안 듣더니!"

"무슨 용무요?"

"뭐, 오히려 다행인가. 이봐, 방 좀 바꿔줘."

아스칼의 눈이 좁아졌다. 그는 더는 들어볼 것도 없다는 듯이 문을 닫으려 했다. 하지만 알베르가 더 빨랐다.

"내 방은 너무 춥단 말이야."

"그래서 어쩌라는 거요?"

아스칼의 시선이 더욱 날카로워지기 시작했다. 옆에 있던 에른이 알베르를 말렸다.

"도련님, 제가 따뜻하게 해드린다니까요."

"추워 죽겠단 말이야! 그리고 네가 어떻게 따뜻하게 해줄 건데!"

"그거야 제 온기로……."

알베르가 에른의 무릎을 발로 찼다.

"아얏!"

"네 온기로 따뜻해질 바에얀 콱 얼어 죽고 말 거야!"

에른은 고개를 절레절레 저었다. 알베르가 다시 아스칼에게 물었다.

"방을 바꿔주면 지금 방세보다 두 배를 더 쳐주지. 그러니 방을 바꿔."

"더 듣기 싫으니 이만 가시오."

"이봐!"

아스칼이 한 치의 여지도 없이 거절하자 알베르는 소리쳤다. 그러나 이미 문이 닫힌 후였다.

에른은 한숨을 쉬며 말했다.

"그냥 돌아가세요."

"이익! 그 방은 춥단 말이야! 허름하고 벌레도 나오고!"

"후우, 정말 어린애라니까."

"나 어린애 아니거든? 나 열아홉이거든?"

"네네, 자자, 그럼 새 나라의 어린이는 일찍 자러 갑시다. 이렇게 서 있는 게 더 춥잖아."

"흥, 이대로 물러날 줄 알아? 방 바꿔줄 때까지 문을 두드릴 거야."

알베르가 다시 방문을 두드렸다.

콰앙!

"어?"

알베르는 자신의 주먹을 보고 에른을 보았다.

"내 주먹이 이렇게 셌나?"

"젠장, 그게 아니에요!"

콰아앙!

다시금 큰소리가 들려왔다.

"젠장!"

세인은 쇄도해 오는 이안의 검에 몸을 피했다. 그의 이마에서 작은 땀방울이 떨어졌다.

"대장, 이거 실력이 더 늘었는데요?"

"누가 대장이라는 거지?"

이안의 싸늘한 음성에 세인은 휘익 찔러 들어오는 그의 검을 막고 밀어냈다.

"이야, 설마 여기서 만날 줄은 몰랐네요. 분명 아르센 왕국에서는 1왕자가 온다고 들었는데……."

세인은 허를 찔린 사람처럼 인상을 찡그렸다. 겉으론 실실 웃는 세인이지만 결코 속내는 그렇지 못했다.

'젠장, 그 소드 마스터가 대장인 거야?'

그렇다고 이안이 무서운 것은 아니었다. 이제 갓 소드 마스터에 오른 그가 두려울 리 없었다. 그가 두려워하는 이는 정작 따로 있었다.

"오랜만이네, 세인."

그것은 바로 세인을 보며 활짝 웃고 있는 헬리아였다.

'하필이면 공주라니!'

재수가 없는 놈은 뒤로 넘어져도 코가 깨진다더니, 세인이 그 짝이었다. 그는 아직도 그날 일을 잊지 못했다. 그날 보였던 공주의 신위. 그것은 결코 인간의 힘이 아니었다.

'다신 안 만날 줄 알았는데!'

세인은 다시는 공주를 적으로 만나고 싶지 않았다. 그 당시 그렇게 몸 성히 빠져나올 수 있었던 것도 운이 좋아서였다. 그렇지 않다면 그는 지금쯤 아르센의 땅바닥에 묻혀 있을 것이다.

"오랜만에 만나니 참 반갑네요."

"반갑지 않은 눈치인데?"

"하하, 그럴 리가요."

너무 티가 났나. 세인은 침음을 삼키며 서둘러 퇴로를 확인했다. 헬리아 공주만으로도 힘든데 이 안에는 소드 마스터가 된 이안, 그리고 푸른 머리 남자까지 함께 있었다. 세인은 그가 헬리아 공주와 함께 다니는 정령사라는 것을 알아챘다. 그리고 그자의 실력이 어느 정도인지도 이미 잘 알고 있었다.

"도망갈 생각하지 마, 세인."

헬리아가 찡긋 눈웃음을 치며 말했다. 그 모습이 어찌나 무서운지 세인은 오소소 소름이 돋았다.

"하하, 한데 너무 늦은 것 같아서 전 이만……."

"이런 늦은 시간에 찾아온 네가 할 말은 아닌 것 같은데?"

"……."

세인은 입을 열지 못했다. 그의 속은 새카맣게 타들어가고 있었다. 세인은 작게 입술을 깨물고 주변을 둘러보았다.

"근데 누굴 찾아온 거야?"

"누구라뇨?"

"설마하니 그날 일을 겪고도 날 찾아올 정도로 바보는 아닌 것 같은데, 내가 잘못 봤나?"

헬리아가 피식 비웃었다.

"내가 아니면 누굴까나?"

"……."

누구보다 속이 쓰릴 사람은 바로 세인이었다. 헬리아는 썩어가는 세인의 표정에 입꼬리를 올렸다.

"이거 점점 궁금해지는데? 다크소드의 특급 암살자님께서 직접 나설 일이 뭔지."

세인의 입술이 바짝 말랐다. 헬리아 공주는 지나칠 정도로 감이 좋았다. 그리고 한번 물면 결코 놓지 않았다. 거기다 뒤끝도 드래곤 꼬리만큼이나 길었다. 헬리아의 눈이 번뜩였다. 세인은 순간 몸을 움찔했다.

"네가 직접 올 사람이라면 누굴까나~"

세인은 뒷걸음질 쳤지만 뒤에는 이안과 엘라임이 가로막았다. 그리고 앞에는 헬리아가 웃고 있었다.

'큰일 났군.'

세인의 등줄기에서 땀이 흘러내렸다.

헬리아는 세인을 쳐다보다가 천천히 그에게 다가갔다. 세인은 그녀가 움직이자 움찔했지만 쉽게 나서지 못했다.

하지만 헬리아는 세인을 지나쳐 방 밖으로 나갔다. 자연히 세인의 시선도 그녀를 향했다.

"무, 무슨 일이야?"

알베르가 헬리아 일행과 세인을 보고 놀란 듯 소리쳤다. 옆에 있는 에른은 심각한 표정으로 그들을 보고 있었다. 헬리아는 알베르를 보고 있지 않았다. 그녀의 시선이 알베르의 옆에 있는 아스칼에게 도달했다. 아스칼은 이미 검을 뽑아 든 채 그들을 주시하고 있었다.

세인은 침을 꼴딱 삼켰다.

"저자인가?"

"……."

헬리아의 시선을 받은 아스칼의 몸에서 기세가 뿜어져 나오기 시작했다. 세인은 몸을 긴장시켰다. 헬리아는 아스칼을 바라보다 다시 그를 보았다.

"이쯤 되면 좀 궁금하긴 한데…… 방 바꿔준 사이에 물어볼 수 있을 것 같지 않나?"

헬리아의 말에 세인은 주먹을 쥐었다.

'방을 바꿨단 말인가.'

세인에게는 정말 최악이 아닐 수 없다.

헬리아는 아스칼을 보았다.

"제국의 다섯 번째 검 아스칼 로젠."

"……!"

"아스칼 로젠!"

알베르는 놀라 눈이 커졌다. 페르시아 제국에는 유명한 소드 마스터 다섯 명이 존재한다. 그중 평민 출신의 소드 마스터가 한 명 있다. 바로 아스칼 로젠. 가난한 평민 출신으로 황태자의 기사단장에 오른 입지전적인 인물이었다.

아스칼의 기세가 더욱 강해졌다. 소드 마스터가 뿜어내는 살기에 여관 안은 잔뜩 긴장감으로 버무려졌다.

"뭐, 뭐야! 아스칼이라니!"

"쉿, 여기선 조용히 해야 합니다."

에른이 살기에 몸은 떨면서 입만 동동 산 알베르의 입을 틀어막았다.

"너는 누구냐?"

아스칼이 세인을 향하던 검을 헬리아에게 겨누고 낮은 목소리로 물었다. 단숨에 그녀의 목을 노릴 듯한 움직임이었다. 하지만 쉽게 움직이지 못했다. 그녀의 옆에 있는 엘라임과 이안 때문이었지만, 더 큰 것은 바로 그녀 본인의 기세였다.

'내 살기를 받아내다니……!'

아스칼의 미간이 치켜 올라갔다.

그때였다.

두두두두! 척척척!

"왕자님!"

"괜찮으십니까!"

갑자기 여관 안으로 열 명의 기사가 들이닥쳤다. 그리고 그들은 헬리아 일행과 아스칼을 향해 칼을 겨누고 알베르를 향해 달려갔다.

"어디 다치신 데는 없습니까?"

"이런……."

에른은 미간을 짚었다. 상황은 더욱 안 좋아졌다.

"왕자?"

헬리아는 알베르를 향해 네깟 놈이 무슨 왕자냐 하는 눈빛으로 그를 보았다.

알베르는 헬리아의 표정에 얼굴을 붉히더니 말했다.

"흥! 나는 라비안 왕국의 제2왕자 알베르 라비안이다!"

어떠냐! 알베르가 팔짱을 끼며 당당히 말했다.

"라비안 왕국?"

그의 말을 들은 헬리아의 표정이 점점 썩어갔다. 이거 자신의 생각보다 일이 더 꼬일 것 같다는 느낌이 들었다.

라비안 왕국이라니. 몇 년 전 세드릭의 사건으로 그들이 범인으로 몰려 사이가 더욱 벌어진 적이 있었다. 한마디로 아르센 왕국의 공주인 헬리아에겐 라비안 왕국의 왕자인 그의 존재가 매우매우 껄끄럽다는 것이다. 거기다 그가 데리고 온 기사들까지.

'어디 도련님인 줄은 알았지만 라비안 왕국의 왕자라니? 저런 놈이?'

"너는 누구냐!"

아스칼이 다시 헬리아를 향해 답을 재촉했다. 당당히 자신의 신분을 밝히려던 헬리아는 머리가 아파졌다. 아스칼의 물음에 여관에 모인 모든 사람의 시선이 헬리아를 향했다.

'아구, 머리야.'

헬리아는 머리가 아팠다. 그리고 곤란한 사람은 또 있었다.

'아…… 내 신세야.'

세인은 꿰다 놓은 보릿자루처럼 서 있을 수밖에 없었다.

❊

쾅쾅!

문을 두드려 보았지만 아무런 소리도 들리지 않았다.

"여기가 맞아?"

숀은 닫힌 가게를 보면서 알런에게 물었다. 알런은 이게 어찌 된 영문인지 모르겠다는 눈으로 가게를 보았다.

"이, 이럴 리가 없는데……."

알런은 굳게 닫힌 서점을 보면서 어쩔 줄을 몰라 했다. 숀 일행과 함께 형이 운영하는 서점으로 갔다. 한데 도착한 서점은 이미 굳게 닫혀 있었고, 형은 어디에도 없었다.

"혹시 집에 있는 거 아니야?"

"아뇨, 지금은 가게에 있어야 할 시간이에요."

"어디라도 갔겠지."

휴의 말에 알런은 그렇게 믿고 싶었다. 하지만 왠지 닫힌 서점이 마음에 걸렸다.

"한 번도 이런 적이 없었는데……."

알런은 다시 한번 굳게 닫힌 서점을 보고선 침울해졌다.

"집에라도 가보자."

숀은 알런의 어깨를 툭 쳤다. 그도 알런의 형이라는 '세인'을 만나 보고 싶었다. 아쉬운 마음이 든 숀은 알런을 위로했다.

"네……."

"집은 가까워?"

"얼마 안 걸려요."

알런과 숀 일행은 알런의 집으로 걸음을 옮겼다. 그의 말처럼 십 분도 안 되는 거리에 자그마한 집이 한 채 있었다.

"여기예요."

알런이 집을 가리켰다. 작고 허름하지만 형제 둘이 살기엔 그리 나쁘지 않은 집이었다.

"근데 집에도 형은 없는 것 같은데?"

"아직 안 들어왔나 봐요. 분명 편지도 했었는데…… 아직 못 받은 건가."

워낙 눈이 많이 온 탓에 편지가 제대로 전달되지 못할 수 있을 거라는 생각이 들었다. 알런은 한숨을 내쉬고 문을 열었다. 이렇게 된 이상 집에서 형을 기다리는 수밖에 없을 것 같았다.

덜컹.

"어라?"

"왜, 무슨 일이야?"

숀이 묻자 알런은 천천히 고개를 돌리며 머리를 긁었다.

"저 그게……."

"뭐가 잘못되었어?"

렌스가 고개를 갸웃하며 묻자 알런이 하하 웃다 침울해졌다.

"그게 열쇠가 없어요……. 생각해 보니 오는 길에 잃어버려서……."

알런의 말에 세 사람은 한숨을 푹 내쉬었다.

"형도 아직 안 왔는데 어떻게 할 거야? 날씨도 추운데."

숀은 이 짐 덩어리를 어떻게 해야 할지 머리가 아팠다. 공주님은 그를 안전하게 집까지 데려다주고 오라고 했다. 한데 집에는 왔는데 이대로 그를 집 앞에 놓고 가면 안전할지 확신이 안 섰다. 제대로 집 안에 넣어주고 와야 그나마 안전하다고 할 것 같았다.

"그게 아무래도 기다려야 할 것 같아요……."

"너무 춥다고."

휴가 손을 비비며 입김을 불었다. 제국의 한겨울 날씨는 아르센의 겨울보다 혹독하고 매서웠다.

"죄송해요……."

꼬르르륵-

알런의 배에서 큰 소리가 들려왔다.

"하, 하하."

알런은 머쓱해져서 그저 웃었다.
“그러고 보니 먹은 게 없어서…….”
“후우…….”
세 사람은 한숨을 푹 내쉬었다. 숀은 보다 못해 알런에게 말했다.
“그러지 말고 쪽지를 써놓고 아가씨가 있는 곳으로 가는 게 어때? 우린 돈도 없고. 형이 쪽지를 보면 찾아올 거야.”
“그, 그래도 될까요?”
알런이 눈을 반짝이며 물었다. 숀은 다시 알런을 데려가면 헬리아 공주가 어떤 소리를 내뱉을지 상상이 안 가지만 그래도 그녀의 명을 제대로 수행하려면 이렇게 내버려 두고 갈 순 없었다.
“어쩔 수 없지.”
“저, 정말 고맙습니다!”
알런이 웃으며 소리쳤다. 숀은 볼을 긁적이며 민망하게 웃었다.
‘뭐, 공주님이 어떻게 나올지 모르지만.’
숀 일행은 그렇게 다시 헬리아가 머무는 여관으로 발걸음을 옮겼다. 하늘에선 부슬부슬 흰 눈송이가 내리기 시작했다.

❊

여관 안에는 무거운 침묵이 흘렀다. 아스칼은 여전히 검을 치켜든 채 헬리아와 세인을 향해 있었고, 헬리아는 그런 아스칼을 바라보았다. 그 가운데 세인이 오도 가도 못 하고 서 있는 형국이었다.
“난 이제 어떻게 하지?”
“쉿, 도련, 아니, 왕자님은 좀 분위기 파악 좀 하세요.”
에른이 조용히 알베르의 입을 틀어막았다.
“그럼 말을 바꾸지.”

아스칼은 헬리아에게서 세인으로 시선을 옮겼다.

"그놈을 넘겨라."

모두의 시선이 세인으로 향했다. 이 일의 주범은 바로 그였다. 세인은 들고 있는 검을 힘껏 말아 쥐었다. 저도 모르게 아스칼의 기세에 몸이 반응한 것이다.

"미안하지만 그건 안 돼."

헬리아의 말에 아스칼은 물론 세인도 그녀를 바라보았다. 아스칼의 미간이 좁아졌다.

"결국 너도 한패인가?"

"한패였다면 이렇게 소란을 피울 리 없겠지. 나라면 이런 소란 없이 조용히 처리했을 테니까."

검을 쥔 손에 힘이 들어갔다. 아스칼은 헬리아를 노려보았다.

"무슨 속셈이냐?"

"속셈은 없어. 무엇보다 나도 이런 상황은 예상치 못했으니까."

헬리아가 세인을 흘낏 바라보았다. 담담하게 세인을 몰아붙였지만, 그녀도 역시 세인을 이곳에서 보게 될 줄 몰랐다. 그건 헬리아도 예상치 못한 상황이었다.

세인은 머쓱하게 웃었다. 하지만 속은 전혀 웃을 수 없었다. 앞에는 헬리아 공주가, 뒤에는 제국의 다섯 번째 검이라 불리는 아스칼 린넨이 있었다. 진퇴양난이 아닐 수 없었다.

'젠장…….'

"그렇다면 무력을 사용하는 수밖에!"

아스칼은 세인을 통해 이번 암살을 지시한 이를 밝혀내야 했다. 자신들을 암살하러 온 자는 소드 마스터. 어중이떠중이들과는 확연히 다르다.

아스칼이 몸을 움직였다.

그러자 엘라임과 이안이 아스칼을 막아섰다. 아스칼은 그들에게서 뿜어져 나오는 힘에 눈을 찌푸렸다. 결코 자신의 아래가 아니었다.

"유감은 없지만 날 방해하지 마라!"

아스칼의 검이 이안의 검과 부딪쳤다. 아스칼은 이미 완숙한 소드 마스터. 익숙해졌다 하나 아직 이안이 감당하기엔 버거운 상대였다.

"크읏!"

날카로운 일검에 이안이 나직이 신음을 내뱉었다. 손에서부터 발끝까지 찌릿함이 느껴졌다.

'강하다!'

괜히 제국의 다섯 번째 검이 아니었다.

"내가 도와줄까?"

뒤에서 엘라임이 빙글거리며 웃자 이안이 눈매를 찌푸리곤 아스칼의 검을 뿌리쳤다.

"네 도움 따윈 필요 없다!"

이안이 아스칼을 향해 움직였다. 상대가 완숙한 경지에 이르렀다 하나 그는 지금 부상 중. 부상 중인 상대를 상대하는 것이 천생 기사인 이안에겐 불쾌한 일이었지만, 그의 상처로 서로의 실력은 비등할 터! 이안의 검이 빠르게 아스칼을 향해 쇄도했다. 아스칼은 눈에 이채를 띠었다.

'도대체 이자들은 누구란 말인가?'

점차 이성을 되찾은 아스칼은 이들이 암살자와 한편이라고 생각되지 않았다. 하지만 자신의 앞을 가로막는다면 어쩔 수 없는 법! 아스칼이 검의 빠르게 움직였다.

아스칼과 이안이 검을 겨루는 동안, 세인은 어느 누구도 자신에게 시선을 주는 자가 없자 슬금슬금 몸을 움직였다.

'여기서 이대로 죽을 수야 없지!'

세인의 눈이 빛이 났다. 의뢰는 실패로 돌아갈 테지만 그는 결코 죽고 싶은 마음이 없었다.

'이때다!'

그가 몸을 움직이려는 찰나였다.

턱!

"어딜 가려고?"

헬리아가 그의 어깨에 손을 얹고 씨익 웃었다. 세인은 흡사 사신을 만난 듯 몸을 떨었다.

"하, 하하……."

"에른……."

"예, 왕자님."

에른이 대답했다.

"나는 뭐 하지?"

"왕자님은 그냥 입 다물고 있으시면 됩니다."

"그런 거야?"

"네."

알베르는 조용히 찌그러져 있었다.

"크읏!"

아스칼과 이안의 대결은 결국 아스칼에게 기울었다. 이안이 소드 마스터의 힘을 온전히 자신의 것으로 만들었다 하나 이미 그 일은 아스칼도 겪어왔던 일이다. 당연히 경험에서 이안이 아스칼에게 밀리는 것은 어쩔 수 없는 일이었다.

이안은 낮게 신음을 내뱉었다.

'젠장.'

이제 갓 소드 마스터에 오른 이안이다. 이만한 것도 대단히 놀라운 일이 아닐 수 없다. 하지만 이안은 만족할 수 없었다.

"뛰어난 실력이다. 시간이 지난다면 나를 능가할 터. 하지만!"

뛰어난 젊은이의 목숨을 앗는 것은 매우 유감이나 그것보다 황태자 전하의 일이 더욱 중요했다. 아스칼의 검이 이안의 목을 향해 짓쳐 들어갔다.

"그만둬! 아스칼!"

멈칫!

아스칼의 검이 아슬아슬하게 이안의 목 언저리에서 멈췄다.

"어떻게……."

아스칼이 소리가 들려온 방향으로 시선을 돌렸다. 그와 함께 이곳에 있던 모든 이의 시선이 움직였다.

"이게 무슨 짓이야."

온몸이 땀에 젖어 있었고, 얼굴색은 파리했다. 하지만 곧은 눈동자는 흔들림 없이 아스칼을 꾸짖고 있었다.

"저, 전하!"

"검을 거둬, 아스칼."

"하오나……!"

"아스칼!"

"……."

환자의 목소리라 할 수 없을 만큼 강한 기백에 아스칼은 결국 검을 늘어뜨릴 수밖에 없었다. 그는 이안을 주시하다 몸을 돌렸다.

"몸은…… 괜찮으십니까?"

"괜찮아. 그보다 아스칼, 네 다리는……."

아스칼은 고개를 저었다.

"괜찮습니다. 이미 치료를 했습니다."

아스칼은 순간 자신의 다리를 치료한 포션을 헬리아에게서 받았음을 떠올렸다. 그는 자신의 경솔함에 고개를 숙였다. 초조함으로 인해 앞뒤 사정을 살피지 않고 먼저 검을 뽑았다. 그가 먼저 검을 뽑지 않았더라면 이런 사태는 일어나지 않았을 것이다.

"소란을 일으켜 죄송합니다."

"도대체 무슨 일이지?"

케이시스는 난장판이 되어 있는 건물과 기사들, 그리고 헬리아 일행을 보고 눈을 좁혔다.

"제가 해결하겠습니다."

"무엇을?"

케이시스의 단호한 표정에 아스칼은 푹 고개를 숙였다. 이미 사태를 악화시킨 것은 바로 자신이었다.

케이시스는 낮게 한숨을 쉬고 사람들을 둘러보다 이내 헬리아를 향해 입을 열었다.

"이야기를 나눴으면 합니다."

잠깐의 대화와 상황을 봤을 때, 지금 이 순간 대화를 나눌 사람이 그녀임을 알아차린 것이다. 케이시스의 현안에 헬리아는 속으로 미소를 지었다.

"제가 원하던 바네요."

헬리아는 빙그레 미소를 지었다.

❊

둥근 테이블엔 헬리아, 케이시스, 알베르가 앉아 있고, 세인 주위로 엘라임, 이안, 아스칼이 서 있다. 따뜻한 차를 잔에 따르자 향긋한 차향이 번져 나간다. 에른이 헬리아와 케이시스, 알베르의 잔에 차를 따라주었다. 세 명 모두 밤중에 마시는 차에 거부감 없이 차를 음미했다.

'정말 알다가도 모를 세계군.'

그 모습을 바라본 세인은 속으로 혀를 찼다. 케이시스와 엘베르는 너무도 우아하게 차를 마시는 헬리아의 모습에 눈에 살짝 이채가 돌았다. 여기서 헬리아의 정체를 아는 이는 세인과 엘라임, 이안밖에 없었다. 그 외 인물들은 도대체 헬리아의 정체가 무엇인지에 대해 궁금해하고 있었다.

"아슈란 왕국에서 난 자스민 차로군."

헬리아는 단 한 모금에 차에 대해 꿰뚫었다. 차를 내온 에른이 놀라 눈이 커졌다.

"예, 맞습니다. 입에 맞으시다니 다행입니다."

헬리아의 말에 알베르가 놀라 차를 다시 마셨다.

'이걸 먹고 어떻게 아는 거야?'

알베르의 그런 눈치를 뀐 에른이 푹 한숨을 내쉬었다.

'왕자님, 그거 왕자님이 매일 드시는 차예요.'

혀가 발인 알베르는 헬리아가 차를 맞췄다는 것에 매우 놀랐다. 하지만 케이시는 그녀의 다른 면에 놀랐다.

'아슈란 차는 매우 고가의 상품. 도대체 정체가 뭐지?'

케이시스의 눈이 매처럼 날카로워졌다. 하지만 오직 헬리아만은 여유롭게 차를 음미했다. 아슈란 왕국은 사히즈 사막에 세워진 왕국이다. 사막이라 차가 나기 쉽지 않는데, 그중에서도 그 힘겨운 사막에서 자란 자스민 차는 대륙에서 손에 꼽는다.

"다시 소개드립니다. 페르시아 제국의 케이시스입니다."

케이시스가 헬리아를 보며 말했다.

"라비안 왕국의 왕자 알베르다."

알베르가 뒤이어 말했다.

헬리아는 싱긋 웃었다.

"리아라고 불러요."

케이시스의 눈이 가늘어졌다. 그가 자신을 밝힌 것은 그녀도 정체를 밝히길 바라서였다. 하지만 헬리아가 그런 얕은 수에 넘어갈 리 없었다.

"에른, 쿠키는 없어?"

"왕자님, 쿠키는 아쉽지만 없습니다."

그 입 좀 다물고 가만히 찌그러져 계시면 됩니다, 라는 게 에른이 진짜 하고 싶은 말이었지만, 그도 눈치가 있었다.

"그럼 본론을 말씀드리죠."

케이시스가 세인을 보며 말했다.

"그자를 넘겨주십시오."

"어째서요?"

"……그자는 나를 암살하러 온 자객이오."

"당신을 공격하진 않지 않습니까? 참 바보같이 나를 공격했죠."

세인은 그녀의 말에 공감했다.

'내가 왜 바보같이…….'

케이시스가 헬리아를 물끄러미 바라보았다. 태양처럼 빛나는 금발과 한 번 보면 결코 잊을 수 없는 금안을 지닌 아름다운 여인은 매우 당돌한 표정을 짓고 있었다.

'금발과 금안?'

순간 무언가 생각이 나려 했지만 기억나지 않았다. 케이시스는 다시 물었다.

"넘겨주지 않을 거란 말입니까?"

"넘겨줄 이유는 없다고 보는데요."

케이시스의 미간이 살짝 찌푸려졌다. 뒤에서 아스칼이 검을 뽑아 드는 것이 보였다. 케이시스가 고개를 저었다. 아스칼은 입술을 깨물고 다시 검을 검집에 넣었다.

케이시스와 헬리아의 눈빛이 오갔다.

'도대체 무슨 속셈인가?'

케이시스는 이 금발의 아가씨가 무슨 생각을 하고 있는 건지 감이 잡히지 않았다. 애초에 그녀의 정체부터가 물음표였다. 상대는 자신에 대해 알고 있는데, 자신은 아무것도 모른다. 케이시스는 생각했다. 어쩌면 이 테이블에서 가장 유리한 사람은 그녀가 아닌가 하고. 케이시스는 아무리 생각을 해보아도, 헬리아가 암살자를 두둔한 이유를 알지 못했다. 그렇다고 서로 한패라 하기엔 암살자의 태도가 그렇지 못했다.

'적인가, 아니면 아군인가…….'

케이시스의 눈동자가 깊게 가라앉았다.

"비록 실수였다 하나 그는 분명 나를 암살하러 온 암살자입니다. 오히려 그를 두둔하는 것은 귀하에게 결코 좋지 못한 일입니다."

"제가 언제 두둔한다 했습니까? 넘겨주기 싫다고 했지."

헬리아는 빙글거리며 웃었다. 케이시스는 그녀의 말에 표정을 굳혔다.

'아우, 도대체 뭔 소리를 하는 거야?'

알베르는 머리가 아파졌다.

"암살자를 데려가서 어찌하려고요?"

이번엔 헬리아가 되물었다. 케이시스가 입을 열려는 찰나, 아스칼이 흥분해 먼저 입을 열었다.

"라몬 공작! 그자를 처벌해야 합니다! 이는 엄연한 반역죄입니다!"

"아스칼!"

케이시스가 아스칼의 이름을 외쳤다. 아스칼은 그의 호통에 주춤하며 분한 듯 입을 다물었다.

"죄송합니다."

그러나 이미 말은 내뱉어진 상황. 그 말을 들은 헬리아의 눈이 가늘어졌다. 설마 여기서 그의 이름을 듣게 될 줄 몰랐다.

'라몬 공작!'

황제파와 황태자파가 대립한다는 것은 알고 있었지만 이 정도일 줄은 몰랐다.

'황제도 알고 있는 건가?'

라몬 공작은 누구나 다 아는 황제파의 사람이다. 그런 자가 황태자를 암살하려 했다는 것은 매우 중차대한 일이다. 케이시스가 세인을 데려가고 싶어 하는 것이 이해가 되었다.

'라몬 공작의 죄를 밝히고 싶겠지. 하지만.'

황태자에겐 안타깝게 되었지만 이대로 세인을 데려가 버리면 헬리아는 아무것도 얻지 못한다. 그렇게 놔둘 수는 없는 일!

헬리아가 눈을 빛냈다.

"그러고 보니…… 약속하지 않았나요?"

"약속이라니?"

케이시스의 음성에 아스칼이 흠칫했다. 케이시스는 아스칼의 반응에 다시 헬리아를 보았다.

헬리아는 입꼬리를 말아 올리며 말했다.

"방을 바꿔주면 부탁을 들어준다고 했죠."

"그건!"

"아스칼!"

케이시스가 아스칼의 말을 잘랐다.

"무슨 이야기요?"

"저분이 방을 바꿔달라고 하기에 대신 방을 바꿔주면 부탁을 하나 들어준다고 약속했었죠. 설마 잊으신 건 아니겠죠? 아니면 모른 척하겠다는 건가요?"

"……그건."

"그를 넘겨주지 않겠습니다. 이게 제 부탁이에요."

아스칼은 입술을 세게 깨물었다. 하지만 그렇게 둘 순 없었다.

"이건……."

케이시스가 아스칼의 말에 앞서 말했다.

"아스칼, 약조를 했나?"

"……네."

"너의 이름으로?"

"……."

케이시스는 아스칼의 침묵에 눈을 감았다 떴다.

"그렇게 하시오."

"전하!"

"너는 나의 기사이기 전에 제국의 검이다. 너의 이름으로 맺은 약속은 그리 가볍지 않다!"

"……."

아스칼은 죄송함에 고개를 들지 못했다.

"너는 상심 마라. 나를 위하여 그리하였다는 것을 내 모르지 않아."

"전하……."

헬리아는 그 모습을 가만히 보다 다시 입을 열었다.

"하지만 아무리 생각해도 좀 과하지요?"

"이랬다가 저랬다 뭘 어쩌라는 거야."

"쉿."

알베르가 헬리아의 말에 토를 달자 에른이 얼른 그의 입을 막았다.

"무슨 말이오?"

"말 그대로입니다. 아무래도 방과 암살자는 이치에 맞지 않네요. 저도 그렇게 염치가 없는 사람은 아니랍니다."

헬리아는 웃었다. 어차피 헬리아도 단지 그런 약속으로 세인을 홀라당 넘겨 먹을 생각은 없었다. 다만 주도권을 자신에게 가져오기 위함이었다.

"그를 저에게 내주면 전하를 도와드리겠습니다."

"날 돕는다?"

케이시스의 눈에 이채가 떠올랐다. 이 금발 여인이 어떻게 자신을 돕는다는 건지 궁금해졌다. 자신을 향해 한 치의 밀림도 없는 당당한 여인이다. 필시 예사 신분은 아닐 터. 하지만 그녀의 정체를 정확히 모른 상태에서 선뜻 믿기도 어려웠다.

"전하께서 이곳에 온 이유는 암살자들의 습격 때문이겠죠?"

"……."

"한데 황궁으로 돌아가지 못했다는 것은 그들이 황궁을 막고 전하를 암살하려 하기 때문. 아닙니까?"

"하고픈 말이 무엇이오?"

"전하를 안전하게 황궁 안으로 들어갈 수 있게 해드리겠습니다. 어차피 전하께서 그를 통해 라몬 공작의 죄를 밝히고자 하겠지만 쉽지만은 않을 겁니다."

"……."

"이 일은 암살자 하나 잡았다고 쉽게 해결될 일이 아니지요. 안 그렇습니까? 지금 중요한 건, 전하께서 황궁으로 무사히 돌아가는 거겠죠."

헬리아의 말에 케이시스는 조금 놀란 표정으로 헬리아를 보았다.

'도대체 이 여자는 누구지?'

그녀의 배포와 당돌함, 그리고 앞을 내다보는 식견에 케이시스는 놀람을 감추지 못했다. 케이시스는 잠시 눈을 감았다 천천히 떴다.

"알았소."

"전하!"

"아스칼, 그녀의 말대로다. 이자를 데려간다고 그자를 어떻게 할 순 없다.”

케이시스는 헬리아를 보았다. 그는 이젠 경계의 눈빛보다 흥미로운 눈으로 헬리아를 보았다.

“하면 어떻게 날 도울 생각이오?”

“현재 탄신일을 맞아 각국에서 초대받은 이들이 황궁으로 입궁하고 있습니다. 그들과 합류해서 들어간다면 저들의 눈을 피할 수 있을 겁니다.”

케이시스의 눈이 커졌다. 그녀의 말대로 타국이라면 저들도 쉽게 수색하지 못할 것이다. 하지만 한 가지 문제가 있다. 과연 누가 그를 숨겨줄 것인가 말이다.

“미안하지만 난 사양이야.”

알베르가 차를 한 모금 들이켜곤 말했다. 그의 말에 에른은 이번만큼은 그의 입을 막지 않았다. 알베르의 말대로 그도 황태자를 숨겨주고 싶은 마음이 없었다. 애초에 이런 자리도 매우 부담이 되었다.

“난 황제파의 눈에 찍히고 싶은 마음은 없다고.”

알베르는 남의 나라 정치 싸움에 끼어들고 싶은 마음은 눈곱만큼도 없었다. 그저 탄신일 구경이나 하다 얼른 갈 셈이었다.

케이시스의 표정이 어두워졌다.

“그 점은 걱정 마시죠. 어차피 이 투덜이에겐 바라지도 않았습니다.”

“나 왕자라니까!”

알베르가 헬리아를 향해 씩씩거렸다. 그러나 헬리아가 노려보자 알베르는 저도 모르게 시선을 돌리고 차를 홀짝였다.

‘에잇, 도대체 눈깔이 뭐 그래.’

에른은 그런 알베르를 토닥이면서 묘한 눈으로 헬리아를 보았다.

‘정체가 뭐지?’

앞에는 제국의 황태자가 있고, 옆에는 라비안 왕국의 왕자가 있다. 하지만 저 여자는 거리낌 없이 행동했다. 이는 둘 중 하나이다. 신분에 아랑곳하지 않는 배포를 지녔든가, 아니면 그만한 신분을 지니고 있다든가.

'아니, 둘 다인가?'

에른의 시선이 헬리아에게 떨어지지 않았다.

"암살자가 이곳에 있다는 것을 알고 있는 자들이라면 이 투덜이 왕자의 움직임도 주시하고 있을 겁니다. 하지만."

헬리아가 씨익 웃었다.

"저는 다르지요."

"……당신은 대체 누구요?"

케이시스가 헬리아를 보았다.

"태자비께서는 안녕하신지요?"

"무슨 말이오?"

케이시스는 헬리아의 말에 감을 잡지 못했다. 헬리아는 살짝 머리를 긁적였다.

'벨리앙 백작이 아무 말도 안 했나?'

이쯤 되면 알아차릴 만도 하건만. 헬리아는 좀 더 힌트를 주기로 했다.

"아까 드린 포션은 어떻게, 잘 쓰셨습니까?"

"포션은 잘……!"

그는 다시 한번 헬리아를 응시했다. 금발과 금안! 케이시스의 눈이 점점 커져 갔다. 태자비, 그리고 포션. 케이시스는 드디어 기억의 조각을 모두 맞추었다.

'설마!'

헬리아가 싱긋 웃었다.

'알아차렸나?'

헬리아와 황태자 케이시스는 면식이 없는 사이이다. 하지만 그렇다고 아예 접점이 없는 것은 아니다. 태자비의 병환으로 벨리앙 백작이 아르센 왕국에 사신으로 온 차에 헬리아는 벨리앙 백작을 통해 태자비에게 포션을 주었다.

케이시스가 벨리앙 백작으로부터 자신에 대한 이야기를 하나도 듣지 않았다고는 생각하지 않았다. 다만 본 적이 없기에 기억하는 게 늦을 뿐. 헬리아는 케이시스의 눈에 어린 경악에 자신의 정체를 이미 파악했음을 느꼈다.

헬리아는 눈을 살짝 찡긋했다. 여기서 자신의 정체를 밝히고 싶은 마음이 없었다. 케이시스는 그녀의 표정에 고개를 살짝 끄덕였다.

"부탁드리겠소."

"전하, 아직 신분을 알지 못하는 자에게!"

"그만. 되었다. 그녀의 신분은 내가 보장할 터이니 걱정하지 마라."

아스칼은 케이시스의 말에 뭐라 입을 열려 했지만 그의 단호한 표정에 물러났다.

"알겠습니다."

케이이스는 헬리아를 보며 입가에 미소를 띠었다. 설마 그녀를 여기서 만나게 될 줄이야. 케이시스는 벨리앙 백작의 이야기를 듣고 꼭 한번 만나 보고 싶었다.

"고맙소."

두 번이나 자신을 도와준 은인에게 케이시스는 정중하게 고개를 숙였다.

'도대체 뭐지?'

그 모습을 물끄러미 지켜보던 알베르는 케이시스의 행동에 무언가가 있다는 것을 느꼈다. 알베르의 눈이 헬리아를 향했다. 흰 피부, 붉은 입술, 길고 찰랑거리는 금발과 금안. 눈이 번쩍 뜨일 미녀였다. 순간 그의 얼굴이 새빨개졌다.

'어, 어, 가, 갑자기 왜 더운 거지?'

알베르는 저도 모르게 헛기침을 하고 다급히 차를 들이켰다.
"그보다 이제 어찌할 생각이오?"
케이시스의 시선이 세인을 향했다. 세인은 난감하게 웃었다.
"그 일은 제게 맡겨주시지 않겠습니까?"
헬리아는 웃으며 말했다.

❊

까닥까닥.
세인은 다리를 까딱거리는 헬리아를 보았다. 그녀는 의자에 앉아 턱을 괴곤 그를 보았다. 세인은 침을 꼴딱 삼켰다. 도대체 자신이 어쩌다가 이런 꼴이 되었는지……. 두 손에는 마나 구속구가 채워져 있었다. 이젠 도망치는 건 꿈속에서나 가능한 일이 되어버렸다. 방 안의 침묵은 오랫동안 이어졌다.
'도대체 무슨 생각이지?'
그녀가 자신을 붙잡은 이유가 되레 수십 가지나 생각이 나자 머리만 더 복잡해졌다. 이런 상황이라면 차라리 그 아스칼에게 붙잡히는 편이 더 나을지도 몰랐다.
'젠장.'
세인은 좌불안석이 되어 어쩔 줄을 몰랐다. 그렇게 몇 분이 지났을까. 헬리아가 입을 열었다.
"어떻게 할래?"
딱 그 한마디. 세인은 눈을 좁혔다. 헬리아는 그에게 물어야 할 것을 묻지 않았다.
"왜 묻지 않으십니까?"
"물어서 뭐 하게?"

"……."

헬리아가 턱을 괸 팔을 빼고 다시 팔짱을 끼었다.

"네 조직은 이미 다크소드라는 것을 알고 있고, 목적이야 황태자 암살, 그리고 암살을 의뢰한 사람은 확실하진 않지만 라몬 공작. 다 아는 거 물어서 뭐 하게. 왜 이래 초짜처럼."

세인은 땀을 삐질 흘렸다.

"자, 다시 묻지. 이제 어떻게 할래?"

"……."

세인은 쉽게 입을 열지 못했다. 그녀가 묻는 것은 정보가 아니었다. 그가 이제 어떻게 행동할지 묻는 것.

세인은 헬리아를 응시했다. 금발의 금안을 지닌 이 공주는 무서운 사람이다. 적으로 만나선 안 될 사람을 적으로 만나 버렸다. 세인은 그간 그녀의 곁에서 지켜보면서 깨달았다. 그녀가 무서운 것은 무력과 지력, 그 두 개를 모두 지니고 있기 때문이다. 거기다 헬리아는 결코 쓸모없는 일에 나서지 않는다. 세인은 그 점을 다시금 상기했다.

'그녀가 날 붙잡아둔 이유.'

그리고 그가 앞으로 해야 할 일들. 그것이 이 대화의 핵심이리라. 세인은 천천히 입을 열었다.

"뭘 바라십니까?"

그는 그렇게 머리가 좋지 못하다. 그는 그저 암살자일 뿐. 모르는 것이 있다면 머리를 쥐어짜기보다는 묻는 게 편하다. 세인의 물음에 헬리아는 씨익 웃었다. 그가 물음으로써 그가 어느 정도 마음의 준비를 했다는 것을 알아챘다.

"협조해."

세인이 그녀를 보았다.

"제가 그리할 것 같습니까?"

"뭐, 죽고 싶다면."

"죽는 건 두렵지 않습니다."

"그럼 정말 죽어볼래?"

헬리아의 말이 떨어지기 무섭게 엘라임과 검을 뽑아 든 이안이 다가왔다. 그리고 이안이 검을 높이 쳐들어 곧장 세인의 목에 검을 대었다.

"자, 잠깐!"

검은 세인의 목에서 고작 몇 미리 앞에 멈춰 섰다. 세인은 이마에서 땀이 흐르는 것을 느꼈다.

'젠장, 진짜 죽이려고 했잖아?'

이안의 눈에 깃든 것은 명백한 살기였다. 그것은 결코 거짓이 아니었다. 정말 그를 죽일 셈인 것이다. 하지만 세인은 결코 죽고 싶은 마음이 없었다.

"후……."

세인은 낮게 한숨을 내쉬었다. 어떻게 해야 할까. 힐끗 헬리아를 보았다. 그녀의 눈동자를 보자 세인은 찔끔했다.

'젠장.'

후회하고 또 후회가 되었다. 세인의 머리가 복잡하게 돌아갔다.

'도대체 공주는 어쩔 셈이지?'

세인이 가장 궁금한 것이 바로 이것이었다. 그녀가 황태자를 도움으로써 얻는 이득.

'황태자와 손을 잡을 것인가?'

그렇다고 보기엔 뭔가 꺼림칙했다. 애초에 이런 상황이 일어날 줄 누가 알았겠는가.

"자, 얼른 결정하라고."

갑작스레 들린 헬리아의 목소리에 세인의 상념도 끊겼다. 세인은 머리가 아팠다.

그때 그의 결정을 도와줄 존재가 나타났다.

"멈춰라!"

"이, 이게 대체 무슨 일이래?"

숀 일행은 헬리아 공주가 묵고 있는 여관으로 발을 들이밀자마자 자신들을 향해 검을 겨누는 기사들을 보고 놀랐다.

"네놈들은 누구냐!"

알베르의 호위 기사 단장이 앞으로 나서며 숀 일행을 막아섰다. 이제까지는 나서지 않고 지켜보았지만 상황이 달라졌다.

숀은 호위 기사 단장의 말에 일이 뭔가 잘못되었음을 느꼈다.

"아, 저기 저희는 안에 계신 리아라는 분과 일행인데요."

숀은 헬리아 공주의 정체를 숨기고 말했다. 숀의 대답에 기사들은 움찔했다. 고민하는 눈치였다. 그들은 잠시 숀 일행을 훑어보다 검을 내렸다. 숀 일행은 그제야 안도의 한숨을 쉬고 안으로 들어섰다.

"도대체 무슨 일이래?"

"나도 모르겠다."

"뭔가 일이 생긴 게 아닐까요?"

숀과 휴의 대화에 알런이 끼어들었다.

"하아, 만나 보면 되겠지."

숀은 머리가 아팠다. 여관 안으로 들어가자 무슨 안쪽만 태풍이 불었는지 건물이 박살이 나 있었다.

"내, 내 가게가……."

한쪽 구석에서 노파의 벙찐 목소리가 들려왔다.

"이게 대체."

숀은 가게 안을 보고 낮게 신음을 내뱉었다. 무슨 일이 일어났는지는 정확히 모르겠지만 그 일에 반드시 공주님이 끼어 있을 거란 예감이 들었다. 아니, 이건 예감이 아니라 확신이었다.

"괜히 온 거 아니야?"

"그냥 늦게 올 걸 그랬나?"

숀 일행들은 주변을 둘러보며 침을 꼴딱 삼켰다. 이내 그들의 시선이 뒤에 따라오는 알런을 향했다.

"뭐라 하겠지?"

"우린 죽은 목숨이야."

"설마 그러겠어?"

마지막에 렌스가 긍정적인 말을 내뱉었지만 숀과 휴는 고개를 저었다.

"그 마, 아니, 그분이 그럴 성격이 아니지."

"암."

"이미 데려왔으니 어쩔 수 없잖아."

렌스가 숀과 휴의 반응에 살짝 이마에 땀을 흘렸다.

숀과 휴가 걱정스런 표정을 지었다. 알런을 데려오긴 했지만 이게 과연 잘한 일인지 알 수 없었다. 이건 염연히 그들이 멋대로 행한 일이었다.

"잠시 머물다 갈 거니까 뭐라 하시진 않을 거야."

렌스는 최대한 분위기를 쇄신시켜 보았다.

"그래요, 형이 올 때까지만 있다 갈게요."

알런의 말에 숀은 고개를 끄덕이고 헬리아가 머물고 있는 방으로 향했다.

똑똑-

"고, 아니, 아가씨, 숀입니다."

잠시간 방 안은 조용했다.

"이 방이 아닌가?"

숀이 고개를 갸웃할 때 안에서 목소리가 들렸다.

"들어와."

문을 열고 안으로 들어선 숀은 헬리아에게 알런에 대해 말하려다 일순 말문을 열지 못했다.

"……!"

세인. 그였다. 한데 세인이 왜?

"늦었어."

"아, 알런의 형이 집에 없어서 잠시 왔어요. 그런데 어?"

숀 대신 말을 하던 휴와 렌스는 방에 있는 익숙한 얼굴에 놀라 입을 열었다. 아니, 입을 열려는 찰나, 먼저 말한 이가 있었다.

"어? 형!"

"혀엉?"

숀 일행의 눈이 모두 커졌다. 하지만 정작 세인보다 놀란 사람은 아무도 없었다.

"아, 알런!"

"형이 여긴 어떻게 있는 거야?"

"그, 그게……."

'그러는 넌 대체 왜 여기에 있는 거야!'

세인은 알런이 이곳에 있는 것에 놀라 말을 잇지 못했다. 그러다 퍼뜩 옆에 있는 헬리아를 떠올렸다.

'젠장, 하필이면!'

"아, 형? 형이구나. 네가 형이란 말이지. 으음, 좋지, 형."

헬리아가 씨익 악마의 웃음을 지으며 세인을 보았다. 세인은 등줄기에 싸한 소름이 돋았다.

'젠장!'

정말이지 오늘 일을 후회하고 또 후회하는 세인이었다.

알런은 형을 보자 반가운 마음이 들었지만 이내 고개를 갸웃했다.

"그런데 형이 왜 여기에 있어? 가게 문도 닫고."

"그게……."

세인은 어떻게 말을 해야 할지 몰라 머뭇거렸다. 그때 헬리아가 나섰다.

"아, 알런의 형이었어? 가는 길에 빈방이 없어서 헤맸는데 여기 세인이 여관을 찾아줬어."

"정말로요?"

"그래서 고마운 마음에 함께 저녁 식사를 했지. 그렇지, 세인?"

헬리아의 말에 세인은 눈을 좁혔다. 하지만 동생이 눈을 동그랗게 뜨고 자신을 바라보자 어쩔 수 없다는 듯 고개를 끄덕였다.

"맞아."

"그래? 아, 그보다 되게 우연이다."

알런이 손뼉을 치며 좋아했다.

"형, 편지 못 받았지? 내가 길을 잃고 도와준 분들이셔. 정말 좋은 사람이야. 그 덕에 이렇게 집에 왔어."

"그, 그래?"

세인이 힐끔 헬리아를 보고 입술을 깨물었다.

'편지, 젠장, 편지를 받았어야 했는데.'

숀을 제외한 휴과 렌스는 일이 돌아가는 상황을 보고 아무 말도 하지 않았다. 실종된 세인이 이곳에 있다니. 게다가 뭔가 일이 이상했다. 하지만 그들은 입을 열지 않았다. 그 정도 눈치는 있었다.

그때 알런의 배에서 꼬르륵 소리가 들렸다. 알런은 머리를 긁적였다. 헬리아는 그 모습을 보고 씨익 웃었다.

"배가 고픈 모양이네. 그러고 보니 너희도 식사를 안 했지? 내려가서 먹어."

"그래도 돼요?"

"당연하지. 참 잘 왔어."

알런을 데리고 말이야. 헬리아는 입꼬리를 씨익 올렸다.

"그럼 이야기들 나누세요."

상황을 인지한 렌스가 알런과 휴를 데리고 나왔다.

"숀?"

숀은 가만히 세인을 보고 있었다. 세인도 그런 숀의 눈빛에 어색한 눈빛을 지었다. 숀은 입술을 깨물곤 몸을 돌렸다. 그런 숀의 행동에 세인은 약간 씁쓸한 미소를 지었다. 다른 이들은 모르지만 숀만은 세인의 정체를 알고 있었다. 숀 일행이 내려가려 할 때 헬리아가 문득 알런에게 물었다.

"아참, 알런."

"네?"

"그건 잊지 않았지?"

"그거라니, 아, 그거요?"

세인이 안절부절못한 눈으로 둘을 보았다.

'그거라니?'

헬리아기 세인을 힐끔 보곤 웃었다. 알런은 그런 분위기도 모르고 웃으며 말했다.

"당연히 잊지 않죠. 제가 할 수 있는 일이라면 뭐든지 해서 이 은혜는 잊지 않을게요."

알런은 그렇게 씩씩하게 말하곤 숀 일행과 함께 방을 나갔다. 이제 다시 세인과 헬리아, 엘라임, 이안만이 방에 남게 되었다.

세인의 목소리는 전과 달리 낮아졌다. 이제껏 다른 이들에게 묻혀 있던 세인 또한 소드 마스터. 결코 약한 자가 아니었다. 다만 예기치 못한 상황에 몸을 사리고 있었을 뿐이다. 마나 구속구가 부들부들 떨리기 시작했다. 세인이 내뿜는 기세에 부서질 듯 떨리는 것이다. 그의 음성엔 살기가 짙게 배였다.

"내 동생이게 무슨 짓을 한 거지?"

세인의 에메랄드빛 눈동자가 짙어졌다. 헬리아는 아랑곳하지 않고 그의 눈앞에 계약서를 내밀었다.

"신체…… 포기 각서?"

"뭐 솔직히 말해서 알런이 도움이 될 거라곤 생각도 못 했는데, 이거 개똥도 약에 쓸데가 있다고. 후후후."

"이런 계약서 따위로……."

"따위라고 말할 수 있을까? 날 그렇게 허술하게 본 거야? 마법이 걸려 있어. 그거 찢으면 무슨 일이 벌어질지 모른다고."

"젠장!"

세인이 낮게 으르렁거렸다. 이젠 그가 할 행동은 하나밖에 없었다.

"내게 협조해."

"……."

"그럼 그 계약서는 물론 그에게 건 마법도 풀어주지."

세인은 눈을 감았다. 그가 할 수 있는 일은 아무것도 없었다. 결국 받아들이는 일밖에는. 세인은 새삼 헬리아의 수완에 몸을 떨었다.

"좋습니다. 당신의 말을 따르지요."

세인이 헬리아를 보았다.

"제가 뭘 하면 됩니까?"

"간단해."

헬리아가 한쪽 입꼬리를 올렸다.

"다크소드, 거기에 우리를 데려가면 돼."

"……!"

세인은 그 말을 듣자 그녀의 목적이 무엇인지 알아차렸다.

"설마 다크소드를?"

"난 말이야. 날 건드린 놈들은 결코 가만히 안 놔둬."

뒤끝이 우주 안드로메다까지 뻗어 있는 헬리아다. 자신을 암살하러 온 다크소드를 결코 가만히 둘 리 없었다.

"그래서 내가 가지려고."

헬리아의 금안이 번뜩였다. 세인은 경악한 표정으로 그녀를 보았다.

제3장 다크소드

“에엑? 고, 공주님이라구요?”

알런은 너무 놀라 입이 다물어지지 않았다. 아니, 왜 놀라지 않겠는가. 세상에 공주라니, 정말 공주라니! 알런은 이제껏 헬리아가 공주라는 것을 단 한 번도 생각해 본 적이 없었다. 그저 돈 많은 상인이겠거니 싶었는데.

“설마 공주라니…… 거, 거짓말은 아니겠죠?”

알런은 믿기 힘들다는 듯 헬리아를 보았다. 헬리아는 알런의 반응에 미간을 구겼다.

“뭐야, 내가 공주 같지 않다는 거야?”

“그, 그게 아니고…….”

“나만큼 공주 같은 사람이 어디 있어?”

그 말에 모두들 순간 말을 잃었지만 겉으로 드러내는 이는 아무도 없었다.

“그래도…….”

알런은 찔끔했다. 그의 상상 속의 공주님은 이런(?) 사람은 아니었기 때문이다. 헬리아는 막말하고 행동에 거침이 없었다. 공주님이란 자고로 곱고 얌전한 게 아닌가? 하지만 알런은 그 생각을 쏙 집어넣었다. 아무래도 지그시 째려보는 헬리아의 눈빛 때문은 아닐 것이다.

"형, 형! 형도 알았어? 리아가, 아니, 헬리아 님이 공주님이래! 정말 공주님!"

"어, 어."

세인은 알런의 호들갑에 떨떠름하게 대답했다. 그도 잘 알고 있다. 너무 잘 알고 있어 문제지만.

"그보다 알런, 네 형에게 부탁할 일이 있어."

"형에게요?"

알런이 세인을 바라보았다. 공주님이 우리 형에게 무슨 부탁이지? 알런은 그녀가 형에게 무슨 부탁을 할지 도무지 감이 잡히지 않아 고개를 갸웃거렸다. 헬리아는 세인을 보며 씨익 웃었다. 세인의 표정은 흙을 씹어 먹는 듯 썩어갔다.

"내가 제국에 처음 와서 이것저것 구경하고 싶은데, 마침 세인과 대화를 나누다 보니 마음이 맞는 것 같아서. 머리도 좋은 것 같고."

"맞아요. 형은 머리 좋아요."

알런이 제 칭찬을 받은 듯 웃었다.

"그래서 며칠 형한테 신세를 졌으면 하는데 괜찮을까?"

"무, 물론이에요! 바로 데려가셔도 돼요!"

"아, 알런……."

알런은 흔쾌히 허락했다. 그와 함께 세인의 얼굴은 더 썩었지만.

"꼭 내가 아니라도……."

그에 알런이 세인의 어깨를 잡고 작게 속삭였다.

"형, 이건 기회야."

'기회는 무슨.'

세인은 토를 달고 싶었지만 사정을 모르는 동생에게 사실대로 말할 수 없었다. 애초에 그가 암살자라는 것을 모르는 착한 동생이다. 사실을 말해 그를 슬프게 하고 싶지 않았다. 다른 건 다 떠나 동생에게만은 좋은 사람으로 보이고 싶었다.

"잘하면 팔자 고치는 거라구!"

'팔자가 고치기도 전에 죽겠어.'

세인의 그런 속내를 모르는 알런은 들떠 있었다. 그간 능력이 좋은 형이 그저 서점에서 일하는 것이 안타까웠다. 이참에 더 높은 곳으로 올라가지 않을까 싶었다.

"형, 공주님이라구! 공주님! 이만한 기회가 또 오겠어?"

"너 언제 그렇게 속물이……."

세인은 푹 한숨을 쉬었다.

"암튼 해. 좋은 기회라구! 그리고 받은 은혜도 있고. 대신 잘 좀 부탁해, 형. 날 구해 주신 분이야."

마지막으로 알런이 간절하게 부탁하자 세인은 깊게 한숨을 내쉬었다.

"하아……."

'네가 그렇게 말 안 해도 할 거다.'

아니, 반드시 해야만 했다.

"알았어."

세인의 대답에 알런이 웃으며 헬리아에게 말했다.

"형이 한대요!"

"그거 다행이네."

헬리아는 씩 웃었다.

❊

"하아……."

창밖에 떠오른 달빛을 바라보며 세인은 한숨을 지었다. 이제 완전히 빼도 박도 못 하는 꼴이 되어버렸다. 알런은 홀라당 헬리아 공주에게 넘어갔고, 자신은 지금 마나 구속구를 차고 있다.

"도대체 이걸 어떻게 마스터에게 보고해야 할지……."

헬리아 공주의 성격으로 보아 결코 빈말이 아닐 것이다. 그녀는 정말 한다면 하는 사람이었다.

"하아……."

나오는 건 그저 한숨밖에 없었다. 별다른 방도가 없는 지금으로선 그저 어떻게든 좋게 일이 끝나길 바랄 뿐이다.

꼬르르륵-

"배고프다……."

밥도 제대로 먹지 못한데다가 이미 소지품이란 소지품은 다 털린 상태였다. 세인은 왠지 우울해졌다. 소드 마스터에 특급 암살자인 자신이 도대체 이게 무슨 신세냔 말인가. 덜컹거리는 마나 구속구가 그를 더 처량하게 만들었다.

그때 누군가 문을 열고 들어왔다. 창밖을 보던 세인은 뒤를 돌아보지 않고도 그가 누군지 알 수 있었다.

"숀인가."

"소드 마스터라 그런지 뒤도 안 돌아보고 알아맞히네."

숀의 말에는 가시가 있었다. 세인은 어쩔 수 없이 뒤를 돌아보았다. 숀의 손에는 음식이 든 쟁반이 들려 있었다. 세인이 그 음식에 시선이 가 있는 걸 본 숀이 불퉁한 표정을 지었다. 세인은 그런 숀의 얼굴에 머리를 긁적이다 그의 손에 들린 쟁반을 보고 반색했다.

"그거 나 먹으라고 가져온 거지?"

현재 감금 아닌 감금이기에 마음대로 움직일 수 없던 세인이었다. 밥도 누가 줘야 먹을 수 있는 처지인 것이다. 다시 생각하자 세인은 씁쓸해졌다.

"배고프다."

"누가 너 먹으라고."

숀은 괜히 짜증이 났다. 왜 저 자식은 저렇게 멀쩡한 낮이란 말인가. 숀은 여전히 뺀질뺀질한 그의 얼굴이 꼴도 보기 싫었다.

'공주님이 밥을 가져다주란 소리만 없었어도.'

숀은 스프와 빵이 담긴 쟁반을 들고 테이블로 가 앉았다. 그리고 스푼을 들고 먹기 시작했다.

"야, 왜 남의 걸 먹어?"

"우걱우걱, 뭘?"

세인은 숀이 다 먹어버리려 하자 얼른 다가가 그의 스푼을 빼앗았다.

"이거 나 먹으라고 가져온 거지?"

"췟."

세인은 웃으며 숀 앞에 있는 스프와 빵을 끌어다 테이블에 앉았다.

"음, 꽤 먹을 만한데?"

스프를 떠먹던 세인이 만족스런 표정을 지었다. 숀은 그런 세인을 보다 자신도 모르게 말이 튀어나왔다.

"배신자 주제에 밥은 넘어가는 모양이야."

세인은 숀의 말에 천천히 그를 보았다. 숀은 짜증이 났다.

"왜 내가 틀린 말 했어?"

"틀리지 않았어. 너에겐."

"그럼 너는 아니란 말이야?"

"내가 왜?"

세인은 다시 아무렇지 않게 빵 쪼가리를 뜯어 스프에 찍어 먹었다. 그 모습을 본 숀은 자리에서 일어섰다.

"너가!"

"난 암살자야."

세인의 눈동자가 시리게 빛났다. 순간 숀은 몸이 얼어붙는 것 같은 착각을 느꼈다. 그제야 상대가 특급 암살자이자 소드 마스터라는 것을 상기했다.

'제, 젠장 왜 몸이…….'

"네가 공주님의 명을 따르듯, 나도 마스터의 명령에 따랐을 뿐이야."

"그건……."

"너는 공주님이 누군가를 암살하라 명령한다면 어떻게 할 거지?"

"……."

숀은 주먹을 세게 쥐었다. 아무 말도 할 수 없었다.

"나는 당연한 일을 했을 뿐이야. 딱히 비난하지 말라는 말은 아니야. 너에겐 당연히 화날 일이지. 다만 난 아니야. 그러니 날 이해시키지는 마."

세인은 계속 음식을 먹었다. 숀은 입술을 깨물었다.

"왜?"

"……."

"왜 그럼 친하게 군 거야? 그냥 암살만 하고 갔으면 됐잖아!"

숀이 짜증이 난 이유가 그것이었다. 상대는 진심이 아니었는데, 자신은 진심으로 그를 친구로 생각했다는 것이. 밉상에 하는 짓도 마음에 안 들었지만 친구라고 생각했다. 그런 마음이 우롱당한 것 같아 숀은 화가 나 참을 수 없었다. 숀은 세인이 먹던 음식을 챙겨 방을 나가 버렸다.

"야, 나 아직 덜 먹었어!"

"확 곪어 죽어버려라! 이 배신자!"

"……."

세인은 손에 든 스푼을 내려놓고 테이블에 턱을 괴었다.

"배신자라니……."

세인은 쓴웃음을 짓다 문가를 바라보았다.

"할 말이 있으면 들어오지?"

그러자 두 사람이 문 안으로 들어왔다. 렌스와 휴였다.

"무슨 일이지?"

"우린 숀과 네게 무슨 일이 있었는지 몰라."

렌스가 차가운 눈으로 세인을 보았다. 아무리 모른다 하더라도 상황이 이쯤 되면 감이라는 것이 있다. 게다가 실종되었다는 세인이 제국에 있는 걸 보면 얼추 추측이 되었다.

"하지만 숀을 배신한 널 우린 용서하지 않아."

"배신자라, 훗."

세인은 피식 웃었다.

"숀은 바보야."

휴가 세인을 향해 말했다.

"바보라 누굴 속이는 것도 할 줄 몰라. 그냥 생각나는 대로 사는 놈이야."

"그건 알아."

"그래서 친구가 많이 없어. 그나마 나나 렌스뿐이었지."

휴가 세인을 바라보았다.

"그런데 그 왕따 자식이 넌 마음에 들어 했어."

"……."

"그 바보 놈은 진심이었다고."

"……."

"넌 그 바보 자식의 진심을 배신한 거야."

휴는 그렇게 말하고 몸을 돌렸다. 항상 티격거리지만 숀은 자신이 가장 아끼는 친구였다. 친구가 가슴 아파하는 걸 두고 볼 순 없었다.

"세인, 한동안 숀의 원망을 받아줘."

그렇게 렌스마저 방을 나가자 세인은 낮게 웃음을 지었다.

"배신자라……."

세인은 빛나는 달을 보며 스푼을 보았다. 그러고 보니 채 몇 숟갈 떠보지 못하지 않았는가.

꼬르륵.

"배가 고프군."

스푼을 다시 한번 바라보았다. 그 안에 비친 자신을 물끄러미 바라볼 뿐이었다.

❊

다음 날 아침.

케이시스와 아스칼, 헬리아가 테이블에 앉았다. 헬리아는 품에서 어제 미리 써둔 편지를 꺼내 케이시스에게 건넸다. 편지를 받아 든 케이시스는 의아한 표정으로 헬리아를 보았다.

"이것은……."

"이 편지를 갖고 가세요. 그럼 바로 알아들을 거예요."

고개를 끄덕인 케이시스는 편지를 품에 넣고 그녀에게 고마움을 전했다.

"감사하오."

"뭘요."

헬리아는 어깨를 으쓱이며 답했다.

"길은 제 기사들이 알려줄 테니 그들을 따라가면 됩니다."

헬리아는 숀 일행을 바라보며 눈짓했다. 숀과 렌스, 휴는 고개를 끄덕이고는 떠날 채비를 하기 위해 밖으로 나갔다.

"전날 일은 진심으로 사과드립니다."

케이시스의 뒤에 서 있던 아스칼이 앞으로 나서며 헬리아에게 깊이 고개를 숙였다. 전날 케이시스로부터 헬리아의 이야기를 듣고 낯이 뜨거워졌다. 태자비 마마의 목숨을 구해 준 것도 모자라, 황태자와 자신의 목숨 또한 구한 이에게 칼을 겨눈 것이 못내 부끄러웠다. 그러나 헬리아는 크게 개의치 않았다.

"그럴 수도 있죠. 괜찮습니다. 사과를 받아들이지요."

헬리아가 선선히 사과를 받아들이자 아스칼은 안도의 한숨을 내쉬었다. 그의 무례는 곧 황태자의 흠이 될 수 있기 때문이었다.

"이제 어찌할 생각이오?"

"다크소드로 갈 거예요."

"위험하지 않겠소?"

"그건 걱정하지 않으셔도 됩니다."

헬리아의 말에 케이시스는 여전히 걱정이 되었다. 다크소드는 제국 최고의 암살 조직이다. 아무래도 걱정이 드는 건 어쩔 수 없었다. 하지만 확고한 헬리아의 눈빛에 더는 뭐라 말을 꺼내지 못했다. 그는 정중히 고개를 숙였다. 옆에 있던 아스칼이 당황해 그를 말렸다. 황태자가 황제 이외에 누군가에게 머리를 숙이는 경우는 없기 때문이다. 헬리아 또한 황태자의 행동에 약간 놀랐다.

"저, 전하!"

"제국의 일에 끼어들게 해서 진심으로 미안하오."

"고개를 드세요."

헬리아는 그의 어깨를 잡아 올렸다. 케이시스는 곧은 눈으로 말했다.

"은혜를 갚고 싶소. 내가 들어줄 수 있는 거라면 모든 들어주겠소."

케이시스의 말에 헬리아는 그의 눈동자를 보았다. 한 치의 거짓도 없는 맑은 눈이었다. 참으로 곧은 사람이었다. 헬리아는 순간 그가 황태자가 아니었다면 억만금을 주고서라도 자신의 사람으로 만들었을 거라 생각했다. 하지만 아쉽게도 그는 제국의 황태자였다.

그녀는 잠시 말을 고르다 이내 입을 열었다. 자신의 사람이 될 수는 없지만 최소한 같은 목적을 가지고 움직일 수 있을 거란 생각이 들었다. 그만큼 황태자 케이시스는 믿을 수 있는 사람이었다.

"제국에서 어떤 일이 일어나고 있습니다."

"어떤 일이라니?"

"이곳으로 오기 전 벨리앙 백작가에 들렀습니다."

벨리앙 백작의 이야기가 나오자 케이시스는 진중한 표정을 지었다. 헬리아 공주 같은 사람은 말을 함부로 꺼내지 않음을 알았기 때문이다.

"백작에게 무슨 일이 있는 것이오?"

태자비의 약을 구해 준 뒤 벨리앙 백작은 자신의 영지로 내려갔다. 혹여 그 이후 무슨 일이라도 생긴 것인가?

"제가 백작가를 방문했을 때, 백작은 감금되어 있었습니다. 또한 그의 딸은 인질로 붙잡혀 있었습니다."

"그게 무슨!"

케이시스는 놀라 자리에서 일어섰다. 그도 처음 듣는 이야기였다. 철저히 제롬과 리베앙 남작이 정보를 차단했던 것이다.

"백작은? 백작은 어찌 되었소?"

"다행히 지금은 무사합니다. 그리고 그의 딸 이벨린 영애도요."

"하아……."

케이시스는 한숨을 내쉬고 자리에 털썩 주저앉았다.

"내 탓이오. 그자들이 약을 가져온 것을 꼬투리 삼아……."

"단순히 그런 문제가 아니었습니다."

"그럼……?"

헬리아의 말이 아직 끝이 아니라는 것을 안 케이시스는 다시 그녀의 말에 집중했다.

"백작가에서 흑마법사를 보았습니다."

"흑마법사라니!"

케이시스의 눈이 놀라 커졌다. 흑마법사는 대륙의 공적으로 과거에 이미 사라졌다고 들었다. 한데 흑마법사라니!

"분명 흑마법사였습니다. 그들은 노예들은 물론 평민 여자들마저 잡아다 실험을 하고 있었습니다."

"……!"

케이시스는 말을 잇지 못했다. 제국에서, 자신의 나라에서 그런 일이 벌어지고 있는 줄은 꿈에도 상상치 못했다.

헬리아의 목소리가 낮아졌다.

"그리고 그 실험한 여자들은 어디론가 보내졌다고 합니다."

"그게 어디요?"

헬리아는 아쉬운 표정을 지으며 고개를 저었다.

"저들이 철저히 숨기는 탓에 아직 거기까진 알아내지 못했습니다. 다만 그들의 자취가 이곳 수도까지 이어진 것을 확인했습니다."

"하!"

케이시스는 놀람은 넘어 충격에 빠졌다. 이제껏 그런 자들이 자신의 턱밑에서 일을 벌이는 것을 알아채지 못했다.

헬리아는 케이시스를 똑바로 바라보았다. 케이시스는 혼란스러워했지만 곧 이성을 다잡았다.

'죽지 않은 게 다행이군.'

이런 성향의 인물이 제국의 정치판에서 살아남은 것이 의아할 정도였다. 하지만 곧 수긍되었다. 이만한 인물이기에 주변에 사람이 있었으리라. 거기다 헬리아로선 그가 살아 있는 편이 좋았다. 만약 황태자가 죽었다면 사태는 더욱 악화되었을 것이다.

'그것이 그들이 노리는 일일 수도…….'

"부탁이 하나 있습니다."

"무엇이든 말해보시오. 내 들어줄 수 있는 건 모든 들어주리라."

"그들이 끌고 간 여자들이 어디로 갔는지 찾아주시길 바랍니다."

제국에도 베라의 정보원이 있다 하나 그 영향력이 왕국에서만큼은 미치지 못했다. 벨리앙 백작가에 있는 베라 지부도 그나마 왕국과 근접해 있기 때문에 가능했던 거지 제국의 중심부에서 베라의 역할은 미미했다. 제국의 일은 제국의 사람에게 맡기는 편이 더 효율적이었다.

케이시스의 눈이 침중해졌다.

"그런 일이라면 응당 황태자로서 나서야 할 일이오, 그리하겠소."

"감사합니다."

"아니요, 나야말로 그런 일이 있음을 몰랐다는 게 부끄럽소. 그보다 원하는 것이 있으면 말해보시오."

"이것이 제가 원하는 일입니다. 정 마음에 걸리시면 나중에 제 상단이 제국에 진출할 때 잘 좀 봐주시면 됩니다."

헬리아의 대답에 케이시스는 환히 웃었다.

"내 그리하겠소."

헬리아와 케이시스는 손을 맞잡았다.

흑마법사의 출현. 그것은 빙산의 일각이었다.

❊

촤악-

커튼을 열어 창밖을 내다보자 아래로 헬리아 일행과 황태자 일행이 떠날 채비를 하는 것이 보였다. 알베르는 그 광경을 지켜보았다.

"왕자님, 뭘 그리 보고 계세요?"

옆에 에른이 다가와 그에게 다과를 주었다. 알베르는 다과를 씹으며 말했다.

"알아보라 한 것은?"

에른이 머리를 긁적였다.

"그게 도통 알 수가 없습니다."

"뭐 한 거야?"

알베르의 구박에 에른은 난감해졌다.

"하루 만에 어떻게 찾습니까? 여긴 라비안 왕국이 아니라구요."

"칫."

알베르는 다과를 와구와구 씹었다. 에른의 말도 일리가 있었다. 다만 못마땅할 뿐이었다. 알베르의 뿌루퉁한 모습에 에른은 얼른 그의 입가를 문질렀다.

"열아홉 살이나 돼서 흘리고 먹지 마세요."

"야, 이게 중요해?"

알베르가 신경질적으로 에른의 손에 든 수건을 빼앗아 자신의 입을 닦았다. 알베르의 눈매가 좁아졌다.

"도대체 정체가 뭐지?"

"평범한 자는 아닐 겁니다."

"그걸 누가 몰라?"

에른은 어깨를 으쓱이며 한 발 뒤로 물러섰다. 알베르는 헬리아를 지그시 바라보았다.

"금안의 금발이라……."

"흔한 외모가 아니니 곧 밝혀낼 수 있을 겁니다."

"근데 어디서 들어본 것 같은데……."

"왕자님 기억이 금붕어인데, 어디서 기억나신 거예요?"

"이씨, 너 죽을래?"

"네네."

알베르는 턱을 쓰다듬었다.

그때 밖에 있던 헬리아가 그가 있는 창가로 고개를 돌렸다. 정확히 알베르와 시선이 마주쳤다.

"헛!"

알베르는 저도 모르게 숨어버렸다.

"에구, 또 병이 도지셨나?"

약을 찾아야지 하며 불경스런 말을 내뱉는 에른을 무시하고 알베르는 너무 놀라 심장이 벌렁거렸다.

"뭐, 뭐야."

"뭐긴요. 이제 약 먹을 시간……."

"에른!"

알베르는 씩씩거리며 다시 천천히 고개를 들었다. 이미 떠나갔는지 아무도 없었다.

"얼른 조사나 해. 아무래도 일이 심상치 않는 것 같아. 제국에 뭔 일이 생긴 것 같아."

알베르의 눈이 가늘어졌다.

❊

화려한 축제로 가득 찬 수도 아스타. 환한 웃음을 짓는 사람들이 거리에 넘쳐 났고, 상인들은 물건을 사러 온 손님을 상대하느라 여념이 없었다. 아이들은 엄마 손을 잡고 과자를 사 달라 조르기 일쑤였다. 그들의 얼굴엔 근심 따윈 없어 보였다.

그러나 헬리아 일행이 향한 곳은 그런 축제와는 거리가 먼 동네였다. 바로 빈민가였다.

"제국이라 해도 별게 없네."

로브를 코까지 덮은 엘라임이 미간을 찌푸리며 주변을 살폈다. 매서운 바람이 부는 추운 겨울임에도 빈민가 사람들은 거적때기 하나만 입은 채였고 발은 맨발이었다. 다행이라면 겨울이라 다른 계절보다 악취가 좀 덜하다는 것. 그러나 길가의 시체는 몇 곱절로 더 많았다.

헬리아와 엘라임, 이안, 그리고 세인은 제국의 수도 아스타의 한 빈민가 거리를 걷고 있었다. 숀 일행과 알런은 황태자 일행과 함께 사신단에 먼저 합류했다. 눈에 띄지 않게 낡은 로브를 입은 네 사람은 세인의 안내로 다크소드 지부로 가는 중이었다.

'후우, 정말 다크소드로 데려가도 될까?'

헬리아 일행을 안내하면서 세인은 여간 심란한 게 아니었다.

'어쩔 생각이지?'

몇 번이고 자신이 하고 있는 일에 의문을 지울 수 없었다. 다만 동생 알런 때문에 결국 그가 할 수 있는 일은 없었다.

"딴생각하면 알지?"

세인의 속마음을 읽기라도 한 것일까. 갑작스레 들린 헬리아의 음성에 세인은 뜨끔했다.

"하, 하. 설마 그러겠습니까? 동생이 걸려 있는데."

"그러시겠지."

"……."

세인의 얼굴은 썩은 사과를 입에 문 것처럼 일그러졌다.

"그나저나 심하군."

헬리아의 눈동자는 덤덤히 주변을 훑었지만, 상황은 그렇지 못했다.

제국의 겨울은 아르센 왕국의 겨울과는 차원이 달랐다. 더 혹독하고 매서웠다. 길에는 굶어 죽는 이보다 추위로 동사하는 이가 더 많아 보였다. 멀리서 어린아이의 울음소리와 통곡 소리가 스산한 거리를 휘몰아쳤다.

"축제 아니었어?"

엘라임의 말에 세인이 어깨를 으쓱였다.

"이곳과는 상관없는 일입니다."

이미 거리의 음악 소리는 들리지 않았다.

"축제 기간엔 오히려 철저히 빈민들이 빈민가에서 나오지 못하게 단속합니다. 물을 흐리니까요."

세인의 말에 헬리아는 그를 바라보았다. 세인은 헬리아의 시선을 눈치채고 어깨를 으쓱였다.

"그렇지 않습니까?"

"제국을 어떻게 생각하지?"

"화려하게 포장을 하고 있지만 이미 안에선 악취가 흘러나옵니다. 그게 지금의 제국입니다."

페르시아 제국을 다스리는 귀족들은 강경파와 온건파로 나뉘어 서로 으르렁거리기 여념이 없었고, 그들에겐 오로지 자신들의 권력과 야망만 중요할 뿐이었다.

"썩어가고 있군."

세상 어디나 정치하는 놈들은 똑같다. 백성이 있기에 나라가 있고 권세를 누릴 수 있는 것인데, 저들만 잘났다고 이들을 무시하기 일쑤였다. 제 기둥이 썩어 가는지도 모르고 그 위에서 날뛰는 놈들이 바로 귀족들이었다.

헬리아는 문득 답답함에 입안이 썼다.

"제 근간을 잘라 먹는군."

헬리아의 한마디에 세인은 묘한 눈으로 헬리아를 보았다. 그녀가 왕족임을 알고 있기에 이상한 것이다. 세인의 그런 눈빛을 본 헬리아가 말했다.

"왜, 내 말이 뭐가 잘못됐어?"

"아뇨, 공주님이 그런 말을 할 줄은 몰랐습니다."

"백성은 나라의 근간이야. 그들이 있기에 나라가 있는 거야. 나라가 있어 백성이 있는 게 아니고. 나라에 백성이 한 명도 없다면 그게 나라겠어? 그런 나라의 왕이라면 그건 왕이 아니라 왕따겠지."

헬리아는 피식 조소를 지었다. 그 모습에 세인은 가만히 그녀를 보았다.

"왕따라…… 재밌는 말이네요."

"왕이라고 왕따가 안 되겠어? 백성에게 외면받아 고립되면 그게 왕따지."

세인은 킥킥 웃었다. 왠지 속이 뚫린 것 같았다. 윗사람이 윗사람 욕을 해서 그런 것일까. 그녀를 암살하기 위해 그녀의 기사가 되었을 때 세인은 그녀에 대해 많이 보고 느꼈다. 그는 지금껏 살아오며 이런 왕족을 본 적이 없었다. 세인은 옅게 미소를 짓고 걸음을 옮겼다.

"한데 어쩌실 생각입니까?"

길을 걸으면서 문득, 아니, 그녀가 다크소드를 입에 올린 순간부터 세인은 의문이 들었다.

"뭘?"

"다크소드를 얻는 건 쉽지 않을 겁니다."

"네가 있잖아?"

헬리아의 말에 세인은 낮게 한숨을 쉬었다. 정말 자신 하나만 믿고 가는 것일까? 세인은 고개를 휘저었다.

"제가 아무리 소드 마스터라 해도 다크소드의 구성원 중 한 명입니다. 결정권은 제게 없습니다."

"그래?"

그러나 헬리아는 크게 신경 쓰는 것 같지 않았다. 오히려 세인이 안절부절못했다.

'정말 이 공주님은 대체 무슨 생각을 하는 거야? 설마 아예 무너뜨릴 생각인가?'

공주라면 그러고도 남을 것이다.

"무너뜨릴 생각이면 이런 수고도 안 해."

속마음이 들킨 것 같아 세인은 움찔했다.

"하하, 전 아무 생각 안 했습니다. 한데 그럼 어쩔 생각이세요?"

"뭐가 그렇게 궁금해?"

헬리아는 귀찮은 표정을 지었다. 세인은 일그러지려는 얼굴을 다잡았다.

'그럼 안 궁금하겠습니까?'

"내 생각대로 된다면 어렵지 않을 거야."

"공주님 생각대로요?"

"하지만 그건 너한테 최악의 결과겠지. 아니길 빌어봐."

말을 내뱉으며 뚜벅뚜벅 걸어가는 헬리아의 뒷모습을 바라보며 세인은 복잡 미묘한 표정을 지었다.

"여깁니다."

세인의 말에 헬리아는 그가 가리킨 가게를 보았다. 빈민가 가장 안쪽에 위치해 있는 건물이었다. 문을 열고 안으로 들어가자 술을 마시며 이야기를 하는 사람들의 모습이 보였다.

"헬리아."

엘라임이 뒤에서 헬리아를 붙잡았다.

"알고 있어."

아무렇지 않은 척 자신들을 주시하는 눈빛. 한둘이 아니었다. 이곳에 앉아 있는 전부가 그들을 은밀히 주시하고 있었다.

헬리아는 묘한 분위기에 살짝 눈을 좁혔다. 원래 이런 분위기인지 아니면 다른 때완 다른지 아직 확실치 않았다.

"잠시만 기다리세요."

세인이 먼저 카운터로 다가갔다. 헬리아는 그 모습을 가만히 지켜보았다.

'분위기가…….'

'조심하십시오.'

이안도 이상함을 감지했는지 언제든 검을 뽑을 수 있게 몸을 긴장시켰다. 그런 상황을 아직 감지하지 못한 것인지 아니면 의식하지 않으려는지 세인은 카운터에 있는 웨이터에게 다가갔다. 컵을 닦고 있던 웨이터는 로브를 입은 세인을 힐끔 보다 다시 손을 움직였다.

세인은 머리에 쓴 로브를 벗고 그를 보았다.

"여, 자크. 나야."

"세인."

남색 머리에 연녹색 눈동자를 지닌 이십 대 중반의 남자가 세인을 보자 살짝 놀란 눈으로 그를 보았다.

"한데 저 사람들은……."

자크가 힐끗 헬리아 일행을 보자 세인은 난감한 표정을 지었다. 이걸 어떻게 설명해야 하나……. 세인은 머리를 긁적였다. 아무래도 그가 처음으로 사람을 데려온 탓에 경계를 한 것 같다.

"손님이야. 그보다 마스터는?"

세인의 말에 순간 가게 안의 공기가 변했다. 자크는 그런 세인을 끌어당겼다.

"의뢰는?"

자크의 나직한 말에 세인은 잠시 헬리아를 보다 입을 열었다. 아니, 열려다가 이내 생각이 바뀌었다. 황태자 암살에 대한 것이다. 아무래도 마스터에게 직접 이야기하는 편이 좋았다.

"그건 마스터에게 직접 이야기할게."

자크는 세인의 말에 묘한 표정을 지었다. 세인은 그가 왜 그런 표정을 짓는지 이해할 수 없었다. 아까부터 찌르는 듯 자신을 향해 내보이는 기운들도 마찬가지. 세인의 눈동자가 낮게 가라앉았다. 그는 작게 자크에게만 들릴 정도로 입을 열었다.

"무슨 일이야?"

"너 몰라서 하는 소리야?"

"자크!"

자크는 머뭇거리다 이내 결심을 한듯 말하려고 했다. 아니, 그가 입을 열기도 전에 누군가의 방해만 아니었다면 말이다.

"하! 여기가 어디라고 감히 다시 돌아와!"

테이블에 앉아 있던 키 큰 남자가 세인을 향해 으르렁거렸다. 세인은 그를 보자 눈을 좁혔다.

"후스, 그게 무슨 소리지?"

"하하, 이 배신자 자식이 지금 뭐라고 하는지 들었냐?"

후스의 말에 주변 사람들이 웃었다. 그러나 웃음 안에 살기가 감돌았다. 이 안에 평범한 이는 단 한 명도 없다. 이곳은 다크소드의 지부. 모두 다크소드의 암살자였다. 그들이 천천히 몸을 일으켜 세인과 헬리아 일행을 에워쌌다.

"후스, 도대체 무슨 말이냐!"

"감히 마스터를 배신한 이 패륜아 새끼!"

"……뭐라고?"

"고아인 널 먹여 살리고 키워준 은혜도 저버린 것이냐!"

세인은 미간을 찌푸렸다. 배신이라니. 아니, 자신이 헬리아 공주를 이곳까지 데려왔다지만 그는 배신하지 않았다. 아돌프 후작 사건으로 헬리아 공주에 대해 세인에게 보고를 받은 마스터는 헬리아 공주와 연결된 의뢰는 받지 말라 하였다. 그렇기에 이렇게 그녀를 데려올 수 있었던 것이다. 덤으로 자신도 살고 말이다.

"배신자라고?"

"하, 이놈이 아직 제정신을 못 차렸구먼!"

후스가 천천히 세인을 향해 다가왔다. 언제 뽑았는지 그의 손에는 커다란 검이 달랑거리고 있었다. 후스가 검을 어깨에 두른 채 세인 앞에 섰다.

"이 배신자 새끼야! 네가 마스터를 배신한 줄 우리가 모를 줄 알았냐? 여기가 어디라고 감히 기어 와!"

"……."

세인이 눈매를 좁혔다. 그러다 헬리아와 눈이 마주쳤다.

"왕따가 되어버렸네."

헬리아의 말에 세인은 표정을 와락 구겼다. 좀 전에 헬리아가 말한 그대로였다.

"최악의 상황이군."

"다크소드의 제1규칙이 무엇인지 알겠지?"

"……배신은 피로……."

"크크, 잘 알았으면 네놈의 목을 내놔라!"

후스가 곧장 거대한 검을 나무 막대기처럼 세인을 향해 휘둘렀다. 그와 동시에 주변에 있던 이들이 헬리아 일행을 공격하기 시작했다.

"역시 소드 마스터인가?"

"도대체 무슨 말이야! 난 배신하지 않았다고!"

그러나 세인의 말은 후스에게 전달되지 않았다. 되레 후스가 그를 향해 살기를 내뿜었다.

"네놈이 마스터를 배신한지 누가 모를 줄 아느냐!"

"마스터, 마스터를 만나게 해줘!"

후스가 세인의 정수리를 향해 검을 내리찍었다. 세인은 오러가 실린 그의 검을 가볍게 맞받아쳤다.

"마스터다."

"뭐?"

"마스터에게 직접 네 배신 행위를 들었다!"

"……마…… 스터가?"

세인은 순간 정신이 혼미해졌다. 마스터가 어째서?

"세인! 정신 똑바로 차려!"

그때 헬리아 공주의 음성이 들렸다. 세인은 자신의 목을 향해 짓쳐드는 후스의 검을 피했다. 그러나 잠깐의 순간 그의 목에 검붉은 선혈이 그어졌다. 세인은 헬리아를 보았다.

"도대체 어떻게 된 겁니까?"

"보는 그대로."

"어째서……?"

세인의 절망 어린 표정에 헬리아는 쓴웃음을 감췄다. 엘라임과 이안이 헬리아를 공격하려는 이들을 때려눕혔다.

"내가 만약 황태자를 죽이라 명한 자라면, 결코 너희들을 살려두지 않을 것이다."

"……."

"뭐, 한번 겪어봤더니 견적이 나오더라고."

아돌프 후작이 왕세자를 암살하면서, 그 암살 조직을 괴멸시켰던 일을 헬리아는 기억했다. 황태자를 암살하기에 다크소드는 손쉬운 도구였지만, 그 도구는 자신의 음모의 증거였다. 범행에 쓰인 칼은 버리는 것이 현명한 일이다. 그리고 그것이 한 단체라도 말이다.

"그런……."

세인은 입술을 깨물었다.

'마스터, 마스터를 봐야 해!'

마스터가 위험했다. 그러나 후스의 공격은 끈질겼다. 물론 후스의 실력은 익스퍼트 최상급. 소드 마스터인 세인과는 실력의 격차가 컸지만, 세인은 함부로 검을 놀릴 수 없었다. 아직 무슨 일인지 모르는 상태에서 동료를 죽일 수 없는 것이다.

"배신자를 처단하라! 배신은 피로!"

"배신은 피로!"

가게 안에 있는 모두가 일행을 향해 달려들기 시작했다. 헬리아는 눈을 좁힌 채 혼란스러워하는 세인을 보았다.

"어떻게 할 거야?"

"젠장……."

"쳐라!"

가게 안은 진득한 살기로 뒤덮이기 시작했다.

❊

라몬 공작은 창밖을 내다보며 따뜻한 와인을 음미했다.

"뒤처리는 확실히 했겠지?"

"예, 분부하신 대로 처리해 두었습니다. 그자가 황태자를 죽이고 돌아가면 죽음을 면치 못할 겁니다."

"후후후."

라몬 공작의 웃음소리가 나직이 방 안을 울렸다.

"후환을 남길 수야 없지."

"한데 다크소드는 어찌하실 생각입니까?"

"그것도 없애거라."

"전…… 부 말입니까? 그들의 전력은……."

공작이 날카로운 눈으로 그를 보았다.

"내 말에 토를 다는 것이냐?"

"소, 송구하옵니다."

"그런 하찮은 종자들이 내 말을 따를 것 같더냐? 양날의 검이라면 차라리 없는 게 낫다."

"알겠습니다."

"그놈이 황태자를 암살한 것을 확인하면 곧장 다크소드를 지워라."

"예."

세자크 남작이 고개를 숙이고 방을 빠져나갔다. 그가 사라지자 라몬 공작은 자신의 책상 서랍에 있는 작은 상자를 꺼냈다. 단단한 상자를 어루만진 라몬 공작의 입가에 사이한 미소가 번졌다.

똑똑―

그때 밖에서 들린 소리에 공작이 눈을 찌푸렸다.

"누구냐?"

"공작님, 제롬 남작님께서 드셨습니다."

"들라 하라."

공작의 허락이 떨어지자 붉은 머리의 제롬이 걸어 들어왔다. 제롬의 얼굴을 본 공작은 다시 눈을 찌푸렸다.

"송구합니다."

"그 얼굴과 관련이 있는 것이냐?"

"……."

공작의 날카로운 물음에 제롬은 고개를 들지 못했다. 그의 왼뺨에는 날카롭게 베인 듯한 긴 상처가 나 있었다. 지울 수 있었지만 그는 지우지 않았다.

"방해가 있었습니다."

"방해라……."

"우리에 대해 알고 있었습니다."

라몬 공작의 눈이 가늘어졌다. 상대가 자신들의 조직을 알고 있다면 단순하게 넘길 사안이 아니었다. 공작의 눈이 한층 어두워졌다.

"정체는?"

"송구합니다. 하나 이미 사람을 풀었으니 곧 정체가 드러날 겁니다."

라몬 공작은 제롬의 말에 턱을 쓰다듬었다. 무언가 꺼림칙했다. 그러나 과거에도 자신들의 꼬리를 붙잡으려는 이는 많았다. 공작의 눈썹이 올라갔다.

"서둘러 움직여야겠군."

라몬 공작은 상자를 소중하게 쓰다듬으며 눈을 반짝였다.

"채비하거라."

라몬 공작이 상자를 품 안에 넣었다.

"황궁으로 간다."

"예."

제롬이 고개를 숙이며 답했다.

❊

"죽어라!"

후스의 날카로운 공격에 세인은 쩔쩔맬 수밖에 없었다. 후스가 자신보다 한 단계 낮은 익스퍼트 최상급이라고는 하나 죽기 살기로 몸을 던지는 상대를 쉽게 꺾을 수는 없었다.

"꼴에 아량이라도 베풀 참이냐!"

후스는 세인의 힘없는 공격에 되레 화가 치밀었다. 그러나 세인으로서는 공격할 수 없었다. 이렇게 오해받은 상황에서 동료들을 죽이고 싶지 않았다.

"크읏!"

가능한 후스를 상처 없이 제압하려 했던 세인이었으나, 후스의 공격은 매섭기 그지없었다. 그의 검날에 세인은 결국 왼팔에 피를 보고야 말았다.

"후스, 내 말 좀 들어봐! 이건 모함이야! 어서 마스터를 만나야 해!"

"그딴 헛소리를 내가 믿을 것 같아!"

원래 후스는 외골수 기질이 있었다. 이미 마음이 기운 상태에서 그의 마음을 바꾸기란 하늘에서 별을 따는 것보다 어려울 것이다.

"젠장!"

세인은 결국 후스를 설득할 마음을 포기했다. 그의 성격을 아는 세인치고 꽤 긴 설득이었다.

'서둘러 마스터를 봐야 해.'

세인은 검을 쥔 손에 힘을 주었다. 그러자 후스가 서서히 밀리기 시작했다.

"크윽."

세인의 검이 후스의 옆구리를 훑고 지나갔다. 깊게 들어갔지만 급소는 피한 상태. 며칠 정양하면 충분히 나을 상처였다. 한 번에 피가 빠져나가자 후스의 다리가 휘청거렸다. 후스는 신음을 흘리며 주저앉았다. 세인은 그 틈을 타 주변을 살폈다. 헬리아 일행이 이들의 공격을 받고 있었다. 그가 걱정하는 것은 헬리아 일행이 아니었다.

"죽여선 안 됩니다!"

세인의 외침에 이안은 자신을 공격하던 남자의 목에 검을 찔러 넣으려는 순간, 검을 쥔 손에 힘을 뺐다. 남자는 살가죽에 붉은 혈흔만 남긴 채 비틀거렸다. 한 치만 더 깊게 갔다면 목이 떨어졌을 것이다. 이안은 깊게 배인 핏물을 떨쳐 내고 미간을 좁혔다.

"그대로 당할 참이냐?"

"당신 실력이면 죽이지 않을 수 있을 거 아니야!"

이제 과거의 대장이고 뭐고 필요 없었다. 오해를 풀어야 한다. 그러자면 이들을 죽여서는 안 된다. 헬리아는 난장판이 된 가게 안을 훑으며 눈을 가늘게 떴다.

'제대로 걸렸군.'

아직까지 흉수가 라몬 공작인지 아닌지 확실치 않다. 황태자의 심증일 뿐이다. 하지만 그가 아니든 맞든 결코 쉬운 상대가 아닐 것이다.

다크소드. 제국 최고의 암살 조직을 단순한 도구로 사용하다 버리려는 것이다. 아무리 단단한 조직이라도 내부에서 균열이 생긴다면 부서지게 마련. 예로 역사에서도 내분으로 인해 파국을 맞은 경우가 얼마나 많았던가. 그리고 그 균열이 바로 소드 마스터이다. 소드 마스터인 세인을 도구로 사용하다, 그것을 다크소드로 향하게 만든다.

'손 안 대고 코 푸는 격이군.'

헬리아는 낮게 웃음을 지었다. 정말이지 세인이 꼼짝 없이 다크소드의 배신자가 될 판이지 않는가. 그리고 그 점은 되레 헬리아가 다크소드를 손에 넣게 될 계기를 만들어줄 것이다.

'그건 나도 마찬가지인가.'

헬리아는 낮게 키득거렸다. 하기야 이런 사건이 아니라면 어떻게 제국 최고의 암살 조직을 손에 넣겠단 말을 하겠는가. 헬리아는 세인이 그녀의 방에 침입한 날, 암살 상대가 황태자란 이야기를 듣고 이렇게 될 줄 알고 지금의 일을 계획했다.

'나도 참 나쁘군.'

"우선 마스터란 자를 봐야겠어."

이 사건의 모든 핵심이 바로 그였다. 그러자면 이 난장판을 어떻게든 잠재울 필요가 있었다.

"엘라임, 모두 조용히 좀 시켜봐."

"죽이면 안 된다는 거지?"

엘라임의 몸에서 푸른 기운이 뿜어져 나왔다. 그의 옷자락이 바람에 흔들렸다. 그리고 그가 손을 뻗자 허공에서 차디찬 물줄기가 사람들에게 쏟아져 내렸다.

"어푸!"

"뭐, 뭐야!"

안에 있던 이들 모두 난데없이 쏟아진 물 폭탄에 정신을 차리지 못했다.

"자, 그럼 정신 좀 차리고."

헬리아는 물에 흠뻑 젖은 이들을 향해 짓궂게 손을 뻗었다. 엘라임과 이안, 세인은 그 모습을 보고 얼른 주변을 살폈다. 그러나 그들이 피할 수 있는 곳은 어디에도 없었다.

"라이트닝!"

치지지직-

"으아아악!"

"커억!"

"우에엑!"

가만히 있어도 겨울에 전기가 잘 통하는데, 거기다 물까지 끼얹었으니 그야말로 초고속으로 전기가 통하지 않을 수 없었다.

"무슨 짓을……."

"제정신입니까!"

이안과 세인도 그 범주에서 벗어나질 못했다. 그나마 그들이 강하기 때문에 기절하는 것은 면했지만, 대다수 암살자는 강한 쇼크에 의식을 잃고 바닥에 쓰러져 버렸다.

"봐, 안 죽었어. 그냥 정전기 수준이라고."

"정전기에 사람이 기절하냐!"

"넌 떠 있었잖아?"

그렇게 말한 엘라임은 헬리아의 핀잔과 이안과 세인의 눈총에 슬그머니 고개를 돌렸다.

"자, 그럼 이제 마스터란 작자를 만나 봐야지?"

"제가 안내하겠습니다."

그때 가게 안에서 유일하게 싸움에 참전하지 않았던 자크가 입을 열었다. 카운터에 있던 탓에 물에 젖지 않았고, 그래서 헬리아의 라이트닝에 안전했던 것이다.

"자크……."

"세인, 마스터가 거짓말을 한 거라고 생각지 않아."

자크는 혼란스런 눈으로 그를 보았다.

"하지만 너도 거짓말하지 않는다고 생각해."

세인은 자크의 말에 피식 웃었다.

"따라와. 마스터는 아래에 있어."

자크가 앞장서자 헬리아 일행과 세인이 그 뒤를 따랐다.

✻

스읍! 피융!

어둠 속에서 은밀히 움직이는 자들. 칠흑 같은 어둠에 몸을 숨긴 암살자들의 공격에 헬리아 일행은 고전을 면치 못했다.

"도대체 얼마나 있는 거야!"

헬리아는 날아오는 수십의 비수를 실드로 막으며 눈을 찌푸렸다. 캄캄한 어둠 속이라 이미 한 치 앞도 보이지 않았다. 그러나 이미 헬리아 일행에겐 어둠은 장해가 되지 않았다. 다만 적들보다 덜 편한 것뿐이다.

"다크소드 최정예 부대입니다."

자크의 말에 세인이 덧붙였다.

"최고의 암살자 열 명을 모아 만든 부대지."

그 말에서 느껴지는 자부심에 헬리아를 혀를 찼다. 하지만 실상 헬리아 일행의 전력으로 이들을 상대하는 건 어렵지 않았다. 소드 마스터인 세인과 그만큼이나 강한 이안, 정령왕 엘라임, 그리고 헬리아다. 그런 전력으로 이들이 고전을 면치 못하는 이유는 좀 전 홀에서의 상황과 동일했다. 이들을 죽여선 안 된다는 것. 쓰러뜨리긴 쉬워도 단순히 제압만 하기엔 쉽지 않은 상대들이었다.

헬리아 일행은 어쩔 수 없지 그들을 상대하기보다 어두운 통로를 빠르게 통과하기로 했다. 소드 마스터 두 명과 정령왕, 그리고 헬리아가 뭉쳤다. 제아무리 최정예 암살 부대라도 그들을 이기는 것은 불가능했다.

"엘라임!"

"알았어!"

엘라임이 다시 한번 물을 뿜어냈다. 그러자 갑갑한 통로에 물이 가득 차올랐다.

"서, 설마……."

이안과 세인이 눈을 크게 떴다. 그러나 도망갈 구석은 없었다.

"이번엔 걱정하지 말라고, 엘라임."

헬리아의 말에 엘라임의 몸에서 푸른빛이 흘러나왔다. 그러자 일행의 몸에 막 같은 것이 생겨났다. 헬리아는 아직도 느껴지는 기운들에 손을 뻗었다. 역시나 이 정도 물로는 그들을 막을 수 없었다.

"이번엔 정전기 수준으로 안 끝날 것 같으니까."

파아앗!

"썬더스톰!"

마법을 시전하자 물속에서 거대한 스파크가 생겨났다.

"끄아아악!"

"끄악!"

암살자들의 고함!

세인은 그 모습을 안타깝게 바라보았다. 그러다 문득 아까도 이렇게 보호막을 쳤으면 좋지 않았는가 하는 생각이 들었다.

"아까도 이렇게 하면 되지 않았습니까?"

세인이 눈을 가늘게 뜨고 헬리아를 보자 그녀가 어깨를 으쓱였다. 아깐 생각이 안 났다고.

"자, 얼른 가자고."

헬리아의 무지막지한 공격에 자크는 흠칫하다 얼른 걸음을 옮겼다.

"이쪽입니다."

자크는 최정예 부대를 순식간에 쓸어버리는 이들에게 놀람을 느꼈다. 그러는 한편 자신이 과연 잘하고 있는지에 대한 의문도 들었다.

'마스터와 만나면 알게 될 거야.'

자크는 다시 마음을 다잡고 그들을 마스터의 방이 있는 곳까지 안내했다.

"여깁니다."

딱딱한 철문이 그들 앞에 놓여 있었다. 어떤 무기로도 그 철문을 뚫을 수 없어 보였다. 그러나 그 단단한 철문은 닫혀 있지 않았다.

"문이 열려 있습니다."

자크가 뒤를 돌아보았다. 어떻게 할 생각이냐고 묻는 눈치였다. 헬리아는 입꼬리를 올리고 고개를 끄덕였다.

"초대를 해줬으면 응해야지."

끼이익-

철문이 천천히 열렸다.

❊

"으윽."

몸이 으슬으슬했고, 머리를 깨질 듯 아팠다. 헬리아의 무자비한 정전기(?)로 인해 기절한 후스는 정신을 차렸다. 옆구리가 아파왔지만 그리 큰 부상은 아니었다.

"젠장, 그 자식……."

후스는 이를 악물고 주변을 둘러보았다. 자신처럼 기절했던 암살자가 하나둘 깨어나기 시작했다. 후스는 눈을 찌푸렸다. 아무도 죽은 사람이 없었다.

"마지막 남은 양심이라는 것이냐?"

화가 치밀어 오름과 동시에 이상함이 느껴졌다. 그러고 보니 도대체 왜 세인이 마스터를 배신한 거지? 차츰 이성이 돌아왔다. 물을 한 바가지 뒤집어쓴 덕분인 걸까. 그 덕에 후스는 이상함을 눈치챘다. 생각해 보니 세인이 왜 마스터를 배신했는지 알지 못했다. 소드 마스터인 세인이, 그간의 행적을 보아 그가 배신할 이유가 없었다.

"후스, 이제 어쩔 거야?"

옆에 있던 동료의 물음에 후스는 입술을 깨물었다. 갑작스런 세인의 배신. 마스터의 말이기에 철석같이 믿었었다. 마스터와 세인 사이는 누구보다 각별했다. 그런데 막상 세인을 보자 뭔가 이건 아니었다.

"뭔가 잘못되었어. 마스터, 마스터를 뵈어야 해."

그런데 그때였다.

'살기!'

후스는 자신을 향해 날아오는 비수를 칼로 쳐 냈다. 한차례 공격을 당했지만 암살자로서의 그의 감은 여전했다.

"조심해라! 암습이다!"

후스의 목소리를 시작으로 검은 옷을 입은 자들이 모습을 드러내기 시작했다. 그들은 날카로운 살기를 뿌려대며 다크소드의 암살자를 공격했다. 후스는 자신을 향해 쇄도해 오는 공격을 막으며 이상함을 눈치챘다.

갑작스런 세인의 배신, 그리고 암습! 잘 짜인 각본이 아닌가!

후스는 이를 악물고 암습자를 처리해 나갔다. 그러곤 서둘러 마스터가 있는 지하로 몸을 움직였다.

❊

방 안에는 한 남자가 서 있었다. 짙은 남갈색 머리엔 가닥가닥 흰 머리가 섞여 있었고, 마른 체구였지만 탄탄한 근육을 지니고 있었다. 사십 대 중후반의 남자는 세인의 등장에 눈을 좁혔다.

"마스터!"

"어째서 이곳에 있는 것이냐?"

"도대체, 도대체 이게 어떻게 된 겁니까?"

마스터는 세인의 외침에 그를 보다 이내 헬리아 일행을 향해 시선을 옮겼다.

"마스터!"

"의뢰는 어찌 되었느냐?"

마스터의 물음에 세인은 헬리아를 힐끗 보고는 고개를 끄덕였다.

"완료했습니다."

"……."

마스터의 눈이 살짝 변했다. 그의 표정은 더욱 아리송하게 변했다.

"마스터, 말씀해 주세요!"

"후우, 문제가 생겼다."

"문제라뇨?"

마스터는 진중한 표정을 지으며 말을 이었다.

"그자들이 널 죽이려 하고 있다. 어째서 돌아가지 않았느냐?"

"그게 무슨 말입니까?"

마스터는 깊게 한숨을 내쉬고 한 손으로 마른세수를 했다.

"위험한 의뢰였어. 하는 게 아니었다. 그들은 증거를 없애기 위해 널 죽이러 올 것이다."

세인은 마스터의 말에 입술을 깨물었다.

"일부러 그러신 거였습니까? 제가 도망칠 수 있게?"

"그게 가장 자연스러운 방법이었다. 어찌……."

세인은 마스터의 말에 그에게 더욱 가까이 다가갔다. 역시나 마스터가 자신을 모함할 리가 없었다.

세인은 굳게 믿고 있었다. 마스터는 세인이 자신에게 가까이 다가오자 그도 세인을 향해 움직였다.

"피 냄새가 나는데."

순간 엘라임의 말에 마스터도, 세인도 멈칫했다. 헬리아는 엘라임을 보았다.

"피 냄새라니? 나는 안 나는데?"

헬리아는 주변을 훑었지만 피 냄새는 어디에도 맡아지지 않았다. 엘라임은 코를 찡긋거렸다.

"미약하게 나고 있어. 거의 지워졌지만."

엘라임의 말에 헬리아는 미간을 좁혔다. 그는 누구보다 냄새에 민감했다. 헬리아의 시선이 주변을 훑었다. 자신들에게선 피 냄새가 날 리 없었다. 왜냐하면 이미 이곳을 지나오면서 한바탕 물을 뒤집어쓰지 않았던가. 하면 도대체 피 냄새는 어디에서?

"크크크."

그때 마스터에게서 낮은 웃음소리가 흘러나왔다. 그의 몸에서 음울한 기운이 뻗쳐 나왔다. 세인은 마스터의 웃음소리에 이상함을 느꼈다.

"마스터……?"

"세인, 조심해!"

푸욱!

세인의 뱃가죽을 뚫고 나온 날카로운 칼날!

마스터는 세인의 배에 찔러 넣었던 칼을 뽑아 들었다. 그러자 세인의 피가 분수처럼 뿜어져 나왔다.

"커, 커억…… 마, 마스터."

"역시 밖에 있는 놈들로는 힘들었나?"

마스터는 비릿한 미소를 지으며 칼에 묻은 피를 떨쳐 냈다. 세인은 풀썩 주저앉았다. 워낙 가까이에 있었고, 설마 마스터가 자신을 공격할 줄 몰랐기에 그대로 급소를 드러내고 말았다.

"세인!"

자크는 서둘러 세인에게 다가갔다. 세인은 피를 게워내며 고통에 몸부림쳤다.

"도, 독이……."

"특별히 아슈란에서 가져온 스콜피온의 독이다. 소드 마스터라도 무사하지 못할 터. 차라리 밖에 있는 네 동료들에게 당했으면 좋았을 텐데……."

"네, 네놈은 누구냐!"

마스터, 아니, 마스터로 변장한 남자의 얼굴이 천천히 변화하기 시작했다. 그러자 삼십 대의 젊은 남성이 모습을 드러냈다.

"하하, 거의 완벽했는데 말이지."

남자는 헬리아 일행을 보며 싸늘하게 눈을 빛냈다. 저들만 아니었다면 더 완벽히 일 처리를 할 수 있었다. 이미 엎질러진 물이긴 하지만 완벽을 추구하는 그에게 있어 하나의 오점이었다.

"그럼 이제 완전히 뒤처리를 해보지."

남자가 신호를 하자 주변에서 검은 기운이 나타나기 시작했다.

"엘라임, 세인을."

"알았어."

헬리아는 남자를 보았다. 남자의 몸에선 이제는 익숙해진 음침한 기운이 흘러나오고 있었다.

'이 기운은…….'

흑마법사! 흑마법사의 특유의 기운이었다. 헬리아의 표정이 굳어졌다. 황태자의 암살에 흑마법사가 개입한 것인가!

"모두 죽여라!"

남자의 말에 검은 기류는 이내 사람의 형상으로 변했다. 수십 명의 검은 복면을 쓴 자가 검을 쳐들고 헬리아 일행을 향해 쇄도했다. 이안의 검이 그들의 몸통을 베어갔다. 그러나 베는 감촉이 없었다. 실체가 없는 자들. 그러나 그들의 공격은 유효했다. 이안은 검에 오러를 실었다.

우우웅!

오러를 실은 검을 휘두르자 그제야 검은 복면인들은 괴성을 지르며 사라져 갔다.

남자는 그 모습을 보자 눈을 좁혔다. 이곳까지 올 정도면 강할 것이라 짐작했지만 이 정도일 줄은 생각지 못했다. 세인의 힘으로 이곳으로 온 것이라 생각한 것이다.

그때 남자를 향해 불이 쏘아졌다. 남자는 기척을 느끼고 몸을 피했다. 그러나 워낙 장소가 협소한 탓에 그의 팔 한쪽이 검게 불에 그을리고 말았다.

"한눈팔면 안 되지."

"크읏."

헬리아의 공격에 남자는 그녀를 향해 달려오기 시작했다. 그가 품에서 단검을 꺼내 들었다. 검끝에 반질거리는 검은 액체는 분명 독이었다.

"죽어라!"

남자가 달려오자 헬리아는 그를 향해 마법을 걸었다. 그러나 남자는 마법의 낌새를 알아차리고 단숨에 뛰어넘어 헬리아의 품 안으로 검을 찔러 넣었다.

헬리아는 미간을 찌푸렸지만 그의 공격에 당할 그녀가 아니었다. 무엇보다 그의 힘은 그녀 본신의 힘을 끌어내기는커녕 마법만으로 충분했다.

"아이스캐논!"

헬리아는 남자를 향해 마법을 시전했다.

"크윽!"

감이 좋은지 공격을 피해낸 남자였다. 그러나 옆구리를 내주고 말았다.

'젠장, 어디서 저런…….'

남자는 전혀 예상치 못한 이들의 등장에 당황했다. 설마하니 세인이 다른 자들과 함께 나타날 줄 몰랐던 것이다.

'설마 의뢰에 문제가?'

남자의 머리에 경종이 울리기 시작했다. 그동안 자만심에 앞뒤 사정을 생각지 않았지만, 이성이 돌아온 이후엔 무언가 일이 잘못되어 간다는 것을 느꼈다.

'알려야 한다!'

설사 세인이 정말 황태자를 죽였다고 해도 일말의 하나라도 의혹이 있다면 그 실수는 고스란히 자신에게 돌아올 것이다. 남자는 심장 부근을 지그시 눌렀다.

"끼아아아!"

검은 복면을 입은 자들의 비명이 울려 퍼졌다. 이안과 엘라임의 도움으로 독을 해독한 세인이 협공한 탓이다. 그들의 공격은 빠르게 이루어졌고, 방 안엔 이미 남자 혼자뿐이었다.

'젠장…….'

헬리아가 남자에게 뚜벅뚜벅 걸어갔다.

"누가 시킨 거지?"

"하하, 그걸 내가 말할 것 같으냐?"

헬리아는 어깨를 으쓱였다.

"뭐 으레 던져 본 말이지."

남자는 주변을 살폈다. 빠져나갈 방법은 보이지 않았다. 하나 있는 문은 헬리아 일행의 뒤에 있었고, 마스터를 위해 존재한다는 비밀 통로는 진짜 마스터도 아닌 그가 알 리 없었다.

'마스터?'

그의 눈이 번뜩였다. 초조한 탓에 생각을 하지 못했다. 그는 일부러 물러나는 척 슬금슬금 자리를 옮겼다.

"마스터는 어찌했느냐!"

세인이 검을 들고 외쳤다. 그의 눈엔 짙은 살기가 감돌았다. 감히 자신을 농락하고 마스터를 해하다니! 세인의 분노가 방 안을 가득 채웠다.

"하하, 그 노인네라면 아주 잘 있지."

남자는 천천히 벽장으로 갔다. 그리고 곧장 벽장을 열어젖히고 안에서 꺼낸 노인의 목에 독이 묻은 검을 가져다 대었다.

"마스터!"

"으음……."

진짜 마스터가 남자의 손에 억눌린 채 낮은 신음을 흘렸다. 그의 꼴은 말이 아니었다. 온몸엔 피가 흘렀고, 아직 정신을 차리지 못한 것 같았다. 세인이 달려 나가자 남자가 손을 들었다.

"어이, 네 마스터가 죽는 꼴을 보고 싶은가?"

"이 개자식!"

"크크크크."

남자는 교활하게 웃었다.

"정말 살려두길 잘하지 않았나?"

세인은 이를 악물었다.

"마스터가 죽는 꼴을 보기 싫다면 어서 비켜라!"

세인이 비키지 않자 남자는 검을 눌렀다. 검이 살갗에 닿자 세인은 저도 모르게 뒤로 한 발 물러섰다.

"옳지. 어서 문에서 비켜!"

세인이 천천히 몸을 움직였다. 당장에라도 저놈의 머리를 박살 내고 싶었지만 마스터의 목숨이 걸려 있었다.

"음?"

"어딜 갈 생각이지?"

헬리아가 그의 앞을 막았다. 남자는 그녀의 등장에 초조한 낯빛을 띠었다. 아무리 봐도 그녀에게는 이 마스터가 중요한 것 같아 보이지 않았다.

"마스터가 죽을 텐데?"

"내 마스터는 아니거든."

"공주님!"

"공주?"

세인의 음성에 헬리아는 눈을 찌푸렸다. 그녀는 세인을 노려보았다. 그의 말로 상대에게 자신을 드러낸 꼴이 되어버린 것이다.

"더 보낼 수 없겠군."

헬리아가 서자 그 뒤로 엘라임과 이안이 포진했다. 세인은 이를 물었다.

"그가 죽는다면 결코 다크소드의 그 어떤 것도 얻지 못할 겁니다!"

"네가 감히 날 협박해?"

헬리아의 동공이 길게 찢어졌다. 그녀가 드래곤의 힘을 쓰기 전 단계의 모습이었다. 순간 그녀의 몸에서 거대한 살기가 폭사되었다. 남자는 그녀의 기운에 숨을 들이마셨다.

'도, 도대체 이 기운은 뭐란 말인가!'

숨이 막혔다. 남자는 두려움에 손에 쥔 검이 떨려왔다.

"부탁드립니다. 제발!"

헬리아가 여전히 그를 노려보자 세인은 무릎을 꿇었다. 소드 마스터이자 다크소드의 암살자가 무릎을 꿇은 것이다. 헬리아의 눈썹이 치켜 올라갔다.

"저를 전부 드리겠습니다!"

"……."

헬리아는 미간을 구겼다. 그리고 마스터를 인질로 삼고 있는 남자를 보았다. 그의 몸에서 뿜어져 나오는 흑마법사의 기운. 분명 다크니스와 연관되어 있을 것이다. 무엇보다 그 흑마법사가 황태자를 암살하는 데 가담했다는 것. 그 사실로 더욱 많은 정보를 얻을 수 있을 것이다.

헬리아는 짜증 난다는 표정을 한껏 지었다. 그녀는 뒤로 한 걸음 물러섰다.

"너는 죽을 때까지 노예처럼 부려질 거야."

"감사합니다."

세인은 고개를 숙였다. 우선 마스터를 살리고 봐야 했다. 남자는 자신 앞에 문이 보이자 입꼬리를 씨익 올렸다. 통로만 있다면 도망치는 건 어렵지 않았다. 압박이 사라지자 그의 본능이 되살아났다.

"흐흐흐, 그래야지. 그래야 네 소중한 마스터가 살지."

남자는 천천히 마스터에게서 떨어졌다. 그러곤 몸을 휘익 돌려 움직였다.

"마스터!"

세인이 얼른 마스터에게 달려갔다.

푸욱!

"커억!"

그 순간 비열한 남자의 목소리가 들려왔다.

"하하하! 증거를 남길 수야 없지!"

남자가 던진 검이 마스터의 등에 꽂혔다. 마스터는 피를 토하며 쓰러졌다.

"이 개 같은 놈!"

세인의 몸에서 소드 마스터의 기운이 뿜어져 나왔다. 그는 검을 들고 남자를 향해 뛰어갔다. 그러나 남자는 속도라면 누구에게라도 지지 않을 자신이 있었다.

"크크크 하하하!"

남자는 빠르게 몸을 돌렸다. 이제 탈출하는 일만 남았다. 서둘러 자신이 겪은 일을 위에 보고해야 했다. 남자가 발을 굴렀다. 그리고 튕겨 나가려는 찰나였다.

"커, 커억."

남자의 두 눈이 경악으로 물들었다. 그는 천천히 시선을 내렸다. 그의 심장이 있어야 할 자리에 바람이 스며들었다.

"커, 커억, 주, 죽기 싫……."

푸욱!

다시 한번 검이 그의 입을 틀어막았다.

즉사. 남자는 그렇게 허무한 죽음을 맞이하고 말았다.

“감히 마스터를!”
“후스!”
세인은 놀란 눈으로 후스를 보았다. 후스가 이곳엔 어떻게?
“역시 이상하다 싶었어.”
“그걸 이제 알았냐?”
“이제 알면 되는 거지.”
뻔뻔한 후스의 말에 세인은 낮게 웃다가 마스터를 떠올렸다.
“마스터!”
마스터의 곁엔 헬리아와 엘라임이 서 있었다.
“마스터를 구해 주십시오!”
“이미 손을 다 썼어.”
헬리아는 고개를 저었다. 옆에서 엘라임이 말을 이었다.
“독이 몸 안에 전부 퍼져 장기가 망가졌어. 독을 해독할 순 있어도 이미 망가져서…….”
엘라임은 더는 말을 잇지 못했다.
“세, 세인이더냐?”
“마스터!”
세인이 얼른 마스터에게 다가갔다. 마스터는 무거운 눈꺼풀을 들어 올려 그를 바라보았다.
“미, 미안하구나.”
“대체, 대체 이게 어떻게 된 일입니까?”
마스터는 두 눈을 질끈 감았다 떴다.
“그자가 찾아왔다.”
‘그자?’
헬리아는 마스터의 말을 놓치지 않기 위해 더욱 다가갔다.
“그자는 황태자 암살을 의뢰했다. 난 거절했다. 그러나 거절은 통하지 않았다. 순간적으로 그의 손이 움직여 나는 아무것도 기억할 수 없었다."

"도대체 그자가 누굽니까?"

마스터는 떨리는 음성으로 말했다. 몸 안에 기운이 빠져나가는 것을 느꼈다.

"라, 라몬…… 라몬 공작이다."

"라몬 공작!"

세인이 이를 갈았다. 헬리아 공주의 말이 맞았다. 그자는 자신들을 도구로 이용하고 증거를 없애기 위해 자신들을 죽이려 했다.

"위, 위험한 자다…… 그자는 위험해."

마스터의 손에서 힘이 사라져 갔다. 그는 힘겹게 고개를 돌려 헬리아를 보았다.

"한번, 마, 만나고 싶었습니다."

금안의 금발. 그녀가 바로 세인을 꼼짝 못하게 만든 공주라는 것을 이미 알고 있었다. 아르센 왕국의 공주를 암살하는 일이었지만 그는 어렵지 않다고 생각했다. 의뢰자인 아돌프 후작이 단단히 주의를 줬지만 개의치 않았다. 그가 요청했기에 못마땅했지만 특급 암살자인 세인을 보냈다. 그런데 오히려 세인이 꽁지 빠지게 도망친 게 아닌가?

"다, 당신을 암살하려 한 것은 어, 어쩔 수 없습니다. 용서를 빌지 않을 겁니다."

그것이 자신의 업이었다. 그는 암살자의 수장이었고, 그들이 하는 일은 누군가를 암살하는 일이다. 이미 양심을 따지기엔 멀리 왔다.

"부, 부탁드리고 싶은 게 있습니다."

"영감, 그만 말해!"

후스는 다급히 마스터를 불렀다. 그들에겐 마스터는 가족 그 이상이었다. 다크소드의 마스터, 라이너는 웃으며 헬리아를 보았다.

"다들 할 줄 아는 건 암살밖에 없습니다."

라이너는 세인과 자크, 그리고 후스를 보았다.

"내가 없으면 어찌 먹고살지 걱정입니다."

"영감, 그렇게 걱정이면 영감이나 오래 살라고!"

후스가 외쳤다. 그러나 라이너는 그저 웃음을 띠며 말을 이었다.

"이 녀석들을 부탁드립니다."

"처음 본 내게 이들을 맡기려고 하나?"

"후후후, 인연이 아니겠습니까? 당신의 능력이라면 이 고삐 풀린 망아지들을 잘 이끌어주리라 믿습니다."

"그들은 도구로 쓰일 거다."

헬리아는 낮게 말을 이었다.

"그러나 나는 도구를 버리지 않아."

헬리아의 대답에 라이너는 희미한 웃음을 지으며 고개를 끄덕였다. 그것이면 되었다. 그것이면. 라이너는 마지막으로 세인을 보았다. 자신의 제자 중 최고로 성장한 그였다.

"세인……."

"마스터……."

"다크소드의 다음 마스터는 너다."

"마스터!"

"잘 부탁한다."

"마스터!"

"영감!"

자크와 후스가 이를 물었다. 그러나 그의 시간은 이미 때가 되었다. 세인이 라이너를 끌어안았다. 하지만 그의 몸에선 이미 온기가 빠져나오고 있었다.

툭.

그의 손이 바닥에 떨어졌다.

"영감!"

세인과 자크, 후스가 모두 분노를 참으며 몸을 떨었다. 뒤늦게 그 광경을 목격한 다크소드 전원에게서 흉흉한 살기가 뿜어져 나왔다. 헬리아는 그 모습을 가만히 지켜보았다.

한동안 방 안엔 적막이 가득했다. 가장 먼저 세인이 자리에서 일어났다. 그의 눈가는 벌게져 있었다. 그는 헬리아 앞에 걸어와 부복했다. 복종의 자세.

헬리아는 그를 내려다보았다.

"제 전부를 드리겠습니다. 이 다크소드를 드리겠습니다."

그러자 다크소드의 모든 암살자가 일제히 무릎을 굽혔다. 헬리아는 그 모습에 입꼬리를 살짝 올렸다. 그들을 보며 헬리아는 말했다.

"배신은 피로 갚아질 것이다."

그 말에 다크소드의 암살자는 고개를 숙이며 외쳤다.

"배신은 피로!"

헬리아는 대륙 최고의 도구를 가지게 되었다.

❊

페르시아 제국의 황성. 거대한 영토를 다스리는 황제가 있는 곳이다. 황성은 황제의 탄신일을 준비하기 위한 바삐 움직였다. 그리고 드디어 오늘부터, 황성의 문이 활짝 열리고 초대객들을 받기 시작하였다. 성문에서부터 길게 늘어선 줄은 과연 제국의 위상을 드러냈다.

성문이 훤히 보이는 황성의 한 복도 창가에 라몬 공작이 서 있었다. 그는 줄지어 들어오는 왕족과 귀족들을 보며 입가에 옅은 미소를 띠었다.

"기분이 좋아 보이시는군요."

여린 목소리가 뒤에서 들려오자 공작은 작게 고갯짓을 했다.

"태자비 마마를 뵈옵니다."

흰 피부는 희다 못해 창백해 보였고, 두툼한 옷으로도 그녀의 가냘픈 몸매를 가리지 못했다. 옅은 푸른빛이 도는 머리카락을 틀어 올린 여인은 황태자 케이시스의 정인이자 태자비 레이아나였다.

"무슨 좋은 일이라도 있으신가요?"

굳은 얼굴을 한 레이아나의 말에는 뼈가 있었다. 며칠 전 그녀의 아버지인 바루스 공작의 암습 사건은 그녀의 가슴을 철렁하게 만들었다. 그리고 그 암습의 장본인이 누구인지 그녀는 똑똑히 알 수 있었다.

"하하, 폐하의 탄신일이 아닙니까? 기쁘기 그지없지요."

라몬 공작은 턱을 쓰다듬으며 레이아나를 보았다.

"그보다 이리 나와 계셔도 되는지요?"

"몸이라면 이제 괜찮습니다."

레이아나가 정면으로 라몬 공작을 바라보았다. 공작은 한쪽 입꼬리를 치켜 올리곤 웃었다. 여전히 파리해 보이긴 하나 병약한 모습은 보이지 않았다.

"그거 참 잘되었군요."

그러나 레이아나는 공작의 눈이 전혀 웃고 있지 않다는 것을 알아챘다. 아마 그대로 죽길 바랐을 것이다. 레이아나는 몸을 돌렸다. 더 이상 저 추악한 괴물과 이야기를 나누고 싶지 않았다.

"그럼 이만."

레이아나가 몸을 돌리자, 라몬 공작이 스쳐 가듯 입을 열었다.

"한데 황태자 전하께서 보이질 않으시군요."

레이아나의 고개가 홱 돌아갔다. 라몬 공작은 그녀의 눈에 스친 분노를 보곤 되레 웃음을 삭혔다.

"오늘 중으로 돌아오실 겁니다."

"그러길 바라지요."

라몬 공작은 저만치 걸어가고 있는 레이아나의 뒷모습을 보다 이내 입가에 띠운 미소를 지웠다.

"애비나 그 딸년이나 목숨줄이 질기군."

그때 그를 향해 제롬이 다가왔다. 한데 제롬의 표정이 심상치 않았다. 라몬 공작은 직감적으로 무슨 일이 생겼음을 알아차렸다.

"공작님."

"무슨 일이더냐?"

"문제가 생긴 것 같습니다."

라몬 공작의 눈이 치켜떠졌다.

"탑에서 연락이 왔습니다. 다크소드로 보냈던 이들이 모두 연락이 끊긴 상황입니다."

"……."

라몬 공작은 아무런 반응을 보이지 않았다. 아니, 겉으론 그래 보였던 것뿐.

빠직.

그가 서 있던 창가의 창문에 금이 갔다. 라몬 공작은 순간 아래를 내려다보았다. 활짝 열린 성문, 그리고 연이어 이어지는 사람들의 행렬.

'황태자!'

"당장 사람을 보내 문을 닫아라. 황태자가 황성에 들어오기 전에 처리해!"

제롬은 고개를 숙이곤 곧장 자리를 떴다. 그러나 라몬 공작은 초조했다. 살아 있어선 안 된다. 살아서 이 황성에 들여서는 안 된다. 라몬 공작의 눈이 검게 변하기 시작했다. 그러나 차츰 원래 색을 되찾았다. 공작의 눈빛은 싸늘하게 변했다.

"하기야, 이대론 너무 재미가 없지."

그는 몸을 돌렸다.

❊

끼이익–

거대한 황성의 문이 천천히 닫히기 시작했다.

“무슨 일이지? 왜 성문이?”

“도대체 무슨 일이야?”

문이 닫히자 사람들은 불만을 토로했다. 한 귀족이 나서며 경비병에게 이유를 따져 물었다.

“이게 대체 무슨 일인가?”

“검문을 시작합니다. 불순한 무리가 일행에 끼여 있다는 제보를 받았습니다. 부디 양해 바랍니다.”

정중한 부탁이었지만, 경비의 태도는 고압적이었다. 그것을 느끼지 못할 귀족이 아니었다. 그러나 그는 더는 입을 열지 못했다. 갑자기 수십 명의 병사가 성문 앞으로 나온 것이다. 그들의 눈에선 살기가 감돌았다. 혹여 무슨 일에라도 엮이면 골치가 아플 터.

귀족은 분을 삭이고 몸을 돌렸다. 이곳은 페르시아 제국의 영토이자 황성. 제국의 귀족들은 물론이고 타국의 왕족과 귀족들도 어떠한 성토도 할 수 없었다. 그저 검문을 순순히 받을 수밖에 없었다. 그 불순한 무리가 얼른 잡히길 바라면서.

“이런, 문이 닫혀 버렸네.”

헬리아는 마차 안에서 굳게 닫힌 성문을 바라보았다.

“알아차린 것 같소.”

헬리아의 맞은편에는 은발의 케이시스가 앉아 있었다. 그는 로브로 몸을 감싸고 있었다. 그가 힐끔 밖을 내다보았다. 일이 잘못되었다는 것을 알아챈 라몬 공작의 짓일 것이다.

헬리아는 그런 케이시스를 보며 입꼬리를 올렸다. 케이시스 또한 비슷한 웃음을 지었다.

"뭐, 이미 늦었지만."

헬리아는 웅장한 기세를 뿜어내는 거대한 황성을 보며 눈매를 휘었다. 이미 그들은 황성 안으로 들어와 있었다.

헬리아의 금안이 반짝였다.

제4장 덫

휘이익-

북부의 얼어붙을 듯한 차가운 바람이 휘몰아치고, 하늘은 곧 눈이 올 듯 우중충한 잿빛을 띠었다. 그 잿빛 하늘에서 흰 눈이 내리기 시작할 즈음이었다. 라몬 공작은 성문이 한눈에 내려다보이는 건물 난간에 서서 싸늘한 눈빛으로 성문을 응시했다. 성문 아래에선 황성으로 들어오는 이가 하나도 남김없이 검문을 받고 있었다.

그때 발걸음 소리와 함께 그를 부르는 소리가 들려왔다.

"공작님."

라몬 공작의 고개가 서서히 돌아갔다. 그의 시선은 먼저 세자크의 안색을 훑고 지나갔다. 그러곤 이미 그가 내뱉을 대답을 알아차렸다.

"찾지 못한 것이냐?"

"송구합니다. 샅샅이 찾고는 있지만 아무래도……."

세자크의 고개가 점점 더 아래로 숙여졌다. 그에 라몬 공작의 한쪽 눈매가 치켜 올라갔다.

"쥐새끼처럼 빠져나갔군."

그게 아니라면. 라몬 공작은 다시금 성문을 내려다보았다. 다급한 마음에 조치를 내렸지만, 그도 검문으로 황태자를 찾을 수 있을 거라곤 확신하진 않았다. 제국의 위세에 군말 없이 검문을 받아들였다 하나 황성으로 들어오는 이 대부분이 이번 황제의 탄신일에 초대된 왕족 또는 고위 귀족이다. 그런 자들을 상대로 검문이 제대로 이루어질 리 없었다.

"몸을 숨기고 들어온 건가."

라몬 공작의 눈매가 가느스름해졌다. 자꾸만 자신의 계획이 삐거덕거리는 것을 느꼈다. 대업을 앞에 두고 차질이 생기자 라몬 공작은 심기가 사나워졌다.

"발견 즉시 내게 고하라."

"예, 공작님."

"누굴 그리 찾으시오?"

때마침 들려온 목소리에 라몬 공작의 고개가 천천히 돌아갔다. 그리고 결코 이곳에서 듣지 않기를 바랐던 목소리의 주인공을 발견할 수 있었다.

제국의 주인과 같은 은빛 머리카락과 푸른 눈동자를 지닌 남자.

황태자 케이시스.

그가 라몬 공작 앞에 모습을 드러냈다.

'황태자…….'

공작의 눈빛이 싸늘하게 변했다. 그러나 곧 언제 그랬냐는 듯 놀랍고 반가운 표정을 지어 보였다.

"이거 태자 전하가 아니옵니까?"

황태자는 라몬 공작의 능청스런 연기에 속으로 고소를 금치 못했다. 자신을 사지로 몰아넣은 자의 입에서 나온 걱정 어린 말만큼 우스운 것도 없을 것이다. 아마 지금쯤 살아 있는 자신을 보고 잔뜩 짜증이 나 있을 터.

황태자는 작게 조소를 머금었다. 그러나 그 조소를 똑똑히 보았음에도 라몬 공작은 눈 하나 깜짝하지 않았다.

"실종되었다는 소식을 듣고 태자 전하를 찾기 위해 얼마나 애를 썼는지 모릅니다. 이렇게 돌아오셔서 정말이지 다행입니다."

혹여라도 내가 살아 돌아올까 찾은 거겠지. 황태자는 느물거리는 공작의 태도에 순간 주체할 수 없는 분노를 느꼈다. 하지만 솟구치는 화를 애써 눌러 담았다. 황태자의 눈에 어린 분노가 잠잠해지는 걸 본 라몬 공작은 눈에 이채를 띠었다.

황태자는 라몬 공작을 향해 천천히 입꼬리를 올렸다.

"공작이 그리 걱정해 준 덕분인지 아주 무사히 돌아올 수 있었소."

"제가 한 일이 무에 있겠습니까?"

황태자의 푸른빛 눈동자와 공작의 진홍빛 눈동자가 서로를 오랫동안 응시했다. 황태자가 이내 웃으며 말했다.

"왜 한 일이 없겠소? 아니 그렇소?"

라몬 공작은 그런 황태자의 말에 눈을 번뜩였다. 이번 일의 배후가 자신임을 알아차린 것이다. 하지만 그렇다 하더라도 공작은 여유로웠다. 결코 꼬리가 밟힐 일을 만들지 않았다. 심증은 있다 하나 물증이 없다면 자신을 옭아맬 수 없다.

"그저 작은 일이지요. 아무도 모를."

황태자는 그런 라몬 공작의 말에 이를 갈았지만 내색하지 않았다. 그의 분노는 말 한마디에 도발당할 만큼 얕지 않았다.

황태자는 천천히 라몬 공작을 향해 다가갔다. 케이시스의 키가 라몬 공작보다 큰 탓인지 황태자가 라몬 공작을 약간 내려다보게 되었다. 라몬 공작의 눈매가 살짝 좁아졌다.

황태자는 입술을 끌어 올렸다.

"하여 그 보답으로 이번엔 내가 공작의 공에 답해 볼까 하오."

케이시스가 한 발 더 공작에게 다가갔다.

"보답이라…… 궁금해지는군요."

"미리 알면 재미없지 않겠소?"

"……."

"그럼 몸조심하시오, 공작."

케이시스는 그렇게 한마디를 내뱉고는 휙 몸을 돌렸다. 그 모습을 가만히 지켜보고 있던 라몬 공작의 입술이 비틀려 올라갔다.

"몸조심하라고? 이 내게? 건방진 애송이가."

라몬 공작은 온몸으로 불쾌감을 드러냈다. 겨우 살아 나온 주제에 설설 기지는 못할망정, 나를 협박해? 이 라몬 공작에게? 다만 한 가지 거슬리는 점이 있었다. 그 자신만만한 눈빛. 그 안에는 한 점의 두려움도, 불안감도 없었다. 그 점이 라몬 공작의 신경을 건드렸다.

"공작님."

"애송이의 건방이 하늘을 찌르는구나. 아무것도 모르는 놈이."

공작의 눈이 가늘어졌다.

"하나 지렁이도 밟으면 꿈틀하는 법. 황태자의 곁에 사람을 붙여 주시해라."

"예."

"가소로운 놈."

공작은 고소를 지었다.

"제 명을 재촉하는구나."

라몬 공작은 황태자가 간 곳과 반대 방향으로 발걸음을 움직였다. 눈발이 점점 거세지기 시작했다.

❊

한 여인이 창가에 서서 수심이 가득한 얼굴로 밖을 내다보고 있었다. 은은한 물빛 머리카락을 지닌 여인은 페르시아 제국의 황태자비, 레이아나였다. 레이아나는 창문을 열어 세차게 내리는 눈발을 하염없이 응시했다. 그럴수록 그녀의 파리한 얼굴빛이 더욱 파리해져 갔다.

시녀 에리가 한기가 스미는 창문을 닫고 레이아나의 어깨에 모포를 둘러주었다.

"마마, 그러다가 감기에 걸리시면 어찌하시려고……."

"난 괜찮아. 이 정도 추위쯤이야. 전하는 얼마나 추우실까."

"마마……."

레이아나의 안색이 흐려지자 에리는 안쓰러운 표정으로 자신의 주인을 바라보았다. 몸도 좋지 않은 분이 태자 전하의 실종 소식을 접하곤 며칠이나 끼니를 거르자 더욱 초췌해져 갔다.

"전하의 소식은 아직도 없다고 하더냐?"

"병사들을 풀었으니 곧 소식이 있을 겁니다."

"……."

그러나 레이아나의 굳은 표정은 풀릴 줄을 몰랐다. 단순한 실종 사건이 아닌 라몬 공작이 개입된 일이다. 쉬이 마음을 놓을 수 없는 건 당연했다. 사사건건 자신의 일에 훼방을 놓은 황태자를 눈엣가시처럼 여기는 그가 이번 기회를 놓칠 리 없었다.

"나 때문이야."

"마마."

"나 때문에……."

레이아나의 눈가가 붉어지기 시작했다. 아버지인 바루스 공작이 피습당했다는 소식에 레이아나는 가냘픈 몸을 가누지 못하고 쓰러지고 말았다. 그러나 라몬 공작이 눈에 불을 켜고 있는 상황에서 아픈 아버지를 문병조차 할 수 없었다. 그런 마음을 드러내지 못하고 끙끙거리는 모습을 본 황태자가 레이아나의 걱정을 덜어주기 위해 바루스 공작을 만나러 성 밖으로 나갔다. 그리고 지금의 상황이 되어버렸다.

레이아나는 황태자의 실종이 자신 탓이라 여겨 제대로 먹지도, 잠도 잘 수 없었다.

"마마……."

에리는 그런 레이아나의 상심을 그저 안타깝게 바라보는 것 외엔 할 수 있는 방법이 없었다. 그저 곁에서 지켜보며 기도하는 수밖에.

'태자 마마, 제발 돌아와 주세요.'

그때였다.

"레아."

"……!"

그녀들의 기도가 하늘에 닿은 것일까. 갑자기 들려온 낯익은 목소리에 레이아나는 깜짝 놀라 뒤를 돌아보았다.

"어, 어떻게……."

그녀의 눈에서 눈물이 뚝뚝 떨어지기 시작했다. 레이아나는 자신의 이름을 부른 자에게 달려갔다. 그 가냘픈 몸에서 어찌 그런 힘이 났는지, 레이아나는 단숨에 달려가 품에 안겼다.

"전하!"

"레아."

"태자 마마!"

에리는 너무 놀라 눈이 휘둥그레졌다. 실종된 황태자, 케이시스가 돌아온 것이다.

"전하, 전하……."

"울지 마, 레아. 난 괜찮아."

케이시스는 레이아나의 눈물을 손으로 닦아주며 웃었다. 그의 뒤에서 아스칼이 그런 황태자 부부를 흐뭇한 미소로 바라보았다.

"몸은 괜찮으신 거지요? 아픈 덴 없는 거지요?"

레이아나는 연신 케이시스의 안위를 확인하기에 바빴다. 케이시스는 그런 레이아나를 꼭 안아주었다. 연약한 아내가 자신의 실종으로 얼마나 마음고생이 심했을지 안 봐도 뻔했기 때문이다.

"미안해, 레아. 나 때문에."

"아니에요. 아니에요."

레이아나는 고개를 도리도리 저었다. 케이시스는 그런 그녀를 안쓰럽게 바라보며 그녀를 달랬다.

"이렇게 돌아왔으니까 더 이상 걱정하지 마."

케이시스는 여리디여린 아내가 자신의 실종을 제 탓으로 여기는 것이 마음 아팠다. 그런 황태자의 마음이 통했는지 레이아나는 그의 품에 안겨 고개를 끄덕였다. 이 얼마나 다행인지 모른다. 레이아나의 눈에선 연신 기쁨과 안도의 눈물이 흘러내렸다. 차츰 이성이 돌아오자 레이아나는 눈물을 닦곤 케이시스를 보았다.

"도대체 어찌 된 일이에요? 역시 그자인 거죠?"

레이아나는 입술을 세게 깨물었다. 답을 듣지 않아도 알 수 있었다.

"위험한 거 아닌가요? 그자가 전하께서 이리 황성에 든 것을 알면……."

"이미 보고 왔어."

"맙소사, 케이!"

"너무 걱정 마."

"하지만……."

"이대로 가만히 당하고만 있지 않아."

케이시스의 눈빛을 본 레이아나는 놀람과 함께 의문이 들었다. 라몬 공작은 황제의 권세를 업은 거대한 실세였다. 제아무리 황태자라 할지라도 라몬 공작을 건드리긴 어려웠다. 그런데 황태자의 눈빛엔 자신감이 차 있었다.

"케이, 도대체 무얼……."

"쉿."

역시나 자신의 비였다. 황태자는 제 속마음을 꿰뚫어 본 레이아나의 말을 막았다.

"황궁엔 듣는 귀가 많은 걸 잊은 거야?"

"아."

레이아나는 자신의 실수를 깨달았다. 그러곤 입을 꾹 다물었다. 저로 인해 또다시 케이시스를 위험에 빠뜨리고 싶지 않았다.

황태자는 그런 레이아나의 머리를 쓸어 넘기며 끌어안았다.

"레아의 병을 고쳐 준 행운의 여신이 우릴 도와줄 거야."

황태자가 나직이 웃자 안겨 있던 레이아나는 영문을 모르겠다는 듯 고개를 갸웃거렸다.

"행운의 여신이요?"

"응, 근데 글쎄, 아무래도 역시 여신보단 마녀가 어울릴 것 같지만."

황태자가 낮게 웃음을 지었다.

❊

"하~ 암."

헬리아는 늘어진 하품과 함께 귓구멍을 후볐다. 이거 어디서 누가 내 욕이라도 하나? 욕할 놈이야 워낙 많은지라 헬리아는 그러려니 하며 대수롭지 않게 손가락을 털어냈다.

페르시아 제국의 황성은 제국의 위상에 걸맞게 매우 거대하고 화려

했다. 아르센 왕국의 왕성과는 비교가 되지 않을 정도였다. 바닥에서 천장까지 모두 티 하나 없는 새하얀 대리석이 깔려 있었고, 천장엔 화려한 벽화들과 정교한 조각이 새겨져 있었다. 또한 벽에는 값비싼 명화가 전시되어 있는데, 대개 헬리아조차 책으로만 봐왔던 것들이었다.

특히나 눈이 간 것은 바로 천장의 마나등이었다. 돈 먹는 마법 기구 중 최고봉을 자랑하는 마나등 수십 개가 환한 빛을 발하고 있었다. 비싼 그림이나 새하얀 대리석 바닥이야 한번 돈을 들이면 되는 일이지만 마나등은 마나를 지속적으로 잡아먹는다. 이 정도 규모의 성이라면 하루 소진되는 마나량은 상상 그 이상일 터. 거기다 창밖엔 새하얀 눈이 펑펑 내리는 혹한의 날씨인데 반해 안은 얇은 숄만 걸쳐도 될 정도로 따뜻했다. 성 밖에서 굶주리고 추위에 떨며 가난한 삶을 사는 제국의 백성들을 떠올리면 그야말로 돈지랄이다.

"돈지랄."

"크음."

그때 헬리아 일행을 안내하던 제3시종장 알버트가 낮게 헛기침을 내뱉었다. 순간 헬리아는 모두의 시선이 자신에게 몰리는 것을 느꼈다.

"내가 뭘?"

그렇다고 아랑곳할 헬리아인가. 이안이 그녀를 가느스름한 눈으로 보았지만 헬리아는 어깨를 으쓱였다.

"내가 무슨 말 했어?"

혼잣말이라고, 혼잣말. 누가 제 뇌를 거치지 않고 말이 나올 줄 알았나? 헬리아가 얼른 자신에게 집중된 시선을 흩뜨리기 위해 시치미를 뚝 떼고 화제를 돌렸다.

"그보다 대체 얼마나 더 가야 하는 거야?"

입구에서 시종장의 안내를 받아 제법 걸었음에도 아직도 그들이 배정받은 숙소는 나오지 않았다. 인내심이라곤 제가 쓰고 싶을 때만 발

휘하는 헬리아가 가만히 있을 리가 없었다.

그녀의 말에 안내를 맡은 시종장 알버트가 살짝 미간을 찌푸렸지만 이내 한껏 으스대며 입을 열었다. 아까 헬리아의 혼잣말(?)을 의식한 탓일까?

“크음, 대페르시아 제국의 황성이 워낙 넓은지라 송구합니다. 곧 있으면 도착합니다.”

‘넓어서 참 좋으시겠어. 아주.’

헬리아는 이번엔 제대로 속으로 말을 내뱉었다. 아르센 왕국의 사신단이 배정받은 숙소는 제국의 황제와 황족들이 기거하는 본관에서 떨어진 별관이었다. 이 별관은 외부 손님들을 위한 숙소로 곳곳에 이국적인 차림의 사람들이 눈에 띄었다. 역시나 제국의 스케일답게 별관도 일반 성 한 채만 한 크기를 자랑했다.

헬리아는 주변을 훑다 이내 아까부터 계속 신경에 거슬리는 존재에 입을 열었다.

“경비가 삼엄하군.”

황성이기에 경비가 삼엄하다는 것은 알겠지만 그것도 어느 정도껏이었다. 경비병들은 일정한 간격을 두고 서 있었다. 문제는 한 층에만 스무 명이 넘는 경비병이 서 있다는 거였다. 그녀의 말에 이안도 눈을 좁히며 주변을 훑었다. 외부에 개방된 만큼 경비를 강화하는 것도 좋지만 그 수가 위화감을 줄 정도였다.

“꼭 감시하는 것 같잖아.”

일행 중 주변 흐름에 가장 민감한 엘라임이 툭 말을 내뱉었다. 계속 날카로운 시선을 쏘아보는 눈들에 기분이 찜찜했다.

시종장 알버트는 그런 헬리아 일행의 반응에 옅게 미소를 지으며 말했다.

“만일의 사태를 대비하기 위한 조치입니다. 위대하신 폐하께서 혹여 여러분께 문제가 생길까 취하신 조치이니 양해 바랍니다."

시종장의 말에 헬리아는 다시 경비병들을 살폈다. 경비병들의 갑옷과 칼에는 흠집이 많이 나 있었다. 그건 곧 이들이 단순히 세워놓는 경비가 아니라는 것.

"혹시 숙소 앞에도 이렇게 경비가 서는 것이오?"

아르센 왕국의 사신단을 책임지는 모에드 백작이 과한 경비를 보고 눈살을 좁혔다. 법으로 명시된 것은 아니지만 관례적으로 타국의 인사가 자국에 머물 때 근접 경호는 타국 측에서 맡게 되어 있었다. 한데 지금 상황을 보니 왠지 그렇게 되지 않을 것 같아 물은 말이다.

시종장은 모에드 백작의 말에 살짝 고개를 숙이며 최대한 정중히 말했다.

"폐하께선 최대한 배려를 하고자 하심이니 부디 양해 바랍니다."

그건 근접 호위마저 제국에서 맡는다는 말이다.

"그게 무슨……."

사신단의 병력 대부분이 성 밖에 있는데다가 근접 호위마저 제국의 경비가 서니 무슨 일이 생긴다면 이쪽에선 손쓸 도리 없이 당하고 말 것이다. 모에드 백작이 뭐라 입을 열려는 찰나 헬리아는 피식 낮게 웃음을 터뜨렸다.

"제국의 배려라……. 재밌군."

헬리아는 입꼬리를 말아 올리며 시종장 알버트를 응시했다. 순간 그녀의 눈이 묘한 빛을 발했다.

'무, 무슨 눈빛이…….'

알버트는 갑자기 자신의 몸이 흠칫 떨리는 것을 느꼈다. 거기다 왜인지 모르지만 입조차 뻥끗할 수 없었다. 헬리아의 눈빛에 압도당한 것이다. 헬리아는 그런 알버트의 반응에 씨익 웃음을 지었다. 여러 번 경험해 본 바 자신의 눈빛이 일반인에게 드래곤 피어와 같은 영향을 줄 수 있다는 것을 알아차렸다. 써먹을 수 있는 건 써먹는 게 헬리아 아니겠는가.

시종장은 옴짝달싹하지 못한 채 식은땀을 주륵 흘렸다.

'모, 몸이…….'

찰랑거리는 금발과 숨 막힐 듯한 아름다운 외모, 누가 봐도 천상 공주님이라 생각했다. 한데 이 순간 그 생각은 싹 사라졌다. 헬리아가 한 걸음 그에게 다가올수록 알버트는 자신의 수명이 한 움큼 사라지는 느낌이었다.

"배려라……. 배려라 했나?"

헬리아의 눈이 맹수의 것처럼 나른해졌다.

"하면 물러도 좋겠지? 내가 좀 예민해서 모르는 사람이 문 앞에 있으면 잠이 안 와서 말이야."

"그, 그거……."

"뭐야, 물릴 수 없다는 거야? 그럼 제국이 타국의 왕족을 초대해 하루 종일 감시하려는 건가? 이게 제국의 배려인가?"

"가, 감시라뇨! 아닙니다!"

시종장은 기겁하며 고개를 저었다. 헬리아는 씨익 입꼬리를 올리며 시종장을 바라보았다. 알버트는 다시 몸을 움츠렸다.

"그렇지?"

"무, 물론입니다."

화사하게 웃는 헬리아의 모습에 그제야 알버트는 얕은 숨을 내쉬었다. 하나 그게 끝이 아니었다.

"그럼 물려."

"예?"

"감시?"

"그, 그게……."

시종장은 자신이 헬리아의 술수에 말려들었다는 것을 알아차렸다. 하나 자신은 이미 명분을 잃은 상태.

'꼭 경비를 세우라 했는데…….'

그러나 고민은 길지 하지 못했다.

"아, 알겠습니다."

당장에라도 알았다고 하지 않다간 제국이 후안무치가 될 상황이었다. 결국 시종장은 꼬리를 말고 말았다. 알버트가 손짓하자 경비병들은 이내 자리를 뜨기 시작했다. 깔끔해진 복도를 본 헬리아는 웃는 낯으로 시종장을 보았다.

"배려, 고마워."

웃는 헬리아와 달리 시종장의 얼굴은 썩어 들어갔다.

⁂

"여, 연회는 모레부터이니 그동안 푹 쉬시길 바랍니다."

시종장 알버트는 헬리아 일행을 숙소로 안내하자마자 허둥지둥 되돌아갔다. 헬리아는 그런 시종장의 모습을 보다 이내 주위에 경비병이 없는 것에 만족한 듯 웃었다. 방 안으로 들어선 헬리아는 깔끔하게 정리된 주변을 훑어보다 이내 테라스로 나가 창문을 활짝 열었다. 그러자 찬바람과 함께 새하얀 눈송이들이 방 안으로 들이닥쳤다.

테라스 난간에 기댄 헬리아는 아래를 내려다보았다. 황성 안은 연회를 준비하는 사람들로 분주했다.

"한데 너무 자극한 것은 아닙니까?"

모에드 백작이 조심스럽게 입을 열었다. 과한 경비에 그도 헬리아 공주의 행동이 옳다고 여기긴 했지만 이곳은 제국이었다. 그것을 다시금 상기한 백작은 걱정스런 마음이 들지 않을 수 없었다. 적대적인 관계에 있지 않더라도 이곳은 아르센 왕국이 아니다. 명백히 타국이며, 거대한 영토를 지닌 강대국 페르시아 제국이다. 밉보여서 좋을 건 없었다. 모에드 백작의 걱정에 헬리아는 뒤를 돌아보며 손을 내저었다.

"문제 삼지 않을 거예요."

"하오나……."

"일이 커져서 좋지 않은 건 우리나 제국이나 마찬가지죠. 아니, 우리보다 제국이죠. 일이 커지면 분명 다른 자들의 귀에도 들릴 테고, 그러면 이 일을 따지고 들 게 분명하니까 제국은 그냥 똥 밟은 셈 치고 넘어갈 겁니다."

현재로선 대다수 나라가 과한 경비에도 제국의 위상에 눌려 아무 말도 하지 못하고 있을 것이다. 한데 이런 때에 이번 일이 귀에 들어간다면 그들로서도 가만히 있지 않을 터. 제국의 입장에선 헬리아 하나로 퉁치고 조용히 넘어가는 게 좋았다. 헬리아의 말에 모에드 백작은 그제야 안도한 듯 고개를 끄덕였다.

"후우, 그렇다면 다행입니다. 그럼 모레까지 특별한 일정이 없으니 푹 쉬시길 바랍니다."

한 달이 넘는 긴 여정이었다. 백작은 물론 공주 또한 여행에 지쳐 있을 터.

"백작님도 푹 쉬세요."

헬리아가 화사하게 웃자 모에드 백작은 일순 얼굴을 붉혔다 그는 고개를 내저었다. 그리 긴 시간은 아니었지만 저 얼굴에 넘어가는 것이 얼마나 위험한 일인지 잘 알고 있기 때문이다. 백작은 가볍게 고개를 숙이다 이안을 보며 말을 덧붙였다.

"공주님을 잘 부탁드리겠소."

이안은 헬리아를 한번 보고는 고개를 끄덕였다. 그가 말하지 않아도 그럴 셈이다.

"걱정 마십시오."

모에드 백작은 이안의 말에 안심한 듯 옅게 웃으며 몸을 돌렸다.

"후우."

모에드 백작이 방을 나서자 헬리아는 소파에 몸을 기댔다. 값비싼 소파가 부드럽게 몸을 감쌌지만 마치 딱딱한 의자에 앉은 것처럼 불편하기만 했다. 과연 타국이라는 건가. 무엇 하나 편한 것이 없었다. 헬리아는 새삼 아르센 왕국이 그리웠다. 고향이 괜히 고향이 아닌가 보다.

"레브, 편안한 옷 좀 부탁해."

헬리아는 괜스레 옷조차도 답답해 레브에게 말했다. 레브는 고개를 끄덕이고 들고 온 짐 가방을 정리하기 위해 방에서 나갔다. 그런데 불편한 건 그녀만이 아닌 듯 엘라임과 이안의 표정도 굳어 있었다. 그걸 본 헬리아는 금세 낌새를 눈치챘다. 그녀는 한쪽 입꼬리를 비틀었다.

"어딜 가나 쥐가 문제지. 어디야?"

"테라스 아래 나무 뒤에 숨어 있어."

헬리아는 흘깃 테라스 밖을 살폈다. 그러나 내리는 눈 때문인지 모습은 보이지 않았다.

"다른 곳은?"

"없어."

"감시자라, 뭐 예상했던 바야. 한 명이라. 오히려 적은데."

"경비병 중에서도 감시자가 있었을 겁니다."

하루 종일 방 앞을 지키는 경비병이라면 감시자로 제격이었을 것이다. 하지만 헬리아의 요구로 경비병은 모두 철수했다.

"흐음, 제국이란 말이지."

이곳이 얼마나 위험한 용담호혈인지 다시금 깨달았다. 그러나 이미 내친걸음. 되돌아갈 수도, 갈 마음도 없다.

"오길 잘했어."

만약 이런 곳에 세드릭이 왔다면 어찌 되었을지 한숨이 절로 나왔다. 그 성격에 잠이나 제대로 잤을까나.

“위험한 짓은 하지 마십시오.”

“내가 뭘?”

“과거를 되돌아보시죠.”

“…….”

헬리아는 슬그머니 이안의 시선을 피했다. 사람을 무슨 시한폭탄으로 보고 있어. 그러나 아무래도 찔리는 게 좀 있는지라 그의 눈을 똑바로 바라볼 수 없었다.

“이곳은 제국입니다.”

“알고 있어.”

“그게 아는 사람의 행동인지 놀랍군요.”

“다 잘됐잖아?”

“다행히 잘된 겁니다.”

이안이 그 검은 눈동자로 뚫어져라 자신을 쳐다보자 헬리아는 결국 백기를 들고 말았다. 아무래도 저런 눈빛엔 약했다.

“알았어. 안 그럴게.”

“그 말이 제발 하루를 넘기길 바랍니다.”

이안이 다시금 당부를 했지만 그도 헬리아가 가만히 있으리라 생각지 않았다. 차라리 새장 속의 카나리아처럼 그저 조용히 있으면 얼마나 좋을까.

‘허황된 바람이군.’

헬리아가 카나리아는 아닐뿐더러 그런 헬리아의 모습은 상상조차 할 수 없었다. 그저 이안은 그녀가 다치지 않길 바랄 뿐이었다. 다시는 그녀가 아파하는 모습을 보고 싶지 않았다.

“그보다 우리 쪽 병력이 몇이나 들어왔지?”

"열 명입니다."

"열 명이라……. 성 밖은?"

"따로 여관에서 지내고 있습니다."

"오늘 중으로 전부 다른 곳으로 옮겨. 아무도 모르게."

헬리아의 말에 이안의 눈동자가 깊어졌다. 그녀의 의도가 무엇인지 알아차렸다.

"알겠습니다. 무슨 일이 생기면 바로 움직일 수 있게 지시해 두겠습니다."

"밖의 병력은 왜?"

엘라임은 헬리아의 말에 고개를 갸웃했다. 그에 헬리아는 혀를 찼다.

"머리에 든 물 좀 빼라고 했지."

"난 원래 물로 되어 있다고."

"말만 늘었어."

"암튼."

"정말 미친놈 소굴에 들어왔으니까."

헬리아의 눈동자가 어둡게 빛났다. 어느 정도 제국의 의도를 예상하고 왔으나 설마 이렇게까지 나올 줄은 생각지 못했다.

"역시 전쟁하는 놈들치고 제정신인 놈을 못 봤지."

"전쟁이 나는 거야?"

"확신할 수 없어. 대비할 뿐이지."

헬리아는 미간을 좁히며 창밖을 바라보았다. 살짝 문을 열어놨는데도 벌써 방 안은 차갑게 식어 있었다. 겨울이다. 그것도 추운 한겨울. 하지만 이젠 전쟁이 벌어지지 않을 거라곤 생각지 않는다. 다만 그 시기가 언제인지 확신할 수 없었다.

"지금은 아니길 바라야지. 흑마법사 문제만 해도 머리가 아픈데."

톡톡톡-

헬리아의 손가락이 빠르게 소파를 두들겼다. 이윽고 그녀의 눈이 가느스름해졌다.

“우선 해야 할 일부터 해야지. 한데 도대체 언제 오는 거야?”

“누가 오는데?”

엘라임의 물음에 헬리아가 대답하려는 찰나였다.

콰앙!

작은 충돌음과 함께 옆방에서 소리가 들렸다.

“이게 무슨 소리지?”

엘라임은 난데없이 들려온 소리에 눈을 크게 떴다. 그러곤 곧장 헬리아, 이안과 함께 옆방으로 향했다.

“넌 누구냐!”

레브가 싸늘한 목소리로 한 남자를 향해 검을 겨누었다.

“호호호, 이거 제법 귀여운 남자분이 있었네요.”

간드러진 목소리. 그러나 굵은 팔뚝과 털이 수북한 다리털을 지닌 거대한 남성이 레브를 향해 얼굴을 붉히고 있었다.

“…….”

레브는 소름이 돋는 듯 몸을 한차례 떨었다. 헬리아는 갑자기 머리가 지끈거리는 것 같았다. 도대체 정상인 놈이 없다.

“레브, 떨어져. 그러다 오카마균 옮을라.”

“이런, 오카마가 뭔지 모르겠지만 전 언제나 청결하답니다. 보여 드릴까요? 호호호.”

‘절대 안 보고 싶어.’

레브는 상대가 헬리아 공주와 잘 아는 사이 같자 뒤로 물러섰다.

“꼭 그렇게 들어와야 했어?”

“호호호, 제법 푹신하더라구요.”

결코 요정이라고 할 수 없는 유니가 호호호 웃으며 말했다. 헬리아는 바닥에 널브러진 자신의 옷 가방을 보고 혀를 찼다.
'버려야지.'
저 몸뚱이가―물론 작은 요정의 몸일 테지만―들어 있었다고 생각하니 소름이 돋았다. 헬리아는 나직이 한숨을 내쉬었다. 그러나 곧 표정을 바꾸었다.
"일은?"
"호호호, 이 유니가 누구겠습니까?"
'여장 변태 요정이지, 뭐긴 뭐야.'
다행히 헬리아의 속마음이 들키지 않았는지 유니가 눈을 찡긋거렸다. 헬리아와 엘라임, 이안은 순간 아직 저녁을 먹지 않은 것을 다행으로 여겼다.
"호호호, 제가 이런 일은 누구보다 잘한답니다."
"일이라니?"
엘라임이 고개를 갸웃했다. 그러자 헬리아가 피식 웃었다. 엘라임과 이안이 그때만큼은 그녀 또한 다른 종류의 변태가 아닐까 하는 생각을 했다.
"일이 하나밖에 더 있겠어?"
헬리아의 입꼬리가 씨익 올라갔다.
"날 건드리면 아주 좆 되는 거야."

❊

"에취!"
숀은 저도 모르게 터져 나온 기침에 코를 훌쩍였다. 어찌나 추운지 온몸이 으슬으슬 떨렸다.
"괜찮아?"

"감기 걸린 거 아니야? 힘들면 먼저 들어가. 여긴 우리에게 맡기고."
휴와 렌스가 얼굴이 붉게 상기된 숀을 걱정스레 바라보았다.
"됐어. 그냥 콧물만 조금 나오는 거야."
"그렇게 비실거려서 어디 움직일 수나 있겠어?"
'이놈은 또 왜 온 거야?'
숀은 눈을 야리며 세인을 노려보았다.
"누가 비실거린다는 거야?"
"누구긴, 콧물 줄줄 흘리는 너지."
"이게!"
"방해되니까 가."
"이익!"
숀은 이를 갈며 저 혼자 뚜벅뚜벅 걸어가는 세인의 뒷모습을 바라보았다. 어떻게 저렇게 뻔뻔할 수가! 아무리 다크소드가 헬리아 공주님께 충성을 맹세해도 과거에 그가 한 일이 사라지는 건 아니었다. 그런데 세인은 그런 일은 없었다는 듯 굴었다. 그게 숀을 더 화나게 만들었다.
"저놈을!"
"숀, 네가 참아. 어쩔 수 없잖아."
렌스의 말에도 숀은 씩씩거렸다.
"야, 너 정말 열 있는 거 아니야?"
"열 없어!"
"얼굴이 좀 빨개진 것 같은데."
"내가 감기 걸린 거 봤어?"
"하긴, 바보는 감기도 안 걸린다고 하지."
"야, 렌스!"
"암튼 정말 몸 안 좋아 보여. 여긴 우리끼리 해도 괜찮으니까."

“안 가. 나도 같이 갈 거야.”

결국 숀의 우김에 렌스와 휴는 어깨를 으쓱였다.

‘저 재수 없는 놈! 누구보고 가라 마라야.’

숀은 이를 갈며 세인의 뒤통수를 노려보았다. 그러다 주변을 둘러보다 눈을 반짝였다.

“내가 이렇겐 못 살지.”

숀이 큼지막한 돌멩이를 줍더니 거기에 눈을 꾹꾹 눌러 눈뭉치를 만들었다. 물론 속에 돌멩이가 든.

“야야, 너 그러다 맞는다?”

휴가 숀을 말렸지만 숀은 아랑곳하지 않았다.

“놔, 내가 저놈의 버릇을 고쳐 놓고 말겠어.”

“에휴.”

렌스는 고개를 도리질 쳤다. 그러거나 말거나 숀은 큼지막한 눈 돌멩이(?)를 세인을 향해 힘껏 던졌다. 아무리 그가 소드 마스터라도 이 정도 거리라면 피하지 못할 것이다.

‘이거나 먹어라!’

퍽!

“헉.”

정말 피하지 못한 건지 숀이 있는 힘껏 세게 던진 눈 돌멩이는 정확히 세인의 머리를 강타했다. 놀란 숀이 저도 모르게 서둘러 세인을 향해 달려갔다.

“야, 이 바보야!”

세인의 뒤통수에는 붉은 피가 흘러내리고 있었다. 그것을 본 숀은 제가 던진 것임에도 불구하고 화가 치밀었다.

“소드 마스터란 놈이 그것도 못 피하냐!”

세인은 여전히 뒤를 돌아보지 않았다.

"너, 너 일부러 맞아준 거지? 내가 멍청이로 보여? 다 들었잖아?"

숀은 화가 났다. 누구에게 화가 난 건지 이젠 알 수 없었다. 자신들을 배신했던 그에게 화가 나는지, 그럼에도 그를 친구로 여기는 자신이 싫은 건지.

"세인!"

퍽!

"켁!"

순간 숀은 자신의 얼굴을 강타한 눈에 몸을 바둥거렸다.

"바보 같긴."

"퉤퉤. 뭐, 뭐 하는 거야!"

"이 멍청이."

"야!"

"너 나 때렸지? 피도 보이지?"

"그, 그거야 네가 안 피해서."

"미안하지?"

"그, 그게……."

숀이 말을 잇지 못했다. 그 모습을 본 세인은 피식 웃었다. 자신을 볼 때마다 무슨 웬수를 보듯 하는 놈이 제가 아프다니까 헐레벌떡 뛰어오는 꼴이 우스웠다. 그런데 그게 또 왠지 기분 나쁘지 않았다.

'친구라는 건가…….'

다크소드에 있는 동료는 동료일 뿐, 친구라고 느끼진 못했다. 하루하루 누군가를 죽여서 생을 이어온 자들이다. 그들의 마음에 정 따윈 이미 사라진 지 오래. 그랬기에 세인에게 있어 숀 일행은 어떻게 보면 처음 사귄 친구라고 할 수 있었다. 특히 숀은 저를 향해 바락바락 화를 내지만 솔직하고 꾸밈이 없었다.

'내가 이 녀석을 마음에 들어 했던가.'

그래서 제 머리에 당돌하게 돌멩이를 던졌음에도 그대로 맞아주었다. 자신이 아픈 걸 보면 그도 화를 누그러뜨리지 않을까. 그리고 그랬더니 숀은 정말 자신의 안위를 걱정했다.

"정말 멍청하다니."

"뭐, 뭐라고? 이 재수 없는 놈아!"

"쉿!"

세인은 옅게 지었던 웃음을 지우고 숀의 머리를 꾹 눌러 앉혔다. 숀이 곧장 쏘아붙이려 했지만 세인이 어느 한곳을 가리키자 어쩔 수 없이 입을 다물었다.

"저기야."

뒤따라오던 휴와 렌스도 몸을 낮췄다.

"저기야?"

"들키지 마. 들켰다간…… 나도 모른다."

"안 들켜. 아니, 절대 들키지 말아야지."

이 순간만큼은 마음이 통한 그들이었다. 헬리아 공주가 그들에게 내린 명령. 세인과 숀 일행은 그것을 수행하기 위해 온 것이었다.

"그런데 설마하니 가게를 습격하라니, 우리가 강도도 아니고……."

"우리 공주님 스타일이 다크하잖아."

"하기야."

숀은 세인의 말에 공감했다.

"같은 편이라 다행이야."

숀과 세인이 동시에 말을 내뱉었다. 그러곤 서로를 보며 풋 하고 웃었다.

"자, 그럼 깽판 치러 가볼까?"

세인과 숀 일행이 소리 없이 움직이기 시작했다.

❊

"라몬 공작이 치밀한 자라는 건 인정해."

라몬 공작 같은 자들은 증거를 남기지 않는다. 과거 아돌프 공작만 해도 증거를 잡는 데 오랜 시간이 걸리지 않았는가. 헬리아가 다크소드를 손에 넣었다 하나 그것만으로 공작의 죄를 밝혀내기는 힘들었다. 증언은 말 그대로 증언일 뿐. 명확한 문서를 남기지 않았기에 라몬 공작을 끌어낼 수 없었다. 그러나 헬리아는 여유로운 표정을 지었다. 그녀는 한쪽 입꼬리를 끌어 올리며 웃었다.

"증거? 없다면 만들면 그만이야. 안 그래?"

"만든다고?"

"마침 좋은 무대도 만들어져 있고."

"판은 걱정하지 마세요. 호호호. 정말 공주님과 함께 있으면 즐겁다니까요. 호호호!"

이안은 이미 그녀의 생각을 눈치챘다.

'그래서 그런 명을…….'

전날 황성에 들어오기 전 헬리아는 다크소드에 한 가지 명을 내렸다. 그리고 지금 그들은 한창 그 명령을 수행하고 있을 것이다. 이안은 헬리아의 말에 고개를 설레설레 저었다. 정말이지 헬리아다운 방식이었다.

"상대가 똥물 튀겨주면 우리도 튀겨주면 되는 거야. 팍팍."

헬리아는 흐드러지게 날리는 눈발을 보며 입술을 끌어 올렸다.

"자, 그럼."

소파에 앉아 있던 헬리아가 일어서려 하자 이안과 엘라임이 동시에 그녀의 어깨를 눌렀다.

"어디 가십니까?"

"어디 가게?"

이게 단체로 약을 처먹었나? 헬리아는 저를 붙잡는 이안과 엘라임의 모습에 어이가 없다는 듯한 표정을 지었다.

"왜?"

"왜긴 왜야?"

"그러니까 왜?"

"어디 가게?"

"이제 움직여야지."

엘라임은 물론 이안도 깊은 한숨을 내쉬었다.

"역시나 하루를 못 가는군."

"이번만은 동감이야."

여기도 헬리아로 대동단결되는 이들이 있었으니. 그러나 헬리아는 두 사람의 표정에 미간을 찌푸렸다.

"내가 무슨 범죄자냐?"

"범죄자는 아닌데 사고 유발자랄까."

헬리아의 한쪽 눈매가 치켜 올라갔다.

"사.고.유.발.자?"

헬리아의 목소리가 싸늘해지자 이제야 분위기 파악한 엘라임이 찔끔했다. 이미 이안은 시선을 돌렸다.

'저거 언제는 동감이라며!'

그러나 이안으로서도 헬리아가 화를 내면 감당할 재간이 없었다.

"그래, 이제 좀 컸다 이거지."

"그, 그게……."

엘라임이 한 발 뒤로 물러섰다. 헬리아로부터 어마어마한 시커먼 오라가 뿜어져 나오고 있었다. 엘라임은 눈동자를 이리저리 굴렸다. 헬리아가 화나면 정말이지 그 뒤끝은 이루 말할 수 없었다. 그러나 그가 헬리아의 곁에 있은 지 10년. 당연히 위기 대처 방법 또한 이미 알고 있었다.

퍼엉!

평소 동물 모습은 싫어하는 그가 이번만큼은 자진해서 다람쥐로 변했다. 다람쥐로 변한 엘라임은 작은 몸을 부들부들 떨었다.

–헬리아?

고개를 살짝 모로도 꼬아주고 손도 가지런히 모았다. 그 모습에 헬리아는 미간을 찌푸렸지만 뭐라 하진 못했다.

'좋았어.'

잘 드러나진 않지만 인간 불신에 인간이라곤 쓸 놈과 쓸모없는 놈으로 구분하는 그녀도 좋아하는 게 있었으니, 바로 동물과 어린아이였다. 다행히 그의 의도는 먹혀들었다. 헬리아 아래서 구른 짬밥이 십여 년이 아닌가.

"……."

헬리아는 눈을 좁히고 엘라임의 몸을 들어 올렸다. 부들부들한 털이 손 안에 만져졌다.

"약은 놈."

헬리아는 엘라임의 조그마한 머리를 쓰다듬었다. 엘라임은 순간 오소소 소름이 돋았지만 산 걸로 만족했다. 헬리아가 눈을 샐쭉이 뜨고 엘라임을 제 어깨에 올려놓았다. 엘라임은 좋다구나 그녀의 어깨에 달라붙었다.

–근데 정말 어딜 가게?

다시 원점으로 돌아온 물음에 헬리아는 대답 대신 레브를 불렀다.

"레브."

"네."

레브가 다시 다가오자 유니의 눈이 반짝였다. 마치 먹잇감을 바라보는 듯한 눈빛이었다.

"유니."

"호호호, 쓰읍, 너무 제 취향이라."

'네 취향이 아닌 놈도 있더냐.'

헬리아는 혀를 차곤 다시 레브를 보았다. 언제나 긴 앞머리로 얼굴의 반을 가리고 다니는 그는 지독히 말수가 적었다. 그러나 헬리아는 레브를 수상히 여기지 않았다. 세바스찬이 맡긴 그림자 중 한 사람이기 때문이다.

"레브."

"……예, 공주님."

헬리아가 환한 웃음을 지으며 레브에게 다가가자 레브는 살짝 당황했다. 그리 오랜 시간이 아니었지만 옆에서 지켜본 결과 결코 헬리아가 아무 이유 없이 웃음을 짓지 않는다는 걸 알기 때문이다. 그리고 그 웃음이 좋은 의도인 적은 없었다. 단 한 번도!

"저번엔 잘해 줘서 고마워."

"아, 아닙니다. 그냥 누워만 있었을 뿐입니다."

헬리아의 웃음에 당황한 레브가 저도 모르게 말이 길어졌다. 헬리아가 사신단과 따로 움직였을 때 레브가 헬리아의 대역을 했던 것이다.

'왜, 왜 이렇게 불안하지?'

"그래서 말인데."

그 불안함의 정체는 곧 파악되었다.

"이번에도 부탁해."

"예?"

레브는 놀라 눈이 동그래졌다. 헬리아는 그를 보며 웃다가 유니를 보았다.

"계속 수고해 줘."

"아, 알겠습니다."

순간 유니의 눈이 진지해졌다.
"조심하세요. 절대로 봉인이 풀려선 안 됩니다."
헬리아는 고개를 끄덕였다.

❊

"아우, 허리야."
"삭신이 다 쑤신다."
"언제 끝나려나."
시녀들이 푸념 섞인 한탄을 토로하며 복도를 걸어가고 있었다. 황제 폐하의 탄신일을 맞아 연회 준비와 황성을 찾아온 손님들을 대접하기 위해 그들이 해야 할 일이 산더미처럼 쌓여 갔다. 하루 밤낮을 일하고, 그것도 모자라 대대적으로 인원을 충원했지만 쉴 틈도 없었다.
"그런데 봤어? 라비안 왕국의 왕자님 말이야."
한 시녀가 꿈에 부푼 듯 몽롱한 표정을 지었다.
"금발에 푸른 눈동자라니, 너무 멋있지 않아?"
그 시녀는 마치 눈앞에 왕자님이 있기라도 하듯 몸을 비틀어댔다. 동료 시녀들은 혀를 찼다. 매년 저렇게 어디 왕자의 첩실이라도 되어 보려고 애를 쓰는 시녀가 한둘이 아니었다. 그도 그럴 것이 단순히 꿈이 아니라 아주 드물게 정말 왕자나 귀족가의 첩실로 들어간 사례가 있기 때문이다. 시녀들 대부분이 귀족가 출신이고, 미모와 학식이 뛰어난 편이어서 첩으로 맞기엔 나쁘지 않았다.
"라비안 왕자? 말도 마."
옆에 있던 시녀가 꿈에 부푼 그 시녀에게 한마디 쏘아 붙였다.
"그 왕자님 엄청나게 까다롭더라. 어찌나 유난을 떨던지. 음식이 짜다, 싱겁다. 거기다 방은 왜 이렇게 더럽냐 하면서 생트집을 잡는다니까. 그새 시녀가 몇 명이나 바뀐 줄 알아?"

하지만 꿈에 부푼 시녀의 망상을 꺾을 순 없었다.

"뭐, 그래도 어때? 잘생기고 돈 많으면 땡이지."

그때였다.

퍼억!

"아얏!"

몽롱한 망상에 빠져 있던 시녀가 그만 앞을 보지 못하고 모퉁이를 돌던 이와 부딪치고 말았다. 시녀는 철퍼덕 엉덩방아를 찧자 짜증이 일었지만 이곳은 황성. 혹여 상대가 높은 이가 아닐까 두려운 마음도 함께 들었다.

"괜찮아요?"

낮지만 미성의 목소리에 시녀는 고개를 들어 올렸다. 그러자 상대의 옷이 보였다. 시종 차림이었다.

"대체 어따 눈을 두…… 두…… 시고……."

"괜찮아?"

그때 또다시 옆에서 다른 남자의 목소리가 들려왔다.

'허걱!'

한껏 쏘아붙이려던 시녀의 두 눈이 이내 왕방울만 해졌고 입은 쩌억 벌어졌다. 뒤에 있던 시녀들도 상대방의 얼굴을 보더니 전부 입을 닫지 못했다.

"괜찮나?"

"괜찮아."

빛에 반짝이는 금발, 여자보다 희고 고운 피부, 앵두같이 촉촉함을 머금은 입술. 그야말로 신이 빚은 예술품이었다.

"어, 어버버."

시녀가 말을 잇지 못하자 금발의 남자가 다가와 그녀에게 손을 내밀었다.

"어디 안 다쳤어요?"

"아, 아뇨! 다치긴요! 하나도 아프지 않아요!"

손에 피가 철철 흘러내리고 있었지만 시녀는 하나도 안 아팠다. 아니, 아파도 지금은 아프지 않았다.

"다행이네요."

금발의 남자가 환히 웃자 시녀들은 세상이 환해지는 것 같았다.

"손은?"

그때 뒤에 있던 남자의 목소리가 다시금 들렸다. 금발의 남자에게 정신이 팔려 있던 시녀들은 그 남자를 보곤 다시 입을 벌렸다. 밤하늘보다 더 짙은 검은 머리에 검은 눈동자를 지닌 차가운 미남자였다. 금발의 남자가 태양의 신이라면, 이 남자는 밤의 신이라고나 할까. 극과 극의 분위기를 풍기는 남자들이었지만 너무도 잘 어울렸다.

"아, 제 손은……."

시녀는 제 손을 보더니 수줍게 몸을 비틀었지만 검은 머리 남자의 관심사는 그녀가 아니었다.

"괜찮아."

검은 머리 남자는 금발인 남자의 손을 쓸어주었다. 피가 철철 나고 있는 시녀와 달리 살짝 먼지가 묻었을 뿐이었지만.

'허, 헉!'

'완전 예술이야!'

'도대체 어디 소속이래?'

시녀들은 두 남자의 행태를 몽롱하게 바라보았다. 제 손에 피가 철철 흘러내리면 어쩌랴. 팔에 붙어만 있음 됐지. 지금 이 모습을 언제 또 볼 텐가. 안쓰럽게 바라보는 검은 머리와 그게 당연하다는 듯한 금발. 시녀들은 빠르게 남자들의 발에서 머리끝까지 스캔을 마쳤다. 두 사람은 마치 동화 속에 나오는 왕자님 같았다. 시종이라는 게 아쉽지만 저 정도 미모는 시종이라도 괜찮다.

'이런 시종이 있었나?'

순간 두 사람의 얼굴을 처음 본 시녀가 고개를 갸웃했지만 주변 시녀들에 의해 그 의견은 묵살되었다.

'충원된 거겠지. 아무렴 어때! 완전 멋지잖아!'

'아까는 돈 많아야 된다며?'

'야, 저 얼굴을 봐! 저 정도 얼굴이면 내가 돈 벌고 산다. 그럴 가치가 있는 외모라구!'

시녀들은 엄격한 황실 예법을 교육받은 탓에 대놓고 소리를 지르진 않았지만 속으론 오만 난리법석을 피웠다. 게다가 이번에 충원된 모양인지 몇 년을 황성에서 일해 온 시녀들도 남자들이 누구인지 알 수 없었다.

금발의 남자가 환히 웃으며 사과했다.

"미안해요. 괜찮은 거죠?"

"무, 물론이죠!"

넘어졌던 시녀가 이내 자주 쓰는 '비틀거리기'를 시전했다.

"아앗!"

"괜찮아요?"

금발의 남자가 시녀의 몸을 붙잡았다. 시녀는 남자의 품에 안기며 숨을 들이마셨다.

'어후, 냄새도 좋다. 흡하흡하.'

그 모습을 시녀들이 못마땅하게 지켜보고 있었다.

'저 여우년, 또 여우짓 하네.'

'이년아, 그만 좀 붙어라!'

주위에 있던 시녀들은 부러움과 시기에 얼른 그녀를 금발의 남자에게서 떼어놓았다.

"한데 어디 소속이신지……."

시녀들은 눈을 반짝이며 물었다. 어디 소속인지만 알면 또 보러갈 생각이었다.

"아, 저기 별관으로……."

금발의 남자는 시녀들의 시선이 조금 난처한지, 아니면 쑥스러운지 볼을 살짝 긁적이며 대답했다. 그 모습에 시녀들은 또 자지러졌다.

'엄마야, 너무 멋있다!'

'완전 예술이야!'

시녀들은 아까보다 더 눈을 똘망똘망하게 떴다.

"저기 이름이 어떻게 되세요?"

"이름이요?"

남자는 시녀들의 반응이 부담스러운 건지 조금 뜸을 들이다 입을 열었다.

"헬리오라고 합니다."

남자의 환한 웃음에 여자들은 다시 한번 자지러졌다.

"흐음, 제법 쓸 만한데?"

금발의 남자는 창가에 비친 자신의 모습을 이리저리 비춰 보고는 만족한 듯 미소를 지었다. 금발은 햇빛에 반짝거렸고, 금안은 호박보다 더 투명하게 빛났다. 그야말로 절세 미소년이었다.

–뭐가 쓸 만하다는 거야.

금발 남자의 뒤로 은빛 털이 자르르한 다람쥐 한 마리가 툭 튀어나와 묘한 표정을 지었다.

"왜? 잘 속여 넘겼잖아."

–더 튀는 것 같은데.

엘라임은 푹 한숨을 쉬며 남장을 한 헬리아를 보았다. 뭐라 할 말이 없어지는 외모였다. 길고 탐스런 머리카락을 자르고 남자 옷만 입었을 뿐인데 헬리아는 완벽한 미소년으로 변신해 있었다.

"튀다니? 나보다 오히려 이안이 튀지. 그러게 왜 따라서 변장을 하겠다는 건지."

헬리아는 못마땅한 표정으로 검은 머리의 남자, 이안을 보았다. 성별이 바뀐 그녀와는 달리 시종복으로 옷만 갈아입은 이안이었지만, 워낙 훤칠한 키에 환한 마스크를 지닌 그라 시종으로 보일 리 만무했다. 옷만 아니었다면 귀족으로 보일 판이다. 사실 귀족이기도 하지만.

"누가 할 소리인지 모르겠군."

"반말이 아주 입에 착 달라붙는구먼."

헬리아는 살짝 미간을 좁혔다. 신분을 숨기고 변장을 했기 때문에 같은 시종끼리 존댓말이 이상해 이안에게 반말을 부탁했다. 그런데 웬걸? 한 치의 망설임도 없이 반말을 틱틱 내뱉는 게 아닌가. 거기다 그게 너무 자연스러웠다.

"그런데 이러니까 닮긴 닮았네."

다시 창에 얼굴을 비춰보던 헬리아는 제 얼굴에서 세드릭과 빈센트의 얼굴이 보이자 묘한 기분이 들었다. 겨우 머리카락 하나 자른 것뿐인데 분위기가 닮아 있었다. 이래서 피는 못 속인다는 걸까. 그간 주워온 자식이니 뭐니 하는 말들을 들어온 헬리아에겐 생경한 느낌이었다.

–너무 잘 어울려서 문제라구.

엘라임은 나직이 한숨을 푹 내쉬었다. 남자로 변한 헬리아는 무서우리만치 아름다웠다. 원래도 미인이었지만 남자로 변해도 그녀의 아름다움은 퇴색되지 않았다. 오히려 두려울 정도로 아찔해졌다고나 할까. 엘라임은 그녀가 남자가 아닌 여자로 태어난 것을 백번 감사했다. 그렇지 않았다면 필시 그녀는 바람둥이가 되어 있으리라.

—으으으으.

엘라임은 좀 전만 해도 시녀들에게 둘러싸여 가식적인 미소를 짓던 헬리아의 모습을 떠올리고 몸을 부르르 떨었다.

"그런데 이쯤이 아닌가?"

"누굴 찾는 거지?"

"세자크. 라몬 공작의 최측근이야."

—그놈은 찾아서 뭐 하게?

"일을 꾸미려면 입을 맞춰야 하는 법이지. 그 입을 찾으러 가는 거야."

—……만나서 어떻게 하게?

왠지 이미 답을 들은 느낌이었지만 엘라임은 혹시나 한 마음에 물었다.

"만나서 뭘 하긴? 잘 보쌈해 와야지."

"후우……."

이안은 절로 한숨이 나왔다. 한 나라의 공주가 남의 가게에서 깽판 치라 명하고, 거기다 직접 사람을 납치하겠다니. 그러나 헬리아는 아무런 거리낌이 없었다.

"다들 성인군자 나셨어? 엉?"

괜히 못마땅해진 헬리아는 눈을 흘겼다.

"그보다 제대로 찾아가고 있는 게 맞나?"

이안이 불쑥 질문을 던지자 헬리아는 순간 움찔했다.

"무, 물론이지."

이안의 눈이 가늘어졌다. 그에 반해 헬리아의 고개가 점점 좌로 틀어졌다.

"위치는?"

"……왜?"

"찾지 못할 게 분명하니까."

"내가 길치인 줄 알아?"

"길을 못 찾는 게 길치다."

"……."

헬리아는 입술을 깨물었지만 결국 백기를 들고 말았다.

"……별관 4층 왼쪽에서 다섯 번째 방이라고 알고 있어."

이안은 그 말을 듣고 성큼성큼 걸어가기 시작했다. 뒤에서 그 모습을 본 헬리아는 입을 비틀어 올렸다.

"내가 길치냐고. 모르는 곳의 길을 나보고 어떻게 찾으라고? 처음 간 길을 모르는 게 당연하잖아?"

—그게 길치야.

"……."

엘라임이 툭 말을 내뱉고 이내 쪼르르 이안의 어깨에 달라붙었다. 괜히 요즘 들어 부쩍 엘라임이 이안과 친해진 것 같은 착각이 든 헬리아였다.

❊

톡. 톡. 톡.

라몬 공작은 의자에 삐뚜름하게 앉아 책상을 손가락으로 내려쳤다. 그에 세자크는 한발 물러서 고개를 푹 숙인 채 그의 침묵이 끝나기만을 기다렸다.

"황태자는?"

"황태자비와 만난 뒤 별다른 행동을 보이고 있지 않습니다."

"아무 짓도 안 한다?"

라몬 공작의 눈매가 날카로워졌다. 그럴수록 세자크의 심장은 더욱 빠르게 뛰었다.

"아스칼, 그놈은?"

황태자의 최측근이자 그의 호위 기사인 아스칼이 움직이지 않을까 물은 말이다. 그러나 세자크는 고개를 저었다.

"최우선적으로 사람을 붙여놓았습니다만, 황태자의 호위를 맡거나 연무장에 들리는 일 외엔 어떤 이도 만나지 않았습니다."

톡톡톡–

라몬 공작의 손가락이 빨라졌다. 그의 눈매가 가늘어졌다.

"무슨 속셈이지? 그저 허세였나?"

그러나 그렇게 치부하기엔 왠지 황태자의 자신만만했던 눈빛이 머릿속에서 지워지지 않았다. 이제 대업이 코앞이다. 한 치의 어긋남도 없이 일이 진행되어야 한다. 라몬 공작은 조심에 또 조심을 기했다.

"계속 황태자를 주시해라. 그리고 다른 왕족과 귀족들도 수상한 점이 있으면 바로 보고하도록."

"알겠습니다."

세자크가 고개를 숙이곤 라몬 공작의 집무실을 빠져나왔다.

"후우."

라몬 공작의 방을 나와 제 방으로 돌아온 세자크는 깊은 한숨을 내쉬었다. 라몬 공작의 앞에만 서면 그의 심장이 남아나질 않았다. 손바닥에서 축축한 땀이 느껴졌다. 세자크는 눈을 찌푸리곤 시종을 불렀다.

"목욕을 할 테니 물을 받아놓아라."

"예, 남작님."

시종이 목욕물을 받아놓자 세자크는 곧장 욕실로 가 옷을 벗고 뜨뜻한 탕에 몸을 뉘였다. 그러자 라몬 공작 앞에서 긴장되었던 몸이 차츰 이완되기 시작했다.

"후우……."

낮게 신음을 내뱉은 세자크는 이번 일이 끝나면 휴가라도 받아 쉴 것을 다짐했다. 그러지 않으면 신경이 오래 버티질 못할 것 같았다. 유약한 성격의 그가 라몬 공작을 곁에서 모실 수 있었던 이유는 아주 간단했다.

쓰기 편했으니까. 다른 이들은 라몬 공작의 뜻대로 움직여 주지 않거나 라몬 공작의 손을 벗어나는 경우가 있었다. 하지만 세자크는 원래 소심한 성격 탓인지 제멋대로 움직이지 못하고 라몬 공작의 뜻을 그대로 행했다. 그게 라몬 공작이 세자크를 곁에 두는 이유였다.

"후우, 한데 도대체 공작님은 여자들을 그리 모아서 무슨 일을 하시려는 건지……."

"무슨 일을 하려나?"

촤악!

"누, 누구요!"

갑자기 들려온 낯선 목소리에 세자크는 벌떡 일어섰다. 그러나 뜨거운 물 때문인지 아니면 다른 이유 때문인지 수증기에 가려 앞이 제대로 보이지 않았다.

"여자들을 어디로 데려갔지?"

"누, 누구냐! 나와라!"

세자크는 놀라 소리쳤지만 이상하게 밖에서 아무런 기척이 느껴지지 않았다. 이쯤 되면 분명 밖에서 경비를 서는 이가 들었어야 했다.

'무, 무슨!'

놀란 세자크는 이내 이성을 되찾고 마나를 끌어올렸다. 그리고 마법을 시전하려는 찰나, 손목에 차가운 금속이 닿았다.

찰칵.

"마법을 쓰면 되나?"

"이, 이건……."

그때 차츰 수증기가 옅어지더니 눈앞에 목소리의 주인공이 모습을 드러냈다. 검은 복면을 쓰고 있어 얼굴은 드러나지 않았다. 복면인은 낮게 웃으며 말했다.

"그거 내가 껴봐서 아는데 마법을 전혀 못 쓰겠더라구."

"이, 이런!"

세자크는 놀라 제 몸이 알몸인 것도 잊고 어떻게든 팔목의 마나 구속구를 풀려 애를 썼지만 소용없었다.

"대체 누구이기에 이런 짓을!"

"뭐긴, 보는 그대로지."

"여, 여긴 제국이다! 감히 제국의 귀족을 납치하려 하는가?"

"제국인지 누가 모를까. 그리고 납치하다니? 그냥 살짝 같이 어디로 좀 같이 가자는 거지."

'그게 납치가 아니고 뭐란 말인가!'

세자크는 입술을 세게 깨물었다. 무의식중에 뒤를 돌아보았지만 뒤엔 또 다른 복면인이 서 있었다.

"히익!"

세자크는 그제야 제 신변에 크나큰 문제가 생겼음을 인지했다.

"사, 살려 주시오."

"누가 죽인댔나?"

"사, 살려……."

"자자, 그럼 이제 보쌈해서 가자구."

그 발랄한 목소리에 뒤에 있던 복면인이 발버둥 치려던 세자크의 뒷목을 재빨리 내려쳤다.

"커, 커억."

기절한 세자크가 탕 위로 둥둥 떴다. 발랄한 목소리의 남자는 쓰러진 세자크를 콕콕 찔러보고는 반응이 없자 그제야 뒤집어쓴 복면을 벗었다. 그러자 금발의 화려한 외모를 지닌 남자가 입꼬리를 올리곤 세자크를 내려다보고 있었다.

"월척이로세."

금발의 남자, 아니, 헬리아였다.

❊

"너무 짜잖아."

"그냥 드세요."

에른은 한숨을 내쉬며 알베르의 입에 빵을 들이밀었다. 이 무례한 시종의 태도에 알베르는 왈칵 화를 냈지만 그뿐이었다.

"나 안 먹어!"

"이게 몇 번째예요."

"맛이 없는 걸 어떻게 해?"

"왕자님이 세 살 먹은 애예요?"

"누가 애야!"

알베르가 아론의 말에 투덜거렸다.

"내 나이가 몇인데."

"그러니 제발 나잇값 좀 하시고 얼른 드시기나 하세요."

에른의 잔소리에 알베르는 투덜거리면서도 빵을 오물거렸다. 그 모습에 에른은 피식 입가에 미소를 지었다. 투덜거리고 까칠한 알베르였지만 그뿐이었다. 정말 먹기 싫다면 먹지 않아도 되는데 먹는 걸 보면 말이다.

'애초에 먹을 거면 그냥 조용히 먹으면 될 것을.'

에른은 고개를 도리도리 흔들었지만 어떻게 하겠나. 그게 제 주인의 성깔(?)인 것을.

"에효."

"왜 한숨은 쉬고 난리야?"

"왕자님 얼굴이 한숨을 부르네요."

"에른!"

"자자, 드세요. 식겠어요."

에른은 어린 막내 동생 대하듯 알베르를 대했다. 그에 알베르는 불만스런 표정을 지었지만 또 입을 삐죽일 뿐 음식을 먹었다. 에른은 알베르가 태어날 때부터 함께해 온 소꿉친구이자 시종인 탓에 알베르는 그에게 모질지 못했다. 뭐, 투덜거림은 심하지만.

"찾아봤어?"

빵에 버터를 바르며 입을 연 알베르를 보며 에른은 난감한 얼굴로 미간을 좁혔다.

"그게……."

"아직도야?"

"아무래도 제국인지라……."

"라비안의 쉐도우들이 그 여자 하나 못 찾는다고?"

계속 여관에서 보았던 그 리아라는 여자를 찾았지만 그림자조차 찾을 수 없었다. 아무리 제국이라도 쉐도우였다. 그런데 아직도 찾지 못했단 말인가. 에른의 표정이 살짝 굳어졌다.

"황태자가 황궁에 입궁했다 합니다."

"……."

알베르의 눈썹이 살짝 치켜 올라갔다.

"어떻게?"

"워낙 감쪽같아 어떻게 들어왔는지 파악되지 않았습니다. 다만 황성의 문이 닫히기 전에 들어왔을 거라 추정됩니다."

알베르의 미간이 좁아졌다. 이래 가지곤 정체를 밝혀낼 수 없었다.

"그 리아라는 여자가 제국인이 아니라고 가정했을 때, 타국의 인물이 아닌가 싶습니다. 그리고 그날 그들이 한 말을 생각하면 황성에 있지 않을까 생각됩니다."

"문이 닫히기 전에 들어온 자들을 조사해 봐. 그 금발에 금안. 분명 특이한 외모야. 거기다 제국 안에선 마법으로 변장할 수 없을 테니 분명 찾을 수 있을 거야."

"예."

에른이 고개를 끄덕였다.

"답답하군."

알베르가 포크와 나이프를 내려놓으며 냅킨으로 입가를 닦아내었다. 황궁 안에 쫙 깔린 경비병들, 그리고 낯선 타국의 환경. 귀하게만 자라온 알베르에겐 그 모든 게 스트레스였다.

"산책하고 올게."

"나가지 않는 편이 좋습니다."

"답답하다고."

"왕자님."

에른이 그 어느 때보다 진지한 표정을 지었다. 알베르는 에른이 단순히 산책을 저어하는 것이 아님을 알아차렸다. 이곳은 라비안 왕국이 아닌 제국의 심처다. 어떤 일이 일어날지 모르는 상황에서 알베르가 자칫 실수라도 저지를까 걱정된 것이다. 그 마음을 알베르가 모를까. 그러나 아는 것과 행동하는 것은 또 다른 문제다.

"걱정 마. 조용히 산책만 할 거니까."

"제국 분위기가 심상치 않습니다."

알베르가 미간을 찌푸렸다. 그 이야긴 이미 본국에서도 줄기차게 들어왔다. 다만 위험을 무릅쓰고 이곳에 온 이유는 그것이 제국이기 때문이었다. 거대한 영토를 장악하고 있는 제국의 초대를 거절한다면 자칫 빌미를 줄 수 있었다. 제국은 작은 빌미 하나로 라비안 왕국을 흔들

수 있었다. 그것이 제국이었다.

"이제 와 내가 어떻게 할 수 있는 게 아니잖아?"

알베르의 맘 편한 소리에 에른은 한숨을 내쉬고 일어서는 알베르를 따라나섰다. 그러나 왠지 모를 걱정이 가시지 않았다.

덜컹덜컹.

카트가 덜컹거리며 움직였다. 헬리아는 묵직한 소음에 살짝 미간을 좁혔다. 아무래도 소리가 좀 크지 않은가.

"이거 소리가 좀 많이 나는 거 아니야?"

-무거우니까 그렇지.

다람쥐의 모습으로 변해 있는 엘라임이 헬리아의 어깨에 올라 앉아 고개를 저었다. 카트는 그렇게 튼튼한 재질로 만들어진 것도 아니고 애초에 사람을 운반할 용도로 쓰이는 게 아니다. 부서지지 않는 것만 해도 용하지 않은가.

"사람이 온다."

이안의 말이 끝나기 무섭게 앞쪽에서 시녀들의 말소리가 들려오기 시작했다. 헬리아는 그에 미간을 좁혔다.

"뒤는?"

-경비병이 이쪽을 보고 있어. 되돌아가면 이상하게 여길 거야.

헬리아는 미간을 찌푸리곤 카트를 내려다보았다. 위에는 주전자와 컵이 놓여 있고 아래쪽은 천으로 감싸고 있어 안의 내용물이 보이지 않았다.

"어쩔 수 없지."

헬리아는 결국 경비병보단 시녀들을 통과하기로 했다. 시녀들조차 속여 넘기지 못하면 이대로 방으로 돌아가는 건 무리일 게 분명했다.

드디어 시녀들의 모습이 보였다. 헬리아는 그에 허리를 펴고 당당히 카트를 밀었다.

'이대로 그냥 좀 지나쳐라.'

헬리아는 내심 시선을 외면한 채 걸음을 움직였다. 그러나 그녀 마음대로 일이 되겠는가. 시녀들이 갑자기 헬리아 일행을 뚫어져라 쳐다보는 게 아닌가?

'드, 들킨 건가?'

도대체 왜 다가오는 거야! 그냥 지나치면 될 것을 갑자기 걸음도 느려지고 눈동자가 온통 자신들을 향해 있었다.

'젠장, 뭐 볼 게 있다고…….'

헬리아는 속으로 욕을 내뱉다가 시녀들의 시선이 자신과 이안에게 가자 살짝 눈매를 좁혔다.

'설마…… 얼굴?'

아무리 생각해도 그것 외에 답이 없었다.

-너무 잘생겨서 문제라고!

'이 정도는 돼야 사람이지!'

-잘났다, 잘났어.

헬리아는 미간을 좁혔다. 제 얼굴이야 잘생기긴 했지만 지금은 남자 모습이 아닌가. 이렇게까지 시선을 끌 정도는 아니란 말씀-물론 헬리아 본인의 주관적인 생각일 뿐 다른 사람은 그렇게 생각하지 않았다. 헬리아는 이안을 슬쩍 흘겼다. 그러나 이안은 그런 헬리아의 시선을 가볍게 묵살했다. 헬리아는 눈을 팍 찡그렸지만 시녀들의 목소리에 표정을 수습했다.

"어머, 새로 오신 분이신가 봐요?"

"어디 소속이세요?"

헬리아와 이안의 멋진 외모에 시녀들의 눈동자는 이미 하트를 그리고 있었다. 그쯤 되니 헬리아는 이안과 제 얼굴이 정말 문제가 있다는 걸 깨달았다.

'좀 잘생겼다고 생각은 했지만 그 정도야?'

매번 잘생긴 얼굴만 봐서 감을 잃은 헬리아였다.

'하, 잘생겨도 문제로다.'

—…….

헬리아는 제 완벽하리만치 아름다운 외모에 혀를 찼고, 엘라임은 썩은 사과 백 개는 먹은 듯한 표정으로 고개를 설레설레 저었다. 그러나 지금이 외모에 대해 이러쿵저러쿵 생각할 때인가. 헬리아는 시녀들의 관심을 떼어놓아야겠다는 생각이 들었다.

"세자크 님의 수발을 들고 있습니다."

"아……."

"세자크 님이 공작님께 심부름을 시킨 일이 있으셔서……."

헬리아의 말에 시녀들의 표정이 순간 굳어졌다. 그에 헬리아는 라몬 공작의 영향력이 얼마나 큰지 알 수 있었다.

"아, 고, 공작님의 심부름이요?"

"그런데 제가 좀 늦을 것 같아서……."

"그, 그러면 안 되죠!"

"얘, 넌 왜 가는 사람을 막아서."

"너도 막았잖아?"

시녀들이 투닥거리다 그만 카트를 치고 말았다.

덜컹.

그때 카트 밑으로 세자크의 손이 살짝 삐져나와 버렸다.

'헉.'

헬리아는 그것을 보고 얼른 손을 뻗었지만 시녀들이 보고 있는 터라 자세를 바꿀 수 없었다.

“어머 죄송해요, 주전자가…….”

주전자가 넘어지자 시녀들이 카트에 시선을 두기 시작했다. 헬리아는 순간 숨을 들이켰지만 그때 이안이 다리로 세자크의 팔을 집어넣었다. 찰나의 순간이었다. 다행히 팔이 나온 쪽은 시녀들이 시선 사각에 위치에 있어 위기를 모면할 수 있었다.

‘후우.’

“이러다 늦겠다.”

이안의 말에 시녀들이 다시금 자신들이 누구를 붙잡았는지 깨달았다.

“어, 어머 죄송해요. 얼른 가보세요.”

“저, 저기 제 이름은 에이미예요. 별궁 담당인데 언제 식사 한번이라도.”

“어머, 얘는. 제 이름은…….”

뭐에 눈이 뒤집힌 듯 시녀들이 달려들자 헬리아는 난감하게 웃으면서도 얼른 그녀들에게서 빠져나왔다.

“후우…….”

정말이지 세자크의 팔이 삐져나왔을 때는 심장이 철렁했다.

–차라리 변장을 하지.

“마법사도 드나드는 곳이야. 이상함을 눈치챌 거야.”

헬리아는 옅게 한숨을 내쉬었다.

“어서 돌아가자.”

헬리아가 걸음을 재촉할 찰나였다.

“누가 온다.”

이안이 경고를 했지만 급한 마음에 그 경고를 듣지 못한 헬리아가 그만 모퉁이를 돌던 남자와 부딪치고 말았다.

“아앗!”

남자가 엉덩방아를 찧으며 바닥에 철퍼덕 쓰러졌다.

"도대체 어따 눈을 두는 거야!"

날카로운 음성이 헬리아에게 쏟아졌다. 넘어진 이는 귀족으로 보이는 듯 따르는 시종의 부축을 받아 몸을 일으켰다.

'귀찮은데 그냥 확.'

그렇게 마음을 먹은 헬리아가 상대를 본 순간, 상대도 헬리아를 보았다. 그리고 서로 눈이 커졌다.

"……!"

"넌……!"

넘어진 남자, 알베르는 화를 내다 말고 부딪친 사람을 보고는 눈을 크게 떴다.

"리, 리아?!"

알베르의 외침에 헬리아는 눈매를 구겼다. 그러나 그것은 매우 찰나였다.

"헬리오라 합니다. 다치신 덴 없으십니까?"

"어, 어?"

알베르는 헬리아의 말에 정신을 차렸다. 애초에 그도 헬리아의 정체를 확신하고 한 말이 아니었다. 하지만 알베르의 시선이 헬리아에게서 떨어질 줄 몰랐다.

"왕자님, 리아라뇨?"

뒤에 있던 에른이 알베르를 일으켜 세워주며 헬리아를 보았지만 고개를 저었다. 전날 그가 보았던 리아라는 자는 분명 여자였지, 이렇게 잘생긴 남자가 아니었다. 물론 알베르가 그렇게 착각할 정도로 금빛의 머리색이며 눈동자색이 같았지만 분명한 차이는 눈앞의 시종은 전날의 리아와는 달리 남자라는 것이다.

"왕자님, 이자는 남자입니다."

"하지만……."

알베르가 에른의 말에 긴가민가한 표정을 지었다. 그러나 아무리 봐도 그의 눈에는 리아, 그 자체였다. 아니, 전날 보았던 게 진짜 모습이 아닐 수도 있는 거 아닌가?

"그럼 전 이만."

"잠깐."

'아, 또 왜?'

헬리아는 짜증이 와락 솟구쳤지만 필사의 인내심으로 참아냈다. 그러곤 언제 그랬냐는 듯 공손히 고개를 숙였다.

"무슨 일이신지요?"

"너 리아지?"

"그 리아라는 분이 누군지 모르겠지만 사람을 잘못 보신 것 같습니다."

헬리아와 알베르가 서로를 오랫동안 응시했다. 알베르는 눈을 좁히다 입꼬리를 올렸다.

"아니, 이제까지 내 눈은 틀린 적이 없어. 넌 리아야!"

"왕자님!"

에른은 알베르의 팔을 붙잡았다. 괜히 엄한 사람 붙잡고 늘어지는 꼴이 아닌가. 상대는 한낱 시종에 불과했지만 이곳은 제국이며, 시종은 제국인이다. 만약 문제가 생기면 제국에 꼬투리를 잡힐 수 있었다. 그러나 에른의 만류에도 알베르는 어디서 그런 자신감이 있는지 헬리아에게 한 발 다가갔다.

"전 남자입니다."

"난 리아가 남자라고 안 했는데?"

"시종분 말씀을 들어보면 저보고 남자라고 놀라지 않았습니까? 그럼 여성분을 찾으시는 게 아닙니까?"

알베르의 눈이 가늘어졌다.

'그렇게 빠져나가겠다?'

'이 질긴 놈.'

헬리아는 자신을 붙잡는 알베르에게 슬슬 짜증이 치밀어 올랐다. 요놈을 어떻게 하지? 그러나 알베르는 그런 헬리아의 생각도 모른 채 입술 끝을 끌어 올렸다.

"그럼 저 녀석은 뭐지?"

차츰 주변이 눈에 들어온 알베르의 눈에 헬리아의 뒤에 서 있던 이안이 들어왔다. 검은 머리에 검은 눈동자. 저런 검은색은 제국 내에서도 드물었다. 그리고 무엇보다 그는 전날 리아와 함께 있던 이가 아닌가!

"……."

헬리아는 눈을 와락 일그러뜨리며 이안을 보았다. 그러다 이내 시선을 돌리며 어깨를 으쓱했다.

"모르는 사람인데요?"

"모, 모른다고?"

"아, 언제 제 뒤에 있었답니까? 제가 오늘 충원돼서 잘 모르겠는데요."

"……."

알베르의 눈이 치켜 올라갔다.

'이게 어디서 뻔뻔하게?'

알베르는 이안의 표정이 구겨지는 걸 보았다. 그런데도 발뺌을 하겠다? 헬리아는 당당했다. 뭐 그래서 어쩔 건데? 그런 포즈를 취했다. 그에 알베르는 입술을 깨물었다.

"웃기지 마! 누가 봐도 한패잖아!"

"증거 있습니까?"

헬리아가 팔짱을 끼고 알베르를 쳐다보았다. 미스릴로 만든 철판 열 개는 깐 듯한 태도에 알베르는 미간을 좁혔다.

"증거?"

"제가 그 리아라는 사람인 증거 말입니다."

알베르의 눈이 가느스름해졌다.

"그래?"

"생사람 잡지 마십시오."

"그럼 할 수 없지."

알베르가 헬리아를 보며 웃었다. 그 모습은 일전에 투덜대던 투덜이 왕자가 아니었다. 헬리아는 그의 자신만만한 표정에 눈을 좁혔다.

"그럼 물어보면 되겠네. 충원되었다고? 네가 진짜 제국의 시종인지 물어보지. 진짜 제국인에게 말이야."

"……."

"게다가 혹시 또 알아? 이 카트 밑에 뭐라도 있을지."

알베르는 단순히 헬리아를 위협하기 위해 그저 모션을 취했을 뿐이다. 정말 단순한 위협이었다.

덜컥.

"어, 어어?"

하지만 알베르가 본 것은 정말 사람이었다!

"뭐, 뭐야……!"

카트 밑에 알몸으로 잔뜩 웅크려 있는 한 남자의 모습을 보았다! 죽었는지 살았는지도 알 수 없는 상태. 순간 알베르의 손이 떨리며 천을 내려놓았다.

"사, 사람이……."

"와, 왕자님!"

그것을 놓치지 않은 에른이 얼른 몸을 움직였다. 아니, 움직이려는 찰나였다. 그의 목덜미로 부드러운 털이 느껴졌다. 그런데 문제는 그게 움직인다는 것이다! 에른은 그 오싹한 기분에 옴짝달싹할 수 없었다.

—움직이면 죽는다.

다람쥐로 변해 있던 엘라임이 에른이 움직이자 그의 목을 빠르게 점한 것이다. 에른은 정체도 모를 것이 자신의 목덜미에 달라붙어 말을 하자 온몸에 소름이 돋았다.

'젠장! 그러게 가만히 방 안에만 있으라고 했잖아요!'

에른이 입술을 깨물었다.

"어, 어……."

"결국 알아버렸군."

"여, 역시……."

알베르는 저도 모르게 뒷걸음질 쳤다. 그러다 등 뒤에 이안이 서 있는 걸 느끼곤 몸을 움츠렸다.

"쓸데없이 눈썰미는 좋아가지고."

"도, 도대체 무슨 짓을 한 거야? 그, 그 사람은 뭐고?"

"증거인멸."

헬리아가 씨익 미소를 지었다. 그 웃음에 알베르는 온몸에 힘이 빠져나갔다.

'쯧쯧, 그러게 그냥 지나치지.'

에른의 등 뒤에서 그 장면을 본 엘라임이 혀를 찼다. 제 명을 제가 줄인 꼴이다.

"증거를 없애기 위해 가장 좋은 방법이 뭔 줄 알아?"

"오, 오지 마."

알베르는 한 발 뒤로 물러섰다. 그러나 뒤에 있는 이안 때문에 더는 움직일 수 없었다. 알베르는 헬리아의 눈빛을 보고 몸을 흠칫했다. 전날도 그랬지만 그녀 앞에선 꼼짝을 할 수 없었다.

"살.인.멸.구."

헬리아가 그에게 다가가 귓가에 낮게 속삭였다. 그에 알베르의 얼굴이 사색이 되었다.

"자, 이제 어떻게 해줄까?"

"나, 나한테 손을 대면 내가 가만있을 것 같아? 다 말할 거라고!"

"말해봐."

헬리아는 앞머리를 쓸어 넘겼다. 남자의 모습인 헬리아의 외모는 알베르의 기를 죽였다.

'뭐, 뭐가 저렇게 잘생긴 거야!'

알베르는 헬리아의 외모를 보면서 그녀가 정말 여자인지 남자인지 알 수 없게 되었다.

알베르의 얼굴이 저도 모르게 붉어졌다.

"네가 말하면 나도 말하면 돼."

"뭐, 뭘?"

"네가 시켰다고."

"뭐, 뭐라고?"

"네가 시켜서 한 일이라고, 그렇게 말할 거야."

"그, 그런!"

"그러면 어떻게 될까?"

헬리아가 씨익 웃었다. 알베르는 말도 안 된다는 표정을 지었다.

"그, 그 말을 믿을 것 같아?"

"안 믿을 건 또 뭔데?"

"그건……."

"무리예요, 왕자님."

엘라임에게 붙잡힌 에른은 진작 포기하고 있었다. 아니, 포기가 아니다. 에른은 얼추 이들의 의도를 눈치챘다.

'죽일 생각이었다면 바로 죽였을 거야. 이들은 우릴 죽일 마음이 없어.'

그때 보았던 리아라는 자의 성격은 막힘이 없었다. 결정을 우유부단

하게 끌지 않았다. 게다가 리아가 알베르에게 말하라 했지만 실상 그건 저쪽에도 리스크가 큰 법이다. 문제는 그의 생각이 착오라면 목숨을 내놓아야 할 테지만 에른은 자신을 믿었다. 그렇다면 이제 길길이 날뛸 왕자님을 말려야 했다.

'어휴, 내가 전생에 무슨 죄를 지었다고.'

에른은 한숨을 내쉬고 말했다.

"이곳은 제국입니다. 꼬투리 하나 잡힌다면 불리한 건 우리 쪽이에요."

"이, 이익!"

알베르의 얼굴이 붉게 상기되었다. 그러나 에른의 말처럼 그가 할 수 있는 건 아무것도 없었다.

"우, 우릴 어떻게 할 거야?"

"글쎄, 어떻게 할까?"

헬리아는 턱을 쓰다듬었다. 솔직히 그녀도 난감했다. 죽이자니 문제가 생기고, 그럼 살려는 둬야 하는데 그렇다고 그냥 풀어주자니 그것도 문제였다.

"어쩔 수 없지."

헬리아가 알베르의 어깨에 턱! 손을 얹고 입가에 환한 미소를 지었다.

'무, 무슨 웃음이……!'

알베르는 헬리아의 미소에 저도 모르게 얼굴을 붉혔다. 설마 자신이 남자에게도 반응하는 변태였던가! 그가 속으로 자책하고 있을 때 헬리아가 입을 열었다.

"선택해."

이렇게 된 마당에 방법은 하나다.

"죽을 건지, 아니면 살 건지."

알베르의 눈동자가 쉼 없이 흔들렸다. 결코 벗어날 수 없는 늪에 빠진 것처럼.

❊

똑. 똑—

캄캄한 어둠이 짙게 깔린 공간에 간간히 물 떨어지는 소리가 기괴하게 들려왔다. 그 어둠 속을 거의 다 녹아 꺼질 듯한 촛불을 든 이가 천천히 내려가고 있었다. 이윽고 계단 대신 커다란 철문이 그의 앞에 모습을 드러냈다.

끼이익.

낡은 경첩 소리와 함께 단단한 철문이 열렸다. 그러자 거대한 돔 형식으로 된 방이 나타났다.

"오셨습니까?"

검은 로브를 입은 사내가 그를 맞이했다. 특이한 것은 왼쪽 가슴에 은빛으로 빛나는 문장이 새겨져 있었다는 것. 결코 문장으로 쓰이지 않는 블랙 드래곤이었다.

"시행은?"

"이번 보름달이 뜨는 날입니다."

"얼마 남지 않았군."

남자의 입가에서 스산한 웃음이 입술을 비집고 새어 나왔다.

"매개는?"

"그, 그것이……."

남자의 눈매가 치켜 올라갔다.

"아직도 찾지 못한 것이냐!"

"소, 송구하옵니다."

상대는 남자의 호통에 벌벌 몸을 떨었다.

"마법사든 뭐든 찾아내라!"

"아, 알겠습니다."

그때 그들 뒤로 발걸음 소리가 들려왔다. 한데 소리에 다급함이 묻어 있었다.

"공작님."

"제롬이냐?"

"문제가 생겼습니다."

제롬의 이야기를 들은 남자, 라몬 공작의 눈이 시뻘겋게 불타올랐다.

"뭐라!"

페르시아 제국의 황성은 한창 황제의 탄신일 준비로 바삐 성 밖과 안을 오가는 이가 많았다. 한데 어느 날부터인가 황성 안에서 묘한 소문이 돌기 시작했다. 어느 누구도 그 소문이 누구에게서 시작된 것인지 알지 못했다. 그저 아는 사람에게, 또 아는 사람의 아는 사람에게서 들은 말을 자신이 아는 사람에게 알릴 뿐이었다. 마치 그 소문은 누가 불을 당긴 것처럼 삽시간에 황성 안에 퍼지기 시작했다.

"너 혹시 들었니?"

"뭘?"

한 시녀가 운을 떼자 주변에 있던 시녀들이 귀를 열고 입을 연 시녀를 보았다. 그 시녀는 표정을 굳힌 채 주변을 훑었다. 다행히 경비를 서는 이들은 시녀들을 그저 힐끔 주시할 뿐 제 할 일에 열중하는 모습이었다. 그 시녀가 입을 열었다.

"수도에서 큰 사건이 터졌대."

"수도에서?"

"무슨 일이 일어났는데?"

"어제 바깥에 나갔다 들어온 언니한테 들었는데 글쎄, 이상한 소문이 돈대."

"이상한 소문?"

시녀들은 궁금한 듯 눈을 빛냈다. 가십거리는 그녀들에게 좋은 활력소였다. 자신들이 듣지 못한 이야기에 귀를 쫑긋 세웠다.

"혹시 요즘 나타난 강도 사건 말이야?"

"강도 사건?"

"뭐야, 별일 아니네."

한 시녀의 추측에 주변 시녀들은 김이 빠진 듯한 표정을 지었다. 강도 사건은 으레 일어나는 일이기에 특별할 것도 없었다.

"그게 단순한 강도 사건이 아니래."

"단순한 강도 사건이 아니라고?"

"강도가 들었으면 물건이 없어지는 게 당연하잖아? 그런데 들어보니까 이상하게 습격당한 가게들에서 어느 것도 없어진 게 없다는 거야."

"설마 유령이라도 되는 거야?"

"유령은 무슨."

"그런데 그 말도 영 틀리진 않다고 하더라."

"그럼 정말 유령이야?"

"습격당한 가게는 있는데 그자들의 정체도 목적도 알 수 없다는 거야."

진지하게 이야기를 해나가던 시녀는 이내 몸을 더욱 낮추었다. 그러자 덩달아 시녀들도 몸을 낮췄다.

"한데 중요한 건 그게 아니라."

"그럼 뭔데?"

"습격당한 가게에서 이상한 게 나왔대."

"유령이 나온 거야!"

유령 타령을 한 시녀의 입을 다른 시녀들이 틀어막았다.

“뭔데, 뭔데?”

“혹시 들어봤어? 흑마법이라고.”

“흐, 흑마법!”

시녀들의 눈이 모두 휘둥그레졌다. 흑마법에 대해선 어린아이들도 잘 알고 있었다. 악의 화신이자 재앙을 몰고 오는 이들. 오래전 금기된 마법의 이름이었다.

“흐, 흑마법이라니.”

“다름 아니라 습격당한 가게에서 흑마법을 부린 증거가 나왔다는 거야.”

“그게 정말이야?”

“완전!”

“강도가 문제가 아니라 가게 주인을 잡아야 하는 거 아니야? 흑마법이라니!”

“그런데 다들 쉬쉬하고 있어.”

“아니, 도대체 왜?”

“완전 큰일 아니야?”

“그 가게 소유주가 누군지 알아?”

시녀의 질문에 사람들은 귀를 기울였다. 그리고 그녀가 내뱉은 말에 모두 눈을 크게 뜨고야 말았다.

“바로 라몬 공작이래.”

❊

“수도는 물론 황성 안에까지 흑마법에 대한 소문이 퍼졌습니다.”

제롬의 말에 라몬 공작은 생각을 알 수 없는 표정으로 난간에 서서 황성 아래를 내려다보았다. 무심한 눈빛을 띠고 있던 라몬 공작이 입을 열었다.

"범인은?"

"추격하고 있으나 워낙 은밀한 놈들이라 꼬리가 밟히지 않습니다."

"어떻게 생각하느냐?"

라몬 공작의 물음에 제롬은 잠시 입을 다물다 천천히 열었다.

"공작님께 흑마법을 뒤집어씌울 생각입니다."

"그래, 그렇지."

라몬 공작의 입꼬리가 비틀려 올라갔다. 그는 날카로운 눈으로 황성을 훑어보았다. 그와 눈이 마주치는 시녀와 시종들은 모두 몸을 사리기 급급했다.

"증거가 없으니 증거를 만들겠다?"

제법 재미있는 수다. 찾을 수 없다면 만든다. 라몬 공작은 자신이 적을 과소평가했다는 것을 인정할 수밖에 없었다.

"황태자가……."

"아니, 그놈은 아니다."

라몬 공작은 황태자를 잘 알았다. 그가 태어나서부터 지금까지 옆에서 봐온 그가 아닌가. 누군가에게 죄를 뒤집어씌우기 위해 없는 증거를 만들어낼 정도로 영악한 놈이 아니었다. 그렇기에 단호히 말할 수 있었다.

"그놈은 그런 생각을 할 놈이 아니다. 황태자의 짓이 아니야."

"하면……."

"세자크, 그래, 세자크."

라몬 공작은 자신의 턱수염을 쓸어내렸다. 며칠 전부터 보이지 않는 세자크. 세자크는 그의 가장 가까운 측근이었다. 그것을 제국의 귀족 중 모르는 이는 아무도 없었다. 그런 세자크가 갑자기 사라졌다. 지금

이 소문이 돌 시점에서.

"다른 놈이 황태자를 돕고 있다. 제법이로군. 이 나에게 죄를 뒤집어 씌우겠다?"

그의 가게에서 나온 흑마법의 증거들, 그리고 사라진 최측근 세자크. 라몬 공작은 저도 모르게 웃음을 흘렸다.

"영악한 놈이다."

"여론이 좋지 않습니다."

제롬의 말에 공작은 전혀 두려워하는 기색이 아니었다. 도리어 그를 함정에 빠뜨린 이에 대한 흥미가 도는 듯했다.

"어차피 황태자가 움직일 거라 예상했다. 예상 범위 밖의 일이 일어났지만, 결국 달라지는 건 아무것도 없다."

라몬 공작의 시선이 한곳을 향했다. 그 자리엔 황태자 케이시스가 서 있었다.

"바람이 차오."

황태자 케이시스가 라몬 공작을 향해 다가왔다. 라몬 공작은 눈을 가늘게 뜨다 이내 입술 꼬리를 올렸다.

"이 정도로 날 어찌할 수는 없지요."

"그러다 몸 상하시오. 내 말하지 않았소. 몸조심하라고."

라몬 공작이 황태자를 노려보았다. 그의 눈빛에 살기가 어른거렸다.

"소문은 들었소."

"그저 저급한 저잣거리의 소문일 뿐이지요."

"저급한 소문이다?"

"말도 안 되는 소문이지요."

라몬 공작의 눈매가 살짝 휘었다. 반면 황태자의 눈매가 가느다래졌다.

"아무 관련이 없다는 말이오?"

"누군가 절 음해하기 위한 어설픈 술수입니다."

다시 한번 자신의 무관함을 주장하는 라몬 공작. 황태자는 그런 라몬 공작을 바라보았다.

"하지만 누군가는 그 말을 믿을 테지."

"그저 허황된 소문일 뿐입니다."

"소문일 뿐이다……."

케이시스는 입술 끝을 끌어 올리며 웃음을 지었다. 그러자 라몬 공작의 눈빛이 한층 짙어졌다.

"그러고 보니 내 저번의 약속을 아직 지키지 못한 것 같소."

"……."

황태자의 말에 라몬 공작의 눈매가 살짝 치켜 올라갔다.

"내 아직 그대에게 제대로 된 보답을 하지 못하지 않았소?"

황태자의 도발. 그러나 쉽게 넘어갈 라몬 공작이 아니었다. 그가 누구란 말인가. 황실 마법사 라몬 공작이다. 라몬 공작은 노련했다.

"기대하고 있겠습니다."

날 어찌할 수 있을 거라 생각하나? 라몬 공작은 가소로운 듯 황태자를 바라보았다. 그가 아무리 소문으로 그를 옭아맨다 하더라도 누가 그를 징치할 수 있단 말인가. 제국의 실세 중 실세인 라몬 공작이다. 또한 황제의 신뢰를 한 몸에 받고 있는 몸. 아무리 황태자가 날고 뛰어봐야 그를 단죄할 수는 없을 것이다.

"그보다."

라몬 공작이 황태자에게 한 발 다가갔다.

"멈추시오."

그러자 황태자의 뒤를 지키고 있던 아스칼이 앞으로 나와 검집을 쥐었다.

그때, 제롬 또한 아스칼을 향해 손을 뻗었다.

“검을 꺼낸다면 이쪽도 가만있지 않겠다.”

본디 연회장 안에는 검을 갖고 들어오지 못하나 아스칼은 황태자의 호위 기사이기에 이례적으로 검을 들고 올 수 있었다. 반대로 제롬은 마법사. 그에게 검은 필요치 않았다.

제롬과 아스칼이 서로를 노려보았다. 한 치의 틈도 없이 팽팽하게 조여진 긴장감. 그제야 주변 인물들도 사태의 심각성을 깨닫고 조금씩 수군거리기 시작했다. 그 모습에 라몬 공작이 주변을 둘러보고 손을 들어 올렸다.

“그만.”

제롬은 그 말에 손을 내리고 라몬 공작의 뒤에 섰다.

“아스칼.”

아스칼 또한 황태자의 말 한 마디에 검에서 손을 떼고 뒤로 물러섰다. 그러나 라몬 공작이 허튼수작을 부린다면 곧장 검을 날릴 수 있도록 긴장을 늦추지 않았다.

“주인의 이야기에 개가 끼어들면 쓰나?”

“그 이상 내 기사에게 무례를 범한다면 내 검이 아스칼의 검보다 빠를 것이오.”

황태자의 위협에 라몬 공작은 피식 웃음을 지었다.

“후후, 공연한 짓을 했습니다.”

“…….”

“이 라몬, 그리 쉽지 않습니다. 전하께서 누구와 어울리시는지 제 알 바 아니나 이렇듯 쓸데없는 짓을 벌이니 우려가 되지 않을 수 없군요.”

“…….”

라몬 공작의 말에 황태자의 눈빛이 변했다. 라몬 공작은 그 작은 변화를 놓치지 않았다.

‘역시나 누가 뒤에 있군.’

라몬 공작은 확신했다. 누군가 황태자의 뒤에 있음을. 라몬 공작의 입가가 더욱 깊게 패였다.

"그런 얕은 수로 제가 당할 거라 생각하셨습니까?"

"……."

"아시게 될 겁니다. 이 라몬이 어떤 자인지를."

황태자는 가만히 그의 이야기를 듣다가 이내 그와 눈을 마주쳤다.

"폐하께서 그대를 보호해 주리라 믿소?"

"……."

"제국엔 폐하만 있는 게 아니오."

"불경스런 말이 아닐 수 없군요."

"폐하께선 그대를 보호해 주지 못할 것이오."

"……."

황태자의 말에 라몬 공작은 미간을 꿈틀거렸다.

❊

따스하게 내리쬐던 태양이 산 너머로 사라지자 제국의 황성은 화려한 불빛을 뿜어내며 어두운 밤하늘을 밝혔다. 웅장한 연회홀엔 값비싼 샹들리에의 불빛이 반짝였고, 음악가들의 아름다운 연주가 듣는 이의 귀를 즐겁게 만들었다. 드디어 페르시아 제국의 황제 카사스 2세의 탄신 연회가 시작되었다.

홀 안에는 연회 첫날임에도 불구하고 제국의 귀족들은 물론이고 타국에서 초대된 왕족과 귀족들이 가득했다. 여러 나라의 귀족들이 한곳에 모이는 경우가 흔치 않기에 이 기회를 놓칠 이는 아무도 없었다. 그들은 서로 삼삼오오 모여 안면을 트기에 바빴다. 그들에게 있어 황제의 탄신일을 축하하는 것보다 다른 이들과 연을 이어 이익을 얻는 게 중요했다. 그러나 젊은 귀족들에겐 먼 미래의 목표보다 눈앞의 현실이 우선이었다.

"어머어머, 정말 잘생겼다."

"여기까지 힘들게 온 보람이 있었어."

"흰 피부에 반짝이는 금발이라니, 완전 내 이상형이야."

"라비안의 왕자님이라지?"

"어쩜! 완벽해!"

젊은 영애들이 삼삼오오 모여 한 사람에게 시선을 떼지 못했다. 바로 라비안 왕국의 왕자 알베르였다. 이미 시녀들에겐 비위 맞추기 어려운 왕자님으로 낙점되었지만 겉포장이 워낙 훌륭한지라 영애들의 마음에 불을 지르고도 남았다.

잘생긴데다가 왕족이다. 거기다 가장 중요한 건 그런 잘생긴 왕자님이 미혼이라는 것이다. 그러니 영애들이 몸이 달아 안절부절못하는 것은 당연했다. 다만 영애들이 그에 대한 호감을 표하면 표할수록 청년들은 못마땅한 표정을 지었다.

"겨우 차남인데 왕족이라고 다 같은 왕족인가?"

"완전 애송이구먼, 제대로 밤일이라도 하겠어?"

시기와 질투가 범벅이 된 눈빛을 짓고 있는 남자들. 그러나 대놓고 비난할 용기는 없었다. 상대는 라비안 왕국의 제2왕자. 제아무리 고위 귀족이라 하나 왕족에게 함부로 대할 수는 없었다. 그렇게 여인들의 흠모와 남자들의 질투 어린 시선을 한 몸에 받고 있는 주인공은, 정작 연회에 전혀 관심이 없었다.

알베르는 스스로 벽의 꽃을 자처하며 따분한 듯 와인을 홀짝이고 있었다. 애초에 그는 사람이 많고 번잡스러운 곳을 좋아하지 않았다. 거기다 그의 까탈스런 성격은 여전했다.

"퉤엣, 에잇, 떫잖아."

"어린애도 아니고, 그냥 드세요."

"누가 어린애야? 나 열아홉이라고."

와인을 한 모금 마신 알베르는 미간을 찡그리곤 에른에게 잔을 떠넘겼다.

"에휴."

절로 한숨이 나오는 에른이었지만 그래도 그런 제 주인을 미워할 수 없었다. 까탈스럽기 그지없고 투덜이 대마왕이지만 그래도 제 주인 아닌가. 미우나 고우나 같이 붙어 산 세월이 있는지 그런 알베르가 영 싫어지지 않았다. 물론 귀찮아지곤 있지만.

"너무 많이 드시진 마세요. 그러다 개 되면 저도 손쓸 도리 없다구요."

"내가 언제!"

"다 지 좋은 대로 기억하지."

에른이 고개를 절레절레 흔들었다. 그러자 알베르가 눈을 새초롬하게 뜨고 그런 에른을 노려보았다.

"네가 내 상전이냐?"

"그럼 자르시든가요."

"흥, 다른 거나 가져와."

알베르는 아예 말을 돌려 버렸다. 자신이 자르지 못한다는 걸 알면서 저런 말을 하는 에른이 얄미웠다.

"네네. 누구 명이라구요."

에른은 고개를 휘휘 저으며 그에게 다른 음식을 가져다주었다. 그러면서 한 마디 말도 잊지 않았다.

"제국이에요."

"알고 있어."

"아시는 분이…… 말을 말아야지."

"그게 내 뜻대로 되는 일이야?"

"하아."

에른은 한숨을 푹 내쉬었다. 그러나 알베르의 말처럼 그들이 의도해서 이런 사태가 된 것이 아니었다.

"도대체 정체가 뭐지?"

와인 잔을 빙글 돌리던 알베르가 주변에 시선을 돌렸다. 할 일 없이 벽의 꽃을 자처하고 있는 듯 보이지만 실상 그는 주변을 잘 둘러볼 수 있는 곳에 서 있었다. 그의 시선이 닿는 곳의 여자들은 속으로 소리를 질렀고, 남자들은 욕을 퍼부었다. 물론 당사자는 전혀 신경 쓰지 않았다.

"미행은?"

"그게 되겠어요? 도리어 미행당하는 처지인데."

에른은 제 목에 걸린 목걸이를 만지작거렸다. 붉은 목걸이는 샹들리에의 불빛에 반짝거렸다. 뿐만 아니라 같은 목걸이가 알베르의 목에도 걸려 있었다.

알베르는 눈매를 좁히고 제 목에 걸린 목걸이를 매만졌다. 붉은 보석에선 따뜻한 기운이 감돌고 있었다.

"내가 개도 아니고. 도대체 이게 뭐야."

알베르는 이를 갈았다. 혹여라도 자신이 딴마음을 품을까 헬리아가 걸어둔 마법 목걸이였다.

헬리아가 그에게 선택권을 주었을 때 알베르는 망설임 없이 사는 것을 택했다. 죽느냐 사느냐. 선택이야 뻔하지 않겠는가. 누구 좋으라고 죽음을 선택한단 말인가. 그 결과 이렇게 여유롭게 와인을 음미하고 있을 수 있는 것이다. 그러나 기분 나쁜 건 또 다른 문제였다.

"이건 굴욕이야. 라비안의 왕자인 내가!"

"뭘 이제 와서. 왕자님이 고르셨잖아요."

"이런 개 목걸이를 할 줄은 몰랐지! 이건 왕자로서의 자존심이 걸린 문제야!"

"그럼 명예롭게 죽지 그러셨어요."

"……죽긴 싫었다고."

에른은 고개를 설레설레 저었다.

"아, 암튼 그렇단 거야."

알베르는 저 스스로 한 말이 부끄러운지 살짝 귓가가 빨개졌다. 그러다 슬쩍 화제를 돌렸다.

"근데 이거 진짜 맞아? 혹시 가짜 아닐까? 이런 목걸이가 어디 있어!"

"그럼 벗어 보시든가요."

"……."

이미 수차례 시도해 본 알베르였기에 입을 삐쭉 내밀었다. 결코 제 힘으로 벗을 수 없었다. 이 목걸이는 목걸이를 찬 사람이 특정한 비밀을 말하면 찬 사람을 공격하게 되어 있었다. 알베르는 마법이나 검술 따윈 전혀 모르기 때문에 한 방에 골로 갈 수 있었다.

"도대체 정체가 뭐지? 아니, 남자야, 여자야?"

알베르는 헬리아가 남자인지 여자인지 아리송했다. 분명 여자인 줄 알았는데 다음 보았을 땐 남자였기 때문이다.

"그게 중요한 게 아니잖아요. 여자면 어떻고 남자면 어때요, 달라지는 건 없는데."

"왜 달라지는 게 없는데?"

"그럼 달라지는 게 있어요?"

에른이 눈을 가늘게 뜨고 알베르를 보자 알베르는 저도 모르게 시선을 돌렸다.

"그, 그렇지."

순간 헬리아의 여자 모습을 떠올린 알베르는 얼굴이 새빨개졌다.

"쯧쯧쯧."

에른은 그런 알베르를 보면서 한숨을 내쉬었다. 원체 여자에 관심이 없는 터라 그와 함께 남색이니 하는 말이 많았다. 그런데 이 모습을 보면 여잘 좋아하긴 하는 것 같아 다행이었다.

'뭐 여잔지 남잔지 모른다는 게 문제지만.'

에른은 고개를 휘이 저었다. 도대체 자신이 무슨 부귀영화를 누리고자 이 왕자를 따라다니는지.

'정이 웬수다. 정이.'

그때였다. 갑자기 연회홀이 웅성거리기 시작했다.

"뭐지?"

알베르는 갑작스레 소란스러워진 홀 안에서 주변을 둘러보았다.

"누가 온 모양인데요?"

"이곳에 모인 자들이 귀족이 아닌 자들이 없고 왕족도 있는데 저렇게 소란스러울 리가 있겠어? 황제라도 왔나 보지."

"황제가 올 때는 시종장이 알리잖아요."

"그럼 누가……."

알베르와 에른은 저도 모르게 시선이 소리가 난 방향으로 옮겨갔다. 순간 장내가 고요해졌다. 그리고 들려온 하나의 발걸음 소리.

뚜벅뚜벅.

그 소리는 점차 크게 들리기 시작했다.

"도대체 누구인데 이……."

사라락.

드레스 자락이 바람에 살짝 휘날렸다. 알베르의 눈동자가 커졌다.

"……!"

샹들리에의 불빛에 반짝이는 금발이 움직임에 흔들렸고, 금빛의 눈동자는 사람들의 시선을 단번에 사로잡았다.

금발에 금안을 지닌 미녀. 인세의 것이라 보기 힘들 정도의 외모였다. 하늘에서 실수로 지상에 떨어진 천사일까. 사람들은 그녀의 외모에서 시선을 떼지 못했다.

알베르는 저도 모르게 마치 자석에 이끌리듯 그녀에게 다가갔다. 여인은 그런 알베르를 묘한 눈으로 바라보았다. 알베르의 시선이 오랫동안 여인에게 머물렀다.

"와, 왕자님, 아, 아시는 분이십니까?"

"……."

에른은 너무 놀라 눈이 휘둥그레졌다. 이렇게 아름다운 여인은 처음 본 것이다. 그런데 알베르의 표정이 이상했다.

"왕자님?"

"……."

에른이 알베르를 불렀지만 알베르는 듣지 못한 듯 여인을 바라보았다. 여인은 알베르를 보며 입가에 옅은 웃음을 지었다. 사람들은 그녀의 미소에 황홀해했지만 알베르는 순간 몸이 움찔했다. 그러곤 그것으로 확신했다.

"리…… 아?"

'이게 아주 이제 척하면 척이네.'

헬리아는 한눈에 자신을 알아보는 알베르를 향해 떨떠름한 표정을 지었다. 남자인 모습은 물론이고, 지금 화장빨을 비롯해 각종 빨을 받은 상태인 그녀를 알아보는 게 신기했다.

보통 닮은 사람이라도 성별이나 신분이 다르면 쉽게 떠올리지 못한다. 그런데 알베르는 전혀 다른 신분의 헬리아를 보자마자 알아차렸다.

'감이 좋은 녀석이야.'

그러나 이대로 계속 멍한 표정을 짓게 놔둘 수는 없는 노릇. 헬리아는 알베르를 향해 환한 웃음을 지어주었다. 다른 사람이 보면 그저 황홀할 정도로 환한 웃음이었지만 아마 이 웃음을 받은 당사자는 그렇지 못할 것이다. 순간 알베르의 몸이 움찔거렸다. 헬리아는 그를 보며 눈매를 휘었다.

"처음 뵙겠습니다, 왕자님."

[죽고 싶지 않으면 조용히 하는 게 좋을 거야.]

알베르는 갑자기 제 머릿속으로 들려온 목소리에 정신을 퍼뜩 차렸다. 그러곤 이내 그의 얼굴은 사색으로 물들었다.

'저, 정말 리아!'

알베르는 믿을 수 없었다. 어떻게 그녀가 이곳에 있단 말인가. 그러나 그녀의 뒤에 나타난 남자를 보고 확신이 들었다.

'저자는!'

"어, 어떻게……."

"몸이 안 좋으신가 보군요. 잠시 자리를 옮기는 게 좋을 것 같습니다."

헬리아는 어리둥절한 알베르를 데리고 사람들의 시선이 비교적 덜 닿는 곳으로 자리를 옮겼다.

"와, 왕자님."

알베르의 뒤를 따르던 에른도 그제야 알아차렸는지 눈을 크게 떴다. 아마 헬리아와 함께 있는 이안을 보고 확신이 든 모양이다.

"말도 안 돼! 어떻게 네가 여기에!"

"이걸 어떻게 해야 하나……."

헬리아는 알베르가 놀라든 말든 개의치 않았다. 그저 이 멍청한 왕자를 어떻게 해야 하나 싶을 뿐이었다.

"눈썰미는 좋은데 영 눈치가 없어서야."

"……."

헬리아의 말에 알베르가 흡 숨을 들이마셨다. 그녀의 눈빛은 마치 사냥을 하기 전 맹수의 눈빛과 닮아 있었다. 두려움 때문인지 작은 목소리로 알베르가 물었다.

"도대체 어떻게 된 거야? 그, 그 드레스는 뭐고?"

알베르는 여전히 놀람에서 벗어나지 못한 듯 눈동자가 쉴 새 없이 흔들렸다.

헬리아는 알베르의 말에 잠시 어떻게 대답해야 할지 고민했다. 하지만 이렇게 된 마당에 더는 감출 이유도 없었다.

"드레스야 사 입으면 그만이고, 들어올 만했으니 들어왔겠지."

알베르는 여전히 믿기지 않은 듯했다. 하기야 그가 놀라는 것도 당연했다.

"여, 여자인 거야?"

알베르의 시선이 저도 모르게 헬리아의 가슴으로 옮겨갔다. 헬리아의 드레스는 추운 겨울 날씨에 맞게 목까지 올라오는 스타일이었다. 속살이 비치지 않았지만 볼륨감이 눈에 들어왔다. 알베르의 시선이 여전히 가슴에 머물러 있자 이안이 눈을 찌푸렸다. 소드 마스터인 그가 살짝 기세를 쏘아 보내니 알베르가 퍼뜩 정신을 차렸다.

"여, 여자?"

"글쎄. 여자일까, 남자일까?"

헬리아가 씨익 미소를 짓자 알베르의 얼굴이 새빨개졌다. 그러자 헬리아는 제 뒤통수에 따가운 기운을 느꼈다.

"왜?"

"자중하시지요."

이안의 싸늘한 눈초리에 헬리아는 입을 삐쭉 내밀었다. 그러나 이안의 표정은 변함이 없었다.

좌악.

헬리아는 손에 들고 있던 부채를 접어 한 손에 쥐었다.

"다시 소개하지."

헬리아는 입술을 살짝 치켜 올리고 입을 열었다.

"아르센 왕국의 공주 헬리아다."

"……!"

그 도도하고 패기 넘치는 소개에 알베르와 에른의 눈동자가 더할 나위 없이 커졌다.

"아, 아르센의 고, 공주라고?"

"무례는 삼가시길 바랍니다."

이안이 한 발 앞으로 나서며 알베르를 압박했다. 이안의 차가운 눈초리에 알베르는 순간 정신을 되찾았다.

아르센 왕국. 최근 헬리아 공주가 아돌프 후작을 쳐 내고 왕위후계자 자리에 올랐다는 소식은 얼핏 들은 것 같았다.

"까먹으셨죠?"

"누, 누가……."

옆에 있던 에른의 말에 알베르는 말을 더듬었다. 실상 알베르는 남의 나라의 공주 따위가 뭘 하는지 알 마음도, 알 생각도 없었기에 단지 이름 석 자만 들어봤을 뿐이다.

"공주라니……."

순간 머릿속으로 헬리아와 만난 순간을 쭈욱 떠올렸다.

"그게 공주야?"

"죽고 싶냐?"

"히익."

헬리아가 한 발 앞으로 다가와 알베르를 쏘아보았다. 그녀의 눈빛에 알베르는 온몸이 굳어지는 경험을 해야만 했다.

"잘 지내보자구요. 이웃 나라 이 망할 왕자님아."

오로지 알베르에게만 들릴 정도의 목소리로 헬리아가 낮게 속삭였다.

'무, 무슨 공주가 이래!'

알베르는 여전히 충격에서 벗어나지 못했다.

"괜찮겠습니까?"

"멍청이도 아니고 어차피 목걸이도 있는데 뭘 어쩌겠어."

그래 봐야 투덜거리기나 하겠지.

"그 목걸이로 되겠습니까?"

"개 목걸이 정도는 될 거야."

헬리아는 피식 웃었다. 알베르에게 준 목걸이는 착용자가 직접 뺄 수 없다는 걸 제외하곤 솔직히 아무런 효과가 없다. 실제로 그런 마법 아티팩트가 얼마나 구하기 힘든데 그걸 그냥 쓰겠는가.

"무서워서 가만히 있겠지."

헬리아의 말에 이안은 고개를 설레설레 저었다. 헬리아는 그런 이안의 반응을 무시하고 연회홀을 쭉 훑어보았다. 그러자 귀족들의 이야기 소리가 하나둘 들려오기 시작했다.

"흑마법이 나타났다는 게 사실입니까?"

"흑마법이라니……."

"그런데 들으셨습니까? 그 흑마법이 나온 장소가 라몬 공작의……."

대부분 수도에 퍼진 흑마법과 라몬 공작에 대한 이야기로 수군거리고 있었다. 그들은 제국의 귀족이 아닌 타국의 귀족들이었다. 제국의 귀족들은 라몬 공작의 위세에 쉬쉬하며 화제를 돌리려 했지만 타국의 귀족은 아무래도 라몬 공작의 영향력에서 자유로웠기에 활발히 입을 놀렸다.

"할 땐 하는군."

우락부락한 여장 남자 유니를 떠올렸다. 겉모습은 그래도 확실히 능력이 있었다.

"그보다 슬슬 판이 준비되었군."

헬리아는 입술을 말아 올렸다. 다크소드와 숀 일행이 라몬 공작의 가게에 깽판을 놓으면, 유니가 그 위에 흑마법이라는 소문을 흩뿌렸다.

아무리 라몬 공작이 실세이고, 황제가 그를 아낀다 하나 그걸 덮기엔 타국의 시선이 많았다. 제국으로서는 이번 일을 쉽게 무마하긴 어려울 것이다. 무엇보다 헬리아, 그녀가 그렇게 만들 것이다.

❊

"잘 어울리는 한 쌍이네요."

"잘 어울리긴 개뿔."

"알고 봤더니 저 사람, 아르센 왕국의 플로렌스 공작가의 장자더군요."

"겨우 공작가인데……."

에른은 제 말에 따박따박 비꼬는 알베르가 한심하다는 듯 눈을 가늘게 떴다. 그 모습에 알베르는 흠칫 놀랐다.

"왜, 왜 그렇게 보는데?"

"왕자님."

"왜, 왜?"

"혹시…… 에이, 하긴 그게 되나."

"말을 했으면 끝까지 해야지!"

"어휴, 왕자님이 눈이 높은 건 알았지만 어휴."

"에른!"

에른이 고개를 설레설레 저었다.

헬리아 공주와 이안. 정말이지 잘 어울리는 한 쌍이었다. 두 사람은 홀 중앙에 나아가 춤을 추고 있었다. 그 모습을 알베르가 물끄러미 바라보고 있었다.

에른은 제 옆에 있는 알베르를 보았다. 헬리아 공주와는 동갑인데 어쩜 이렇게 천지 차이인지. 에른은 헬리아 공주 옆에 알베르를 놓아봤다.

'에고, 붙여 놓으면 어디 남매인 줄 알겠네.'

에른은 고개를 저었다.

"정 그러시면 춤 신청이라도 해보시든가요."

그래도 밑져야 본전 아닌가. 물론 본전도 못 찾을 것 같지만 그래도 제 주인이 먼저 아닌가. 에른은 혹여라도 있을 아주 작은 가능성에 알베르를 부추겼다. 그러자 알베르는 얼굴을 붉혔다.

"추, 춤은 무슨. 내가 뭐 하러 저런 여자랑."

"그럼 마시든가요."

"자, 잠깐. 뭐 꼭 춰달라고 하면 춰줄 수도 있고."

'에휴, 우리 왕자님 나중에 연애를 할 수 있으려나.'

때마침 헬리아와 이안은 춤이 끝나자 알베르와 에른을 향해 다가오고 있었다. 알베르는 헬리아가 바로 앞까지 다가오자 잠시 헛기침을 한 번 하고 손을 내밀었다.

"저기……."

그러나 그의 손은 허공을 배회했다.

그때 뒤에서 한 쌍의 남녀가 나타난 것이다. 바로 황태자 케이시스와 그의 비 레이아나였다. 헬리아와 이안이 저한테 오다 말고 황태자 부부를 향해 몸을 돌려 가버리자, 알베르의 내민 손은 무색해지고 말았다

"……."

"쯧쯧."

그것을 보고 에른은 고개를 절레절레 저었다.

❊

헬리아는 황태자와 눈이 마주치자 묘한 미소를 지었다. 그건 황태자도 마찬가지. 그들은 서로 처음 본 사람처럼 인사를 건넸다.

"황태자 전하와 황태자비 전하를 뵙습니다."

"하하, 반갑소. 아름다운 여인이 있다 하여 궁금해 와봤소만, 정말 아름답소."

"저보다요?"

옆에 있던 레이아나가 장난스럽게 묻자 케이시스가 난감한 표정을 지었다.

"그럴 리가 있겠소? 가장 아름다운 이는 레아요."

"어머, 전하도 참."

헬리아는 황태자 부부를 보면서 옅은 웃음을 지었다. 정말 잘 어울리는 한 쌍이었다. 황태자가 얼마나 황태자비를 아끼는지 황태자에겐 후궁이 없었다. 지금껏 황태자비가 아이를 낳지 못함에도 황태자는 다른 후궁을 들일 생각조차 하지 않았다. 물론 저번엔 위기가 있었지만 끝내 막지 않았던가.

"레이아나예요."

레이아나가 헬리아에게 다가가 그녀의 손을 꼭 붙잡았다. 초면에 남의 손을 잡는 건 예의에 어긋나지만 레이아나는 그런 무례를 무릅쓸 수밖에 없었다.

"정말, 정말 만나게 되어서 반가워요."

레이아나의 눈에 헬리아를 향한 호감과 고마움이 가득했다. 자신의 목숨을 살려주고, 자신이 가장 아끼는 케이시스의 목숨 또한 살려줬다. 평생의 은인으로 모셔도 시원치 않을 판이다.

"정말 고마워요."

이 자리에서 그 고마움을 다 드러내지 못하는 것이 안타까울 뿐이었다.

"레아."

레이아나의 반응이 격해진 데다가 지켜보는 시선이 있는지라 케이시스가 레이아나를 불렀다. 레이아나는 그에 다시 한번 헬리아의 손을 꾹 힘주어 잡고는 손을 놓았다. 그녀의 얼굴엔 아쉬움이 가득했다.

"나중에 꼭 자리를 마련할게요."

"불러주시면 영광입니다."

헬리아가 웃자 레이아나도 따라 웃었다.

그때 케이시스가 헬리아에게 다가가 손을 내밀었다.

"한 곡 추시겠습니까?"

"비 마마가 계시는데 괜찮나요?"

케이시스가 뒤를 돌아보자 레이아나는 빙긋 웃었다.

"그토록 열렬한 춤을 본 뒤라 염려치 않아요."

레이아나가 헬리아의 뒤에 있던 이안을 바라보았다. 헬리아는 조금 전 이안과 춘 춤을 떠올렸다. 아마 다른 사람들도 이미 두 사람의 관계에 대해 속닥거리고 있을 것이다. 어쩌면 내일 둘이 결혼해서 이미 애가 있다는 소문이 나돌지도 모른다.

헬리아는 저도 모르게 얼굴이 빨개졌다. 또다시 자신이 한 일이 떠오른 탓이다. 황태자는 옅게 웃으며 말했다.

"이안 경에겐 미안하지만 잠시 공주와 춤을 춰도 되겠소?"

"……."

이안이 뭐라 입을 열지 못하자 케이시스는 씨익 미소 지으며 다시 헬리아에게 손을 내밀었다.

"한 곡 추시겠소?"

"물론이죠."

헬리아와 케이시스는 홀 중앙으로 움직였다. 그들은 곧 리드미컬한 음악에 맞춰 아름다운 춤을 선보였다.

헬리아가 나직이 말했다.

"이미 준비는 다 되었습니다. 다음은 전하께서 나서실 차례입니다."

"물론이오."

황태자의 눈이 결연하게 빛났다.

판은 이미 깔렸다. 이제 움직이기만 하면 되는 일.

케이시스는 헬리아를 보았다. 금발에 금빛 눈동자를 지닌 타국의 공주. 그녀는 이제 겨우 열아홉이었다. 그녀에 대해선 이미 알아보았다. 하녀 출신의 어미를 두어 사람들에게 손가락질받았고, 누명을 써 8년간 홀로 성 안에 유폐되었다.

그러나 지금은 어떠한가. 최대 실세인 아돌프 후작의 힘으로 다시 공주의 지위를 찾았고, 지금은 차기 여왕으로 거론될 정도다.

'무서울 정도다.'

케이시스의 솔직한 마음이었다. 그러나 또 대단하다는 생각이 들었다.

"그대가 적이 아니라 다행이오."

케이시스는 옅게 웃었다.

❊

잠시 멈췄던 눈이 어느새 다시 내리기 시작했다. 흰 눈이 내리고 내려, 바닥에 쌓여 있던 눈 위에 다시금 새로운 눈이 쌓였다. 라몬 공작은 검게 물들었던 눈이 어느새 하얗게 뒤덮이는 광경을 바라보고 있었다.

"공작님!"

그때 제롬의 다급한 목소리가 들려왔다. 라몬 공작은 눈을 좁히고 뒤를 돌았다.

"무슨 소란이냐?"

"들으셨습니까?"

라몬 공작의 눈매가 치켜 올라갔다. 제롬은 서둘러 다음 말을 이었다.

"어전에서 회의가 열렸다고 합니다."

"……."

라몬 공작의 입꼬리가 비틀려 올라갔다. 어전 회의를 공작인 자신이 모를 리가 없었다. 이것은 곧 그를 빼놓고 회의를 진행한 것이라고밖에 볼 수 없었다.

"황태자가 수를 쓰는군."

"바루스 공작이 복귀했다고 합니다."

바루스 공작이라는 말에 라몬 공작의 눈이 가늘어졌다. 바루스 공작은 황태자의 장인이자 라몬 공작의 최대의 정적이었다. 지금은 황태자를 주축으로 그를 견제하고 있지만, 그동안 황태자파의 수장은 바루스 공작이었다. 아직 젊은 황태자와 달리 바루스 공작은 노련했다. 그렇기에 그를 처리하려 했던 것이다. 물론 아쉽게 실패했지만 말이다.

"몸도 성치 않은 노인네가 힘도 좋군."

"황태자라면 모르겠지만 바루스 공작까지 나선다면 폐하께서도 움직이지 않을 수 없을 겁니다."

제롬의 우려에 라몬 공작은 아무런 반응을 보이지 않았다. 그에 도리어 답답한 것은 제롬이었다.

"공작님."

"무얼 두려워하느냐."

"……."

"없다."

라몬 공작은 단호한 말로 제롬의 우려를 불식시켰다.

"네가 두려워할 일도, 내가 두려워할 일도 없다. 그런데 뭐가 문제지?"

"……."

제롬의 눈동자가 작게 흔들렸지만 그건 찰나였다.

"그보다 매개는 어찌 되었느냐?"

라몬 공작의 물음에 제롬이 눈에 이채를 띠며 말했다.

"준비되었습니다."

"한 치의 실수도 없어야 한다."

"그보다 완벽한 매개는 없을 겁니다."

자신감 넘치는 제롬의 표정에 라몬 공작의 얼굴에 흥미가 떠올랐다. 하지만 이내 흥미를 지웠다. 어차피 곧 알게 될 일이었다.

"시행은?"

"내일 밤입니다."

라몬 공작의 눈이 반짝였다. 드디어 길고 긴 기다림의 종지부를 찍게 된 것이다.

"바로 움직인다."

"예, 모시겠습니다."

라몬 공작이 자리에 일어서자 제롬이 그의 뒤를 따랐다. 그런데 그때였다. 갑작스레 문이 열리고 수십 명의 병사가 라몬 공작과 제롬을 에워쌌다.

척! 척! 척!

라몬 공작은 자신의 방을 급습한 병사들로 인해 눈매가 날카로워졌다.

"이게 대체 무슨 짓들이냐?"

제롬이 나서며 병사들을 향해 소리쳤다. 그러나 병사들은 눈 하나 깜짝하지 않았다.

"이놈들이!"

제롬이 눈을 부라리며 손을 펼쳤다. 병사들의 만행에 마법으로 제압하려는 것이었다. 그때 라몬 공작이 손을 들어 올렸다.

"그만."

"공작님?"

"명이 질기군그래."

라몬 공작이 한곳을 응시했다.

뚜벅뚜벅.

병사들 사이로 한 노인이 모습을 드러냈다. 얼굴은 병색으로 약간 파리했지만 그의 두 눈은 형형하게 빛나고 있었다.

라몬 공작이 낮게 이를 갈았다.

"바루스 공작."

"오랜만이외다, 라몬 공작."

황태자의 장인인 바루스 공작이 라몬 공작 앞에 모습을 드러냈다. 라몬 공작이 눈을 좁혔다.

"이게 무슨 짓이지?"

"그거야 그대가 더 잘 알지 않소?"

"하, 감히 이 나를……."

척.

바루스 공작이 라몬 공작 앞에 두루마리를 펼쳐 보였다.

"……."

그것을 본 라몬 공작의 눈동자가 흔들렸다.

"그것은……."

"황제 폐하의 지엄한 명으로 지금 이 시각부터 금지된 흑마법을 사용한 라몬 공작을 구속한다."

"……그럴 리가 없다."

라몬 공작은 믿을 수 없었다. 어찌 황제 폐하가!

"이는 황명이다!"

바루스 공작의 선고에도 불구하고 라몬 공작은 여전히 믿을 수 없었다.

"이제, 이제 곧이거늘!"

"어서 죄인을 포박하라!"

병사들이 라몬 공작을 포박하기 시작했다.

❊

"어서 오십시오, 전하께서 기다리고 계십니다."

시종을 따라간 곳은 황성 안이 아니었다. 겨울의 나라로 유명한 페르시아 제국에서도 가장 유명한 곳인 눈의 정원이었다. 오직 황족들만이 볼 수 있는 특별한 곳이었다. 눈의 정원에 들어서자 말 그대로 눈꽃이 나무에 흐드러지게 피어 있었다. 눈이 만들어낸 절경은 그야말로 신의 정원이라 할 만했다. 그리고 무엇보다 놀라운 것은.

"춥지 않네?"

"이곳엔 특수한 마법이 걸려 있어 춥지 않습니다. 자, 들어가시죠."

시종이 으레 이 눈의 정원을 처음 온 사람들의 반응을 즐기며 헬리아와 엘라임을 안내했다. 이미 정원 중앙에 자리한 작은 정자에는 황태자 부부가 그녀가 오기만을 기다리고 있었다.

"오셨소?"

"황태자 전하와 황태자비 마마를 뵈옵니다."

"편안한 자리이니 너무 격식 차리지 않아도 돼요."

레이아나가 웃으며 헬리아에게 다가와 손을 꼭 붙잡아주었다. 그녀의 화사한 웃음에 헬리아도 저절로 입가에 웃음이 지어졌다. 뭐랄까, 참으로 해사한 여인이었다. 헬리아는 그런 웃음엔 또 약한 면이 있었다.

"다과회에 초대해 주셔서 감사합니다."

"아뇨. 오히려 제가 감사하죠. 정말 감사해요."

레이아나가 다시금 헬리아에게 감사 인사를 전했다. 연회장에선 남의 시선 때문에 제대로 고마움을 전달할 수 없어 이런 자리를 마련한 것이다.

"그런데……."

레이아나가 문득 헬리아의 뒤에 서 있는 남자를 보고 눈이 동그래졌다. 푸른 머리카락이 바람에 나부꼈고, 푸른 눈동자는 사람의 시선을 빼앗았다. 마치 인간이 아닌 것 같은 묘한 느낌을 주는 사내였다.

"어머, 이분은……."

"제 호위입니다."

헬리아의 말에도 레이아나는 뚫어져라 엘라임을 보았다. 엘라임은 그런 레이아나의 반응에도 무관심했다. 그의 관심은 언제나 헬리아뿐이었다. 그러나 다음 레이아나의 말엔 격하게 반응하지 않을 수 없었다.

"저번에 연회에서 춤추신 이안 경은 어디에 가신 건가요?"

"춤……."

엘라임이 눈이 가늘어졌다.

'춤을 췄다고?'

"아주 다정해 보이시던데."

'다정해 보였다고?'

"아, 저 이안은 잠시……."

헬리아는 갑자기 제 등 뒤가 이상하게 싸해지는 느낌을 받았다. 이안은 현재 성 밖에 주둔해 있는 병력을 보러 밖에 나갔다. 해서 헬리아의 호위는 엘라임이 하고 있는 것이다.

"춤, 췄구나."

"그거야 연회고……."

"그것도 다정하게……."

"그, 그렇게 다정한 건……."

"……."

엘라임이 눈을 부릅뜨며 헬리아를 보았다. 그러더니 홱 고개를 돌려 버렸다.

'이거 단단히 삐졌잖아.'

헬리아는 엘라임의 반응에 머리를 긁적였다. 저거 오래 갈 텐데. 전에도 이안이랑만 춤췄다고 꽁해 있지 않았던가. 꽁한 엘라임의 모습에 한숨을 폭 내쉬었다.

"자, 그럼 앉아요. 좋은 차가 들어와서 꼭 대접하고 싶었어요."

레이아나는 자신이 엘라임의 마음에 불을 지폈는지도 모른 채 웃으며 그들을 안내했다. 헬리아는 그런 레이아나의 안내에 안 가겠다고 삐져서 꼼짝도 하지 않는 엘라임의 옷을 당겨 자리에 앉혔다.

레이아나가 직접 헬리아의 잔에 차를 따라주었다.

"한번 드셔 보세요. 정말 맛있어요."

헬리아가 찻잔을 들어 음미하자 향긋한 향이 입가를 맴돌았다. 그 모습을 레이아나는 연신 기쁘다는 듯 바라보았다.

"정말 맛있어요."

"그쵸? 제가 좀 싸서 드릴 테니 꼭 가져가세요. 이렇게 맛있는 건 나눠 먹어야죠."

"나한테는 잘 주지 않았잖아?"

"케이한테는 이런 게 없어도 저와 함께 마시는 차가 모두 고급 아니겠어요?"

"그, 그거야 그렇지."

레이아나의 말에 케이시스는 허허 웃음을 지었다. 오래 행복하게 사는 비결인 것이다.

그때 시종이 테이블 위에 갖가지 과자와 케이크를 올려놓기 시작했다. 본격적으로 다과회가 시작된 것이다.

"많이 드세요."

레이아나는 손수 헬리아에게 과자를 놓아주거나 차를 따라주었다. 마치 그 모습이 엄마 같았다.

"모자라면 또 드릴게요."

"레아, 너무 그렇게 강요하면……."

계속 레이아나가 헬리아에게 관심을 쏟자 케이시스가 주의를 주었다. 레이아나가 헬리아에게 호감이 많아도 예의에 어긋나는 일이었다. 레이아나는 그제야 깜짝 놀란 듯 눈을 크게 떴다.

"미, 미안해요. 불편했죠?"

"홋, 아니에요. 편하고 좋아요."

"케이, 좋대요."

"마음대로 해."

케이시스는 고개를 설레설레 저었다. 그러나 레이아나의 행동을 이해할 수 있었다. 전날 레이아나는 케이시스로부터 헬리아 공주의 과거를 모두 들었다. 힘들게 살아온 그 모습이 눈에 선하자 레이아나는 모성애를 주체할 수 없었다. 가엾고 안쓰럽고, 요즘 들어 왜 이렇게 감정의 기복이 심한지 모르겠다.

"마마께서도 많이 드세요."

"마마라뇨. 편안하게 불러요. 레아라고 불러도 좋아요."

"그럼 저도 편안하게 헬리아라고 불러주세요."

헬리아의 말에 레이아나가 눈을 크게 떴다. 감격한 표정이었다.

"정말로요? 그럼 헬리아."

"예, 레아 님."

"이러니까 꼭 친자매 같아요. 저는 자매가 없는데 헬리아가 내 동생할래요?"

"과분한데요."

"과분하긴요. 정말 내 동생 할래요?"

"좋아요. 그렇지만 한 가지 조건이 있어요."

헬리아는 짓궂게 웃었다. 레이아나가 언니였지만 아무래도 과거의 기억이 있는 헬리아에겐 마치 어린 여동생 같았다. 그래서인지 그녀를 대할 때는 뭔가 마음이 풀어졌다.

레이아나가 맑은 눈을 동그랗게 떴다. 옆에 있던 케이시스도 흥미롭게 두 여자를 지켜보았다.

헬리아는 씨익 입가에 미소를 지었다. 그 웃음에 레이아나와 케이시스가 시선을 떼지 못했다. 아무런 사심 없는 헬리아의 순수한 웃음은 너무나도 밝았기 때문이다.

"동생한테 존대하는 언니가 어디 있어요. 편하게 부르세요."

"무, 물론이에요, 아, 아니, 물론이지!"

레이아나의 눈에 맑은 이슬이 고였다. 그 모습을 케이시스도 잔잔한 웃음으로 지켜보았다.

"많이 드세요."

헬리아가 친절히 레이아나의 접시에 케이크를 놓아두었다. 보기만 해도 기분이 좋아지는 사람이었다. 헬리아는 이런 사람이 왠지 어려우면서도 마음이 갔다. 꾸밈없고 언제나 솔직하고, 또 다정하면서 마음이 착했다. 착한 사람한텐 약한 게 헬리아였다. 클리드도, 세드릭도 그랬다. 물론 그녀의 시커먼 마음 한쪽에는 제국의 황태자비와 친해져서 나쁠 게 하나 없다는 계산도 깔려 있었다.

레이아나는 케이크를 포크로 찍어 입어 가져갔다.

그런데 그 순간이었다!

"우웁!"

"레아!"

레이아나의 반응이 이상했다. 케이시스는 레이아나의 반응에 놀라 얼른 그녀에게 다가갔다. 그러나 레이아나는 연신 헛구역질을 해댔다.

"케, 우욱, 케이."

"아스칼! 얼른 의원과 당장 이 음식을 가져온 시종을 불러와라!"

케이시스의 말이 떨어지기 무섭게 멀리서 곁을 지키고 있던 아스칼이 병사들에게 명령해 곧장 음식을 가져온 시종과 의원을 데려오라 명했다. 그러자 병사들이 순식간에 시종을 데려와 황태자 앞에 세웠다.

"무, 무슨 일이십니까?"

시종은 덜덜 떨며 불안한 시선으로 황태자를 보았다. 이번에 새로 충원된 신입이었다.

케이시스는 노기 띤 얼굴로 시종을 내려다보았다.

"누가 시킨 것이냐?"

황성에서 독살 사건은 빈번하게 일어난다. 황태자인 그조차도 독살에서 자유롭지 않았다. 그런데 이번에 그 화살이 레이아나에게 향한 것이다. 케이시스의 분노는 이루 말할 수 없을 정도였다. 제 주변을 매우 엄격하게 관리한다고 했는데도 결국 빈틈이 생겨 버린 것이다.

"무, 무슨 말씀이십니까?"

"당장 고하지 않는다면 네 목을 치겠다."

"아, 아닙니다! 전 아무것도 하지 않았습니다."

시종은 이번에 새로 충원된 자다. 당연히 케이시스는 의심을 버리지 못했다.

"그래도 말하지 못하겠다는 건가?"

채앵.

케이시스는 허리춤에 있는 검을 뽑아 들고 시종의 목에 겨누었다. 시종은 차가운 칼날이 제 목에 닿자 사색이 되어 황태자에게 애원했다.

"저, 전 아닙니다. 제발 믿어주십시오!"

"그래도!"

케이시스가 이를 갈 때, 헬리아나는 레이아나를 보고 있었다. 그러다 그녀가 먹었던 케이크를 포크로 찍어 입안에 넣었다.

"공주!"

케이시스가 놀라 헬리아에게 다가왔다. 그러나 헬리아는 우물거리며 베어 물었던 케이크를 다 먹어치웠다. 그제야 그 모습을 본 케이시스의 표정이 바뀌었다. 케이크를 먹어도 헬리아는 아무렇지 않은 것이다.

"이게 대체……."

"독이 아닙니다. 케이크엔 아무것도 들어 있지 않아요."

그러자 일행의 시선이 모두 레이아나에게 향했다. 때마침 의원이 다가왔다.

"마마!"

"이게 대체 무슨 일이오?"

"하아, 하. 미안해요, 케이. 그 시종은 아무런 죄가 없어요."

레이아나의 말에 케이시스는 이해할 수 없다는 표정을 지었다.

"이게 대체…… 혹시 병이 아직도 낫지 않은 거야?"

평소 몸이 약한 레이아나였다. 케이시스가 걱정 어린 표정으로 레이아나를 보다 의원을 향해 물었다.

"대체 무슨 병이란 말인가?"

"그것이……."

의원이 말을 해야 하나 말아야 하나 고민하는 듯한 표정이었다.

"말을 해보게!"

의원을 닦달하는 케이시스의 모습에 보다 못한 헬리아가 고개를 설레설레 젓고는 레이아나에게 말했다.

"빨리 말해주세요. 이러다간 오히려 전하께서 병에 걸리실 것 같네요."

"레아, 이게 대체 무슨 일이야?"

케이시스는 저만 모르는 듯한 분위기에 어안이 벙벙했다.

레이아나는 조금 쑥스러운 듯 잠시 머뭇거리다 이내 입을 열었다.

"저 임신했어요."

"……뭐, 이, 임신?"

케이시스의 표정이 멍해졌다. 아직도 제가 무슨 말을 들었는지 이해되지 않았다.

"축하드려요."

헬리아의 말에 그제야 케이시스는 모든 상황이 이해가 되었다. 임신한 레이아나가 입덧을 한 것이다. 그걸 모르는 케이시스는 그만 독을 먹은 걸로 착각한 것. 케이시스의 눈가에 눈물이 주룩 흘러내렸다.

"레, 레아가 내 아이를?"

케이시스가 와락 레이아나를 껴안았다.

"레아, 레아!"

"기뻐요?"

"내 오늘처럼 기쁜 날은 없을 거야."

"정말로요?"

"정말."

케이시스는 레이아나를 소중하다는 듯 보듬어 안았다. 오랫동안 아이가 없어 걱정하고 힘들어했던 레이아나였다. 곁에서 케이시스는 언제나 레이아나가 안타까웠다. 자신이 못나 그런 것일 수도 있는데 아이가 없다는 이유만으로 레이아나는 모진 수모를 겪어야 했다.

"고마워. 정말 고마워."

"죄송해요. 너무 오래 기다렸죠?"

"죄송하긴 난 언제까지 기다릴 수 있었어."

"케이."

"오래오래 행복하게 해줄게. 그러니 평생 함께해 줘."

"케이……."

자칫 독살 사건으로 커질 뻔한 오해는 케이시스와 레이아나의 훈훈한 장면으로 마무리가 되었다. 그 모습을 헬리아와 엘라임이 지켜보고 있었다.

아이를 가진다는 게 저렇게 기쁜 것일까. 헬리아는 문득 이미 스러져 버린 기억의 편린이 떠올랐다. 자신을 버린 부모. 얼굴도 이름도 알 수 없는 그들이 생각났다. 그들도 저들처럼 자신의 탄생을 한순간이나마 기뻐했을까? 피치 못할 사정으로 자신을 버리게 된 건 아닐까. 그러나 헬리아는 이내 피식 웃어버렸다. 그렇다 한들 달라지는 건 아무것도 없는데.

헬리아는 묘한 기분이었다. 황태자 부부는 보기만 해도 서로 상대를 얼마나 사랑하는지 알 수 있었다. 어떻게 그 긴 시간 동안 서로를 믿고 의지할 수 있었을까. 그들이 그렇게 서로를 믿는 원동력은 무엇일까. 그게 사랑이라는 걸까.

헬리아는 괜스레 감상적으로 변한 자신을 깨닫고 이내 고개를 털어 상념을 지워냈다.

그때 엘라임이 손을 잡아왔다. 그 따스한 느낌에 헬리아는 그를 바라보았다. 언제나 그렇듯 지난 9년 동안 그녀의 곁에 있어준 엘라임. 그리고 앞으로도 언제나 그렇듯 그녀의 곁에 있어줄 엘라임.

'너는 변함없겠지?'

"있을 거야. 언제까지고 네 곁에."

엘라임은 따스한 눈빛으로 헬리아를 바라보았다. 연인, 아니, 가족 그 이상의 존재를 바라보는 눈빛이었다.

"그러니까 외로워하지 마."

'내가 외로워한다고?'

헬리아는 자신의 얼굴을 만졌다. 그러나 만진다고 제 얼굴에 드러난 외로움이 느껴질 리 없었다. 엘라임은 그런 헬리아를 보며 더욱 꽈악 손을 잡아주었다.

"왜?"

"그냥."

외로워하지 말라고. 엘라임의 살가운 반응에 헬리아는 언제 우울했냐는 듯 피식 웃었다.

"얼씨구, 아까까지 삐져서 말도 안 한 주제에."

"그, 그거야 네가……."

이안과 가까워지는 게 싫으니까. 엘라임에게 이안이라는 존재는 매우 껄끄러웠다. 이제까지 언제고 저와 함께 있을 것만 같던 헬리아가 언젠가부터 그와 함께하기 시작했다. 항상 자신을 바라보던 헬리아가 그를 바라보았다. 그게 낯설고 싫었다. 엘라임은 아직도 이 감정이 무엇인지 뭐라 정의 내릴 수 없었다. 다만 그저 싫었다. 그러다 새삼 한 가지 사실을 깨달았다.

"역시 내가 없으면 안 돼."

"뭔 소리야?"

그녀가 자신의 계약자이고, 자신이 그녀의 정령인 순간부터 이 관계는 태초의 맹약에 따라 보장받았다. 끊을 수도 끊어지지도 않을 것이다.

"나는 너보다 오래 살 테니까 결코 내가 먼저 널 떠날 일은 없을 거야. 그러니까 평생 외롭게 하지 않을게."

엘라임의 말에 헬리아는 묘한 기분이 들었다. 왠지 모르게 그의 말이 제 가슴을 두드렸다. 평생이라는 말. 누구에게도 들어본 적 없는 말이었다.

"엘라임……."

"전하!"

그때, 조금 떨어진 곳에서 호위를 하고 있던 아스칼이 정원으로 들어왔다. 아스칼의 목소리에 레이아나와 기쁨을 나누고 있던 케이시스의 얼굴이 굳어졌다. 무뚝뚝하긴 하지만 아스칼이 아무 이유도 없이 분위기를 망칠 사람이 아니기 때문이다.

"무슨 일이야?"

헬리아도 상념을 끊고 케이시스와 아스칼을 보았다. 이윽고 아스칼이 입을 열었다.

"사라진 여자들이 어디로 갔는지 알아냈다 합니다."

헬리아의 눈이 번뜩였다.

❊

헬리아는 제 눈앞에 위치한 거대한 저택을 바라보았다. 저택 주변에는 병사들이 삼엄한 경비를 서고 있었다.

"무슨 일이십니까?"

헬리아 일행이 저택 문 앞으로 다가가자 문을 지키고 서 있던 병사가 헬리아를 바라보았다. 옷차림이나 분위기 등이 일반인 같지 않아 병사는 존대를 했다.

"황성에서 허가를 받고 나왔습니다."

헬리아가 병사에게 황태자에게 받은 패를 내보이자 병사는 거수경례를 하며 문을 열어주었다.

"들어가십시오."

문이 열리자 헬리아와 엘라임, 이안이 저택 안으로 들어갔다.

그때 저택 안에서 한 남자가 나와 헬리아 일행에게 다가왔다.

"혹시 헬리아 공주님 되십니까?"

헬리아가 고개를 끄덕이자 삼십 대 중반의 남자가 환히 웃으며 말했다.

"정말 미인이십니다. 아, 저는 라오스 남작이라 합니다. 황태자 전하겐 말씀 들었습니다."

라오스 남작은 안경을 쓴 꽤 마르고 유약한 인상의 남자였다. 그는 이미 황태자로부터 헬리아의 방문을 전해 듣고 그녀를 안내하기 위해 나왔다.

"미리 나와 있어야 하는데, 양해 바랍니다. 문제가 생겨서……."

"괜찮아요."

헬리아는 가볍게 손짓했지만, 그가 말한 문제가 궁금해졌다.

"한데 무슨 문제가 생긴 겁니까?"

"그게……."

라오스 남작이 난감하다는 듯 입을 열었다.

"아시다시피 수도에서 사라진 여자들이 이곳 라몬 공작의 저택으로 왔다는 흔적은 확인했습니다."

라몬 공작의 저택! 그렇다. 사라진 여자들이 바로 이곳 라몬 공작의 저택으로 모두 끌려온 것이다.

'역시 라몬 공작이었나.'

헬리아는 내심 예상하고 있었으나 사라진 여자들을 정말 자기 저택으로 데려갔을 것인지에 대해서는 반신반의했었다. 등잔 밑이 어둡다고 하던가. 너무 드러난 곳이라 예상을 못 했다. 하지만 반대로 대놓고 움직였기 때문에 수상한 점을 느끼기 어려웠던 것이다.

"하면 여자들을 찾지 못한 겁니까?"

이안의 말에 라오스 공작은 매우 난감하다는 듯 진땀을 뺐다.

"이곳에 있었다는 흔적은 여럿 발견했습니다. 한데 아무리 찾아봐도 여자들의 모습은 보이지 않았습니다."

"여자들을 다른 데로 옮긴 거 아니야?"

엘라임이 말하자 라오스 남작은 그의 반말에 살짝 미간을 찌푸렸지만 헬리아 공주가 앞에 있는 상황에서 뭐라 말할 순 없었다. 라오스 남작은 떨떠름했지만 그의 질문에 입을 열었다.

"주변을 계속 확인했습니다. 이후 새로 들어온 여자는 물론 나간 여자도 찾을 수 없었습니다."

라오스 남작의 말에 헬리아는 매끄러운 턱을 쓰다듬었다.

'들어온 흔적은 있는데, 나간 흔적은 없다고?'

헬리아의 눈이 가느다래졌다.

"라오스 남작, 혹시 저택 지도를 볼 수 있을까요?"

라오스 남작이 지도를 가지러 간 사이 헬리아와 엘라임, 이안은 저택을 둘러보았다. 라몬 공작의 저택은 제국의 실세답게 수도에서 가장 규모가 컸다. 화려한 걸 좋아하지 않은 듯 물건은 별로 없지만 몇 개 전시된 물건은 모두 값을 헤아릴 수 없을 만큼 값비싼 것들이었다.

"사람이 없네?"

엘라임은 주변을 두리번거리다 으레 돌아다니는 고용인들의 모습이 보이지 않자 물었다.

"최소한의 인원을 제외하곤 모두 조사받으러 갔을 거야."

그런 그들의 입에서 나올 말들은 뼈와 살이 붙여져 라몬 공작의 죄로 그럴싸하게 둔갑되어 있을 것이다.

"흐음, 흑마법사의 집치곤 평범한데?"

"그럼 대놓고 흑마법사라고 광고할 일 있겠어?"

엘라임의 말에 헬리아가 핀잔을 주었다. 그에 엘라임은 입을 삐쭉 내밀었다.

"왜 나만 가지고 그래?"

"네가 뻔한 소리를 하니까 그렇지."

"칫."

헬리아는 삐쭉 입을 내민 엘라임을 내버려 두고 천천히 주변의 모습을 눈에 새겼다. 사람이 없어서 그런지 무언가 황량함이 가득했다.

"느낌이 이상한데……."

묘하게 느껴지는 기운에 헬리아는 눈을 좁혔다.

"공주님."

그때 설계도를 가지러 갔던 라오스 남작이 돌아왔다.

"우선 안으로 드시죠."

남작은 헬리아 일행을 응접실로 안내했다. 깔끔한 응접실이었지만 고용인들이 나간 탓에 제법 먼지가 쌓여 있었다.

"죄송하지만 차는 미뤄둬야 할 것 같습니다. 아무래도 고용인들이 없어서……."

"아니에요. 차 마시러 온 것도 아니고, 그보다 설계도를 봐도 될까요?"

"여기 있습니다."

라오스 남작이 테이블에 저택의 설계도를 펼쳤다. 라몬 공작의 저택은 총 3층으로 세 개의 독립된 건물이 존재했다. 설계도를 보자 거대한 저택의 모습이 한눈에 들어왔다.

라몬 공작이 거주하는 본관과 고용인들이 지내는 건물, 그리고 별관이 있었다. 설계도를 내려다보던 헬리아가 물었다.

"비밀 통로는 모두 찾아보셨나요?"

"외부로 나가는 통로는 모두 확보했습니다. 하지만 오랫동안 사용한 흔적은 물론, 그 주변에서도 여자를 본 이는 없었습니다."

"다른 통로는요?"

대개 큰 저택에는 비밀 통로가 있게 마련이다. 밖으로 나가는 통로는 물론 내부에서 돌아다니는 통로 또한 존재했다.

"현재 찾고 있지만 아무래도 내부 통로는 찾기가 쉽지 않습니다."

라오스 남작이 난감하다는 듯한 표정을 지었다. 외부 통로는 결국 외부로 드러나지만 내부에 있는 통로는 하나하나 찾아보거나 벽을 부수지 않고는 정확히 확인이 불가능했다. 라오스 남작의 말에 헬리아는 눈을 좁혔다. 그러다 다시 설계도를 살폈다.

"이 설계도 실제와 일치하나요?"

"확인 결과 완벽히 맞지는 않습니다만 몇 군데 빼고는 확실합니다."

"설계자는……."

"이 저택을 만들고 얼마 후에 죽었답니다. 이 설계도는 이 저택을 설계한 자의 후손에게서 어렵게 찾은 것입니다."

저택의 비밀 통로는 외부로 결코 알려져선 안 되기 때문에 저택을 설계한 이들을 죽여 그 비밀을 감추는 것은 공공연한 비밀이었다.

"흐음."

헬리아는 곳곳에 비어 있는 공간을 보고 물었다.

"확인하지 못한 곳은 어디입니까?"

"공작의 서재 뒤쪽과 별관 1층, 그리고 본관 3층입니다."

라오스 남작이 설계도의 세 곳을 가리켰다. 헬리아는 그것을 보곤 눈을 좁혔다. 아무래도 무언가 있다면 이곳 중에 있을 거란 생각이 들었다. 하지만 이 정도 생각을 라오스 남작이 하지 못했을까? 역시나 라오스 남작이 입을 열었다.

"마법사를 동원해 수색해 봤지만 저택 자체에 마법을 흩뜨리는 마법진이 깔려 있어 수색이 힘듭니다."

헬리아는 그제야 저택에서 느꼈던 미묘한 기운이 무엇인지 알아차렸다.

"마법진 해체는 어떻게 됐습니까?"

"현재 진행 중입니다만 시일이 걸릴 것 같습니다."

계속되는 헬리아의 질문에 라오스 남작은 귀찮을 만하건만 황태자의 명 때문인지 아니면 헬리아의 미모 때문인지 순순히 대답해 주었다.

헬리아는 매끈한 턱을 쓰다듬었다. 이대로 마냥 마법진이 해체되길 기다리기엔 시간이 얼마 없었다. 무엇보다 왠지 느낌이 좋지 않았다. 사라진 여자들로 무엇을 하려는 걸까? 결코 좋은 의도는 아닐 것이다.

'예감이 틀려야 할 텐데.'

"괜찮다면 다시 확인해 봐도 될까요?"

"물론입니다."

이미 황태자에게 당부를 들었던지라 라오스 남작은 흔쾌히 고개를 끄덕였다. 거기다 라오스 남작은 솔직히 크게 기대하지 않았다. 찾으면 좋은 일이나 못 찾아도 애초에 기대치 않았으니 실망도 없다.

"어느 곳부터 확인해 보시겠습니까?"

"우선."

헬리아는 설계도를 보곤 한 지점을 가리켰다.

"본관 뒤에 있는 별관 1층이군요. 알겠습니다. 안내하겠습니다."

라오스 남작은 고개를 끄덕였다. 헬리아 일행은 라오스 남작을 따라 자리를 옮겼다.

"여깁니다."

라오스 남작은 별관으로 들어가는 문을 열었다. 귀에 거슬리는 경첩 소리가 났다.

"이 기운은……."

기운에 민감한 엘라임이 눈을 찌푸렸다. 아까까진 별다른 느낌이 없었는데 별관에 들어오자 스산한 기운이 느껴졌다.

"마기야."

"마기라, 흑마법사가 오래 머문 곳엔 그 기운도 스며든다고 하지."

헬리아는 책에서 보았던 것을 떠올렸다. 흑마법사가 뿜어내는 마기가 공기 중에 머물러 기운이 남아 있는 것이다. 마기는 공기보다 무겁기 때문에 바람이 불어도 흩뜨려지지 않았다.

헬리아는 눈을 가늘게 뜨고 주변을 살폈다. 잘 사용하지 않는 곳이 맞는 듯 곳곳에 거미줄과 먼지가 쌓여 있었다.

"음?"

바닥을 내려다보던 헬리아는 눈을 가늘게 떴다. 그러나 라오스 남작의 말에 시선을 떼었다.

"이쪽입니다."

라오스 남작은 헬리아 일행을 어느 한 방으로 안내했다. 방 안으로 들어온 일행은 주변을 살폈다. 응접실로 이용한 곳인지 바닥에 붉은 융단이 깔려 있었고, 중앙에 테이블과 의자가 놓여 있었다. 이곳저곳을 살피던 헬리아는 테이블을 손가락으로 훑고는 라오스 남작에게 말했다.

"이 방도 수색을 했습니까?"

"네, 아무래도 비어 있는 공간이 있는 터라 여러 번 확인했습니다."

"혹시 청소했습니까?"

"예?"

라오스 남작은 무슨 말이냐는 듯 고개를 갸웃거리다 이내 고개를 저었다.

"아닙니다. 최대한 현장 그대로 보존해 놓았습니다."

"흐음."

"뭔가 발견했어?"

엘라임이 헬리아의 표정을 보고 물었다. 그러자 헬리아는 입꼬리를 올렸다.

"아무래도 맞게 온 것 같아."

헬리아의 말에 엘라임과 이안은 물론 라오스 남작까지 눈을 크게 떴다.

헬리아는 테이블과 의자를 가리켰다.

"여기, 오랫동안 사용하지 않은 곳인데 먼지가 적어요."

"그건……."

테이블과 의자의 먼지를 살핀 라오스 남작이 놀란 듯 침음성을 터뜨렸다.

"그렇군요. 먼지가…… 사용을 안 했다면 먼지도 그대로일 테고."

"그리고 이거."

헬리아가 붉은 융단을 헤집고 무언가를 들어 올렸다. 기다란 실 같았다.

"머리카락?"

"정확히 말해 여자의 머리카락인 것 같네요. 거친 걸로 봐선 귀족의 것은 아니고."

"아! 귀족가의 여자들은 모두 머리 손질을 받으니……."

라오스 남작은 제 부인을 떠올리고 놀란 듯 눈을 크게 떴다. 언젠가 하녀가 부인의 머리에 오일을 발라주는 모습을 본 적이 있었다. 그렇다면 고용인의 것이라 생각할 수 있지만 모두 철저한 위생 교육을 받기 때문에 머리카락을 흘리는 일은 없었다.

여자들이 이곳에 있었다는 확신을 가진 헬리아는 천천히 주변을 살폈다. 중앙에 놓인 의자와 테이블, 그리고 한쪽 벽엔 창문이 있었다. 이상한 점을 발견하긴 했지만 그뿐이었다.

"음?"

그때 한쪽 벽면을 크게 차지하고 있는 그림이 문득 눈에 띄었다.

"이건……."

사람 키만 한 크기의 그림 가운데 검은 드래곤이 포효하고 있었다. 막 날갯짓을 하고 날아가는 듯한 그 드래곤의 눈동자는 샛노랬다. 한 줄기 섬뜩한 느낌이 등줄을 타고 올라왔다.

"블랙 드래곤……."

헬리아는 갑자기 마룡 엑시온이 떠올랐다. 그런 생각 때문인지 헬리아는 액자를 잡아 끌어내렸다. 아니, 내리려 했지만 액자는 꼼짝도 하지 않았다. 마치 벽에 단단히 고정되어 있는 듯했다.

"이안."

헬리아의 말에 이안도 이상한 낌새를 알아차리곤 스릉 검을 뽑았다. 그 모습을 본 라오스 남작이 놀라 소리쳤다.

"뭐, 뭐 하시는 겁니까?"

"안 떼어지니 부숴서라도 떼어야죠."

"그, 그건……."

아무리 라몬 공작이 지금 수감되어 있으나 상대는 공작이다. 저택을 수사하는 것도 어느 정도 무례를 범하지 않는 범위 내에서 가능하다. 라오스 남작도 그런 생각의 범주 안에서 자유롭지 못했다. 한 나라의 공작의 물건을 함부로 부술 수 있겠는가. 그러나 헬리아는 전혀 개의치 않았다. 남의 나라 공작 아닌가.

"아, 안 됩니다!"

"이안, 부숴."

그러나 헬리아는 단칼에 말했다. 이안은 고개를 끄덕이곤 검을 크게 휘둘렀다.

콰지지직!

그러자 이안의 검이 튕겨 나왔다. 헬리아의 입꼬리가 씨익 올라갔다.

"찾았다."

아무리 이안이 오러를 일으키지 않아도 대상은 그저 평범한 액자이다. 물론 이제는 평범하지 않지만. 그의 힘이 통하지 않는다는 건 매우 수상했다.

"이안."

"알겠습니다."

파아앗!

이안이 온 힘을 검에 쏟았다. 그러자 형형색색의 오러가 빛을 발하기 시작했다. 마스터의 오러를 실은 검이 액자를 향해 쇄도했다.

콰지지직! 카앙!

뭔가 날카로운 것이 부서지면서 액자가 두 동강이 났다.

"역시."

부서진 액자 사이로 검은 통로가 모습을 드러냈다.

끼이익.

두꺼운 철문이 열렸다.

"태자 전하를 뵈옵니다."

이미 그의 방문을 알고 있던 간수장이 나와 케이시스를 맞이하였다.

"라몬 공작은?"

"가장 안쪽에 있습니다. 제가 안내하겠습니다."

케이시스는 아스칼만을 데리고 간수장의 안내에 따라 감옥 안으로 들어갔다. 라몬 공작이 있는 곳은 감옥의 가장 안쪽에 위치한 곳으로, 모든 마나가 통제되는 감옥 안에 수감되었다.

케이시스는 그곳에서 라몬 공작을 만날 수 있었다. 그는 수감되기 전과 다름없는 모습으로 감옥 안에 앉아 있었다.

"잘 지내는 모양이군."

"그대 덕분이지."

남의 시선 따윈 없는 감옥 안. 라몬 공작의 말은 거침없었다. 케이시스는 라몬 공작의 언행에 신경 쓰지 않았다.

"그대의 재판은 내일 있을 것이오."

"재밌군."

"그대 아래에 있는 세자크 남작이 잘 증언해 줄 것이오."

그대의 죄를 입증하기 위해서 말이지.

"훗."

라몬 공작은 입꼬리에 웃음을 지었다. 케이시스의 눈이 가느다래졌다.

"뭐가 그리 우스운 거지?"

그러나 라몬 공작은 더 이상 그의 말에 어떤 대답도 하지 않았다. 케이시스는 결국 그에게 어떤 말도 끌어내지 못한다는 것을 깨닫고 몸을 돌렸다.

"내일 보겠소."

"……."

황태자가 아스칼과 함께 나가자 다시 감옥 안엔 적막이 깔렸다. 어둠 속에서 라몬 공작의 눈이 사이하게 빛났다.

"아직, 아직 끝나지 않았다."

라몬 공작의 나직한 소리가 공허한 감옥 안을 울렸다.

뚜벅뚜벅.

어두운 통로 안을 램프의 불빛에 의지한 채 걸음을 옮겼다. 헬리아는 램프를 들고 이리저리 불을 비춰 보았다. 통로는 사람 두세 명은 나란히 걸어갈 정도로 생각보다 넓었다.

"제법 긴 것 같은데?"

엘라임은 램프의 불빛에도 통로의 끝이 보이자 않자 눈을 좁혔다.

"먼저 갔다 와볼까?"

"무슨 장치가 있을지 모르니 조심하는 게 좋다."

이안의 말에 엘라임은 그를 노려보았지만 이안은 무시한 채 걸어갈 뿐이었다. 엘라임이 뭐라 말하려 했지만 헬리아가 붙잡았다.

"그러는 게 좋겠어. 그리고 정 안 되면 나중에라도 가능하니까 지금은 그냥 가자."

"……."

엘라임은 입을 삐쭉 내밀었지만 결국 수긍하고 입을 다물었다.

"그나저나 확실히 이곳이 맞나 보군."

헬리아는 발아래를 불빛으로 비춰 보았다. 그러자 무수한 발자국이 보였다. 거기다 발자국의 크기를 보아 여자의 것이었다.

“그런데 이상한 느낌 들지 않아?”

엘라임이 주변을 휙휙 둘러보며 말했다. 방 안도 사이한 느낌이 들더니 여긴 더 심했다.

“뭔가 있다는 말인데…….”

헬리아는 주변을 살피며 걸었다.

“꼭 보면 이런 데 장치가 있게 마련이지. 모두 조심해.”

헬리아 일행은 조심을 기하면서 걸음을 옮겼다. 그런데 걷고 또 걸었는데도 도무지 끝이 보이지 않았다. 대략 삼십 분 정도 걸었을 즈음, 일행은 슬슬 지치기 시작했다. 몸이 힘들기보단 정신적으로 지치기 시작한 것이다. 캄캄한 곳에, 그것도 좁은 곳에 오래 있다 보면 신경이 예민해지게 마련이다.

“도대체 이거 언제 끝나는 거야?”

엘라임이 결국 먼저 투덜거리고야 말았다. 그것에 헬리아와 이안도 공감했다. 가도 가도 끝이 보이지 않았다.

“이렇게 가니 어디로 향해 있는지 알 수가 없네.”

지하에 있다 보니 방향 감각이 사라져 버렸다. 그렇지 않다고 해도 헬리아가 제대로 방향을 찾을 거란 보장은 없지만.

“좋아, 내가 먼저 갔다 올게.”

슬슬 몸이 달아오른 엘라임이 먼저 앞으로 가기 시작했다.

“엘라임!”

“기다려 봐. 내가 먼저 가서…….”

“그러다 사고 치지 말고 얼른 와.”

“사고는 무슨, 그냥 걷는 것뿐이라고.”

그런데 그때였다.

달칵.

"음?"

엘라임은 걸음을 걷다 멈추었다.

"뭔가 밟은 것 같은데……."

"엘라임!"

쿵! 쿠쿠쿠쿵!

갑자기 무언가 움직이는 소리가 들려왔다. 헬리아는 엘라임의 머리를 세게 쳤다.

"사고 치지 말랬지!"

"바, 발밑에 뭐가 있었던 것뿐이라고!"

"그게 사고다, 이 물대가리야!"

"이씨!"

오랜만에 물대가리 소리를 들은 엘라임은 눈을 찡그렸지만 제가 한 잘못이 있어 뭐라 말을 못 했다. 다만 이안이 자신을 참으로 멍청하다는 듯한 눈으로 바라보자 이를 앙다물었다. 그러나 지금은 엘라임을 타박하고 있을 때가 아니었다.

찍, 찍찍!

너무나 익숙한 그 소리!

헬리아는 미간을 와락 좁혔다. 번뜩이는 눈동자, 긴 꼬리, 작은 몸통.

"또 쥐야!"

헬리아는 지긋지긋하다는 듯이 쥐를 노려보았다. 예전 빈민가에서 카잔이 만든 쥐 때문에 얼마나 고생을 했던가! 그런데 또 쥐라니!

쥐의 등장에 이안이 검을 뽑았다. 헬리아와 엘라임도 방어 태세를 갖추었지만 워낙 좁은 통로라 공격하기 쉽지 않았다. 헬리아와 엘라임의 공격은 대단위 공격이 많은지라 이렇게 좁은 곳에서 사용하기 힘들었다. 여기서 믿을 사람은 이안뿐이었다.

"온다!"

엘라임의 말과 함께 드디어 쥐들이 헬리아 일행을 공격하기 시작했다.

찍찍찍!

수십 마리의 쥐가 달려오는 모습은 정말이지 끔찍했다. 결코 다시 보고 싶지 않은 광경이었다. 헬리아 일행은 이안을 선두로 달리기 시작했다. 차라리 이럴 때는 상대하기보단 빠르게 헤쳐 나가는 게 나았다. 물론 이렇게 달리고 달려도 길이 안 나온다면 정말 난감하겠지만.

휘이이익!

이안이 검을 휘두르며 쥐를 베어냈다. 그리고 그렇게 일행이 달리기 시작한 지 얼마 뒤, 멀리서 작은 불빛이 보였다.

"빛이야!"

작은 불빛은 점점 커지더니 이내 통로 전체로 들어오기 시작했다.

찍찍찍!

쥐들의 마지막 공격! 이안은 어째서 마스터인 자신이 이런 쥐들을 상대해야 하나 자괴감이 살짝 들었지만 혼신의 힘을 다해 쥐들을 처리했다.

"하아, 하아."

빛이 보이는 곳으로 들어간 헬리아 일행은 숨을 골랐다. 뒤를 돌아보니 쥐들은 이미 어디론가 사라지고 있었다. 그제야 헬리아는 주변을 둘러보기 시작했다. 통로에서 빠져나오자 제법 큰 공터가 모습을 드러냈다. 헬리아가 나온 통로 맞은편에는 각기 다른 방향으로 나 있는 세 개의 길이 있었다.

"길이 세 개?"

헬리아는 세 개의 길을 보며 눈을 좁혔다.

"우선 어디든 들어가 보자."

엘라임의 말에 헬리아는 눈을 찌푸리곤 그의 정강이를 차 올렸다.

"쥐굴에 다시 넣어줄까?"

"……뭐, 말이 그렇다는 거지."

헬리아가 다시 눈치를 주자 엘라임은 깨갱 하며 입을 다물었다.

"이곳으로 간 것 같습니다."

이안이 세 개의 문 중 중앙을 가리켰다.

"다른 곳은 길에 먼지가 가득한데 이곳만 먼지가 없습니다. 그리고."

이안이 헬리아가 들었던 램프를 손에 쥐고 바닥을 가리켰다. 처음 들어온 통로에서 보았던 작은 발자국들이 보였다. 여자의 것이었다.

"좋아, 이쪽으로 가자."

헬리아의 말에 엘라임은 이안을 못마땅하게 바라봤지만 제가 한 실수가 있는 터라 말을 하지 못했다. 이안이 선두에 서고 그다음은 헬리아, 엘라임 순서대로 통로 안으로 들어갔다.

"조심하십시오."

이안은 혹여 이전과 같은 일이 벌어질까 당부했다. 물론 그 말이 누구에게 한 것인지 모르는 사람은 없었다.

"누가 일부러 그랬나? 누구는 실수 한 번 안 해본 줄 알겠네."

"네놈 같은 실수는 하지 않는다."

엘라임은 삐쭉 입을 내밀었다. 하지만 거짓말같이 얼마 뒤 또다시 이상한 기척이 감지됐다.

달칵.

앞서 가던 이안의 발밑에서 무언가 소리가 나기 시작했다.

"……!"

쿵! 쿠쿠쿵!

"킥킥킥, 거봐! 뭐? 나 같은 실수는 안 한다고?"

"……."

엘라임은 이안의 실수에 좋다구나 입꼬리를 올렸다. 이안은 미간을 좁혔지만 그 역시 아무 말도 하지 못했다. 그저 엘라임만 노려볼 뿐.

헬리아는 둘의 모습에 한숨을 내쉬었다.

"내가 전생에 무슨 죄를 지었기에……."

헬리아의 한숨이 채 끝나기 전에 어디선가 또 소리가 들려오기 시작했다.

스스스슥.

무언가 빠르게 움직이는 소리. 헬리아는 그 소리에 점점 얼굴이 굳어지기 시작했다.

"설마 그건 아니겠지?"

쉬쉬시식-

재빠른 몸놀림, 그리고 퍼덕이는 날갯짓 소리. 헬리아의 얼굴이 점점 사색으로 물들어갈 때 드디어 그것이 모습을 드러냈다.

"바, 바퀴벌레!"

그 위용도 당당한 바퀴벌레였다. 거짓말 안 하고 그것의 크기는 사람 팔뚝만 했다! 헬리아도 바퀴벌레는 싫었다. 거기다 날아다니는 바퀴벌레는 더더욱! 그리고 그 정도 바퀴벌레는 제아무리 남자라도 기겁하게 만들었다.

"저, 저건 뭐야!"

"……!"

바퀴벌레를 처음 본 엘라임은 기겁했다. 이안도 말은 안 했지만 점점 하얘지는 얼굴이 그의 심경을 대변해 주었다.

"어, 어떻게든 좀 해봐!"

헬리아가 이안을 보았다. 이안은 살짝 주춤하다 이내 검을 휘둘렀다.

카앙!

그런데 웬걸? 오러를 실지 않았지만 쇠를 두드린 듯한 소리가 들려왔다.

끼에에에에-

거기다 이상한 굉음까지? 흑마법으로 만들어진 키메라 바퀴벌레였다. 거기다 놈들은 공격도 할 줄 알았다.

슈슈슈슉!

바퀴벌레 입에서 나오는 침이 옷에 튀었다. 엘라임은 펄쩍 뛰고는 제 옷을 바라보았다.

"노, 녹았잖아?"

"다, 달려!"

무슨 수가 있겠는가. 죽어라 달리는 수밖에. 헬리아 일행이 달리는 순간 바퀴벌레들은 일제히 공격을 시작했다.

슈슈슈슉!

공격력은 쥐보다 낮았지만 옷을 녹이는 침과 그 존재 자체만으로 혐오스러운 점이 쥐보다 더 공포스러웠다.

헬리아는 제 옷이 타들어가는 것보다 바퀴벌레가 달라붙는 게 더 싫었다. 그녀는 두터운 외투를 벗어 머리를 감쌌다. 엘라임과 이안도 외투를 방어막으로 삼아 달려 나가기 시작했다.

"젠장, 도대체 이게 뭐야!"

헬리아의 외침이 통로 안을 울렸다.

"헉, 헉헉."

"최악이었어."

"……."

무사히 바퀴벌레 소굴을 빠져나온 일행은 모두 지친 모습이 역력했다.

"차라리 쥐가 낫겠어."

"……."

헬리아의 말에 엘라임과 이안이 동감했다.

파삭.

"이런."

헬리아는 제가 쓰고 있던 외투를 보았다. 아니, 이제 외투라고 할 것도 없었다. 이미 천쪼가리만 남아 있던 탓이다.

헬리아는 그것을 버렸다. 그런데 그 순간 엘라임과 이안의 시선이 헬리아에게로 쏠렸다. 둘의 시선을 느낀 헬리아가 의문을 표했다.

"왜?"

"어, 어, 어, 아, 아, 니."

"……."

헬리아가 몸을 돌리자 엘라임과 이안의 얼굴이 일제히 붉어졌다. 헬리아는 눈을 찌푸렸다. 도대체 뭐야? 그러나 이내 그 이유를 알았다.

"……."

헬리아는 제 몰골을 바라보았다. 어디서 바람이 솔솔 분다 싶었다. 외투를 벗어 보호를 했지만 워낙 바퀴벌레의 공격이 사방으로 쇄도했기 때문에 막지 못한 곳이 많았다. 그녀의 허벅지와 옆구리는 물론, 슬쩍 가슴까지 보이는 게 아닌가.

헬리아는 제 가슴골이 훤히 보이는 걸을 알아챘다. 왜 엘라임과 이안의 얼굴이 빨개진 것인지도.

"……계속 보고 있을 거야?"

스산한 헬리아의 목소리에 엘라임과 이안은 퍼뜩 놀라곤 얼른 제 옷들을 헬리아에게 건네주었다.

"참 일찍도 준다."

헬리아의 말에 엘라임과 이안의 얼굴이 살짝 붉어졌다.

"그런데……."

벌레 소굴을 벗어나 통로 밖으로 나온 헬리아는 주변을 살폈다. 고개를 들자 푸른 하늘이 보였고, 주변은 온통 눈으로 뒤덮여 있었다.

"여긴 어디지?"
그곳은 어딘지 모르게 낯이 익었다. 헬리아는 고개를 돌리다 이내 왜 낯이 익었는지 알 수 있었다.
"저거 성벽 아니야?"
"성벽……."
헬리아의 눈이 크게 떠졌다.
"설마."
사방으로 둘러싸인 성벽. 결정적으로 헬리아는 건물 위에 제국을 상징하는 깃발이 나부끼는 것을 보았다.
"황성!"
통로의 끝에는 바로 황성이 있었다.

❊

좌악.
간수장이 패를 내려놓자 나머지 두 명의 간수가 썩은 표정을 지었다.
"풀 하우스."
"마, 말도 안 돼!"
"이, 이럴 순 없어!"
"거, 진 놈들이 말이 많다. 큭큭큭. 이게 다 얼마더냐."
간수장은 씨익 입술을 말아 올리며 테이블에 쌓인 동전을 쓸어갔다. 두 명의 간수는 이제껏 한 번도 따지 못한 간수장이 설마 하니 판을 다 쓸어버릴 줄은 꿈에도 상상치 못했다.
"인생 한 방이라더니, 그 말이 딱 맞는 것 같습니다."
"클클, 인생 뭐 있냐? 날던 놈도 떨어지고 기는 놈도 나는 세상인데."
간수장의 시선이 힐끔 캄캄한 감옥 안을 훑었다. 저 빛 한 점 들어오지 않는 곳에 제국의 나는 새도 떨어뜨렸다는 죄인이 수감되어 있다. 간수장은 혀를 끌끌 차며 이내 시선을 떼었다. 오랫동안 이 일을 해왔기에 큰 감흥은 없었다.

"하암, 간수장님, 그런데 좀 졸린 것 같지 않습니까?"

"그러게 밤에 뭐 하고 지금 졸리냐?"

"뭐, 뭐 하긴요."

간수가 움찔 놀라자 간수장 마이클은 킬킬거렸다. 그런데 이상하게 그도 갑자기 졸음이 쏟아졌다.

"하아아암, 어라, 나도 좀 졸린데?"

어제 별로 한 것도 없었는데. 졸린다는 간수를 타박했던 마이클마저 하품을 길게 내뱉었다.

"크음, 자면 안 되는데……."

"간수장님, 자꾸만 잠이……."

무거운 눈꺼풀의 무게를 결국 이기지 못하고 간수들은 잠에 빠지고야 말았다. 바로 그때였다.

끼이익.

나직한 철창 열리는 소리와 함께 촛불이 바람에 일렁거렸다.

그 순간 철창 안에 갇혀 있던 라몬 공작의 눈이 번뜩였다.

❊

"황성이라니……."

높다란 성벽이 사방을 에워쌌고, 그 중앙엔 커다란 성이 우뚝 솟아 있었다. 좌로 보나 우로 보나 페르시아 제국의 황성이 분명했다.

헬리아는 뒤를 돌아 자신들이 나온 통로를 확인했다. 통로는 성벽에 붙어 있었다.

"주위에 인기척이 없습니다."

이안이 주변을 살피고는 말했다. 헬리아는 성벽 위를 올려다보았다. 보초를 서는 이도 없었다. 그야말로 남의 시선을 피해 다닐 수 있는 최적의 조건이었다.

"완전 개구멍이네."

"개구멍이라…… 뭐, 틀린 말은 아니네."

비밀 통로를 단번에 개구멍으로 전락시킨 엘라임의 말에 헬리아도 수긍했다.

"황성과 연결되어 있을 줄이야. 하기야 너무 길다 싶었어."

아무리 비밀 통로라고 하지만 통로에서 보낸 시간이 제법 길었다. 생각해 보니 딱 저택에서 황성까지 가는 데 걸리는 시간이었다.

"이거 문제가 커지는데."

헬리아는 주변을 살폈다. 며칠 계속 내린 눈으로 바닥은 발자국이 완전히 지워진 상태였다. 통로 안에는 여자들의 발자국이 가득했다. 그런데 밖에선 눈 때문에 흔적을 찾을 수 없었다.

결국엔 원점이다. 다만 이젠 그 범위가 좁혀졌다.

헬리아는 점점 불길한 기운이 온몸을 엄습해 오는 것을 느꼈다. 새삼 황성을 다시 보았다. 새하얀 눈에 덮인 황성은 아름다워 보였지만 그 안에 어떤 새카만 것들을 감추고 있을지 알 수 없었다.

"이안, 라몬 공작의 재판일이 언제였지?"

"오늘 오후입니다."

"그 전까진 아직 시간이 있겠어."

"라몬 공작을 만나러 가게?"

"아무래도 그래 봐야겠어."

사라진 여자들을 찾기보다 여자들을 사라지게 만든 범인에게 물어보는 게 더 빠를 것이다.

헬리아는 서둘러 몸을 돌렸다. 라몬 공작을 만나기 위해 황태자의 허가를 받으려면 시간이 부족했다.

"아무 일도 없어야 할 텐데."

헬리아 일행은 급히 몸을 움직였다. 그러나 아무 일도 일어나지 않길 바라기엔 세상은 만만치 않았다.

"그게 무슨 말입니까?"

황태자를 만나러 온 헬리아는 난데없는 말에 머리가 어지러웠다.

"라몬 공작이 사라지다니요?"

오늘 재판을 받을 라몬 공작이 감쪽같이 사라졌다는 이야기에 헬리아는 황태자를 보았다. 황태자의 얼굴엔 피곤함이 가득했다.

"후우, 나도 바로 몇 분 전에야 그 소식을 들었소."

"도대체 이게 어떻게 된 겁니까?"

"간수의 말로는 침입자는 없었다 하오."

"이런……."

헬리아는 머리를 쓸어 넘겼다. 차라리 이곳이 왕국이었다면 이렇게 라몬 공작이 도망가게 놔두지 않았을 것이다. 제국이기에 그녀가 할 수 있는 일은 한정될 수밖에 없었다.

"정말 침입자가 없었답니까?"

라몬 공작이 수감된 감옥은 특별히 마법사를 구속하기 위한 곳이다. 라몬 공작의 두 팔과 다리에도 마나 구속구가 채워져 있다. 아무리 라몬 공작이 뛰어난 실력을 가졌다 하나 홀로 탈출하는 건 불가능했다.

"확신할 순 없지만 그 당시 간수장과 간수들이 급격한 졸음을 느꼈다 하오."

"당했군요."

헬리아는 한숨을 내쉬었다.

"도움을 주었는데 미안하오."

황태자는 헬리아를 볼 면목이 없었다. 솔직한 말로 그녀가 도와줬기에 라몬 공작을 몰아넣을 수 있었다. 그런데 다 짜준 판을 지키지 못할 꼴이 아닌가. 황태자의 얼굴에 그늘이 지자 헬리아는 더는 뭐라 묻지 못했다. 생각해 보니 너무 안일했다. 라몬 공작을 가두면 될 거라고 생각했다. 그러면 끝이라고 생각했다.

'라몬 공작만?'

순간 헬리아는 제 실수를 되짚어 보았다.

'누군가 도와줬을 가능성은?'

없는 게 오히려 이상하다. 그렇다면 누가 도와줬을까. 그만한 실력자가 있었단 말인가?

'조력자?'

헬리아의 눈이 번쩍 뜨였다. 왜 그자를 잊고 있었지?

'제롬.'

그자다!

❊

캄캄한 어둠이 내려앉은 밤. 마치 어둠에 달이 먹혀 버린 듯 제국의 황성 위에 가는 달이 떠올랐다.

헬리아는 머리를 차갑게 하고자 테라스로 나갔다. 겨울의 찬바람이 온몸을 스치고 지나갔다.

"이제 어떻게 할 거야?"

엘라임이 다가왔다. 헬리아는 난간에 등을 기댔다.

"변장해서 찾는 건 어때?"

헬리아는 고개를 저었다. 세자크의 경우 그가 어디 있는지 정확히 알 수 있었기에 일일이 황성을 돌아다니지 않아도 되었다. 하지만 이번 같은 경우는 다르다. 황성 전체를 확인해야 한다. 하지만 아무리 그녀라도 그런 불가능했다. 무엇보다 황성에 대해 잘 알지 못했고, 황태자의 허가를 받는다 하더라도 타국의 신분이라는 점에서 자유롭지 못했다.

헬리아는 뒤를 돌아 고개를 들었다. 바람이 그녀의 머리를 흔들었다.

"하늘은 똑같네."

헬리아는 머리를 정돈하고 밤하늘을 바라보았다. 오늘따라 아르센 왕국이 생각났다. 자신을 기다리고 있을 클리드와 엘라드 상단 사람들, 세드릭, 그리고 아버지. 알 수 없는 불안감 때문일까. 헬리아는 괜히 더 그들이 생각났다. 그러다 피식 웃음이 났다.

"왜?"

옆에 앉아 있던 엘라임이 그녀를 보았다. 헬리아의 표정이 부드러워졌다.

"내게 돌아갈 곳이 있다는 게 참…… 생각도 못 했어."

돌아갈 곳, 기다리는 사람들. 헬리아의 입가에 미소가 떠올랐다. 그 모습을 본 엘라임도 미소를 지었다.

엘라임은 헬리아의 손을 붙잡았다. 자신의 손보다 작고, 자신의 손보다 거칠었다. 다른 여인의 손을 잡아본 적이 없어 잘 알 수 없지만, 그녀 같은 위치에 있는 사람 중 어느 누구도 그녀만큼 손이 거칠지는 않을 거라 생각했다. 그만큼 힘들게, 또 힘들게 이 자리까지 왔다. 그 모습을 언제나 곁에서 지켜본 엘라임이었다.

"엘라임."

"……."

자신을 부르는 목소리는 이제 어린아이가 아닌 한 여자의 것이었다. 자신이 붙잡고 있는 손도 더 이상 아이의 것이 아니다. 항상 곁에 있어서 그런 것일까. 엘라임은 깨닫지 못하고 있었다.

두근두근.

심장을 울리는 소리가 무엇인지도 몰랐다. 그런데 지금, 불현듯 그것이 무엇 때문인지 알아차렸다.

'나는…….'

"엘라임."

'헬리아를…….'

"엘라임!"

헬리아의 목소리에 엘라임은 퍼뜩 정신을 차렸다.

'도, 도대체 내가 뭔 생각을 한 거지?'

얼굴이 붉어진 엘라임은 헬리아가 갑자기 다가오자 놀라 뒷걸음질을 쳤다.

"왜, 왜?"

"저기!"

"저기?"

엘라임은 헬리아가 가리킨 방향으로 고개를 돌렸다. 그러나 그 자리엔 아무것도 없었다.

"못 봤어?"

"아, 아니."

헬리아는 서둘러 난간에 바짝 기대어 다시 밖을 확인했다. 자신이 잘못 봤을 리가 없다. 캄캄한 어둠이라도 불이 환히 켜져 있어 밖을 분간할 수 있었다. 온통 새하얀 눈 위로 눈에 띄는 색이 보였다.

그때였다.

"역시……."

눈 위에 한 남자가 서 있었다. 마치 환영처럼 그는 헬리아를 바라보았다. 붉은 머리카락에 붉은 눈동자.

"……."

헬리아와 남자가 서로 눈이 마주쳤다.

"제……."

"헬리아!"

너무 난간에 기댄 탓인지 헬리아의 몸이 허물어졌다. 엘라임이 서둘러 그녀의 허리를 잡아당겼다.

"그러다 떨어지면 어쩌려고!"

"안 떨어져. 그보다 보여?"

"사람이 아니야."

엘라임은 어른거리는 붉은 인형을 보고 눈을 좁혔다. 사람처럼 보이지만 사람의 기운이 아니었다. 헬리아는 엘라임의 말에 확신을 가진 듯 입꼬리를 올렸다.

"제 발로 나와주는군."

헬리아의 눈이 그 붉은 인형을 꿰뚫듯 바라보았다.

"제롬."

제롬의 환영이 헬리아를 보며 진한 웃음을 짓고 있었다.

헬리아는 곧장 몸을 돌렸다. 그런 그녀를 엘라임이 붙잡았다. 헬리아는 저를 붙잡은 엘라임을 보았다.

"갈 거야?"

엘라임의 얼굴엔 걱정이 가득했다. 왠지 느낌이 좋지 않았다. 거기다 저번처럼 헬리아가 다치는 걸 보고 싶지 않았다.

"초대를 해줬으니 마땅히 가줘야지."

"위험해."

"위험해도 할 수 없잖아. 어쩔 수 없이 주도권은 저들이 쥐고 있으니까."

헬리아의 표정이 진지해졌다. 그녀 또한 결코 가벼운 마음으로 움직인 것이 아니다. 하지만 가는 것 외에 그녀가 할 수 있는 방법이 없었다.

"갈 거지?"

헬리아의 말에 엘라임은 피식 웃으며 그녀를 꽉 품에 안았다. 갑작스런 엘라임의 행동에 헬리아의 눈이 동그랗게 떠졌다.

"엘라임?"

"다치지 말라고 하면 무리겠지?"

"최대한 다치지 않을게."

"내가…… 정령이 아니었으면 좋았을 텐데. 그럼 사라지지도 않을 테고."

엘라임은 그녀가 다칠 때마다 그런 그녀를 두고 사라지는 자신이 답답했다. 그럴 때면 마지막에 그녀를 안는 이안이 부러웠다. 차라리 정령이 아니었다면, 최소한 그녀의 힘이 아닌 제 스스로의 힘으로 그녀를 지켜줄 위치에 있었다면 그녀를 내버려 두고 사라지는 일은 없었을 텐데.

처음에는 그저 이 어린아이가 특이하고 그 마음이 강렬해서 계약을 했다. 특별한 이유는 없었다. 조건에 맞았고, 그 또한 밖으로 나가고 싶었기에. 그런데 이제 헬리아란 존재는 그에게 단순한 계약자가 아니었다. 지켜주고 싶고, 계속 함께 있고 싶은 사람. 엘라임의 생을 통틀어 그런 생각을 하게 한 자는 헬리아가 유일했다. 그래서 더 자신의 상황이 아쉽기만 했다.

헬리아는 그런 엘라임의 마음을 알았는지 그의 허리에 팔을 둘렀다. 그러자 엘라임이 흠칫 몸을 떨었다. 그의 가슴에 얼굴을 묻은 헬리아가 나직이 웃었다.

"멍청아, 네가 정령이 아니면 널 못 만났을 거 아니야."

"……."

"네가 정령이라서, 그 정령이 너라서 다행이야."

그를 만난 지 이제 10년이 다 되어간다. 그녀가 이곳에서 눈을 뜬 거의 그 순간부터 엘라임과 함께해 왔다. 이젠 그가 곁에 없는 것을 결코 상상조차 할 수 없었다.

"곁에 있어줄 거지?"

"언제나."

엘라임은 헬리아를 꽉 껴안았다.

테라스에서 나온 헬리아는 레브를 불렀다.

"레브."

"예, 공주님."

"만에 하나 내가 내일까지 돌아오지 못하거나 연락이 안 되면 바로 황태자에게 가."

"예?"

헬리아의 말에 레브는 눈을 동그랗게 떴다. 그제야 헬리아는 레브의 눈을 볼 수 있게 되었다. 레브는 놀란 듯 헬리아를 바라보았다.

"무슨 일이 있으신 겁니까?"

레브는 시종임과 동시에 그녀를 지키기 위해 있다. 그런데 돌아오지 못할 수도 있다니. 레브는 이해할 수 없었다.

"공주님."

"만약이야. 만약."

"하지만……."

"그리고 더 안 좋은 상황이지만, 황태자에게도 무슨 일이 생긴다면 바로 황성을 빠져나가도록 해."

그럼 최악의 상황이 될 것이다. 하지만 헬리아는 만에 하나라는 가정을 생각해 둬야 할 필요가 있었다.

"공주님."

"네 도움이 필요해. 레브."

"……."

헬리아의 말에 레브는 더는 입을 열지 못했다. 그러더니 입술을 깨물곤 고개를 끄덕였다.

"알겠습니다."

"부탁해."

헬리아가 레브의 어깨를 한번 만지고는 뒤를 돌았다. 이제 저들의 초대에 응할 시간이었다.

"……."

헬리아는 언제 왔는지 제 눈앞에 나타난 이안을 보았다.

"함정입니다."

"알고 있어."

사라진 라몬 공작, 그리고 갑자기 나타난 제롬의 환영. 환영은 아직도 저 아래에서 그녀를 보고 웃고 있었다. 마치 자신을 보라는 듯. 이 타이밍이 과연 우연일까.

"우연일 리 없겠지."

"저들의 의도를 모르는 상태에서 섣불리 움직이는 건 위험합니다."

"의도를 모르니까 가야 하는 거야."

헬리아의 말에 이안은 그녀를 물끄러미 바라보았다. 그녀의 눈동자는 단호했다. 결국 이안은 낮게 한숨을 내쉬었다. 말린다고 말려질 사람이 아니었다.

헬리아는 그런 이안을 보며 씨익 입꼬리를 올렸다.

"어디 이런 일 한두 번 하나?"

"더 하다가는 제 명에 못 살 겁니다."

"이제까지 위험하지 않은 일은 한 번도 없었어. 하지만 난 이렇게 지금 서 있고. 그리고 그건 내일도 마찬가지일 거야."

이안은 헬리아의 단호한 눈빛을 보았다. 단단한 황금처럼 빛나는 눈동자. 거기엔 한 치의 흔들림도 보이지 않았다. 그런 그녀를 막을 수 없었다.

'후우…….'

이안은 깊게 한숨을 내쉬었다. 그녀가 이렇게 강경하게 나올 때는 어쩔 수 없었다.

"후우, 알겠습니다."

헬리아는 이안의 말에 미소를 지었다.

"자, 움직이자고."

⁂

"따라오라는 거겠지?"

환영을 찾아 나선 헬리아는 눈앞에서 일정한 간격을 유지하는 환영을 보았다. 마치 사라질 듯 일렁거리는 환영은 여전히 재수 없는 웃음을 짓고 있었다.

"붙잡을까?"

엘라임의 말에 헬리아는 고개를 저었다.

"친절히 따라오라는데 굳이 붙잡아서 뭐 하게. 게다가 환영이니 말도 못 할 테고."

환영이 움직이는 곳으로 따라가자 점점 인적이 드물어졌다. 아무리 일행이 와 있는 곳이 본성에서 떨어진 외곽이라 하나 행인이 한 명도 보이지 않는 건 이상했다. 주변을 살핀 엘라임은 묘한 기시감을 느꼈다. 마치 와본 것 같은.

"여기……."

"맞아."

헬리아는 주변 풍경을 보고는 눈을 가늘게 떴다. 라몬 공작의 저택에서 비밀 통로로 나왔던 그 성벽 부근이었다. 하지만 주변을 살폈을 당시엔 아무것도 찾을 수 없었다.

"역시 여기였나?"

제롬의 환영은 어느 순간 한 지점에 가만히 머물렀다. 헬리아는 곧바로 환영이 있는 곳으로 달려갔고, 그들이 다가오자마자 환영은 제 역할을 다했다는 듯 스르르 사라졌다. 그런데 문제는 주변에 아무것도 없다는 것이다. 헬리아는 눈을 좁히고 혹시 자신이 놓친 게 있는지 살폈다.

"마기가 느껴져."

"마기?"

"근처에서 강하게 느껴져. 저기."

엘라임이 어느 한 지점을 가리키자 헬리아는 고개를 갸웃했다. 그가 가리킨 방향에 아무것도 없었기 때문이다.

"뭐가 있다는 거야?"

"마기가 뭉쳐 있어."

헬리아는 엘라임이 가리킨 곳으로 걸음을 옮겨 그가 말한 지점에 손을 휘저었다.

"음?"

묘한 느낌이 손 안에 느껴졌다. 헬리아는 뭔가를 떠올린 듯 말했다.

"마법진인가?"

공간을 왜곡하는 마법진이 있다는 걸 떠올렸다.

헬리아는 이안을 보았다. 공간을 부수는 데는 소드 마스터만 한 적임자도 없을 것이다. 헬리아가 자신을 커팅기처럼 바라보자 이안은 살짝 눈매를 치켜 올렸지만, 쥐는 물론 바퀴벌레까지 상대한지라 이젠 뭐라 할 말도 없었다.

"이안, 부탁해."

"알겠습니다."

검집에서 검을 뽑아 든 이안이 자세를 잡고 마기가 뭉쳐 있는 곳을 향해 검을 내려쳤다.

쇄애액!

소드 마스터답게 오러 블레이드를 품은 검이 단번에 공간을 가르자 이내 공간 사이에 틈이 생겨났다. 일렁거리는 공간 안으로 무언가 건물이 보였다.

"들어갈 거지?"

"물론이지."

엘라임이 걱정 어린 표정으로 물었지만 여기까지 와서 포기할 헬리아가 아니었다.

"간다."

헬리아가 틀어진 공간 안으로 몸을 들이밀자 엘라임과 이안도 뛰어들었다. 공간 안으로 들어온 헬리아는 그들이 나온 공간의 틈이 다시 메꿔지는 것을 보았다. 하지만 곧 미련을 버리고 앞을 바라보았다. 그러자 3층 높이 정도 되는 폐궁이 모습을 드러냈다. 오랫동안 수리를 하지 않은 듯 음침하고 음산해 보였다. 비주얼만 봐도 제대로 온 것 같은 느낌이 들었다.

"마기가 가득해."

엘라임이 미간을 찌푸리고 팔을 휘저었다. 그러자 그들 사이에 막이 형성되더니 마기가 더는 침입하지 못했다.

그때 눈앞에 좀 전에 사라졌던 환영이 다시 모습을 드러냈다.

끼이이익-

환영은 굳게 닫힌 건물의 정문을 손수 열어주고는 다시 사라졌다.

"들어오라는 건가?"

열린 문틈으로 검은 마기가 넘쳐흘렀다. 헬리아는 뒤를 돌아보았다.

"어떻게 할 거야?"

"뭘 어떻게 해."

"마찬가지입니다."

괜한 물음이었나. 헬리아는 고개를 끄덕이곤 건물 안으로 걸음을 옮겼다. 그러자 문이 스르륵 닫혔다.

❊

건물 안으로 들어가자 스산한 공기가 폐부로 스며들었다. 그저 캄캄한 어둠. 빛 한 점 들어오지 않는 곳이었다. 헬리아가 라이트 마법을 시전하자 그제야 안이 보이기 시작했다.

"으으, 유령 나오는 거 아니야?"

엘라임은 몸을 으슬거리며 헬리아의 곁에 바짝 붙어 섰다.

"보기엔 영 정령과 유령의 차이를 모르겠구먼."

둘 다 실체가 없기는 매한가지 아닌가. 그러나 엘라임은 그건 말도 안 되는 소리라며 반박했다.

"길도 못 찾고 떠도는 영혼과는 천지 차이라구!"

"네네, 암튼 그런 길치들이니까 신경 쓰지 말라고."

길치라는 말에 제법 안심이 되었는지 엘라임은 더는 유령 타령을 하지 않았다.

"폐궁인가."

헬리아가 주변을 살폈다.

"뭐라도 있어?"

"인기척이 느껴지지 않습니다."

이안의 말에 헬리아는 좀 더 안으로 걸어 들어갔다. 그러다 문득 바닥을 내려다보았는데 바닥이 먼지 하나 없이 말끔했다.

"여기가 맞긴 하군."

자주 사용하는 곳엔 먼지가 잘 쌓이지 않는 법이다.

"위로 가는 길이 막혔습니다."

위를 살피던 이안의 말에 헬리아는 라이트 볼로 계단 위를 확인했다. 나무판자로 위쪽으로 올라가는 계단이란 계단은 모두 막아두었다. 그렇다면 이제 길은 오직 하나.

"아래로 내려오라는 거로군."

"조심해."

엘라임이 걱정 어린 투로 말했다. 불안감을 쉽게 떨쳐 낼 수 없었다. 적은 이제까지 상대해 왔던 이들과 차원이 달랐다.

"그게 내 마음대로 되면 좋겠지만."

헬리아 일행은 곧 내려가는 길을 찾을 수 있었다. 거기서는 문 안쪽에서부터 마기가 풀풀 풍겨져 나오고 있었다.

헬리아는 닫힌 문을 천천히 열었다. 그러자 내려가는 통로가 모습을 드러냈다. 엘라임이 가장 선두로, 그리고 헬리아, 이안 순으로 계단을 내려가기로 했다. 헬리아는 맨 처음 내려가는 엘라임에게 당부의 말을 잊지 않았다.

"아무거나 밟지 마."

"그때는 실수였다니까."

엘라임은 투덜거렸지만 이번엔 발걸음 하나하나 신중하게 옮겼다. 그것은 뒤따라오는 이안도 마찬가지. 혹여라도 무슨 장치가 되어 있지 않을까 싶어 일행은 조심에 조심을 기했다.

그렇게 몇 분쯤 내려갔을까.

'이상한데?'

계단을 내려가던 헬리아는 문득 이상함을 느꼈다. 층을 세면서 내려왔는데 내려간 층수가 무려 9층이었다. 이곳이 황성이고 지금 있는 장소가 특이한 곳이라는 걸 감안하더라도 이렇게 깊다는 건 이상했다. 위로 층을 올리는 것보다 아래로 파는 게 더 힘들다. 그런데 현시대에 이것이 가능할까. 헬리아는 이제껏 이렇게 깊은 지하는 처음이었다.

"엘라임, 뭐 이상하지 않아? 너무 깊은 것 같아."

"깊다니?"

"벌써 9층까지 내려왔어. 다시 돌아가 봐야겠어. 나갈 곳을 놓친 것 같아."

헬리아의 말에 엘라임이 걸음을 멈추고 뒤를 돌아보았다.

"9층이라니?"

"황성이라도 이렇게 깊은 건 말이 안 돼."

"아니, 아니, 왜 9층이야? 이제 3층인데?"

"……."

헬리아는 등줄기가 싸해졌다. 공포 영화를 본 것 같은 놀람이 아니었다.

"3층이라고?"

엘라임은 그런 걸 왜 묻느냐면서 고개를 갸웃했다. 헬리아는 엘라임의 말에 눈매를 좁혔다.

"나는 9층으로 느꼈어."

"9층?"

"그래, 9층."

헬리아는 뒤를 돌아 이안에게 물었다. 확인할 필요가 있었다.

"이안, 지금 우리가 얼마나 내려왔지?"

마스터인 이안이라면 상황이 어떤지 알 것이다. 그런데 이안에게서 답이 들려오지 않았다.

"이안?"

헬리아는 서둘러 라이트 볼을 뒤로 가져갔다. 그런데 당연히 있을 거라 생각했던 이안이 보이지 않았다.

"없어?"

그러고 보니 언제부터인가 발걸음 소리도 들리지 않았다. 이안이 그들과 떨어질 일이야 없겠지만 그렇다 하더라도 발걸음 소리 하나 들리지 않는 건 말이 안 됐다. 누군가 수작을 부리지 않고서야.

"젠장, 엘라임, 이안을 찾아봐."

"알았어."

엘라임은 다급히 기감을 펼쳤지만 느껴지는 건 온통 마기뿐이었다.

"마기 때문에 찾을 수가 없어."

"젠장!"

헬리아는 이를 물었다. 설마 자신들을 따로 떨어뜨릴 속셈인가? 하기야 초대해 놓고 아무런 준비도 하지 않았을 리 없겠지.

헬리아는 엘라임의 손을 붙잡았다.

"……왜, 왜?"

엘라임은 놀란 듯 뭍으로 나온 물고기처럼 퍼득거렸다. 헬리아는 엘라임의 손을 꼭 잡았다.

"아무래도 우릴 따로 떨어뜨려 놓으려는 것 같아. 네가 내 정령이라 환각에 걸려들진 않은 것 같지만 그래도 모르는 일이니까."

"그, 그렇지."

"손잡기 싫으면 옷을 잡을게."

헬리아가 엘라임의 손을 떼고 옷을 잡으려 하자 엘라임이 헬리아의 손을 꼭 붙들었다.

"소, 손을 잡는 게 아무래도 더 확실하니까."

엘라임은 헬리아의 작은 손을 결코 놓지 않겠다는 듯 꽉 잡았다.

"이제 어떻게 할 거야?"

이안이 사라진 상태에서 앞으로 나아가야 하는지, 아니면 그를 찾아야 하는지 엘라임이 물었다.

헬리아는 미간을 좁혔다.

“이안이라면 무사할 거야. 아니, 꼭 그럴 거야.”

헬리아는 지금 할 수 있는 최선의 방법을 선택하기로 했다. 찾을 방도가 없는 상태에서 우왕좌왕하는 건 더 상황을 나쁘게 만들 뿐이었다.

그리고 얼마 후. 헬리아와 엘라임을 떼어놓을 수 없다는 걸 알았는지 아니면 원래 있을 자리였는지 드디어 커다란 문이 눈앞에 모습을 드러냈다.

❊

“레아, 몸은 좀 어때?”

케이시스가 침대에 누워 있는 레이아나의 머리카락을 쓸어 넘겨주었다. 레이아나는 그런 남편의 모습에 옅게 웃음을 지었다.

“괜찮아요.”

“여기 우리 아이가 있다는 거지?”

케이시스가 기쁜 얼굴로 레이아나의 배를 조심스럽게 쓰다듬었다. 어찌나 조심스러운지 레이아나는 도리어 그의 손을 잡아 제 배를 꾹 눌렀다.

“만질 거면 제대로 만져 봐요.”

“뭐, 뭔가 움직였어!”

“후훗.”

움직이긴 뭘 움직이겠는가. 아직 콩알만 할 텐데. 그러나 레이아나는 그저 행복한 웃음을 지었다. 케이시스가 웃는 게 좋았고, 제 배에 그런 케이시스의 아이가 있다는 사실만으로도 행복해졌다.

“딸일까, 아들일까?”

“아들이었으면 좋겠어요.”

레이아나는 케이시스 같은 아들을 떠올렸다. 아마 정말 소중하고 또 소중할 것이다.

"음, 나는 레아를 닮은 예쁜 딸이었으면 좋겠어. 아들은 그다음에 낳자."

웃음을 짓던 레이아나의 얼굴에 갑자기 그늘이 지어졌다. 케이시스는 그런 레이아나의 얼굴을 쓰다듬었다.

"아무것도 걱정하지 마."

"케이, 그냥 불안해져요."

"원래 임신하면 그렇대. 레아는 그저 좋은 것만 보고 좋은 것만 들어. 내가 그렇게 해줄 테니까."

케이시스가 레이아나의 손을 꽉 잡아주었다.

"잘될 거야."

"네."

"자, 이제 푹 자도록 해. 임산부는 잘 먹고 잘 자야 된다고."

레이아나는 아직 잠옷으로 갈아입지 않은 케이시스를 보고 고개를 끄덕였다. 일부러 자신을 재운다는 걸 알았기 때문이다.

"잘 자, 레아."

케이시스는 레이아나의 이마에 짧은 키스를 해주곤 방을 나왔다.

"비 마마는?"

"자고 있습니다. 걱정이 많은 것 같습니다."

바루스 공작의 안색이 흐려졌다. 어렵게 아이를 얻은 딸아이의 마음이 이해가 되었다. 그러나 그것을 내색하지 않았다.

"라몬 공작의 추적은 어떻게 되었습니까?"

"마법사를 동원해 수색하고 있지만 쉽지 않을 것 같습니다."

"후우……."

황태자는 한숨을 내쉬며 머리카락을 쓸어 넘겼다. 불안감이 스며들었다. 사라진 라몬 공작. 그것도 황성의 철통 보안을 자랑하는 가장 깊은 감옥에서 그가 사라졌다.

'누군가…….'

그를 돕고 있는 것이다. 도대체 누굴까?

"라몬 공작의 주변 조사는 어떻게 되었어?"

케이시스가 아스칼에게 묻자, 아스칼은 고개를 저었다.

"라몬 공작이 수감된 이후 모두 몸을 사리고 있습니다. 그리고 그를 탈출시킬 만한 능력이 되는 자들이 아닙니다."

"그럼 도대체 누가……."

케이시스의 장고가 깊어만 갔다. 결코 라몬 공작 혼자 탈출할 리가 없다. 몸 곳곳에 채워둔 마법 구속구를 풀고 도망을 친다? 그것은 불가능했다. 조력자는 라몬 공작을 탈출시킬 정도의 힘을 지닌 자여야 한다. 그렇다면 누구일까? 라몬 공작의 뜻을 함께하면서 그를 탈출시킬 자.

"뜻을 함께하는 자?"

순간 무언가를 떠올린 황태자의 눈동자가 커졌다.

"설마…… 설마 그럴 리가……!"

"전하?"

"정말 중요한 사실을 잊고 있었습니다."

황태자가 자리를 박차고 일어섰다.

"당장, 당장 만나야겠습니다!"

"도대체 누굴?"

콰앙!

그때, 황태자의 집무실 문이 거칠게 열렸다. 야밤에 결코 있을 수 없는 일이었다. 하지만 그런 일이 일어났다. 수십 명의 병사가 황태자 일행을 에워쌌고 날카로운 검이 그들을 향해 겨눠졌다.

"이게 대체 무슨 무례인가! 여기가 어디라고 감히!"

바루스 공작의 호통과 함께 아스칼은 이미 검을 빼 들고 황태자를 보호했다. 그러나 바루스 공작의 말에도 병사들은 꿈쩍도 하지 않았다. 황태자의 눈동자가 쉴 새 없이 흔들렸다.

'아니야, 아니야.'

뚜벅뚜벅.

나직한 발걸음 소리가 들렸다. 이윽고 한 사람이 그들을 헤치고 걸어 나오기 시작했다.

"어, 어째서!"

그를 본 황태자의 눈동자가 더할 나위 없이 커졌다. 믿을 수 없었다.

"어떻게!"

어떻게 당신이! 황태자는 절규했다.

❊

타닥타닥.

달리고 또 달렸지만 보이는 건 캄캄한 어둠뿐이었다. 마법을 쓰지 못하는 이안으로서는 새카만 어둠에 직면해야만 했다.

"젠장!"

주먹으로 벽을 후려친 이안이 잇새로 욕을 내뱉었다. 마기로 인해 기감을 제대로 펼칠 수 없어 주변을 파악할 수 없었다. 한순간이었다. 그 한순간, 헬리아와 엘라임의 모습이 보이지 않았다. 마치 어디론가 순식간에 사라져 버린 듯 이안은 그들을 찾을 수 없었다.

"크윽."

이안은 이를 악물었다. 지켜준다고 했다. 다시는 다치지 않게 지켜준다고 말했다. 그런데 지금 이게 무슨 꼴이란 말인가. 이안의 검은 눈동자가 점점 짙어졌다.

"떨어뜨려 놓을 셈인가?"

헬리아와 마찬가지로 이안도 저들의 속셈을 알아차렸다. 다행인 것은 공주와 엘라임이라면 그들의 수에도 결코 떨어지지 못할 거란 것이다.

"후우……."

이안은 그것을 위안으로 삼았다. 하지만 이렇게 시간을 지체하다간 무슨 일이 생길지 몰랐다.

이안은 더는 움직이는 것을 멈추고 자리에 섰다. 이미 10층 넘게 내려갔다. 아무리 생각해도 이렇게 깊을 리 없다는 생각이 들었다. 그렇다면 자신은 저들이 만들어낸 공간에 갇혀 있다는 것.

검집에서 검을 뽑아 들었다. 공간 안에 자신을 가뒀다면 그 공간을 가르면 그만이다.

파아아앗!

이안의 검에서 환한 오러 블레이드가 뻗어 나왔다. 그 빛에 어둠은 일렁거리기 시작했다. 마치 그 빛에 닿는 것조차 싫은 듯했다.

우웅우웅!

오러 블레이드가 이안의 힘에 요동쳤다. 그것은 점점 더 가늘어지더니 이내 검 안에 갇힌 듯 미세한 빛만을 뿜어내고 있었다. 하지만 그것의 힘은 더욱 강해졌다. 오러 블레이드를 압축하고 또 압축했다.

'단숨에 벤다!'

이안은 눈을 감았다. 그리고 천천히 온 신경을 하나로 모았다. 정신을 모으고 마기로 진탕된 공간 속에서 공간을 왜곡시킨 마기의 근원을 찾아냈다.

"여기다!"

이안의 오러 블레이드가 어느 한 점을 향해 강하게 쇄도해 나갔다.

콰아앙!

그의 오러 블레이드가 무언가와 강하게 부딪치며 커다란 충돌음이 터져 나왔다. 그러자 캄캄한 어둠이 깨진 유리창처럼 산산조각이 났다.

"크윽!"

그와 함께 흘러나온 신음. 이안의 것은 아니었다.

"너로군."

이안의 검이 한 인형을 가리켰다. 어둠에 가려졌던 달빛에 한 인형이 모습을 드러냈다. 타는 듯한 붉은 머리카락, 진홍빛 눈동자.

"네가 제롬인가?"

"크크크, 이거 놀랍군."

제롬은 제 왼쪽 어깨에서 흘러내린 피를 보며 낮게 웃음을 터뜨렸다. 그러나 그의 눈은 전혀 웃고 있지 않았다.

"설마 마스터라니……."

알 수 없는 힘을 가진 공주, 그리고 그와 함께 있던 푸른 머리의 정령사. 제롬은 그들만 떨어뜨려 놓으면 나머지는 쉽게 처리할 수 있을 거라 생각했다.

'예상치 못한 변수군.'

이안이 마스터가 되었다는 건 아르센 왕국에서도 아직 소수만 알고 있는 비밀이었다. 그가 왕국에 돌아오는 대로 새로운 마스터의 등장을 알릴 생각이었지만, 헬리아가 제국으로 가는 바람에 시일을 놓치게 된 것이다. 물론 그것이 현 상황을 유리하게 만들었다. 이안과 처음 대면해 본 제롬은 왼팔에 느껴지는 고통에 인상을 찌푸렸다.

'마스터라, 이거 쉽지 않겠군.'

그러나 그것뿐이었다. 제롬은 혀로 입술을 축이고 손을 뻗었다. 그러자 그의 몸에서 뿜어져 나온 검은 기류가 달빛을 가리더니 이내 주변을 캄캄한 공간으로 만들었다. 이곳에는 흑마법사의 마력을 증폭시켜 주는 마법진이 설치되어 있었다. 상대가 마스터라도 달라지는 건 없었다.

"그들을 어디로 보냈지?"

이안의 말에 제롬은 킥킥거리며 웃었다.

"그걸 내가 말해줄 거라 생각하나?"

"그럼 말하게 만들어주지."

이안은 제롬이 마법을 시전하기 전에 빠르게 검을 치켜들고 그에게 달려들었다. 그러자 제롬은 입꼬리를 올리며 제 품으로 파고드는 이안을 향해 손을 뻗었다.

파지지직!

이안이 다가가기 전 공기 중에 퍼져 있던 마기가 그의 손을 따라 움직였다.

콰아앙!

"크윽!"

날카로운 마기는 무기가 되어 이안의 검과 부딪쳤다. 이안은 손에 느껴지는 감각에 미간을 좁혔다.

'캐스팅 시간이…….'

본래 마법사는 마법을 펼칠 때 시간이 필요하다. 그렇기에 접근전일 땐 기사가 상대적으로 유리하다. 이안도 그 점을 노렸으나 그 역시 상대에 대한 정보가 부족했다.

"큭큭, 캐스팅 시간을 노린 건가? 아쉽군. 이곳에서 그런 건 필요 없어서 말이야."

"……."

이안은 검을 세게 쥐었다. 그러나 곧 그는 입꼬리를 비틀어 올렸다. 자신에게 불리한 조건이며, 쉽지 않은 상대이다. 하지만 질 것 같은 생각은 전혀 들지 않았다. 아니, 져선 안 된다.

"겨우 그 정도인가?"

이안의 도발에 제롬의 눈이 치켜 올라갔다. 그러나 그 도발에 쉽게 당하지 않았다.

"이번엔 내가 가지."

이안의 검에서 환한 오러 블레이드가 뻗어 나왔다.

"……!"

그 순간, 제롬은 이안의 신형을 놓치고 말았다. 그리고 그것을 깨닫자마자 어깨 쪽으로 느껴지는 기운에 재빨리 몸을 틀었다.

"크윽!"

그러나 이안의 검은 제롬의 오른쪽 어깨로 짓쳐 들어갔다. 그가 피하지 않았다면 이안의 검은 심장을 관통했을 것이다. 하지만 상황은 좋지 않았다.

"젠장!"

이미 왼쪽 어깨를 다친 제롬이었다. 그런데 이번에 또다시 오른쪽 어깨에 검상을 입자 그의 움직임이 둔해졌다.

"이익!"

제롬은 이를 악물고 손을 뻗어 이안에게 마기를 집중해 쏘아 보냈다. 하지만 이안은 이미 눈치를 채고 몸을 돌려 제롬의 옆구리를 향해 검을 휘둘렀다.

"같은 수에 두 번 당할 것 같으냐!"

제롬은 마기로 몸을 보호했다. 그러나 그건 이안이 바라던 바였다. 그 순간 반대쪽이 비어 있는 걸 알아채고 검을 찔러 넣었다.

"크악!"

오러 블레이드가 생살을 찢어놓자 제롬은 이를 악물었다. 그 순간 그는 예전 헬리아와의 결전에서 사용한 힘을 내보였다.

파아아앗!

제롬의 몸에서 검은 마기가 흘러나왔다. 그의 눈동자는 검게 물들었다. 그뿐만이 아니었다.

'마기를 흡수한 건가?'

제롬은 주변에 있던 마기마저 자신의 힘으로 받아들였다. 그러자 다시금 달빛이 공간을 비추었다.

"크흐흐흐, 죽어라!"

얼굴에 잔뜩 힘줄이 돋아난 제롬은 강력한 마기를 이안을 향해 쏘아 보냈다. 한 치의 틈도 없는 공격! 이안은 이를 악물고 오러 블레이드를 휘둘러 피할 공간을 만들었다. 그러곤 재빠른 움직임으로 제롬을 향해 파고들었다. 제롬은 그에 질세라 마기로 그의 다리를 묶었다.

"이제 도망칠 수 없다!"

"과연 그럴까?"

제롬은 이안의 여유로운 표정에 눈을 찌푸렸다. 이안이 자신의 힘을 개방했다.

"이, 이놈 힘을!"

제롬은 이안의 거대한 기운에 눈을 부릅떴다. 이제까지 제 힘을 다 내놓지 않았던 것이다. 이안의 눈이 번뜩였다. 그리고 그 순간, 이안의 신형이 사라지더니 어느새 제롬의 배에 검을 꽂아 넣고 있었다.

"커, 커헉, 어, 어떻게?"

"마스터를 얕보지 마라."

"커, 커헉."

이안은 제롬의 배에서 검을 뽑았다. 그러자 분수처럼 피가 터져 나왔다. 제롬의 실력으론 이안을 막기 어려웠다. 헬리아와의 일전에서도 인질이 없었다면 헬리아가 그렇게 고전하지 않았을 것이다. 무엇보다 제롬이 이안의 실력을 낮게 본 것이 패배의 원인이었다.

"쿠, 쿨럭!"

이안은 다가와 제롬에게 검을 겨누었다.

"공주는 어디에 있지?"

"큭큭큭."

"말하지 않겠다면 죽이겠다."

"죽여라. 어차피 널 막지 못하면 난 죽을 테니."

"……."

푸욱!

이안은 차가운 눈으로 제롬의 허벅지에 검을 꽂고 비틀었다.

"크아아악!"

제롬의 비명이 공간을 뒤흔들었다. 하지만 곧 그의 입술에서 비웃음이 흘러나왔다.

"큭큭, 네놈은 공주를 구할 수 없다."

이안의 눈매가 치켜 올라갔다. 제롬은 이안의 표정이 급격이 변하는 걸 보고 더할 나위 없는 희열을 느꼈다.

"어째서 우리가 공주를 끌어들였는지 알고 싶나?"

이안의 눈매가 매서워졌다.

"곧 그분이 부활한다."

마룡 엑시온!

다크니스의 최종 목표는 역시나 마룡 엑시온의 부활이었다.

"하여 우리는 수천 명의 처녀를 제물로 삼았지."

처음엔 제국에서 처녀를 구했다. 그러다 더는 제국에서 처녀를 구하지 못하자 다크니스는 인근 국경에서 여인들을 잡아다 올렸다.

"단순한 처녀들이 아니었지. 모두 마나 감응도가 높은 이들이었다."

그렇게 마나가 높은 이들은 마룡 엑시온의 부활을 돕는 제물로 희생되었다. 하지만 아직 중요한 것이 남아 있었다.

"네놈들은 이것이 함정인 줄 알면서 왔겠지."

제롬은 피식거렸다. 그러자 이안의 눈이 점점 날카로워지더니 이내 그의 몸에서 살기가 뿜어져 나왔다.

꾸욱.

제롬의 허벅지를 가른 검에 힘이 들어갔다. 제롬은 쿨럭 피를 한 모금 토해냈다. 그러나 그는 여전히 웃고 있었다.

"쿠, 쿨럭, 크큭, 이제 알아차렸나?"

제롬은 이안의 일그러진 얼굴을 보며 웃음을 터뜨렸다.

"그렇다. 마룡 엑시온 님의 부활에 필요한 마지막 제물!"

다크니스는 마지막 제물을 찾는 데 고심했다. 뛰어난 마나 감응력과 처녀라는 점. 여마법사 또한 고려를 해보았으나 그 힘이 만족스럽지 못했다. 해서 마지막의 마지막 순간까지 매개를 선택하는 일에 고심할 수밖에 없었다.

그러다 어느 날, 제롬은 보았다.

"헬리아 공주! 그녀만큼 완벽한 제물은 보지 못했다. 그러나 아쉽게도 그녀를 찾을 수 없었지. 이 황성에서 다시 보기 전까지."

연회에서 그녀를 본 것은 정말이지 우연이었다. 그리고 그녀를 어떻게 끌어들일까 고심했다.

"크큭, 너무 쉽게 걸려주더군."

"어디냐?"

이안의 눈에 싸늘한 살기가 감돌았다. 제롬은 그 살기만으로 숨이 턱 막히는 것을 느꼈다. 그러나 이미 삶에 미련이 없어서일까.

"크큭, 지금쯤이면 의식이 시작되었겠군."

그 순간이었다.

파아아아앗!

거대한 기파가 퍼지면서 공기와 땅이 뒤흔들렸다. 제롬은 그에 입꼬리를 올렸다.

"드디어 그분이 부활하신다."

제롬의 말에 이안은 이를 악물었다. 그러곤 서둘러 기운이 느껴지는 곳으로 뛰어가기 시작했다.

"하하하하, 이미 늦었다! 그녀는 이제 엑시온 님으로 다시 태어날 거다! 하하하!"

제롬의 목소리가 이안의 귓가를 파고들었다.

❊

"이건……."

헬리아는 눈앞의 광경에 차마 말을 잇지 못했다. 맨 처음 강한 악취가 맡아졌고, 그다음 수많은 시체를 보았다. 악취는 시체가 썩으면서 나는 냄새였다. 커다란 돔형으로 된 방 안에는 고통에 몸부림치다 죽어간 수십, 아니, 수백 명이 넘는 여인의 시체가 널브러져 있었다.

헬리아는 그 참혹한 광경에 표정이 딱딱하게 굳어갔다.

찰박찰박.

걸음을 옮길 때마다 시체에서 흘러나온 다량의 핏물이 튀었다.

"헬리아……."

"……."

엘라임도 눈앞의 광경에 놀란 듯 헬리아를 보았다. 헬리아는 발아래 채 썩지 못한 한 어린아이의 시체를 보았다. 아직 아이의 티를 채 벗지도 못 한 어린 소녀였다. 온몸의 피가 다 흘러나온 듯 시체는 바짝 말라 있었다. 그러나 억울함과 두려움에 두 눈은 아직도 부릅떠져 있었다.

"……."

헬리아는 그 아이의 눈을 손수 감겨 주었다.

"……라몬 공작."

시체는 수를 셀 수 없을 만큼 많았다. 백여 명? 아니, 그 수가 천에 달할 정도였다. 죽은 지 오래되어 보이는 시체부터 며칠 되지 않은 시체까지.

헬리아가 입술을 비틀며 얼음처럼 차갑게 웃었다. 라몬 공작의 저택을 조사할 때도 사라진 여자들의 모습을 본 이가 없다고 했다. 그게 바로 이런 이유 때문이었던 것이다. 들어가면 나오는 이가 없으니까. 모두 죽었던 것이다. 헬리아의 눈빛이 싸늘한 살기를 품었다.

그때였다. 헬리아의 맞은편 끝에서 한 남자가 걸어 나왔다. 피를 뒤집어쓴 것처럼 붉은 머리카락과 붉은 눈동자.

"……라몬 공작."

그를 씹어 먹을 듯 헬리아는 이를 물었다. 라몬 공작은 두 손을 펼치며 그녀의 방문을 환영했다.

"잘 와주었소, 헬리아 공주."

"……당신 대체 무슨 짓을 한 거지?"

"무슨 짓이라니?"

라몬 공작은 영문을 모르겠다는 듯 바라보다 이내 발아래 죽은 여자들을 보며 아하 했다.

"아, 이 여자들 말인가? 참으로 숭고한 희생이 아닌가."

"……숭고한 희생?"

"위대하신 엑시온 님의 부활을 위해 한 몸 바쳤으니 그것이 숭고한 희생이 아니고 뭐겠는가."

"……돌았군."

"그분의 부활을 위해서라면 뭐든지 할 수 있다."

라몬 공작의 눈은 광기로 번들거렸다. 헬리아는 눈을 날카롭게 뜨고 라몬 공작을 노려보았다.

"네 뜻대로 되도록 내버려 둘 것 같나?"

"크크크, 그분의 부활은 막을 수 없다."

라몬 공작은 품에서 검은 구슬을 꺼내 들었다. 그 안에서 이제까지 느껴본 적 없는 강렬한 마기가 뿜어져 나오고 있었다.

"엑시온!"

헬리아는 단번에 그것이 마룡 엑시온이 봉인된 구슬이라는 것을 알아차렸다.

"자, 그럼 마지막 의식을 시행하노라!"

라몬 공작의 말이 떨어지기가 무섭게 수많은 흑마법사가 모습을 드러냈다. 그들은 각기 헬리아와 엘라임을 빙 둘러싸고 있었다.

"이건……."

헬리아는 자신을 향해 손을 뻗는 흑마법사를 보고 눈을 좁혔다.

"크크크, 자, 이제 마지막 제물이 되어라, 헬리아 공주!"

파아아아앗!

그 순간, 거대한 파동이 바닥에서부터 뿜어져 나오기 시작했다.

"마법진이야!"

엘라임의 말에 헬리나는 이를 물었다.

"나를 제물로 삼겠다고? 웃기는 소리!"

헬리아의 눈이 점차 짙은 금색으로 변하기 시작했다.

"엘라임."

"조심해."

헬리아가 엘라임을 한번 바라보았다. 엘라임은 그녀의 눈빛에 고개를 끄덕였다. 헬리아의 몸에서 금빛 찬란한 기운이 흘러나오기 시작했다.

"이, 이건!"

라몬 공작은 헬리아의 몸에서 뿜어져 나온 금빛 기류에 눈을 찌푸렸다. 검은 구슬에서 넘실거리던 마기도 헬리아의 기운에 움찔거렸다.

"뭐 하나! 바로 시작하라!"

무언가 위험을 감지한 라몬 공작이 명령을 내렸다. 그러자 흑마법사들은 서둘러 정신을 차리고 헬리아를 향해 마법을 난사하기 시작했다.

그러나 헬리아의 힘 앞에선 태양 앞의 반딧불에 불과했다. 헬리아가 펼친 공격에 흑마법사들은 속절없이 휘청거렸다.

"크윽!"

"히, 힘이……."

흑마법사들은 헬리아의 힘에 이를 앙다물었다. 라몬 공작도 제롬에게 들은 것 이상의 힘을 내뿜는 그녀의 모습에 놀란 듯 눈이 커졌다. 그러나 그의 입꼬리가 씨익 올라갔다.

'크크크, 이 정도였을 줄이야.'

그녀가 더없이 강해질수록 부활하실 엑시온 님의 힘 또한 더욱 강해질 것이다. 라몬 공작은 바닥에 그려진 마법진을 내려다보며 눈매를 휘었다.

'이제 시작이다. 크크크!'

"엘라임!"

"알았어!"

엘라임이 거대한 수룡을 만들어냈다. 수룡은 흑마법사들을 단숨에 쓸어버렸다.

"크아아악!"

흑마법사들은 수룡의 공격에 힘으로 맞섰지만 현재 헬리아의 각성으로 정령왕의 힘을 쏟아내는 엘라임을 막을 수 없었다.

엘라임은 서둘러 다른 흑마법사들을 처리하기 시작했다.

'서둘러야 해.'

헬리아의 각성 상태는 그녀의 몸에 많은 무리를 안겨준다. 그렇기 때문에 서둘러 상대를 처리해야 했다.

'헬리아.'

엘라임이 입술을 깨물고 헬리아를 걱정스런 표정으로 바라보았다.

우우우웅!

금빛으로 물든 헬리아. 헬리아는 라몬 공작을 향해 걸어갔다.

온몸에서 뜨거운 피가 역류하는 듯했지만 아직 심장의 상태는 양호했다. 저것만 부순다면.

"그렇겐 안 되지."

라몬 공작이 비틀린 웃음을 짓고 헬리아를 향해 마법을 시전했다. 제롬의 공격보다 더 강한 공격이 헬리아를 향해 짓쳐 들었다.

헬리아는 라몬 공작의 공격을 한 손으로 막았다. 그의 공격이 아무리 제롬보다 강하다고 해도 그래 봤자 헬리아의 힘 앞에선 무용지물이었다.

라몬 공작은 제 공격이 먹혀들지 않자 입술을 치켜 올렸다.

"과연 대단한 힘이군. 이것도 쉽게 막을 수 있을까?"

마룡 엑시온이 봉인된 구슬에서 검은 마기가 솟구쳐 나오더니 그 마기가 다시 라몬 공작의 몸으로 스며들었다. 그러자 그의 붉은 머리카락과 눈동자가 새카만 검은색으로 변했다.

"크크크, 느껴진다! 거대한 힘이!"

"……."

헬리아는 무미건조한 눈으로 라몬 공작을 바라보았다. 그래 봤자 달라지는 것은 없다.

"죽어라."

헬리아의 나직한 말과 함께 거대한 기운이 라몬 공작을 향해 쇄도했다. 라몬 공작은 헬리아의 마법 공격에 피식 입가에 여유로운 웃음을 지으며 그것을 막아냈다.

"엑시온 님의 힘 앞에 무릎을 꿇어라!"

헬리아는 제 공격이 통하지 않자 눈을 좁혔다. 라몬 공작은 재빨리 헬리아를 향해 공격을 퍼부었다. 수십 개의 검은 마기를 담은 볼이 헬리아를 향해 다가왔다.

'……!'

손으로 막으려던 헬리아는 이내 위험을 감지하고 몸을 피했다. 그러자 굉음이 터져 나오며 근처에 있던 흑마법사들이 피를 토하며 죽어나갔다.

"……."

"크크큭, 용케 피했군. 그럼 이건 어떨까?"

현재 헬리아와 라몬 공작의 힘은 막상막하. 하지만 이대로 가다간 승패를 가늠할 수 없었다. 해서 라몬 공작은 최후의 수를 쓰기로 했다.

"데려와라!"

그의 말이 떨어지자 갑자기 수십의 인기척이 느껴졌다. 헬리아의 눈이 가늘어졌다.

그때 그녀의 눈에 보였다.

"사, 살려 주세요!"

"어, 엄마!"

"제, 제발 살려 주세요!"

여자들의 울음소리와 비명이 흘러나왔다. 헬리아는 그 모습을 보며 얼굴을 굳혔다.

"크크큭."

라몬 공작은 그런 헬리아의 얼굴을 보며 웃었다. 헬리아 공주가 인질 때문에 제대로 싸우지 못했다는 이야기를 제롬에게 듣고 혹시나 하고 준비해 둔 것이다. 그러나 헬리아의 표정은 냉막하기만 했다.

"내게 그런 게 통할 것 같나?"

헬리아의 목소리는 이미 평소 그녀의 목소리가 아니었다. 각성 상태에선 인간의 감성보다 드래곤의 이성이 그녀를 지배하고 있었다. 드래곤은 냉혹하고 자비가 없었다. 지금 그녀에게 여자들은 그저 하등한 인간에 불과했다.

라몬 공작은 눈을 찌푸렸지만 이내 명령을 내렸다.

"죽여라!"

"넵!"

"아, 안 돼요! 사, 살려 주세요! 제, 제발 살려 주세요!"

한 여자가 끌려 나왔다. 그러나 그녀를 잡아챈 흑마법사는 한순간의 망설임도 없이 헬리아가 보는 앞에서 그녀의 목에 검을 쑤셔 넣었다.

"커, 커헉!"

"……."

헬리아의 표정은 변화가 없었다.

"가소롭군."

헬리아는 라몬 공작을 향해 손을 뻗었다.

"그런 게……."

"으아아앙!"

"에냐!"

"엄마! 엄마!"

멈칫.

한 어린 소녀였다. 어린 소녀는 눈물과 비명을 지르며 끌려 나왔다. 그런 소녀를 바라보는 한 여인이 있었다. 여인은 그 소녀의 어머니인 듯 울부짖었다.

"헬리아!"

엘라임은 헬리아가 멈칫하자 그녀를 불렀다. 하지만 그 순간 흑마법사가 검을 휘둘렀다.

"커, 커헉!"

"에, 에냐! 에냐!!"

"어, 어, 엄……."

소녀의 목이 바닥에 떨어졌고, 소녀의 어미는 비명을 내질렀다.

"……."

두근두근!

헬리아의 몸속에서 피가 역류했다. 분노가 그녀의 몸을 지배했다.

"벌써!"

엘라임은 헬리아의 반응에 입을 앙다물었다. 너무 시간을 끌었다. 서둘러 상대를 제압해야 했는데.

"쿠, 쿨럭!"

헬리아가 피를 토하자 라몬 공작은 이를 드러내며 크게 웃었다.

"크하하하! 자, 진을 펼쳐라!"

"헬리아!"

"쿠, 쿨럭."

라몬 공작이 명을 내리자 그제야 흑마법사들이 마법진을 가동하기 시작했다.

우우우우우!

거대한 공명음이 들려오면서 마법진에서 검은 마기가 헬리아의 몸을 얽매기 시작했다.

"헬리아!"

엘라임은 달려가 그녀에게 달라붙은 마기를 떼어내려 했지만 서서히 헬리아의 힘이 약화되기 시작했다.

"젠장! 헬리아!"

엘라임이 아무리 힘을 써봐도 이미 발동된 마법진의 힘은 거대했다.

"오오, 위대하신 엑시온 님께 제물을 바치오니 부디 깨어나 주시길 바랍니다!"

검은 구슬이 부서지기 시작했다. 라몬 공작은 그 광경에 희열을 느꼈다.

"드, 드디어!"

깨진 구슬에서 이전보다 더욱 강력한 마기가 흘러나왔다. 그리고 그것은 점점 형체를 갖추었다.

"헬리아! 정신 차려!"

엘라임은 헬리아를 흔들었지만 이미 마법진에 묶여 헬리아는 정신을 차릴 수 없었다. 점점 그녀의 빛이 사그라들기 시작했다.

"헬리아!"

제5장 부활

눈앞이 흐려지고 소리는 점차 아득해졌다.

헬리아는 비틀거리는 몸을 다잡으려 애를 썼다. 하지만 점점 힘이 빠져나갔다.

"……리…… 아! ……리……!"

귓가에 아련히 들리는 엘라임의 목소리에 고개를 들었다.

'엘라임…….'

이미 눈앞이 흐려져 엘라임의 얼굴이 보이지 않았지만 그가 어떤 표정을 짓고 있을지 보지 않아도 알 수 있었다.

'몸이 움직이지 않아.'

헬리아는 몸을 비틀어 보았지만 몸은 물 먹은 솜처럼 무거워 움직여지지 않았다.

'마법진 때문인가?'

자신의 발밑에서 불쾌한 빛을 뿜어내는 마법진은 헬리아의 마나를 빨아들이고 있었다. 헬리아가 이를 악물었다.

'라몬 공작!'

하지만 이미 그의 함정에 빠진 뒤였다.

'마법진을 부숴야 해.'

헬리아는 온 정신을 집중했다. 그리고 마법진에 손을 대고 마나를 일으키려는 찰나였다. 깨진 구슬에서 흘러나온 검은 마기가 헬리아를 향해 쇄도했다.

"헬리아!"

"크윽!"

"에, 엘라……."

검은 마기는 엘라임이 손을 써보기도 전에 순식간에 헬리아의 몸을 잠식했다. 순간 헬리아는 정신이 또렷해졌지만 그 고통은 상당했다. 온몸의 피가 새로 갈리는 느낌이었다. 고통에 깨문 입술에선 붉은 피가 흘러나왔다.

"헬리아!"

엘라임이 다급히 헬리아의 몸에 달라붙은 검은 마기를 떼어내려 했지만 역부족이었다. 이미 헬리아의 힘은 약화되었고, 마기와 엘라임의 힘은 상극에 가까웠다. 신성력이라면 모를까 정령인 엘라임의 힘으로는 마기를 떼어낼 수 없었다.

"젠장!"

어떻게 해야 이 마기를 떼어낼 수 있단 말인가. 엘라임은 이를 악물었다. 이대로 헬리아를 잃을 순 없었다.

"에, 라……."

"헤, 헬리아!"

헬리아가 엘라임을 향해 손을 뻗었다. 엘라임은 다급히 그 손을 잡았다. 차가웠다. 헬리아의 몸은 급속도로 차갑게 식어가고 있었다. 엘라임은 그 순간 공포를 느꼈다. 그녀를 잃을지도 모른다는 두려움에 심장이 거세게 뛰었다.

그녀를 잃는다? 엘라임의 얼굴이 사색으로 물들었다.

"구해 줄게, 내가 구해 줄게."

"엘라임……."

헬리아는 일그러진 엘라임의 얼굴을 보고 씁쓸히 웃음을 지었다.

"엘라임."

"이깟 마기 따위 내가 없애줄게."

그러나 마기는 차츰차츰 헬리아의 몸을 장악해 나갔다. 헬리아는 직감했다. 이제 시간이 별로 남지 않았다는 것을. 엑시온에게 몸을 빼앗긴다는 것을.

"걱정하지 마."

"지금 이 상황에서 누가 걱정하지 않겠어! 네가, 네가!"

헬리아가 씨익 웃으며 엘라임의 뺨에 손을 대었다.

"나는 헬리아야."

"……헬리아."

"그러니 걱정하지 마."

하지만 말과 달리 이미 온몸이 저려 왔다. 더 이상 손가락 하나 움직일 수 없었다.

"무슨 일이 있어도 난 포기하지 않아."

"헬리아."

"하지만 만약 내 힘만으로 힘들 때면……."

그 순간이었다. 헬리아가 뭐라 입을 열려는 순간 마기가 순식간에 그녀의 머리끝까지 모두 삼켜 버렸다.

"헬리아!"

먹혀 버렸다. 시커먼 마기에 헬리아가. 엘라임은 방금 전까지 자신의 손을 잡고 있던 헬리아의 온기를 잃지 않으려는 듯 주먹을 세게 쥐었다.

'헬리아가…… 헬리아가!'

엘라임의 몸에 푸르스름한 살기가 감돌았다. 그러자 주변에 있던 흑마법사들이 움찔했다. 하지만 라몬 공작은 그 모습을 보고 희열에 찬 미소를 지었다.

"대체 헬리아를 어떻게 한 거냐!"

엘라임의 눈에서 푸른 귀화가 번졌다. 눈빛만으로 사람을 죽일 수 있다면 능히 그랬을 것이다. 라몬 공작은 마기에 잠식된 헬리아를 보고 두 손을 불끈 쥐었다.

"크하하하하! 영광으로 알아라! 공주는 이제 마룡 엑시온 님으로 다시 태어날 것이다! 하하하!"

라몬 공작의 웃음소리가 공동 안을 섬뜩하게 울렸다.

"감히 헬리아를!"

엘라임의 목소리가 가라앉았다. 이어 그의 몸이 희미해지더니 원래 그의 본모습으로 바뀌어갔다. 그것은 인간의 모습이 아닌 물의 정령왕 엘라임의 모습이었다. 하지만 그 순간.

"……!"

엘라임이 무언가를 느꼈는지 파랗게 빛나던 그의 몸에서 빛이 사그라졌다. 헬리아는 마기에 잠식되었다. 그런데 헬리아의 기운이 느껴졌다. 아직, 아직 헬리아는 완전히 사라진 것이 아니다. 비록 연결이 희미해지긴 했지만 엘라임은 느꼈다. 헬리아는 살아 있다고.

"헬리아, 헬리아를! 헬리아를 내놔라!"

작고 어린 소녀였던 헬리아. 돈 좋아하고 때론 얄미울 정도지만 엘라임은 그런 헬리아에게 빠져들었다. 이제 그녀 없는 세상은 결코 상상조차 할 수 없었다.

'헬리아!'

그는 자신이 가지고 있는 모든 힘을 끌어모아 헬리아를 삼킨 마기를 향해 공격을 퍼부었다.

콰아아앙!

거대한 폭발음과 함께 먼지가 흩날렸다. 주변에 있던 라몬 공작과 흑마법사들은 몸을 낮추었다. 동공이 한차례 거세게 흔들리는 공격이었다.

"헬리아!"

엘라임은 헬리아가 있던 자리를 보았다. 천천히 먼지가 걷히기 시작했다. 과연 그의 공격이 통한 것일까? 먼지가 사라진 곳엔 좀 전까지 불쾌한 기운을 뿜어내고 있던 마기가 느껴지지 않았다. 대신 그 자리에 헬리아의 모습이 보이기 시작했다.

엘라임은 헬리아의 모습이 보이자 급히 그녀에게 다가갔다. 안도의 숨이 절로 나왔다. 다행이었다.

"헬리아, 괜찮은 거야?"

"……."

헬리아에게선 아무런 대답도 돌아오지 않았다. 혹시 그 공격으로 다친 것은 아닐까? 엘라임은 왠지 모를 불안감에 그녀의 어깨를 붙잡고 자신을 향해 돌렸다.

'……뭐지?'

찌르르 울리는 묘한 감각에 엘라임은 그녀의 어깨에서 손을 떼어냈다.

"헬…… 리아?"

"드디어."

낮게 웃는 웃음소리가 들려왔다. 분명 헬리아의 음성이었다. 하지만 왠지 느낌이 생경했다.

"너는……."

엘라임은 스며드는 불안감에 다시 손을 뻗었다.

타악.

"더러운 손 치워라."

헬리아가 이제까지 본 적 없는 싸늘한 눈빛으로 엘라임의 손을 쳐 냈다.

"헬…… 리아?"

헬리아의 금빛 머리가 순식간에 검은색으로 물들었다. 그녀는 머리를 쓸어 넘기며 두 팔을 벌렸다.

"하아, 그리운 바깥공기로군."

그녀는 기분이 좋은 듯 입가에 미소를 띠었다. 그럴수록 엘라임의 표정은 점차 딱딱하게 굳어갔다. 지금 그녀는 헬리아가 아니었다. 헬리아의 얼굴로, 헬리아의 목소리로 말하고 있지만 분명 그녀가 아니었다.

엘라임은 침음을 삼켰다.

"……엑시온."

마룡 엑시온이었다.

"드디어."

엑시온은 자신의 손과 몸을 내려다보며 입꼬리를 올렸다. 갑갑한 구슬 속에서 밖으로 나오길 얼마나 고대했던가. 숨을 들이마시자 비릿한 피 냄새가 그의 폐부 안으로 스며들었다. 그의 미소가 더욱 짙어졌다.

"돌아왔다.

"엑시온 님!"

"엑시온 님이 부활하셨다!"

"오오오오!"

라몬 공작의 외침을 시작으로 흑마법사들이 기쁨의 함성을 질렀다. 그때 엑시온은 자신을 향해 날아오는 마나의 기운을 느끼곤 팔을 휘저었다.

"당장 그 몸에서 나와라!"

엘라임은 그 어느 때보다 차가운 눈빛으로 엑시온을 노려보았다. 엑시온은 엘라임을 보며 입술을 끌어 올렸다.

"정령왕인가?"

"그 몸은 너 같은 놈이 있을 몸이 아니다."

"더 마음에 드는군. 정령왕을 소환할 수 있는 몸이라니……."

"네놈……."

엘라임이 엑시온의 목을 붙잡았다. 헬리아의 몸을 강탈한 그를 용서할 수 없었다. 그가 힘을 줄 찰나였다.

"크윽, 에, 엘라임……."

"헬리아!"

엘라임은 헬리아의 고통스런 목소리에 퍼뜩 손을 놓았다.

"헤, 헬리아인 거야?"

"큭, 큭큭큭."

그러나 곧 흘러나온 웃음소리에 엘라임은 입술을 깨물었다.

"이거 재밌군."

엑시온은 즐거운 듯 웃었다. 엘라임이 자신을 공격하지 못한다는 것을 알아차린 것이다. 그런데 헬리아?

"헬리아, 헬리아라……."

헬리아란 말에 갑자기 엑시온이 웃기 시작했다. 엑시온은 과거의 기억을 떠올렸다.

"과연 그래서인가? 헬리아, 세르게니아의 딸이로군. 큭큭큭. 꼴좋구나! 세르게니아, 보거라! 네 아이의 몸에 부활한 내 모습을!"

자신을 봉인한 세르게니아. 그러나 지금 자신은 그 세르게니아의 딸의 몸을 빌어 부활했다.

"넌 날 이길 수 없다, 세르게니아!"

엑시온은 자신의 부활한 몸이 세르게니아의 딸임을 확신하곤 더할 나위 없는 기쁨을 만끽했다. 어찌 기쁘지 않을 수 있겠나. 자신을 봉인한 자의 딸의 몸에 들어갔는데.

"헬리아를 어떻게 한 거냐!"

엑시온은 제 흥을 깬 엘라임을 노려보다 이내 입꼬리를 비틀어 올렸다.

"곧 소멸할 것이다. 한 몸에 두 개의 영혼은 필요 없지."

"……."

엘라임의 입이 다물어졌다. 그 모습에 엑시온은 피식 웃음을 지었다. 절망에 빠진 이의 모습은 그를 언제나 기쁘게 해주었다. 그러나 그의 예상이 빗나갔다.

"곧 소멸할 거라고?"

엘라임은 엑시온을 노려보았다. 그러나 그 눈빛에 어린 것은 절망이 아니었다.

"네놈 따위가 헬리아의 영혼을 소멸시킬 수 있다 생각하나?"

엘라임의 눈이 파랗게 빛났다.

"그녀는 누구보다 강한 영혼을 지녔다. 네놈 같은 어둠의 망령에게 질 그녀가 아니다."

엑시온은 눈을 찌푸렸다. 하지만 그뿐이었다. 그는 엘라임을 비웃었다.

"과연 그럴까?"

이번엔 엘라임의 미간이 좁아졌다. 엑시온은 비열하게 웃었다.

"강한 영혼이라고? 정말 그렇게 생각하나?"

"……무슨 말을 하고 싶은 거냐?"

"인간이란 나약한 존재지. 과연 버틸 수 있을까? 가장 고통스런 기억 속에서 고통받으며 사라질 것이다. 그때 나는 이 몸을 완전히 차지하게 된다."

"……."

엘라임의 눈매가 굳어졌다. 반대로 엑시온은 그 모습을 보자 씨익 눈매를 휘었다.

"결국 그리될 것이다."

"……."

엘라임은 주먹을 세게 쥐었다. 그도 알고는 있었다. 헬리아가 가진 외로움을. 그렇지만 믿고 있었다. 그녀가 얼마나 강한 사람인지. 그리고 그리되도록 결코 가만 놔두지 않을 것이다.

"내가 그렇게 두지 않을 것이다."

파아앗!

엘라임의 몸이 순간 강한 빛을 내뿜다가 서서히 사라지더니 이내 모습을 감추었다.

"그래 봤자 달라지는 건 없다."

엑시온은 마지막에 보았던 엘라임의 미소를 떨쳐 내고 뒤를 돌았다.

"종 라몬이 위대하신 엑시온 님을 뵈옵니다."

라몬 공작이 무릎을 꿇고 고개를 조아렸다.

"고개를 들어라."

라몬 공작이 천천히 고개를 들어 올렸다. 엑시온은 라몬 공작을 향해 손을 뻗었다. 라몬 공작은 순간 몸 안의 기운이 요동치자 당황했지만 이내 알 수 없는 거대한 힘이 느껴지자 차분히 그 힘을 받아들였다.

"이, 이건……."

라몬 공작은 엑시온이 힘을 불어 넣어줬다는 것을 금세 깨달았다. 이전과는 전혀 다른 거대한 힘이 몸 안에서 요동쳤다.

"위대하신 분을 영접하게 되어 일생의 영광이옵니다."

"원하는 걸 말해라."

"어, 어찌 위대하신 분께 감히 하찮은 욕망을 입에 올릴 수 있겠나이까?"

그러나 곧 라몬 공작은 비열한 표정을 지으며 다음 말을 이었다.

"소신은 모두에게 위대하신 엑시온 님의 힘을 일깨우길 바랄 뿐이옵니다.”

엑시온이 부활했다. 이는 곧 흑마법의 부활을 뜻했다.

“네 뜻대로 될 것이다.”

“망극하옵니다.”

라몬 공작은 깊게 고개를 숙이고 이내 한곳을 가리켰다. 이제까지 벌벌 떨고 있던 여자들이었다.

“모두 위대하신 분을 위해 준비해 둔 것이옵니다. 마음껏 취하십시오.”

“어, 엄마!”

“사, 살려 주세요!”

“으아아앙!”

여자들의 비명이 공터를 가득 채웠다. 그 소리에 엑시온은 입가에 짙은 미소를 지었다. 두려움과 공포로 물든 소리만큼 그에게 감미로운 음악은 없었다.

파아앗!

엑시온이 여자들을 흡수하려 손을 뻗었다. 그리고 그녀들의 에너지를 흡수하려는 찰나였다.

콰아아아아!

날카로운 검기가 그를 향해 쇄도했다.

“누구냐!”

라몬 공작이 고함을 질렀다. 엑시온은 눈을 좁히며 자신을 공격한 자를 바라보았다. 검은 머리에 검은 눈동자를 지닌 남자였다. 그는 싸늘한 눈빛으로 엑시온을 노려보았다.

“당장 그녀의 몸에서 나가라.”

나직한 그의 음성이 울려 퍼졌다.

이안이었다.

❊

띠리리, 띠리리!

익숙한 기계음에 헬리아는 눈을 떴다. 어디선가 본 듯한 천장이 눈에 들어왔다. 낮은 천장하며 색이 바래 시커멓게 물든 벽지까지.

"……."

헬리아는 순간 멍해져 천천히 고개를 돌렸다. 두 평 남짓한 작은 방. 자신의 방이 이렇게도 작았던가?

"으읏."

몸을 일으키자 지끈거리는 두통에 절로 미간이 찌푸려졌다. 미간을 손가락으로 꾹꾹 두어 번 누른 후에야 천천히 침대에서 일어나 앉았다.

"여긴……."

지끈. 또다시 밀려오는 두통에 헬리아는 고개를 저었다. 그러자 두통이 조금 가시는 것을 느꼈다. 머리가 제법 맑아진 그녀는 다시 주변을 둘러보았다. 작은 창밖으로 지저귀는 새소리가 들려왔다. 헬리아는 뻐근한 목을 좌우로 돌리곤 천천히 자리에서 일어섰다.

"꿈이라도 꿨나?"

그런데 막상 무슨 꿈을 꿨는지 생각이 나지 않았다. 뭔가 기억이 날 듯도 한데, 떠올리려 하자 머리가 더 지끈거렸다.

"끄으응!"

기지개를 켜며 방 안에 달린 작은 창문으로 다가갔다.

좌악!

때가 탄 낡은 커튼을 열고 창을 열자 창밖의 모습이 보였다. 높은 빌딩과 바쁘게 움직이는 자동차들.

"오늘도 아자아자!"

검은 머리와 검은 눈동자를 지닌 헬리아, 아니, 민서가 밝게 외쳤다.

무덥게 내리쬐는 태양빛 아래 모자를 깊게 눌러쓴 여인이 환하게 웃으며 트럭에서 내렸다. 그녀의 트럭 뒤에는 오늘 팔 채소들이 가득 차 있었다. 민서는 흐르는 땀을 닦아내며 채소들을 정리했다. 그러다 문득 묘한 느낌이 들었다.

"날씨가 원래 이렇게 더웠나?"

자신도 모르게 하늘을 올려다보았다. 태양은 뜨겁게 타오르고 있었다.

"엇그제가 겨울 같았는데……."

그러고 보니 잘 기억이 나진 않지만 꿈에선 겨울이었던 것 같았다. 민서는 피식 웃으며 수건을 목에 걸쳤다.

"더위라도 먹었나?"

민서는 고개를 휘이 젓고는 다시 물건을 정리하기 시작했다.

"어머, 오늘은 일찍 나왔네?"

한 동네 아주머니가 민서의 트럭으로 다가왔다. 민서는 모자를 벗고 웃으며 그녀를 맞이했다.

"날이 더워서 그런지 잠도 잘 안 오네요."

"호호, 한여름이니 별수 없지."

"한여름…… 그렇죠."

차라리 꿈속이 좋았다. 거긴 한겨울이었으니까. 그런데 왠지 날씨만 좋았던 건 아닌 것 같았다.

"그런데 오늘은 안 바쁜 거야?"

"바쁘다뇨?"

아주머니의 말에 민서는 그녀를 보았다. 아주머니는 이것저것 채소를 고르면서 말했다.

"어제 그렇게 가버려서 뭔 일이라도 있나 싶었지."

"……어…… 제요?"

어제 자신이 뭘 했더라? 정말 더위라도 먹은 걸까? 왜 바로 어제의 일이 생각이 나지 않지?

지끈! 다시금 두통이 몰려왔다. 무언가 생각을 할 때마다 머리가 옥죄듯이 아파왔다.

"어머나, 괜찮아?"

"괜찮아요. 더워서 그런지 힘이 없네요."

"젊은 처자가 그럼 쓰나. 잘 먹고 잘 자야지."

"그래야죠."

민서는 더위를 먹어 두통이 이는 거라 치부하며 손님들에게 채소를 팔았다. 그리고 해가 뉘엿 빌딩 너머로 넘어갈 때 즈음, 채소를 정리하던 민서의 시야로 검은 양복을 입은 자들의 모습이 보였다.

"뭐지? 조폭인가?"

민서는 혹여라도 불똥이 튈까 조심스럽게 그러나 빠르게 물건을 정리하기 시작했다. 한데 무언가 이상했다.

'왜 이쪽으로 오는 거야?'

민서는 괜히 초조해졌다. 조폭과 마주쳐서 좋을 건 하나도 없었다. 괜히 자릿세니 뭐니 해서 골치가 아팠다. 민서의 행동이 다급해지자 조폭들은 아예 대놓고 민서를 향해 달려오기 시작했다.

"내가 뭘 했다고…… 젠장!"

순간 민서의 머리가 번뜩였다.

'멍청하긴! 그놈들을 잊다니!'

바로 김지윤의 수하임을!

"저 거머리들!"

민서는 서둘러 차를 타고 시동을 켰다. 그런데 하필 오늘따라 이 고물차가 말썽이었다.

"잡아라!"

남자들의 목소리가 벌써 지척까지 들려왔다.

부르르릉, 탁, 부르릉, 탁.

"젠장, 좀 켜지란 말이야!"

민서가 두 손으로 핸들을 세게 내려치자 그제야 시동이 제대로 걸리기 시작했다.

"됐다!"

"멈춰라!"

"미쳤나, 멈추라고 멈추게!"

민서는 서둘러 액셀을 밟았다.

쏴아아아–

번쩍 번개가 두어 번 친다 싶었더니 이내 하늘에선 수도꼭지가 고장 난 것처럼 비를 뿌리기 시작했다.

띡–

"사천 원입니다."

편의점 알바의 말에 민서는 내리는 비를 보다 이내 주머니에서 꼬깃꼬깃한 천 원짜리 네 장을 꺼내 내밀었다.

"우산 안 가지고 왔는데."

그칠 줄 모르는 빗줄기에 민서는 혀를 찼다. 아침에 그렇게 쨍쨍하더니 이거야 원 재수가 나빴다. 민서는 힐끔 꺼내놓은 우산들을 보았다. 가격은 오천 원. 그녀가 오늘 한 끼를 해결하기 위해 지불한 값보다 비쌌다.

민서는 검은 봉지 안에 든 우유와 빵, 그리고 라면을 내려다보곤 고민에 빠졌다. 우산을 살까 말까. 편의점에서 고시원까진 족히 십 분이 넘게 걸렸다. 그런데 이런 비를 맞다간 아예 빗물로 샤워를 할 판이다.

"안녕히 가세요."

그러나 민서는 알바생의 인사를 받으며 편의점을 빠져나왔다.

쏴아아아—

“이거 다 젖겠는데.”

민서는 세차게 내리는 빗줄기에 손을 내밀었다. 어찌나 세게 내리는지 좀 과장해서 손이 아플 정도였다.

“어쩔 수 없지.”

민서는 고개를 젓고는 그저 터벅터벅 비가 내리는 길을 나섰다. 어차피 뭘 뒤집어쓰나 안 쓰나 차이는 없을 것 같았다. 어두운 밤길을 비를 맞으며 걸어가자 민서는 묘한 느낌이 들었다. 괜히 몸이 으슬으슬했다.

“이거 감기라도 걸리면 돈만 깨지는데.”

고시원으로 가는 길은 인적이 드물었다. 밤인 데다가 비가 내린 탓도 있었다. 비가 온몸을 적셨다. 아예 샤워기를 머리에 대고 있는 듯했다. 그런데 민서는 묘한 느낌에 사로잡혔다. 뭐랄까. 익숙하면서도 불쾌한 옛 기억이 생각날 것만 같았다. 언제고 이런 비 내리는 날에 비를 맞으며 걸었던 것 같은.

지끈.

“윽, 머리야. 내일은 두통약이라도 사러 가야지.”

민서는 머리를 부여잡으며 신호등 앞에 섰다. 빨간불은 곧장 파란불로 바뀌었다.

“얼른 라면이나 끓여 먹고 오늘은 일찍 자야겠다.”

그때였다.

빠아앙!

갑자기 울려 퍼진 클랙슨 소리에 민서는 눈이 커졌다. 세차게 내리는 빗줄기. 자신을 덮쳐 오는 트럭 한 대.

끼이이익—

브레이크 소리가 빗소리를 뚫고 높이 울려 퍼졌다.

"……."

두근두근.

민서는 바로 제 앞에 멈춰 선 트럭을 보고 저도 모르게 봉지를 떨어뜨렸다.

"야, 이 미친년아! 어딜 보고 다니는 거야!"

트럭 운전수가 창문을 내리고 민서를 향해 고래고래 소리를 질렀다. 민서는 그 소리에 퍼뜩 정신을 차리고 봉지를 주워 들었다. 그리고 신호등을 보았다. 여전히 파란불이었다.

"아저씨, 저기 신호등 안 보여요? 아직 파란불이라고요!"

"에잇, 썅."

잘 보이지 않지만 왠지 트럭 운전수의 상태가 정상이 아닌 듯 보였다.

"술 취해 가지고."

민서는 똥 밟았다는 듯 얼른 건널목을 건넜다.

"……."

아직도 심장이 두근거렸다. 몸은 차가운데 심장만은 미칠 듯 쿵쾅거렸다. 묘한 기시감. 마치 이런 일이 전에도 있었던 것 같은 생각이 들었다. 클랙슨 소리. 비 오는 날.

"크윽."

아픈 머리에 민서는 생각하는 것을 그만두고 고시원으로 걸음을 옮겼다.

"후우."

목욕을 마치고 공동 부엌에서 라면을 끓여 방으로 들어온 민서는 책상 위에서 라면을 놓은 뒤 작은 고물 TV를 켰다. 한데 마침 딱 튼 채널에서 민서는 익숙한 사람을 볼 수 있었다.

[오늘 M그룹의 외동딸 김지윤 씨와 T그룹 이사인 이윤서 씨의 결혼 소식이 발표되어 세간의 관심을 끌고 있습니다. 두 사람은 몇 년 전부터 교제를 해오다…….]

민서는 환하게 웃고 있는 여인과 그 여인 옆에서 웃고 있는 남자를 응시했다. 두 사람의 손가락에 같은 반지가 반짝거리고 있었다.

"결국 이렇게 되었나."

민서는 허탈해졌다. 그녀가 시궁창에 떨어져 사천 원으로 하루의 끼니를 때우고 오천 원이 없어 비를 맞고 살 때, 저들은 모든 이의 부러움을 한 몸에 받으며 결혼을 약속했다.

"이제 만족하냐?"

민서는 김지윤에게 묻고 싶었다. 그렇게 날 망가뜨리고 내가 사랑하던 사람을 빼앗아서 기쁘냐고. 그날 반지를 나누는 두 사람을 보며 느꼈던 참담함을 민서는 아직도 잊지 못했다. 결혼을 약속하던 그 두 사람의 웃는 얼굴이 아직도 머릿속에 선했다. 민서의 입에서 자조적인 웃음이 흘러나왔다. 환한 남자의 웃음을 보았다. 김지윤의 옆에서 웃는 사랑했던 남자.

"이런, 라면 불겠네."

민서는 젓가락으로 면을 들어 올렸다. 그 순간 이상한 기분이 들었다. 지금 이 순간 그저 배가 고플 뿐. 그 외엔 다른 생각이 들지 않았다. 저 두 사람의 모습을 보고 지금 배가 고프다고?

민서는 저도 모르게 젓가락을 내려놓았다.

"……뭐지?"

이상했다. 왠지 이렇게 덤덤히 지나가면 안 되는 게 아닐까? 그런 생각이 들었다. 그런데 덤덤했다. 마치 과거의 일처럼. 아주 까마득한 과거의 일처럼 이 모든 게 멀게만 느껴졌다.

"……반지?"

민서는 두 손을 맞잡은 남녀의 손에 끼워진 반지를 보았다. 두 사람이 반지를 나누는 걸 내가 언제 보았지?

"윽."

다시 머리가 아파왔다. 하지만 민서는 기억하려 애를 썼다. 기억해야 했다. 뭔가 잊고 있었다. 레스토랑에서 반지를 건넨 두 사람을 보고 자신은 밖으로 뛰쳐나갔다.

"비가……."

오늘처럼 비가 쏟아졌다.

빵빵!

"……!"

밖에서 들려온 클랙슨 소리! 민서의 눈이 커졌다. 분명 자신은 차에 치였다. 두 사람을 보고 뛰쳐나가다 오는 차를 발견하지 못하고 차에 치였다.

"나는……."

그날 복수를 다짐했다. 그러나 복수는 이뤄지지 못했다. 민서는 그날 차가운 빗줄기 속에서 사고를 당해 죽었다.

그 순간, 번개처럼 빠르게 머리를 스치고 지나가는 게 있었다. 민서는 자리를 박차고 일어나 밖으로 나갔다.

쏴아아아―

세찬 비가 얼굴을 때렸다. 그러나 민서는 달리는 것을 멈추지 않았다. 이제야 생각이 났다. 그저 꿈이라고 생각했다. 하지만 꿈이 아니었다.

"아니야. 꿈이 아니야."

달리고 또 달렸다. 주위엔 아무도 보이지 않았다. 마치 이 도시에 그녀 혼자 있는 것처럼 아무도 없었다.

"꿈이 아니야!"

민서는 이를 악물었다.

"내 이름은……."

민서는 입술을 비틀며 차갑게 웃었다.

"헬리아."

민서, 아니, 헬리아는 주먹을 쥐었다.

"여긴 가짜야."

❊

"크크크."

엑시온은 자신을 향해 강한 적의를 드러내는 이안을 보며 나른하게 웃었다. 헬리아의 얼굴로 웃는 엑시온을 보자 이안의 눈빛은 더없이 차가워졌다.

"이 좋은 몸을 두고 왜 나가야 하지?"

엑시온은 소중하다는 듯 제 몸을 두 팔로 끌어안았다. 그 모습에 이안은 검을 쥔 손에 힘을 주었다. 엑시온은 그런 이안의 반응이 재미있어 조소를 지었다.

"네놈도 이 아이를 구하고 싶나?"

"……."

"구할 수 있다면 구해 봐라. 하나, 과연 구할 수 있을까?"

"……무슨 말이냐?"

"그 아이의 영혼은 어둠으로 떨어졌다. 그곳에서 가장 마주하기 싫은 현실과 직면하게 되지. 벗어나고 싶어도 벗어나지 못하고 종래엔 어둠에 잠식당할 것이다."

"……."

"결코 어둠에서 벗어날 수 없다."

이안은 가만히 엑시온을 보았다. 이안의 눈빛을 본 엑시온은 눈매를 치켜 올렸다.

'뭐지?'

헬리아는 어둠으로 떨어졌다. 결코 어둠 속에서 빠져나올 수 없다. 그런데 그 이야기를 들은 이안은 무덤덤하기만 했다. 그의 눈엔 한 점의 절망의 빛도 보이지 않았다. 엑시온은 그 점이 불쾌했다.

"그녀가 어둠 따위에 질 리 없다."

이안의 검은 눈동자는 곧게 빛나고 있었다. 엑시온의 눈매가 찢어졌다.

"너마저도 그 아이의 영혼이 어둠보다 강하다 믿는가? 우습군. 인간이 지닌 어둠은 마족의 것보다 더욱 짙고 깊지. 한번 어둠에 빠진 인간은 헤어 나올 수 없다. 그건 그 아이 또한 예외가 아니다."

"겉으론 강한 척하지만 실상 속은 여린 사람임을 알고 있다. 하지만 누구보다 곧은 마음을 지닌 사람이다. 그러지 않았다면 반하지도 않았겠지."

마지막 말은 소리가 너무 작아 혼잣말에 가까웠지만, 엑시온의 귀에는 똑똑히 들렸다.

"……."

엘라임과 똑같은 말을 내뱉은 이안의 말에 엑시온의 금빛 눈동자가 순간 흔들렸다. 하지만 그것은 찰나, 엑시온은 곧 입술을 비틀었다. 짜증이 치밀었다. 상대를 소중하게 생각하고 믿는 그 마음이.

엑시온은 순간 갑작스런 두통에 이를 악물었다. 그의 눈에선 독기가 차올랐다. 그렇게 믿는단 말인가? 그렇다면 저 믿음을 부숴 주겠다.

"우습군그래."

엑시온은 제 힘을 끌어올렸다. 그러자 엑시온의 몸에서 검은 마기가 뿜어져 나왔다.

"크윽."

질식당할 것처럼 강한 마기에 이안은 입술을 깨물고 오러 블레이드를 일으켰다.

"소드 마스터군."

엑시온의 눈이 반짝였다. 그는 천천히 이안을 향해 걸어갔다.

"이 아이를 구하고 싶다 그랬나?"

"……."

"그렇다면 구해 봐라. 기꺼이 허락하지."

엑시온은 이안에게 다가갔다. 그와의 거리는 불과 1미터. 이안이 검을 휘두르면 그의 검이 엑시온의 몸에 닿을 거리였다. 하지만 엑시온이 다가올수록 이안은 한 발 뒤로 물러섰다.

"크크크."

엑시온은 너무나 즐겁다는 듯 웃었다. 그가 한 발 움직이면 이안은 뒤로 물러섰다.

"아까의 그 기세는 어딜 갔지? 내 기꺼이 허락했는데."

"……."

이안은 이를 악물고 검을 세게 쥐었다.

"어서 하지 않고?"

엑시온은 어떤 행동도 하지 못하는 이안을 보며 고소를 금치 못했다.

"가만히 있어선 구할 수 없다고."

엑시온의 계속된 조롱에도 이안은 나설 수 없었다. 눈앞의 사람은 엑시온이면서 헬리아였다. 엑시온의 몸은 헬리아의 몸. 이안으로서는 결코 그녀의 몸에 검을 댈 수 없었다. 이안은 입술을 깨물었다. 검사인 그가 할 수 있는 방법은 아무것도 없었다.

"그럼 내가 도와주지."

엑시온은 머뭇거리는 이안의 행동에 입가에 짙은 미소를 머금고 손을 뻗었다.

"……!"

이안이 인지하는 순간 엑시온의 손에서 뻗어 나온 마기는 벌벌 떨고 있던 여인들을 강타했다.

"꺄아아아!"

"끄아악!"

여인들의 비명에 이안은 이를 악물었다. 엑시온의 손이 다른 곳을 향했다.

"어, 엄마!"

"사, 살려줘!"

"죽기 싫어!"

여인들의 울부짖는 소리. 엑시온은 그들의 비명을 들으며 희열을 느꼈다.

슈아아아!

마기가 다시금 여인들을 향해 쏟아졌다. 그러나 이번엔 그 앞을 막아선 이가 있었다.

"크윽."

"이런이런."

엑시온은 이안이 자신의 앞을 막아서자 웃음을 지었다. 다시 다른 곳을 공격했다. 그때마다 이안은 그의 공격을 막아섰다.

"얼마나 막을 수 있는지 두고 보지."

엑시온의 공격이 연이어 이어졌다. 그의 공격은 이안을 향하지 않았지만 이안은 모두 받아냈다.

"큭!"

강력한 마기를 수차례 맞은 탓에 이안의 몰골이 너덜너덜해졌다. 그러나 이안은 헬리아를 공격하지 못했다.

"그렇게 가만히 있다간 그 아이를 구하지 못할 텐데? 좀 더 도움을 주지."

엑시온이 손을 휘저었다. 그러자 바닥에 떨어져 있던 검이 천천히 떠올라 그의 손아귀로 빨려들어 갔다.

"이 정도면 나쁘지 않겠군."

검을 이리저리 만진 엑시온이 입꼬리를 올렸다.

"무슨 짓이지?"

이안은 엑시온의 행동에 눈을 좁혔다. 엑시온은 피식 웃었다.

"도와줄 생각이다."

그러곤 검으로 제 팔뚝을 좌악 그었다.

"……!"

"제법 선심을 썼는데 그런 표정을 하면 섭섭하지 않겠어?"

엑시온은 웃었다. 그러곤 다시 검을 들어 올려 이번엔 제 얼굴을 노렸다.

"멈춰!"

이안이 달려와 엑시온의 팔을 붙잡았다. 엑시온은 그런 이안을 보며 웃었다.

"재밌군. 근데 이제 시시해졌어."

엑시온의 표정이 단번에 바뀌었다. 그러곤 그는 가까이 있는 이안의 배에 마기를 퍼부었다.

"커억!"

이안은 채 방어하기도 전에 제 몸을 내주고 말았다. 풀썩 무릎을 꿇은 이안을 향해 엑시온이 싸늘하게 말했다.

"네놈이 시간을 끄는 중이라는 걸 내가 모를 줄 알았나? 그 정령을 믿는 모양이군. 적당히 장단에 맞춰주고 싶지만 가만히 기다리긴 너무 지루하지 않겠나?"

"……크윽."

이안은 이를 앙다물었다. 제 생각이 이미 들통 난 것이다. 헬리아의 영혼이 아직 존재한다면 엘라임이 있다. 그라면 어떻게든 헬리아를 도와줄 거라 생각했다. 그 생각을 엑시온이 간파했다.

이안은 이를 악물고 자리에서 일어섰다. 시간이 필요했다. 헬리아가 어둠에서 빠져나올 동안 헬리아가 슬퍼할 일을 만들지 않는 것. 그것이 그가 할 일이었다.

엑시온은 순식간에 즐거웠던 기분이 나락으로 떨어졌다.

"믿는다는 건가?"

"그녀의 몸으로 멋대로 날뛰게 내버려 두지 않는다."

"살아 있다면 말이지."

엑시온이 이안을 향해 손을 뻗었다. 이안은 검을 세게 쥐었다.

'헬리아!'

❊

자각하는 순간, 무너져 내린다. 주변의 풍경이 시시각각 변해갔다. 변치 않는 것은 캄캄한 어둠과 내리는 비뿐. 밖으로 나가는 길 따윈 보이지 않았다.

"엑시온……."

헬리아는 이 모든 원인이 엑시온임을 알아차렸다. 그렇다면 지금 엑시온은 자신의 몸을 차지하고 있을 터. 헬리아는 입술을 세게 깨물었다. 밖으로 나가야 했다. 엑시온이 제 몸을 가지고 마음대로 날뛰게 할 수 없었다. 하지만 어떻게?

"젠장."

헬리아는 나직이 잇소리를 내뱉었다. 몸 안에 힘은 느껴지지 않았고 아무리 불러도 엘라임 또한 대답하지 않았다.

만약 헬리아가 자각하지 못했다면 이 세계를 현실로 믿고 살아갔을 것이다. 하지만 이것은 현실이 아니다. 왜곡된 세계. 자신이 죽기 전은 한여름도 아닐뿐더러, 레스토랑에서 두 사람이 반지를 주고받는 장면을 보고 뛰쳐나가다 사고를 당했다. 그러니 그들의 결혼 소식을 TV로 볼 수 있을 리 없다.

쏴아아아—

내리는 빗줄기가 더없이 강해졌다. 헬리아는 이를 물고 젖은 몸을 내려다보았다. 현실처럼 으슬으슬 추위가 느껴졌다. 아까 제대로 먹지 않고 나와 허기도 졌다. 정말 현실인 것처럼.

"개소리."

이따위가 현실일 리 없다. 하지만 내리는 빗줄기에 몸은 점차 식어갔다. 헬리아는 하늘을 올려다보았다. 캄캄한 먹구름에서 비가 쏟아져 내렸다. 고요한 적막 가운데 들리는 것은 비 소리와 제 심장 소리뿐.

"이따위……."

개 같은 현실에 잠식당할쏘냐. 헬리아는 어림도 없다는 표정을 지었다. 가난한 생활과 쫓기는 상황, 제대로 편히 쉴 틈도 없었다. 사랑하는 연인은 다른 여자와 웃으며 손을 잡고 TV에 나온다. 그러나 그게 뭐 어쨌단 말인가.

헬리아는 입꼬리를 비틀어 올렸다. 이런 걸로 자신을 어둠으로 끌어내릴 수 있다 생각한 것일까?

"어림도 없는 소리!"

헬리아의 두 눈동자가 반짝였다. 그 당시엔 그 어림없는 것들로 상처받고 눈물을 흘렸다. 세상에 저 혼자라는 사실에 사무치게 외로움을 느꼈다. 하지만 그 순간마저 헬리아는 이겨내리라 다짐했다. 다만 기회가 주어지지 않았을 뿐. 더 이상 상처받는 그런 채민서가 아니다.

'나는 헬리아.'

헬리아다. 20여 년도 더 된 것들을 보여준다고 해서 슬퍼하지도, 고통받지도 않는다. 자신에겐 이미 소중한 사람이 많이 있다. 이제 외롭지 않다.

"정말 그럴까?"

순간 누군가의 목소리가 들려왔다. 헬리아는 주변을 둘러보았다. 그러나 언제 그런 소리가 들렸냐는 듯 고요한 빗소리만이 울려 퍼졌다. 언뜻 잘못 들은 걸로 치부할 수 있겠지만 헬리아는 똑똑히 그 소리를 들었다. 그리고 그 소리의 정체를 짐작할 수 있었다.

"엑시온……."

헬리아는 어디선가 엑시온이 자신을 보고 있다는 생각이 들자 불쾌해졌다.

'날 어둠에 떨어뜨리고 실실 웃고 있단 말이지?'

그럴수록 헬리아는 오기가 생겼다. 누구 좋으라고 어둠에 사로잡힌단 말인가.

"방법이 있을 거야, 방법이. 여길 빠져나갈 방법이……."

헬리아는 포기하지 않았다. 그러나 어둠은 그녀의 생각과 달리 만만치 않았다. 그것은 깊고 집요했으며 짙었다. 무엇보다 그 어둠은 헬리아, 바로 그녀 안에 있는 어둠이었다.

❊

"잡아라! 저기 있다!"

"젠장!"

헬리아는 자신을 쫓아오는 검은 옷을 입은 자들을 피해 달아났다. 포기하지 않는 헬리아가 마음이 들지 않았는지, 아니면 단순히 어둠만으로는 그녀를 몰아넣을 수 없다는 걸 깨달은 건지, 어느 순간부터 다시 원래의 세계로 돌아갔다.

하지만 이전과는 달랐다. 하늘은 시커먼 어둠이었고, 사람들은 온통 검은 옷을 입고 있었다. 그들은 헬리아를 발견하자마자 총과 칼로 그녀를 위협했다. 처음엔 이까짓 거 충분히 이겨낼 수 있다고 생각했지만 그들의 무기에 피를 본 뒤로 헬리아는 힘껏 도망쳤다. 지금의 그녀로서는 그들을 이길 수 없었다. 저들의 손에 당한다면 어둠에 사로잡히리라.

그렇게 얼마나 시간이 흘렀을까. 다만 하루 이틀이 아니라는 것만은 확실했다.

"하아, 하아."

거칠게 숨을 몰아쉰 헬리아는 한 폐건물로 들어가 몸을 숨겼다. 더웠던 한여름의 날씨는 한겨울로 바뀌어 있었다. 하지만 헬리아의 옷은 그대로 반팔이었다.

"젠장, 그 망할 마룡 같으니. 리얼리티가 심하잖아."

엑시온은 끈질겼다. 아니, 헬리아 그녀가 끈질겼다. 엑시온은 끊임없이 그녀를 어둠 속에 떨어뜨리려 했지만 그녀는 호락호락하지 않았다.

"지금쯤 똥줄 타고 있겠지."

헬리아는 어둠 속에서 피식 입꼬리를 올렸다. 도망치는 내내 생각했다. 이미 자신의 몸을 차지한 엑시온이 왜 그렇게 자신의 영혼을 소멸시키려 하는지. 완벽하지 않은 것이다. 한 몸에 두 개의 영혼. 거기다 원래는 헬리아의 몸이다. 엑시온이 완전히 통제할 수 없었던 것이다.

"제발 아무 일도 없어야 할 텐데."

지금 밖에선 엑시온이 제 몸을 가지고 날뛰고 있을 걸 생각하니 헬리아는 이가 갈렸다. 도중에 사라진 이안도 걱정이었다. 그라면 잘하겠지 싶으면서도 만약에 엑시온으로 변한 자신을 맞닥뜨리기라도 하면 어쩌나 싶었다. 이안이라면 제 몸이 다치더라도 그녀를 공격하지 못할 위인이었다. 그래서 더 걱정이었다.

"다들 잘 지내고 있을까."

캄캄한 하늘 위엔 별조차 보이지 않았다. 하기야 가짜 세계가 아닌가. 헬리아는 몸이 으슬으슬한 것을 느끼고 팔을 모아 웅크려 앉았다. 그리고 아르센 왕국에 있는 이들을 떠올렸다. 엘라드 상단 사람들, 클리드, 세드릭, 빈센트. 그들의 따스함이 문득 이 추운 날씨와 대조되어 떠올랐다.

"그러고 보니……."

이렇게 오랫동안 홀로 있었던 적은 없었다. 어느 순간부터 헬리아는 혼자라는 것을 느끼지 못했다. 엘라임과 이안. 그 두 사람이 언제나 그녀 곁에 함께해 주었다. 그래서일까.

"춥네."

헬리아는 몸을 더욱 움츠렸다. 그래도 평범한 인간보다 더 튼튼해 감기도 잘 안 걸리는 몸인데도 오늘따라 너무 추웠다. 캄캄한 어둠은 사람을 한없이 감상적으로 만든다. 어둠 속에선 혼자라는 것이 너무 두드러진다.

"혼자네."

예전엔 이렇게까지 느끼지 못했는데. 헬리아는 제 몸을 더 끌어안았다. 그들의 빈자리가 너무나 확연해 헬리아는 미간을 일그러뜨렸다. 그녀는 스스로가 강한 사람이라고 생각하지 않는다. 다만 강하고 싶을 뿐이다.

홀로 있는 시간이 너무 길었을까. 아니면 엑시온의 술수대로 끊임없이 쫓겨야 하는 상황이 힘들었을까. 헬리아는 자신도 모르게 지치고 있었다. 그리고 초조해졌다.

이대로 돌아가지 못한다면? 영원히 이렇게 쫓기게 된다면? 이런 곳에서 혼자 살아가야 하는 것인가? 고아에, 애인에게 버림받은 채 이렇게 쫓기는 생활을?

갑자기 주위가 점차 어두워졌다. 그러나 몸을 웅크리고 있던 헬리아는 그것을 알지 못했다. 그녀의 마음이 천천히 붕괴되기 시작하면서 그 틈으로 어둠이 스며든 것이다. 마음이 나약해진다. 혼자라는 사실이 그녀를 더욱 약하게 만들었다.

어둠이 서서히 헬리아의 몸을 타고 그녀를 감쌌다. 어둠이 잠식할수록 헬리아의 기억 또한 천천히 흐려졌다.

엑시온의 술수다. 자신을 타락시키기 위한.

헬리아는 고개를 떨쳐 상념을 털어냈지만 순간 머리가 어지러웠다.

"엑시온…… 엑시온?"

머릿속이 안개가 낀 것처럼 흐렸다. 이상함을 눈치챘지만 이미 그 자체도 잊혀졌다.

"추워……."

헬리아의 목소리가 작아졌다. 혼자가 되자 자신의 나약한 모습이 드러났다. 누구에게도 보여주고 싶지 않았던 자신의 약한 모습이. 외로웠다. 항상 외로웠었다. 단지 드러내지 않았다. 하지만 외로움은 감춘다고 감춰지는 것이 아니었다. 뼛속부터 시린 외로움에 헬리아는 언제나 추웠다.

그녀가 바란 건 복수도 명예도 아니었다. 그저 누군가의 따뜻한 애정이었을 뿐. 어둠이 천천히 그녀의 몸에 스며들기 시작했다. 그녀의 금발 끝이 검은색으로 물들어갔다.

"네 곁에 있어줄게."

누군가의 목소리가 떠올랐다. 누구였을까? 어둠에 기억을 뺏긴 헬리아는 아무리 생각해 봐도 떠오르지 않았다. 하지만 그게 무슨 상관이란 말인가. 쉬고 싶었다. 차라리 이대로 잠에 들면 편하지 않을까?

"평생 너와 함께 있을 거야."

다시금 머릿속에서 목소리가 들려왔다. 헬리아는 지끈거리는 머리를 부여잡았다.

"크윽."

도대체 누구지? 누구란 말인가!

"헬리아."

"에, 엘……."

그의 이름이 떠오르지 않는다. 헬리아는 이를 악물었다. 머리가 너무 아팠다. 이미 그녀의 머리 대부분이 검은색으로 물든 뒤였다.

"헬리아!"

"에, 엘라임!"

헬리아는 눈을 떴다. 이제야 생각이 났다. 도대체 자신이 무얼 하고 있었지? 헬리아는 입술을 깨물었다. 피가 나자 그제야 정신이 또렷해졌다. 하지만 이미 그녀의 몸을 잠식한 어둠을 떨쳐 내긴 역부족이었다. 자꾸만 머릿속이 흐려져 갔다.

"엘라임!"

혼자 두지 않겠다고 했다. 언제나 함께 있겠다고 했다. 자신은 혼자가 아니라는 것을 다시금 떠올렸다. 언제나 엘라임, 그가 있다는 것을.

그때였다.

"헬리아!"

캄캄한 어둠 속에서 한줄기 빛이 어둠을 갈랐다.

"엘…… 라임?"

헬리아는 엘라임의 모습에 희미하게 웃었다.

"……왜 이제야 온 거야?"

"헬리아!"

엘라임이 헬리아에게 다가와 그녀를 안았다. 그녀의 몸은 너무나 차갑게 식어 있어 절로 이가 악물어졌다. 너무 오랫동안 혼자 두었구나.

"헬리아…… 기다리게 해서 미안해."

"늦었어, 바보야."

"구해 줄게. 내가 구해 줄게."

엘라임이 힘을 끌어올려 그녀의 몸을 잠식한 어둠을 향해 쏘아 보냈다.

"크으윽!"

"젠장!"

그러나 이미 헬리아의 몸에 달라붙은 어둠은 떨어지지 않았다. 괴로운 신음을 흘리는 헬리아를 보며 엘라임은 이를 악물었다. 어떻게든 그녀를 어둠에서 끌어내야 했다.

"엘라임."

"포기하지 마! 아직 늦지 않았어!"

엘라임이 다시 자신의 온 힘을 끌어올렸다. 하지만 그러자 엘라임의 몸이 서서히 흐려지기 시작했다. 이곳은 원래 그가 들어올 수 없는 공간. 간신히 그의 힘으로 형체를 유지했지만 힘을 쓰자 형체를 유지할 힘이 부족해진 것이다. 점점 투명해지는 엘라임의 몸을 보며 헬리아는 피식 웃었다.

"헬리아!"

헬리아는 엘라임의 손을 잡았다. 따스함이 느껴졌다.

"소용없는 일이야. 그러다 너까지 소멸될 수 있어."

"소멸돼도 상관없어!"

헬리아는 고개를 저었다.

"복수를 하고 싶었어. 날 이렇게 만든 세상과 그들에게. 그래서 돈과 힘을 원했지."

"헬리아, 지금 당장 꺼내줄게."

하지만 헬리아는 엘라임의 손을 놔주지 않았다.

"그런데 바보 같았지."

"말하지 마, 제발, 헬리아!"

"누구라도 좋으니 날 좋아해 주길 바랐어. 부모도 연인도 버린 나를 누구라도 좋으니까 좋아했으면 싶었어."

"헬리아!"

"헬리아로 태어나서 정말 기뻤어. 좀 더 잘해 줄걸."

"제발!"

"고마웠어. 엘라임."

이미 헬리아의 머리는 검은색으로 물든 후였다. 엘라임은 헬리아를 꽉 껴안았다.

"엘라임."

"포기하지 마라."

"……."

"내가 말했지. 언제나 함께 있을 거라고."

"너……."

"함께야. 언제나."

엘라임이 자신의 온 힘을 쏟기 시작했다. 그러자 그의 몸이 투명해졌다.

"엘라임!"
"좋아해, 헬리아."
"……!"
"언제까지고."
엘라임의 고백에 헬리아는 눈을 크게 떴다. 그리고 그 순간 그녀의 눈동자에서 눈물 한 방울이 떨어져 내렸다.
토옥-
처음이었다. 이렇게까지 가슴이 가득해지는 애정을 받아본 것이.
"엘라임……."
헬리아는 옅게 웃음을 지었다. 살고 싶다. 살아서 좀 더 이 행복을 누리고 싶다.
"살고 싶어."
그 순간이었다.
파아아앗!
헬리아의 심장 부근에서부터 빛이 퍼져 나왔다.
"헬리아!"
심장에서부터 퍼져 나온 환한 황금빛은 그녀의 온몸으로 뻗어 나갔다. 그러자 그녀의 검게 물들었던 검은 머리에서 서서히 빛이 나기 시작했다.
엘라임은 그 모습에서 눈을 뗄 수 없었다. 환한 빛이 이윽고 점점 옅어지기 시작했다. 헬리아의 굳게 닫혔던 눈꺼풀은 서서히 들어 올려졌다.
"엘라임."
"헬…… 리아."
엘라임이 헬리아의 몸을 세게 끌어안았다. 더 이상 그의 몸이 흐려지지도, 헬리아의 몸이 어둠에 빨려들지도 않았다. 아니, 오히려 어둠이 비명을 지르기 시작했다.

빛과 어둠은 상극. 어둠이 강해지면 빛이 약해지고, 빛이 강해지면 어둠이 약해지는 법이다. 어둠으로 가득했던 공간은 이내 일그러지며 붕괴되기 시작했다.

"다시는, 다시는 죽는다는 소리 하지 마."

"……."

아직도 좀 전의 상황만 생각하면 떨림이 멈추지 않았다.

헬리아는 엘라임의 격정에 살짝 놀랐지만 이내 그의 허리를 감싸 안았다.

"다신 그러지 않을게."

"응. 절대 나보다 먼저 죽게 안 할 거야."

엘라임의 말에 헬리아는 피식 웃었다.

"그럼 천년만년 살아야겠네. 너보다 오래 살려면."

헬리아는 엘라임의 마음이 느껴져 가슴이 따뜻해졌다. 정말 이런 사람을, 아니, 이런 정령을 두고 죽으려 했다는 게 아까워졌다.

"엘라임."

헬리아가 엘라임을 향해 손을 내밀었다.

"나가자."

엘라임이 그녀의 손을 꼭 붙잡았다. 헬리아는 입술을 끌어 올리며 말했다.

"나가서 그 엑시온 개자식을 박살 내줘야지."

"물론이지."

헬리아는 환하게 웃음을 지었다.

❊

"크윽."

바닥에 무릎을 꿇은 이안의 입에서 한 움큼 붉은 핏물이 터져 나왔다. 헬리아의 몸을 차지한 엑시온이 비틀거리는 이안을 내려다보았다.

"소드 마스터라 그런지 제법이군."

엑시온은 입술을 비틀어 올리며 이안을 유린했다. 그의 손이 한 번 휘저어질 때마다 이안의 몸은 난자되어 피가 흩뿌려졌다. 하지만 이안은 제대로 된 반격을 하지 못했다. 엑시온의 몸이 헬리아의 몸이라는 것. 그렇기에 자신을 공격하지 못하는 이안을 엑시온은 철저히 갖고 놀았다.

"쿨럭."

이안은 피가 섞인 기침을 내뱉고는 이내 다시 검을 쥐었다. 그러곤 엑시온을 보았다. 아니, 그 안에 갇혀 있을 헬리아를 보았다. 얼마나 더 버틸 수 있을지는 모른다. 하지만 버텨야만 했다.

'조금만 더…….'

헬리아가 깨달은 것처럼 이안도 엑시온의 상태를 알아차렸다. 마룡이라 칭해지는 존재치고 그 힘이 생각보다 강하지 않은 탓이었다. 그의 공격이 강하다 하나 공격의 강도는 원래 헬리아가 가진 힘의 크기 그 이상도 이하도 아니었다. 그 말은 곧, 아직 엑시온이 제 본신의 힘을 내지 못하고 있다는 뜻이었다. 필시 내부에 문제가 있다는 것.

'반드시 깨어난다.'

이안은 믿었다. 헬리아를 믿고, 그녀의 곁에 있는 엘라임을 믿었다. 두 사람이라면 반드시 어둠을 이겨낼 것이다.

'반드시!'

이안의 두 눈이 믿음으로 빛났다.

"이놈들이……!"

믿음으로 굳건한 이안의 눈빛을 보자 엑시온은 속이 뒤틀렸다. 마치 과거의 세르게니아를 보는 것 같았다. 하지만 세르게니아는 사라졌다. 지금 그가 서 있는 것이 그 증거였다. 여전히 포기하지 않는 놈이나 아직도 어둠에 사로잡히지 않는 헬리아나 모두 그의 심기를 건드렸다.

어째서 포기하지 않는 거지? 절망적인 상황이다. 결코 벗어날 수 없다. 그런데 어째서 포기하지 않고 서로를 믿고 있단 말인가?

"젠장!"

배알이 뒤틀린 엑시온의 두 눈이 광기로 번뜩였다.

"그렇게 죽고 싶다면 죽여주마!"

엑시온이 이안을 향해 마기를 퍼부었다. 당장에라도 저 두 눈알을 파버려야 직성이 풀릴 것 같았다.

"크윽, 겨우 이 정도인가?"

"뭐라?"

이안이 엑시온의 공격을 막으며 한쪽 입꼬리를 끌어 올렸다. 이안의 검은 눈동자가 투명한 흑요석처럼 빛났다.

"그녀의 힘은 겨우 이 정도가 아니다. 하면 이것이 네 힘인가?"

"가소로운 놈! 죽음을 재촉하는구나!"

이안의 비아냥거림에 엑시온의 눈동자가 싸늘하게 식어갔다. 하지만 그의 말처럼 아직 헬리아의 몸을 완전히 장악하지 못한 엑시온은 완전히 부활한 게 아니었다.

'이놈들이!'

엑시온의 공격에 이안의 온몸이 피로 물들었지만 그는 쓰러지지 않았다.

"초조한가? 그녀가 다시 그 몸을 차지할까 봐?"

이안의 격장지계에 엑시온이 말려들었다.

"네놈이 감히!"

엑시온이 자신의 힘을 끌어 올렸다. 그 모습에 이안은 눈매를 좁혔다.

'위험하다.'

너무 도발한 것일까? 엑시온은 그가 가진 최대치의 힘을 끌어 올려 이안을 향해 손을 뻗었다.

"죽어라!"

엑시온이 이안을 향해 공격을 뿌리려는 찰나, 그의 두 눈동자가 심하게 흔들리기 시작했다.

"이, 이건……!"

내부에서 무언가 일이 생긴 듯 엑시온은 공격을 멈추고 두 손으로 머리를 잡았다. 머리가 깨질 듯한 고통이 엄습했다.

"크으윽, 이 엑시온을……!"

엑시온이 몸부림을 치자 라몬 공작과 흑마법사들이 다가서려 했다. 하지만 고통을 이기지 못한 엑시온이 뿌린 무차별 공격에 더는 다가갈 수 없었다.

"이게 대체……!"

"공작님! 이제 어찌해야 합니까?"

"크윽!"

라몬 공작은 이를 갈며 상황을 주시했다. 이대로 섣불리 엑시온에게 다가가다간 개죽음을 당할 뿐이었다. 불길한 예감이 엄습했다. 무언가 일이 잘못되고 있었다.

"크으윽, 이놈들이!"

엑시온은 고통에 이를 악물었다. 헬리아의 영혼이 자신을 밀어내고 있었다. 하지만 이대로 물러설 엑시온이 아니었다.

'이 내가, 드디어 봉인이 풀렸거늘! 다시 돌아갈 수 없다! 그 어둠 속으로 다시 돌아갈 수 없어! 나는, 나는 반드시 해야 할 일이!'

엑시온은 마기를 끌어올렸다. 아직 몸의 통제권은 자신이 가지고 있다. 헬리아의 힘이 강하나 현재 이 몸의 주인은 자신이다. 결코 넘겨줄 수 없다!

그때, 피를 흘리던 이안이 비척거리며 엑시온에게 다가갔다. 다른 흑마법사들은 엑시온이 날리는 공격에 다가설 엄두를 내지 못하고 있었다. 그러나 이안은 달랐다. 그는 엑시온의 공격 속으로 들어가 그에게 다다랐다.

"크, 크윽!"

"네놈이 아무리 발버둥 쳐도 결코 그녀의 몸을 차지할 수 없다. 아니, 내가 그렇게 만들지 않을 것이다."

"무슨……!"

순식간에 이안은 헬리아의 허리를 끌어당겨 놀란 엑시온의 입에 입을 맞추었다.

"……!"

그 순간이었다.

화아아악!

이안이 입을 맞춘 순간 검은 기류가 헬리아의 몸에서 밖으로 튕겨져 나갔다.

"무, 무슨 짓이야!"

귀에 익은 목소리에 이안은 천천히 헬리아의 입에서 입술을 떼고 뒤에 나타난 인영을 보았다.

"나, 나도 못 해봤는데!"

푸른 머리에 푸른 눈동자를 지닌 엘라임이었다. 이안은 엘라임을 보자 입꼬리를 끌어 올렸다.

'그가 나타났다면…….'

"……무슨 짓이야?"

헬리아가 눈을 동그랗게 뜨고 이안을 보았다. 너무 놀라 화를 낼 타이밍조차 잊어버렸다. 이안은 당황하는 헬리아의 표정을 보며 피식 웃었다. 그것은 안도의 웃음이었다. 정말이지 다행이다. 정말이지.

"덕분에 깨어나질 않았습니까?"

"네놈이 안 그래도 곧 깨어날 거였거든?"

엘라임은 헬리아에게 입을 맞춘 이안을 보며 기겁했다. 자신은 고작 고백을 했는데 저놈은 키스를 하다니!

'차라리 나도 키스할걸!'

엘라임은 분개했다.

"어서 떨어져!"

아직도 붙어 있는 두 사람 사이를 엘라임이 친절히 떼어놓았다.

이안은 아쉽다는 듯 헬리아의 입술을 손가락으로 한번 훑고는 물러섰다. 엘라임이 얼른 헬리아에게 다가가 소매로 헬리아의 입술을 박박 닦았다.

"너 나중에 봐! 감히 헬리아의 처, 처……!"

"첫 키스였나?"

"으악!"

이안은 제법 기분이 좋은 듯 웃었다. 그러나 그건 찰나였다.

"크윽!"

"이안!"

이안의 몸은 온통 피로 도배되어 있었다. 헬리아는 그의 몸을 끌어안으며 제 손에 묻은 피에 얼굴이 굳어졌다. 자신 때문이라는 자책에 헬리아의 목소리가 떨렸다.

"미안, 나 때문에……."

"당신 탓이 아닙니다."

이안이 그녀의 뺨을 조심스럽게 쓰다듬었다. 이미 이안은 서 있을 기력은 물론 말할 기운조차 없는 상태였다.

"미안, 아니, 고마워."

이안은 희미하게 웃었다. 아직 그들에겐 처리해야 할 일이 남아 있었다.

—크아아아아! 네놈들이 감히!

그릇을 잃자 엑시온은 분노했다. 비록 육체는 잃었지만 그는 그대로 물러서지 않았다.

—공주를 잡아라!

"서둘러 마법진을 가동해라!"

엑시온의 명령에 라몬 공작이 상황을 파악하고 다급히 흑마법사들에게 지시를 내렸지만, 같은 수에 당할 그녀가 아니었다.

"웃기시네!"

콰아앙!

마법으로 바닥을 내려치자 바닥에 그려진 마법진이 부서졌다.

"크아아아!"

"커허헉!"

흑마법사들은 갑작스레 마법이 끊기자 마나가 역류해 피를 토해냈다.

—그 몸을 내놔라!

검은 기류로 뭉쳐 있는 엑시온이 헬리아에게 달려들었다. 하지만 그 순간, 헬리아의 몸이 빛나기 시작했다. 헬리아의 몸에서 뿜어져 나온 빛에 엑시온이 비명을 질렀다.

"두 번은 안 되지!"

—이놈이!

엑시온은 어떻게든 그녀의 몸을 차지하려 했지만 헬리아의 빛은 더욱 강렬해졌다. 그 빛은 헬리아의 몸 속에 남아 있던 한 줌의 어둠까지 깡그리 밖으로 몰아냈다. 그러자 엑시온 때문에 검게 물들었던 검은 머리가 찬란한 금빛으로 바뀌기 시작했다.

—이대로 끝낼 순 없다!

엑시온도 이에 질세라 검은 기류를 퍼뜨리더니 이내 주위에 있던 여자들을 감싸기 시작했다.

"안 돼!"

헬리아는 엑시온을 향해 마법을 시전했지만 엑시온은 이미 여자들의 힘을 모두 흡수한 다음이었다.

"꺄아아아!"

여자들의 비명이 이어졌고, 이윽고 그녀들은 모두 바짝 마른 미라로 변하고 말았다. 마지막 한 톨의 마나마저 빨려 나간 것이다.

슈우우욱—

천장을 뒤덮였던 마기가 한 곳에 뭉치기 시작했다. 그리고 검은 머리의 헬리아와 똑같은 모습으로 엑시온이 나타났다.

"저년을 잡아라!"

엑시온의 말에 라몬 공작은 정신을 차리고 흑마법사들에게 명령을 내렸다. 이제 와 대업을 그르칠 수는 없었다.

"공격해라!"

라몬 공작의 명령이 떨어지자 흑마법사들이 헬리아 일행을 향해 공격을 퍼부었다. 이제는 이판사판이었다.

"헬리아!"

엘라임이 헬리아를 불렀다. 헬리아가 깨어나면서 얼핏 전세가 역전된 것으로 보일 수도 있겠으나 실상을 따져 보면 헬리아 일행이 불리했다. 이안은 다쳐 비틀거렸고, 엘라임과 헬리아는 어둠에서 빠져나가기 위해 이미 힘을 다 써버렸다.

헬리아는 이를 악물었다. 겨우 엑시온을 몸에서 몰아내긴 했으나 달라진 것은 없었다.

"젠장!"

"크윽!"

이안이 비틀거리더니 한쪽 무릎을 꿇었다. 겨우 검으로 지탱하고 있으나 힘겨운 것이 얼굴에 고스란히 드러났다.

"이안!"

헬리아는 실드를 펼쳤다. 그러나 이안까지 방어할 정도의 크기를 만들어야 했기에 힘이 두 배나 들었다.

"크으윽!"

헬리아의 입에서 피가 한줄기 흘러내렸다. 이대로 있다간 다시 엑시온에게 몸을 내줘야 할 판이었다.

"젠장, 힘이……."

헬리아는 피를 닦아내곤 엑시온을 노려보았다. 그때 이안이 물끄러미 그녀를 보다 입을 열었다.

"먼저 가십시오."

"……무슨 말이야?"

"나중에 뒤따르겠습니다."

"그걸 말이라고 하는 거야!"

헬리아는 이안의 말에 화를 냈다. 이안을 두고 어떻게 가란 말인가! 그러나 이안은 담담한 눈빛으로 헬리아를 보았다. 그것이 더 헬리아를 화나게 만들었다.

"이안!"

"공주님이 잡히면 다시 상황은 악화됩니다."

"잡히지 않아!"

헬리아는 사납게 이안을 노려보았다. 그 순간 엑시온이 다시 한번 공격을 퍼부었다.

"크윽!"

헬리아는 이를 악물고 제 안에 있는 드래곤의 힘을 끌어냈다. 그녀의 손이 뻗어간 곳엔 흑마법사들이 피를 토하며 쓰러지고 있었다. 그러나 이미 너무 많은 힘을 쓴 헬리아다. 진작에 과부하가 걸린 상태. 당연히 그 여파는 고스란히 그녀의 몫이었다.

"쿨럭!"

"헬리아!"

엘라임은 쓰러지려는 헬리아의 몸을 붙잡았다. 이대로 가다간 몸을 지키기도 전에 그녀의 몸이 먼저 망가질 것이다.

"나는 짐이 될 거다."

이안이 엘라임을 보았다. 헬리아는 과도한 힘을 쏟아낸 터라 정신을 잃어가고 있었다.

"아, 안 돼……."

"공주님을 데리고 빠져나가라. 한 명이라면 나갈 수 있을 거다."

"너는……."

"안 돼, 엘라임."

"곧 따라가겠다."

"……."

엘라임은 이안과 눈이 마주쳤다. 두 사람 사이에 묵언의 대화가 오갔고 이내 엘라임은 실행에 옮겼다.

"부디 살아 있어라."

"에, 엘라……."

엘라임이 헬리아를 둘러업고 달리기 시작했다. 그의 힘으론 지금 그녀를 데리고 피신하는 게 고작이었다.

"이, 이안을……."

"무사할 거야."

엘라임은 뒤를 돌아 이안을 보았다. 이안이 고개를 끄덕였다. 이 순간이 마지막일 수도 있다. 그동안 그와도 정이 제법 들었다. 하지만 엘라임에겐 헬리아가 최우선이었다. 그것을 이안도 알고 있으리라.

"가라."

"살아 있어라."

엘라임이 헬리아를 안고 서둘러 빠져나갔다. 다행히 엑시온이 발광한 탓에 틈이 있었다.

"엘라임!"

"……."

헬리아가 버둥거렸지만 엘라임은 묵묵히 그녀를 안고 뛸 뿐이었다. 엘라임이 마지막으로 뒤를 돌아보았다. 이안은 우뚝 서 있었다. 온몸에서 흘러나오는 피가 아니었다면 그가 부상자라는 것을 알 수 없을 정도였다.

'제발 살아 있어라!'

"잡아라!"

라몬 공작이 빠져나가려는 엘라임을 보았다. 흑마법사에게 명령을 내렸지만 이안이 오러 블레이드를 일으키며 그 앞을 막아섰다. 순간 이안의 흑안이 번뜩였다.

"아무도 보내지 않는다!"

❊

"엘라임!"

"……."

헬리아가 목소리를 높였지만 엘라임은 묵묵히 그녀를 등에 업은 채 눈앞의 적들을 해치우며 나아갔다. 대부분의 흑마법사가 공동 내부에 있었고, 이안이 그들을 막아준 덕분에 밖에 있는 적의 수는 많지 않았다.

"엘라임!"

헬리아가 다시 엘라임을 불렀다. 낮고 단호한 목소리였다. 그에 엘라임은 더는 그녀의 목소리를 외면할 수 없었다.

“네가 그곳에 있으면 더 위험해.”

“그렇다고 그를 내버려 두고 와?”

“그러면 어떻게 할 건데?”

“…….”

도리어 반문하는 엘라임을 보며 헬리아는 입술을 질끈 깨물었다. 그녀도 이해는 했다. 하지만 머리로 알고 있다 하더라도 마음은 그렇지 않았다.

“엑시온은 아직 완전히 부활한 게 아니야. 네가 사라졌기 때문이야. 그의 부활을 도울 참이야?”

“…….”

엘라임은 지금 헬리아의 기분이 어떨지 알고 있었다. 그래서 마음이 아팠다. 그래서 엘라임은 눈을 질끈 감고 더욱 모질게 말했다.

“만약 네가 엑시온으로 부활한다면…… 그놈은 속수무책으로 죽을 거다. 네 손에…….”

엘라임의 말에 헬리아는 아무 말도 하지 못했다. 그의 말이 사실이었기에 뭐라 반박할 거리를 찾지 못했다. 피범벅이 된 이안의 모습이 떠올랐다. 자신의 몸이기에 엑시온의 공격을 그대로 받아들였을 것이다. 그는 그런 남자였다.

헬리아는 이를 꽉 깨물었다. 헬리아의 몸이 경직되는 것을 느끼자 엘라임의 표정도 굳어졌다. 하지만 그녀를 다시 그곳으로 돌려보낼 수는 없었다.

엘라임과 헬리아는 다행히 흑마법사들의 추적을 따돌리고 인적이 드문 숲속에 잠시 몸을 숨겼다. 밖은 고요했다. 소리마저 어둠이 삼켜버린 듯 적막한 가운데 하늘에선 툭툭 눈뭉치들이 떨어지기 시작했다.

"내려줘."

"……헬리아."

"돌아가지 않아. 이제 혼자 걸을 수 있어서 그런 것뿐이야."

엘라임은 잠시 머뭇거렸지만 이내 그녀를 내려놓았다. 엘라임은 차마 헬리아의 얼굴을 마주 볼 수 없었다. 그런 엘라임을 본 헬리아는 쓴웃음을 지었다. 지금 이 상황이 그의 탓이겠는가.

헬리아는 고개마저 돌린 채 자신을 바라보지 못하는 엘라임의 얼굴을 양손으로 잡아 돌렸다. 엘라임은 비에 젖은 강아지처럼 흔들리는 눈으로 헬리아를 보았다.

"알고 있어. 내가 가면 위험하다는걸."

헬리아의 얼굴이 미묘하게 일그러졌다.

"한데 저러다 죽으면?"

"……헬리아."

"나 때문에 죽으면 난 어떡해?"

"……."

엘라임은 빈말이라도 살 수 있을 거라고 말하지 못했다. 지금으로선 살 수 있는 확률보다 죽을 확률이 높았다. 애초에 이안의 상처가 너무 깊었다. 거기다 그 많은 흑마법사를 어떻게 처리한단 말인가? 헬리아가 엘라임의 얼굴에서 손을 떼고 몸을 돌리자 놀란 엘라임이 그녀를 품에 안았다.

"가면 안 돼. 가지 마."

엘라임의 간절한 목소리에 헬리아는 한숨을 내쉬고 고개를 돌렸다.

"간다면?"

"못 가게 할 거야. 그러면 죽을 테니까."

"놔."

"안 놔, 절대 안 놔."

"엘라임."

"가면? 가서 뭘 할 수 있는데? 네가 사라지고 심장이 찢어질 것 같았어. 네가 없어진다고 생각하니 숨이 쉬어지지 않았어. 제발, 제발 가지 마."

엘라임은 자신의 행동을 후회하지 않았다. 그만큼 상황은 매우 위험했다. 몇 번이라도 이안이 죽을 상황에 처한다면, 그런 상황에서 단 한 사람만을 구할 수 있다면, 그는 주저하지 않고 헬리아를 구할 것이다. 그것이 그녀를 슬프게 한다 해도 어쩔 수 없다.

헬리아는 잠시 그를 빤히 쳐다보았다. 그러자 순간 그가 자신을 좋아한다고 고백한 사실이 떠올랐다. 그 때문인지 갑자기 얼굴이 화끈거렸다. 생각해 보니 거기에 더해 이안과 키스도 하지 않았나?

'도대체 무슨 짓을 한 건지…….'

하지만 도리어 그것이 헬리아의 이성을 돌아오게 만들었다.

"안 가."

"안 보내…… 뭐, 안 간다고?"

엘라임이 헬리아의 말에 눈을 동그랗게 떴다. 헬리아의 머릿속은 여러 상념으로 뒤엉켰다. 하지만 곧 결정을 내렸다. 아직 마음은 당장에라도 이안을 구하러 가고 싶다. 그러나 헬리아는 애써 마음을 다잡았다. 방법을 찾아 반드시 이안을 구해내리라.

거기다 라몬 공작이 버젓이 살아 있었다. 그리고 황궁 바로 아래에 엑시온을 부활시켰다. 아무리 생각해 봐도 내부에 공모자가 있다고밖에 설명할 수 없었다. 그것도 아주 강력한.

그 순간이었다. 헬리아와 엘라임은 멀지 않은 곳에서 인기척을 느꼈다. 주변을 둘러보니 캄캄한 어둠 속에서 불빛이 어지러이 흔들렸다.

"병사들이야."

"젠장, 병사들까지……."

그들은 자신들을 쫓는 게 아닐 수도 있다. 하지만 곧 들려온 목소리에 그 생각은 산산이 조각났다.

“도대체 그 공주라는 자를 왜 찾는 거야? 무슨 죄라도 저질렀대?”

“몰라, 시키니 찾는 거지.”

헬리아는 병사들의 대화에서 그들이 찾는 자가 자신임을 확신했다.

“엘라임.”

“응.”

헬리아와 엘라임은 최대한 기척을 죽이며 그들의 포위망을 빠져나갔다. 캄캄한 밤인데다가 별 능력이 없는 병사들만 있어 가능한 일이었다. 물론 이제 서둘러 그들과 더 멀어져야 했다.

안 그랬다간 병사들에게 소식을 들은 흑마법사들이 몰려올 것이다. 아직 헬리아는 제 힘을 회복하지 못했다. 흑마법사를 상대하지 못할 것도 없지만 그 수가 문제였다. 한 손으로 열 손을 막으려면 원래의 힘이 필요했다. 헬리아와 엘라임은 최대한 병사들을 피해 몸을 움직였다.

그렇게 그들이 다다른 곳은 어느 한 조용한 정원 안이었다. 대다수 귀족이 연회에 참석해 있어서 그런지 주변엔 사람이 보이지 않았다. 그나마 불행 중 다행이었다.

“후우…….”

안도의 숨을 내쉰 헬리아가 긴장이 풀렸는지 몸을 비틀거렸다. 그러자 엘라임이 그녀의 몸을 붙잡았다.

“헬리아.”

“괜찮아.”

“기척은?”

“이쪽으로 오는 것 같진 않아.”

그렇게 말하는 순간 둘 사이에 정적이 흘렀다. 헬리아는 엘라임이 또 미안한 표정을 짓자 그의 머리를 흩뜨렸다.

"병든 병아리 같긴."

"……."

"어쩔 수 없었던 거지?"

"……."

"그럼 되었어."

헬리아는 밤하늘을 올려다보았다. 눈이 오는 탓인지 별 한 점 보이지 않았다.

"내가 엑시온에게 몸을 내주지만 않았더라면, 좀 더 조심했더라면……."

"네가 잘못한 게 아니야. 그놈들이 나쁜 거라고."

"그랬다면 달랐겠지?"

"헬리아."

"내 실수를 합리화하고 싶진 않아. 내가 잘못한 거야. 그건 변하지 않아. 내가 져야 할 짐이야."

헬리아의 두 눈이 굳게 빛났다. 그녀는 나직하게 웃어 보였지만 엘라임은 마음이 쓰렸다.

"그나저나 밖으로 나갈 수 있겠나?"

헬리아는 병사들이 움직인 것을 보고 눈을 좁혔다. 흑마법사들이라면 모를까 병사들까지 움직이다니. 도대체 누가 라몬 공작을 도왔단 말인가? 헬리아는 문득 사신단의 안위가 걱정이 되었다. 병사들이 자신을 찾는다면 그들도 무사하지 못할 것이다.

"레브가 잘해야 할 텐데……."

미리 레브에게 일러두긴 했지만 시간이 촉박했다. 그저 지금으로선 그를 믿을 수밖에 없었다.

그런데 그때였다. 소리조차 없었다. 만약 헬리아와 엘라임이 주변을 경계하느라 기감을 넓혀놓지 않았다면 결코 알아차릴 수 없었을 것이다. 그만큼 은밀하고 조심스러웠다.

'엘라임.'

'응.'

헬리아가 엘라임에게 눈짓했다.

'병사들? 아님 흑마법사인가?'

어느 쪽이든 결코 좋을 게 없었다. 헬리아는 얼굴을 굳히고 주변을 살폈다. 그리고 그 순간, 엘라임이 빠르게 움직였다.

"크윽!"

"누구냐?"

엘라임이 붙잡은 상대를 깔아뭉개고 낮은 목소리로 으르렁거렸다.

"저, 접니다."

"……?"

캄캄한 어둠 속이라 얼굴이 제대로 보이지 않았지만 목소리가 어딘지 모르게 익숙했다.

"엘라임."

헬리아의 말에 엘라임이 상대를 들어 올렸다. 그리고 상대를 확인한 헬리아의 눈에 의아함이 깃들었다.

"네가 여긴 어떻게?"

검은 옷을 입고 있었지만 헬리아는 그가 누군지 알아차렸다. 아니, 어찌 모를 수 있겠는가.

"레브."

"공주님."

레브라는 말에 엘라임도 손을 놓아주었다. 헬리아는 레브를 확인하자 눈을 좁혔다.

"도대체 왜 여기에 있는 거야?"

"죄송합니다."

"다른 사람들은?"

"공주님께서 그렇게 가시고 느낌이 이상해 바로 백작님께 말씀드렸습니다. 이후 백작님은 곧장 성을 나가셨습니다. 지금은 안전한 곳에 계실 겁니다."

"후우, 다행이네."

하지만 헬리아의 좁혀진 미간은 펴지지 않았다.

"그럼 너는 왜 여기에 있는 거야?"

"……."

"레브."

"죄송합니다. 하지만 제 역할은 공주님을 보호하는 겁니다."

저번 사신 행렬 땐 넘어갔지만 이번엔 너무 느낌이 좋지 않았다. 레브는 그녀를 내버려 두고 혼자 안전한 곳에 있을 수 없었다.

"……."

레브의 말에 헬리아는 뭐라 말하려다가 입을 다물었다. 그의 모습에서 이안의 모습이 겹쳐 떠올랐다. 어차피 이미 엎질러진 물이 아니겠는가. 그보다 현재 상황을 파악하는 게 중요했다.

"황태자는?"

맨 처음 헬리아는 분명 레브에게 황태자에게 가라고 말했다. 하지만 레브의 말을 들어보면 그에게 간 것 같지 않았다. 더욱 불길한 느낌이 들었다. 뭔가 문제가 있음이다. 그녀의 직감이 맞았는지 대번에 레브의 표정이 어두워졌다.

"황태자께선 감옥에 수감되어 있습니다."

"감옥에?"

헬리아의 눈이 커졌다.

헬리아가 엑시온과 사투를 벌일 당시, 연회홀엔 무슨 일이 있냐는 듯 화려한 불빛과 아름다운 선율로 가득했다.

"뭘 그렇게 두리번거리세요?"

"누, 누가?"

에른의 말에 알베르가 뜨끔한 표정을 지었다. 하지만 에른이 누군가. 알베르의 곁에서 그의 오만 꼬장을 다 겪어온 인물이 아닌가. 딱 봐도 누굴 찾는 모양새라는 걸 눈치 못 챌 그가 아니었다. 에른이 눈을 가늘게 뜨고 입꼬리를 올렸다.

"공주님 찾으시는 거죠?"

"누, 누가 찾는다고 그래? 그, 그냥 어디서 바람이 들어오나 싶었지."

'바람은 무슨.'

냉난방이 완비된 연회홀이다. 굳이 테라스의 문을 열지 않는 이상 찬 바람이 들어올 리 없다. 하물며 지금 알베르와 에른이 있는 곳은 창문이 있는 곳도 아니다.

"못 먹는 케이크예요."

"……케이크가 뭘?"

"헬리아 공주님이요. 그때 못 보셨어요? 아주 그 남자와 다정하던데. 딱 보니 임자구먼."

"임자는 무슨!"

알베르가 심통 난 표정을 지었다. 에른은 그 모습에 혀를 찼다.

'이거 정말 딴마음이 있었네.'

하지만 에른은 헬리아 공주의 성격을 떠올리고 고개를 살래살래 저었다. 잠깐 본 것만으로도 헬리아 공주의 성격이 만만치 않다는 것을 알아차렸다. 둘이 정말 만에 하나, 십만에 하나 이루어진다고 해도 알베르는 헬리아의 밥. 꼬봉, 부하. 그 이상도 이하도 아닐 것이다.

'봉이 안 되면 다행이지.'

아주 밥일 것이다, 밥!

"너 또 내 욕했지?"

"큼, 암튼 걱정하고 있습니다."

에른은 눈을 가늘게 뜨고 이내 고개를 휘휘 저었다.

"됐어. 갈래."

"벌써 가시게요?"

에른의 말에 기분이 팍 상한 알베르였다. 거기다 정말로 헬리아가 없는 파티는 재밌지도 않았다.

"오늘은 황제도 모습을 드러낸다고 하던데."

"황제고 나발이고, 암튼 쉴래."

"네네. 그러시겠죠."

에른은 어깨를 으쓱 올렸다. 알베르와 에른이 밖으로 나가고 얼마 지나지 않아 시종장의 목소리가 높이 울려 퍼졌다.

"황제 폐하 드시옵니다!"

연회홀 중앙 문이 열리면서 그 사이로 페르시아 제국의 황제 카사스 2세가 모습을 드러냈다. 거대한 페르시아 제국의 영토를 이루어낸 정복자이자 수십 년이 넘도록 황좌를 지킨 인물. 그가 바로 카사스 2세였다.

한 걸음 한 걸음 그가 걸음을 옮길 때마다 사람들은 자신도 모르게 심장박동수가 올라갔다. 홀 안에 있는 사람들은 그의 기백만으로도 숨이 막히는 기분을 느껴야만 했다.

'이, 이것이 제국의 황제란 말인가!'

'너무 젊지 않은가!'

타국에서 온 귀족들은 황제의 모습에 충격을 받았다. 소문으로는 나이에 비해 정정하다는 이야기를 들었지만 이렇게까지 젊어 보일 줄은 몰랐던 것이다. 팔십은 다 된 노인이건만 겉으로 보이는 외모는 오십 대 정도였다. 은빛 머리카락은 올백으로 넘겼고, 푸른 눈동자는 차가운 얼음덩이처럼 사람을 얼어붙게 만들었다. 황제는 보는 사람으로 하여금 저절로 두려움을 느끼게 하는 존재였다.

황제는 천천히 왕좌가 있는 상석으로 나아갔다. 귀족들은 자신도 모르게 고개를 숙이고 그를 맞이하였다. 감히 고개를 들 생각조차 하지 못했다.

제국의 황제. 과연 대페르시아 제국을 이룩한 카사스 2세였다.

카사스 2세가 왕좌에 착석했다. 그리고 낮은 목소리로 말하였다.

"모두 고개를 들라."

그리 힘주어 말한 것도 아님에도 홀 구석까지 그의 목소리가 닿았다. 카사스 2세는 의자걸이에 팔을 올리곤 눈매를 손가락으로 가볍게 쓸어내렸다. 그 동작 하나에도 귀족들은 숨 한번 제대로 쉬지도 못 했다. 그에게서 흘러나오는 기세는 마치 소드 마스터의 것과도 같았다.

"모두 내 생일을 맞이하여 잘 와주었소."

카사스 2세는 나지막하게 말을 시작했다.

"늙은이의 생일잔치가 즐거웠는지 모르겠네."

"어인 말씀입니다. 즐겁지 않을 리 있겠습니까?"

한 귀족의 말에 다른 귀족들도 너 나 할 것 없이 황제에게 충분히 즐거웠음을 표현했다. 상대는 제국의 황제이다. 좋은 관계를 유지해서 나쁠 건 없었다. 황제는 그런 귀족들의 반응에 입술을 끌어 올렸다. 순간 몇몇 사람은 무언가 알 수 없는 위화감을 느꼈다. 그러나 황제 앞에서 감히 그것을 말로 내뱉을 간 큰 자는 없었기에 다들 머릿속으로만 생각할 뿐이었다.

"재미있었다니 다행이구려."

황제의 눈이 나른해졌다. 그는 좌중을 훑어보다 이내 손을 까닥했다. 그러자 페르시아 제국의 귀족 중 몇몇이 황제의 근처로 모이기 시작했다. 그리고 남은 것은 이 상황을 이해하지 못한 자국의 귀족과 대다수 타국의 귀족이었다.

'뭐지?'

'왜 저들은 따로?'

저마다 상념에 빠져 있을 때 황제가 그 의문을 해소시켜 주었다.

"그럼 내 마음이 놓이네."

"그게 무슨……."

척척척!

그 순간이었다. 갑자기 연회홀로 난데없이 군사들이 들이닥쳤다. 병사들의 등장에 귀족들은 모두 놀라 움직일 수도 없었다.

"까아아악!"

"이, 이게 대체 무슨 일입니까?"

"가, 갑자기 군사들이 왜……."

귀족들은 갑자기 나타난 군사들을 보며 놀란 표정을 지었다. 하지만 크게 염려하지는 않았다. 설마 이 군사들이 자신을 위협할 거라고는 생각조차 하지 않았다. 분명 불순한 죄를 저지른 누군가를 잡으러 왔을 거라고 여겼다.

한데 병사들은 아무런 움직임이 없었다. 아니, 그들은 한곳을 바라보고 있었다. 바로 귀족들이었다. 그제야 가장 먼저 제국에서 초대를 보낼 때부터 뭔가 이상한 낌새를 느꼈던 이들이 상황을 파악했다. 군사들이 포위한 이가 바로 자신들이라는 것을.

"서, 설마……!"

"이 무슨 후안무치한 일이란 말이오!"

몇몇 귀족이 두려움을 무릅쓰고 목소리를 높였다. 그러자 황제는 입꼬리를 비틀어 올리며 천천히 자리에서 일어섰다. 그러자 그의 몸에서 알 수 없는 미증유의 기운이 흘러나와 홀 안을 덮쳤다.

"커, 커억."

"무, 무슨!"

숨이 막힌 귀족들은 영문을 몰라 공포에 떨었다.

쾅!

황제가 바닥에 검을 내리찍었다.

"모두 듣거라!"

황제의 눈이 안광을 뿜었다.

"하늘의 태양은 오로지 하나. 그것이 진리다. 하지만 감히 반딧불 주제에 태양이라 칭하는 자들이 있다. 어찌 이를 두고 볼 수 있겠는가!"

황제의 발언에 타국 귀족들의 얼굴이 굳어졌다. 황제의 발언이 뜻하는 바가 무엇인지 알아차렸기 때문이다.

"이 시간부로 짐은 선포하노라. 대륙의 태양은 오직 하나. 이 짐이 곧 진리니라!"

대륙 통일! 황제의 야심이 만천하에 드러나는 순간이었다!

❊

"황제였나!"

라몬 공작의 공모자는 바로 카사스 2세, 페르시아 제국의 황제였다. 헬리아는 레브의 말을 듣고 입술을 깨물었다. 어째서 생각하지 못했을까. 라몬 공작의 조력자이면서 그만한 힘을 지닌 자는 황제밖에 없었거늘!

"황제라니……."

헬리아는 하늘이 노래지는 기분이었다. 제국에서 초대장이 날아왔을 때부터 설마 하던 불안한 예감이 적중한 것이다.
"전쟁을……."
이제 엑시온의 문제가 끝이 아니었다.
황제의 대륙 통일! 그것은 아르센 왕국도 무사하지 못할 거란 뜻이었다.
"서둘러 밖으로 나가야 해."
헬리아는 일이 매우 시급하게 돌아감을 느꼈다. 황제가 칼을 빼 들었다. 서둘러 조치가 필요했다.
"레브, 혹시 나가는 길을 알아?"
"……죄송합니다. 성문은 물론 비밀 통로까지 모두 병사들이 지키고 서 있습니다."
"젠장!"
헬리아는 발로 바닥을 내려쳤다. 그러자 몸이 휘청거렸다.
"헬리아!"
"……크읏."
"아직 몸이 다 회복하지 않았어."
엘라임의 품에 안긴 헬리아는 입술을 깨물었다.
그때였다.
부스럭!
근처에서 들려온 기척에 헬리아와 엘라임, 레브가 숨을 죽였다.
'흑마법사인가?'
차라리 병사가 나았다. 헬리아는 엘라임을 보았다.
'흑마법의 기운은 아니야.'
엘라임의 말에 헬리아는 기척을 최대한 죽인 채 상황을 주시했다. 레브는 이미 품 안에서 단검을 꺼내 공격 태세를 마쳤다. 헬리아가 레브와 엘라임을 향해 눈짓했다. 단번에 제압할 심산이었다.

"음, 뭔가……."

"지금이야!"

엘라임과 레브가 재빨리 몸을 움직였다.

"으아악!"

"왕자님!"

"……왕자?"

난데없이 들려온 그 소리는 헬리아가 생각한 것과는 달랐다. 헬리아는 수풀에서 빠져나와 그들을 살폈다. 그러곤 대번에 눈을 찌푸렸다.

"너는……."

"이, 이게 뭐야!"

라비안 왕국의 왕자, 알베르였다. 그리고 그의 옆에는 시종 에른이 넘어진 알베르를 부축하고 있었다. 알베르는 자신을 겨누고 있는 레브의 칼에 움찔했다.

"이, 이것부터 치우라고 그래!"

"알겠으니까 좀 조용히 좀 해. 레브, 칼 치워."

"알겠습니다."

레브는 칼을 거두고 한 걸음 뒤로 물러섰다. 엘라임도 상대가 알베르임을 알아차리고 이미 공격을 멈춘 후였다. 헬리아는 미간을 찌푸리며 알베르를 보았다.

"네가 왜 여기 있어?"

"그냥 산책 나왔지."

"지금이 어떤 때인데……."

헬리아는 머리를 짚었다. 아무리 생각해 봐도 정말 산책을 나온 것 같았다.

"운이 좋다고 해야 할지, 이것 참."

헬리아는 고개를 설레설레 저었다.

"이야기 못 들었어?"
"무슨 이야기?"
"황제가 대륙에 전쟁을 선포했어."
"……!"
장난스럽던 알베르의 표정이 언제 그랬냐는 듯 딱딱하게 굳었다.
"……전쟁을 벌인단 말이야?"
"그래."
"젠장!"
알베르의 입에서 욕이 터져 나왔다. 만일 전쟁이 일어난다면 제국과 가까운 곳에 위치한 라비안 왕국이 가장 위험했다.
"전쟁이라니!"
"왕자님!"
에른도 걱정 어린 표정으로 알베르를 보았다. 그도 자신의 조국이 걱정되지 않을 수 없었다.
"돌아가야겠어."
알베르가 움직이자 헬리아가 막아섰다.
"이미 연회장은 물론 방에도 병사들이 들이닥쳤을 거야."
"이런!"
헬리아는 그제야 왜 주변에 병사가 많았는지 깨달았다. 전쟁을 선포한 뒤 빠르게 귀족들을 인질로 삼을 생각이었던 것이다.
알베르는 매우 운이 좋았다. 그러나 헬리아에겐 짐 하나가 덜컥 생겨 버렸다.
"그럼 어떻게 하지?"
알베르가 축 처진 표정으로 헬리아를 보았다. 마치 그 표정이 비 맞은 병아리처럼 처량하기 그지없었다. 곱게 자란 왕자님이니 이런 일을 겪어본 적이 없었을 것이다. 그러나 지금은 헬리아도 뾰족한 방법이 떠오르지 않았다. 현재 그녀는 힘을 쓸 수 없었고, 엘라임도 마찬가지였다. 레브만 믿고 가기엔 역부족이었다. 거기다 이젠 알베르와 에른이라는 혹까지 붙어 있지 않은가.

"나도 몰라."

"그럼 어떡해!"

"나가고 싶으세요?"

"히이익!"

그때 난데없이 들려온 목소리에 헬리아와 알베르가 놀라 뒤를 돌아보았다. 아무런 기척도 느끼지 못했다. 그러나 놀람도 잠시, 상대를 확인한 헬리아가 눈을 크게 떴다.

"유니!"

유니가 선홍빛 잇몸을 드러내고 씨익 웃으며 헬리아를 바라보았다.

"도대체 여긴 어떻게……?"

헬리아는 유니의 등장에 놀란 듯 눈을 동그랗게 떴다. 유니는 씨익 웃다가 이내 헬리아의 머리에 턱 손을 얹었다.

"괜찮으십니까?"

두툼한 유니의 손길에 헬리아는 왠지 모를 따스함이 느껴졌다. 꼭 아버지의 손길 같다고나 할까. 그래서인지 유니의 손을 뿌리치지 못했다.

"대체 어떻게 된 거야? 그동안은 뭘 하고 있었고? 여긴 어떻게 온 거야?"

"호호호, 일이 좀 있었답니다. 그 일은 우선 나가면 말씀드리지요."

유니의 말에 헬리아는 어리둥절한 표정을 짓다가 이내 유니의 시선이 알베르를 향한 걸 보고 고개를 끄덕였다.

"뭐, 뭐야, 이 이자는?"

알베르는 유니의 모습에 놀라 입을 다물지 못했다.

'저게 여자야, 남자야?'

물론 결코 여자라고 생각하진 않았다. 아무리 봐도 180은 훌쩍 넘는 키에 튼튼한 근육질 몸매, 거기다 툭 튀어나온 목젖도 보였으니 말이다. 한데 왜!

'도대체 치마는 왜 입는 거야!'

유니의 튼실한 다리와 털을 본 알베르는 그나마 밤이라는 것에 안도했다.

"호오~ 이거 투덜이 왕자님이군요."

"누, 누가 투덜이 왕자야!"

"라비안 왕국에서 소문이 자자한데. 뭐, 모르시면 됐습니다. 호호호!"

"그게 정말이야?"

알베르가 눈을 찌푸리고 에른을 보았다. 에른은 슬그머니 고개를 돌렸다. 그걸 꼭 말로 해야 하나.

"호호, 정말이지 소문대로 귀엽군요."

유니는 입꼬리를 말아 올리며 슬쩍 알베르의 엉덩이를 움켜쥐었다.

"한 손에 딱 맞는 게, 호호호."

"뭐, 뭐 하는 짓이야!"

"후후, 튼실하기도 하지."

"헤, 헬리아! 이, 이자는 대체 뭐야!"

헬리아는 지끈거리는 머리를 짚을 뿐이었다.

"호호호, 제가 궁금하시다면 아주 친절히 알려 드릴 수 있답니다. 물론 제 방에서?"

"으아악!"

"왕자님! 목소리가 너무 커요!"

에른이 알베르의 입을 막았다. 보다 못한 헬리아가 입을 열었다. 안 그랬다간 알베르가 질질 울 것 같았다.

"그런데 아까 그 말 정말이야? 나갈 수 있다고?"

"호호, 물론입니다. 이 유니가 누굽니까?"

'여장 남자…….'

라고 말하면 안 되겠지? 헬리아는 얼른 상념을 지우고 되물었다.

"정말 나가는 길이 있어?"

"있답니다."

"나가는 길은 전부 막힌 거 아니야?"

헬리아가 레브를 보자 레브는 고개를 끄덕였다. 그 또한 이미 여러 번 확인했다.

"비밀 통로까지 모두 확인했습니다. 모두 봉쇄했습니다."

"호호호, 이 유니를 못 믿으시겠어요?"

헬리아는 미간을 좁혔지만 상대는 요정이며 베라의 지부장이다. 단순한 변태는 아니니 뭔가 수가 있지 않을까 하는 생각이 들었다.

"정말로 통로가 있어?"

"물론입니다. 호호호."

"하지만……."

"그거야 기존 통로에 한한 거죠."

유니의 말에 헬리아는 아직 감을 잡지 못했다.

"기존 통로라니? 그럼 다른 통로도 있다는 거야?"

그리 호락호락한 자들이 아니다. 그런데 틈을 만들었을까?

유니는 씩 웃으며 말했다.

"그래서 만들었습니다."

유니가 두 팔을 들어 올리며 씨익 웃었다. 그의 두 팔 근육이 유난히 울렁거렸다.

"……도대체 이건 언제 판 거야?"

허리를 굽혀야만 겨우 들어갈 수 있는 작은 땅굴. 그 땅굴을 헬리아 일행이 엉금엉금 기어가고 있었다. 설마 하니 땅굴이라니. 이건 듣도 보도 못 했다.

"이게 가능한 거야?"

"호호호, 제 능력으로 이까짓 것 금방이랍니다. 호호호!"

그간 보이지 않았던 이유가 이 때문이었던 것이다. 헬리아는 요정족의 힘을 이런 삽질(?)에 사용하는 게 아깝기도 하고, 그 삽질 덕분에 빠져나갈 수 있게 된 것에 기뻐해야 할지 말아야 할지 참으로 미묘했다.

"땅굴이라니……."

헬리아는 조금 허탈해졌다. 황성 아래에 이런 땅굴을 만들 생각을 하다니.

"마법은?"

"제가 누굽니까?"

유니의 말에 헬리아는 고개를 설레설레 저었다. 어쨌거나 좋게 생각하기로 했다.

"그보다 얼마나 가야 하는 거야? 설마 쥐가 나오는 건 아니겠지?"

여러 번 쥐 떼를 만나다 보니 이젠 트라우마가 생길 정도였다. 가끔 꿈에서도 쥐에게 쫓기는 헬리아였다.

"호호호! 걱정하지 마세요. 이미 다 죽여놨답니다."

"……그래."

그럼 땅굴에 고스란히 시체가 남았겠네? 라이트 끄고 갈까?

헬리아는 순간 고민했지만 한숨을 내쉰 채 묵묵히 앞으로 나아갔다.

"어, 어딜 만지는 거야!"

그때 헬리아의 뒤를 따라오던 알베르가 기겁을 했다. 제 엉덩이에서 누군가의 손길이 느껴진 것이다. 그 누구는 설명할 필요도 없었고!

"이 변태 자식!"

"호호호!"

알베르는 제 엉덩이를 떡 주무르듯 하는 유니 때문에 얼굴이 사색이 되었다.

'도대체 이 변태 자식은 뭐야!'

헬리아와 친분이 있는 걸로 봐선 적은 아닌 듯싶었지만 지금은 알베르에게 적보다 더한 놈이었다. 맨 앞에는 엘라임, 헬리아, 그리고 알베르, 유니, 에른 순서대로 땅굴을 기어갔다. 원래는 알베르 다음 에른을 둘 생각이었지만 에른은 유니를 뒤에 두고 가고 싶은 마음이 없어 안타깝지만 제 주인을 희생했다. 물론 후회했다. 유니의 엉덩이를 보는 것도 상상을 초월했기에. 그가 치마를 입고 있다는 것을 좀 더 명확히 인지하지 못한 게 패착이었다.

"그보다 도대체 언제까지 가야 되는 거야?"

엘라임의 말에 유니가 대답했다.

"이제 곧입니다."

그의 말이 끝나기가 무섭게 눈앞에서 희미한 불빛이 보이기 시작했다. 그리고 얼마 뒤 일행은 땅굴 밖으로 나올 수 있었다.

"정말…… 밖이네."

일행은 멀리 보이는 황성을 보며 정말 성을 빠져나왔음을 실감했다.

"이것 참, 이렇게 쉽게 나올 줄이야."

제법 각오를 했던 헬리아는 왠지 모를 허탈감이 들었다.

"그런데 이안 경은 어디 있습니까?"

유니의 물음에 헬리아의 표정이 순간 어두워졌다. 그에 유니는 대답을 들은 듯 입을 다물었다. 애초에 무슨 일이 일어나지 않고서는 그가 없을 이유가 없지 않겠는가.

헬리아는 황성을 다시 바라보았다. 새하얀 눈에 뒤덮인 황성은 어딘지 모르게 을씨년스러웠다. 헬리아는 눈을 감았다. 자신을 위해 남은 이안의 뒷모습이 아직도 또렷했다.

'이안……. 반드시 구하러 갈게.'

헬리아는 한동안 하염없이 황성을 바라보았다.

"헬리아……."

엘라임이 헬리아를 부르는 순간, 그녀의 몸이 휘청거리며 무너져 내렸다. 그간 간신히 버텨왔지만 황성 밖으로 나오자 완전히 긴장이 풀려 버린 것이다.

"헬리아!"

엘라임이 다급히 헬리아의 몸을 안아 들었다. 의식이 없었다. 그의 몸도 차츰 흐려지기 시작했다.

"유니……."

"잠이 든 것뿐입니다."

"그래……. 헬리아를……."

엘라임은 헬리아를 안아 들고 유니를 보다 이내 알베르에게 다가갔다. 아무래도 유니에게 헬리아를 맡기긴 좀 그랬다.

"부탁한다."

"어, 어."

알베르는 얼떨결에 헬리아를 안아 들었다. 하지만 원체 힘이 없는 건지 비틀거리자 결국 에른이 헬리아를 업게 되었다. 엘라임은 유니를 보았다.

"헬리아를 부탁한다."

"물론입니다."

엘라임은 헬리아를 한번 보고는 잠시 황성을 응시했다. 그러곤 눈을 감았다. 그러자 그의 몸이 점차 흐려지면서 이내 사라졌다.

"사, 사람이 사라졌어!"

그 모습을 본 알베르는 눈을 크게 떴다. 놀라기는 에른도 마찬가지. 하지만 유니가 상황을 정리했다.

"자자, 그럼 어서 이동하지요."

"하지만 사람이……."

"자, 얼른 가시죠."

유니가 씨익 웃으며 알베르의 엉덩이를 쥐자 알베르가 퍼뜩 놀라며 먼저 후다닥 앞서갔다. 그에 에른도 헬리아를 업고 알베르를 따랐다. 유니는 그 둘을 바라보다 이내 황성을 보며 표정을 굳혔다.

"결국 부활한 것인가……."

이내 유니도 몸을 돌리고 둘을 따라나섰다.

캄캄한 밤. 부엉이의 울음소리만이 그들이 떠나간 자리에 괴괴하게 울려 퍼졌다.

❊

뚜벅뚜벅.

차가운 대리석 바닥을 걷는 발걸음 소리가 적막한 복도를 울렸다.

"고하게."

"폐하, 라몬 공작 들었사옵니다."

"들라 하라."

안에서 들려온 낮은 목소리에 문 앞에 서 있던 시종장이 라몬 공작을 향해 고개를 숙였다.

"드시지요."

문이 열리고 라몬 공작이 천천히 중앙홀 안으로 들어섰다. 이곳은 황좌가 있는 거대한 대합실로 황제 카사스 2세가 가장 좋아하는 곳이었다.

라몬 공작이 황제 앞으로 나아가 고개를 숙였다.

"신 라몬 공작 들었사옵니다."

황제 카사스 2세는 삐뚜름한 자세로 황좌에 기대어 라몬 공작을 내려다보았다. 라몬 공작은 저도 모르게 숨이 막혔다. 엑시온에게 새로운 힘을 부여받았으나 왠지 모르게 황제의 앞에만 서면 입이 마르고 심장이 뛰었다.

절대자! 황제야말로 이 시대의 정복자이며 패자였다. 숨이 막힐 듯한 무거운 침묵을 깨고 이윽고 황제가 입을 열었다.

"마룡은 부활했는가?"

"……송구하옵니다."

"부활하지 못하였는가?"

"부활하였으나 완전하지 못하시옵니다."

황제의 표정이 심드렁해졌다. 그러자 라몬 공작은 덜컥 심장이 내려앉았다. 황제가 다시 물었다.

"하면 약조를 지킬 수 있는 것인가?"

"무, 물론이옵니다."

"부활하지 않았는데 지킬 수 있다?"

"완전하지 못할 뿐 몸만 찾으면 완전한 힘을 쓰실 수 있사옵니다."

"몸?"

"예."

라몬 공작은 식은땀을 흘렸다. 황제가 날카로운 눈으로 그를 내려다보았다.

"몸이라. 몸은 찾았나?"

"아르센 왕국의 헬리아 공주의 몸이옵니다."

"놓쳤다 들었는데."

황제의 정보력에 라몬 공작은 눈매가 꿈틀거렸다. 하지만 딱히 숨길 수 있는 사안이 아니었다.

"반드시 찾겠나이다."

"찾을 수 있는가?"

“공주의 약혼자를 붙잡아두고 있습니다. 그를 구하기 위해 다시 돌아올 것입니다.”

“흐음.”

황제는 그러나 별 신통치 않은 반응이다. 과연 공주가 약혼자를 구하기 위해 올지가 의문이기 때문이다.

“오겠는가?”

“올 것이옵니다.”

“하면 찾아 부활시켜라.”

“물론이옵니다.”

“약속을 지키게, 라몬. 그게 나와 그대의 맹세이니.”

라몬 공작은 자신의 심장을 지그시 눌렀다. 흑마법의 부활을 위해 라몬은 황제와 거래를 했다. 자신이 원하는 것을 이뤄주면 황제가 원하는 것 또한 이뤄주겠노라고. 그 마나의 맹세는 라몬 공작의 심장을 휘감고 있다.

“어느 분부라고 따르지 않겠나이까.”

라몬 공작이 고개를 숙였다.

❊

무언가 눈앞에서 반짝거렸다. 캄캄한 어둠 속에 있던 헬리아는 그 빛을 따라갔다.

‘저건 뭐지?’

무척이나 익숙한 빛. 하지만 아무리 걸어도 그 빛에 닿을 수 없었다. 헬리아는 괜히 애가 타 달리고 또 달렸다. 그리고 마침내 그녀의 손이 빛에 닿았다.

‘잡았다……!’

그 순간 빛은 더욱 환한 빛을 발하며 사라졌다.

짹짹짹.

"……."

새가 지저귀는 소리와 함께 환한 빛이 헬리아의 얼굴에 내려앉았다. 헬리아는 눈을 뜨고 주변을 살폈다. 낯선 방, 낯선 곳. 순간 놀란 헬리아가 몸을 일으켜 세웠다.

"아파!"

"……엘, 라임?"

"우선 머리카락부터 놓고 말하는 게 어때."

헬리아는 제 손을 바라보았다. 엘라임의 머리카락이 뭉텅이로 들려 있었다.

"여긴 어디야?"

혹여 아직도 어둠에서 벗어나지 못한 건가? 놀란 헬리아의 물음에 엘라임이 그녀의 손을 잡았다.

"그냥 여관이야."

"……하아, 내가 쓰러진 거야?"

그제야 이성이 돌아온 헬리아는 주변을 둘러보았다. 창밖에서 하얀 눈이 들이치고 있었다. 옅게 한숨을 내쉰 헬리아가 머리를 쓸어 넘겼다.

"유니가 데려온 건가? 유니는?"

"잠시 밖에 나갔어."

꼬르륵.

그때 헬리아의 배에서 요란한 소리가 들렸다. 그에 엘라임은 피식 웃었다.

"밥부터 먹어야겠네."

"……어제부터 아무것도 못 먹어서 그래."

헬리아가 미간을 찌푸리고 대충 옷을 입은 뒤 함께 여관방을 나섰다.

그녀가 있던 방은 2층이었는지 복도를 따라 계단을 내려가니 어디선가 익숙한 목소리가 들렸다.

"이걸 먹을 거라고 내놓은 거야?"

"왕자님, 그냥 좀 드세요."

"에른! 그래도 너무하잖아! 이 풀떼기들을 보라고!"

알베르가 테이블에 차려진 음식을 보며 눈을 찌푸렸다. 온갖 풀은 다 모아놓은 듯한 상차림이었다. 에른은 한숨을 폭 내쉬고 고개를 저었다.

"쿄쿄쿄! 이놈들, 주는 대로 먹어라!"

"이 할망구야, 이게 밥이야 풀이야!"

헬리아는 어딘가 들어본 적 있는 목소리에 눈을 좁혔다.

"설마 이 목소리는……."

아래로 내려가 보고 나서야 알베르가 할망구라 부른 이가 누군지 알 수 있었다. 그 독특한 웃음소리를 어찌 잊겠는가.

"쿄쿄쿄! 이제 일어났느냐."

"노괴가 왜 여기에……."

"이놈이고 저놈이고 노인 공경을 몰라."

노인은 이전에 헬리아가 머물렀던 돈 밝히는 여관 주인이었다.

"쿄쿄쿄쿄. 그 변태 놈에게서 돈은 두둑이 받았으니 너희가 누구인지 내 알 것 없다. 게다가 가게도 하나 차리고 말이지."

"……."

헬리아가 미심쩍은 눈으로 보자 노파가 기괴한 웃음을 지으며 제 주머니를 툭툭 쳤다. 유니가 어떻게 한 모양이다. 하지만 헬리아는 영 마음에 들지 않았다. 꼭 저 노괴의 여관이어야 했단 말인가. 그러나 배에서 밥 달라는 소리가 요란하니 그냥 참기로 했다.

"몸은 괜찮으십니까?"

에른이 헬리아를 보며 물었다. 헬리아는 괜찮다며 손을 내저었다.

알베르는 뭔가 불퉁한 표정을 짓더니 의자를 툭 꺼냈다.

"밥 안 먹어?"

말과 다른 행동에 헬리아는 피식 웃고는 자리에 앉았다. 한데 테이블을 보니 알베르가 투정할 만했다.

'무슨 토끼도 아니고.'

게다가 헬리아는 지금 매우 허기가 졌다. 이런 풀로는 허기를 채울 수 없을 것 같았다.

"노…… 아니, 할머니, 음식이 이것밖에 없어요?"

"쿄쿄쿄, 이 몹쓸 놈들, 주는 것도 감지덕지다."

'이미 돈도 받았으면서 쩨쩨하기는.'

헬리아는 눈을 좁히다 이내 주머니에서 무언가를 꺼내 노파에게 던졌다. 이래저래 노괴와 실랑이를 해봤자 제 배만 더 고플 뿐이다.

노파는 빠른 손놀림으로 주머니를 낚아챘다. 그러곤 재빨리 내용물을 확인했다.

"쿄쿄쿄!"

"고기."

"내 얼른 갖다 주마, 쿄쿄쿄!"

"뭐, 뭐야! 나도 고기!"

"네놈은 돈이나 내놓고 먹어라, 이 염치없는 놈아!"

노파의 말에 알베르는 심통 난 표정을 지었다. 몸만 빠져나왔는지라 돈이 없었던 것이다. 알베르가 에른을 쳐다보았지만 에른이라고 별수 있겠는가? 물론 돈이 아예 없는 건 아니지만 정말 중요한 일이 아니곤 쓸 생각이 없었다. 이렇게 알베르의 투정을 들어줄 일에 쓸 돈이 없다는 것이다.

"이익!"

알베르가 이를 으득 물었지만 헬리아는 전혀 줄 생각이 없었다.

곧이어 스테이크가 헬리아 앞에 차려졌다. 헬리아는 포크와 나이프를 들고 우아하게 스테이크를 먹기 시작했다. 그 모습을 본 알베르는 풀떼기만 입에 쑤셔 넣을 뿐이었다.

그때였다.

끼이익— 하는 문소리가 나자 헬리아의 시선이 돌아갔다.

"이제 깨어나셨군요. 몸은 괜찮으십니까?"

"유니."

유니가 터벅터벅 걸어와 헬리아의 머리에 턱 손을 얹었다.

"다행히 힘도 돌아왔군요."

"어딜 갔다 온 거야?"

유니는 웃으며 알베르의 옆에 앉았다.

"왜, 왜 여기 앉는 거야?"

"자리가 여기밖에 없어서요. 호호호."

"오, 오지 마!"

"후후후, 귀엽기도 하지."

"으악!"

알베르가 혼비백산하는 모습을 충분히 즐긴 유니가 본론을 꺼냈다.

"귀족들이 인질로 잡혀 있습니다."

"결국 그런 목적이었나."

황제의 탄신일을 맞아 각국의 귀족들이 파견되어 왔다. 황제의 탄신일에 참석한 귀족들은 대개 고위 귀족이거나 왕족인 경우가 많았다. 인질로 충분히 가치가 있었다.

"이안은?"

"다행히 살아 있습니다."

유니의 말에 헬리아는 순간 막혔던 숨이 내쉬어지는 것 같았다.

살아 있다.

이안이.

헬리아는 깊은 숨을 내쉬었다. 하지만 유니의 표정은 뭔가 석연치가 않았다. 헬리아는 초조한 표정으로 유니에게 물었다.

"이안은 지금 어디에 있어? 상태는? 몸은 괜찮은 거야?"

"그는 지금 황성에 있습니다."

"……."

그 말에 헬리아의 움직임이 멈췄다.

"……황성? 그럼……."

"예, 황성에 수감되어 있습니다."

헬리아의 표정이 급격히 굳어졌다. 곁에 있던 엘라임도 그런 헬리아를 보자 마음이 아팠다. 풀로 식사를 하고 있던 알베르는 적막한 분위기에 포크를 내려놓았다.

"주위에는 병사들과 흑마법사들이 쫙 깔려 있습니다. 필시 함정입니다."

"……."

"그들은 공주님의 몸이 필요한 겁니다. 지금 수도에 공주님의 얼굴이 그려진 초상화가 깔려 있습니다."

"……."

"몸이라니?"

"쉿, 왕자님."

에른이 알베르의 입을 막았다. 알베르는 다시 조용히 둘의 대화에 귀를 기울였다.

"구하러 가겠어."

"공주님."

"무턱대고 구하러 간다는 말이 아니야. 나도 알고 있어. 덫을 놓고 기다린다고 했지?"

헬리아의 금안이 번뜩였다. 그 눈빛에 유니는 순간 움찔했다.
"그렇다면 그 덫을 깨주면 되겠네."
"무슨 방도가 있으십니까?"
유니는 헬리아의 말에 그녀를 바라보았다.
"세인을 불러와."
헬리아의 눈이 날카롭게 빛났다.

⁂

"공주님!"
숀 일행이 헬리아를 맞이하였다.
헬리아는 세인을 불렀는데 난데없이 숀 일행이 등장하자 살짝 놀랐다. 헬리아는 숀 일행의 뒤로 천천히 걸어오는 세인을 보곤 피식 웃었다.
"이렇게 친한지 몰랐는데."
"친하긴요!"
"숀, 왜 이래, 한 방을 쓰는 사이인데."
"야! 누가 들으면 오해하잖아!"
"난 사실만 말했을 뿐이야."
헬리아가 숀을 지그시 바라보자 숀이 손사래를 쳤다.
"아, 아니에요! 방이 모자라서 같이 잤을 뿐이라구요! 거기다 렌스! 휴! 너희도 같은 방에서 잤잖아!"
렌스와 휴가 고개를 돌려 버리자 숀이 씩씩거렸다. 그러다 곧 오면서 본 광경을 떠올리곤 정색하고 헬리아에게 물었다.
"공주님, 대체 어떻게 된 겁니까?"
숀이 걱정스런 표정으로 헬리아를 보았다. 렌스와 휴도 마찬가지.
"수배라뇨!"

수도 곳곳에 붙여진 헬리아의 수배지에 숀 일행은 깜짝 놀랐다. 그녀가 무슨 짓을 할 리 없는 건 아니지만 결코 수배를 받을 만큼 어수룩하지는 않을 거라고 믿고 있었다.

"무슨 일이 생긴 겁니까?"

세인의 물음에 헬리아는 잠시 입을 다물었다. 숀 일행은 주변을 둘러보곤 이상함에 고개를 갸웃했다.

"공주님, 그런데 대장은 어디 있습니까?"

"대장이 공주님과 떨어질 분이 아닌데."

숀과 렌스가 이상하다는 듯 물었다. 그에 헬리아의 표정이 굳어졌다.

"무슨 일이 생겼군요."

세인의 말에 헬리아가 입이 열었다.

"이안은 황성에 수감되어 있어."

"수감이라니! 대체 무슨 일인 겁니까?"

숀이 화들짝 놀랐다. 도대체 무슨 일이 일어났단 말인가.

"수도의 분위기가 심상치 않습니다. 공주님의 수배지도 그렇고…… 대체."

"황제가 전쟁을 선포했다."

"……!"

헬리아의 말에 숀 일행은 물론 여간 표정을 드러내지 않던 세인마저 놀라 눈이 커졌다.

"저, 전쟁."

"이미 전쟁은 벌어졌고, 귀족들은 인질이 되어 황성에 잡혀 있어."

"서둘러 왕국에 알려야 합니다. 전쟁이라니!"

렌스가 다급히 말했다.

"이미 왕국엔 알려두었어."

"서둘러 돌아가야 하는 거 아닙니까?"

"이안을 두고?"

"……."

이안은 황성에 수감되어 있다. 세 사람은 다시금 그 사실을 떠올렸다.

"대장이……."

"그래서 구하러 갈 거야."

"하지만 공주님……."

숀 일행은 어찌해야 할지 알 수 없었다. 대장을 구하자니 공주님이 위험하고, 대장을 버리고 가자니 마음이 움직이지 않았다.

"구하러 갈 거야."

"……."

"반대할 거야?"

"……방도는 있으십니까?"

렌스가 차분히 입을 열었다. 그간 보아온 헬리아 공주다. 분명 그냥 내뱉은 말이 아닐 거라 믿었다.

"난 죽으러 가는 게 아니야. 이안을 구하러 간다고 말했어."

헬리아의 눈빛엔 흔들림이 없었다. 그에 숀 일행은 서로를 보다가 이내 고개를 끄덕였다.

"공주님을 믿습니다. 부디, 대장을 구해 주십시오."

"제가 할 일이 있을 것 같군요."

세인이 천천히 걸어 나왔다. 애초에 헬리아는 그를 불렀다. 단순히 이야기나 하려고 부른 것은 아닐 터.

헬리아가 세인을 보았다.

"세인, 때가 되었어."

세인은 그녀의 말에 눈을 빛내며 무릎을 꿇었다.

"말씀하십시오."

"이제 피의 복수를 할 때가 왔어."

"……."

헬리아의 말에 세인의 눈동자가 흔들렸다. 그러나 그것은 두려움이 아닌 희열이었다.

"따르겠습니다."

헬리아는 창밖을 바라보았다. 창공에 한 마리의 새가 높이 날고 있었다.

'이안, 제발 기다려 줘!'

제6장 구출

으슥한 밤. 풀벌레마저 소리를 죽이고 잠에 빠져들 시각, 적막 속에서 한줄기 바람이 불었다. 그 바람은 한 저택의 창문으로 파고들었다. 저택의 경비원들은 늦은 밤 고개를 꾸벅꾸벅 흔들며 무거운 눈꺼풀을 들어 올리지 못하고 있었다.

스윽.

"으음?"

그때 바람이 경비원의 뺨을 스치고 지나갔다. 경비원은 순간 눈꺼풀을 들어 올렸지만 이내 무슨 일이 있었냐는 듯 다시금 눈꺼풀을 닫고 꾸벅꾸벅 잠에 빠져들었다. 바람은 경비원을 지나 어느 방 안으로 들어갔다.

방 안에 있는 침실 쪽에서 고른 숨을 내쉬며 잠을 자고 있는 두 사람이 있었다. 나이가 제법 있는 중년 남성과 그보다 훨씬 어린 젊은 여인이 알몸으로 서로를 끌어안고 잠을 자고 있었다.

바람, 아니, 검은 옷을 입은 한 사내가 눈을 빛냈다. 달빛에 비친 그의 에메랄드빛 눈동자가 선연했다. 그가 품에서 단검을 꺼내 치켜들었다. 그러나 잠에 빠진 이들은 자신을 향해 다가오는 위험을 알아채지 못했다.

푸욱!

"커억!"

곧 그의 검은 한 치의 망설임도 없이 중년 남성의 가슴을 가르고 심장을 찔렀다.

"커, 커억!"

남자는 고통에 버둥거리다 이내 축 짓밟힌 잔디처럼 숨을 거두었다.

"으음."

그때 남자의 몸부림에 여자가 뒤척이더니 천천히 눈을 떴다.

"백…… 작님?"

함께 자던 여인은 백작의 첩이었다. 그녀는 눈을 두어 번 깜빡이다 백작을 찌른 남자를 보고 놀라 눈이 커졌다. 그러다 돌연 구름에 가려진 달빛이 드러나며 백작의 심장에 꽂힌 단검이 보였다.

여인은 새된 비명을 질렀다.

"꺄아아아! 배, 백작님!"

"복수는 피로 갚았다."

남자, 세인은 그 말을 남기고 창문을 통해 소리 없이 빠져나갔다. 그가 나간 후에야 여자의 비명을 듣고 기사들이 안으로 들이닥쳤다.

"백작님!"

그러나 이미 백작은 싸늘한 주검이 되어 있었다.

❊

상처투성이의 남자가 라몬 공작의 방 앞으로 걸어왔다.

"고하게."
"아, 예."
시종은 몸을 움찔했다. 그가 그럴 수밖에 없었던 이유는 상대의 짙은 살기 때문이었다. 남자의 눈빛에선 채 갈무리되지 않은 살기가 넘실거렸다. 그러나 시종이 안에 고하자 그의 눈빛에서 살기는 사라졌다. 다만 차가운 눈빛은 여전했다.
남자가 안으로 들어서자 기척을 느낀 라몬 공작이 눈썹을 치켜들고 남자를 보았다.
"용케 죽지 않았군."
"공작님 덕분입니다."
남자, 제롬이 눈을 번뜩였다. 이안에게 당한 제롬은 이후 구사일생으로 목숨을 구할 수 있었다. 다만 그의 몸에는 씻을 수 없는 상처와 치욕이 남아 있었다.
"무슨 일이냐?"
"벌써 열 명이나 되는 고위 귀족이 살해당했습니다."
라몬 공작의 미간이 구겨졌다.
"배후는?"
"워낙 은밀한 놈들이라 정체를 밝혀내지 못했습니다. 다만 목격자들이 그자들의 말을 들었다 합니다."
"말?"
라몬 공작의 눈썹이 치켜 올라갔다. 제롬이 입을 열었다.
"복수는 피로 갚았다. 놈들은 그리 말했다 합니다."
"……."
라몬 공작은 그게 무슨 말이냐고 물으려다 이내 머릿속에 떠오른 생각에 입을 다물었다.
복수는 피로.

라몬 공작의 눈이 가늘어졌다.

"……다크소드, 이놈들이……."

다크소드의 수장은 이미 죽었다. 해서 한동안 움직이지 못할 거라 생각했다.

"하찮은 쓰레기들이 감히……."

"소식을 들은 귀족들이 자신들의 영지로 돌아가거나 남은 이들은 황성에 호위 병력을 요청하고 있습니다."

현재 황성에는 다시 돌아올 헬리아 공주를 잡기 위해 병력이 집결된 상태였다. 하지만 라몬 공작은 귀족들의 요구를 아예 모른 척할 수만은 없었다.

"병사들을 보내라."

"예."

"이놈들……."

라몬 공작은 눈매를 좁혔다. 진짜 전력은 흑마법사였기에 병사들 정도야 조금 뺀 것 정도로는 문제가 되지 않았다. 하지만 일이 점점 커진다면 문제가 심각해질 수도 있었다.

라몬 공작이 다시 말을 이었다.

"흑마법사 몇을 붙여줄 테니 다크소드의 본거지를 찾아 소탕해라."

"알겠습니다."

"그보다 공주는?"

"수배를 내렸지만 아직 찾지 못했습니다."

"공주를 찾아 붙잡아 와라. 아직 수도 밖으로 나가지 못했을 것이다."

"반드시 붙잡겠습니다."

제롬의 눈에 살기가 번뜩였다. 아직도 그날의 고통이 순간순간 그의 숨을 옥죄었다. 제롬은 고개를 숙이고 몸을 돌렸다.

방 안에 남은 라몬 공작은 밖을 내다보았다.

"……불길해."

라몬 공작은 마치 목구멍에 가시가 걸린 듯 심기가 좋지 못했다.

❊

"레아!"

"오라버니!"

레이아나는 오라비인 레오의 품에 안겼다. 레오는 파리한 안색의 레이아나를 보고 그녀를 꼭 안았다.

"몸은 괜찮은 거냐?"

"네, 저는 괜찮아요. 그런데 어떻게 된 일이에요?"

황태자가 황제에게 끌려가 감옥에 수감된 후 레이아나도 방에 감금되었다. 그나마 감옥에 끌려가지 않은 것만도 다행이었다. 그러던 중 시녀 애니의 도움으로 밖에 있던 오라버니와 접촉해 이렇게 성 밖으로 나올 수 있었다. 다들 그녀보다 다른 일에 신경을 쓰느라 빈틈이 생겼던 것이다.

"후우, 뭐부터 말해야 할지 모르겠구나. 우선 앉거라."

레오가 레이아나를 의자에 앉힌 뒤 자신도 의자에 앉았다.

"따뜻한 우유 한 잔 가져오너라."

"예."

함께 온 애니가 고개를 끄덕였다.

레이아나는 레오를 보았다. 레오는 그런 레이아나의 모습에 숨을 고르다 입을 열었다.

"그보다 몸은 괜찮은 거냐?"

"네, 괜찮아요."

"아이는?"

"어미가 고생하는 줄 아는지 얌전하네요."

레이아나는 희미하게 웃었다. 그 모습에 레오는 안쓰러운 듯 그녀를 바라보았다. 얼마나 아이를 갖기 원했던가. 그런데 그렇게 힘들게 아이를 가졌는데 쫓기는 신세가 되었다. 참으로 안타까웠다.

"다행이구나. 혹 아이를 임신한 사실을 다른 이들은 모르는 것이냐?"

"네, 아직 몇 명밖에 몰라요."

"하늘이 도왔구나. 그렇지 않았다면 쉽게 나오지 못했을 것이다."

레오의 말에 레이아나는 자신의 배를 소중히 끌어안았다.

"그보다 오라버니, 대체 이게 어떻게 된 건가요?"

"후우, 황제가 대륙에 전쟁을 선포했다."

"……!"

레이아나의 눈이 커졌다.

"전쟁이라니……!"

"그간 갇혀 있느라 소식을 접하지 못한 모양이구나. 황제가 연회에서 전쟁을 발표했다. 거기다 연회에 온 타국의 귀족들을 모두 볼모로 삼았다는구나."

레이아나는 앞이 깜깜해지는 기분이었다. 하지만 그보다 그녀에게 가장 중요한 문제는 따로 있었다.

"태자 전하, 아니, 케이는 이제 어떻게 되나요? 아버지는요?"

"후우, 도대체 황제의 의중을 모르겠구나."

"오라버니."

"나도 모른다."

"……그런……."

레이아나의 몸이 무너져 내렸다. 레오는 서둘러 그녀의 몸을 안아 들었다.

"레아."

"케이가, 아버지가……."

"아이를 생각해서라도 이렇게 무너지면 안 된다."

"하지만……."

"황성은 위험하다. 서둘러 빠져나가야 해."

"빠져나가다니요?"

"이미 나갈 길은 확보해 두었다. 서둘러 황도를 빠져나가야 한다. 전쟁이 일어나면 위험해져."

"아, 안 돼요! 아직 케이가 감옥에 갇혀 있어요, 오라버니!"

"황태자의 일은 어쩔 수가 없다. 지금 귀족들이 피습당해 어수선한 시기에 서둘러 빠져나가야 한다."

레오가 레이아나를 설득했다. 하지만 레이아나는 싸늘한 눈빛으로 일어섰다.

"저는 가지 않겠습니다."

"레아!"

"황태자 전하를, 케이를 두고 혼자 가지 않겠어요!"

"아이를 생각해야지 않겠니!"

"아이……."

레아는 자신의 배를 쓰다듬었다. 그러나 곧 무언가 알아차린 눈빛으로 레오를 보았다.

"아이가, 아이가 있으니까 도망치라는 거군요!"

"……레아."

"아이가 있으니 훗날을 기약할 수 있다고 생각하는 거죠, 오라버니?"

"……."

그녀의 말이 맞았는지 레오는 입을 열지 못했다. 하지만 그가 이런 행동을 한 것은 단순히 황태자의 아이 때문만이 아니었다.

"레아, 너라도 살아야지 않겠느냐?"

"……."

"태자 전하는 구할 수가 없다. 황제는 미쳤어! 흑마법사까지 동원했더구나. 도저히 구할 수가 없다."

"다른 이들은요? 태자 전하를 따르는 이들이 있지 않습니까? 그자들에게 도움을 요청하세요."

"이 오라버니를 야속하게 생각하지 않았으면 좋겠구나. 왜 우리라고 그 생각을 하지 않았겠느냐. 가장 먼저, 네 안위보다, 아버지의 안위보다 태자 전하를 구하기 위해 노력했다. 하지만 철통 보안 속에 갇힌 태자 전하를 구할 수가 없다."

"……그런……."

레아의 눈동자가 흔들렸다. 레오는 레아의 손을 잡았다.

"레아, 자칫 태자 전하를 구하려다 전하도 구하지 못하고 너도 위험할 수 있어."

"오라버니……."

레이아나의 눈에서 눈물이 흘러내렸다. 도무지 방법이 없는 것일까? 이렇게 지아비를 잃고 마는 것일까? 레이아나는 제법 불룩해진 제 배를 쓰다듬었다. 온기가 느껴졌다. 하지만 그것이 그녀를 슬프게 만들었다.

'정녕 행복해지는 건 사치였단 말인가.'

"제가 도움을 드리겠습니다."

"누구냐!"

레오는 갑작스레 들려온 낯선 목소리에 검을 뽑아 들었다. 현재 레오와 레이아나가 있는 곳은 수도 외곽 부근에 위치해 있는 빈민가로, 아무도 살지 않는 집 지하실이었다. 워낙 인적이 드문데다가 빈민가라 이런 곳까지 찾아올 사람도 없을뿐더러 위에는 경비를 서는 병사들이 있을 터. 그런데도 난데없이 들려온 목소리에 레오는 놀랄 수밖에 없었다.

"어서 모습을 드러내라!"

"오라버니, 이 목소리는……."

레이아나는 어디선가 들어본 듯한 목소리에 눈을 크게 뜨고 주변을 살폈다. 그녀는 어렵지 않게 낯선 그림자를 발견했다. 문 앞에 목소리의 주인공이 서 있었다.

금발에 금안을 지닌 헬리아였다. 그리고 그의 뒤에는 엘라임이 자리하고 있었다.

"헬리아!"

"아는 사람이더냐?"

레이아나의 반응에 레오가 여전히 검을 내리진 않았지만 한결 누그러진 목소리로 물었다. 레이아나는 고개를 끄덕였다.

"헬리아는 아르센 왕국의 공주예요, 오라버니. 저와 케이의 목숨을 구해 준 은인이기도 해요."

"헬리아 공주라면……."

레오가 그제야 검을 집어넣고 헬리아를 향해 고개를 숙였다.

"실례가 많았습니다. 한데 어찌 이곳에……."

상대가 레이아나와 황태자의 은인이고 공주라는 것을 알았다. 하나 이곳에 나타난 것이 수상하기 짝이 없었다. 헬리아는 그런 레오의 모습에 웃으며 말했다.

"정중하게 만나고 싶다고 이야기했더니 내려 보내주던데요."

"하지만 장소는……."

"뭐, 어쩌다 보니. 하지만 지금 그게 중요한 게 아니지 않을까요?"

"헬리아, 무슨 말이야? 정말 케이를 구할 수 있다는 거야?"

레이아나가 헬리아에게 다가와 물었다.

"마마와 백작님이 도와주신다면 가능합니다."

"저, 정말!"

"위험한 일이라 백 퍼센트 확신할 수 없습니다. 하지만 백 퍼센트 가능하게 만들 겁니다."

헬리아의 눈에 비친 결의에 레오는 의아할 수밖에 없었다.

"당신은 다른 왕국의 공주라고 알고 있습니다. 제국의 황태자를 이처럼 돕는 이유가 무엇입니까?"

"오라버니!"

레이아나가 레오의 말에 소리쳤지만 헬리아는 희미하게 웃었다.

"저 또한 반드시 구하고 싶은 사람이 있어요."

그 웃음에 어린 씁쓸함과 안타까움에 레이아나와 레오는 저도 모르게 입을 다물고 말았다.

"반드시 구할 겁니다. 제 목숨을 걸고."

❊

"샅샅이 찾아라!"

"옛!"

지휘관의 명령이 떨어지자 병사들은 일사분란하게 빈민가에 위치한 한 가게 안으로 들이닥쳤다.

"아무도 없습니다!"

"여기도 없습니다!"

안을 수색한 병사들의 말에 지휘관의 눈매가 치켜 올라갔다.

"벌써 달아난 게 아닙니까?"

부관의 말에 지휘관은 눈을 좁혔다. 이곳은 귀족 암살 사건의 배후인 다크소드의 본거지였다. 하지만 이미 모두 내뺀 것인지 가게 안은 쥐새끼 한 마리 보이지 않았다.

"주변을 샅샅이 조사해라. 혹여 단서라도 있다면 바로 가져와라."

"예."

병사들은 지휘관의 말에 다크소드의 본거지를 이 잡듯이 뒤졌다. 하지만 역시나 그들은 아무것도 찾을 수 없었다.

"찾지 못했나?"

"오셨습니까?"

지휘관이 고개를 숙였다. 제롬은 날카로운 눈으로 주변을 살피다 이마를 찌푸렸다.

"이미 다 도망갔군. 모두 철수시켜라."

"하지만……."

"그놈들이 바보가 아닌 이상에야 이곳에 있겠나? 그럴 바에야 귀족을 감시하는 편이 낫다."

"예, 알겠습니다."

지휘관이 병력을 철수시키자 제롬은 주변을 훑어보고 밖으로 나갔다. 그의 앞에는 검은 로브를 뒤집어쓴 흑마법사들이 도열해 있었다.

"반은 병사들을 따라 다크소드를 저지한다. 그리고 반은 나를 따라 공주를 찾는다."

"예, 남작님."

제롬은 남은 흑마법사 서너 명을 데리고 먼저 움직였다. 나머지 흑마법사들은 이동하는 병사들을 뒤따랐다. 그런데 멀지 않은 곳에서 그들의 모습을 주시하는 이들이 있었다.

"움직입니다."

"좋아, 시작해라."

"예."

한 남자의 말에 짙은 로브를 입은 자들과 허리춤에 검을 찬 이들이 고개를 끄덕였다. 제롬 일행의 모습이 사라지자 그들은 움직이기 시작했다.

"음, 뭐야, 당신들?"

그들이 다크소드의 본거지에 몰려와 있는 병사들에게 다가가자 그것을 본 병사들이 의아한 듯 물었다. 하지만 소리 없이 다가온 이들은 말 대신 검을 뽑아 들었다.

"죽어라!"

"뭐, 뭐야!"

"저, 적이야!"

"처리해라!"

"예!"

갑자기 습격한 자들의 공격에 병사들은 혼비백산 놀랐다. 서둘러 검을 들고 싸웠으나 상대의 전력은 막강했다. 그들은 일반 검사가 아니었다. 마치 오랫동안 수련해 온 기사들 같았다. 그런 자들을 일반 병사들이 이길 리 만무했다.

"끄아아아!"

병사들의 신음이 울려 퍼졌다. 그 소리를 들은 지휘관은 서둘러 밖으로 나갔다.

"무슨!"

그러곤 펼쳐진 광경에 눈을 크게 떴다.

"도대체 누가!"

병사들이 차례대로 적들의 손에 죽어가자 흑마법사들이 움직였다.

"다크스피어!"

"다크파이어!"

흑마법사들의 공격에 급습한 적들이 움찔했다. 그제야 병사들은 안도의 한숨을 내쉬었다. 아무리 상대가 강해도 자신들에겐 흑마법사들이 있었다. 하지만 곧 그것은 로브를 입은 적들에 의해 무산되었다.

"파이어볼!"
"아이스에로우!"
"젠장, 마법사다!"
흑마법사들은 갑작스런 마법 공격에 놀랐다. 지휘관은 그 모습을 보고 당황했다.
'대체 이자들은 누구지? 기사와 마법사라니……. 이자들은 단순히 우리를 습격한 게 아니다! 누군가 배후가 있다!'
제법 머리가 돌아가는 지휘관은 곧 그 배후가 누군지 범위를 좁힐 수 있었다.
'황제 폐하의 세력과 견줄 정도의 힘을 지닌 곳은…… 황태자의 세력인가!'
생각을 마친 지휘관이 서둘러 부관을 불렀다.
"지금 당장 공작께 이 사실을 알려라. 저항, 아니, 반군 세력이다!"
"바, 반군 세력이란 말씀이십니까?"
"서둘러라!"
"예!"
부관이 서둘러 움직이기 시작했다. 지휘관은 침중한 표정으로 그 자신도 검을 들었다.

"공작님, 큰일 났습니다!"
"무슨 일이냐!"
라몬 공작은 달려온 수하의 얼굴에 어린 다급함에 눈을 좁혔다. 아무래도 불안감이 틀리지 않은 것이다.
"수도에 나간 병력이 어느 정체 모를 세력에게 공격을 받고 있습니다."
"도대체 누가?"
라몬 공작이 눈을 좁혔다. 도대체 누가 자신들을 공격한단 말인가!

"살아남은 병사들의 말로는 기사와 마법사라 합니다."

"기사와 마법사?"

라몬 공작의 미간이 구겨졌다. 그렇다면 단순한 습격자들이 아니었다.

"어디서 병력이……."

그 순간 라몬 공작의 눈이 번뜩였다.

"황태자, 황태자 그놈이군!"

황태자가 감옥에 갇혀 있지만 그를 따르는 무리는 아직 남아 있었다. 대부분 연회홀에서 타국의 귀족들과 함께 감금되거나 처리되었지만 그 당시 연회에 참석하지 않은 이도 많았다.

"이런 문제가 생길까 싶어 황태자를 처리하려 한 것인데……."

라몬 공작은 자신의 실수를 되새기며 이를 갈았다. 하지만 이미 엎어진 물이다. 실수가 생겼다면 해결하면 그만이다.

"병사들과 흑마법사들을 더 내보내라. 잔존 세력을 모조리 처리해!"

"하, 하지만 공작님! 그러면 황성 안에 있는 병력이 너무 줄어들게 됩니다."

수하의 말에 라몬 공작의 눈매가 치켜 올라갔다. 문득 이상하다는 생각이 들었다. 왠지 모든 일이 척척 톱니바퀴처럼 맞물려 돌아가는 느낌이었다.

'너무 인위적이다.'

난데없이 귀족들을 죽인 다크소드, 그로 인해 황성에선 병력을 파견할 수밖에 없었고, 그 시기에 맞춰 황태자의 잔존 세력이 들고 일어났다.

'황성의 병력이 빠져나가고 있다. 설마 황성에 있는 병력을 밖으로 유인하려는 것인가?'

라몬 공작의 눈이 번뜩였다.

"현재 감옥을 지키는 병력은 어찌 되었지?"

"이번에 병력을 추가하려면 거기서도 불가피하게 병력을 뺄 수밖에 없습니다."

"……!"

라몬 공작은 그제야 알았다는 듯 입꼬리를 올렸다.

"그놈이 목적인가?"

다만 황태자냐, 이안이냐. 그들의 목적이 누구인지는 확실히 알 수 없으나 라몬 공작은 왠지 이번 일을 저지른 자가 헬리아 공주가 아닐까 싶었다. 라몬 공작의 눈이 날카롭게 빛났다.

"이 라몬이 그런 하찮은 수에 속을 줄 아느냐?"

"하면 어찌할까요?"

"황성의 병력은 그대로 유지한다. 저들의 수에 놀아날 수야 없지."

그런데 그때였다.

"공작님!"

천장에서 검은 옷을 입은 사내가 나타났다. 사내는 복면으로 얼굴을 가리고 있어 표정이 보이지 않았지만 라몬 공작은 불길한 기운을 직감했다.

"무슨 일이더냐?"

"수도 경비대에서 헬리아 공주가 말을 타고 빠져나갔다는 전갈을 받았습니다."

쾅!

"그게 무슨 소리야!"

"황성이 어수선한 틈을 타 탈출한 것 같습니다."

"이안은? 그놈은?"

"감옥에 있습니다. 누군가 침입한 흔적은 없습니다."

"이게 대체!"

라몬 공작의 얼굴이 일그러졌다.

"내 생각이 틀렸단 말인가!"

분명 헬리아 공주가 이안을 구하기 위해 올 거라 생각했다. 한데 헬리아 공주가 탈출을 하다니!

"이제 어찌합니까?"

"뭘 어찌해! 당장 병력을 모두 풀어서 헬리아 공주를 잡아와라! 반드시 잡아와야 한다!"

자신의 목숨이 걸린 일이다. 라몬 공작은 헬리아 공주를 잡아오지 못할 경우 엑시온과 황제의 분노를 감당할 수 없었다.

"젠장! 이놈들이! 모두 탈출하기 위한 속셈이었나!"

라몬 공작이 주먹을 세게 쥐었다. 만약 그가 헬리아 공주와 이안의 관계를 좀 더 믿었다면 실수를 저지르지 않았을 것이다. 하지만 라몬 공작 그조차도 이번 계획을 완전히 믿지 못했다.

❊

"잡아라! 반드시 잡아야 한다!"

병사들이 말을 타고 도주하는 헬리아 공주 일행의 뒤를 쫓았다. 그러나 거리는 좀처럼 좁혀지지 않았다. 병사들은 숨이 차고 힘들었지만 포기할 수 없었다. 헬리아 공주의 금발이 바람에 나부꼈다. 바로 눈앞에 공주가 있었다. 병사들은 모두 그녀를 붙잡기 위해 사력을 다했다.

"쫓아라!"

병사들이 말의 고삐를 더욱 세게 쥐었다.

"젠장, 아주 죽기 살기로 쫓아오는군."

"좀 더 힘을 내!"

"나도 알아."

숀은 자신들의 뒤를 쫓아오는 병사들을 보고 더욱 말고삐를 당겼다.

"그나저나 잘 속을까?"

"속아야지."

렌스가 고개를 끄덕이곤 앞서 가는 말을 보았다. 금발이 휘날리며 말을 모는 여인. 그는 헬리아로 변장한 레브였다.

❊

"황성에서 대거 병력이 빠져나갔습니다."

레오의 말에 기다리고 있던 헬리아가 자리에서 일어섰다. 엘라임이 그녀의 뒤에 섰다.

"정말 갈 거야?"

함께 자리를 지키고 있던 알베르가 이해할 수 없다는 듯 그녀를 바라보았다.

"죽을 수도 있어."

"죽지 않아."

"그냥 도망가는 게 어때? 어쩔 수 없잖아."

헬리아가 알베르를 보았다. 언제나 투덜거리던 그의 얼굴에 걱정의 빛을 띠었다.

"어쩔 수 없는 건 없어. 반드시 구하러 간다고 약속했어."

"하지만……."

"왕자님."

에른이 그의 팔을 잡아당기며 고개를 저었다. 알베르는 입술을 깨물었다. 불구덩이 속에 들어가는 이를 눈 뜨고 볼 수만은 없었다. 하지만 헬리아의 결심은 흔들리지 않았다.

"밥맛 뿡

없다고 투덜거리지나 마."

"누가 투덜거린다고."

헬리아와 엘라임이 이안을 구하기 위해 황성에 잠입하는 동안 그 틈을 타 레이아나와 레오, 알베르 일행은 수도를 탈출할 계획을 짰다.

"헬리아……."

"태자 마마도 반드시 구해 올게요. 그러니 걱정하지 마세요."

레이아나가 눈물을 흘리며 헬리아의 손을 잡았다. 너무 염치가 없고 미안했지만 말릴 순 없었다.

"미안해요. 매번……."

"아이가 태어나면 많이 사랑해 줄 거죠?"

"물론이에요."

레이아나의 얼굴은 어느새 부모의 것이 되어 있었다. 그에 헬리아는 희미하게 웃었다.

"그럼 잘 부탁합니다."

"조심하십시오."

레오가 레이아나의 어깨를 감싸며 고개를 끄덕였다.

"공주님."

"유니, 부탁해."

"어쩔 수 없는 분이시군요."

유니는 고개를 설레설레 젓고는 한숨을 내쉬었다. 무모한 것으로 치면 정말이지 세계 제일이지 않을까 싶다.

"가자."

헬리아가 몸을 돌렸다.

'기다려 줘, 이안!'

❊

뻥!

작고 귀여운 요정의 모습에서 다시 우람한 체격의 남성으로 돌아온 유니가 말했다.

"다행히 누군가 발견하진 못한 것 같습니다."

헬리아는 유니의 말에 고개를 끄덕였다. 한데 굳이 저 남자 모습을 유지해야 하는 건지. 그런 생각이 들었지만 본인이 그 모습을 더 마음에 들어 하니 어쩔 수 없었다.

유니는 주변을 두어 번 더 살핀 뒤 당부했다.

"혹시 모르니 조심하시는 게 좋을 겁니다. 안 그랬다간 엉덩이가 꿰뚫릴지 모르니까요."

"그건 사양하고 싶네."

헬리아는 눈을 좁혔다. 유니는 긴장하지 않는 헬리아의 모습에 안도하는 한편 걱정이 들었다.

"아무리 병력이 빠졌다 해도 남아 있는 자가 많을 겁니다."

"그럼 같이 가게?"

헬리아의 말에 유니는 씨익 웃었다.

"아무래도 저는 싸움 체질은 아니라서 말이죠. 호호호."

'그 근육질로는 상상이 안 가네만.'

헬리아는 눈을 찡그렸지만 이것만으로도 도움이 컸다. 무엇보다 유니는 다른 쪽으로 활용하는 편이 좋았다.

"잡히지 않으실 거라 믿겠습니다."

"응, 더 이상 어둠에 사로잡히지 않아."

헬리아는 그러면서 유니와 엘라임을 보았다.

"뭐, 혼자도 아니고."

"호호호, 그렇군요."

다시금 밝은 모습으로 돌아온 유니는 헬리아의 머리를 두툼한 손으로 쓰다듬었다.

“그럼 조심하십시오.”

“오케이.”

헬리아가 웃으며 땅굴 안으로 들어갔다. 그 뒤를 엘라임이 따라 들어갔다. 유니는 땅굴 입구에서 두 사람이 사라지는 모습을 계속 응시했다.

“서둘러 알아봐야겠군.”

헬리아가 고군분투하는데 그라고 놀 순 없었다. 엑시온은 완전하진 않아도 이미 부활했다. 그의 부활을 막을 방도를 찾는 게 그의 역할이었다.

“그 귀쟁이 자식은 도대체 뭘 하고 있는 거야?”

유니는 투덜거리며 하늘을 올려다보았다.

눈이 내리기 시작했다.

⁂

스윽스윽.

천장이 낮은 탓에 엉거주춤 기어갈 수밖에 없는 땅굴이었다. 엘라임이 앞에서, 그 뒤를 헬리아가 기어갔다.

“그 녀석은 왜 이렇게 작게 땅굴을 판 거야? 움직이기 힘들게.”

엘라임이 투덜거리자 헬리아는 바보를 보는 것처럼 엘라임의 엉덩이를 보았다.

“바보냐, 그럼 너도 변신하면 되잖아.”

“아!”

엘라임은 유레카를 외친 아르키메데스처럼 손뼉을 치더니 이내 작은 다람쥐로 변했다.

—오, 편하다!

"멍청하긴."

헬리아는 혀를 찼다. 하지만 엘라임의 말에 충분히 공감이 갔다. 짧은 거리도 아닌 먼 거리를 이렇게 엉거주춤 기어가는 건 여간 고역이 아니었다. 전에는 쫓기다시피 해서 불평할 겨를이 없었는데 이번엔 그 불평이 고스란히 드러났다.

헬리아는 기어가고 다람쥐로 변한 엘라임은 작은 발을 놀리며 앞으로 걸어갔다. 그러다 문득 엘라임이 입을 열었다.

–헬리아.

"왜?"

힘든 데 왜 말 시키냐는 듯 헬리아의 말투가 곱지 않았지만 엘라임은 다시 말을 걸었다.

–혹시 그 검은 녀석 좋아해?

"푸읍!"

엘라임의 기습 공격에 헬리아는 삼키던 침이 목에 걸려 버렸다.

"뭐, 뭐라고?"

–이안 좋아해?

"도대체 갑자기 뭔 씻나락 까먹는 소리야?"

–네가 그랬잖아. 소중한 사람이라고 그랬잖아.

"그걸 또 기억해서 삐친 거야?"

다람쥐의 모습으로 있던 엘라임이 다시 사람으로 변해 헬리아를 마주 보았다. 장소가 협소한 탓에 헬리아는 차마 고개를 돌리지 못했다.

엘라임이 헬리아를 또렷이 보았다. 캄캄한 어둠 속이라 헬리아는 다행이라고 생각했다. 하지만 그가 응시해 오는 눈길을 느낄 수 있었다.

"이안을 좋아하는 거야?"

다시 한번 묻는 엘라임.

"왜 그런 걸 묻는 거야?"

"알고 싶으니까."

"……."

"좋아해?"

"잃고 싶지 않은 사람이야."

헬리아의 두루뭉술한 말에 엘라임은 살짝 고개를 숙였다. 헬리아는 캄캄한 어둠 탓에 그가 무슨 표정을 짓고 있는지 알 수 없었다.

엘라임이 천천히 고개를 들었다.

"그 정도면 됐어."

"엘라임."

헬리아의 대답에 엘라임은 왠지 마음이 싱숭생숭했다. 기쁜 건지, 슬픈 건지. 그의 물음에 헬리아가 이안을 좋아한다고 대답하지 않아서 기쁘고, 그를 잃고 싶지 않다는 말에 한편으론 섭섭했다.

엘라임은 질투심에 씁쓸한 미소를 지었다. 너무 오랫동안 인간의 모습으로 지낸 탓일까. 독점욕이 그의 뱃속에 똬리를 틀고 앉아버렸다.

'헬리아는 이런 나를 이상하게 여기진 않을까?'

엘라임은 걱정이 되었다. 거기다 자신은 인간이 아니다. 물론 헬리아 또한 반은 그렇지만 정령은 중간계에서 살아가는 존재가 아니다. 너무나 다른 존재. 엘라임은 과연 자신이 헬리아를 좋아해도 되는지 알 수 없었다.

'하지만 포기하지 않을 거야.'

이미 자각한 마음을 되돌릴 수 없었다. 헬리아가 좋다. 그에겐 그것만이 진실이었다.

"만약 나한테 무슨 일이 생기면 어떻게 할 거야?"

"정령이 무슨 일이 생길 수도 있어?"

"암튼."

정령은 중간계에서 데미지를 받더라도 정령계로 소환될 뿐 타격이 없다. 애초에 중간계에 존재하는 이들이 아니기 때문이다.

헬리아는 그것을 엘라임이 모르지 않을 거라 생각했지만 그래도 입을 열었다.

"다시 소환해 줄게."

"아예 사라지면?"

"……."

엘라임의 말에 헬리아의 눈이 커졌다.

"사라질 거야?"

"아, 아니, 만약 그렇다면 말이야."

헬리아가 과하게 반응하자 엘라임은 서둘러 말을 수습했다. 그제야 헬리아는 그가 듣고 싶어 하는 말이 무엇인지 알아차렸다. 옜다, 하고 그가 듣고 싶어 하는 말을 해주었다.

"설령 사라진다 해도 내 모든 걸 바쳐서라도 다시 찾아낼게."

"헬리아……."

엘라임은 조금 감동한 표정을 지었다. 하지만 감동은 오래가지 못했다.

"뭐, 솔직히 이만한 무임금 노동자를 어디서 찾겠어? 돈도 안 들고, 먹을 거…… 는 좀 들기는 해도."

"나한테 인권은 있는 거야?"

"인권은 인간한테 있는 거고."

헬리아의 말에 엘라임은 피식피식 새어 나오는 웃음을 막기 위해 애를 써야 했다. 이곳이 캄캄한 어둠 속이라 다행이었다. 엎드려 절 받기 식으로 들은 말이지만 기분은 좋았다. 엘라임이 웃으며 그녀의 이마에 입을 맞추었다.

"뭐 하는 거야?"

"뽀뽀."

"애냐?"

“그럼 입에다 해도 돼?”

“죽을래?”

“그놈한텐 하게 해줬으면서.”

“그건 불가항력이었고.”

“나도 그거 잘할 수 있을 것 같은데. 그 불가항력이라는 거.”

“맞고 싶지?”

헬리아가 눈매를 구기자 엘라임이 피식 웃었다.

“어쩔 수 없지. 그럼 받을 때까지 기다리는 수밖에.”

“누가 해준대?”

“그럼 내가 하고.”

“뻘 소리 그만하고 가기나 해. 지금쯤 내가 탈출했다는 소식이 전해졌을 거야. 그럼 인질이 된 이안이 위험해질 수 있어.”

헬리아는 눈을 좁혔다. 다크소드와 병사들로 하여금 황성의 병력을 유인하게 하고, 마지막으로 자신이 탈출한 것처럼 꾸민다. 그것이 헬리아의 계획이었다. 하지만 이 계획의 가장 큰 문제는 바로 시간이었다. 저들이 미끼가 된 이안의 가치가 떨어진 것을 인지하고 손을 쓰기 전에 그를 구해야 한다. 헬리아가 다시 길을 재촉하자 엘라임도 다시 앞으로 나섰다.

‘제발 살아 있어줘, 이안!’

❊

“어이, 저거 살아 있는 거 맞아?”

“그러게, 꼭 시체 같구만.”

칠흑같이 캄캄한 어둠 속, 횃불만이 을씨년스럽게 비추는 곳. 바로 황성의 지하 감옥이었다. 그 감옥 깊숙한 곳에 한 남자가 온몸에 피칠갑을 한 채 쇠사슬에 두 팔이 묶여 있었다. 쇠창살 밖에서 남자를 감시하고 있던 두 명의 병사가 혀를 차며 고개를 저었다.

"저러다 죽으면 안 되는 거 아니야?"

걱정스런 한 병사의 말에 다른 병사가 고개를 저었다.

"어차피 미끼 역할만 하면 되니 죽든 살든 상관없다고 하더라. 그쪽에서 살았는지 죽었는지 어찌 알겠냐고."

병사의 말에 먼저 말을 걸었던 병사가 몸을 으스스 떨었다. 하지만 어쩌겠는가. 그저 그들이 할 일은 이 피칠갑한 채 죽어가는 남자를 지키는 일이었다.

그때 그들의 눈에 로브를 입은 남자들이 다가왔다. 바로 이안을 덫으로 삼아 헬리아를 잡기 위한 흑마법사들이었다. 흑마법사들은 부리부리한 눈으로 주변을 경계했다.

"소집 명령이다!"

그 순간, 급히 감옥 안으로 들어온 흑마법사의 말에 남아 있던 흑마법사들이 의아한 듯 고개를 갸웃했지만 명령에 따라 몸을 움직였다.

"무슨 일이지?"

"공주가 수도를 탈출했다. 바로 추격해 잡으라는 명령이다."

"탈출?!"

흑마법사들은 그 말에 서둘러 몸을 움직였다. 그새 감옥 안에는 흑마법사가 하나도 남지 않게 되었다.

"허어, 이게 어떻게 된 거야?"

"글쎄, 나도 모르겠다. 그러면 이자는 어떻게 되는 거지? 공주를 잡을 미끼 아니야? 그런데 공주는 벌써 저만치 탈출해 버렸고."

그 말에 다른 병사가 감옥 안에 있는 이안을 보며 혀를 찼다.

"어이 형씨, 들었소? 자네가 기다리는 공주가 탈출했다는군."

"……."

그러나 이안은 미동조차 하지 않았다.

"저거 죽은 거 아니야?"

"나야 모르지. 죽었는지 살았는지 알게 뭔가. 오히려 잘되었지. 손쓸 일도 없지 않겠나."

그렇게 병사들이 두런두런 이야기를 나눌 때였다. 감옥 안에 갇혀 있는 이안의 한쪽 입꼬리가 천천히 올라갔다.

"정말이지……."

병사들은 듣지 못할 정도로 아주 작은 목소리였다. 온몸이 욱신거리고 아팠다. 하지만 헬리아의 탈출 소식에 이안은 저도 모르게 미간을 굳혔다.

'이곳에 죽으러 올 참입니까?'

그녀가 탈출했다고? 이안은 오히려 그 소식을 듣자 그녀가 이곳으로 올 것임을 확신했다. 그래서 걱정이 되었다. 하지만 반대로 입가에 지어지는 미소는 어쩔 수 없었다.

❊

부스럭부스럭.

인적이 없는 수풀에서 부스럭거리는 소리가 작게 들려왔다. 하지만 워낙 작은 소리인데다가 눈발까지 날리고 있어 그 모습을 본 이는 아무도 없었다. 눈이 쌓인 수풀 사이로 은빛 다람쥐가 톡 튀어나왔다. 다람쥐는 고개를 홱홱 돌려가며 주변을 훑었다. 다행히 근처에 사람은 보이지 않았다.

―아무도 없어.

다람쥐로 변한 엘라임의 말이 들려오자 헬리아는 한겨울에 땀을 흘리며 땅굴 밖으로 몸을 빼냈다.

"쿨럭! 이안을 구하기도 전에 지치겠다."

헬리아는 동굴 속의 자욱한 흙먼지에 기침을 내뱉곤 몸에 묻은 먼지를 털어냈다. 그녀는 검은 로브를 두르고 있었다. 이렇게 흰 눈이 내리는 날이면 검은색이 더 눈에 띈다는 것을 알면서도 일부러 검은 로브를 착용했다.

유니의 정보대로라면 이안과 황태자가 갇힌 곳은 성 안쪽에 위치한 본성의 지하 감옥이다. 거기까지 가는 길이 만만치 않았다. 지근거리에 인기척이 없다 뿐이지 멀지 않은 곳에 병사들의 움직임이 느껴졌다. 하지만 아무 생각 없이 황성에 잠입할 헬리아겠는가.

"찾았어?"

—오른쪽 50미터 지점에 두 명 있어.

헬리아보다 운신이 자유로운 엘라임의 말에 헬리아는 고개를 끄덕이고 로브를 깊게 눌러썼다. 그러곤 몸을 일으켰다. 그녀의 걸음걸이는 몸을 숨기거나 누군가의 눈치를 보는 움직임이 아니었다. 아주 당당했다. 그래서인지 엘라임이 발견한 두 사람에게 다가갈 동안 그녀를 제지하는 이는 아무도 없었다.

"누구냐?"

본성 근처에서 주변을 경계하던 두 명의 흑마법사가 헬리아를 보자 경계의 눈빛을 띠었다. 하지만 그들은 이내 헬리아가 입고 있는 검은 로브에 고개를 갸웃했다. 자신들이 입고 있는 로브와 똑같았기 때문이다. 로브 속 헬리아의 입가에 미소가 지어졌다. 상대의 경계가 어느 정도 누그러졌다는 걸 느끼자 입을 열었다.

"교대입니다."

"교대? 교대 시간이 아닐 텐데?"

흑마법사들의 고개가 좌우로 꺾인다. 하지만 헬리아는 가볍게 응수했다.

"수도 밖으로 병력을 추가 파견하게 되어 이곳은 저 혼자 서라는 명을 받았습니다."

"아까까진 그런 이야긴 못 들었는데……."

"조금 전에 결정되었습니다."

"으음……."

흑마법사 한 명이 긴가민가한 표정을 지었다. 하지만 너무나 당당한 헬리아의 태도에 뭔가 이상하다 여기면서도 특별히 문제점을 찾을 수 없었다.

그런데 그 순간이었다.

"잠깐."

계속 헬리아를 이상하게 여기던 흑마법사가 문득 그녀의 가슴 부근을 보곤 눈을 좁혔다.

"무슨 일이십니까?"

"이상한 일이군. 왜 배지를 하지 않았지?"

"……."

그 말에 다른 한 명도 헬리아의 가슴 부분을 보았다. 검은색 로브는 같은 것이었지만 그녀의 가슴 부근에는 아무것도 달려 있지 않았다. 자신들의 로브에는 드래곤 모양의 배지가 있는 것과 달리. 그제야 두 사람의 머리에 경종이 울려 퍼졌다.

"누구냐!"

"이런, 숙녀의 가슴을 너무 쳐다보는 거 아니야?"

"너, 너는!"

헬리아가 스윽 고개를 들어 올리자 두 흑마법사의 눈이 동그랗게 커졌다.

"배지라…… 그걸 잊어버렸군. 뭐, 알려줘서 고마워."

"뭐, 뭐라?"

그 순간 헬리아가 빠르게 흑마법사에게 다가가 심장에 마법을 시전했다. 너무나 갑작스런 공격이라 흑마법사는 채 피하지 못하고 숨을 거뒀다. 그리고 바로 이어 다른 흑마법사 쪽에서도 신음이 들려왔다.

"네, 네놈이……! 커억!"

나머지 흑마법사가 바닥으로 고꾸라졌다. 왜 자신이 죽었는지 모르는 듯 두 눈을 부릅뜬 상태였다. 그런 그의 로브 밖으로 은빛 다람쥐로 변한 엘라임이 튀어나왔다. 엘라임은 헬리아의 어깨에 쪼르륵 올라갔다. 헬리아는 그 모습을 보고 가볍게 혀를 찼다.

"차라리 다람쥐로 계속 있을래? 더 쓸모가 있는 것 같아."

힘도 힘이거니와 인간의 모습일 때보다 더 강한 것 같은 착각이 드는 건 뭘까. 그러나 엘라임은 미간을 찌푸렸다.

–누구 좋으라고.

"나 좋으라고."

–흥!

엘라임이 팩 토라졌다. 헬리아는 잠시 피식 웃고는 죽은 흑마법사의 가슴에 달린 배지를 떼어 자신의 로브에 달았다.

"이제 완벽하군."

헬리아는 죽은 흑마법사들을 눈 속에 보이지 않게 파묻고는 몸을 돌렸다.

누구도 헬리아를 막지 않았다. 워낙 비상사태이기도 했고, 헬리아가 변장한 흑마법사 분장도 한몫했다. 원래도 흑마법사들은 로브를 깊게 눌러쓰고 다니는지라 얼굴을 숨기고 다녀도 의심받지 않았다. 덕분에 들키지 않을 수 있었다. 거기에 배지도 있으니 말이다.

헬리아는 본성 아래에 있는 감옥으로 내려갔다. 그사이 여러 번 다른 흑마법사들을 마주쳤지만 운이 좋아 넘어간 경우도 있고 아닌 경우에는 스윽 어두운 곳에 손수 묻어주기도 했다.

“이쪽으로 오십시오.”

헬리아는 간수장을 따라 감옥 아래로 내려갔다. 교대를 핑계로 대자 간수장은 두말없이 헬리아를 안내했다. 간수장도 그 무시무시한 흑마법사-라고 착각했지만-를 상대로 뭐라 입을 놀리지 못했다. 이안이 갇힌 곳은 지하 3층, 최하층에 위치한 감옥이었다. 계단을 내려가면서 헬리아가 간수장에게 물었다.

“다른 흑마법사들은?”

“예, 대부분 밖으로 나가셨습니다.”

“최하층에는 몇 명이나 있지?”

왜 그런 걸 물어보나 싶었지만 흑마법사가 무서워 간수장은 입을 열었다.

“서너 명 정도 내려와 계십니다.”

“서너 명이라…….”

‘아직 좀 많군.’

헬리아는 뒷말을 흐리며 간수장을 따라 더 깊은 곳까지 내려갔다.

“여깁니다.”

“여기서부터는 혼자 가겠다.”

“아, 예.”

간수장은 이상하다는 듯 고개를 좌우로 기울였지만 이내 끄덕이고는 제자리로 돌아갔다.

헬리아는 희미한 촛불에 의지해 앞으로 나아갔다.

-피 냄새가 지독해.

“…….”

여전히 다람쥐로 변신해 있던 엘라임이 헬리아의 어깨에 앉아 눈매를 좁혔다. 헬리아는 혹여 이안이 잘못된 것은 아닐까 싶어 노심초사하며 걸음을 옮겼다.

"엘라임, 너는 황태자를 찾아봐."

—알았어.

엘라임은 잠시 헬리아를 물끄러미 본 뒤 그녀의 어깨에서 내려와 황태자를 찾기 위해 나섰다. 헬리아는 뚜벅뚜벅 걸으며 이안을 찾았다.

"끄어어어……."

"살려줘……."

감옥 안에는 비명과 신음이 끊임없이 흘러나왔다. 그와 함께 진한 피 냄새가 헬리아의 미간을 좁히게 만들었다.

"이안……."

헬리아는 순간순간 깜짝깜짝 놀라며 이안을 찾았다. 감옥에 갇힌 죄수들은 하나같이 온몸에 피칠갑을 하고 있었다. 점점 더 불안감이 커졌다. 그들이 이안을 어떻게 대우했을지는 안 봐도 눈에 훤했다. 그렇기에 불안했다. 그녀 주변엔 다행히 흑마법사는 없었지만 몇 명의 병사가 어슬렁거리고 있었다. 감옥 끝에서 헬리아는 병사들이 나누는 이야기 소리를 들을 수 있었다.

"이봐, 저 녀석 숨을 안 쉬는 거 아니야?"

"거, 그냥 내버려 두라니까."

"그래도 보고는 해야 되는 거 아니야?"

"그러다 정말 죽었으면 어떻게 하게? 가만히 있으면 중간은 간다고. 그냥 조용히 넘어가자."

"그래도……."

"간은 콩알만 해가지고. 나는 오늘까지니까 말하려면 내일 말해."

병사들은 한 죄인에 대해 이야기를 하고 있는 것 같았다. 헬리아는 괜히 신경이 쓰여 절로 그곳으로 발걸음을 옮겼다.

"그나저나 저놈 이제 어떻게 되지? 정말 죽게 되나?"

"뭘 또 그렇게 걱정이야?"
"하지만 좀 불쌍하잖아. 그 약혼자라고 하던데, 공주는 탈출해 버리고……."
헬리아는 병사의 말에 눈을 크게 뜨고 빠르게 다가갔다.
'설마!'
"이름이 뭐라더라, 암튼 공작의 아들이라던데. 참 기구하네."
"신경 꺼."
그때 병사들은 다가오는 헬리아를 보았다.
"무, 무슨 일이십니까?"
대다수의 흑마법사는 이미 나간 터라 병사들은 긴장하기 시작했다.
"……."
헬리아는 대답 대신 그들이 지키고 있던 감옥 안을 살폈다.
꽈악.
쇠창살을 붙잡은 그녀의 손에 힘이 들어갔다.
"죽었나?"
스산한 목소리엔 살기마저 감돌았다. 순간 두 병사는 온몸에 소름이 끼쳤다.
"저, 저희도 모릅니다. 그, 그대로 감시만 하라고 하셔서……."
"그래서 치료도 하지 않았나?"
"그, 그게……."
병사들은 왠지 이상함을 느꼈다. 왜 그런 걸 물어보지?
헬리아는 돌연 두 병사를 돌아보았다. 그리고 그 순간 헬리아가 마법을 시전했다.
"커억!"
"무, 무슨……."
두 병사가 헬리아의 공격을 받고 그 즉시 바닥으로 고꾸라졌다. 병사들이 쓰러지자 헬리아가 싸늘한 눈으로 그들을 내려다보았다. 병사들은 아직 죽지 않았다. 몸을 부들부들 떨고 있는 그들에게 헬리아는 차갑게 말했다.

"누군가 치료를 해주면 살 거다. 아님 말고."

그들이 이안을 치료해 주지 않은 것이 당연함에도 헬리아는 괜히 짜증이 났다.

"죽이진 않았다고."

"그, 그억!"

병사들은 원망 어린 시선을 던져 보았지만 헬리아는 무심하게 그들의 허리춤을 뒤졌다. 그러나 감옥 열쇠는 보이지 않았다. 헬리아는 더는 열쇠를 찾지 않고 감옥 문으로 다가가 마법으로 문을 열었다.

끼이익-

마찰음이 들려오고 헬리아가 천천히 안으로 들어섰다. 캄캄한 감옥 구석에서 피칠갑한 죄수의 몸이 들썩이는 것이 보였다.

"……."

코를 찌르는 듯한 피 냄새에 헬리아는 이성이 마비될 것만 같았다.

뚜벅뚜벅.

천천히 그 죄수에게 다가갔다.

"……."

헬리아는 입술을 질끈 깨물었다.

어떻게. 어떻게 이렇게…….

"이 멍청이……."

헬리아는 죄수의 얼굴을 알아보고 그에게 손을 뻗었다. 죄수의 얼굴에 헬리아의 흰 손이 닿자 그가 눈꺼풀을 파르르 떨며 눈을 떴다.

"……."

"……."

두 사람이 한동안 말없이 서로를 물끄러미 응시했다. 이윽고 이안이 먼저 입을 열었다.

"……바보같이 여긴 또 왜 오셨습니까?"

"……도망치지도 못 할 거면서 객기는 왜 부려? 지금 네 모습이 어떤지 알아? 완전히 다진 고기 같다고!"

"……여기 있으면 위험합니다."

"지금 네 꼴이……!"

울컥해진 헬리아가 이를 악물었다. 이안의 두 팔에선 피가 줄줄 새어 나왔고, 온몸은 온통 난자되어 멀쩡한 곳이 보이지 않았다. 그나마 다행인 것은 단전은 크게 다치지 않은 듯 보였다. 상처만 회복된다면 다시 검을 잡을 수 있을 것이다.

하지만 그동안 어찌 견뎠단 말인가. 헬리아는 이를 악물고 먼저 이안의 입에 갖고 온 포션을 흘려 넣었다. 그리고 몸에도 포션을 뿌렸다.

치이익-

"크윽!"

효과가 즉각적인 만큼 고통도 상당했다. 하지만 시간이 부족한 관계로 헬리아는 어쩔 수 없이 약효가 강한 포션을 들고 올 수밖에 없었다.

철컹.

헬리아는 이안의 두 팔을 묶은 쇠사슬을 풀어주었다. 그러자 이안의 몸이 앞으로 무너졌다.

"이안!"

"크윽."

헬리아는 바닥에 쓰러지려는 이안의 몸을 안아 들었다. 온몸에서 피 냄새가 짙게 풍겨왔다. 포션으로 어느 정도 치유했다고는 하나 워낙 상처가 깊은 탓에 쉽게 회복되지 못했다.

"누가 구해달라고 했냔 말이야. 네가 죽으면 꿈에 나타날까 무섭다고!"

"……하하."

"웃긴 또 왜 웃어?"

"다행입니다."

이안은 희미하게 웃었다.

"정말로 당신을 구할 수 있게 되어 기쁩니다."

"이 마조히스트 같으니……."

이안은 정말로 기뻤다. 언제나 위험한 일은 스스로 해결하는 헬리아다. 거기다 강하기까지 한 그녀를 그가 구할 일은 거의 없었다. 그 때문에 자괴감이 들기도 했다. 거기다 역으로 그녀에게 구함을 받은 적도 있으니 기사로서나 남자로서나 타격을 받았다. 하지만 이번엔 그녀를 구할 수 있게 되었다.

"……."

그 모습을 본 헬리아는 이 바보 같은 놈을 어찌해야 하나 싶었다. 그러면서도 이 바보가 싫지만은 않았다.

"나가면 하루 종일 잔소리 들을 각오 단단히 하는 게 좋을 거야."

얼마든지 들어드리죠. 이안은 헬리아의 말에 피식 웃었다. 헬리아는 얼른 이안을 업고는 감옥 밖으로 나섰다.

"헬리아!"

헬리아는 자신을 부르는 소리가 난 방향으로 고개를 돌렸다. 그 자리엔 엘라임과 그의 부축을 받으며 나온 아스칼과 황태자가 서 있었다.

"공주!"

"무사하셨군요!"

아스칼은 이안과 마찬가지로 심한 부상을 당했지만 황태자는 다행히 큰 상처는 보이지 않았다. 아마도 황태자란 신분이 한몫하지 않았나 싶다.

"도대체 여긴 어찌……."

"나머진 나가서 듣겠습니다. 태자비 마마가, 레이아나 님이 많이 걱정하셨습니다."

"……."

황태자는 그 말에 고개를 끄덕였다. 헬리아는 이안과 아스칼, 황태자에게 검은 로브를 넘겨주었다. 검은 로브를 입은 그들을 흑마법사로 착각했는지 다행히 저지하는 이는 없었다.

"이대로 빠져나가기만 하면 돼."

그렇게 안도의 한숨을 내쉴 때였다.

"이대로 갈 수야 없지."

낮익은 목소리가 들려왔다. 헬리아와 똑같은 목소리. 똑같은 외모를 지닌 여자. 하지만 헬리아와 달리 검은 머리카락을 가진 자.

바로 엑시온이었다.

"엑시온……."

헬리아는 자신의 얼굴을 한 엑시온을 노려보았다. 그는 여유로운 표정을 짓고 있었다. 마치 눈앞에 먹이를 둔 맹수처럼 눈이 반짝였다.

"어떻게 알았냐는 눈빛이로군."

"……."

"라몬, 그놈은 몰라도 나는 제법 한가해서 말이지."

엑시온이 씨익 웃었다. 애초 계획대로 엑시온은 이안을 주시하고 있었다. 단지 그뿐이었다. 그 덕분에 그의 앞에 헬리아가 서 있었다.

척척척!

그의 뒤로 수십 명의 흑마법사가 도열해 언제라도 공격 가능하게 캐스팅을 준비했다.

'젠장, 하필이면…….'

가장 만나고 싶지 않은 상대와 부딪쳤다. 하물며 라몬 공작만 되더라도 어떻게 해볼 수 있건만, 엑시온이라니…….

"도대체 이게……."

황태자 케이시스는 헬리아와 똑같은 얼굴을 한 엑시온을 보고 놀란 듯 눈이 커졌다. 하지만 지금은 그에게 이런저런 이야기를 해줄 만큼 한가하지 못했다.

"……."

헬리아가 슬쩍 뒤를 돌아보았다. 상처는 치유했지만 여전히 내상이 심각한 이안과 아스칼, 그리고 케이시스. 지금 전력이라고 할 수 있는 것은 오로지 그녀밖에 없었다. 엘라임이 있었지만 그도 결국 헬리아의 전력 중 하나였다. 헬리아는 쓰윽 그들을 둘러보다 이안과 눈이 마주쳤다. 순간 이안의 눈이 좁아졌다.

"절대 안 됩니다."

"나 아직 말도 안 꺼냈어."

"절대 당신을 내버려 두고 가지 않습니다."

눈치도 빠르긴. 헬리아는 이안의 단호한 표정에 난감하면서도 기분은 나쁘지 않았다. 하지만 지금은 기분 가지고 해결될 문제가 아니었다. 헬리아는 표정을 다잡았다. 이안이 뭐라 입을 열려 했지만 엑시온이 먼저 치고 들어왔다.

"네 몸을 내놔라. 그럼 다른 이들은 살려 보내주지."

"거짓말이야."

엘라임의 말에 헬리아는 엑시온을 보았다. 그녀도 이미 알고 있었다. 엑시온이 자신의 몸을 차지한다면 나머지 일행의 안위는 누가 보장해 준단 말인가.

"웃기는 소리. 누구 좋으라고 몸을 내놓겠어?"

"결국 죽음을 자초하는군."

엑시온은 애초에 그녀가 그리 선택할 줄 알고 있었는지 뒤로 한 발 물러섰다. 몸이 아직 정상이 아닌 상태에서 굳이 힘을 뺄 필요는 없었다.
척척척!
흑마법사들이 앞으로 나섰다. 엑시온이 입꼬리를 올리고 명했다.
"공주는 생포하고 나머지는 모두 죽여라."
엑시온의 말이 떨어지기가 무섭게 흑마법사들은 일제히 헬리아 일행에게 마법 공격을 퍼부었다.
콰아아아아!
거대한 마기의 소용돌이가 헬리아 일행을 향해 쇄도했다. 헬리아는 실드를 펼쳐 그들의 공격을 막았다. 하지만 헬리아의 표정은 밝지 않았다. 그녀의 시선이 흑마법사들 뒤에서 팔짱을 끼고 있는 엑시온을 향했다. 흑마법사들을 모두 처리한다 해도 엑시온이 남아 있다. 그가 아직 완전히 부활한 것은 아니나 쉽게 볼 상대가 아니었다. 죽음을 각오하고 싸워야 할 판이었다.
"엘라임."
"무슨 생각을 하는 거야? 절대 안 돼!"
엘라임도 이미 그녀의 결심을 알아챈 듯 고개를 세게 저었다. 하지만 이미 결정한 헬리아다.
"짐이 너무 많아서 싸울 수가 없어."
"헬리아!"
"모두 데리고 가."
헬리아의 말에 엘라임이 눈을 부릅떴다.
"널 두고 가라고?"
"걱정 마, 괜찮아."
"그러다 엑시온에게 몸을 빼앗기면 어떻게 할 거야!"
"안 뺏겨."
"헬리아!"

"그 말엔 저도 동의할 수 없소."

"가지 않겠습니다."

케이시스와 이안이 나서며 반대했다. 하지만 지금 상황에서 방법은 없었다. 헬리아의 눈이 선명한 금빛으로 물들었다.

"엘.라.임."

"……젠장."

엘라임은 헬리아의 낮은 목소리를 듣자 몸이 말을 듣지 않았다. 장난삼아 한 적은 있어도 진심으로 헬리아가 그에게 강제로 명령을 내린 적이 없었다. 하지만 그녀가 힘을 담아 명령을 내린다면 아무리 그가 정령왕이더라도 계약자인 헬리아의 말에 따를 수밖에 없었다.

[걱정하지 마, 반드시 갈 테니까. 꼭]

'그 말 잊지 마!'

파아아앗!

엘라임의 몸에서 빛이 번지더니 어느새 한 마리의 푸른 맹수가 되었다.

크아아앙!

―헬리아!

"가."

헬리아가 웃으며 엘라임을 보았다. 엘라임은 몸을 돌리려 했지만 헬리아의 강한 의지가 깃든 탓인지 몸을 제 마음대로 움직일 수 없었다.

"무, 무슨 짓이오!"

"크윽!"

엘라임이 입에는 이안을 물고 아스칼과 케이시스를 등에 태웠다. 다른 누구보다 엘라임, 그가 가장 분했다.

"헬리아!"

이안이 벗어나려 했지만 이미 엘라임은 그들을 태우고 움직였다. 헬리아와 이안의 눈이 마주쳤다.

"얼른 갈게."

그러니 기다려 줘. 헬리아는 웃었고, 이안은 차마 웃지 못했다.

"자, 그럼 작별 인사는 다 한 건가?"

엑시온이 홀로 남은 헬리아를 보았다. 어차피 그에겐 헬리아의 몸이 중요하지 다른 것들이 어떻게 되는지는 별로 중요한 문제가 아니었다.

헬리아는 씨익 웃으며 주변을 살폈다.

"미안하지만 나도 작별 인사를 해야 할 것 같은데."

헬리아는 그들을 살리기 위해 희생을 택한 것이 아니다. 더 나은 방법이 그녀가 남는 것뿐. 그녀는 결코 승산 없는 싸움을 하지 않는다. 엘라임의 기척이 이젠 거의 느껴지지 않자 헬리아가 흑마법사들을 향해 파이어볼을 날렸다.

"이따위 공격으로!"

거대한 불기둥이 치솟자 엑시온이 손을 뻗었다. 그러자 먼지와 함께 불이 순식간에 사라졌다. 한데 먼지가 사라진 후, 그 자리엔 아무도 보이지 않았다.

"쥐새끼 같은."

엑시온은 헬리아가 도망간 것을 알고 이를 갈았다. 하지만 멀리 가진 못했을 것이다.

"공주를 찾아라."

"예!"

흑마법사들이 뿔뿔이 흩어지자 엑시온은 천천히 걸음을 옮겼다. 그가 기감을 펼쳤다. 헬리아가 이곳에 있다는 것을 알고 있는 이상 그의 기감에서 벗어날 수 없을 것이다.

"거긴가."

엑시온이 몸을 날렸다.

타악.

헬리아는 플라이 마법으로 성벽 위로 올라섰다. 아래에선 그녀를 찾기 위해 흑마법사들이 분주하게 움직였다. 그녀가 황성에 있다는 소식이 퍼졌는지 이젠 병사들까지 움직이고 있었다. 그야말로 독 안에 든 쥐였다.

헬리아는 한숨을 내쉬었다.

"잘 도망갔으려나?"

엘라임의 능력이라면 어떻게든 잘 빠져나갔을 것이다.

"돌아가면 한 소리 듣겠네."

엘라임만 해도 무시무시한 얼굴이었다. 아마 돌아간다면 정말이지 하루 종일 잔소리를 들을 각오는 해야 될 것이다.

"돌아간다면 말이지."

"……."

순간 자신이 말을 내뱉은 줄 알았다. 그만큼 자신의 목소리와 똑같았기 때문이다. 하지만 그건 그녀의 목소리가 아니었다.

"엑시온."

"몸을 내놔라."

엑시온이 자신을 바라보고 있었다.

휘이잉—

찬바람과 함께 흰 눈이 그들 사이에 휘몰아쳤다. 헬리아는 주변을 둘러보았다. 다행히 그 혼자뿐이었다.

'지긋지긋하네!'

어떻게든 도망갈 생각이었던 헬리아지만 엑시온에게 덜미를 잡히고 말았다. 엑시온의 몸에서 마기가 뿜어져 나왔다. 그는 헬리아를 향해 닥치는 대로 마기를 뿌렸다.

치지지직—

마기가 옷에 닿자 옷이 녹아 없어졌다. 헬리아는 입술을 깨물었다.

'드래곤의 힘을 쓸 수밖에 없는 건가.'

강한 힘일수록 리스크가 크다. 헬리아는 자신의 심장을 꾹 눌렀다. 만약 이 힘으로도 그를 쓰러뜨리지 못한다면 다음은 없다. 거기다 지금은 자신 혼자뿐이다.

"그 몸을 내놔라!"

엑시온은 집요하게 헬리아의 몸을 노렸다. 그녀의 몸이야말로 그가 완벽하게 부활할 수 있는 매개체였다. 그걸 눈앞에서 포기할 엑시온이 아니었다.

파지지직!

헬리아의 마법과 엑시온의 마기가 부딪쳤다. 승자는 엑시온. 그의 마기가 헬리아의 어깨를 파고들었다.

"크윽!"

피하려고 했지만 결국 어깨를 내주고 말았다. 헬리아는 피가 흘러내리는 자신의 왼팔을 보았다. 엑시온은 아직 여유만만이었다.

"후우……."

거듭된 엑시온의 공격에 헬리아는 반격을 가했지만 점점 지쳐 갔다. 헬리아가 거친 숨소리를 내뱉었다.

"그만 포기하시지."

"네놈이야말로 남의 몸 그만 좀 탐하라고. 도대체 이제 와 몸은 얻어서 뭘 하려고. 세계 정복이라도 하려는 거야?"

"……."

그 말에 순간 엑시온의 움직임이 멎었다. 이유는 모르겠지만 헬리아는 그 순간을 놓치지 않았다. 단 한순간, 그 빈틈을 노린다. 헬리아는 숨을 골랐다.

'지금……!'

콰아앙!

헬리아가 엑시온의 발아래 성벽을 무너뜨렸다.

그 순간이었다. 엑시온의 몸이 살짝 기울어진 것이다. 헬리아는 그 틈을 놓치지 않았다.

"아이스애로우!"

얼음으로 된 화살이 엑시온의 심장을 겨눴다. 엑시온은 순간 쇄도해 오는 공격에 서둘러 마기로 몸을 둘렀지만 화살은 그의 옆구리를 관통했다.

"크윽."

엑시온은 제 옆구리에서 흘러나온 검은 핏물에 눈을 치켜떴다.

"감히……."

하지만 헬리아 또한 심장에 박혀야 할 공격이 옆구리에 박히자 아쉬운 눈빛을 띠었다.

"제법이로군. 하지만 이 정도로 날 죽일 수 있을 거라 생각하나?"

엑시온은 가소롭다는 듯 웃었다. 피를 흘리고 있지만 어느 순간 그 피가 멎었다.

"이만 끝을 내도록 하지."

엑시온이 입꼬리를 올리며 자신의 마기를 끌어올렸다. 시커먼 마기가 그의 몸에서 뿜어져 나왔다. 엑시온의 금빛 눈동자가 검게 변했다. 그가 손을 뻗었다. 헬리아는 실드를 펼쳤지만 마기는 실드를 뚫고 그녀의 몸을 감싸 안았다.

"크윽."

헬리아가 어떻게든 벗어나려 했지만 마기는 풀리지 않았다.

"자, 그럼."

엑시온이 헬리아에게 손을 대었다. 그리고 그녀의 몸 안으로 마기를 집어넣었다.

"몸을 내놔라!"
마기가 검은빛을 발하며 헬리아를 뒤덮었다.
그 순간이었다.
파지지직!
헬리아를 뒤덮은 마기가 균열을 일으키더니 그 틈새로 환한 빛이 새어 나왔다. 빛은 점점 더 커져 갔고 검은 마기는 괴로운 듯 꿈틀거리다 이내 환한 빛에 괴성을 지르며 사라졌다.
우웅– 우웅–
헬리아의 온몸에 금빛이 넘실거렸다. 엑시온은 눈이 부시게 환한 빛을 내뿜고 있는 헬리아를 보며 이를 갈았다.
"이 힘은……!"
과거 그를 봉인했던 그 힘. 바로 세르게니아와 같은 힘이었다.
"세르게니아!"
엑시온은 이를 갈았다. 자신을 봉인한 것도 모자라 죽어서도 자신을 방해하다니! 엑시온은 신음을 흘렸다. 하지만 여기서 포기할 그가 아니었다.
"빼앗아주마!"
"어림없는 소리!"
헬리아의 몸에서 황금빛 광채가 흘러나왔다. 결국 헬리아는 드래곤의 힘을 꺼내고야 말았다. 온몸의 피가 역류하는 느낌이었다. 심장에서 원래 내 피가 아닌 다른 종류의 피가 뿜어져 나와 몸 안을 휘젓는 것 같았다. 헬리아의 입에서 주룩 붉은 피가 흘러내렸다.
'시간을 오래 끌면 내가 불리해.'
헬리아는 시간이 없음을 인지하고 엑시온을 공격했다. 엑시온은 헬리아가 드래곤의 힘을 쓰자 이전과 달리 힘을 제대로 쓰지 못했다. 빛과 어둠. 엑시온에겐 최악의 상극이었다.

"사라져라!"

엑시온을 향해 헬리아가 드래곤의 힘을 퍼부었다. 그러자 엑시온이 고통스런 비명을 흘렸다.

"크아아아아! 세르게니아 이놈!"

엑시온의 몸이 천천히 무너지기 시작했다. 애초부터 그의 힘에 적합한 몸이 아니었다. 수십, 수백 명의 여자의 힘을 빼앗아 형체를 유지한 것. 헬리아의 공격에 엑시온은 형체를 유지할 힘을 잃었다.

"아, 안 돼!"

"그만 사라져!"

헬리아가 마지막 쐐기를 박을 공격을 준비했다. 그녀의 두 눈이 선명한 금안으로 빛났다. 완전히 부활하지 못한 엑시온이다. 이대로 영원히 소멸시킬 수 있다. 하지만 행운의 여신은 헬리아의 손을 들어주지 않았다.

두근! 두근!

'아, 안 돼…… 아직……!'

그러나 그녀의 간절한 바람과 달리 심장은 거세게 뛰었다. 마치 부서질 것 같았다. 헬리아는 엄습해 오는 고통에 몸부림쳤다. 조그만, 조금만 더 하면…….

"크윽!"

–이대로 물러설 거라 생각하지 마라!

육신을 잃고 검은 마기가 되어 떠도는 엑시온! 헬리아의 공격에 당황한 그는 헬리아의 상태를 인지하지 못했다. 만약 알았다면 다시 헬리아의 몸을 빼앗으려 했을 것이다. 하지만 엑시온은 후퇴를 선택했다.

"쿠, 쿨럭!"

헬리아는 사라져 가는 엑시온을 보며 이를 갈았다. 하지만 지금 이 상태로 그녀가 할 수 있는 건 없었다. 오히려 지금의 그녀를 공격하지 않은 것만 해도 다행이었다.

헬리아의 입가에서 검붉은 피가 흘러나왔다. 시야가 흐려지며 온몸에서 힘이 빠져나갔다. 하지만 이대로 있다간 엑시온이 아니라 다른 자들의 손에 몸을 빼앗길 것이다. 헬리아는 비틀거리는 몸을 이끌고 움직였다.

"공주다!"

"저기 있다!"

그 소란을 일으켰으니 추적자들이 헬리아의 위치를 알아차리는 것은 당연했다. 병사들이 성벽 위로 올라오자 헬리아는 입술을 깨물었다. 이곳을 빠져나가야 했다. 하지만 어디로? 헬리아는 주변을 살폈다. 그러다 그녀의 눈에 성벽 뒤쪽에서 멀지 않은 곳에 있는 강이 보였다. 헬리아는 생각하지 않고 먼저 몸을 움직였다.

❊

성벽에서 꽤 멀리 떨어진 강가. 아스칼과 이안, 케이시스를 데려온 엘라임이 변신을 풀고 인간의 모습으로 돌아왔다.

"대체 이게 무슨……."

황태자 케이시스는 아직도 영문을 모르겠다는 듯 어안이 벙벙했다. 헬리아와 닮은 그 여자는 또 누구며, 어째서 사람이 표범으로 변하는가. 하지만 지금 누구도 그들의 질문에 답해 줄 이는 없었다.

"왜 그녀를 두고 왔지?"

이안의 표정은 싸늘하게 식어 있었다. 그는 엘라임을 노려보며 말했다.

"말해라. 어째서 그녀를 두고 왔지?"

엘라임이 대답하지 않자 이안이 다가가 멱살을 쥐었다.

"대답해라!"

그러나 엘라임의 표정을 본 순간, 이안은 뭐라 입을 열지 못했다. 자괴감, 괴로움, 분함. 엘라임의 표정에는 그 모든 것이 들어 있었다. 누구보다 괴로운 사람은 바로 그였던 것이다.

그의 의도가 아니었다. 그 순간, 그는 헬리아의 명령에 따라 그들을 안전한 곳에 데려다 줘야 했다.

헬리아는 그곳에 두고서! 엘라임은 몸이 부들거리는 화를 참아내기 위해 입을 다물고 있어야 했다. 아니, 애초에 누구에게 화를 낸단 말인가. 정령이 제대로 된 힘을 쓰기 위해선 정령사가 그만한 힘이 뒷받침되어야 한다. 지금의 헬리아의 힘으론 물의 정령왕 엘라임의 힘을 완벽히 사용할 수 없었다.

엘라임은 입술을 깨물었다. 그의 입술에 붉은 피가 맺혔다.

"헬리아 공주는 어떻게 된 거요?"

케이시스가 두 사람 사이에 끼어들었다. 아무리 그래도 서로 싸우고 있을 때가 아닌 듯싶었다. 이안이 케이시스의 말에 엘라임을 보았다. 엘라임은 낮은 목소리로 말했다.

"무사해. 하지만……."

그가 아직 중간계에 있다는 것은 헬리아가 정신을 잃지 않아다는 것, 그것은 곧 그녀가 무사하다는 것이다. 아니, 그렇지 않더라도 영혼으로 묶인 그들이기에 엘라임은 헬리아가 무사한지 그렇지 않은지 알 수 있었다.

"하지만?"

이안의 표정이 굳어졌다. 엘라임은 이를 악물었다.

"희미해지고 있어……."

"젠장!"

"서둘러 찾아봐야 되는 거 아니오?"

케이시스가 걱정스런 표정을 지었다. 그라고 헬리아 공주의 희생으로 살아난 것이 기쁠 리 없었다.

"어디에 있지?"

"움직일 수 없어."

"대체 네놈은!"

이안이 엘라임을 노려봤지만 엘라임도 화가 날 지경이었다. 한 번도 헬리아는 강압적으로 그에게 명령을 내린 적이 없었다. 헬리아는 드래곤의 피를 이은 존재. 그녀의 힘이 담긴 말은 정령왕인 엘라임을 묶어두었다. 그는 물의 정령왕이었지만 또한 헬리아의 정령이었다. 그녀가 강한 의지를 담아 명령을 내린다면 반드시 수행해야 한다.

"찾으러 간다."

"안 돼."

헬리아를 찾으러 간다는 이안, 그리고 헬리아의 명령에 의해 그를 말리는 엘라임. 두 사람의 대치가 길어졌다. 케이시스와 아스칼은 난감할 뿐이었다.

그때였다.

부스럭.

갑자기 들려온 수풀 소리에 일행은 모두 긴장했다. 이안은 검을 들려 했지만 허리춤에 검이 없었다. 감옥에서 빼앗긴 탓이었다. 결국 이곳에서 전력은 엘라임밖에 없었다.

부스럭.

다시 한번 소리가 들려오고 그다음 소리의 정체가 모습을 드러냈다.

"케이!"

"……레, 레아?"

황태자비 레이아나가 뛰쳐나오며 케이시스의 품에 안겼다.

"케이! 케이!"

"어떻게 레아가……?"

성에 있어야 할 레이아나가 이곳에 나타나자 케이시스는 품에 안긴 레아를 떼어내고 자초지종을 물어봤다.

레이아나는 자신의 상황을 간략히 설명했다.

"궁에서 빠져나왔어요, 지금은 오라버지와 함께 있어요."

"정말, 다행이야……."

레이아나를 본 케이시스는 깊은 안도의 한숨을 내쉬었다. 정말이지 다행이었다. 그가 감옥에 끌려간 뒤 가장 걱정된 것은 레이아나의 안위였다. 하지만 지금 이곳이라고 안전하진 않았다.

"도대체 왜 이곳에 온 거야?"

"케이를 기다렸어요. 헬리아가 이곳에서 기다리면 당신을 만날 수 있다고 하기에……."

"그렇다고 혼자 온 거야?"

"케이……."

레이아나가 케이시스의 품에 안겼다. 레오가 말렸지만 레이아나는 케이시스의 안위를 꼭 제 눈으로 확인해야만 했다.

그때 레이아나가 주변을 둘러보며 물었다.

"한데 케이, 헬리아는요? 같이 있지 않았나요?"

"……."

순간 케이시스는 물론 엘라임과 이안이 입을 다물었다. 레이아나는 그들의 반응에 얼굴이 사색이 되었다.

"마, 맙소사! 케이, 대체……."

"살아 있어. 꼭 찾을 거야."

"찾아야 돼요. 몇 번이나 우리의 목숨을 구해 줬는데……."

레이아나는 온몸을 파르르 떨었다. 케이시스를 구해 주기 위해 황성에 갔다. 한데 정작 헬리아는 돌아오지 못했다. 케이시스가 돌아와 기뻤지만 그걸 이젠 기뻐할 수 없었다.

"케이, 어떻게 해요? 나 때문에 헬리아가……."

"레아……."

케이시스는 아무 말도 못 하고 레이아나를 안아주었다. 레이아나는 눈물을 흘리다 순간 강에서 떠내려 오는 무언가를 발견했다.

"케이! 저기 저것!"

"뭐가……!"

"헬리아!"

강에서 떠내려 온 이는 바로 헬리아였다. 축 늘어진 그녀의 모습에 모두 놀라며 눈을 크게 떴다. 엘라임이 누구보다 빠르게 강으로 뛰어들었다. 강물은 얼음장같이 차가웠지만 물의 정령왕인 그는 아무렇지 않았다.

"헬리아! 헬리아!"

헬리아는 온몸이 얼음장같이 차가웠다. 엘라임은 다급히 헬리아를 흔들었다.

"……엘…… 라임."

"헬리아!"

엘라임은 헬리아의 목소리에 그녀를 꽉 껴안았다. 다행이었다. 살아있었다. 세차게 뛰는 심장 소리가 귓가에 들려왔다. 엘라임은 서둘러 헬리아를 뭍으로 끌어 올렸다.

"쿨럭!"

제법 물을 많이 먹었는지 헬리아가 기침을 내뱉으며 물을 토했다. 이가 시릴 정도로 찬 물이었다.

"마나가 고갈돼서 죽는 게 아니고 얼어 죽겠구먼."

"그게 지금 할 소리야!"

"……추워."

엘라임은 입술을 깨물곤 얼른 레이아나에게서 로브를 받아 그녀의 몸에 둘러주었다. 덜덜덜 떨고 있는 그녀의 모습이 애처로운 동시에 화가 치밀었다.

"제정신이야!"

"……."

"지금 제정신이냐고!"

"엘라임."

"네가 지금 무슨 짓을 했는지 알아? 죽을 뻔했어. 정말 죽을 뻔했다고!"

엘라임이 헬리아를 품에 안았다. 노심초사했다. 그녀의 몸에 문제가 생기면 자신의 몸에도 문제가 생긴다. 그걸 알기에 전전긍긍했다. 누구보다 먼저 헬리아의 문제를 알아차릴 수 있는 그였기에 누구보다 더 초조했다. 당연히 문제없이 돌아올 거라 생각했다. 하지만 마음은 그렇지 않았다. 머리로는 그렇게 생각해도 마음은 그렇지 못했다.

"제발, 제발 무모한 짓 하지 마……."

"반드시 돌아온다고 했잖아."

"이 바보!"

헬리아는 엘라임의 눈에 눈물에 어린 것을 보고 피식 웃었다. 웃음이 날 상황이 아닌데도 웃음이 났다.

"지금 웃음이 나!"

결국 엘라임에게 한소리 듣고 말았다.

"누가 희생해서 구해달라 했습니까?"

"이안."

"당신을 희생해서 살면 내가 기뻐할 거라 생각했습니까?"

"너도 그랬잖아."

"……."

"너가 그랬듯 나도 그랬을 뿐이야. 살리고 싶었으니까."

이안이 입술을 깨물었다. 소드 마스터가 되면 뭐 하나. 여전히 자신은 무기력했다. 더 슬픈 것은 앞으로도 그렇게 되지 않을까 하는 것이다.

'절대 그렇게 되도록 두지 않겠다.'

결코 헬리아를 혼자 두지 않겠다. 내 모든 걸 희생해서라도.

"또 그런다."

"……."

"네가 내가 희생하는 걸 싫어하듯 나도 네가 날 위해 희생하는 거 싫어. 그러니까 그 멍청한 생각 좀 그만두라고. 에취!"

헬리아의 말에 이안은 말을 잇지 못했다. 헬리아다웠다.

"에취! 훌쩍. 겨울에는 수영할 게 못 되는군."

헬리아는 으슬으슬 몸을 떨었다. 로브를 둘렀지만 추위는 쉽게 가시지 않았다.

그때였다.

"정말로 못 말리는 공주님이군요."

낯익은 목소리에 헬리아의 고개를 돌아갔다.

"유니!"

다그닥다그닥.

유니의 뒤로 마차가 한 대 보였다. 헬리아는 그를 보자 씨익 웃었다.

"역시 준비성 하나는 철저하군."

"호호호, 준비성 하나만 철저할까요? 자, 타시죠. 더 있다간 추격자가 몰려올 겁니다."

하늘에서 내리는 눈발이 더욱 거세지기 시작했다.

❊

차가운 대리석 바닥에 라몬 공작이 섰다. 그의 앞엔 은발의 황제가 시린 눈으로 그를 내려다보고 있었다.

"공주를 놓쳤다고?"

"소, 송구하옵니다."

라몬 공작은 차마 고개를 들지 못했다.

"미끼가 통하긴 했군. 뭐, 미끼를 써먹지 못해서 문제지만."

"……."

황제는 느긋하게 입을 열었다. 하지만 라몬 공작에겐 귀가 베여 나갈 것 같은 음성이었다.

"엑시온은?"

"육신을 재구성 중이십니다."

"약조는 잘 알고 있으리라 보네, 라몬."

"……."

라몬 공작의 이마에서 식은땀이 흘러내렸다. 황제는 그런 라몬 공작을 무심한 눈으로 바라보았다. 황제에게는 엑시온이든 흑마법이든 중요치 않았다. 쓸모 있느냐, 없느냐. 중요한 건 그것뿐이었다.

"서둘러 엑시온을 부활시켜라."

"물론이옵니다."

"공주는?"

"이미 추격대를 편성해 보냈습니다. 곧 소식이 있을 겁니다."

라몬 공작은 바짝 고개를 숙였다. 완벽하다고 생각한 대업이 헬리아 공주 하나로 완전히 어그러졌다. 엑시온은 반쪽뿐인 부활을 했고, 황제와의 약속은 그의 심장을 쥐고 있었다. 이를 해결하기 위해선 서둘러 공주를 붙잡고 엑시온을 부활시키는 것뿐.

'이 굴욕도 지금뿐이다.'

라몬 공작이 속으로 칼을 갈았다.

"되었다. 나가 보라."

황제의 축객령에 라몬 공작은 고개를 숙이고 밖으로 나갔다.

황제는 와인 잔을 돌리며 음미했다.

"아르센 왕국이라고 했던가?"

황제의 눈꼬리가 휘었다.

⁂

쨍그랑—

"전하!"

갑자기 들고 있던 컵의 손잡이가 떨어져 나갔다. 그러면서 테이블 위로 부서진 컵의 파편이 흩어졌다.

"……."

"전하, 손에 피가……."

시종장의 말에 빈센트는 자신의 손을 내려다보았다. 컵이 깨지면서 파편이 그의 손을 베어놓은 것이다.

흰 테이블 위로 붉은 피가 흘러내렸다. 그와 동시에 빈센트의 표정도 점차 굳어졌다.

"어서 의원을 불러라!"

"예, 예!"

시종장은 서둘러 의원을 부르려 했다. 그러나 빈센트가 그를 막았다.

"살짝 긁힌 정도다. 소란 떨지 마라."

"전하, 하오나."

"조용히 있고 싶구나."

시종장은 빈센트의 기분이 좋지 않다는 것을 알고 뒤에 시립해 있던 시종들에게 고개를 끄덕였다. 그들은 서둘러 바닥에 흩어진 파편을 치우고 방을 빠져나갔다.

빈센트는 긁힌 손을 꾹 쥐었다. 그러자 더욱 피가 흘러나왔다.

"전하."

나지막이 그를 부르는 목소리에 빈센트는 고개를 돌렸다. 그 자리엔 언제나처럼 지팡이를 짚은 채 가만히 그를 보고 있는 세바스찬이 있었다.

빈센트는 품에서 천을 꺼내 피를 닦아내곤 물었다.

"리아는 어찌 되었습니까?"

"……."

세바스찬은 말이 없었다. 그러자 빈센트의 얼굴이 점차 하얗게 질려갔다.

"뭐라 말을 해주십시오!"

"……카사스 2세가 대륙에 전쟁을 선포했습니다."

"……."

그 말에 빈센트의 눈이 커졌다.

"그…… 게 무슨 말입니까?"

빈센트는 믿을 수 없다는 듯 그를 바라보았다. 그의 눈동자가 쉴 새 없이 흔들렸다.

"……리아는 괜찮은 겁니까?"

"송구하옵니다……."

세바스찬은 고개를 들지 못했다. 제국의 황제가 대륙에 전쟁을 선포한 이후 제국의 모든 정보가 차단되었다. 아무리 세바스찬이 왕의 그림자의 수장이라고는 하나 그의 능력에도 한계가 있었다.

"……."

빈센트의 몸이 휘청거렸다. 역시나 그렇게 보내는 것이 아니었단 말인가?

"전하……."

"보내지 말았어야 했습니다. 보내지 말았어야 했어요."

빈센트는 손에 얼굴을 묻었다. 겨우, 겨우 이제야 아버지라 불러주었다. 그런데 이제는 그 소리를 영영 들을 수 없게 되었다. 이제는.

"전하, 공주님을 믿으십시오."

빈센트가 고개를 들고 세바스찬을 보았다. 세바스찬은 흔들리지 않는 눈으로 그를 바라보았다.

"8년이란 세월 동안 공주님을 봐왔습니다. 결코 이런 일로 쉽게 무너질 분이 아니란 것을 누구보다 잘 안다고 자부합니다."

세바스찬의 말에 빈센트는 조용히 그를 보았다. 그러다 자조 섞인 미소를 지었다.

"제가 초조했나 봅니다. 리아가 어떤 아이인데."

누구보다도 어려운 환경을 뚫고 자라온 아이다. 이번 여정도 이미 위험할 것을 알고 갔다. 그리 쉽게 당할 헬리아가 아니다. 다만 아버지로서 걱정이 되는 것은 어쩔 수 없었다. 그 아이를 잃는다는 생각에 초조해졌던 것이다. 마음을 다잡은 그의 눈이 냉철하게 빛났다. 신하들이 두려움에 떠는 그의 웃음도 입가에 감돌았다.

"그렇다면 전쟁이군요."

빈센트는 제 손의 피를 닦은 천을 내려다보았다. 천은 붉게 물들어 있었다.

❊❊

"감사하오. 이 은혜를 어찌 갚아야 할지."

한 번도 아니고 두 번이나, 아니, 레이아나의 목숨까지 합하면 그 이상으로 자신들의 목숨을 구해 주었다. 황태자는 진심으로 헬리아에게 감사의 인사를 전했다.

"한데 이제 어쩌실 건가요?"

헬리아가 레이아나를 보자 레이아나는 다시 케이시스를 보았다. 케이시스는 잠시 말을 고른 뒤 입을 열었다.

"아직 수도에 있는 바이스 남작과 합류할 생각이오. 이대로 제국에 두고 갈 순 없소."

바이스 남작은 레이아나의 오라비인 레오였다. 그 외에도 아직 수도엔 황태자를 따르는 무리가 많았다. 케이시스는 그들을 내버려 두고 혼자만 갈 수 없었다.

"저들에게 발각되면 위험해질 수 있어요."

"여러 번 목숨을 구해 주었는데 미안하오."

그 말로 헬리아는 황태자가 굳게 결심했음을 인지했다. 더 말을 꺼내봐야 쓸데없는 말이 될 것이다. 헬리아는 고개를 끄덕였다. 황태자의 선택이 그러하다면 존중해 줄 뿐이다. 그러나 황태자는 아직 말이 덜 끝났는지 입을 달싹이다 이내 입을 열었다.

"염치없는 처지이나 한 가지 부탁해도 되겠소?"

황태자는 제 옆에 있는 레이아나를 보았다. 레이아나는 뭔가 불안감을 느꼈는지 그를 불렀다.

"케이."

"레아를 부탁드리오."

"케이!"

헬리아는 황태자의 말이 의외라는 듯 눈을 크게 떴다.

"알다시피 저희도 안전한 상황이 아니에요. 오히려 태자 전하보다 더 위험할 수도 있습니다."

헬리아는 엑시온에게 쫓기는 입장이다. 황태자보다 그녀가 더 위험할 수 있다. 하지만 황태자는 결심이 선 듯 뜻을 굽히지 않았다.

"나와 함께 있는 것보다 더 나을 것이오. 그리고 레아가 곁에 있다면 움직이기 쉽지 않소."

헬리아는 황태자를 빤히 바라보았다. 황태자는 지금 죽음을 각오한 눈빛을 띠고 있었다. 수도에 있는 황태자의 세력과 합류한다는 것. 그리고 레아가 있으면 움직이기 쉽지 않다는 것. 결과는 한 가지였다.

"황제의 반대편에 설 생각인가요?"

"부탁드리오."

황태자는 대답 대신 레아를 부탁했다. 그건 곧 헬리아의 질문에 대한 대답이기도 했다.

"후우……."

헬리아는 한숨을 푹 내쉬었다. 하지만 가만히 있을 레이아나가 아니었다.

"헬리아, 미안하지만 나도 여기 남아 있겠어요. 케이를 두고 혼자 갈 수 없어요."

"레아."

케이시스는 레이아나의 손을 꽉 붙잡았다. 그리고 미소를 지으며 말했다.

"레아가 곁에 있으면 나는 황태자가 될 수 없어."

"……."

"미안해. 제국을 이대로 둘 수 없어, 레아."

"……."

그 말에 레이아나는 눈을 감았다. 그녀의 감긴 두 눈에서 눈물이 흘러내렸다. 당장에라도 같이 있자고 떼를 쓰고 싶었다. 함께하자고. 죽더라도 같이 죽고, 살더라도 같이 살자고.

"……레아……."

레이아나는 천천히 두 눈을 떴다. 그녀는 슬픈 눈으로 케이시스의 굳은 눈동자를 바라보았다. 자신이 가장 좋아하는 케이시스의 얼굴이었다. 굳세고 곧은, 신념에 찬 얼굴. 황태자의 얼굴이었다. 레이아나의 눈동자엔 더 이상 물기가 어리지 않았다.

"……반드시 살아 돌아오실 수 있으신가요?"
"레아와 아이를 두고 죽을 리 없잖아?"
"……."
"레아."
"그 말 꼭 지키세요."
"고마워, 레아."
"부디…… 보중하세요."
레이아나라고 자신의 남편이 지옥불에 들어가는 것을 뻔히 보고도 말리고 싶지 않겠는가. 하지만 케이시스가 황태자이듯, 그녀 또한 황태자비였다. 황태자는 레이아나의 손을 놓고 헬리아를 보았다.
"부탁드리오."
황태자가 고개를 숙였다. 헬리아는 더는 뭐라 할 수 없었다. 결국 고개를 끄덕였다.
"알겠습니다. 태자비 마마는 반드시 안전히 모시겠어요."
그것은 헬리아의 다짐이기도 했다.
황태자는 희미하게 웃었다. 그러곤 레이아나를 보았다.
"레아."
"케이……."
"시간이 흐르면 아이가 태어나겠지? 그럼 남자아이라면 리오로, 여자아이라면 리아라고 이름 짓고 싶어."
황태자는 헬리아를 슬쩍 보고는 웃었다. 헬리아는 그 이름이 자신의 이름을 빗대어 지은 것임을 알아차렸다. 레이아나는 눈물을 흘리며 고개를 끄덕였다. 최대한 웃으며 보내주고 싶었지만 계속 흐르는 눈물을 막을 수 없었다.
"리오, 리아, 예쁜 이름이에요."
황태자는 웃으며 레이아나를 안아주고 말에 올랐다.

"그럼 모두 다시 만나길……."

그렇게 황태자가 떠나갔다.

흩날리는 눈이 황태자가 탄 말의 발자국을 천천히 지워 나갔다.

헬리아는 멀어져 가는 황태자의 뒷모습을 바라보았다.

"엘라임."

엘라임은 조용히 헬리아의 말에 귀를 기울였다. 헬리아는 복잡한 표정으로 멀어져 간 황태자를 보았다.

"만약 내가."

"안 들어."

"아직 아무 말도 안 했어."

"또 먼저 가라느니, 상관하지 말라고 할 거 아니야. 누가 네 말을 들을 줄 알고?"

"명령 불복이야?"

헬리아가 짓궂게 묻자 엘라임이 진지한 표정을 지었다.

"그럴 거야. 네가 가라고 해도 남아 있을 거고, 남아 있으라고 해도 갈 거야. 다시는 혼자 두지 않을 거야."

엘라임의 말에 헬리아는 피식 웃었다. 그러곤 그의 푸른 머리카락을 만졌다. 순간 엘라임의 얼굴이 붉어졌다.

"누가 먼저 가래? 내가 언제 그런 말 한대?

헬리아의 표정이 짓궂게 변했다.

"말했잖아? 무임금 평생 노동자를 내가 미쳤다고 가라고 해? 평생, 아주 백골이 되도록 옆에 있어. 아, 정령은 백골은 안 되나? 그럼 평생 유령처럼 따라오라고."

"……내가 노예냐?"

"왜 내 노예는 싫어?"

"……아니, 좋아."

헬리아는 엘라임의 대답에 씩 웃었다. 그 모습에 엘라임은 졌다는 표정을 지었다.

"자, 그럼."

헬리아의 시선이 유니에게 향했다.

"유니."

"말씀하시지요, 호호호."

여전히 유니는 힘이 넘쳤다. 그게 유니다웠다. 헬리아의 금빛 눈동자가 선명하게 빛났다.

"엑시온을, 그를 막으려면 어떻게 해야 하지?"

자신이 가진 드래곤의 힘으로 엑시온을 상대할 수 있을 거라 여겼다. 하지만 엑시온이 완벽하지 않은 만큼 자신 또한 완벽하지 않았다. 드래곤의 힘을 쓰기엔 자신의 심장이 견디질 못했다. 무언가 방법이 필요했다. 엑시온을 쓰러뜨릴 방법이.

"강해지고 싶어."

헬리아의 눈이 빛났다. 유니는 그 모습에 입가에 미소를 띠었다. 저 눈빛, 저 말. 그분과 너무나 닮은 모습에 유니는 웃음을 지었다. 온몸에 소름이 돋는 듯했다.

유니는 곧 입을 열었다.

"드래곤 하트, 세르게니아 님께서 남기신 드래곤 하트가 있습니다. 그것을 얻으십시오."

"드래곤…… 하트?"

유니의 말에 헬리아의 눈동자가 커졌다.

설마 드래곤의 드래곤 하트? 드래곤은 마법의 시초라 불리는 존재다. 그리고 그것을 가능하게 하는 것이 바로 이 드래곤 하트다. 드래곤 하트는 드래곤의 심장이라 불리지만 실상 심장의 역할을 하진 않는다.

드래곤 하트는 드래곤이 가진 마나의 정수. 과거 수많은 이가 이 드래곤 하트를 얻기 위해 드래곤 레어를 털거나 슬레이어가 되기도 했다.

"한데 드래곤은 이제 없잖아?"

수백 년 동안 세르게니아 이후로 드래곤은 모습을 감췄다. 역사학자들은 이미 드래곤의 멸종을 공식화했고, 세르게니아가 죽은 이후 드래곤은 더 이상 이 레칸 대륙에 존재하지 않는다. 한데 드래곤 하트라니?

"호호호, 드래곤은 죽어도 드래곤의 레어는 아직 사라지지 않았습니다."

호랑이는 죽어 가죽을 남기고 사람은 이름을 남기듯이 드래곤이 죽어도 드래곤이 소유했던 레어는 고스란히 남는다.

헬리아는 그 말에 눈을 반짝였다.

"레어가 아직 있단 말이야?"

사람들은 이미 수백 년 전부터 드래곤 레어의 가치를 알고 있었다. 가장 최근에 발견한 드래곤 레어라고 해봤자 벌써 500년 전이다. 그런데 드래곤 레어가 있단 말이지? 제사보다 젯밥에 더 관심이 간다고, 드래곤 하트보다 드래곤 레어에 있을지도 모를 금은보화가 눈에 선했다. 헬리아의 눈이 반짝이자 유니는 옅게 웃으며 말했다.

"호호호, 물론이지요. 거기다 아직 그분의 레어는 발견되지 않았습니다."

유니가 그분이라 칭하는 자는 딱 한 명이다.

세르게니아!

"그럼!"

헬리아가 기대감에 눈을 부풀렸다.

"예, 과거 그분께 드래곤 하트를 얻으셨다는 이야기를 들은 적이 있습니다."

"드래곤 하트라……."

"드래곤 하트의 힘을 흡수하신다면 공주님의 그 불안정한 힘도 안정

되게 사용할 수 있을 겁니다."

유니의 말에 헬리아가 눈을 빛냈다. 하지만 곧 드래곤 하트에 대한 이야기가 떠올랐다.

"사람이 드래곤 하트를 흡수할 수는 없을 텐데?"

드래곤 하트는 드래곤의 것이다. 과거에도 인간들은 그 거대한 힘을 탐했지만 그 힘을 자신의 것으로 온전히 만든 사람은 드물었다. 100 중 99명은 죽었다고 봐도 무방하다. 그만큼 드래곤 하트의 힘을 사용하는 문제는 또 다른 부작용을 야기할 수 있는 위험한 일이었다. 하지만 헬리아의 이야기를 들은 유니는 후후 웃으며 말했다.

"잊으셨습니까?"

유니는 그분과 똑 닮은 헬리아를 바라보았다.

"공주님께선 반은 드래곤의 피를 지니고 계십니다."

"하지만 반은 인간의 피야."

헬리아의 표정은 풀어지지 않았다. 아무리 그녀가 드래곤의 피를 지녔다지만 반은 인간이라는 것이다. 위험성을 남긴 채 드래곤 하트를 흡수하려다 도리어 더 사태가 악화된다면 그것이야말로 주객전도다.

유니는 걱정 말라며 웃었다.

"그분께선 오래전부터 드래곤 하트에 대한 관심이 많으셔서 여러 실험을 하셨습니다. 그리고 드래곤 하트를 정제해 사용하는 방법을 개발하셨습니다."

그 말에 헬리아의 눈동자가 커졌다.

"그럼?"

기대감에 유니를 보았지만 유니는 머리를 긁적였다.

"문제는 그것에 대한 것들도 레어에 있을 거라는 겁니다."

그 애매한 말에 헬리아는 미간을 좁혔다.

"레어에 있을지도, 없을지도 모른다는 거야?"

"워낙 그런 것은 말씀을 하지 않는 분이시라……."

유니는 어깨를 으쓱였다. 그나마 드래곤 하트에 대해 실험을 했다는 사실만이라도 안 것이 다행이었다.

"그럼 드래곤 레어는 어디에 있어?"

헬리아는 눈을 반짝이며 유니의 대답을 기다렸다.

유니는 아주 상큼하게 웃으며—물론 헬리아의 입장에선 전혀 상큼한 웃음은 아니었다—말했다.

"호호호, 모릅니다."

"……뭐?"

"솔직히 베라에 있는 어느 누구도 그분의 레어가 어디에 있는지 알지 못합니다. 레어에 대해선 한 마디도 하지 않으셨습니다."

나랑 장난해? 라는 말이 바로 목구멍 아래까지 솟구쳤지만 아무리 유니라도 이런 때에 장난을 할 리 없다는 생각이 들었다. 그러면 무슨 다른 생각이 있을 터.

"그럼 어떻게 레어를 찾을 건데?"

"다행히 오랫동안 그분의 레어를 찾다가 우연한 기회에 그분의 가디언을 찾을 수 있었습니다."

"……가디언?"

"보통 레어를 지키는 존재이나, 때에 따라선 별도로 행동할 수도 있습니다."

"그럼 그 가디언은 어디에 있는데?"

드래곤 레어를 지키는 가디언이라면 충분히 세르게니아의 레어가 어디 있는지 알 수 있었다. 헬리아의 머릿속이 복잡해졌다. 아무리 세르게니아가 자신의 어머니라고 해도 혹여 가디언이 협조하지 않을 수도 있었다. 하지만 그런 걱정은 곧 생각에서 지워 버렸다. 안 되면 되게 하라. 그게 헬리아의 신조 아닌가.

"다행히 아주 가까이에 있었습니다."

유니가 씨익 장난스럽게 웃자 헬리아의 눈이 좁아졌다.

"가까이에?"

"공주님도 아는 사람입니다."

"대체 누구야?"

헬리아는 유니의 말에 감을 잡지 못했다. 그녀가 아는 사람을 쭉 떠올려 봐도 가디언이라 생각되는 이가 없었다. 아니, 생각해 보니 아예 없는 건 아니었다.

'설마…….'

그런 그녀의 눈치를 알아챈 유니가 입을 열었다.

"현재 왕의 그림자의 수장으로 있습니다."

"……."

"그 이름은 세바스찬입니다."

❊

휘이이잉—

하늘에선 연신 하얀 눈발이 날렸다. 한 인영이 눈을 맞으며 천천히 걸음을 옮겼다. 그가 도착한 곳은 성에서 조금 떨어진 언덕. 언덕은 온통 하얀 눈으로 뒤덮여 있었다. 깊은 발자국을 남기며 그가 걸어간 곳은 눈이 덮인 작은 정자였다. 그가 천천히 고개를 숙이자 그의 머리에 쌓였던 눈이 떨어져 내렸다.

"세니아 님……."

흰 눈이 치워진 머리엔 여전히 흰 머리카락이 남아 있었다.

세바스찬이었다. 그는 세르게니아의 무덤을 아련한 눈으로 바라보았다. 지팡이를 쥔 그의 손은 이미 주름이 져 볼품이 없었다. 세월이란 무상한 것. 세바스찬의 눈이 무언가를 상기한 듯 깊어갔다.

“벌써 열아홉 해가 지났습니다. 세니아 님의 따님께선 아주 훌륭하게 자라나셨습니다.”

세바스찬이 주름진 손으로 무덤 위에 쌓인 눈을 쓸어냈다.

“부디 그분을 지켜주시길…….”

이제는 그가 오랫동안 모셔왔던 세르게니아만큼이나 더없이 소중한 사람이 된 헬리아였다.

‘할아버지.’

자신을 그리 불러주던 헬리아의 얼굴이 떠올랐다.

“부디 무사히 돌아오십시오.”

세바스찬이 두 눈을 감았다.

⁂

다그닥다그닥!

말이 요란스럽게 말발굽 소리를 내며 힘차게 달려 나갔다.

“젠장, 끈질기군.”

헬리아는 멀리서 느껴지는 흑마법사들의 기척에 눈을 찌푸렸다.

“우리 정말 탈출할 수 있는 거야?”

함께 마차에 탄 알베르가 얼굴이 사색이 되어 물었다. 옆에 앉은 에른이 그를 진정시켰다.

“걱정하지 마세요. 왕자님이 더 투덜거리지 않으면 마차는 더 빨리 갈 테니.”

“내가 언제 투덜거렸다고!”

알베르의 얼굴이 붉어졌다. 그러나 그 말이 마음에 걸렸는지 입을 다물었다. 헬리아는 에른의 조련 솜씨를 보고 혀를 내둘렀다. 어찌 저게 주종 관계란 말인가. 가히 뾜뾜거리는 짐승 새끼와 조련사가 아닌가. 두 사람의 묘한 관계에 헬리아는 고개를 설레설레 저었다. 그보다 지금은 흑마법사의 추격을 피해 달아나는 게 우선이었다.

“지금 어디까지 온 거야?”

“곧 벨리앙 백작령입니다.”

헬리아 일행은 유니의 도움으로 수도를 빠져나왔지만 공주 일행이 수도를 빠져나올 것을 대비해 수도 밖에서 감시하고 있던 제롬과 흑마법사들에게 들켜 버린 것이다. 여차여차 어떻게든 따돌리려 애를 썼으나 가히 찐득이나 다름없었다. 그 덕에 아슬아슬한 추격전이 이어지며 페르시아 제국과 아르센 왕국의 국경 지대에 위치한 벨리앙 백작령까지 내달리게 된 것이다.

“이 거머리 같은 놈.”

헬리아는 쫓아오는 흑마법사를 떠올리고 이를 갈았다. 그녀의 시선이 레이아나에게 닿았다. 임신 중인데다가 원래부터 몸이 약한 그녀의 얼굴은 이미 푸르죽죽하게 변해 있었다.

‘푸르죽죽해?’

헬리아의 눈이 커졌다. 다시금 그녀를 보니 상황의 심각성을 깨달았다.

“이런!”

레이아나는 아까부터 말이 없었다. 헬리아는 다급히 그녀의 몸을 흔들었다. 그녀의 어깨에 손을 대자 불에 닿은 듯 뜨거웠다.

“으으음.”

레이아나는 얼굴에서 굵은 식은땀을 흘리는 것은 물론이고 자세를 웅크리며 배를 끌어안고 있었다.

“유니!”

헬리아는 다급히 소리쳤다.

“백작령까지는 얼마나 걸려?”

마부석에서 마차를 몰고 있던 유니가 헬리아의 말에 대답했다.

"지금 속도로 가도 족히 한 시간은 걸립니다."

"젠장, 좀 더 빨리!"

헬리아는 다급히 레이아나의 상태를 확인했다. 역시나 몸이 불덩이였다. 하지만 그보다 더 문제는 배 속에 있는 아이였다. 레이아나는 배가 아픈 듯 웅크리며 신음을 흘렸다.

"젠장!"

역시나 마차로 무리하게 이동한 결과였다. 헬리아는 자신의 실수를 자책했다. 임신한 몸이라는 것을 좀 더 생각했어야 했다.

"레아, 레아! 괜찮으세요?"

"헬…… 리아, 나는 괜찮아요……."

"다 죽어가는 건 확실히 알겠네요."

헬리아는 서둘러 포션을 꺼내 레이아나의 입에 부어주었다. 포션이 몸속으로 들어가자 다행히 레이아나의 얼굴에 붉은 기가 돌았지만 심각한 건 아직 해결되지 않았다.

"배가…… 배가……."

여전히 배가 아픈 레이아나는 이내 픽 하고 쓰러졌다.

"헬리아!"

엘라임이 놀라 소리를 높이자 헬리아가 얼른 레이아나를 살폈다. 다행히 하혈은 없었고 어느 정도 고통이 가시자 기절하듯 잠에 빠진 것 같았다. 다행이라면 다행이지만 아직 위험은 가시질 않았다. 거기다 진짜 문제는 다른 데 있었다.

다그닥다그닥!

엘라임과 이안이 몸을 돌렸다. 멀지 않은 곳에서 말발굽 소리가 들려왔다.

"젠장, 따라잡혔나!"

"쫓아라! 저기 있다!"

멀리서 제롬의 목소리가 들려왔다. 헬리아는 입술을 깨물었다.

"유니, 벨리앙 백작가로 가."

"뭘 어떻게 하려는 거야?"

알베르가 놀란 눈으로 물어보자 헬리아는 이미 마차에서 내릴 준비를 마쳤다.

"곧 갈 테니까 먼저 가 있어."

"헬리아!"

알베르가 그녀를 불렀지만 헬리아는 끄덕도 하지 않았다. 헬리아가 이안과 엘라임을 보았다. 두 사람은 이미 밖으로 나갈 채비를 마친 상태였다. 헬리아는 피식 웃고는 유니를 보며 말했다.

"유니, 부탁해."

"호호호, 알겠습니다."

헬리아는 그길로 마차의 문을 열고는 이안과 엘라임을 보았다.

"어떻게 할 거야?"

"뭘 어떻게 해? 얼른 안 내리고."

"동감입니다."

역시나 따라오는 두 사람에게 헬리아는 피식 웃으며 마차에서 내렸다. 엘라임과 이안도 당연히 그 뒤를 따랐다. 그와 함께 마차는 더욱 빠른 속도로 사라지기 시작했다. 헬리아가 시선을 돌려 자신들을 쫓아온 흑마법사 무리를 보았다.

"살아 있었나."

이안이 제롬을 확인하고 눈을 좁혔다. 제롬은 입꼬리를 올리곤 말에서 내렸다.

"그때의 복수를 해주지."

제롬이 손을 들어 올렸다. 그러자 한 무리의 병사와 흑마법사들이 마차를 향해 흩어졌다.
"어림없지!"
헬리아의 말과 함께 엘라임이 그들을 막았다.
"겨우 이 정도로 날 붙잡을 생각인가?"
그러나 제롬은 무슨 생각이 있는지 씨익 웃고는 하늘을 향해 손을 뻗었다. 그러자 그의 손에서, 아니, 그가 들고 있던 통에서 빛이 나더니 하늘로 솟구쳤다.
퍼엉!
붉은 연기가 하늘을 수놓자 헬리아는 미간을 좁혔다.
"신호탄?"
"아무리 강해도 수에는 장사 없지."
제롬이 씨익 웃었다.
"공주를 잡아라!"
제롬이 헬리아 일행을 노려보며 소리쳤다. 그러자 숲속에서 하나둘 검은 로브를 입은 흑마법사들이 나타났다. 이윽고 주위엔 온통 시커먼 흑마법사로 가득했다.
"쥐새끼처럼 몰려왔군."
비아냥거려 보았지만 상황은 달라지지 않았다. 애써 피해가려 했으나 애초에 헬리아 일행의 목적지는 드러난 상태였다. 국경을 넘을 걸 뻔히 알고도 못 잡는다면 그거야말로 멍청이가 아니겠는가.
'빠져나갈 곳은…… 눈 씻고 봐도 없네.'
주변을 둘러보았지만 온통 눈에 시커먼 것들만 들어오자 헬리아는 미간을 찌푸렸다. 제롬이 그런 헬리아의 표정을 보곤 입꼬리를 올렸다. 그의 잘생긴 얼굴에 보기 흉한 상흔이 붉어졌다.
"순순히 그 몸을 내놓는다면 어느 정도 아량은 베풀어주지."
"아량은 무슨, 얼어 죽을 소리 하고 있네. 지나가던 드래곤이 웃겠다."

헬리아는 제롬의 말에 짜증을 한껏 내비쳤다. 뭐 상황은 달라지지 않지만 최소한 구겨진 제롬의 얼굴을 보니 속은 시원했다.

"계속 그렇게 여유 부릴 수 있나 보자!"

"말 많은 놈치고 대단한 놈 못 봤지."

제롬이 와락 이를 깨물었다. 바로 달려들 기세였으나 헬리아의 도발에 쉽게 넘어가지 않았다.

"어차피 독 안에 든 쥐다."

"누가 독 안에 든 쥐인지는 두고 보면 알겠지."

"그 허세도 지금뿐이다! 공격해라!"

제롬의 말이 떨어지기가 무섭게 흑마법사들이 헬리아 일행을 향해 공격을 퍼부었다. 좌우 사방에서 쇄도해 오는 마기에 헬리아는 눈썹을 치켜 올리곤 손을 뻗었다.

"이런 잔챙이들로 날 잡을 수 있을 거라 생각했나?"

콰아아앙!

숲속에서 거대한 폭음이 터져 나왔다. 하지만 헬리아 일행은 먼지 하나 없이 말끔한 모습이었다.

제롬은 그것을 보자 눈을 좁혔다. 하지만 이미 그 정도는 예상했다.

"계속 공격을 퍼부어라!"

상대는 마룡 엑시온만큼의 힘을 지닌 존재. 당연히 단순한 공격으로 그들을 이길 수 있으리라 생각지도 않았다. 제롬이 노리는 것은 단 하나.

"한계까지 밀어붙여라!"

"옛!"

흑마법사들이 주문을 외우자 갑자기 땅바닥에서 우르르 뼈들이 일어서더니 이내 스켈레톤으로 변신했다.

"이런 뼈다귀!"

헬리아는 그 모습을 보고 눈을 찌푸렸다. 징그러운 건 고사하고 그

수가 너무 많았다.

"공격해라!"

드르르륵드르르륵. 덜컥덜컥.

스켈레톤 무리가 턱을 덜컥거리며 헬리아 일행을 향해 달려들었다.

"엘라임!"

"알았어!"

엘라임이 다가오는 스켈레톤을 향해 물을 뿜어냈다. 스켈레톤은 허우적거리며 휩쓸려 갔지만 돌진을 멈추지 않았다.

"죽은 놈들은 계속 죽어 있으라고!"

헬리아가 마법을 시전했다.

"아이스 스톰!"

그러자 차가운 냉기가 물에 허우적거리는 스켈레톤을 얼려 버렸다. 보통 인간이었다면 전기계열 마법을 사용했겠지만 상대는 이미 죽은 뼈다귀. 전류가 통해 봤자 죽은 놈들에겐 소용없었다. 스켈레톤이 단단히 굳자 흑마법사들이 다시 마법을 시전했다.

두두두두두-

"이번엔 또 뭐야?"

헬리아의 말이 끝나기 무섭게 검은 기운이 뭉치며 갑옷을 입은 다크나이트가 모습을 드러냈다. 역시나 이번에도 그 수가 수십 기가 되었다.

"아주 인해전술이구먼!"

헬리아가 짜증 난다는 듯 이를 갈았다. 이미 저들의 속셈을 눈치챘다. 자신들은 고작 세 명. 하지만 상대는 수백이다. 실력 차이가 크지만 그 차이를 수로 메우고 있었다. 예로부터 다구리엔 장사 없다지 않던가.

"쳐라!"

제롬이 소리치자 다크나이트들은 좀 전의 스켈레톤과 달리 민첩한 움직임을 보였다. 그들은 날카로운 검을 치켜들고 헬리아를 노리기 시작했다. 그러나 그 앞을 이안이 막아섰다. 아직 몸이 완전히 회복된 것은 아니지만 마나 포션을 퍼부은 탓에 충분히 움직일 여력이 있었다.

"사라져라!"

오러 블레이드를 쓸 필요도 없었다. 이안의 검은 다크나이트들의 몸을 베어냈고, 헬리아와 엘라임도 마냥 놀지만은 않았다.

'이러다간 이쪽이 지칠 거야.'

헬리아는 눈을 좁혔다. 이렇게 공격을 받아내기만 하면 결국 힘에 부치는 건 수가 적은 자신들이었다. 그 증거로 헬리아 또한 서서히 힘이 약해지기 시작했다. 그사이 다크나이트가 전멸하자 흑마법사들이 다시금 마법을 시전하려고 손을 모았다. 하지만 또 당할 헬리아가 아니다.

'어차피 도망은 못 쳐. 그러면…….'

순간 헬리아의 눈이 번쩍였다. 그녀의 온몸에서 빛이 흘러나오자 제롬이 눈을 찌푸렸다.

"이건……!"

벨리앙 백작가에서도 당한 그 힘이었다. 제롬은 위험을 감지하고 흑마법사들을 향해 외쳤다. 어차피 저 힘은 오래 사용하지 못한다. 그러니 그 전에 처리해야 했다.

"공격해라! 힘을 쓰기 전에 처리해!"

"예!"

흑마법사들이 서둘러 헬리아를 향해 마기를 퍼부었다. 하지만 그걸 두고 볼 엘라임과 이안이 아니었다. 엘라임과 이안은 헬리아에게 향한 공격을 막았다. 그사이 헬리아가 천천히 눈을 떴다. 제롬은 숨이 막힌 듯 몸을 움츠렸다.

"젠장……."

"어리석은 놈."

헬리아가 입꼬리를 비틀며 냉랭하게 웃었다. 여전히 이 힘을 쓰는 건 좋지 않았다. 힘을 쓸 때마다 그 힘에 자신이 휩쓸리는 것을 느꼈다. 벌써 몇 번이고 이 힘을 사용했지만 완벽히 통제할 수 없었다.

두근두근.

지금도 또다시 힘의 부작용이 나타나기 시작했다. 물론 그때까지 가만히 있을 생각은 없었다. 헬리아가 두 손을 좌우로 뻗었다. 그 모습을 본 제롬이 외쳤다.

"모두 방어해라!"

콰아아아아!

그러나 그의 말이 떨어지기 무섭게 헬리아의 공격에 수십의 흑마법사가 흔적도 없이 사라졌다.

"괴, 괴물!"

"괴물이야!"

"이, 인간이 아니야!"

극한 공포를 느낀 흑마법사가 하나둘 동요하기 시작했다. 제롬 또한 그 모습을 보고 이를 갈았다. 그 자신도 그때 저런 모습이었다. 그 치욕을 다시금 떠올리자 왼뺨에 난 상처가 욱신거렸다.

"저 힘은 오래 가지 않는다! 시간을 끌어라!"

제롬은 헬리아의 약점을 정확히 알고 있었다. 이대로 시간을 끈다면 이쪽이 승산이 있다.

"내가 먼저 지칠지 너희가 먼저 사라질지 어디 시험해 보지."

헬리아가 눈을 내리깔고 다시금 공격을 퍼부었다. 엘라임과 이안도 그에 질세라 흑마법사들과 병사들을 처리했다. 그야말로 학살이었다. 단 세 명이서 수백에 이르는 적을 처단했다. 제롬은 이를 악물었다. 하지만 그 순간 그가 예측한 시간이 되었다.

"헬리아!"

"……."

적들을 처리하면서 엘라임은 틈틈이 헬리아를 살폈다. 어느 순간부터 그녀의 안색이 파랗게 질리기 시작했다. 한계가 오고 있는 것이다. 하지만 문제는 아직도 적의 숫자가 많다는 것이었다. 이대로 쓰러진다면 엘라임은 사라지고 남은 이안이 이들을 상대하게 될 것이다. 그러면 결과는 불 보듯 뻔할 터.

"젠장."

헬리아는 자신의 가슴을 움켜쥐었다. 심장이 터질 듯 아파왔다. 힘이 있으면 뭐 하겠는가. 제대로 쓸 수도 없는데. 유니가 말한 드래곤 하트가 더욱 절실해졌다.

드래곤 하트의 힘으로 육체를 완전한 드래곤의 것으로 바꾸는 것. 물론 정말 드래곤이 된다는 것은 아니다. 드래곤의 힘을 제대로 다루기 위해 더 단단한 육체로 만든다는 것이다.

드래곤 하트는 마나의 집약체이다. 그 안에 든 힘은 수천 개의 최상급 마나석의 힘을 능가한다. 하지만 드래곤 하트의 힘을 흡수하는 일도 만만치 않다. 일반인이 그 힘을 흡수하려 한다면 온몸이 풍선처럼 터져 버릴 것이다.

"반드시 성공할 거란 확신은 없습니다. 하지만 가능성은 더 큽니다."

유니 또한 헬리아가 그 힘을 제대로 흡수할 수 있을지는 백 퍼센트 확신할 수 없었다. 하지만 이대로 둔다면 더 큰 문제가 생길 것이다.

이 힘이 도대체 무엇인지, 왜 그녀에게 이런 힘이 있는지 아무도 모른다. 이 힘이 반드시 헬리아에게 계속 좋은 영향을 줄 거란 확신도 없다. 그래서 헬리아는 드래곤 하트가 더욱 절실해졌다.

"헬리아!"

"공주님!"

헬리아의 몸이 천천히 빛을 잃기 시작했다.

"크윽."

반 이상의 적을 처리했지만 아직도 많은 적이 남아 있었다.

"젠장……."

"하하하, 처리해라!"

그 모습을 본 제롬이 득의양양한 표정을 지으며 흑마법사들에게 명령했다. 헬리아의 공격으로 대부분의 흑마법사가 죽음을 맞이했지만 아직 몇 남아 있었다. 흑마법사가 마지막 공격을 하려 할 때였다.

콰아아앙!

그때 강렬한 폭음과 함께 소리가 들려왔다.

"흑마법사들을 처리해라!"

"예!"

제법 나이가 든 중년인의 목소리가 들려왔다.

헬리아는 비틀거리는 몸을 다잡고 소리가 난 방향으로 고개를 돌렸다.

"무사하십니까!"

상대를 본 헬리아의 눈이 커졌다. 그러다 곧 입가에 미소를 지었다.

"늦었습니다."

"지금이라도 만회할 기회를 주시겠습니까?"

웃으며 헬리아에게 손을 내민 사람은 바로 벨리앙 백작이었다.

"크, 퇴각하라!"

제롬은 나타난 벨리앙 백작의 군대를 보자 이를 악물고 퇴각 명령을 내렸다. 아무리 눈앞에 헬리아가 있더라도 제롬은 바보가 아니었다. 지금 병력으론 백작의 군대를 상대할 수 없음을 인지했다. 하지만 이대로 물러나진 않겠다는 듯 붉은 눈동자를 희번덕거리며 헬리아를 노려본 뒤 몸을 돌렸다.

"정말 쫓지 않아도 되는 겁니까?"

멀어져 가는 흑마법사들을 보며 벨리앙 백작이 헬리아에게 물었다. 헬리아는 미간을 찡그리며 백작을 보았다.

"저에게까지 거짓말할 필요는 없어요."

"……."

백작은 잠시 말이 없더니 이내 어깨에 힘을 빼곤 허허 웃었다.

"역시 공주님껜 못 당하겠군요."

백작은 헬리아의 말에 순순히 실토했다. 애초에 벨리앙 백작에겐 흑마법사들을 상대할 정도의 병력은 없었다. 상황이 적절하게 들어맞았을 뿐. 헬리아에게 당해 심히 위축되어 있는 흑마법사들이었다. 한데 거기에 벨리앙 백작이 나타나자 위기감을 느껴 제대로 주변을 살피지 못한 것이다.

"정말 운이 좋았어요. 여러모로."

"들키기 전에 어서 제 성으로 가시지요. 몸은 괜찮으십니까?"

"그리 괜찮지는 않은 것 같네요."

헬리아는 엘라임의 부축을 받으며 씁쓸히 웃었다. 만약 백작이 오지 않았더라면 정말 큰 화를 입었을 것이다.

"후우, 다행입니다."

벨리앙 백작은 안도의 한숨을 내쉬었다.

"한데 여긴 어떻게……."

"호호호!"

어째서 백작이 이곳에 와 있는지 물으려던 헬리아는 귓가에 들려온 낯익은 목소리에 소리가 들린 방향으로 고개를 돌렸다.

"유니!"

"이거 제대로 시간 맞춰 왔군요."

"역시 네가……."

헬리아가 유니에게서 시선을 떼고 백작을 바라보았다. 백작은 유니의 괴상망측한-여전히 이 추운 겨울에 털이 수북한 다리를 드러내며 육체미를 과시하고 있었다-모습을 제대로 쳐다보지 못한 채 고개를 끄덕였다.

"다행히 근처에서 영지 순찰을 돌고 있던 참이었습니다. 우연히 마차를 보게 되어 공주님의 소식을 들을 수 있었습니다."

그때 백작이 얼마나 당황했던가. 백작은 그때를 떠올리며 고개를 휘휘 저었다. 아무래도 유니의 존재는 사람들의 두려움을 자아냈다. 그런 걸 보면 정말 장난치기 좋아하는 요정족이 맞다는 생각이 들었다.

헬리아는 잠시 백작을 위해 뭐라 한마디 해줄까 하다가 유니에 대해 무슨 말을 해야 할지 감이 잡히지 않자 그냥 넘어갔다. 변태를 변태 말고 뭐라 부르겠는가. 변태가 그냥 변태지.

"다른 일행은?"

"무사히 백작가에 도착하셨습니다."

유니의 말에 헬리아는 옅게 숨을 내쉬었다. 백작은 주변을 정리하고 헬리아에게 말했다.

"묻고 싶은 말이 많이 있으나 우선 성으로 가시지요."

벨리앙 백작과 헬리아 일행은 마차를 타고 벨리앙 백작 성으로 갔다.

"드시지요. 몸을 덥혀줄 겁니다."

헬리아는 벨리앙 백작의 말에 자신 앞에 놓인 찻잔을 들어 올렸다. 따스한 향이 그녀를 안정시켰다. 헬리아가 차를 한 모금 마시자 벨리앙 백작이 물었다.

"도대체 무슨 일이 생긴 겁니까?"

"아직 수도에서 일어난 소식을 듣지 못하셨나요?"

"영지 주변으로 병력의 움직임을 포착했으나 정확한 정보는 알지 못

합니다."

제롬으로 인해 붕괴되었던 백작가 내부를 수습하느라 아무래도 제대로 수도의 동향을 파악할 겨를이 없었다.

"황제가 전쟁을 선포했습니다."

"흐음……."

백작이 무겁게 침음을 삼켰다. 그 말 한마디로 모든 상황이 이해가 되었다.

"백작가는 괜찮나요?"

"마법진을 손보고 병력을 추스른 덕분에 백작령을 보호할 수 있었습니다. 아마 저들도 백작가의 힘을 알기에 굳이 건드리진 않은 것 같습니다."

벨리앙 백작이 어이없게도 제롬과 그의 이복동생의 음모에 걸려 꼭두각시 노릇을 하긴 했지만, 본래 국경을 지키는 역할을 하고 있는 벨리앙 백작가이다. 최근 황태자파에 가담하면서 황제의 견제로 이전보다 힘이 떨어졌다 하지만 여전히 무시할 수 없는 병력을 지녔다. 그 때문에 제롬도 벨리앙 백작이 나타난 것을 보고 먼저 뒤를 물린 것이다.

"한데 도대체 아까 그자들은……?"

"흑마법사들 뒤에 황제가 있었습니다."

"……!"

헬리아의 말에 벨리앙 백작의 눈이 커졌다. 백작은 이내 분노로 이를 물었다. 자신의 딸이 납치당하고 죄 없는 수많은 이가 노예가 되어 실험이란 이름의 참혹한 고문과 고통을 받아야 했다. 무너진 지하 실험실에서 그 참상을 보았을 때 백작은 치미는 분노에 몸을 떨었다. 그런데 그 모든 일의 장본인이 황제였던 것이다.

벨리앙 백작은 그날 일을 떠올리자 다시금 분노가 피어올랐다.

"어찌 제국의 황제가……!"

제국의 귀족으로서 무례한 일이었으나 백작은 그만큼 분노하고 있었다.

“또한 흑마법사들이 마룡을 부활시켰습니다. 정확한 목적은 아직 모르지만 결코 좋은 일이 아닐 겁니다.”

“결국…….”

벨리앙 백작은 눈을 감고 탄식했다. 그도 어느 정도 마음을 먹고 있었지만 그의 예상을 아득히 뛰어넘는 일이었다.

“황태자 전하는, 전하는 어찌 되신 겁니까?”

황태자비 레이아나가 이곳에 와 있는 걸 보고 얼마나 놀랐던가. 벨리앙 백작은 가장 먼저 그것을 묻고 싶었다.

“수도에 남아 계세요.”

“그런……!”

벨리앙 백작은 황태자의 소식이 눈을 크게 떴다. 한편으로 어찌 자신에게 도움을 요청하지 않았는지 서운했다.

헬리아는 그런 백작을 다독였다.

“그간 감옥에 갇혀 있었던 데다가 수도가 봉쇄되어 소식을 알리기 힘들었을 거예요.”

“……후우.”

벨리앙 백작은 그제야 고개를 끄덕였다. 그러면서 눈에 결의를 빛냈다.

“가실 건가요?”

백작의 눈빛을 본 헬리아가 물었다. 백작은 고개를 끄덕였다.

“전하의 소식을 듣고 이곳에 있을 순 없습니다.”

“한데 과연 도움이 될까요?”

“……무슨 말씀입니까?”

벨리앙 백작이 눈을 좁혔다. 헬리아는 제 손으로 비어버린 찻잔에 차를 따랐다. 그 짧은 시간에 벌써 차가 식어버렸다. 헬리아는 차를 한 모금 입에 대고 다시 물었다.

"가면 어쩌실 건가요?"

"태자 전하를 도와드려야지요."

"어떻게요?"

"백작령의 병력이 있습니다. 그것이라면 충분히……."

"충분할 것 같나요?"

헬리아의 말에 벨리앙 백작의 눈빛이 가라앉았다.

"무엇을 말하고자 하시는 겁니까?"

"지금 당장 달려가고 싶은 마음은 알겠지만, 그래 봤자 개죽음이죠."

"공주!"

벨리앙 백작은 헬리아의 말에 언성을 높였다. 아무리 그녀라도 이런 말을 할 순 없었다.

헬리아는 그러나 차분히 말을 이었다.

"아닌가요?"

"……."

"지금 밖에는 흑마법사들이 깔려 있죠. 여기가 무사한 건 마법진 때문이기도 하지만 그건 백작이 저들을 건드리지 않아서예요. 하지만 백작께서 저들을 건드린다면? 백작은 마법진으로 보호된 이곳을 나가게 되고 그럼 그들은 먼저 대든 상대를 가만히 놔두지 않겠죠. 애초에 귀찮아서 그대로 둔 것인데 백작이 나선다면 그 귀찮음을 무릅쓰고 나서겠죠. 그럼 자, 백작께선 과연 수도까지 무사히 가실 수 있을까요?"

"……."

백작의 눈동자가 흔들렸다. 헬리아는 더욱 그를 흔들었다.

"여기서 수도까진 너무 멀어요, 백작."

"하지만……."

"자, 그럼 백작이 어찌어찌 수도로 간다고 치죠. 그런 다음엔? 수도는 현재 봉쇄돼 있고 그 주변에는 병력이 쫙 깔려 있죠. 여기서 수도까지 올라오는 동안 아주 지친 백작의 병력이 눈앞에 있다고 보세요. 자신들의 편도 아니고 자신들을 치러 오는 이가 지친 표정으로 다가오네요. 그럼 그들은 어찌할까요?"

"……."

"저라면 아주 박살을 내버릴 텐데 말이죠. 뭐, 저들이 저와 같은 생각이 아니라면 가능하겠네요."

그러나 지금 헬리아의 이야기는 세 살 먹은 애도 짐작할 수 있는 내용이었다. 그걸 제국의 군대가 모른다면 숨 쉴 가치도 없을 것이다.

백작은 스르르 자리에 털썩 주저앉았다.

"무턱대고 전하께 가는 건 백작이나 전하나 어느 누구에게도 도움이 되지 않아요."

"그럼 어찌해야 합니까?"

백작의 물음에 헬리아는 눈을 빛냈다.

"방법은 두 가지예요."

"두 가지?"

"첫 번째 방법은 아주 간단해요."

헬리아는 웃으며 말을 이었다.

"절 잡아가세요. 그러면 백작님은 안위를 보장받으며 무사히 수도로 들어갈 수 있을 겁니다. 뭐, 그간 서로 사이는 안 좋았겠지만 대놓고 백작께 손을 쓰지는 못 하겠죠."

백작의 눈매가 서서히 치켜 올라갔다. 그의 굳은 입술이 열렸다.

"이 벨리앙 백작이 그런 신의 없는 놈으로 보이시오! 은혜를 갚지 못할지언정 결코 은혜를 원수로 갚는 파렴치한으로 만들지 말아주시오!"

백작은 곧은 눈으로 헬리아를 보았다. 흡사 모욕을 당했다는 표정이다.

헬리아는 속으로 웃음을 지었다.

'과연 사람을 보긴 제대로 봤어.'

정말이지 제국의 귀족이라는 것이 안타까울 정도였다.

'보쌈이라도 해서 데려갈까?'

벨리앙 백작은 순간 헬리아의 눈이 맹수의 눈처럼 빛나자 움찔했다. 하나 헬리아는 곧 눈가에 웃음을 띠었다. 그러자 딱딱해졌던 공기가 이내 한층 부드러워졌다.

"저도 그렇게 생각해요. 솔직히 이미 저들은 백작님과 제가 아주 친한 사이라고 생각하고 있을 테니, 절 데려가 봤자 바로 백작님도……."

그러면서 헬리아는 제 목을 긋는 시늉을 했다.

"똑, 하고 목을 떼버리겠죠."

"……."

백작은 그 말에 순간 오싹했지만 이내 허탈해졌다. 그럼 결국 그를 시험했다는 말이 아닌가. 화가 나기보단 힘이 빠졌다.

"기분 나빴다면 죄송해요. 하지만 그만큼 지금 상황이 좋지 못하니까요. 저도 제가 보따리까지 구해 준 사람이 위험해 처해지는 건 별로 좋아하지 않거든요."

"하면 두 번째 방법은 무엇이오?"

"한 가지 물어봐도 될까요?"

헬리아가 백작을 빤히 보았다. 백작은 헬리아의 금빛이 일렁이는 모습에 순간 묘한 기분에 사로잡혔다.

"백작은 태자 전하를 도우신다고 하셨죠?"

"그렇소."

"한데 태자 전하는 황제에게 반기를 들었죠. 아마 지금쯤 반역도로 소문이 났을 거예요. 그럼 백작은 그런 반역도를 도와 반역도가 될 건가요? 제국의 귀족인 백작께 묻고 싶군요."

"……."

백작은 헬리아의 말에 잠시 입을 다물었다. 헬리아는 느긋하게 그의 답을 기다렸다.

"나는 반역도요."

헬리아는 그 말에 미소를 지었다. 백작은 헬리아에게 물었다.

"그 두 번째 방법이라는 게 무엇이오?"

"이미 나왔어요."

헬리아의 말에 백작은 여전히 영문을 모르겠다는 듯 고개를 갸웃했다. 헬리아가 씨익 웃으며 말했다.

"아참, 전에 은혜를 갚겠다 말씀하셨죠?"

"물론이오."

"그럼 겸사겸사 됐네요. 저와 함께 제국을 치는 데 동참해 주세요."

그 말에 백작의 눈이 휘둥그레졌다.

"백작의 목숨 잠시 제가 맡아도 될까요?"

"……무슨 생각이오?"

"아까도 말했죠? 뭐, 겸사겸사. 그리고 제가 보따리까지 구해 준 사람이 위험해 처해지는 건 별로 좋아하지 않는다고요."

그 말에 백작의 입가에 희미한 미소가 어렸다. 그는 천천히 일어나 헬리아에게 고개를 숙였다.

"은혜를 갚을 기회를 주시겠습니까?"

헬리아는 씨익 웃었다.

❊

"어떤가요?"

"후우, 다행히 큰 고비는 넘겼습니다."

"아이는요?"

레이아나는 제 배를 소중히 끌어안으며 의원에게 물었다. 의원은 열게 웃음을 지으며 말했다.

"천만다행이 아닐 수 없습니다. 아이는 무사합니다."

"아아……."

레이아나의 눈가에 눈물이 어렸다. 하마터면 소중한 아이를 잃을 뻔했다는 것에 가슴이 철렁했다. 아이는 아버지를 닮았는지 굳세었다.

"그럼 이제 몸은 괜찮은 건가요?"

헬리아의 물음에 의원은 고개를 저었다.

"원래부터 몸이 약하신지 체력이 많이 떨어져 있습니다. 충분한 휴식이 필요합니다."

그 말은 곧 그녀가 움직일 수 없다는 말이기도 했다. 자칫 과도하게 몸을 움직이다간 이번엔 정말 돌이킬 수 없는 큰일이 생길 수 있었다.

"기력을 회복하는 음식을 들이라 이르겠습니다. 그럼 전 이만."

의원이 방을 나가자 헬리아가 침대에 누워 있는 레이아나를 보았다.

"몸은 좀 어때요?"

"괜찮아진 것 같아."

"후우, 다행이네요. 하지만 더는 무리해선 안 돼요."

이제 곧 벨리앙 백작가를 떠나 아르센 왕국으로 가야 할 헬리아였다. 원래라면 함께 아르센 왕국으로 갔을 테지만 지금 레이아나의 몸 상태론 무리였다.

"……미안해."

"아니에요. 좀 더 살폈어야 했는데."

헬리아는 쓰게 웃으며 말했다. 어쩔 수 없이 레이아나는 아이를 낳을 때까지 벨리앙 백작가에 머물기로 했다. 아르센 왕국까지 가기엔 거리가 멀고 혹시나 또 이번 같은 일이 생길 수도 있었다.

레이아나는 못내 미안함과 아쉬움을 담은 표정을 지었다. 그 모습을 본 헬리아는 고개를 저었다.

"또 만날 거예요."

"……저기, 헬리아."

무슨 이야길 하려는지 레이아나는 머뭇거리다 천천히 입을 열었다.

"부탁 하나 해도 될까?"

헬리아가 레이아나를 보았다. 레이아나는 제 배를 한번 쓰다듬고는 헬리아를 보았다.

"혹시 아이의 대모가 되어줄 수 있을까?"

"대모요?"

레이아나의 말에 헬리아는 눈을 크게 떴다.

대모라니. 거기다 상대는 제국의 황태자비, 지금 상황으론 가능할지 모르겠지만 훗날 그녀가 낳은 아이는 제국의 황제가 될 수도 있었다. 그런 아이의 대모가 되어달라니.

헬리아가 놀라자 레이아나가 헬리아의 손을 잡으며 말했다.

"아시다시피 전 아르센 왕국 사람이에요."

"알고 있어."

레이아나는 헬리아를 보며 미소를 지었다. 그녀가 어떤 나라 사람인지 중요하지 않았다. 레이아나는 오로지 헬리아라는 사람을 보았다. 그녀라면 믿을 수 있었다.

"이미 케이에게도 말해놨어. 너무 부담 갖지 않아도 돼."

"하지만……."

레이아나는 헬리아가 뭘 걱정하는지 알았다.

"'헬리아'에게 부탁하는 거야."

"……."

아르센 왕국의 공주가 아니라 한 사람에게 부탁하는 것. 레이아나가 말한 의미를 알아챈 헬리아는 잠시 망설이다 이내 조금 부풀어 있는 레이아나의 배를 보았다.

"제가 그래도 될까요?"

"물론!"

레이아나는 헬리아의 말이 기쁜 듯 미소를 지었다. 헬리아는 얼떨결에 승낙하고 말았지만 이내 레이아나와 같은 미소를 입가에 띠었다.

'대모라…….'

비록 부모는 아니지만 한 아이를 책임지게 된 것. 그리 나쁜 기분은 아니었다.

❊

—……리…… 리아…….

아련히 귓가에 울리는 목소리에 헬리아는 천천히 눈을 떴다. 희미한 시야 사이로 한 여인의 얼굴이 비쳤다.

'누구지?'

눈을 두어 번 껌벅거렸지만 시야에 뿌연 안개가 낀 듯 선명하지 않았다. 눈을 끔뻑이다 손으로 눈을 비볐다.

'어, 어라…….'

내 손이 왜 이렇게 작지? 마치 어린애 손처럼 오동통한 손.

'어린애?'

하지만 눈을 비빈 탓에 제법 시야가 맑아졌는지 눈앞에 선 여인의 얼굴을 또렷이 볼 수 있었다.

'나?'

자신의 얼굴을 똑 닮은 여인이 자신을 보며 미소를 짓고 있었다.

'아니…… 내가 아니야.'

아무리 자신과 닮았어도 미묘하게 자신과 달랐다. 무엇보다 자신은 이제 열아홉인데 여인은 스물은 애초에 넘어 보이는 얼굴이었다.

'누구지?'

도통 상황을 이해할 수 없었다. 하지만 여인은 그런 헬리아의 생각 따윈 아랑곳하지 않고 천천히 그녀의 작은 몸을 안아 들었다.

삐거덕.

그녀가 있던 자리가 움직였다. 작은 유모차였던 모양이다.

-우리…… 예쁜…… 아…….

목소리가 잘 들리지 않았지만 매우 익숙했다. 이건 현실인가? 아님 꿈인가?

-비…… 빈…… 여기 좀…… 요.

-오…… 리아…… 우리 예…….

그때 여인의 뒤로 낯익은 남자가 모습을 드러냈다. 금발에 푸른 눈동자를 지닌 잘생긴 미남. 남자는 환한 웃음을 지으며 헬리아를 보았다.

-우리 귀여운 리아…….

-정말 ……아 당신을 쏙 빼닮지 않았소?

여인은 따스한 눈으로 자신을 바라보았다. 한데 그녀의 눈빛에 어린 빛이 순간 씁쓸하게 보이는 것은 왜일까?

'왜지?'

헬리아는 자신도 모르게 여인에게 손을 뻗었다. 자신과 닮은 이가 꼭 울 것 같은 얼굴로 미소를 짓고 있어서일까? 눈은 울고 있는데 입은 웃음을 짓고 있다. 그 부조화가 헬리아의 마음을 쓰리게 만들었다.

-마, ……마!

여인은 헬리아의 목소리에 눈을 크게 뜨고 더없이 사랑스런 눈으로 그녀를 보고 있었다.

-……의 사…… 하는 ……리아…….

뭐라 말을 하는지 잘 알아들을 수 없었다. 하지만 헬리아는 그녀가 하고자 하는 말을 이해할 수 있었다.

나의 사랑하는 딸, 헬리아.

그녀는 그렇게 말하고 있었다. 헬리아는 순간 무언가 심장을 두드리는 것 같았다. 마치 단단한 벽이 세차게 몰아치는 파도에 부서지는 것처럼. 헬리아의 가슴 안쪽으로 온기가 퍼져 나갔다. 자신에게도 이처럼 따스하게 웃어주는 사람이 있었구나.

여인은 헬리아를 품에 꼭 안고는 나직이 속삭였다.

—……안하구나. ……를 용…… 해 다오.

무엇이 그리도 그녀를 힘들게 하는 것일까? 하지만 헬리아는 직감적으로 느끼고 있었다. 그리고 알아차렸다.

이것은 바로 꿈이라는 것을. 이 꿈이 보여준 것은 아주 오래전의 기억이라는 것을. 그렇기에 헬리아는 가슴이 아팠다. 이 여인은 곧 사라질 테니까. 헬리아는 이 꿈이 좀 더 지속되기를 바라며 여인의 품에 얼굴을 비볐다. 따스함, 부드러움, 편안함. 이것이 '어머니'인가. 헬리아는 저도 모르게 미소를 지었다.

'아아, 사랑받았구나. 나도, 사랑받았었구나.'

오랫동안 마음 한구석에 차갑게 얼어 있던 외로움이 온기에 녹듯 사라졌다. 헬리아는 입가에 웃음을 지었다. 그리고 더욱 그녀의 품에 안기었다.

"……님…… 공…… 님!"

'따뜻해.'

헬리아는 좀 더 따스함을 느끼기 위해 더욱 그녀의 품속으로 파고들었다.

"……님!"

어라? 근데 뭔가 좀 딱딱하다? 어머니의 품은 보드랍고 포근했는데? 뭐지?

'뭐 따뜻하기만 하면 됐지.'

꽤 단단한 뭔가를 끌어안고 있는 느낌이 들긴 했지만 헬리아는 따뜻한 걸로 만족했다.

"……님! ……주님!"

한데 자꾸만 침잠하려는 헬리아의 정신을 뭍 위로 끄집어내었다.

"대체 언제까지 끌어안고 계실 겁니까?"

"……!"

순간 또렷이 들린 목소리에 헬리아가 번뜩 눈을 떴다. 제 눈앞에 아주 탄탄한 근율질의 몸이 있는 게 아닌가.

"어라?"

헬리아는 혹여 아직도 꿈에서 깨어나지 못한 건 아닌가 싶어 근육질의 몸을 두어 번 쓸었다. 그랬더니 낮은 목소리의 누군가가 그녀의 팔을 붙잡았다.

"정 그리 원하신다면 도착해서 언제든 몸을 내어드리지요."

"……엑, 이안?"

"참 빨리도 알아보시는군요."

"어, 어라?"

뒤늦게 정신이 든 헬리아는 이안의 얼굴을 보고 순식간에 상황을 파악했다. 후다닥 이안에게서 떨어진 헬리아가 당황해 물었다.

"왜, 왜 여기에 있는 거야?"

"아직도 잠이 덜 깨셨습니까?"

이안은 헬리아의 침이 묻은 상의를 보고 눈을 좁힌 채 닦아내며 말했다.

"그, 그게……."

헬리아는 머리를 긁적이며 어찌 된 일인지 하나씩 떠올릴 수 있었다. 벨리앙 백작가에서 하루를 보내고 주변에 깔린 흑마법사들을 피하기 위해 예전 노예 상인에게 끌려 왔던 지름길을 이용해 아르센 왕국으로 들어왔다. 그렇게 국경 인근에 도착한 뒤 함께 왔던 알베르와 에른은 그들의 본국인 라비안 왕국으로 돌아갔다. 아마 자신들이 왕성에 닿을 때쯤 그들도 왕성에 도착할 것이다.

"벌써 다 온 건가?"

잠을 너무 많이 잤나? 헬리아는 입가에 묻은 침을 소매로 스윽 닦았다. 아무래도 그간 지치긴 했나 보다. 강철 체력인 그녀라도 꽤 고된 여정이었다. 이안을 빼 오느라 한계에 달하는 힘을 썼고, 거기다 흑마법사들에게 며칠을 쫓겨야 했다. 그동안 쌓여 있던 긴장이 국경을 넘으면서 풀린 모양이었다.

"어디까지 온 거야?"

"밖을 보시지요."

이안이 밖을 향해 고갯짓을 하자 헬리아는 바로 마차의 창문을 열어젖혔다.

"바람이……."

제국의 바람과는 확연히 다르다는 게 느껴졌다. 창밖에는 제국에서 신물 나게 보았던 흰 눈은 거의 찾아볼 수 없었다. 바람도 선선했다. 아직 아르센도 겨울이지만 제국의 겨울과는 확연히 달랐다.

"드디어."

헬리아의 눈이 아련하게 빛났다.

"드디어 돌아왔네."

바로 아르센 왕국의 수도로 들어가는 정문 앞이었다.

제7장 귀환

아르센 왕국의 회의실 안.

무거운 적막감이 감돌고 있었다. 테이블의 상석에 자리한 아르센 왕국의 국왕 빈센트를 필두로, 그의 오른쪽에는 군부를 맡고 있는 플로렌스 공작이, 왼쪽에는 재무를 담당하고 있는 빈센트의 장인이자 세드릭의 외할아버지인 하이든 후작이 자리했다.

그뿐만 아니라 정보부를 담당하고 있는 메르센 백작과 이례적으로 마탑에서 연구에만 몰두하고 있던 베로니카 공작도 함께했다. 그 외 아르센 왕국의 수뇌부가 모두 한자리에 모여 있었다.

이렇게 모든 중신이 한자리에 모인 것은 아돌프 후작의 처리에 관한 문제를 두고 회의를 한 이후 처음이었다. 그만큼 이만한 인원이 모였다는 것은 매우 중차대한 사건이 벌어졌음을 의미했다.

가장 먼저 메르센 백작이 입을 열었다.

"페르시아 제국의 황제가 대륙에 전쟁을 선포했습니다."

메르센 백작의 말 한마디에 중신들의 얼굴에 어두운 그늘이 지어졌다. 이미 각자의 정보원을 통해 이 같은 사실을 접했지만 공식적인 자리에서 그것을 확인받는 건 또 다른 의미로 다가왔다.

페르시아 제국의 대륙 전쟁 선포! 즉, 페르시아 제국과 국경을 접하고 있는 아르센 왕국도 전쟁을 피해갈 수 없음을 의미했다.

메르센 백작은 어느 정도 귀족들이 진정되는 듯하자 다시 말을 꺼냈다.

"현재 페르시아 제국은 황제의 대륙 전쟁 선포 이후 각 국경 지대에 군대를 주둔시키고 있습니다."

"국경은 어떻게 되었소?"

빈센트가 플로렌스 공작을 바라보며 물었다.

"현재 1만의 병사를 국경에 주둔시켜 두었습니다."

"충분하겠소?"

"결코 국경이 뚫릴 일은 없을 것입니다."

플로렌스 공작은 자신감을 보였다. 소드 마스터인 공작은 그 스스로의 무력이 강할 뿐만 아니라 강력한 군대를 보유하고 있는 영주기도 했다. 아마 수도에서 움직이기 전까지 국경을 내주는 일은 없을 것이다.

"적들의 움직임은?"

다시 빈센트가 메르센 백작을 응시했다. 메르센 백작은 안경을 치켜올리고 말했다.

"현재로서는 큰 움직임을 보이고 있지 않습니다.

"하기야 이 같은 겨울에 전쟁이라니……."

베로니카 공작이 주름진 눈매를 좁히며 말했다. 원래라면 이런 자리에 오지 않고 마탑에서 연구에만 몰두할 그였지만 상황이 그를 이 자리에 오게 만들었다. 정치에선 손을 놓은 그였지만 그를 따르는 수백의 마법사 무리가 존재했다. 응당 이번 전쟁에서 마법사를 이끌기 위해선 그의 존재가 필요했다.

"한데 정말 저들이 쳐들어오겠습니까?"

한 중신이 근원적인 문제를 제기했다.

"몇 년간 제국은 기근과 가뭄으로 쌓아둔 물자가 없는데다가 백성들은 수탈에 몸살을 앓았습니다. 거기다가 황태자와 황제 간의 세력 싸움으로 세력이 하나로 결집되지 못한 상태 아닙니까?"

통상적으로 겨울에는 군대를 움직이는 것이 쉽지 않다. 겨울에는 물자를 생산해 낼 수 없는데다가 보급을 유지하기 어려운 탓이다. 거기다 제국은 원정을 떠나야 한다. 가뭄과 기근으로 몸살을 앓았던 제국이 전쟁을 제대로 준비했는지 의문이 생길 수밖에 없었다.

"그런 상황인데 제국이 진정 전쟁을 벌이겠습니까? 혹 힘을 과시하려는 속셈이 아닐까요?"

그의 말에 귀족들은 고개를 끄덕였다. 중신의 말처럼 제국의 선전포고는 매우 무모했다. 거기다 페르시아 제국의 황제 카사스 2세는 젊은 시절부터 대륙 정벌에 대한 야욕이 큰 인물이다. 팔십이 넘어 이 같은 일을 저지른 것은 분명 노망이 들어서가 아닐까.

"거기다 아직까지 움직이지 않은 걸로 봐서는……."

그러나 메르센 백작이 고개를 저으며 그의 말을 잘랐다.

"보급 물자라면 이미 제국은 충분히 준비를 해두었습니다."

메르센 백작은 그간 제국의 정세를 유심히 살펴왔었다. 최근 몇 년 사이에 제국으로 수입되는 철과 곡식이 그전에 비해 배는 뛰었다.

"제국은 나라의 백성이 죽든 말든 중요하게 여기지 않고 전쟁을 치를 준비를 철저히 해두었습니다."

그 결과 최근 제국의 난민 숫자가 불어난 것이다.

메르센 백작의 말에 대전 안은 침묵이 감돌았다. 그제야 확실히 전쟁의 기운을 느낀 탓이다. 그러나 메르센 백작의 말은 아직 다 끝나지 않았다.

"거기다 보급은 지금도 이루어지고 있습니다."

"그게 무슨 말인가?"

플로렌스 공작의 물음에 메르센 백작이 눈을 좁히며 이야기를 꺼냈다.

"아시다시피 얼마 전 황제의 탄신일을 맞이하여 각국의 귀족과 왕족들이 제국을 방문했습니다. 하나 지금껏 누구도 다시 돌아오지 않았다 합니다."

"그런……!"

메르센 백작의 말에 귀족들이 침음성을 흘렸다. 메르센 백작이 말을 이었다.

"제국은 각국의 귀족과 왕족들을 억류하고 그들의 본국에 몸값을 요구했습니다."

"허허!"

"이는 몸값으로 보급을 충당하려는 의도가 아닌가!"

그렇다 하여 몸값을 주지 않는 곳도 드물 것이다. 애초에 제국의 황제의 탄신일을 맞이하여 대부분 고위 귀족과 왕족들이 참석했다. 그들은 당연히 일반적인 인질의 가치와 확연히 달랐다. 응당 각 왕국은 그들의 몸값을 지불할 터이다. 그리고 제국은 그 몸값으로 이번 전쟁에 필요한 자금을 메울 생각이고. 모두들 탄식을 흘렸다.

"한데 그럼 공주님은 어찌 되셨는가?"

하이든 후작이 메르센 백작을 향해 물었다. 하이든 후작의 물음에 다른 귀족들도 귀를 세워 백작의 답을 기다렸다. 헬리아 공주 또한 제국의 사신으로 가지 않았는가. 한데 그녀 또한 아직까지 왕국으로 돌아오지 않고 있었다.

"이미 각국에 인질에 대한 몸값을 요구하는 협박문이 보내졌다고 하는데, 아직까지 우리 왕국에는 소식이 없지 않는가?"

"……."

하이든 후작의 말에 빈센트와 메르센 백작의 표정이 굳어졌다. 메르센 백작은 힐끔 빈센트를 바라보았지만 빈센트는 아무런 표정 변화가 없었다. 메르센 백작이 쉽게 입을 열지 못하자 하이든 후작이 집요하게 물었다.

"공주는 이 나라의 후계자네. 도대체 무슨 일이 생긴 건가!"

"……그건……."

"공주는 이미 제국을 탈출해 아르센 왕국으로 돌아오고 있는 중이오."

그 순간, 빈센트의 말이 들려왔다. 하이든 후작이 메르센 백작에게서 시선을 떼고 국왕을 보았다. 하이든 후작의 눈이 가늘어졌다. 왠지 미심쩍은 듯한 눈빛이었다. 그러나 빈센트는 흔들림 없는 눈동자로 후작을 응시했다. 후작은 그에 한발 뒤로 물러섰다. 하지만 의심의 끈은 오히려 더 탄탄해졌다.

"그러하면 참으로 다행이지요. 하면 곧 돌아오겠군요."

"물론이오."

메르센 백작은 상황을 파악하고 얼른 화제를 돌렸다.

"현재 라비안 왕국에서 동맹을 요청해 왔습니다. 곧 사신단을 파견할 것이라 합니다."

"라비안 왕국이라……."

"좀 껄끄럽지 않소?"

4년 전 아돌프 후작의 꾐에 빠져 그때 당시 왕세자였던 세드릭의 사고를 모두 라비안 왕국에게 떠넘긴 바가 있었다. 그 일로 아르센 왕국과 라비안 왕국은 사이가 좋지 못했다.

"하지만 이번엔 라비안 왕국에서 청해 온 동맹이 아니오? 충분히 가능하다고 봅니다."

플로렌스 공작의 말에 다들 어느 정도 수긍하는 분위기로 바뀌었다. 우리 쪽에서 요청한 것이라면 몰라도 라비안 왕국에서 먼저 요청해 왔다면 상황이 다르다. 서로 화해 차원에서라도 동맹을 맺는 것도 나쁘지 않았다.

무엇보다 아르센 왕국에서도 페르시아 제국을 홀로 상대하는 것은 부담스런 면이 있었다. 아직 제국과 거리가 먼 레스톤 왕국이나 에비스 왕국, 토론 왕국 등은 상황을 주시하고 있기 때문에 라비안 왕국이라면 적절한 상대였다.

"또한 타나 성국에서 신관을 파견하겠다는 공문이 왔습니다."

"타나 성국이?"

"예, 페르시아 제국에서 흑마법사의 움직임을 파악했다 합니다. 이는 성국으로서 좌시할 수 없다 판단한 바, 이번 전쟁에 신관을 파견한다고 합니다."

"오호, 타나 성국이."

언제나 다른 나라의 일에 제삼자의 태도를 유지해 온 성국이었다. 하지만 이번에는 그들 역시 제국과 국경을 맞대고 있는 상태였다. 거기다 흑마법사의 준동이 확인된 이상 성국의 입장에서 그들을 대적하지 않을 수 없었다.

"하여 플로렌스 공작."

"예, 전하."

"이번 전쟁의 총사령관으로 공작을 임명하겠소."

"망극하옵니다."

애초에 군부는 플로렌스 공작이 꽉 잡고 있었기에 어느 누구도 이견이 없었다. 빈센트는 그간 조용히 사태를 관망하던 베로니카 공작을 향해 살짝 고갯짓을 하며 말했다.

"베로니카 공작께서는 이번 흑마법사에 대항할 마법 부대를 맡아주십시오."

"허허, 이 늙은이를 아주 부려먹는군."

과거 국왕의 스승이었던 베로니카 공작만이 국왕 앞에서 반존대를 사용할 수 있었다. 베로니카 공작은 귀찮은 일을 맡았다는 기색을 보였지만 거절하진 않았다. 그도 이번 사태가 나라의 명운이 걸린 일임을 잘 알기 때문이다.

"내 소임을 다하겠소."

빈센트는 입가에 미소를 띠고 귀족들을 한차례 훑어보았다.

"페르시아 제국에서 전쟁을 선포했소. 하지만 아르센 왕국은 과거에도 그랬듯, 그리고 앞으로도 그렇듯 이 아르센 위에 존재할 것이오."

"망극하옵니다!"

귀족 모두 고개를 숙이며 회의를 파했다. 그 순간 하이든 후작만이 빈센트를 바라볼 뿐이었다.

❊

"전쟁이라니, 도대체 제국의 황제가 노망이 난 게야."

회의가 끝난 뒤 빈센트와 베로니카 공작, 플로렌스 공작이 한자리에 앉아 차를 마셨다. 베로니카 공작은 세바스찬이 따라준 차를 마시지도 않고 소리를 높였다.

베로니카 공작은 과거 카사스 2세를 직접 본 일이 있었다. 과거에도 대륙 통일에 대한 야망이 큰 자였다. 그런데 팔십이 넘어서도 그 같은 일을 저지른 것이다.

"하하, 차라리 노망이라도 났으면 좋겠지요."

빈센트는 옅게 입꼬리를 올리며 차를 입에 대었다. 그 말에 베로니카 공작과 플로렌스 공작의 표정이 변했다. 베로니카 공작은 짜증스럽다는 듯 조금 식은 차를 단숨에 마셔 버렸다.

"그래, 제정신이니 문제지."

"한데 그건 언제 안 건가?"

플로렌스 공작이 차를 입에 대지 않고 빈센트에게 물었다. 빈센트는 여유로운 표정으로 반문했다.

"뭘 말인가?"

"공주님 말일세."

"내게도 알리지 않고."

베로니카 공작도 합세했다.

"헬리아의 소식을 들었으면 잽싸게 내게도 알려줘야 하지 않는가? 허허, 역시 헬리아네. 제국에서 탈출하다니. 분명 제국에서도 조치를 취했을 터인데."

안도의 한숨을 내쉬는 공작을 바라본 빈센트는 빈 찻잔을 내려놓았다. 그러자 세바스찬이 다시 잔에 차를 채워 주었다.

"하면 언제 돌아오는가?"

플로렌스 공작이 물었다. 그 또한 헬리아 공주의 안위가 걱정되었지만 그보다도 그녀와 함께 간 자신의 아들, 이안이 걱정이 되어 쉬이 밤잠을 이루지 못했다. 겉으론 내색하지 않았지만 황제가 전쟁을 선포하고 얼마나 노심초사했던가.

그때 빈센트가 웃으며 말했다.

"뻥이네."

"……예?"

"무, 뭐라?"

빈센트의 말에 플로렌스 공작과 베로니카 공작이 벙찐 표정을 지었다. 빈센트의 여유로운 웃음이 조금 옅어졌지만 이내 세바스찬이 자신을 향해 웃음을 짓는 걸 보고 다시 힘을 얻었다.

"헬리아가 어디에 있는지 모른다는 말일세."

"그, 그게 무슨 말인가!"

베로니카 공작이 놀라 소리를 높였다. 놀란 것은 플로렌스 공작도 마찬가지였다.

"아니, 그럼 공주님은 어찌 된 건가?"

"제국 황실에 붙잡혀 있지 않은 것만은 확인했네."

빈센트의 신색은 여전했다. 믿고 있기 때문이다. 헬리아라면 반드시 돌아올 것이라는 믿음. 그래서 빈센트는 웃으며 말할 수 있었다.

"이게 대체……."

"……."

플로렌스 공작의 표정이 어두워졌다. 공주의 실종에 놀란 것은 물론 좀 전의 회의에서 하이든 후작의 태도가 이해되었다.

"후작이 냄새를 맡았군."

"……."

"후작이 세드릭의 폐위에 힘을 실어주었다 하나 그때는 그럴 수밖에 없는 상황이기 때문이었어. 그런데 헬리아 공주가 사라진 걸 알면 어찌 행동할지……."

빈센트는 플로렌스 공작의 말을 잠자코 들었다. 그도 후작의 의도를 알아차렸다. 헬리아 공주의 실종을 공론화하여 후계자가 공석이라는 것에 힘을 신게 만드는 것. 최종적으로는 다음 후계자, 즉 세드릭을 내세우려는 의도일 것이다. 하지만 빈센트는 헬리아가 돌아온다는 말로 후작의 의도를 저지시켰다. 다만 정말로 헬리아가 돌아와야 이 일이 쉽게 지나갈 터였다.

"정말 돌아오겠나?"

"물론이네."

빈센트는 플로렌스 공작의 질문에 한 치의 흔들림도 없이 말했다.

"아버지가 딸을 믿는 건 당연하지 않나?"

"……후우."

플로렌스 공작은 한숨을 내쉬었다. 지금 상황은 이안조차 어디에 있는지 모른다는 말이었다. 이미 큰아이를 잃어본 공작으로서는 쉽게 진정이 되지 않았다. 빈센트가 그런 그의 눈동자를 빤히 바라보았다.

"믿게."

"……."

"내가 헬리아를 믿듯, 자네도 그런 나를 믿어주게. 헬리아는 반드시 돌아올 거야."

"……자네."

빈센트는 씨익 웃었다. 그러다 순간 눈을 살짝 찡그렸다.

"무슨 일 있는가?"

"아, 아니네. 차를 너무 많이 마셨나?"

"쯧쯧, 그러게 뭘 그리 마시누? 혹 걱정되는 게 아니냐?"

베로니카 공작이 눈을 가늘게 뜨고 빈센트의 속내를 읽어보려 했지만 소용없었다.

"하하, 스승님, 전 헬리아를 믿습니다."

빈센트는 웃으며 그들 몰래 지그시 심장 부근을 눌렀다. 그 모습을 세바스찬이 눈을 좁히며 바라보고 있었다. 그러나 그의 눈빛을 알아챈 빈센트는 웃어 보였다.

그리고 그때였다.

"전하!"

시종의 목소리가 울려 퍼졌다.

❊

"노엘, 이것도 집어넣어."

"이것도."

"저것도."

세드릭은 자신의 방에서 돈이 될 만한 것들을 상자에 집어넣었다. 그러자 커다란 상자에는 순식간에 금은보화가 가득 찼다. 하지만 세드릭은 뭔가 성에 차지 않는 듯 눈을 찌푸렸다.

"이 정도면 얼마나 될까?"

"왕자님……."

"역시 안 되겠어. 재무부에서 다음 달, 아니, 올해 내 앞으로 배정된 돈을 모두 가져와."

"왕자님."

노엘은 그런 세드릭을 안쓰럽게 쳐다보았다. 세드릭은 노엘의 눈빛에 입술을 깨물었다.

"알아. 하지만 아무것도 안 할 수는 없잖아?"

자신을 위해 그 위험한 제국으로 간 헬리아다. 제국의 인질이 되어 제대로 밥은 먹는 건지 아니면 혹여 핍박받고 있는 건 아닌지 걱정이 되어 잠을 이룰 수 없었다.

제국과 전쟁이라니. 몸값을 지불하지 않으면 죽일지도 모른다. 세드릭은 제 물건을 모조리 팔아서라도 자신이 내고 싶었다. 그건 자신의 몸값이었으니까. 세드릭이 정말 재무부에 가서 내탕금을 미리 받기 위해 몸을 움직이려 하자 노엘이 그의 팔을 붙잡았다.

"왕자님, 이러시지 않으셔도 공주님은 무사할 겁니다."

세드릭의 모습이 보기 안쓰러운 노엘은 그를 말렸다. 세드릭은 고개를 저었다.

"내가 하고 싶어. 내가."

"……."

세드릭의 단호한 눈빛에 노엘은 더는 그를 말릴 수 없었다. 그렇게 굳은 눈빛을 볼 때마다 헬리아 공주가 문뜩 떠올랐다. 그녀 또한 이렇게 세드릭을 대신해서 제국으로 갔음을 알기에 노엘은 입술을 깨물었다.

"제 돈도 보태겠습니다."

노엘의 말에 세드릭의 눈이 커졌다. 노엘은 그런 그를 보며 피식 웃었다.

"생각해 보면 저를 구해 주신 은혜를 갚지 못했습니다. 보답하게 해 주십시오."

이미 노엘은 자신의 존재로 헬리아에게 은혜를 갚았다. 세드릭의 마음을 덜어주기 위함이라 말한다면 거부할 것임을 알기에 노엘은 그리 말했다.

"얼른얼른 갚아둬. 안 그러면 이자가 어마어마하게 불 테니까."

"네."

'안 그래도 너무 이자가 불어서 어떻게 해야 할지 모르겠습니다.'

노엘은 자신의 목숨과 자신의 목숨보다 더 귀한 세드릭을 구해 준 헬리아의 은혜를 결코 잊지 않았다.

"자, 얼른 가자."

그때였다.

"왕자님, 하이든 후작님께서 오셨습니다."

"외할아버지가?"

세드릭은 갑자기 방문한 자신의 외할아버지를 보며 의아함을 감추지 못했다. 평소라면 며칠 전에 방문을 알려왔을 터인데, 너무 급작스러웠다.

"웬일이시지?"

"오늘 회의 때문에 올라오셨다가 방문하신 게 아닐까요?"

"그거라면 좋겠지만."

세드릭은 눈을 좁혔다.

"드시라고 해."

세드릭의 방 안으로 한 노인이 걸어 들어왔다. 꼿꼿이 선 허리와 단호하게 다물린 입술, 누가 봐도 한 고집하는 성격이 고스란히 얼굴에 드러나 있었다. 하이든 후작이다. 일전에 세드릭을 폐위하면서 헬리아의 손을 들어준 적이 있었다.

“어서 오세요.”

“그간 잘 지내셨습니까?”

“네, 이리로 앉으세요.”

목발을 쥔 세드릭이 걸음을 옮기며 소파에 몸을 뉘였다. 이제는 가까운 곳은 목발에 의지하지 않을 정도로 많이 호전이 되었다. 그 모습을 본 하이든 후작이 눈을 휘며 말했다.

“이제 곧잘 걸으시는군요.”

“뭘요, 아직 더 연습해야 돼요.”

“이 정도라면 곧 목발이 없어도 되겠습니다.”

하이든 후작의 말에 무언가 느낌이 이상했다. 하지만 그의 말처럼 곧 목발 없이도 걸을 수 있게 되기에 크게 개의치 않기로 했다.

“한데 어쩐 일이세요?”

“오늘 회의가 있어서 들렀다 외손자 얼굴이라도 볼 겸 왔습니다. 하온데 왕자님께선 이 늙은이가 반갑지 않으신가 봅니다?”

“아, 그런 건 아니에요.”

“소식은 들으셨습니까?”

“……네.”

세드릭의 표정이 급격히 어두워졌다. 하지만 최대한 힘을 냈다.

“그래도 돈만 지불하면 금방 풀려나겠죠?”

“풀려날 수 있다면 말이지요.”

하이든 후작의 말에 세드릭의 표정이 굳어졌다. 그제야 뭔가 이상한 낌새가 눈에 보이는 듯했다.

"그게 무슨 말씀인가요?"

"아십니까? 이제 이 왕궁에 있는 직계 왕족이라고는 헬리아 공주님과 왕자님뿐이라는 것을."

"……무슨 뜻인지 말씀해 주시죠."

세드릭의 어조가 딱딱해졌다. 하이든 후작은 그런 자신의 외손주를 바라보았다.

"따로 제국에 사람을 보내 상황을 알아보았습니다."

"……."

"제국에 온통 공주의 초상화가 널려 있더군요."

"……초상화라니? 대체 왜?"

"자세한 이유는 이 늙은이도 잘 모릅니다. 하지만 제국에서 공주의 뒤를 쫓고 있더군요."

"헤, 헬리아는! 헬리아는 어떻게 된 겁니까!"

제국에서 그녀를 쫓고 있다는 이야기를 듣자 세드릭이 목소리를 높였다. 하이든 후작은 그런 세드릭의 반응에도 묵묵히 시녀가 내온 찻잔을 입에 대었다.

"외할아버지!"

"저도 모릅니다."

"예?"

"그 이후 소식은 알 수 없습니다. 죽었는지 살았는지도."

"그, 그런……."

세드릭은 털썩 소파에 주저앉았다. 하지만 다른 생각도 들었다.

"혹 왕국으로 돌아오는 중이 아닐까요?"

"제국의 모든 국경이 봉쇄됐습니다. 무엇보다 탈출했다면 국경 수비대에서 아무런 연락이 없을 수야 없지요."

"마, 말도 안 돼."

세드릭의 얼굴이 새하얗게 질렸다. 헬리아의 실종. 세드릭은 입술을 세게 물었다. 자신 때문이다. 자신 때문에 헬리아가. 결국 과거에도 현재에도 그의 존재는 다른 이를 불행하게 한다. 세드릭의 눈에 눈물이 어렸다. 하지만 하이든 후작은 흔들림 없는 눈으로 그런 세드릭을 바라보았다.

"이제 어떻게 하실 겁니까?"

"……무슨 말입니까?"

"아르센 왕국엔 현재 국왕 전하를 제외하면 단 두 명의 왕족이 있습니다. 그리고 지금 그 두 명 중 한 명은 실종되었죠."

"무얼 말씀하고 싶으신 겁니까?"

하이든 후작의 말속에 담긴 뜻을 알아차린 세드릭의 얼굴은 싸늘하게 변했다.

"이제 후계자는 왕자님입니다."

"후작님!"

세드릭의 입에서 외할아버지가 아닌 작위가 터져 나왔다. 그러나 하이든 후작은 눈 하나 꿈쩍하지 않았다.

"틀린 말입니까?"

"헬리아는, 아직 아무것도 정해진 건 없습니다! 반드시 돌아올 겁니다!"

"그러니 생각해 두시라는 겁니다."

"저는 결코 그리하진 않을 겁니다."

"이제 곧 다리도 나을 테고 누구도 왕자님이 다음 후계자라는 사실에 반대하지 않을 겁니다."

애초에 왕세자는 세드릭이었다. 헬리아가 사라진다면 세드릭이 왕세자가 되는 것은 당연했다.

"저는 폐위되었습니다. 후작님도 동의하지 않으셨습니까?"

"그때는 그럴 수밖에 없었지요. 하지만 이제 상황은 달라지지 않았습니까?"

"후작님!"

"공주에 대한 마음 때문에 그러십니까? 이 늙은이는 단지 뒷일을 생각하시라는 겁니다."

"그런 일은 결코 있을 수도 일어나지도 않을 겁니다."

세드릭의 단호한 말에 하이든 후작의 눈썹이 살짝 치켜 올라갔다.

"고집 그만 부리시지요. 현실을 직시하셔야 합니다."

"현실을 보지 못하시는 건 후작님입니다!"

"왕자님!"

"헬리아는 반드시 돌아올 겁니다. 저는 다른 생각 따윈 하지 않습니다."

그러나 하이든 후작의 표정은 너무나도 완고했다. 세드릭은 입술을 깨물었다.

"후작님은 어릴 때부터 신의가 있는 사람이 되라 말씀하셨습니다. 저는 그 말을 이제까지 가슴속에 담고 살았습니다."

"일의 경중이 다릅니다."

"아뇨, 저는 절 믿어준 헬리아를 결코 배신하는 행위는 하지 않을 겁니다."

마치 거울을 통해 자신을 보는 듯한 기분에 하이든 후작은 묘한 느낌이 들었다. 세드릭의 외모는 빈센트를 가장 많이 닮았지만 그의 성격은 자신을 가장 많이 닮았다. 그렇기에 하이든 후작은 세드릭을 아끼고 귀여워했다.

세드릭은 자리에서 일어섰다. 그러곤 터벅터벅 난로 쪽으로 가더니 난로 위에 걸린 검을 빼 들었다.

차앙!

"후작님이 그리 생각하신 것도 다 제 다리 때문이죠? 제 다리가 나았기 때문이 아닙니까?"

"왕자님!"

"애초에 미련을 끊었어야 했습니다. 그랬다면 이런 일도 없었겠죠. 후작님께 이런 소리도 듣지 않아도 되었을 텐데."

"왕자님! 대체 무슨!"

"제 다리를 스스로 끊어버릴 겁니다."

"세드릭!"

너무 놀라 하이든 후작이 세드릭의 이름을 불렀다. 세드릭은 처연하게 웃으며 검을 휘둘렀다.

"저는 신의가 있는 사람이 되고 싶습니다."

그 순간이었다.

"지금 뭐 하는 거야?"

누군가 세드릭의 손에서 검을 빼앗았다. 허름한 옷차림을 한 괴인이었다. 로브를 깊게 눌러쓴 탓에 얼굴을 알 수 없었다. 하지만 너무도 익숙한 목소리였다. 순간 세드릭의 눈동자가 크게 흔들렸다.

"조금만 늦었으면 어쩔 뻔했어!"

그 괴인은 잔뜩 화가 난 목소리로 그를 꾸짖었다. 그러나 세드릭의 눈에선 도리어 눈물이 흘러내렸다. 그것은 질타 때문이 아니었다. 바로 그, 아니, 그녀의 목소리 때문이었다.

"……헬…… 리아?"

"그래, 이 멍청아!"

헬리아가 로브를 거칠게 벗으며 세드릭에게서 빼앗은 검을 바닥에 내팽개쳤다. 로브를 벗자 보이는 것은 그녀의 환한 금발과 금안이었다. 그 모습에 하이든 후작도 놀라 눈이 커졌다. 헬리아 공주였다!

"저, 정말……."

세드릭은 기쁨에 눈물을 흘러내렸다. 헬리아는 그런 그를 짜증스런 눈빛으로 바라보고 있었다. 그러다 바로 세드릭의 머리를 두 손으로 붙잡더니 제 이마에 쾅 하고 박아버렸다.

"으윽!"

어찌나 세게 박았는지 세드릭은 뒤로 힘없이 벌러덩 주저앉았다.

"헤, 헬리아?"

"이제 좀 정신이 들어?"

헬리아는 붉어진 이마를 쓱쓱 손으로 쓸었다. 물론 그녀의 피부가 이렇게 붉어질 정도라면 세드릭은 아마 눈물이 찔끔 날 정도의 아픔을 느꼈으리라.

"대체……."

세드릭은 도무지 뭐가 뭔지 몰랐다. 헬리아는 그런 세드릭의 표정에 한숨을 푹 내쉬곤 넘어진 세드릭을 일으켰다.

"계속 그렇게 앉아 있을 거야?"

"……헬리아."

"일어서."

"정말 헬리아구나."

세드릭은 헬리아의 손을 잡으면서 피식 웃었다. 물론 눈물이 날 정도로 아프긴 했지만 그녀를 본 기쁨에 그런 건 아무래도 좋았다.

'하지만 정말 아프다.'

아마 이마가 붉게 변했으리라. 그렇지만 이 아픔이 오히려 그녀가 진정 이곳에 있음을 인지시켜 주었다. 세드릭은 옅게 웃으며 헬리아의 손을 꼭 잡았다. 따뜻했다. 작고 희지만 굳은살이 박이고 꺼끌꺼끌한 손. 결코 일반적인 왕족에게서는 볼 수 없는, 오로지 헬리아에게만 있는 그녀의 손이었다.

"정말, 정말……."

"이 멍청이가."

"큭, 여전하네."

헬리아는 머리를 짚었다. 정말 조금이라도 늦었다면 세드릭은 스스로 제 다리를 절단했을 것이다. 그 순간, 그는 정말 진심이었다. 진심으로 자신의 다리를 자를 생각을 한 것이다. 헬리아가 다시 세드릭을 흘겨보자 세드릭이 한 발 뒤로 물러서며 머리를 보호했다.

"또?"

"몇 번이고 맞아도 싸. 제 손으로 제 발을 자르려고?"

"……."

세드릭은 입을 꾹 다물었다.

'이 고집불통!'

헬리아는 눈을 좁혔다. 정말이지 저 똥고집은 누굴 닮은 거야? 아마 다른 사람이 보았더라면 헬리아도 똑같다는, 아니, 더하다는 말을 했겠지만 다행히 이곳엔 그 말을 할 이가 없었다.

"돌아와서 다행이야. 정말."

세드릭은 그저 헬리아가 돌아온 것을 기뻐했다. 얼마나 걱정했는지 모른다. 자신을 대신해 그 험한 제국으로 간 헬리아다. 그렇기에 더욱 걱정이 되었고 미안한 마음이 컸다.

"실종된 줄 알았어."

"실종, 누가?"

세드릭의 시선이 하이든 후작을 향했다. 헬리아의 눈이 가늘어졌다 이내 눈꼬리가 휘었다.

"아, 오랜만이네요, 후작님."

"무사해서 다행이오, 공주."

"제가 너무 급하게 오는 바람에 여기저기 알리지 못하고 와버렸네요. 후작님도 깜짝 놀라셨죠?"

"정말 깜짝 놀랐소."

하이든 후작은 무덤덤한 표정으로 헬리아를 보았다. 헬리아는 그런 하이든 후작을 보며 작게 눈을 좁혔다.

"한데 실종이라니, 너무하네요. 아직 며칠이 지났다고 실종이라니."

"다들 걱정이 많았소."

하이든 후작은 담담히 웃었다.

"그리 걱정만 한 건 아닌 것 같은데요?"

"그거야 당연한 것 아니오?"

"외할아버지!"

세드릭이 하이든 후작의 말을 막았다. 하지만 후작은 거침이 없었다. 그는 당당히 말했다.

"다음 후계자에 대해 생각해 보고 있었소."

"꽤 빠르시네요. 이렇게 눈앞에 절 두시고도."

"지금은 다르지 않소? 방금 전만 해도 공주는 실종 상태였으니까."

"그래서 다음 후계를 생각하신 건가요?"

"현 후계자가 사라졌다면 다음 일도 생각하는 것이 이 나라의 충신 된 도리가 아니겠소?"

"외할아버지! 결코 그런 일은 없을 겁니다!"

세드릭의 말에 하이든 후작은 어깨를 으쓱였다.

"만약 이 같은 일이 또 일어난다면 난 네게 또 이 이야기를 꺼낼 것이다."

"외할아버지!"

세드릭이 무슨 말인가 더 하려고 할 때 헬리아가 그를 막았다.

"맞는 말이야."

"헬리아!"

"후계자가 사라졌다면 다음 후계를 생각하는 건 당연한 일이지."

"하지만……."

"앞일은 모르는 거니까, 예상치 못한 변수도 있는 거야."

"헬리아……."

"난 다행이라고 생각해. 내가 없어져도 세드릭, 오빠가 있을 거 아니야?"

"……."

오빠라는 말을 듣고 싶었지만 이런 식으로 듣고 싶진 않았다. 헬리아의 말에 세드릭은 차마 고개를 들지 못했다. 그리고 더욱 결심했다. 이렇게 자신을 생각해 주는 헬리아를 결코 배신하지 않겠다며. 오빠라면 여동생을 힘들게 해서는 안 되지 않겠나.

세드릭이 굳은 눈으로 헬리아를 바라보았다.

"결코 그런 일은 없어."

"만일에 대비하는 거지. 권력도 권력을 휘두를 사람이 있어야 부리지, 사람이 없으면 권력도 없어지게 마련이야."

"……헬리아."

헬리아는 싱긋 웃었다. 그리고 세드릭의 이마를 제 이마에 부딪쳤다. 세드릭은 순간 놀랐지만 헬리아는 가볍게 이마를 맞댔다.

"제발 걱정시키지 좀 마."

"누가 할 소리야."

"내가 안 왔으면 어쩔 뻔했어? 정말이지, 이게 뭐야, 씻지도 못 하고."

세드릭이 걱정이 되어 먼저 와 본 게 다행이었다. 그렇지 않았으면 어찌 되었을지 헬리아는 한숨을 푹 내쉬었다.

"그건 미안해……."

그녀의 몰골을 본 세드릭은 미안한 마음이 들었다. 세드릭의 표정이 어두워지자 헬리아는 짓궂게 웃었다.

"그러고 보니 이제 슬슬 걸을 만한가 보지? 이제까지 너무 설렁설렁했나 봐?"

"아, 아니, 그건……."

헬리아의 스파르타식 재활 치료를 겪어본 세드릭이다. 순간 이마에서 땀이 삘삘 흘러내렸다.

“좋아, 내일부터 뛰게 만들어주지. 생각해 보니 이제까지 내가 너무 물러 터졌던 것 같아. 이참에 다시 정신 상태를 무장하고 올게.”

“헤, 헬리아!”

“그럼 난 아버지를 봬야 해서. 낼 봐, 오빠.”

헬리아는 싱긋 웃으며 세드릭을 향해 손을 흔들었다.

“자자, 그럼 배웅해 드리죠.”

하이든 후작은 그런 헬리아를 따라 방 밖으로 걸음을 옮겼다.

“아, 안 돼!”

뒤에서 세드릭의 비명이 아련히 울려 퍼졌다.

“정말 무서운 사람이군.”

“후작님만 할까요?”

헬리아는 뒤를 돌아 후작을 바라보았다. 후작은 가만히 헬리아를 바라보았다.

9년 전 폐위되어 스스로의 힘으로 다시 공주의 자리를 차지하여, 이제는 당당히 아르센 왕국의 후계자가 된 헬리아 공주. 헬리아 공주와 세드릭이 사이가 좋다는 건 익히 알고 있었다. 좀 전에 세드릭이 얼마나 공주를 아끼는지도 보았다. 그래서 더 무서웠다. 그 밑바닥에서 여기까지 올라온 그녀다. 결코 만만히 볼 상대가 아니었다.

“이제 세드릭은 왕좌는 거들떠도 안 보게 되지 않았나?”

“저는 오히려 부탁했는데, 무슨 말이시죠?”

“수십 년을 봐온 세드릭의 성격을 내가 모를까? 공주가 한 부탁 때문에 그 아이는 더욱 거절할 것이다.”

헬리아는 후작의 말에 싱긋 웃었다. 세드릭은 그런 자였다.

"착한 오빠니까요. 뭐, 착해서 좋죠. 저야."

"……."

"건드리지 마세요."

"……."

헬리아의 눈이 짙게 가라앉았다.

"괜히 쑤시고 다니다간 내가 어떻게 행동할지 아무도 모른답니다. 아시잖아요? 제가 어떤 사람인지."

"……설마 세드릭을?"

"후후."

헬리아는 씨익 웃었다. 그것만으로 하이든 후작은 심장이 내려앉는 기분이었다.

'역시 공주는 만만히 볼 상대가 아니다.'

하이든 후작은 지그시 눈을 좁혔다.

"저는 세드릭과 오래 친하게 지내고 싶답니다. 이제 왕족은 저와 세드릭뿐이라서 말이죠. 더는 형제를 잃기도 싫고."

"……."

벌써 두 명이나 유배를 보내 버린 헬리아 공주다.

하이든 후작은 순간 움찔했다. 세드릭이라고 그러지 말라는 보장이 없었다. 국왕의 총애를 한 몸에 받고, 플로렌스 공작의 힘이 있다. 거기다 그녀 스스로 누구보다 높은 부를 쌓아 올렸다. 결코 상대가 되지 않으리라.

하이든 후작은 손에서 땀이 배어나오는 것을 느꼈다.

"뭐, 제가 죽은 다음에는 뭐라 하지 않습니다. 말 그대로 제가 죽고 난 다음 일인데 무슨 상관일까요? 하지만."

헬리아는 천천히 후작을 향해 다가갔다.

"아직 제가 살아 있다는 걸 잊지 마세요. 후작님. 그리고 전 좀 오래

살 것 같거든요."

헬리아의 웃음에 후작은 숨이 멎는 기분이었다.

"그럼 전 이만."

헬리아는 미동조차 하지 못하는 후작을 두고 걸음을 옮겼다.

"완전 사악했던 거 알지?"

어느새 옆으로 다가온 엘라임이 휘파람을 불며 멀리 후작을 바라보았다. 헬리아는 입꼬리를 올렸다.

"내가 뭘?"

"완전 마녀의 미소구먼. 안 그래?"

엘라임이 이안에게 동의를 구하듯 묻자 이안은 어떠한 대답도 하지 않았다. 하지만 무언은 긍정이라 엘라임은 그리 생각했다.

"어디 그 마녀한테 맞아보고 싶어?"

"그, 그 말이 그렇다는 거지."

헬리아가 눈을 좁히자 엘라임은 헛기침을 하며 슬그머니 말을 돌렸다.

"적당히 협박하지? 누가 보면 진짜 줄 알겠다."

"진짠데?"

"저, 정말?"

엘라임은 놀라 눈이 커졌다. 하지만 이안은 앞서 걸어가 버린 헬리아의 뒷모습을 보며 입가에 미소를 지었다. 그 미소를 본 엘라임도 어느새 입꼬리를 올리며 웃었다.

"뭐, 그렇게 생각하지."

엘라임은 머리 뒤로 팔짱을 끼며 척척 걸어가는 헬리아의 뒤를 따랐다. 처음엔 그랬을지도 모른다. 목적을 위해 세드릭과 가깝게 지냈음을 그도 알고 있었다.

하지만 사람의 마음이 마음대로 되겠는가. 누구보다 곧고 바르고,

순수한 세드릭이다. 거짓된 마음으로 대한 헬리아였지만, 누구보다 진실한 세드릭의 마음을 겪고는 그럴 수가 없었다.

자신을 믿은 사람을 배신하는 것은 누구보다 헬리아가 싫어하는 일. 이제는 누구보다 세드릭을 생각하는 헬리아다. 그것을 알기에 엘라임과 이안은 피식 미소를 지었다.

❊

"전하……."

"차를 좀 더 주시겠습니까?"

아르센 왕성 뒤편에 자리한 둔탁한 언덕 위. 빈센트는 작은 정자에 자리했다.

"부족합니다."

찻잔은 이미 가득 차 있었지만 빈센트는 그리 말했다. 세바스찬은 눈을 질끈 감고 좀 더 빈센트의 잔에 찻물을 따랐다.

"전하……."

다시 한번 더 빈센트를 불렀다. 하지만 빈센트는 대답 대신 미소를 지었다.

"세바스찬."

"……."

"그녀도 이런 마음이었을까요?"

"……."

세바스찬은 말을 잇지 않았다. 그저 조용히 그를 바라볼 뿐이었다. 빈센트는 옅게 웃었다. 하지만 보는 이로 하여금 가슴 쓸쓸해지는 웃음이었다.

"그렇군요. 그녀도 이런 마음이었군요. 그때는 남은 자가 더 슬플 줄 알았습니다. 그런데…….”

빈센트는 말을 잇기보다 찻잔에 비친 자신의 모습을 내려다보았다.

“그녀도 이랬겠지요.”

알 수 없는 말을 내뱉은 빈센트는 눈을 감았다. 그러곤 천천히 입을 열었다.

“조금 더, 조금만 더…….”

하지만 그의 말은 더 이어지지 않았다. 그가 눈을 떴을 땐 이미 그녀의 모습이 보였기 때문이다.

❊

몇 날 며칠 눈이 오는 페르시아 제국과 달리 아르센 왕국의 겨울은 따스했다. 슬슬 봄이 오고 있는 것일까? 이제 막 겨울의 중반을 넘어서고 있을 뿐이었지만 매서운 페르시아 제국의 겨울을 겪고 온 헬리아 일행에게 아르센 왕국의 날씨는 그야말로 봄 날씨와 같았다.

“역시 아르센은 따뜻하네.”

엘라임은 이전보다 한결 가벼워진–애초에 정령이라 크게 추위나 더위를 타진 않지만–옷차림을 하고 걸음을 옮겼다. 그 뒤를 이안과 헬리아가 뒤따랐다. 그들이 가고 있는 곳은 아르센 왕국 뒤쪽에 위치한 언덕 위 정자였다. 그리고 그 정자는 헬리아의 어머니, 세르게니아의 무덤이 있는 곳이기도 했다.

“그래, 아르센은 따뜻하지.”

빈센트를 만나러 본관에 갔다가 그가 정자에 있다는 이야길 들은 헬리아 일행은 곧장 언덕을 올랐다. 언덕 위에 선 헬리아는 제국의 칼바람과 달리 살랑거리는 바람을 느끼며 작게 미소 지었다. 단지 페르시아 제국보다 아르센이 따뜻하기 때문에 이렇게 포근하게 느껴지는 건 아닐 것이다. 이곳이 바로 고향이니까. 그녀의 집이니까. 그렇기에 따뜻한 것이다.

"돌아왔네."

아직 해야 할 일도, 풀어야 할 일도 산적해 있지만 긴 여정에쉼표를 찍을 수 있는 곳이 바로 집이 아닌가 싶다.

헬리아는 깊게 숨을 내쉬고 들이마셨다. 아르센의 공기가 폐부 안으로 스며들며 제국의 나쁜 공기를 다 가져가 버린 듯했다. 그렇게 아르센을 느끼다 보니 어느새 멀리 빈센트가 보이기 시작했다.

"……."

"헬리아?"

"……많이 야위었네."

헬리아의 시선이 멀리서 차를 마시고 있는 빈센트를 향했다. 아직 그들이 온 것을 모르는지 세바스찬과 이야기를 나누고 있었다. 한데 왠지 그 모습이 쓸쓸하게 보이는 것은 그녀의 착각일까.

너무 멀리서 본 탓일까? 가까이서 본다면 좀 더 자세히 알 수 있을까? 헬리아의 시선이 빈센트를 지나 세바스찬에게 향했다. 세바스찬은 자신이 온 것을 아는지 그녀와 눈이 마주쳤다.

"……."

"……."

헬리아는 입을 열지 않았다. 아직 그와는 이야기할 때가 아닌 것이다.

"안 가?"

"……."

엘라임이 우뚝 멈춰 선 헬리아를 보았다. 헬리아는 저도 모르게 발걸음이 멈춰진 걸 확인하고 다시 빈센트를 응시했다.

"뭐라고 하지?"

"에? 뭐라고?"

헬리아의 말에 엘라임이 고개를 갸웃했다. 그로서도 이런 상황을 겪어본 일이 없기에 그녀의 말에 쉽게 대답이 나오지 않았다.

헬리아는 평소의 그녀와 달리 머뭇거리며 말을 골랐다. 생각해 보면 그에겐 제대로 상의조차 하지 않고 거의 통보하듯 전하고 제국으로 간 헬리아였다. 빈센트는 분명 말리고 싶었으리라. 그래서 멋대로 가버린 헬리아를 속으로 꾸짖고 있지 않을까?

헬리아는 괜히 발이 떨어지지 않아 망부석처럼 그렇게 그 자리에 가만히 서 있었다. 하지만 빈센트는 쉬 뒤를 돌아보지 않았다. 그것이 왠지 거부당하는 것 같아 더 그녀를 움직이지 못하게 만들었다. 혹 그녀를 보고 싶지 않은 게 아니었을까? 빈센트가 그럴 사람이 아님을 알면서도 괜히 초조해졌다.

툭.

그때 이안이 그녀의 등을 밀었다.

"당신답지 않습니다."

"……나다운 게 뭔데…… 윽, 이 대사는 하기 싫었다고."

헬리아는 자신으로 하여금 구닥다리 대사를 내뱉게 한 이안을 쏘아보았다.

이안은 피식 웃으며 말했다.

"얼른 가기나 하십시오. 이런 데서 미적거리지나 말고."

"가고 있어."

하지만 그녀의 발은 1센티도 움직이지 않았다. 그 모습에 이안은 한쪽 입꼬리를 올렸다. 언제나 거침없이 움직이던 그녀이지 않는가. 그런데 지금의 모습은 마치 벌 받기 전의 어린아이 같았다.

"평생 여기서 미적거릴 겁니까?"

"……."

"그럼 다시 돌아가죠."

이안이 몸을 돌리자 헬리아가 그를 붙잡았다. 그러곤 지기 싫다는 표정으로 이안을 바라보았다.

"너나 가."

"뭐, 그러죠."

"어?"

"가라고 하니 가야죠, 그럼 이만."

이안은 헬리아의 말에 일체 어떤 말도 하지 않고 그냥 몸을 돌려 가버리는 게 아닌가. 거기다 옆에서 그 모습을 멀뚱히 지켜보던 엘라임의 뒷덜미를 낚아채 끌고 갔다.

"켁, 난 왜?!"

"가지."

이런 눈치 없는 머저리를 보았나 하는 이안의 표정에 엘라임은 그제야 눈치를 챘다.

"어, 어, 그럼 나도."

그제야 버티던 엘라임도 어느새 이안을 따라 훌쩍 가버리는 게 아닌가. 헬리아는 어이가 없어 화도 나지 않았다. 그러다 문득 저 혼자라는 생각이 들었다.

'혼자?'

아니, 혼자가 아니다. 혼자가 아님은 이미 엑시온의 어둠 속에서 잘 깨우치지 않았던가. 헬리아는 멀어지는 이안과 엘라임을 뒤로하고 자신을 기다리는 빈센트를 바라보았다.

그녀의 발이 다시금 움직이기 시작했다. 헬리아는 천천히 빈센트가 있는 정자로 걸음을 옮겼다. 그의 모습이 점점 더 자세히 보일수록 헬리아는 마음이 쓰렸다.

'도대체 뭘 하기에 살은 또 저렇게 빠진 거래?'

빈센트의 모습은 제국으로 가기 전과 달리 확연히 왜소해져 있었다.

'혹시 어디 아픈 거 아니야?'

그런 걱정 때문인지 느릿느릿했던 발걸음이 어느새 뛰다시피 빨라졌다.

"늦었어."

"……."

"얼마나 기다린 줄 아느냐?"

빈센트는 연신 그녀를 꾸짖었다.

"거기가 어디라고. 게다가 사신단과도 따로 움직였다지?"

"들으셨어요?"

"위험하면 바로 돌아왔어야지! 내가 얼마나……."

빈센트는 와락 헬리아를 껴안았다.

"얼마나 걱정했는 줄 아느냐?"

빈센트는 꽉 헬리아를 껴안고 놓아주지 않았다. 지금 이 순간을 좀 더 느끼기 위해서 그는 그녀에게서 떨어지지 않았다.

헬리아도 빈센트의 온기에 가슴이 먹먹해져 눈을 감고 두 손으로 그의 등을 껴안았다. 빈센트가 그러하듯 그녀도 이 따스함을 다시 한번 온몸에 새기고 싶었다. 자신이 사랑받고 있다는 증거니까. 그때서야 해야 할 말이 떠올랐다.

"다녀왔습니다."

"……."

그 말이 그녀가 먼저 해야 할 말임을. 다른 말은 필요치 않았다.

빈센트는 웃으며 그녀를 바라보았다.

"잘 다녀왔다."

"잘 계셨어요?"

"나야 밥 잘 먹고 잘 지냈지. 그보다 이리 야위어서야, 쯧. 내 요리사에게 일러 먹을 걸 준비해 두라 일러야겠다."

“저보단 아버지가 더 야위었어요. 혹시 어디 아픈 건 아니죠?”

“아프긴, 이 아버지만큼 튼튼한 사람 있음 나와 보라고 해. 이 얼굴이 어디 쉽게 되는 줄 아느냐?”

빈센트는 웃으며 말했다. 그에 헬리아는 왠지 가슴이 아팠지만 크게 신경 쓰지 않았다. 그저 오랜만에 봐서 그런 걸 거다.

“춥지는 않았고?”

빈센트가 헬리아를 꼭 품에 안았다. 그에 헬리아는 피식피식 웃음이 나왔다.

“뭐, 따뜻하네요.”

“누구 품인데.”

헬리아는 좀 더 빈센트를 꽉 끌어안았다. 그 모습을 세바스찬이 옅은 웃음을 지으며 바라보았다.

❊

“집 떠나면 고생이라더니.”

헬리아는 로즈궁을 보자 왠지 감회가 새로웠다. 정말이지 새삼 집이라는 의미가 새롭게 다가온 순간이었다. 과거엔 집이 편한 곳이라고 생각지 않았는데 이젠 집이 제일 편한 곳임을 느낀다. 헬리아가 로즈궁에 들어가자 미리 그녀의 귀환을 보고받은 이들이 모두 나와 그녀를 맞이하였다.

“오셨습니까?”

앤을 비롯해 시녀와 시종들이 헬리아를 향해 고개를 숙였다. 헬리아는 피식 웃었다.

“나 없다고 아주 딩가딩가 논 거 아니야?”

특히 앤을 집중적으로 보며 말하자 앤이 소스라치게 놀라며 고개를 저었다.

"아, 아니에요!"

"아니긴 뭘 아니야."

"고, 공주님!"

하지만 앤의 눈가가 붉어진 걸 본 헬리아는 그녀가 정말로 그녀의 귀환을 기뻐하고 있음을 알아차렸다.

"미운 정도 정이라더니."

혼잣말로 나직이 내뱉은 헬리아는 피식 웃었다. 정말 돌아온 느낌이다.

"다녀왔어."

또 한 번 자신의 가족에게 건넨 인사였다.

"역시 딩가딩가한 거 맞구먼."

"그, 그게……."

아직 채 정리가 덜된 자신의 방을 둘러본 헬리아는 너털웃음을 지었다. 방 안은 그녀가 떠나기 전 그대로였다. 문제는 그대로라는 것이다.

"청소는 언제…… 말 안 해도 알겠어."

"며, 몇 번은 했어요! 오, 오늘 오실 줄은 모르고."

"내가 없는 동안 살 만했지, 앤?"

헬리아가 금빛 눈동자를 반짝이며 말하자 앤이 히익 하며 숨을 들이마셨다.

'으, 으악, 어떻게!'

앤의 머릿속이 훤히 보이는 헬리아였다.

"딱 십 분."

"고, 공주님."

"딱 십 분 주지. 그동안 다 정리해 놔."

"그, 그게 시, 십 분은……."

"오 분."

"아, 알겠습니다!"

앤이 경례를 붙여 올리곤 서둘러 몸을 움직였다. 헬리아는 그 모습을 보며 고개를 설레설레 저었다.

"오늘부터 빡세게 돌려야지."

"히익!"

그 이야기를 들은 앤은 흠칫 놀라며 아까보다 더 빠른 속도로 움직이기 시작했다. 우당탕탕 청소를 시작한 앤 덕분에 방 안에 머물 수 없게 된 헬리아는 복도로 나왔다.

"그러고 보니."

새삼 로즈궁을 보니 왠지 익숙하면서도 낯선 느낌이 들었다. 아무래도 데이지궁보다 지낸 시간이 적은 탓도 있는데다가 그간 너무 바빠 제대로 로즈궁을 둘러볼 시간이 없었다. 헬리아의 발걸음이 정처 없이, 그러나 마치 목적지가 정해진 듯 움직이기 시작했다.

"흐음, 여기였나?"

"여기가 어딘데?"

불쑥 나타난 엘라임에게도 놀라지 않고 헬리아는 제 앞의 문을 바라보았다.

"어머니 방."

생각해 보면 헬리아가 되어 1년여를 이 로즈궁에서 살았는데 무의식에 어머니에 대한 거부감이 존재했던 건지, 아니면 정말 바빠서인지, 어머니의 방을 찾지 않았다. 하지만 좀 전 아버지를 만난 탓인지, 최근 꾼 꿈 때문인지 이곳으로 발걸음이 옮겨졌다.

"들어가 볼 거야?"

엘라임은 그런 헬리아를 향해 물었다. 헬리아는 가만히 방문을 바라보았다. 그러곤 대답 대신 어머니의 방문을 열어젖혔다.

끼이익-

낡은 경첩이 괴음을 내며 문이 열리기 시작했다. 그리고 안을 본 헬리아는 짧게 말했다.

"평범하군."

뭐랄까. 어머니의 방치곤 지극히 평범했다.

"솔직히 뭔가 특이할 거라 생각했는데 말이지."

"혹시 숨겨진 비밀의 방이 있는 게 아니야?"

엘라임의 말에 헬리아는 피식 웃었다. 하기야 워낙 비밀의 방을 많이 접해 봤어야지. 아마 이곳에도 그런 방이 있지 않을까. 없다면 말이 안 될 것이다. 헬리아는 마치 탐험가와 같은 자세로 천천히 방 안으로 들어갔다.

"뭐 특별한 건 없네."

무려 드래곤의 방이거늘 아쉽게도 어머니의 방은 여느 방과 다르지 않았다. 특별한 마법의 기운도 느껴지지 않았고, 딱히 통로가 있어 보이지도 않았다.

"예전 그대로네."

자신의 기억 속에 있는 모습 그대로였다. 가구 하나, 물건 하나 바뀌지 않았다. 거기다 작은 곤돌라까지.

헬리아는 곤돌라를 흔들며 피식 웃었다.

"이게 아직까지 있네."

이전과 변한 게 없다는 것은 누군가 계속 관리해 왔다는 말이다. 물론 지금 상태로 봐서는 아예 손대지 않고 쭉 그대로 놔두기만 한 것 같았다. 헬리아가 궁을 돌려받은 게 1년 전이다. 주인 없는 궁을 8년이나 이렇게 유지할 수 있었던 건 아마 빈센트 덕분이리라.

"헬리아!"

그때 제멋대로 방 안을 돌아다니던 엘라임이 헬리아를 불렀다.

"왜?"

"이거 언제 그린 거야? 혹시 세드릭이 그린 거야?"

"뭘 그리다니?"

"이 그림 말이야."

"그림이라니? 대체……?!"

엘라임이 부른 곳으로 다가가자 헬리아는 벽에 걸린 하나의 그림을 볼 수 있었다.

"이건……."

헬리아의 두 눈이 커졌다. 그것은 초상화였다. 초상화 속 한 여인은 옅은 분홍빛 드레스를 입고 입가에 작은 미소를 짓고 있었다. 보는 사람으로 하여금 왠지 마음 편안하게 하는 그런 그림이었다. 하지만 헬리아가 놀란 것은 그림을 너무 잘 그려서가 아니었다. 그것은 너무나도 똑같았기 때문이다.

"……나?"

초상화에 그려진 여인은 너무나도 헬리아의 모습과 닮아 있었다. 금빛 머리, 금안. 헬리아, 그 자체였다.

"언제 이런 걸 그린 거야? 나 몰래 그린 거야?"

이런 예쁜 드레스를 입고 웃고 있는 헬리아를 보지 못했다니 엘라임은 땅을 치고 후회했다. 왜 이런 걸 놓쳐서. 그러나 헬리아는 고개를 저었다.

"난 이런 건……."

본 적도 없다고, 라고 말하려던 헬리아는 순간 묘한 느낌이 들었다.

"한데 이거."

헬리아는 이상함에 좀 더 그림에 다가갔다. 그러곤 그림이 많이 낡아 있음을 알아차렸다. 이건 일이 년 색이 바랜 게 아니다. 마치 아주 오래된 것처럼. 적어도 한 십여 년은 흐른 듯한 느낌이었다. 그림에 보존 마법이 걸려 있지 않으니 그 느낌 그대로일 것이다.

"내가 아니야."

"응?"

"이건 내가 아니라고, 엘라임."

헬리아의 말에 엘라임이 고개를 갸웃하곤 다시 그림을 보았다.

"똑같은데?"

"잘 봐, 색이 바랬잖아. 보존 마법도 안 걸려 있는 걸 보면 이 정도면 대충 십여 년 전이야. 그때 내가 이렇게 클 리가 없잖아."

헬리아의 설명에 엘라임은 다시 그림을 보았다. 그제야 이상함을 눈치챘다.

"거기다 봐봐, 나보다 더 나이 들었다고."

"아, 정말!"

그림이 바랜 건 잘 모르겠지만 다시 그림을 보니 지금의 헬리아보다 분위기가 더 있어 보였다.

"그리고 나와 닮은 사람이라면 딱 한 명 알고 있지."

헬리아는 좀 더 초상화 앞으로 다가갔다. 정말이지 왜 '그녀'를 아는 사람들이 자신을 보고 놀랐는지 이제야 알았다. 이러니 놀라는 게 당연하지.

"……세르게니아."

기억이 아닌 그림으로 보는 건 처음이었다.

"내 어머니야."

헬리아는 묘한 표정으로 초상화를 바라보았다.

"이렇게 어머니만 닮았으니 남의 자식이라는 소리가 나오지."

솔직한 말로 헬리아의 얼굴은 같은 사람이라고 해도 믿을 정도로 어머니의 판박이였다. 그 말은 빈센트를 거의 닮지 않았다는 것이다. 어린 시절 왕의 핏줄이 아니라며 핍박받았던 헬리아는 왠지 수긍이 갔다.

드래곤의 피 때문인지 몰라도 정말이지 너무 닮았다.

엘라임은 헬리아의 말에 놀란 듯 눈을 크게 떴다. 그리고 초상화와 헬리아를 번갈아 바라보았다.

"아무리 모녀지간이라도 이건 너무 똑같은 거 아니야?"

"모녀지간이니까 똑같은 거겠지."

헬리아는 여전히 초상화에서 눈을 떼지 못했다.

'이 사람이…….'

세르게니아. 레칸 대륙에 남은 마지막 드래곤이자, 한 남자를 사랑해 평생을 아르센 왕국과 함께한 드래곤. 빈센트의 아내이자 자신의 어머니.

그녀에 대한 기억은 대체로 희미했다. 대부분 그녀와 함께했던 적이 없었고 그다지 말을 많이 나눈 적도 없었다. 이렇게 어머니의 모습을 눈앞에 두자 느낌이 이상했다. 기쁜 건지 아니면 어색한 건지.

헬리아는 초상화에서 눈을 돌려 좀 더 방 안을 살폈다. 그러다 그녀가 쓰던 책상으로 발걸음을 옮겼다. 쓰던 그대로 보존되어 있다면 혹여 뭐라도 있지 않을까? 그러나 책꽂이에는 책 몇 권이 꽂혀 있을 뿐, 꽂혀 있는 책도 그리 특별한 건 아니었다.

헬리아는 기왕지사 이렇게 된 마당에 좀 더 찾아보기로 했다. 딱히 뭘 찾는 건 아니었지만 으레 사람이라면 그냥 뭐든 찾게 되지 않던가.

달칵.

책상 서랍을 연 헬리아는 안에서 작은 상자를 발견했다. 그리고 그 옆에는 일기로 보이는 책도 보였다.

"이건 그대로 놔둔 건가?"

유품이라면 유품일 텐데 고스란히 있는 게 왠지 이상하다는 생각이 들었다. 하지만 이 방 자체가 있는 그대로 보존되어 있는 걸 보니 또 이상한 것만은 아닌 듯싶었다.

"헬리아, 어서 열어봐."

엘라임은 왠지 신이 나는지 헬리아에게 상자를 열어볼 것을 재촉했다. 헬리아도 궁금증에 우선 일기장을 내려놓고 상자를 열었다. 다행히 잠겨 있지 않아 쉽게 열 수 있었다.

"보석함인가?"

투박한 상자 안에는 펜던트와 몇 개의 보석이 담겨 있었다. 헬리아는 그중 펜던트를 집어 들었다. 동그란 형태의 펜던트는 도금이 되어 있었고, 가운데에 아르센 왕국의 문장이 새겨져 있었다.

헬리아는 펜던트를 이리저리 살피다 경첩이 있는 걸 보고 열어보았지만 아무리 힘을 주어도 펜던트는 열리지 않았다. 다시 확인해 보니 떨어져 있어야 할 접합부가 녹은 채 붙어 있었다. 누군가 일부러 이 뚜껑을 붙여놓은 것이다.

"열어줄까?"

"아니."

힘으로 열 수도 있지만 죽은 사람의 유품인지라 훼손하고 싶지 않았다. 정 열고 싶다면 대장간에 가서 제대로 손을 보면 그만이다. 해서 펜던트는 그대로 놔두고 일기장으로 다시 손을 돌렸다.

"뭐라고 써 있어?"

"글쎄."

일기장을 펴본 헬리아는 눈을 좁혔다.

"정말이지 악필이군."

이걸 개가 쓴 건지 아님 개의 발로 쓴 건지. 게다가 첫 장부터 그 뒤로 수십 페이지는 찢겨 나간 흔적이 있었고 그 뒤로는 완전히 괴발개발 날려 썼다.

"뭐라고 써 있는데?"

엘라임이 자꾸 물어보자 헬리아는 그나마 읽을 수 있는 부분을 읽어

보았다.

"……생긴 것이다. ……지 못했다. ……걸 볼 수 없었다. 그의…… 연구를 시작했다. 하지만 쉽지 않았다. 이미 그의…… 있었다."

"그게 대체 무슨 말이야? 좀 제대로 읽어봐."

엘라임은 헬리아가 도통 무슨 말을 하는지 이해할 수 없었다. 이해할 수 없는 건 헬리아도 마찬가지였다. 헬리아는 미간을 구기고 엘라임에게 일기장을 보여주었다.

"그럼 네가 읽어보든지."

엘라임은 헬리아가 내민 일기장을 받아보곤 볼을 긁적였다.

"이거 손으로 쓴 거 맞아?"

"내 말이."

헬리아는 다시 엘라임에게서 일가장을 빼앗아 들곤 조금이라도 제대로 읽을 수 있는 부분을 찾아보았다.

"드디어 연구에 성공했다. ……정말 다행이다."

"음, 뭔가 연구를 시작하고 성공한 건가? 근데 무슨 연구를 한 거래?"

"음, 그 부분은 워낙 지저분하고 잉크가 번져서."

헬리아는 그녀가 연구한 것이 무언인지 궁금해졌다. 일반 사람이 한 것도 아니고, 드래곤이 연구한 것이다. 분명 심상치 않은 연구일 것이다.

헬리아는 좀 더 뒤쪽을 펼쳐 보았다.

"서서히 ……약해지기 시작했다. ……싶지 않았다. 좀 더 ……싶다. 하지만 ……이제 끝을 달려가고 있었다. 어떻게 해야 하지? 어떻게 해야 ……있는 거지? ……다시 연구를 시작했다."

연구가 실패한 것 같았다. 도대체 연구란 게 뭘까? 감정이 격해진 상태인지 그 부분에 대해선 다른 곳보다 더 읽기가 힘들었다.

헬리아는 대충 눈으로 훑은 뒤 맨 마지막 장을 펼쳐 보았다. 한데 뒷장은 잉크를 쏟았는지 전부 검었다. 헬리아는 잉크가 젖지 않은 그 전부분에 쓴 글을 읽었다.

"그를 막을 방법은 하나다."

"그?"

그가 대체 누구지?

"혹시 엑시온 아니야?"

"엑시온?"

엑시온의 이야기가 나오자 헬리아는 이전과 달리 진중한 표정으로 일기장을 바라보았다. 하지만 뒤를 더 읽어보고 싶어도 전부 검어서 볼 수가 없었다.

"엑시온이라……."

막을 방법이라고 했다. 그 점을 엘라임도 인지했다.

"혹시 엑시온에 대해 연구한 게 아닐까? 그 연구도 봉인하기 위한 연구고."

엘라임의 말에 헬리아의 눈이 커졌다.

'그래, 그랬어.'

오랫동안 세르게니아는 엑시온을 저지해 왔고 마지막에 그를 봉인했다. 만약 나머지 잉크로 검어진 부분을 알 수만 있다면 봉인이 깨진 뒤에 어떻게 해야 할지도 나와 있지 않을까?

"조사해 봐야겠어."

헬리아는 일기장을 들었다. 그리고 혹시 몰라 펜던트도 집어 들었다. 혹시 아는가. 이 일기장에 드래곤 하트에 대한 게 나와 있을지.

"우선 이걸 해독하는 게 문세군."

"그 귀쟁이 놈에게 가져다주면 되지 않을까?"

확실히 오랫동안 어머니를 본 키안이라면 이 일기장에 대해서도, 또 이 글씨에 대해서도 더 많이 알고 있을 것이다. 헬리아의 눈이 반짝였다.

그때였다.

"공주님!"
멀리서 앤의 목소리가 들려왔다. 그새 방 청소를 모두 마친 모양이다. 헬리아는 일기장과 펜던트를 손에 든 채 어머니의 방을 빠져나왔다.

"공주님!"
벌컥 문을 열고 헐레벌떡 들어온 청년을 보자 헬리아의 입가에 미소가 지어졌다.
"고, 공주님……."
"오랜만이야, 클리드."
"저, 정말로 공주님이신가요?"
청록색 머리에 오드 아이를 지닌 청년이 안경을 밀어 올리며 소매로 눈물을 찍어내었다. 그 모습에 헬리아가 웃음을 지었다.
"다 큰 어른이 울기는."
"미리 연락이라도 해주시지 그러셨습니까?"
어딘가 유약한 이미지의 청년은 바로 클리드였다. 클리드가 야속하다는 표정을 지었다. 그간 베라를 통해 보고를 받다가 며칠 전부터 소식이 끊어진 탓이었다. 그 일로 얼마나 마음을 졸였던가.
"아, 깜빡했어."
"하아…… 정말 공주님이 맞으시군요."
클리드가 한숨을 푹 내쉬었다. 그러나 다시금 그의 얼굴에 생기가 돌았다.
"그래도 정말 무사해서 다행입니다."
클리드가 여전히 눈물을 글썽거리자 헬리아는 왠지 쑥스러워졌다. 하기야 클리드를 알고 또 함께해 온 지 벌써 9년이 다 되어간다. 어찌 보면 헬리아가 살아온 인생의 대부분을 그와 함께한 것이다. 클리드가 그간 자신을 생각하며 가슴 졸였을 것을 떠올리자 왠지 그가 안쓰러워졌다.

“밥은 제대로 먹고 다닌 거야? 왜 이렇게 다들 말라가지고.”

괜히 마음 쓰이게. 다들 내가 없는 동안 다이어트라도 한 건가? 헬리아는 괜히 볼멘소리를 했다.

“다들 잘 지내지?”

“이제 걱정하지 않아도 될 것 같습니다.”

“응?”

‘……뭔가 뉘앙스가 이상한데?’

클리드가 눈을 반짝이며 헬리아에게 다가왔다. 가까이서 보니 그의 눈 밑에는 짙은 다크 서클이 깊게 내려와 있었다.

“어, 저기, 클리드……?”

“정말, 정말 드디어 돌아오셨군요!”

“너무 격하게 반기는데…….”

헬리아가 왠지 모를 불안감에 슬그머니 몸을 움직였으나 클리드가 빨랐다.

“공주님이 돌아오셨다는 소식을 듣고 얼마나 기뻤는지 모릅니다.”

“아, 그, 그래.”

“지금쯤이면 도착했겠군요.”

“……대체 뭘?”

콰앙!

그때 문이 열리며 ‘그것’이 들어왔다. 그와 함께 헬리아의 표정은 더할 나위 없이 일그러진 것은 당연했다.

“남작님, 모두 가져왔습니다.”

“여기에 두세요.”

클리드가 방 안으로 들어온 시종에게 친절한 표정으로 말했다. 그의 지시에 따라 시종은 한 뭉텅이의 서류를 헬리아의 책상에 올려두었다.

"크, 클리드?"
"그간 공주님이 없어서 얼마나……."
눈물을 머금고 뒷말을 삼킨 클리드는 눈물을 닦아내며 씩씩하게 말했다.
"이제 공주님도 계시니 문제없습니다."
"난 이제부터 문제가 생길 것 같은데……."
헬리아가 질린 눈으로 그것, 바로 서류를 바라보았다.
'젠장, 이런 놈이었지!'
그간 왜 잊어버리고 있었던가. 너무 오래 제국에 있었던 탓인가? 그래서 자신도 모르게 클리드에 대한 기억을 미화한 건가?
클리드는 오랜 가뭄 끝에 물을 만난 새싹처럼 파릇파릇 피어올랐다. 물론 헬리아는 점점 메말라 갔다.
"이거 다……."
"가 아니죠."
클리드의 말이 끝내자마자 서류는 끊임없이 헬리아의 방문을 두드렸다. 차곡차곡 한 뭉텅이가 두 뭉텅이가 되고, 두 뭉텅이가 세 뭉텅이가 되고……. 그리고 어느새 헬리아는 서류 더미에 파묻힌 형국이 되어버렸다.
"자, 잠깐!"
"아직 서류가 더 남았습니다. 몇 달 동안 공주님이 계시지 않아서 보류된 사안들입니다. 이제라도 공주님이 계셔서 정말 다행입니다. 정말, 정말 돌아와 주셔서 감사합니다, 공주님!"
그간 헬리아가 없어 엘라드 상단은 물론 전반적인 사안에 대해 모두 총괄해야 했던 클리드에게 헬리아의 귀환은 가뭄의 단비와도 같았다.
헬리아는 그가 자신이 살아 돌아온 게 기쁜 건지 아니면 이제 서류를 처리할 사람이 생겨서 기쁜 건지 알 수가 없어졌다.

'후자 아니야?'

왠지 후자에 격하게 마음이 쏠린다.

"자, 그럼 부탁드립니다!"

헬리아는 잠시 뒤를 돌아 창문을 보았다. 갑자기 저 하늘이 자신을 부르는 느낌이…….

"공주님!"

그러나 그녀의 자유를 억압하는 이가 있었으니, 그 이름은 바로 클리드.

"어딜 가십니까?"

"아, 잠깐. 내가 아주 중요한 볼일이 떠올랐는데……."

"오늘은 아무 스케줄도 없지 않습니까?"

"……."

헬리아의 입매가 틀어졌다. 애초에 클리드는 헬리아의 보좌를 맡고 있는 몸. 당연히 헬리아의 스케줄 관리도 그가 하고 있었다.

'이 독한 놈! 나보다 더 독해!'

헬리아가 뚱하게 쳐다봐도 클리드는 다년간에 쌓아 올린 내공으로 가뿐히 무시해 주었다.

"하긴 많긴 하지요?"

"많지! 얼마나 많다고!"

줄여줄 거야? 헬리아가 눈을 반짝이자 클리드가 환한 미소를 지었다.

"그래서 오늘 하실 분량만 가져온 겁니다. 다행이지 않습니까?"

저 착하죠? 그렇게 묻는 듯한 눈빛으로 자신을 바라보는 클리드의 두 눈알을 손가락을 콕 찍어버리고 싶은 충동이 일었다.

"……."

이게 오늘 할 분량이라고? 괜히 돌아왔나. 새삼 회의가 드는 헬리아였다.

'하기 싫다고! 난 이제 막 돌아왔다고!'
그러나 그것은 결코 소리 없는 아우성이었다.

"크윽……."
어느새 해는 제 할 일을 마치고 산 너머로 모습을 감추었다. 하지만 헬리아는 아직도 해야 할 일이 산 더미였다.
"더는 못 해……."
이미 넉다운. 손가락 하나 까딱하기조차 힘든 헬리아였다. 눈밑은 퀭하니 검어졌고, 몸은 책상에 붙어 떨어지지 않았다.
"이제 얼마 남지 않았습니다. 힘내세요, 공주님!"
"난 오늘 왔다고……."
불평불만을 늘어놓은 헬리아였지만 서류를 보면 모두 최소한 오늘까지는 해야 하는 일들이었기에 더는 뭐라 말할 수 없었다.
'이 악질……."
하지만 속으로 하는 불만까지 뭐라 하지는 않겠지. 어느덧 산처럼 쌓여 있던 서류가 하나둘 정리가 되기 시작했다. 그제야 숨통이 트이는지 헬리아가 펜을 내려놓고 깊은 한숨을 내쉬었다.
"안 되겠어. 좀 더 체계적으로 시스템을 바꿔야겠어."
"다 공주님이 꼭 하셔야 하는 것입니다."
더는 저에게 전가하지 마세요, 라는 말을 클리드가 돌려 말했다. 그녀가 시스템을 체계화한다는 건 모두 그녀가 하기 싫은 일을 다른 이들에게 잘 분배하는 것을 말한다. 이미 당해 봤는데 또 당하겠는가.
"치."
헬리아가 입을 삐뚜름하게 내밀었다.
그때였다.
"공주님, 기사단분들이 돌아오셨습니다."

시종의 말에 시든 꽃처럼 축 늘어져 있던 헬리아가 몸을 일으켰다.

"어서 들라 해."

문이 열리고 후줄근한 옷에 먼지가 가득 묻은 일행이 방 안으로 들어왔다. 헬리아를 대신해 변장한 레브와 함께 움직인 숀 일행이었다.

"어서 와."

"하아, 도착했습니다."

"정말 죽을 뻔했다고요."

숀 일행은 푹 한숨을 내쉬었다. 몰골만으로도 능히 그들의 상황이 얼마나 고됐을지 짐작할 수 있었다.

"공주님도 무사히 돌아오셔서 다행입니다."

렌스가 헬리아를 보며 안도의 한숨을 내쉬었다. 혼자 제국의 황성으로 들어간다고 했을 때 얼마나 놀랐던가.

"한데……."

숀이 두리번거리며 누군가를 찾았다. 렌스와 휴도 마찬가지. 숀이 찾는 사람이 보이지 않자 물었다.

"대장님은 어디에 계십니까?"

숀이 이안을 찾았지만 그의 모습은 어디에도 보이지 않았다. 헬리아가 입꼬리를 올리다 이내 표정을 바꾸었다. 그녀의 얼굴은 심히 그늘져-하루 동안 클리드에게 혹사당해 특별히 꾸밀 필요가 없었다-있었다. 숀은 그 모습에 눈을 크게 떴다.

"서, 설마……."

"그렇게 되었어."

"대, 대장님!"

휴가 외쳤지만 헬리아는 고개를 저었다. 그 모습을 함께 따라온 세 인이 묵묵히 바라볼 뿐이었다.

"어, 어떻게 이런 일이……."

숀은 울먹이더니 막 눈물을 떨어뜨리려는 참이었다.

"장난은 그쯤에서 그만하시죠."

"어?"

"이 목소린!"

"유, 유령이다!"

숀이 갑자기 들려온 목소리에 눈물을 뚝 그치고 뒤를 돌아보았다. 그 자리엔 언제나 그렇듯 당당한 모습의 이안이 서 있었다.

"대, 대장님!"

"우와! 살아 계셨군요!"

"대장님!"

숀 일행이 우르르 이안에게 몰려갔다. 이안은 뚜벅뚜벅 걸어와 세인을 지나쳐 헬리아에게 다가갔다.

"제가 잠깐 나가 있는 동안 실종된 겁니까?"

"난 아무 말도 안 했어."

헬리아가 어깨를 으쓱이자 이안이 눈을 좁혔다. 숀 일행은 야속한 표정으로 헬리아를 보았다.

"공주님!"

"뭘, 난 그냥 그렇게 되었다고밖에 말 안 했어. 사람 말은 끝까지 들어봐야지."

"이익!"

숀이 너무한다는 듯한 표정을 지었다. 그리고 세인을 보았다.

"세인, 너도 그렇게 들었지?"

"뭐, 나야……."

이미 이곳으로 오고 있는 이안의 기운을 느낀 터라 속아 넘어가진 않았지만, 세인은 눈물이 그렁그렁한 숀의 얼굴을 보고는 말을 얼버무렸다.

"어쨌든 잘됐잖아? 다 모였고."

헬리아는 피식 웃다가 레브를 보았다.

"레브."

"예, 공주님."

"잘했어."

"……."

헬리아의 한 마디에 레브의 눈동자가 흔들렸다. 하지만 곧 입가에 옅은 미소를 지었다.

"당치 않습니다."

"다음에도 부탁해."

"……."

그건 아니…… 라는 말이 목구멍까지 올라왔지만 레브는 푹 고개를 숙였다.

헬리아는 그런 레브를 보며 웃다가 뒤에 팔짱을 끼고 있는 세인을 보았다. 현재 다크소드의 마스터가 된 소드 마스터 세인. 일이 끝난 후 숀 일행과 헤어진 줄 알았는데 함께 돌아온 것이다.

"다크소드의 마스터가 이런 곳에 있어도 되나?"

다크소드라는 말에 클리드가 깜짝 놀랐다.

"공주님, 다, 다크소드라니요!"

"아, 소개할게. 다크소드의 마스터 세인이야. 뭐, 전에도 봤지?"

"그땐 기사 아니었습니까? 실종되었다고."

"위장 취업."

"위…… 험하지 않겠습니까?"

클리드가 세인을 위험 분자로 분류한 듯 약간 거리를 두었다. 다크소드는 제국 최고의 암살 집단이었다. 그런 그가 이곳에 왔었다는 건 헬리아를 암살하기 위해 왔다는 것. 아무래도 좋게 봐줄 수가 없었다.

"이제는 우리 편이라고요, 남작님."

숀이 왠지 기분이 나쁜지 세인을 두둔했다. 그에 세인은 눈을 휘며 웃었다. 항상 툴툴대는 숀이지만 이래서 세인은 숀이 싫지가 않았다.

"그건……."

"숀 말이 맞아, 클리드. 앞으로 종종 왕래가 있을 테니까 알아둬."

"알겠습니다."

헬리아의 말에 클리드는 더는 말하지 않았다. 그녀가 그렇게 정했다면 그런 것이다. 아무리 헬리아를 잡는 클리드였지만 반면에 누구보다 헬리아의 말을 믿는 것 역시 클리드였다.

"그보다 잘 돌아왔어."

헬리아가 웃으며 말했다.

❊

"정말 그리할 것인가?"

플로렌스 공작은 난데없는 빈센트의 발언에 놀라 눈이 커졌다. 놀란 공작과는 달리 빈센트는 차분히 제 앞에 놓인 찻잔을 들어 올렸다.

"그러네."

빈센트의 표정에는 한 점의 흔들림도 없었다. 그는 한번 결정한 것을 바꾸지 않았다. 그것을 공작이 제일 잘 알고 있었다. 그럼에도 플로렌스 공작은 이해가 되지 않는다는 표정을 지었다. 아니, 이해고 뭐고 이런 행동은 그답지 않았다.

"받아들이겠나?"

"글쎄, 나도 그 아이가 어찌 나올지는 잘 모르겠군."

"미움이나 받지 않으면 다행이지. 그간 쌓은 신뢰를 다 무너뜨릴 셈인가?"

"……."

빈센트는 그 말에 살짝 눈동자가 흔들렸다. 하지만 곧 눈을 감으며 흔들리는 눈동자를 감추었다.

"어차피 시기는 되었어. 아니, 오히려 너무 늦은 거지. 그저 때가 되었을 뿐이네."

"하지만 이건 아무래도……."

문득 무언가 생각이 났는지 공작이 물었다.

"혹시 이번 전쟁 때문인가?"

"……."

공작의 말에 빈센트는 다시 찻잔을 입에 대었다. 공작은 그 모습에 한숨을 쉬었다.

"그리도 불안한가?"

빈센트는 대답 대신 공작을 보았다.

"자네는 반대인가?"

빈센트가 도리어 묻자 플로렌스 공작은 입을 다물었다. 반대냐고? 아니, 그는 반대하지 않는다. 아마 그 아이도 반대하지 않을 것이다. 하지만 여전히 찜찜한 기색을 떨칠 수 없었다.

'어찌 이리 갑자기…….'

그의 말은 일방적인 통보였다. 플로렌스 공작은 여유롭게 차를 마시고 있는 빈센트를 응시했다. 생각해 보니 요즘 들어 뭔가 이상했다. 단순히 제국과의 전쟁 때문이라고 하기엔 이해가 되지 않았다. 무언가 다른 이유가 있지 않고서야 이런 결정을 내릴 그가 아니었다.

"정말 무슨 일이 있는 겐가? 갑자기 그런 결정을 내리니 말일세. 이건 자네답지 않아."

"자네 말처럼 전쟁이지 않나? 시절이 하수상하니 대비를 하려는 것뿐일세."

"……."

플로렌스 공작은 빈센트의 대답이 왠지 거짓이라는 느낌을 받았다. 그와 함께한 세월이 수십 년이다. 그걸 모를 공작이 아니었다. 그래서일까. 빈센트가 쓰게 웃으며 말했다.

"그리해 주게."

"……."

"제이크, 부탁일세."

빈센트가 간곡히 부탁해 왔다. 그것은 진심이었다. 플로렌스 공작은 눈을 질끈 감았다 다시 떴다.

"욕 들을 준비나 하게."

"하하, 욕먹으면 오래 산다고 하지 않던가. 오래 살고 좋지 뭐."

"……하아…… 나도 이젠 모르네."

플로렌스 공작은 고개를 휘휘 저었다. 그저 빈센트만이 웃을 뿐이었다.

⁂

번화가에 위치한 '바람의 숨결'.

일견 평범해 보이는 음식점이지만 사실 이곳은 바로 정보길드 베라의 본점이었다.

바에서 와인 잔을 닦는 잭의 손길이 평소와 다르게 느릿했다. 가게 안에 손님이 별로 없기 때문이다. 최근 제국의 전쟁 선포로 아르센 왕국의 분위기가 뒤숭숭했다. 젊은이들은 병사로 차출되고 말을 탄 전령들이 빠르게 성안 대로를 오가는 모습이 자주 눈에 띄었다.

그때였다.

"지배인님! 지배인님!"

멀리서 루카스의 목소리가 들려왔다. 헐레벌떡 숨을 내쉬며 가게 안으로 들어온 루카스는 연둣빛 머리에 십 대 소년처럼 보이지만 사실 그는 하프 엘프로 나이도 제법 먹었다.

잭은 루카스의 반응에 무언가 예감한 듯 입꼬리를 올렸다.

"드디어 왔나?"

"네, 드디어, 어? 어떻게 아셨어요? 공…… 아니, 헬리아 님이 오셨어요!"

공주라고 부르려다 주변을 의식한 루카스가 얼른 말을 바꿨다.

"알고 있다."

잭이 미소를 짓고 있을 때 가게 안으로 세 사람이 들어섰다.

바로 헬리아와 엘라임, 그리고 이안이었다.

"잭."

헬리아는 잭을 보며 손을 흔들었다. 그간의 이야기는 유니를 통해서 전해 듣고 있었다. 중간에 연락이 끊기긴 했지만 왕국 국경을 넘었다는 소식은 접했다.

"키안은 뭐 하고 있어?"

헬리아의 물음에 잭은 웃었다.

"호호호, 이게 왜, 어때서?"

"도저히 보고 있을 수 없군요."

"이 육체미를 보고 어떻게 그런 말을!"

근육이 울퉁불퉁한 남자가 거의 벌거벗다시피 한 채 팔을 불끈 들어 올렸다. 그 모습에 비리비리한 외모에 안경을 쓴 녹색 머리의 남자는 얼굴을 와락 일그러뜨렸다.

"네놈이야말로 그 비리비리한 몸을 좀 어떻게 하는 게 어때?"

"그보다 제발 요정의 모습으로 돌아가시죠."

녹색 머리, 키안은 한숨을 푹 내쉬며 두 손에 얼굴을 파묻었다. 그의 앞에는 근육질의 남자, 유니가 자신의 육체미를 키안에게 널리 설파하고 있었다. 물론 제대로 설파되진 않았지만.

"둘 사이가 좋네."

"……이게 좋아 보이십니까?"

갑자기 들려온 목소리에 키안이 고개를 들었다. 헬리아는 피식 웃었다.

"공주님!"

"유니."

유니가 반가운 듯 헬리아를 향해 다가오자 헬리아는 휙 하고 그의 손아귀에서 벗어났다. 물론 그는 애초에 헬리아를 염두에 두지 않았기에 와락 엘라임과 이안을 끌어안았다.

"여기서 보니 다시 반갑네요, 호호호!"

"으윽."

"……."

엘라임과 이안의 얼굴이 푸르죽죽해졌다. 유니는 여전했다.

"앉으시지요."

키안이 어느새 차를 내왔다. 헬리아가 테이블에 앉자 키안과 유니도 둘러앉았다.

"상황은 어때?"

"각국에서 몸값을 받고 인질을 교환하고 있습니다. 조만간 그 교환이 끝나면 곧장 움직일 겁니다."

제국의 상황에 헬리아는 미간을 좁혔다. 이미 돈까지 두둑이 손에 넣은 제국이다. 그들에게 남은 건 출정뿐.

"계속 상황을 주시해 줘."

"알겠습니다."

"그보다 여기에 온 건."

헬리아는 품속에서 어머니의 방에서 가져온 일기장을 꺼내 테이블에 올려두었다.

"이걸 좀 봐줬으면 해. 아무래도 나보단 키안 네가 나을 것 같아서."

"이건……?"

유니와 키안이 고개를 갸웃했다. 헬리아가 고갯짓을 하자 키안이 손을 뻗어 안을 열어 보았다. 순간 그의 눈빛이 변했다.

"설마……."

"알아보나 보네."

"잊을 리가 있겠습니까. 결코 손으로 썼을 거라 생각되지 않는 이 악필, 세르게니아 님의 것입니까?"

키안의 말에 헬리아는 고개를 끄덕였다. 다행히 키안은 어머니의 글씨체를 알아본 모양이었다.

"일기장 같은데 도통 뭘 써놨는지 제대로 읽을 수가 없어. 정말 손으로 쓴 게 맞긴 한 거야?"

헬리아는 고개를 설레설레 저었다. 이곳에 오기까지 나름대로 다시 한번 글을 읽어보려 노력했지만 차라리 암호를 해독하는 게 나을 정도였다.

"호호호, 이거 정말 오랜만에 보는 글씨군요."

유니는 감회가 새롭다는 듯 눈매를 휘었다. 옛날부터 세르게니아는 정말이지 엄청난 악필이었다. 애초에 누군가에게 보여주기 위해 글을 쓰는 성격이 아닌지라 더 그랬다. 자기만 알아보면 된다나.

일기장을 내려다본 키안이 물었다.

"무슨 내용인지는 보셨습니까?"

"대충, 읽을 수 있는 것만. 뭘 연구했던 것 같아."

키안은 헬리아의 말에 가만히 일기장을 한 장 한 장 넘겨보았다.

"……."

"거기다 마지막엔 잉크가 전부 시커멓게 번져서. 뭐라고 쓰여 있는지 알겠어?"

헬리아의 말에 키안이 책을 덮었다. 헬리아는 기대에 찬 눈빛으로 키안을 보았다. 키안은 어깨를 으쓱였다.

“정말 여전하신 분이군요.”

“그럼?”

“모르겠습니다.”

“엑?”

“설마 이걸 읽을 수 있다고 생각하신 겁니까? 개도 못 읽을 글씨입니다.”

단호하게 못 읽는다는 키안의 말에 헬리아는 왠지 수긍이 가 뭐라 반박하지 못했다. 하기야 이걸 읽는 게 오히려 정상이 아닐 것이다.

“하지만 읽지 못할 것도 없습니다.”

“그럼?”

“기존에 그분께서 작성하신 문서와 대조해서 정확한 문자를 확인해 봐야 할 것 같습니다. 다행히 해독(?)해 놓은 자료들이 좀 있습니다.”

키안의 말에 헬리아는 바로 알 수 있을 거란 기대감은 무너졌지만 그래도 방법이 있다는 말에 얼굴을 폈다.

“며칠이나 걸릴 것 같아?”

“적어도 이틀은 걸릴 것 같습니다. 양도 제법 되고.”

“좋아, 그럼 해독 부탁할게. 내가 봤을 땐 아무래도 엑시온에 대한 연구를 한 게 아닌가 싶어.”

키안과 유니가 헬리아의 말에 표정을 굳혔다. 그녀의 말이 사실이라면 이 안에 뭔가 타개책이 있을 수도 있었다.

“알겠습니다.”

키안이 고개를 끄덕이며 일기장을 품 안에 집어넣었다.

“그보다…… 만나 보셨습니까?”

“……아직.”

키안이 말하는 게 누구인지 알아챈 헬리아는 말을 흐렸다.

"가디언은 그뿐입니다."

"한데 정말 그가 맞아?"

세바스찬이 어머니의 가디언이라니.

"특이하긴 하지만 그는 인간이야."

상대가 이종족인지 인간인지 헬리아는 몰라도 엘라임은 판단할 수 있었다. 엘라임은 단호히 세바스찬을 인간이라 정의했다.

"인간도 가디언이 될 수 있습니다. 그분이 정하게 마련이지요."

헬리아는 키안의 말에 고개를 끄덕였다. 지금 이렇게 세바스찬에 대해 왈가왈부할 필요가 없을지도 모른다.

"역시 직접 이야기해야 하나."

"그보다 소식은 들으셨습니까?"

"소식?"

"아직 듣지 못하셨군요. 곧 각국에서 사신단이 도착합니다. 이제 조만간 도착하겠군요."

"이 시기에 사신단이면 연합인가?"

"라비안 왕국에서 동맹 제의를 해왔습니다."

"라비안 왕국에서?"

순간 헬리아의 머리에 스치고 지나가는 이가 있었다.

"설마 그놈이 오는 건 아니겠지?"

"에취!"

다그닥다그닥.

마차에 앉아 밖을 내다보던 남자는 기침을 내뱉고는 코를 매만졌다.

"제국보단 따뜻해도 아직 겨울이라구요."

칼바람 쌩쌩 부는 겨울에 창문을 열어놓다니. 에른은 고개를 휘휘 젓고는 얼른 창문을 닫았다.

"누가 내 이야길 하나?"

"뭐 보나마나 험담일 게 분명하니까 너무 깊게 생각하지 마세요."

"이씨! 내가 뭘!"

여전한 에른의 말에 금발의 잘생긴 미소년, 알베르가 뚱한 표정을 지었다. 에른은 언제나 그렇듯 그런 그를 살살 달랬다.

"자자, 거의 다 왔으니 조금만 참으세요. 곧 아르센 왕국이에요."

알베르는 에른의 말에 뚱한 표정을 풀고 창밖을 내다보았다.

멀리 아르센 왕국의 수도가 보이기 시작했다.

❊

푸르던 하늘에 어느새 검은 먹구름이 몰려들었다. 이윽고 검은 먹구름으로 가득 찬 하늘에서 차가운 겨울비가 내리기 시작했다.

"으음……."

창가에 부딪치는 빗소리에 어렴풋하게 잠에서 깬 헬리아는 여전히 눈을 감은 채 미간을 좁혔다. 비가 내리는 날이면 그때가 생각나 언제나 기분이 좋지 않았다. 거기다 최근 엑시온의 어둠에 갇혀 하루 종일 비를 맞다 보니 이젠 징글맞을 정도였다.

꿈틀꿈틀.

헬리아는 일어나기 싫어 몸을 뒤척거렸다.

'추워…….'

밤사이 부는 바람에 창문이 열렸는지 어디서 차가운 바람이 불어왔다. 헬리아는 이리저리 뒤척이며 온기를 찾아 움직였다.

'따뜻해…….'

앤이 난로에 장작을 더 넣어놨나? 갑자기 느껴진 따스함에 헬리아는 그저 미소를 짓고 그것을 더 끌어안았다.

'마치 난로 인형을 껴안은 것 같아.'

그러고 보니 인형 난로라도 개발할까. 꼭 사람을 안고 있는 것 같은 기분이잖아? 헬리아가 내심 제 생각을 흐뭇하게 여기며 다시 잠에 빠져들려는 찰나였다.

'사람?!'

그 순간 헬리아의 눈이 번쩍 떠졌다. 난로 인형은 무슨!

"잘 잤어?"

"너, 너……."

"더 자."

엘라임이 미소를 지으며 헬리아를 꼭 껴안았다. 헬리아는 잠시 눈을 깜빡였다. 이게 꿈인지 생시인지 알아보기 위함이었다. 그리고 이것이 꿈이 아님을 확신하자 얼른 엘라임의 품에서 빠져나와 소리를 높였다.

"여기서 뭐 하는 거야!"

똑똑.

"공주님?"

헬리아의 목소리가 큰 탓인지 밖에서 대기하고 있던 앤이 문을 두드렸다.

'쉿! 밖에서 들리잖아?'

'대체 뭐 하는 거야!'

적반하장도 유분수지! 도대체 누구 때문인데! 헬리아는 제 이불을 침범한 엘라임의 멱살을 잡아 흔들었다.

'케, 켁! 이거 놓고.'

'지금 놓게 생겼어?!'

"공주님?"

한 번 더 앤의 목소리가 들려왔다. 헬리아는 엘라임을 째려보며 말했다.

"아무 일도 아니야."

헬리아의 목소리에 앤은 이상하다는 표정을 지었지만 원래도 이상한 사람이기에 그러려니 했다.

"그럼 목욕물을 준비해 놓겠습니다."

앤이 종종걸음으로 점점 문 앞에서 멀어지는 것을 느끼며 헬리아는 안도의 한숨을 내쉬었다. 지금 이 꼴을 보면 앤이 무슨 생각을 할지 안 봐도 뻔했다. 물론 헬리아의 철저한 입단속으로 앤의 입을 틀어막을 수는 있겠지만 세상에 완벽은 없는 법이다.

헬리아는 앤의 기척이 멀어진 걸 확인하고 엘라임을 노려보았다.

"들키면 어쩌려고!"

"그럼 어쩔 수 없지. 이참에 우리 사이를……."

엘라임이 평소 상큼한 미소와 달리 음흉한 미소를 짓자 헬리아는 그의 이마에 꿀밤을 먹였다.

"엑!"

"기어오르긴!"

"칫."

엘라임이 입을 삐쭉 내밀며 그대로 침대에 누웠다. 헬리아는 머리를 잡았다.

"안 나가?"

"아직 이른 시간이잖아. 좀 더 자."

'네가 있는 데 자겠냐?!'

헬리아는 갑자기 텐션이 올라간 엘라임 때문에 한숨을 푹 내쉬었다. 엘라임은 꼭 이렇게 비가 내리는 날이면 마치 술에 취한 듯 약간 풀어지는 경향이 있었다. 그걸 모를 헬리아가 아니지만 그 사건…… 고백 이후 약간 패턴이 바뀌었달까.

'예전에는 그냥 먹을 거나 달라고 하거나 놀러 가자고 떼를 썼는데…….'

"자, 너도 누워."

엘라임이 씩 웃으며 헬리아의 팔을 잡아 끌어당겨 자신의 품에 쏙 넣어버렸다.

"안 놔?"

"으음, 난 지금 졸린 것 같아."

"정령이 뭐가 졸려!"

"하암."

엘라임은 헬리아가 듣기엔 같잖은 핑계를 대며 눈을 감았다. 헬리아는 푹 한숨을 내쉬었다.

두근두근.

그 순간 제 귀에 들려온 심장 소리에 헬리아는 팔을 풀 생각을 못했다.

두근두근.

자신의 심장 소리가 아니라 엘라임의 것이었다. 그것도 제법 평소보다 빨리 뛰는.

"심장 빨리 뛰는데?"

헬리아가 고개를 들어 올리자 엘라임의 얼굴이 빨개졌다. 그 모습에 헬리아는 어처구니가 없으면서도 웃음이 났다. 헬리아는 어차피 이렇게 된 거 괜히 화를 내기도 우습고 해서 가만히 그의 심장 소리를 들으며 눈을 감았다. 그리 나쁘지 않기도 했고 말이다.

두근두근.

이 소리가 그녀를 붙잡았다. 정령의 심장 소리. 정확히는 정령이 인간으로 변해 내는 소리였지만 헬리아는 묘한 느낌이 들었다. 그래서인지 손을 들어 그의 심장에 대었다. 그러자 더욱 심장 소리가 빨라졌다.

"유혹하는 거야?"

꽤 낮은 목소리라 헬리아는 깜짝 놀라 손을 떼었다. 괜히 민망해 퍽 하고 그의 가슴을 때렸다.

"켁! 아프잖아!"

"자꾸 기어오를래?"

"그보다 날씨도 좋은데 오늘 어디 놀러나 갈까?"

"날씨가 퍽이나 좋다."

물의 정령왕인 그의 입장에서나 좋은 날씨지 헬리아의 입장에선 하나도 좋지 않았다.

"비 오는 날은 별로야."

"……왜?"

"계속 갇혀 있었으니까, 이제 지긋지긋해."

엘라임은 헬리아의 말에 더욱 꼭 그녀를 껴안아주었다. 그녀가 말한 곳이 어디인지를 그도 알고 있었다. 어둠 속. 그 어둠 속에서 헬리아는 차가운 빗줄기를 맞고 있었다.

엘라임은 그녀를 꼭 안았다. 다시는 그런 어두운 곳에 갇히지 않게 하겠다고 다짐하면서. 헬리아는 엘라임이 자신을 끌어안자 피식 웃음을 지었다.

"따뜻하다."

"그치?"

엘라임은 풋풋 웃으며 좀 더 헬리아를 껴안았다. 너무 세게 껴안아 곧장 폭풍 같은 잔소리가 있었지만 그래도 엘라임은 기분이 좋았다. 계속 이렇게 있었으면 하고, 엘라임은 바랐다.

❊

똑똑.

"공주님, 레브입니다."

"들어와."

헬리아의 서재로 들어온 레브의 두 손엔 커다란 상자가 들려 있었다. 안으로 들어온 레브는 선객을 보고 고개를 갸웃했다.

'언제 오셨지?'

레브는 소리 소문도 없이 와서 앉아 있는 엘라임을 이상한 눈으로 바라보았다. 헬리아는 레브가 엘라임을 보고 의아해하는 것을 눈치챘다.

'그냥 가라니까.'

헬리아는 싱글거리며 소파에 앉아 과자를 오독오독 씹어 먹는 엘라임을 아주 오독오독 씹어 먹을 듯 노려보았다. 하지만 헬리아 옆에서 보낸 세월이 얼마던가. 엘라임은 신경도 쓰지 않고 빙긋 웃었다.

'내가 못 살지.'

헬리아는 고개를 저으며 얼른 화제를 돌렸다.

"그보다 그 물건은?"

"아, 전하께서 보내신 겁니다."

레브는 엘라임에게서 시선을 떼고 헬리아에게 다가가 그녀의 책상에 상자를 내려놓았다. 헬리아는 미간을 좁히며 상자를 보았다.

"……아버지가?"

오늘이 무슨 날인가 생각을 해봐도 딱히 떠오르는 게 없었다. 헬리아는 빈센트가 보냈다는 상자로 다시 시선을 돌렸다.

'도대체 뭐지?'

궁금증에 헬리아는 곧바로 상자를 열었다.

"이건……."

상자 안에는 옅은 분홍빛의 드레스와 한 장의 카드가 들어 있었다. 헬리아는 드레스를 보다 카드를 집어 들었다.

예쁘게 입고 오렴.

지극히 평범한 내용이지만 왠지 수상쩍은 느낌을 배제할 수 없었다. 물론 오늘은 저녁에 각국에서 온 사신단을 위한 만찬이 열리는 날이지만 페르시아 제국과의 긴장 상태로 지극히 간소하게 차려질 예정이었다. 그런데 이런 때에 드레스라니? 아니, 물론 드레스야 입겠지만 뭔가 이상했다. 대체 무슨 생각이지?

"다른 말은?"

"특별한 전언은 없었습니다."

"그래?"

헬리아는 빈센트가 보낸 카드를 뒤집어봤다. 카드 뒷면은 그저 백지였다. 헬리아는 결국 카드를 내려놓고 드레스를 만져 보았다. 부드러운 감촉이 마음에 들었지만 역시 이걸 준 빈센트의 의도를 알 수가 없었다.

'내가 너무 과민한 건가?'

언제나 상대방의 의도를 파악하는 버릇이 있는지라 헬리아는 빈센트의 선물에도 그리 반응하고 말았다. 하지만 빈센트가 헬리아에게 수를 써서 뭐 하겠는가. 헬리아는 자신이 너무 깊게 생각했다 판단하고 의심을 털어냈다.

"뭐 옷에 문제도 없는 것 같으니."

헬리아는 별생각 없이 빈센트의 선물을 받아들였다. 하지만 그것이 빈센트의 의도임을 그녀는 생각지 못했다.

"아, 그리고 에반 남작께서 오셨습니다."

"에반 남작이라면……."

레브의 말에 빈센트의 의도에 대해 생각하고 있던 헬리아가 눈을 좁혔다. 에반 남작은 바로 클리드였다.

헬리아가 슬쩍 바깥을 바라보았다. 그러다 레브에게 물었다.

"혹시……."

"빈손은 아니셨습니다."

척하면 척이랬던가. 이미 클리드에 대해 파악한 레브였다. 헬리아는 레브의 말에 슬그머니 다시 바깥을 보았다.

쏴아아아—

밖에는 여전히 차가운 겨울비가 내리고 있었다.

그때, 문소리가 들려왔다. 그와 함께 헬리아가 자리에서 일어났다.

"엘라임."

"응?"

"생각해 보니까 오늘 꽤 소풍 가기 좋은 날씨인 것 같아."

그때였다.

"공주님!"

문이 벌컥 열리며 클리드가 들어왔다. 물론 그의 손에는 잔뜩 서류가 들려 있었다.

"어딜 가십니까?"

클리드는 창가에 발을 걸치고 있는 헬리아를 딱 포착했다. 그의 눈이 가늘어졌다. 헬리아는 낭패라는 듯한 표정을 지었다. 그리고 순식간에 클리드가 들고 온 서류를 캐치했다.

'생각보다 적은데…….'

라고 생각하다 그의 뒤에 딸려 온 시종이 들고 있는 서류를 보았다.

'……가 아니군.'

헬리아는 결정을 내렸다.

"날씨가 좋아서 말이지."

"날씨가요?"

클리드는 창밖을 바라보았다.

휘이이잉-

갑자기 어디선가 세찬 바람이 불어 문을 열었던 헬리아의 얼굴에 비가 쏟아져 내렸다.

"퍽도 좋은 날씨입니다만?"

'나도 그렇게 생각했지, 방금까진.'

그러면서 헬리아는 엘라임을 바라보았다. 엘라임도 이미 눈치의 달인이 되어 있었다.

"그럼."

"자, 잠깐 공주님!"

순식간이었다. 헬리아가 창문 밖으로 쏙 빠져나가더니 엘라임도 어느새 사라져 버렸다.

클리드는 헐레벌떡 창가로 달려갔지만 도망의 달인이 되어 있는 헬리아와 엘라임을 뒤쫓기에는 역부족이었다.

"공주니이이임!"

멀리서 클리드의 절규가 들려오는 와중에 헬리아와 엘라임은 웃으며 밖을 향했다.

"돌아오면 두 배입니이다아!"

그 소린 안 듣는 게 나았다.

"에취!"

돌아가면 클리드가 한 소리 하겠군. 헬리아는 고개를 설레설레 저었다. 하지만 그렇다고 지금 당장 돌아갈 마음도 없었다. 애초에 클리드 역시 교묘하게 헬리아가 굳이 결재하지 않아도 될 서류를 올리곤 했다. 클리드에게 넘기려는 헬리아나, 헬리아에게 넘기려는 클리드나 그 밥에 그 나물이긴 하지만 어쩌겠나. 계급이 깡패라고. 헬리아는 피식 웃으며 걸었다.

쏴아아아—

겨울비는 그칠 그미가 보이지 않은 채 차가운 빗줄기를 흘려보냈다. 헬리아와 엘라임은 내리는 비를 그대로 맞으며 걸음을 옮겼다. 겨울에 내리는 비라 그런지 빗줄기가 차가웠다. 하지만 두 사람에겐 아무런 문제가 되지 않았다.

"오랜만인데."

"역시 여기가 진짜 집 같다니까."

헬리아와 엘라임이 간 곳은 그리 먼 곳이 아니었다. 본성에서 멀리 떨어진 작은 건물. 9년 전 비앙카의 음모로 폐위가 되어 유폐된 궁. 데이지궁이었다. 먼지투성이에다 성한 곳 하나 없던 곳이었지만 물건 하나, 가구 하나까지 정성들여 사람 사는 집으로 만들어놓았다.

데이지궁 안으로 들어간 헬리아는 주변을 둘러보았다. 싸늘한 기운이 감돌았지만 역시나 익숙한 기분이 들어 낯설지 않았다. 그녀는 로즈궁보다 이 데이지궁에서 더 오랜 세월을 지내왔다.

"아무도 없네?"

"전부 철수시켰으니까."

안을 둘러본 엘라임은 전날 세르게니아의 방에 들어왔을 때와 다른 분위기에 살짝 눈을 크게 떴다.

"여긴 깨끗하네?"

"청소시키니까."

"어머니의 방은 방치하고?"

"그건…… 깜빡했어."

헬리아는 데이지궁의 벽을 쓸며 피식 미소를 지었다. 현재 사용하고 있진 않지만 그냥 내버려 둘 수 없는 마음이랄까. 데이지궁은 헬리아에게 옛 집이나 마찬가지였다.

"거기도 가볼까?"

"거기?"

"가장 좋아하는 곳."

헬리아는 데이지궁 옆에 있는 이름 없는 호수를 좋아했다. 그녀가 진정으로 이곳에 첫발을 디뎠던—디디기도 전에 풍덩 하고 빠져버린—곳이었다. 그 호수는 그녀의 시작이라고 할 수 있었다.

헬리아가 몸을 돌리자 엘라임이 그녀의 뒤를 따랐다. 멀지 않은 곳에서 호수의 물 냄새가 가득 풍겨왔다. 헬리아는 호수를 내려다보며 손을 담갔다.

"9년이나 지났네."

헬리아는 호수를 응시하며 입을 열었다. 이곳에 온 지 9년.

가끔 지구가 그립기도 했다. 자신이 남기고 온 것들, 자신이 아는 사람들. 하지만 이미 과거의 것이 되어버린 것들.

"벌써 9년인가."

엘라임은 엘라임 나름대로 그녀가 내뱉은 9년에 대해 생각했다. 엘라임은 흘낏 호수 먼 곳을 응시하고 있는 헬리아를 보았다. 제 허리만 했던 어린 소녀가 어느새 품에 딱 맞는 여자가 되었다. 설마 그 어린 소녀에게 이런 감정이 들 거라고는 생각지 못했다. 하지만 결국 이리되었을 것이다. 자신을 처음 불러냈을 때, 그녀의 아름다운 금빛 눈동자에 사로잡혀 계약을 하고 말았으니까.

"엇."

헬리아의 뒷모습을 바라보던 엘라임은 순간 고개를 돌렸다. 엘라임의 행동에 헬리아가 고개를 돌렸다.

"왜?"

"아, 아니……."

그러나 엘라임의 얼굴은 새빨갛게 물들어 있었다. 헬리아의 눈이 가늘어졌다.

"또 뭔 생각을 한 거야?"

요즘 들어 이 정령왕, 굉장히 엉큼해졌다. 도대체 무슨 약을 잘못 처먹었나? 정령왕을 정력왕으로 개명해야 하나?

"아, 아니라니까."

"봐, 도대체 무슨 생각한 건데?"

"으으."

헬리아가 엘라임에게 다가와 그의 고개를 잡아 돌렸다. 엘라임의 눈동자가 이리저리 배회했다.

"그, 그게……."

"뭔데?"

"오, 옷."

"옷?"

엘라임은 더할 나위 없이 빨개진 얼굴로 헬리아의 몸을 돌렸다.

"뭐 하는 거야?"

"다 보인다고!"

"……."

"옷, 다 비친다고!"

"……."

헬리아의 눈이 가늘어졌다.

"다 봤어?"

"뭐, 뭘 봐! 나, 난 아무것도 못 봤어!"

"흐음, 그 아무것도가 뭔데?"

헬리아의 짓궂은 말에 엘라임의 표정이 새쭉해졌다. 일부러 알고 이런 말을 하는 거라면 정말 나쁜 도발이다. 그렇다면 도발에 응해 줘야지. 헬리아는 엘라임이 당황한 모습에 킬킬 웃었지만 순간 그가 등 뒤에서 껴안자 당황했다.

"에, 엘라임."

"이렇게 하면 안 보이잖아."

"안 보이고 말고가 아니잖아!"

꽈악.

헬리아가 바둥거릴수록 엘라임은 그런 헬리아를 더욱 껴안았다. 그녀의 냄새가 물 냄새와 함께 풍겨졌다.

"안 놓을 거야?"

"응."

말만 늘어선. 헬리아의 표정이 샐쭉해졌다. 힘으로 풀려면 못 풀 줄 알아? 그녀가 힘을 줄 때였다.

흠칫!

헬리아는 제 목덜미에서 느껴지는 온기에 몸을 움찔했다. 엘라임의 입술이 그녀의 목덜미에 닿았다.

"헬리아."

"……왜?"

"좋아해."

"……."

"정말 좋아해."

엘라임은 힘을 주어 그녀의 어깨를 감쌌다. 헬리아는 뭐라 입을 열지 못했다.

"이대로 평생 있었으면 좋겠다."

이 순간이 영원하길. 엘라임은 더는 바라지 않았다. 자신이 헬리아를 좋아하고, 헬리아도 아마 자신을 좋아할 것이다. 지금 이 상태로도, 엘라임은 만족했다. 그렇게 생각했다.

❊

쏴아아아—

아침부터 내린 비는 그칠 기미가 보이지 않더니 밤까지 빗줄기가 쏟아졌다.

아르센 왕국의 연회홀.

각국에서 온 사신단을 접대하기 위한 연회가 열렸다. 페르시아 제국과의 상황을 고려해서 최대한 검소하고 간소하게 이뤄졌다.

두리번두리번.

연회에 초대된 한 타국의 청년이 고개를 좌우로 돌렸다. 금발에 푸른 눈동자가 매력적인 청년은 어딘지 모르게 앳돼 보이는 구석이 있었다.

"왕자님, 그만 좀 두리번거리세요, 제가 다 부끄러워지네요."

에른은 고개를 설레설레 젓고는 촌에서 올라온 사람처럼 두리번거리는 자신의 주인을 바라보았다.

"내, 내가 언제!"

금발의 청년은 바로 라비안 왕국의 차남인 알베르였다. 알베르는 에른의 말에 시치미를 뗐다. 그러나 수십 년을 옆에서 보아온 에른이 그걸 모를까.

'에휴, 전하도 참. 하늘을 봐야 별을 따든가 하지.'

에른의 고갯짓에 알베르는 입술을 불퉁하게 내밀었다.

"아, 아니라니까!"

그때였다. 문 쪽에서 소리가 들리더니 한 쌍의 선남선녀가 모습을 드러냈다. 금발에 금안을 지닌 여인은 옅은 분홍빛 드레스를 입고 있었고 그녀를 에스코트하고 있는 남성은 검은 머리, 검은 눈동자와 잘 어울리는 남색 정장을 입고 있었다.

바로 헬리아와 이안이었다. 두 사람이 등장하자 아르센의 귀족들은 물론 타국의 귀족들조차 넋을 잃고 바라보았다. 그 모습에 에른은 제 옆에 있는 알베르를 본 뒤 고개를 저었다.

헬리아와 이안은 주변에 있던 귀족들과 이야기를 나누더니 알베르와 에른이 있는 곳으로 걸어왔다.

"왕자님, 이쪽으로 오는데요?"

"나, 나도 알아."

알베르가 유독 긴장하자 에른은 한숨을 푹 내쉬었다. 정말이지 전하는 괜히 헛바람만 넣어서. 라비안 왕국의 국왕은 이번 아르센 왕국의 동맹에 두 나라의 사이를 돈독히 하기 위한 방편으로 헬리아와 알베르의 결혼을 내심 바라고 있었다. 물론 그게 성사될지는 모르겠지만.

"다시 만나서 반갑습니다, 왕자님."

헬리아는 알베르에게 환히 웃음을 지었다. 알베르는 그 웃음에 심장이 두근거렸다. 그러나 그 두근거림은 오래가지 않았다. 헬리아는 좀 더 알베르에게 다가오더니 남들은 듣지 못하는 작은 소리로 말했다.

"역시 너였나?"

헬리아는 알베르를 확인하고는 이미 어느 정도 예상하고 있었다.

"어쩔 수 없잖아."

알베르는 엑시온을 떠올리곤 미간을 좁혔다. 제국만으로도 문제인데 엑시온과 흑마법사가 가세한다면 자력으로 제국을 상대할 수 없었다. 그래서 본국으로 돌아간 즉시 아버지에게 제국에서 일어난 사건에 대해 이야기했다. 다행히 아버지는 그의 말을 들어주었다. 아르센 왕국에 먼저 손을 내민 것이 라비안 왕국의 입장에선 밑지는 느낌이 들었지만 그만큼 제국은 위험했다.

"그런 게 있으니까."

헬리아는 알베르의 말에 표정을 굳혔다.

마룡 엑시온. 아직 완벽히 부활하지 않았지만 결코 방심할 수 없는 일이었다.

"그보다 직접 이곳에 올 줄 몰랐는데."

"그거야……."

알베르는 헬리아의 질문에 끝까지 말을 잇지 못했다. 어떻게 아버지에게 헬리아 공주와 결혼하라는 말을 들었다고 할 수 있겠는가. 아마 입꼬리를 올리며 비웃을 게 분명했다. 그래서 알베르는 말하지 않았다.

"한데 설마 라비안의 국왕께서 어떻게 날 해보라고 한 건 아니겠지? 설마? 너랑 나를?"

"이익! 다 알고!"

알베르는 얼굴이 새빨개졌다. 그 모습에 헬리아는 키득거리며 웃었다. 정말이지 놀리는 재미가 쏠쏠한 놈이었다. 그녀의 말처럼 헬리아는 철저히 알베르를 밥으로 보고 있었다.

그때였다. 한창 알베르가 씩씩거리는 걸 보고 있을 때 한 중년인이 다가왔다.

"플로렌스 공작이라 하오."

반 공대였지만 알베르는 크게 개의치 않았다. 아니, 오히려 그게 어울려 별다른 생각이 들지 않았다. 왜냐하면 그가 아르센 왕국의 유명한 소드 마스터인 플로렌스 공작이기 때문이다.

'이자가 소드 마스터인 플로렌스 공작인가?'

그의 영지와 국경을 접하고 있는 만큼 라비안 왕국에서는 그의 존재 또한 주시하고 있는 바였다.

"라비안 왕국의 알베르라 합니다. 유명하신 공작님을 뵙게 되어 영광입니다."

"허허, 왕자께서 영광이라 하니 몸 둘 바를 모르겠소."

플로렌스 공작은 알베르를 보며 웃다 헬리아를 보았다. 순간 그의 표정이 굳어졌지만 그건 찰나였다.

"오셨소이까?"

플로렌스 공작은 헬리아에게 가볍게 고개를 숙인 뒤 자신의 아들을 바라보았다.

"왔느냐?"

"무슨 일 있으십니까?"

이안의 물음에 플로렌스 공작은 순간 말을 잇지 못했지만 노련한 그답게 얼른 말을 이었다.

"누구 아들인지 참 잘생겼구나."

"……정말 무슨 일이 있으신 겁니까?"

이안은 제 아버지의 말에 오히려 크게 놀라 의심의 눈초리로 그를 바라보았다.

"정말 무슨 일이 있으시군요."

아들의 미심쩍어하는 표정에 플로렌스 공작은 눈매를 좁혔다.

"농담도 못 하느냐?"

"농담하실 분이 아니지 않습니까?"

플로렌스 공작은 그에 심장이 따끔했지만 고개를 저었다. 정말이지 누굴 닮았는지 귀신같았다.

"아니, 아무 일도 없다."

이안은 살짝 미간을 찌푸렸다. 평소 표정 변화가 없는 아버지이지만 아들인 그는 공작의 여러 표정을 알고 있었다. 그리고 오늘 보여준 표정은 평소와 다른 지극히 긴장한 상태임을 알 수 있었다.

"아버지."

공식적인 자리에선 아버지라 부르지 않는 그가 그리 말을 하자 공작은 무슨 말인가 하려는 듯 입을 열었다.

"실은……."

그 순간이었다.

"국왕 전하 드시옵니다!"

빈센트의 입장을 알리는 시종장의 목소리가 울려 퍼졌다. 그와 함께 플로렌스 공작의 입이 다시 닫혔다.

"아무것도 아니다."

플로렌스 공작은 고개를 저었다. 그가 말하지 않아도 어차피 이제 곧 알게 될 테니.

아르센 왕국의 국왕 빈센트가 모습을 드러냈다. 황금빛 머리카락에 푸른 눈동자를 지닌, 도저히 오십 대라고는 보기 힘든 외모의 소유자. 철혈의 미소라 불리며 아르센 왕국을 지배하고 있는 게 바로 빈센트였다. 아르센의 귀족들은 그런 빈센트를 존경하는 눈빛으로 바라보았고, 타국의 귀족들은 소문의 국왕을 직접 보게 되어 호기심 어린 눈이었다.

뚜벅뚜벅.

빈센트가 단상에 올라 사람들을 내려다보았다.

"이리 아르센 왕국을 찾아주어 고맙소."

빈센트가 좌중을 훑으며 말을 이어갔다.

"지금 제국이 대륙에 전쟁을 선포한 것을 모두 알고 있을 것이오. 그것은 이 대륙의 나라들을 무시한 처사이며 이는 결코 좌시할 수 없는 사안이오. 또한 저들은 흑마법사를 대동해 우리들의 대지를 짓밟으려 하고 있소. 지금은 우리 모두의 힘을 하나로 모아야 할 때이오."

빈센트의 차분한 어조에 귀족들은 모두 고개를 끄덕였다. 이렇게 연회를 즐기고 있지만 실상 그들의 마음속에는 제국의 전쟁 선포에 대한 불안감과 긴장감이 가득한 상태였다.

빈센트는 긴장으로 물든 홀 안을 둘러보며 싱긋 미소를 지었다.

"하나 지금은 잠시의 고민을 잊고 즐겨주시길 바라오. 어쩌면 내일은 지금처럼 즐기지 못할 터이니."

빈센트가 가볍게 웃음을 짓자 귀족들은 그나마 한결 편안한 표정으로 돌아가 편히 연회를 즐기며 다른 귀족들과 이야기를 나눴다.

빈센트는 단상에서 내려와 헬리아 일행이 있는 곳으로 걸어갔다.

"리아."

빈센트는 헬리아를 보더니 얼른 그녀를 품에 안았다. 물론 정자에서처럼 꽉 껴안지는 않았지만 애정이 듬뿍 담긴 포옹이었다.

"정말 예쁘구나."

"드레스 감사합니다."

헬리아는 빈센트의 환한 웃음을 대하자 괜한 걱정을 했나 싶었다. 하기야 아버지가 드레스 하나 선물해 준 게 무슨 큰일이라고.

헬리아가 싱긋 웃어 보이자 빈센트는 옅게 웃음을 지으며 약간 허리를 숙이고 헬리아에게 손을 내밀었다.

"아름다운 공주님, 저와 한 곡 추시겠습니까?"

헬리아는 피식 웃으며 빈센트의 손을 잡았다.

"물론이지요."

"아까 하려던 말씀이 무엇입니까?"

빈센트와 헬리아가 홀 중앙으로 나아가 춤을 추기 시작할 때 이안은 제 아버지를 바라보았다.

"아무것도 아니다."

플로렌스 공작은 제 얼굴을 빤히 쳐다보는 아들에게서 시선을 돌렸다. 이안의 눈이 가늘어졌다.

"아무것도 아닌 게 아니지 않습니까?"

플로렌스 공작은 집요한 이안의 질문에 미간을 좁혔다.

'도대체 누굴 닮은 건지.'

형인 아인하르트는 부드러운 성격을 지녔고, 막내인 듀크는 활발하면서도 쾌활한 성격이었다. 한데 이안은 정말 누굴 닮았는지-본인만 모르고 있다-원칙주의자에 꽉 막힌 성격을 지니고 있었다. 거기다 집요하기까지.

"크흠, 내가 무슨 말을 했던가?"

"무언가 말씀하시려고 하신 게 아닙니까?"

"글쎄."

"공작님."

이안이 정색하고 플로렌스 공작을 보자 공작은 속으로 뜨끔해졌다.

"제가 아버지 표정 하나 읽지 못할 거라 생각하신 겁니까?"

"크음."

"헛기침으로 외면하셔도 소용없습니다. 공주님과 관련이 있는 일입니까?"

공주를 보고 안절부절못하던 공작이 떠올라 물었다. 공작은 최대한 포커페이스를 유지했지만 아들인 이안에겐 통하지 않았다.

"역시 공주님과 관련된 일이군요."

"……."

"공주님에게 보고하겠습니다."

"자, 잠시."

공작은 얼른 이안을 말렸다. 지금 와서 공주가 나선다면 정말 일이 더 골치 아파진다. 하지만 그래 봐야 어차피 오늘 알게 되겠지.

'하아…… 빈, 도대체 왜 일을 이렇게 만들어서…….'

못내 빈센트가 원망스러워진 공작이었다. 그는 크게 한숨을 푹 내쉬었다. 정말이지 몇 년은 훌쩍 늙은 것 같았다. 공작은 제 아들을 살펴보았다. 자신을 똑 닮은 눈동자로 직시해 오는 아들의 모습에 더는 숨길 수 없음을 깨달았다. 그 역시 이 일과 관련이 있으니 알 자격이 있었다.

"그래, 이제 와 너에게 숨길 수도 없겠지. 하나 내가 지금 말하지 않아도 어차피 이제 다 알게 될 거다."

"그게 무슨 말씀입니까?"

이안이 미간을 좁히며 묻자 플로렌스 공작은 턱을 쓸어내리며 한창 춤을 추고 있는 빈센트와 헬리아를 보았다. 그리고 다시 아들을 바라보았다.

"이 일은 내 뜻은 아니었다."

그렇다 하더라도 공작 자신도 알고 있었다. 그 또한 결국은 빈센트의 뜻을 받아들였으니 말이다. 공작은 그답지 않게 자조 섞인 말을 내뱉었다. 이안은 그럴수록 더욱 의아해졌다.

"그게 무슨 말씀입니까?"

"후우, 나야 네 의견을 좀 더 존중해 주고 싶었다. 아니, 최소한 이렇게 갑작스럽게 발표하는 건 아닌데. 한데 너무 완강했다."

"완강하다니……."

아르센 왕국의 최고 귀족인 플로렌스 공작이 제 뜻을 펼치지 못할 정도의 상대는 몇 명 되지 않는다. 아니, 딱 한 명밖에 없을 것이다.

"도대체 전하께서 무슨 일을 벌이신 겁니까?"

"그건……."

공작은 한숨을 내쉬며 입을 열었다.

"이리 함께 춤을 춘 것도 그날 이후 처음이구나."

빈센트는 헬리아의 손을 꼭 잡으며 웃음을 지었다. 헬리아의 생일날 그녀와 춤을 춘 이래 거의 1년 만이었다.

"1년 전만 해도 어린애 같았는데."

"그때랑 지금이랑 그리 차이는 없거든요?"

"후후후."

빈센트는 따뜻한 눈으로 헬리아를 바라보았다. 1년 전만 해도 헬리아는 철저히 타인의 시선으로 그를 보았다. 그래서 빈센트는 지금 이 순간이 더 남달랐다.

"조금 더 춰볼 걸, 아까워."

빈센트의 표정이 흐려지자 헬리아는 뭘 그런 걸 아쉬워하냐며 웃으며 말했다.

"또 추면 되죠."

"후훗, 그러면 되겠구나."

이윽고 노래가 끝이 났다. 빈센트에겐 5분이 마치 5초처럼 짧게 느껴졌다.

"아버지?"

"아, 벌써 끝나 버렸구나."

빈센트의 표정이 아쉬움이 가득하자 헬리아는 이번엔 그녀가 웃으며 치맛자락을 살짝 들어 올렸다.

"그럼 저와 한 곡 더 추시겠습니까?"

헬리아가 춤을 권하자 빈센트는 잠시 말을 잇지 못했다. 이제야 그녀의 미소를 마음껏 볼 수 있게 되었다.

빈센트는 그것이 기쁘면서도 슬펐다.

'좀 더 일찍…….'

결코 돌아갈 수 없는 과거를 후회하며 빈센트는 그녀의 손을 잡았다.

"물론이지요."

그렇게 빈센트와 헬리아는 연달아 두 곡을 추고 플로렌스 공작과 이안이 있는 곳으로 다가갔다. 그 순간 이안의 시선이 빈센트를 향해 부딪쳐 들었다. 자연히 빈센트의 눈이 플로렌스 공작을 향했다. 공작은 차마 시선을 마주치지 못했다.

'결국 이야기를 했나 보군.'

빈센트는 헬리아의 손을 붙잡고 이안에게 다가갔다. 이안은 딱딱한 표정을 지은 채 아무 말도 내뱉지 못하고 있었다.

빈센트가 희미하게 웃었다.

"자, 이제 젊은 사람끼리 즐겨야지."

"……."

빈센트는 웃으며 헬리아를 이안에게 넘겨주었다. 이안은 빈센트의 손에서 헬리아의 손을 넘겨받았다. 빈센트가 두 사람의 손을 꼭 포개며 말했다.

"잘 부탁하마."

"……."

"아버지?"

헬리아는 영문을 모른 채 이안의 손을 붙잡고 홀 중앙으로 걸음을 옮겼다. 헬리아와 이안이 중앙으로 나아가자 빈센트와 춤을 출 때와 달리 연회장에 모인 사람이 모두 눈을 빛내며 그들을 바라보았다.

"도대체 무슨 일이야?"

춤을 추면서도 헬리아는 빈센트에게 신경이 쏠려 있었다. 도대체 무슨 일이지? 빈센트의 표정이 이상했다. 이안이 플로렌스 공작의 표정을 알아챈 것처럼, 헬리아도 빈센트의 표정이 평상시와 다르다는 것을 알아차렸다.

"이안."

이안의 표정은 조금 굳어 있었다. 헬리아의 미간을 좁혀졌다.

"뭔가 들은 거지?"

"……."

"대체 뭐야?"

대답 대신 이안은 헬리아의 손을 더욱 세게 잡았다. 헬리아는 그런 이안을 바라보았다. 이안은 굉장히 분해하고 있었다.

"이안?"
"결정하는 건 공주님의 몫입니다."
이안이 나직한 말로 헬리아의 귓가에 속삭였다.
"……대체 무슨 말이야?"
그러면서 이안은 더욱 세게 그녀의 허리를 옭아맸다. 이안의 검은 눈동자가 더욱 짙어졌다. 헬리아는 여전히 이해할 수 없었다. 그리고 음악은 끝이 났다.

"이안."
음악이 끝나자 헬리아는 이안을 붙잡았다. 하지만 먼저 빈센트가 그들 앞에 다가왔다.
"아버지?"
"정말 잘 어울리는구나."
묘한 느낌. 헬리아는 뭔가 이상하게 돌아가고 있다는 걸 느꼈다. 불안해하는 플로렌스 공작, 뭔가를 짐작한 이안. 그때서야 헬리아의 머릿속을 스치고 가는 게 있었다.
'설마…….'
헬리아는 빈센트를 보았다. 빈센트는 옅게 웃으며 헬리아를 보았다. 그 웃음엔 왠지 모를 씁쓸함이 담겨 있어 헬리아는 입을 열지 못했다.
"한 가지 발표할 게 있소."
빈센트의 목소리가 홀 안에 울려 퍼졌다. 귀족들은 의아한 표정을 지으며 그를 바라보았다. 빈센트는 좌중을 훑어보며 눈매를 휘었다.
"여기 내 딸 헬리아와."
빈센트가 헬리아를 바라보았다. 헬리아는 설마 하는 눈으로 빈센트를 보았다. 빈센트는 곧장 이안에게 시선을 옮겼다.
'아버지!'

헬리아가 입을 열려는 순간, 빈센트의 입이 먼저 열렸다.

"플로렌스 공작의 장남 이안 플로렌스가 오늘 약혼을 하게 되었소."

"……!"

좌중은 모두 숨을 죽이며 놀란 표정을 지었다. 그러나 가장 놀란 것은 바로 헬리아였다.

"모두 기쁜 마음으로 축하해 주길 바라오."

웅성웅성.

귀족들은 빈센트의 발표에 모두 놀란 표정을 지었지만 워낙 두 사람이 잘 어울리는데다가 이전부터 둘 사이의 관계에 대해 소문이 있었기에 아무런 의심 없이 박수를 치기 시작했다.

'아버지, 대체!'

헬리아는 빈센트의 발표에 놀란 듯 눈이 커졌다. 약혼이라니! 헬리아는 처음 자신이 무언가를 잘못 들은 줄 알았다. 하지만 곧 그것이 아님을 알아차렸다. 자신들을 향해 보내오는 박수 소리와 빈센트의 미소가 이것이 현실임을 일깨워 주었다.

'아버지!'

헬리아는 빈센트를 바라보았다. 그러나 빈센트는 그녀에게 어떠한 말도 해주지 않았다. 어째서, 왜? 빈센트에 대한 배신감과 함께 머리엔 물음표가 떠올랐다. 이런 상황을 아예 생각해 본 적이 없는 건 아니었다. 현재 아르센 왕국에서 가장 헬리아와 가깝고 그녀의 배우자로 많이 거론된 이가 바로 이안이니까.

언젠가 한번은 이안과의 관계에 대해 거론되는 일이 있을 거라 여겼다. 하지만 이렇게 갑작스럽게 일이 진행될 줄은 꿈에도 몰랐다.

'최소한 이야기는 해줬어야 하잖아?'

그녀가 이해할 수 없는 부분이 바로 그것이었다. 왜 미리 그녀에게 말하지 않고 이런 일을 벌였는가.

'내가 반대할 거라 생각한 건가?'

물론 선뜻 승낙하진 않았을 것이다. 하지만 이렇게 아버지에 대한 배신감을 안은 채 거부감이 들 정도는 아니었을 것이다.

꽈악.

빈센트는 헬리아의 속내를 읽은 것인지 아니면 다른 생각이 있는 것인지 그녀의 손을 꼭 잡고 말했다.

"미안하구나."

'……왜 그러신 건가요?'

헬리아는 차마 주변의 시선 때문에 그리 말을 내뱉지 못했다. 빈센트는 알아들었는지 씁쓸한 미소를 지었다.

"부디 행복하거라."

"……."

빈센트는 환히 웃었다. 한데 그 웃음 속에 슬픔이 흘러나오고 있었다. 어째서?

"아버……."

"어머, 공주님, 정말 축하드려요!"

"정말 잘 어울리는 한 쌍이에요."

순간 헬리아와 빈센트 주위로 그녀의 약혼을 축하하러 온 사람이 가득 차기 시작했다.

그 순간 스르륵 빈센트의 손이 풀렸다. 헬리아는 그의 손을 붙잡으려 했지만 빈센트는 사람들 사이로 점점 멀어져 갔다. 헬리아는 그런 빈센트의 뒷모습을 물끄러미 바라보며 입술을 지그시 깨물었다.

그때 그의 곁으로 이안이 다가왔다.

"공주님."

"이안."

헬리아는 그를 바라보았다. 그제야 좀 전에 이안이 한 말이 어떤 뜻인지 알아차릴 수 있었다.

"알고 있었어?"

"……."

"아니, 방금 들은 거겠지."

이안은 어떠한 변명도 하지 않았다. 그래서 헬리아는 그를 의심하지 않았다. 애초에 그는 헬리아와 함께 아르센 왕국에 온 지 얼마 되지 않았다. 거기다 그 외엔 거의 그녀와 함께 있었다. 이런 일을 꾸밀 시간도, 그런 성격도 되지 않는다는 것을 그녀가 가장 잘 알았다.

"어떻게 할 건지 결정하는 건 공주님입니다."

"일이 이렇게 되었는데도?"

"그렇다 하더라도 달라지는 건 없습니다."

오늘 이후 아르센 왕국 전역은 물론 타국에까지 그들의 약혼 소식이 알려지게 될 것이다. 그런데 여기서 뭘 더 할 수 있겠는가. 이안은 그런 헬리아의 걱정을 비웃기라도 하듯 옅게 웃음을 지었다.

"내가 널 선택하지 않는다면?"

"무마할 방법은 얼마든지 있습니다."

그렇게 말한 이안이었지만 입맛은 썼다. 좋아하는 여자에게 거부당하는 걸 좋아할 남자가 어디 있겠는가. 하지만 이안은 그녀에게 강요하고 싶지 않았다. 강요해 봤자 그가 진정으로 원하는 것은 얻을 수 없다. 그렇기에 이안은 그리 답할 수 있었다.

약혼은 약혼일 뿐 결혼하는 건 아니다. 그렇기에 어떻게든 무마할 방법이 있다는 것이다. 하지만 약혼이 진행된 이후엔 무마가 힘들어진다. 무엇보다 이안 스스로도 그때는 포기하지 않을 생각이었다.

"도대체 나보고 어쩌라는 거야."

헬리아는 한숨을 푹 내쉬었다. 그러곤 사람들의 인사를 받고 있는 빈센트를 응시했다.

'아버지…….'

빈센트는 이유 없이 행동할 사람이 아님을 헬리아가 제일 잘 알고 있다.

'이유가 있을 거야, 무슨 이유가.'

그렇게 생각하고 헬리아가 빈센트에게 다가가려 할 때였다.

"……."

갑자기 느껴지는 서늘한 시선에 옆을 돌아본 순간, 헬리아의 표정이 딱딱하게 굳어졌다.

'엘…… 라임?'

"흐음, 흐음~"

엘라임은 창가에 비친 제 모습을 바라보며 만족스런 미소를 지었다. 그는 자신의 푸른 머리카락과 닮은 푸른빛이 도는 정장을 입고 있었다.

"놀라겠지?"

매번 파티엔 거의 참석하지 않았던 엘라임이었다. 애초에 참석할 의무도, 이유도 없기에 가지 않았다. 하지만 그가 가지 않으니 언제나 헬리아는 이안과 함께 있었다. 생각해 보니 자신이 옆에 있으면 헬리아가 꼭 이안과 함께 있지 않아도 되지 않겠는가?

"이제야 그걸 알다니……."

엘라임은 땅을 치고 후회하며 다시 자신의 모습을 확인하고 테라스의 문고리를 잡아당겼다. 그러곤 곧장 헬리아를 찾아 고개를 두리번거렸다. 다행히 워낙 눈에 띄기에 그녀를 찾는 건 쉬웠다.

'아, 저기 있다.'

엘라임은 헬리아를 놀라게 해줄 생각으로 작게 키득거리며 천천히 그녀에게 다가갔다. 그녀는 국왕과 함께 있었다.

"헬……."

"……오늘 약혼을 하게 되었소."

그 순간, 빈센트의 목소리가 홀 안에 울려 퍼졌다. 엘라임의 발걸음이 멈춰졌다.

"약…… 혼?"

아무리 정령이라지만 헬리아와 함께 지내면서 별의별 것을 다 보았다. 그가 약혼이라는 뜻을 모를 리 없었다.

"……약혼이라니?"

누구와? 앞의 말을 듣지 못한 엘라임은 누가 누구와 약혼을 하는 것인지 알 수 없었다. 그런데 왜인지 그의 가슴이 불쾌하게 뛰기 시작했다. 엘라임의 눈이 빠르게 빈센트의 주위를 훑었다.

"이안?"

검은 머리, 검은 눈동자. 언제나 헬리아의 옆에 있던 이안이 곁에 있었다. 그 약혼이라는 것이 바로 이안을 말하는 게 아닌가 싶었다. 그러면 이안이 약혼을?

엘라임의 불안감이 점점 커지기 시작했다. 누가 이안과 약혼하는 것인지 알아야 했다. 엘라임의 걸음이 한 걸음 앞으로 나아갔다.

"……."

그녀였다. 엘라임의 눈동자가 빠르게 흔들렸다.

'어…… 째서?'

이안의 곁에는 헬리아가 서 있었다. 엘라임은 자신이 잘못 판단한 거라 생각했다. 하지만 이미 그의 심장은 진실을 알고 있었다.

"약…… 혼이라고?"

엘라임은 여전히 잘못 들은 것처럼 웃음이 나왔다. 하지만 누가 봐도 그것은 웃음이 아니었다.

"어째서?"

엘라임은 왜 헬리아가 약혼을 하는지 알 수 없었다. 이런 건 말 안 했잖아? 엘라임은 다시 헬리아를 보았다. 뭔가 문제가 있는 게 분명했다. 헬리아는 자신에게 그런 말을 한 적이 없었다.

그녀에게 직접 물어봐야 했다. 하지만 엘라임은 헬리아에게 더 다가갈 수 없었다. 엘라임의 발걸음은 점점 뒤로 밀려났다. 마치 그들과 자신 사이에 결코 다가갈 수 없는 벽이 존재하는 것 같았다. 그 벽이 그를 뒤로 물러나게 만들었다. 명확히 만들어지는 경계선. 그건 헬리아와 자신. 인간과 인간이 아닌 정령의 존재였다.

"나는……."

이대로도 충분하다고 생각했다. 데이지궁 앞에서 비를 맞으며 그녀를 안았을 때 엘라임은 영원히 그렇게 헬리아의 옆에 있기만 하면 그것으로 충분하다고 생각했다.

'한데?'

그게 아니었어. 엘라임은 헬리아를 좋아한다. 좋아하는 사람이 자신이 아닌 다른 사람의 것이 되는 게 결코 좋을 리 없었다. 그건 명백한 질투, 독점욕이었다. 그리고 엘라임은 이 순간, 그것을 깨달았다. 뱃속에서 시커먼 것이 그를 옥죄었다. 어째서 자신은 저 자리에 있지 못하는가. 왜 자신은 그녀의 옆에 있지 못하는가.

자신은 왜 정령인가.

❊

타닥타닥.

발걸음이 절로 빨라졌다.

"엘라임! 엘라임!"

아무리 불러 봐도 그는 나타나지 않았다. 헬리아는 빗속을 뛰어갔다. 차가운 비가 그녀의 몸을 적시기 시작했다.

"엘라임!"

불러도 대답 없는 엘라임을 헬리아는 계속 불렀다. 하지만 불러서 그에게 뭐라 말을 해야 할지 아직 정하지 못했다. 뭐라고 해야 하지? 뭐라고 해야 하는 게 맞는 것일까?

"엘라임!"

자신이 이렇게 그를 찾는 건 그가 자신을 본 순간 보였던 그 표정 때문이었을 것이다. 마치 배신당한 것처럼 슬프게 짓는 미소. 자신이 아버지에게 느낀 배신감처럼 그도 자신에게 그렇게 느꼈을까.

헬리아는 그를 찾아 뛰고 또 뛰었다. 어차피 이렇게 뛰어봤자 중간계로 갔다면 별수 없을 것이다. 그러나 헬리아는 머리가 복잡해 그런 것을 미처 생각하지 못했다. 그리고 아직 그가 중간계로 돌아가지 않았다는 것을 알고 있었다.

"엘라임! 어디 있는 거야!"

쏴아아아—

헬리아의 목소리가 겨울의 차가운 비에 파묻혔다. 그녀의 발걸음이 자연히 무거워지기 시작했다. 그녀는 정처 없이 걷고 또 걸었다. 그렇게 헬리아는 몸이 움직이는 대로 걸음을 옮겼다.

"……하아."

헬리아는 비에 젖은 얼굴을 한번 쓸어내렸다. 이런 빗속에 장시간 서 있다 보면 아무리 헬리아라도 몸이 차가워지게 마련이지만 그녀의 몸은 아직 따뜻했다.

헬리아는 제 목걸이를 만지작거렸다. 그녀의 열여덟 생일에 엘라임이 준 선물. 정령의 목걸이는 언제나 그녀의 몸을 따뜻하게 유지시켜 주었다.

"도대체 이 바보는 어디에 있는 거야?"

당장 뭐라 말을 해야 할지 떠오르지 않지만 어떤 것이라도 말해줘야 할 것 같았다. 최소한 자신도 몰랐던 일이라고. 그렇게라도 변명이라도 해야 이 답답한 마음이 풀릴 것 같았다.

"엘라임……."

그때였다.

"여긴……."

문득 주위를 둘러보자 낯익은 광경이 눈에 들어왔다. 빗물에 젖은 짙은 호수 냄새가 그녀의 코로 스며들었다.

"……호수."

그녀의 발걸음이 자연히 호수가 있는 방향으로 나아갔다. 그리고 그 차가운 호수 위에 엘라임이 서 있었다. 그는 호수 한가운데에 서서 내리는 비를 맞고 있었다. 그 모습이 어딘지 모르게 애처로우면서도 신비로워 헬리아는 가만히 그를 바라만 보았다.

호수가 시작되는 끝부분에 헬리아가 섰다.

"엘라임."

그의 이름을 불러보았지만 엘라임은 대답하지 않았다. 마치 혼자만의 세계에 빠진 듯, 엘라임은 미동조차 하지 않았다.

"엘라임."

그는 여전히 답하지 않았다. 헬리아는 입술을 꾹 깨물었다. 엘라임의 주위로 피어오르는 물안개 때문인지 아니면 정말 그의 모습이 흐릿한 건지 마치 금방이라도 사라질 것만 같았다.

"엘라임!"

다시 한번 큰 소리로 그를 불렀다. 하지만 엘라임은 돌아보지 않았다. 어째서 돌아보지 않는 걸까? 헬리아는 마음이 답답해졌다. 이 답답함의 정체는 대체 무엇일까.

찰박찰박.

엘라임에게 다가가려 하자 호숫물이 발밑을 스친다. 헬리아는 이내 플라이 마법을 시전해 그에게 다가가려 했다. 그 순간 엘라임의 목소리에 그녀의 움직임이 멎었다.
"오지 마."
엘라임의 차가운 목소리가 들려왔다. 헬리아는 입술을 지그시 깨물곤 그가 있는 호수 중앙까지 날아가기 시작했다.
"제발 오지 마."
"……."
다시 한번 들려온 목소리에 헬리아는 이번엔 멈춰 설 수밖에 없었다. 엘라임의 목소리가 너무나 간절했기에 헬리아는 더 다가가지 못하고 멈춰 서 주먹을 세게 쥐었다.
"……왜?"
오랫동안 빗속에 있었던 탓일까, 아님 다른 이유 때문일까. 그녀의 목소리가 잠겨 있었다.
"그냥 날 내버려 둬, 헬리아."
엘라임은 여전히 헬리아를 돌아보지 않았다. 이제야 알아차려 버렸다. 자신의 마음속에 얼마나 새카만 욕망이 자라고 있었는지. 그녀와 마주한다면, 그녀 역시 알아차릴 것이다. 그게 싫었다.
엘라임은 헬리아에게 자신의 이 시커먼 욕망을 들키고 싶지 않았다. 온몸을 지배하는 뜨거운 불길이 엘라임은 낯설기만 했다. 이런 감정은 난생처음이었다. 이 감정이 무엇인지 엘라임은 알지 못했다. 어쩌면, 그는 내심 이 감정이 무엇인지 알면서도 모른 척해 왔던 것일 수도 있다. 마주하기 싫어서, 자신 안에 이런 어둠이 있다는 것을 인정하기 싫어서. 하지만 곧 엘라임은 인정할 수밖에 없었다.
질투.
헬리아가 이안과 함께 있는 모습을 보고 순간 이안을 죽여 버리고 싶을 정도였다. 그 감정에 엘라임은 스스로도 깜짝 놀랐다. 자신을 통제할 수 없다는 것. 그건 물의 정령왕인 그에게 결코 있을 수 없는 일이며 또한 선을 벗어나는 일이다. 정령왕으로서의 입장이 그를 움직일 수 없게 만들었다. 언제나 냉정해야 할 그의 머릿속에 자꾸만 생각하지 말아야 할 것들이 떠올랐다. 그래서는 안 되지 않는가. 자신은 정령왕인데.

"엘라임."

"가."

엘라임의 목소리가 애처롭게 울렸다. 하지만 헬리아는 돌아가지 않았다.

"그럼 왜 여기에 있는 거야?"

"……."

엘라임의 어깨가 떨렸다. 정말로 그가 자신이 가길 원했다면 이런 곳에 있지도 않았을 것이다. 아예 그녀가 쫓아갈 수 없는 중간계로 가버리면 헬리아는 어쩔 도리가 없었다. 하지만 엘라임은 제 눈앞에 있었다. 쫓아와 달라고. 그 마음을 모르지 않는 헬리아였다.

헬리아는 좀 더 그에게 다가갔다. 하지만 아직 그와의 거리가 제법 멀었다.

"언제까지나 내 옆에 있어준다고 했잖아?"

그 순간 엘라임이 고개를 돌렸다. 그는 괴로운 듯한 표정을 짓고 있었다. 그 모습을 본 헬리아는 심장이 욱신거렸다.

엘라임은 머뭇거리다 이내 입을 열었다.

"있을 거야, 안 떨어져."

그러나 엘라임의 얼굴은 밝지 않았다. 중요한 것을 깨달았기 때문이다. 그저 자신이 좋아하기만 하면 되는 줄 알았다. 언제까지나 그녀 옆에 있을 수 있다면 그걸로 만족했다. 하지만 시커먼 욕망을 그것을 용납하지 않았다. 자신이 그녀를 생각하는 마음만큼, 그녀도 자신을 생각해 주기를. 그녀도 자신과 같은 마음이기를.

오늘 헬리아와 이안의 약혼이 아니었다면 이 사실을 깨닫지 못했을 것이다. 헬리아의 옆에 다른 남자가 있을 수 있다는 것을. 자신이 아닌 다른 자가. 그리고 이제 정말 다른 자가 있게 되었다. 그럼 자신은 이제부터 헬리아가 다른 이의 것이 되고 다른 이와 함께 자고 하는 것을 봐야 하는 건가?

'싫다. 절대 싫어.'

싫다. 그것이 엘라임의 본심이었다. 하지만 그렇다 하더라도 어찌하겠는가. 헬리아가 자신을 어떻게 생각하는지도 모르고 자신은 그저 정령일 뿐인데. 뭐라 말할 수 있겠는가. 그게 엘라임을 숨 막히게 만들었다.

"약혼식은……."

흠칫.

헬리아의 말에 엘라임의 어깨가 떨려왔다.

"나도 몰랐어."

"……."

엘라임의 고개가 돌아갔다. 헬리아와 엘라임의 시선이 마주쳤다.

"정말이야."

"하지만 언젠가 할 거지?"

"……."

헬리아는 입을 열지 못했다. 그의 말처럼 헬리아는 언제까지 혼자 있을 수 없다. 그녀는 아르센 왕국의 공주이며 후계자이다. 그런 그녀가 혼인하지 않는다면 그건 나라의 문제였다. 하지만 왜 이리 답답한 것일까. 헬리아는 저를 보지 않는 엘라임에 숨이 막히는 것 같았다.

"엘라임."

"……."

"엘라임."

"가."

"정말 안 볼 거야?"

"그래."

엘라임의 단호한 거절에 헬리아의 눈빛이 어두워졌다. 가슴속에 쌓였던 것이 한순간 터져 나왔다. 이 상황이 답답하고 화가 났다.

헬리아가 다시 한번 더 물었다.

"정말 보지 않을 거야?"

"……."

"그럼 어쩔 수 없지."

플라이 마법으로 수면에 떠 있던 헬리아가 그대로 마법을 풀어버렸다. 당연히 헬리아는 곧장 호수 아래로 빠지고 말았다.

풍덩!

"……!"

순간 엘라임은 뒤를 돌아볼 뻔했다. 하나 헬리아가 호수에 빠져 죽을 리 없다. 분명 자신을 돌아보게 만들려는 수작임을 알아차렸다.

'그런 걸로 넘어가지 않아.'

엘라임은 마음을 다잡았다. 어차피 엘라임이 돌아보지 않으면 곧 물속에서 나올 거라 생각했다. 하지만 그건 헬리아를 정말 모르고 한 생각이었다.

쏴아아아-

빗줄기는 더욱 거세졌다. 엘라임은 저도 모르게 숨을 죽이고 귀를 세웠다. 호수에는 빗소리만이 나직이 들려올 뿐이었다. 헬리아의 움직임은 느껴지지 않았다.

"……."

숨을 죽이고 기다려도 헬리아가 수면 위로 올라오는 소리가 들리지 않는다.

'이 정도는 헬리아라면…….'

시간은 점점 흘러갔다.

1초, 2초, 3초…….

그럴수록 엘라임의 심장은 초조하게 뛰었다.

"……젠장!"

엘라임이 고개를 돌렸다. 없다. 호수 위를 모두 살펴봐도 그녀의 모습은 보이지 않았다.

"이 바보가!"

자신을 돌아보게 하기 위해 일부러 그런 거라고 생각하면서도 엘라임은 입술을 깨물고 얼른 호수 아래로 헤엄쳐 들어갔다. 정말 바보 같았다. 헬리아가 어떤 성격인 줄 알면서도 고집을 부리다니. 그녀는 한 번 하면 끝을 보는 성격이었다. 그건 엘라임 자신이야말로 잘 알고 있음에도 모른 척했다.

'헬리아!'

캄캄한 호수 아래, 헬리아가 두 눈을 감은 채 그렇게 잠겨 있었다. 엘라임의 마음이 다급해졌다. 그는 서둘러 헬리아에게 다가가 그녀를 호수 밖으로 끌어 올렸다.

"헬리아! 헬리아!"

그녀의 몸을 흔들었지만 미동조차 없었다. 순간 엘라임은 너무 놀라 손끝이 차가워지는 걸 느꼈다.

"헤, 헬리아!"

"……쿠, 쿨럭!"

"헬리아!"

"……이제야 보는 거야?"

"이, 이 바보가!"

"네가 보지 않으니까, 쿨럭!"

헬리아는 호수 물을 내뱉으며 쿨럭거렸다. 어쨌든 그녀의 의도대로 엘라임은 자신을 돌아보았다.

"그냥 내버려 두라니까!"
"내버려 둘 수 없으니까."
"왜!"
"……."
"왜 내버려 둘 수 없는데?"
"……."
그 말에 헬리아는 말문이 막혔다. 그러자 엘라임의 표정이 굳어졌다. 역시 그렇잖아. 헬리아는 입술을 깨문 뒤 다시 말을 이었다.
"도대체 왜 그러는 건데?"
"알아버렸어."
"……뭘?"
"내 마음을, 단지 좋아하는 것만으로는 만족할 수 없다는걸."
"……."
"언젠가 네 곁에 내가 아닌 다른 사람이 있게 될 거라고 생각은 했어. 그래도 난 네 곁에 있는 것만으로도 좋았어. 그래, 그런 줄 알았어."
"엘라임……."
"하지만 아니야."
헬리아는 엘라임의 눈동자를 보고 낯선 기분을 지울 수 없었다. 헬리아가 몸을 움직이자 엘라임이 단단히 그녀의 몸을 붙잡았다.
"나 아닌 다른 사람이 누가 널 만지는 것도, 옆에 내가 아닌 다른 사람이 있는 것도 싫어."
"……."
"그치만 안 되잖아?"
엘라임의 표정이 어두워졌다. 그도 알고 있다. 그것이 얼마나 헛된 생각인지. 그는 인간의 탈을 쓴 그저 정령일 뿐이다. 거기다 헬리아는 한 나라의 공주다.

엘라임은 입술을 질끈 깨물었다. 헬리아는 그런 엘라임에게 손을 뻗었다. 엘라임이 몸을 돌려 그녀의 손길을 피했다. 헬리아는 갈 길을 잃은 손을 쓸쓸히 내리며 엘라임을 보았다. 머리가 복잡했다. 도대체 뭐라 말을 해야 할지 모르겠다. 헬리아는 아직 제 마음을 제대로 알지 못했다. 그녀는 엘라임도 이안도 잃고 싶지 않았다.

"결정하는 건 공주님의 몫입니다."

귓가에 이안의 목소리가 들리는 듯했다. 누군가를 선택한다는 것. 하지만 그것은 곧 다른 누군가를 잃을 수 있다는 뜻이었다. 헬리아는 그 누구도 잃고 싶지 않았다.

'내 욕심이었나.'

그건 불가능하다고, 결국엔 선택을 해야 할 때가 올 거라고 헬리아는 어느 순간 예감하고 있었다. 하지만 이렇게 빨리 그 순간이 오게 될 줄은 생각지 못했다.

"엘라임."

헬리아는 그저 그의 이름만 되뇌었다. 엘라임은 웃었다. 그 웃음엔 씁쓸함이 가득했다. 그녀가 선택하지 못하고 있다는 것을 이미 알고 있었다. 다만 이미 그는 자신의 욕망을 알아버렸다. 결코 이전과 같을 순 없었다. 결국 그녀의 선택만 남았다.

"헬리아."

"……."

"약혼해."

'약혼하지 마.'

"뭐, 검둥이 녀석이 성격은 무뚝뚝해도 나쁜 놈은 아니잖아."

'날 선택해.'

"행복하게 해줄 거야."

엘라임은 환히 웃었다. 그 순간, 엘라임의 몸이 흐릿하게 변해갔다. 마치 영원히 사라질 것처럼.

헬리아는 손을 뻗었다.

4권에서 계속…